**Reader's Digest
Auswahlbücher**

Reader's Digest Auswahlbücher

Verlag DAS BESTE
Stuttgart · Zürich · Wien

Die Kurzfassungen in diesem Buch erscheinen
mit Genehmigung der Autoren und Verleger
© 1985 by Verlag DAS BESTE GmbH, Stuttgart
Alle Rechte, insbesondere das der Übersetzung,
Verfilmung und Funkbearbeitung, im In- und
Ausland vorbehalten
185
PRINTED IN GERMANY
ISBN 3 87070 227 3

Inhalt

ALEXANDER
NEMOW

GESCHÄFTE IN BAKU

7

Baku, die Erdölstadt am Kaspischen Meer, ist das heißeste Pflaster der Sowjetunion. Denn dort regiert – von Partei und Presse totgeschwiegen – eine verbrecherische Mafia. Ihre Bosse leben vom Rauschgifthandel und schrecken vor keinem Verbrechen zurück, wenn sie ihre schmutzigen Geschäfte bedroht sehen.

NANCY
ROSSI

Mitten im Leben

165

Nancy Rossis Bericht über ihre eigene Ehe ist eine wahre, von Glück erfüllte Liebesgeschichte. Dieses Glück bleibt der jungen New Yorkerin auch in verwandelter Form treu, als daraus eine Geschichte auf Leben und Tod wird.

FARLEY
MOWAT

Ein Sommer mit Wölfen

297

Wenn ein Mann splitternackt zwischen Rentieren über die Tundra rennt, mit seinem Skalpell einen Eskimo in die Flucht schlägt und Kopf voran in eine Wolfshöhle kriecht, dann handelt es sich nicht etwa um einen armen Irren, sondern um den jungen Biologen Farley Mowat, dessen Auftrag es ist, die „Bestie Wolf" zu erforschen.

PETER
LOVESEY

Abschied auf Englisch

383

Sich auf einem Ozeandampfer unauffällig seiner Ehefrau zu entledigen ist schon schwierig genug. Noch komplizierter wird es aber, wenn der Ehemann durch eine Verwechslung plötzlich gezwungen ist, einen Mordfall an Bord aufzuklären. Doch der frischgebackene „Inspektor" macht seine Sache gar nicht schlecht ...

Eine Kurzfassung des Buches von ALEXANDER NEMOW
Nach der Übersetzung von Judith Gruber

Illustrationen von Günter M. Heesch

Igor Schamrajew, Untersuchungsrichter für Sonderfälle bei der Generalstaatsanwaltschaft der UdSSR, ist ratlos: Mitten in Moskau wird ein Mann
entführt, und sogar am hellichten Tag! Doch es kommt noch schlimmer: Bei
dem Entführten handelt es sich um Vadim Belkin, einen der berühmtesten
Journalisten des Landes. Belkin gilt als auserkorener Liebling des
Kremlchefs, und in knapp zwei Wochen hätte er mit dem Staatsoberhaupt
nach Wien fliegen sollen, zu einem Treffen mit dem amerikanischen
Präsidenten. Wie peinlich! Denn jetzt zittern sie alle, die hohen Herren von
der Partei und vom KGB. Keiner von ihnen traut sich, dem Staatschef unter
die Augen zu treten und ihm mitzuteilen, daß sein Leib- und Magenjournalist
Opfer eines Verbrechens wurde.

Deshalb haben sie Schamrajew geholt, den ausgefuchsten Kriminalisten.
Er soll Belkin finden. Gelingt ihm dies innerhalb von sieben Tagen, bekommt
er eine schöne, neue Wohnung. Gelingt es ihm aber nicht, dann ...

Schamrajew wagt nicht, an einen Mißerfolg zu denken, sondern macht sich
sofort an die Arbeit. Als erstes schlägt er die „Akte Belkin" auf, doch was er
darin liest, verwirrt ihn nur noch mehr: von einem Koffer voller Juwelen ist
die Rede und von einer geheimnisvollen Spur, die nach Baku führt.

Moskau, Montag, 4. Juni 1979, 9 Uhr 15 morgens

„Schamrajew – zum Chef!" dröhnte es aus der Sprechanlage, und
Kolja Baklanow, der gerade bei mir war, brach abrupt seine
Urlaubsschilderung ab. Erstaunt zog er die Brauen hoch, als ob er
sagen wollte: Sieh mal an! Der Generalstaatsanwalt Rudenko höchstpersönlich verlangt nach unserem Schamrajew. Was das wohl zu
bedeuten hat?

Auch ich hatte keine Ahnung. Ich drückte auf den Knopf und
antwortete: „Komme sofort." Rasch schnappte ich noch die Flasche
„Schwarze Augen", einen köstlichen Portwein, den Baklanow mir
aus dem Kaukasus mitgebracht hatte, und steckte sie in meine
Aktentasche. Es konnte ja sein, daß ich nach dem Gespräch mit dem
Chef einen kräftigen Schluck nötig hatte. Ich schloß mein Arbeitszim-
mer ab und begab mich zum Lift für leitende Funktionäre. Auf dem
Korridor kam ich an den Büros meiner Kollegen vorbei, allesamt
Untersuchungsrichter für Sonderfälle bei der Generalstaatsanwalt-
schaft der UdSSR.

In diesen Büroräumen ruhten in unknackbaren Safes die Akten zu
Dutzenden von ungeklärten oder vertuschten Kapitalverbrechen.
Hier wurden außerdem die wichtigsten Informationen über sämtliche
Kriminalfälle der UdSSR zusammengetragen, und das verlieh unserer
Dienststelle ungeheure Wichtigkeit und ihren Mitarbeitern eine
Sonderration an Selbstvertrauen.

Im Vorzimmer des Generals saß die humorlose, aschgraue Vera
Petelina; sie deutete auf die ledergepolsterte Doppeltür und brummte:
„Nichts wie rein, er wartet schon." Ohne anzuklopfen, betrat ich
das Arbeitszimmer des Generalstaatsanwalts der UdSSR. Rudenko,
der hinter seinem Schreibtisch saß, streckte mir seine vertrocknete
Greisenhand entgegen und wünschte mir einen guten Tag.

„Nimm Platz, Igor Josefowitsch, siehst frisch wie eine Gurke aus,
aber fühlst dich urlaubsreif, wie ich dich kenne", scherzte er.

Man muß sich immer wundern, wie gut er informiert ist. „Laut
Dienstplan steht mir jetzt tatsächlich Urlaub zu, Roman Andrejewitsch. Ich habe bereits einen Reisegutschein für Sotschi am Schwarzen Meer . . .", baute ich schon mal vor. Daß mich der General zu sich

beorderte, schien mir nichts Gutes zu bedeuten. Im günstigsten Fall erwartete mich eine Menge Arbeit.

„Ich fürchte, aus deinem Urlaub wird nichts, mein Lieber", meinte der General ungerührt. „Im übrigen hast du ja eben erst eine neue Wohnung von uns bekommen."

Auch davon wußte er also! Nach meiner Scheidung hatte ich eine Weile bei Freunden logiert, mietete dann mal da, mal dort ein Zimmer. Kein Mensch hatte sich je darum gekümmert, daß ich keine feste Bleibe hatte, denn beim Parteikomitee sind Scheidungen verpönt.

Vor einem Monat jedoch kam ich wie durch ein Wunder zu einer Genossenschaftswohnung – und wo? Am Ende der Welt, hinter dem Ismailowski-Park! Doch schon tönt es durch das ganze Haus: „Schamrajew hat eine Genossenschaftswohnung! Wie er das wohl wieder geschafft haben mag?"

„Danke, Roman Andrejewitsch", sagte ich kühl. „Die Wohnung ist in Ordnung. Zwar etwas weit weg, aber es läßt sich drin leben."

„Das will ich meinen! In der frischen Luft, gleich neben dem Park, wo du sogar Pilze sammeln kannst! Wozu mußt du also überhaupt in Urlaub fahren? Außerdem hast du deine Wohnung doch eben erst eingerichtet! Woher nimmst du denn das Geld ..."

Ich grinste. „Der Hilfsfonds des Ortskomitees hat mir unter die Arme gegriffen, Roman Andrejewitsch. Sie können es nachprüfen."

„Na, na, wer wird denn!" Mit einer wegwerfenden Handbewegung lehnte er sich in seinem Sessel zurück. „Nein! Den Urlaub verschieben wir, auch das Geld vom Ortskomitee ist schließlich nicht dazu da, daß man es zum Fenster hinauswirft. Außerdem finde ich es sehr bedenklich, daß ein Untersuchungsrichter für Sonderfälle gezwungen ist, sich eine Genossenschaftswohnung zu nehmen und so täglich zwei Stunden auf dem Weg zur Arbeit zu vertrödeln. Als ob der Generalstaatsanwalt nicht imstande wäre, seinen fähigsten Mitarbeitern zentral gelegene Wohnungen zu verschaffen! Ich werde mich mal drum kümmern. Inzwischen schau dir diese Akte an. Es geht um eine Leiche, die man gefunden hat, und – wenn wir Pech haben – um noch eine, die bislang unauffindbar ist. Für dich ist der Fall ein Kinderspiel. Das einzige Problem daran ist, daß die Sache eilt."

Er reichte mir einen grauen Aktenordner mit dem Aufdruck „Ministerium für Inneres der UdSSR. Untersuchungsakte Nr. SL-79-1542. Angelegt am 26. Mai 1979." Hatte ich doch geahnt, daß mich nichts Gutes erwartete! Nichts ist schlimmer, als einen Fall zu übernehmen, mit dessen Bearbeitung ein anderer begonnen hat. Da

GESCHÄFTE IN BAKU

hat einer Mist gebaut, Spuren verwischt, unglaubwürdige Beweise konstruiert, Zeugen sinnlos in die Mangel genommen ... Aber eines mußte ich zugeben: Der General verstand es von jeher blendend, seinen Mitarbeitern eine verkorkste Sache auch noch schmackhaft zu machen: Er bietet ihnen als Gegenleistung einfach eine Wohnung im Stadtzentrum an! Kann sein, dachte ich, daß dieser Fall wirklich bloß eine Lappalie ist, aber wenn mir als Untersuchungsrichter für Sonderfälle die Ehre zuteil wird, ihn zu lösen, muß es sich zumindest um eine illustre Leiche handeln!

„Um was für eine Leiche geht es denn?"

„Irgendein Drogensüchtiger, ein Bürschchen aus dem Kaukasus. Dagegen ist die zweite, die unauffindbare Leiche ... Sag mal, liest du eigentlich die *Komsomolskaja Prawda?"*

„Manchmal", antwortete ich nicht sehr überzeugend. Ein Mittvierziger muß ja auch nicht unbedingt eine Jugendzeitung lesen.

„Also gut, du liest sie nicht. Sagt dir wenigstens der Name Belkin etwas?"

„Vadim Belkin? Den kenn ich natürlich." Ich hatte seine Reportagen über die zentralasiatischen Wüstengebiete, über die Fischer der Heringsflotte und die Gletscherwelt des Altai gelesen. Immer schildert er den Sowjetmenschen in außergewöhnlichen, faszinierenden Situationen, er schreibt spannend und dabei einfach, ohne jede Rücksicht auf die genormte Zeitungssprache in unserem Land ...

Die Stimme der Sekretärin ertönte: „Ein Anruf aus dem Kreml. Genosse Suslow möchte Sie sprechen."

Rudenko nahm den Hörer des roten Telefons ab, das auf einem Nebentischchen stand. Ich wollte hinausgehen, aber er bedeutete mir mit einer Handbewegung zu bleiben.

„Er ist schon dabei ... selbstverständlich der Fähigste ..., bis spätestens elften ... Ich verstehe ... Kein Problem für unseren Mann ... Er bekommt die besten Leute zugeteilt ... Ich werde mich persönlich darum kümmern ... Natürlich, nach Möglichkeit lebend ... Nein, ich denke, wir schaffen es ohne das KGB ..."

Mir wurde auf einmal flau im Magen. Sprach er etwa über meinen zukünftigen Fall?

Der Generalstaatsanwalt legte den Hörer auf. „Hör zu, Igor Josefowitsch. Der Fall ist ziemlich schwierig. In elf Tagen, am fünfzehnten Juni, fliegt unser Staatschef zur Gipfelkonferenz nach Wien. Die Liste der Journalisten, die ihn auf Vorschlag des Presseamts begleiten sollten, hat er auf drei Namen zusammengestrichen. Unter diesen Auserwählten ist Belkin. Wie es heißt, ist Vadim Belkin sein

Leib- und Magenreporter. Und nun kommt's: Vor knapp zwei Wochen ist dieser Belkin verschwunden. Auf dem Kursker Bahnhof hat er einen zwielichtigen Freund abgeholt – den schon erwähnten kaukasischen Fixer –, und dann wurden die beiden von irgendwelchen Typen, direkt auf dem Bahnhofsplatz, in einen Wagen gezerrt und weggebracht. Zwei Tage später hat man den jungen Drogensüchtigen außerhalb von Moskau unter einer Brücke gefunden, mit zertrümmertem Schädel. Von Belkin aber fehlt jede Spur. Vielleicht hat man auch ihn umgebracht, vielleicht hält man ihn aber auch irgendwo gefangen. Jedenfalls müssen wir ihn – mußt du ihn! –, so schnell es geht, ausfindig machen. Unmöglich können wir dem Staatschef erklären, daß sein Haus- und Hofjournalist ihn leider nicht nach Wien begleiten könne, da er in der Drogenszene verschwunden ist. Verstehst du, wir müssen ihn herbeischaffen, tot oder lebendig. Das bedeutet, daß du bis spätestens Montag, den elften Juni, geklärt haben mußt, was mit Belkin passiert ist. Dir stehen genau sieben Tage zur Verfügung. Schaffst du es bis dahin, kriegst du eine Wohnung im Stadtzentrum und wirst zum Oberstaatsanwalt befördert. Wenn du aber meinst, daß du nicht in der Lage bist, den Fall zu bearbeiten, läßt du's mich bis morgen um neun Uhr wissen. Ich würde dann die Konsequenzen daraus ziehen." Doch sogleich milderte er seinen Tonfall wieder und beugte sich vor. „Sei nicht blöd, du schaffst es schon. Der Fall ist ja auch interessant: Drogensüchtige, Journalisten, Ganoven ... Und dann der Kaukasus, Baku! Das ist doch mal was Exotisches. Also los, an die Arbeit!" Er stand auf. „Viel Glück! Bei diesem Fall hast du völlig freie Hand. Das bedeutet: Du arbeitest im Auftrag des Zentralkomitees und besitzt außerordentliche Vollmachten. Wenn du Belkin lebend wiederfindest, hilfst du uns allen aus der Klemme. Auch", fügte er lächelnd hinzu, „aber das nur nebenbei – auch meiner Enkelin Olga ist dieser Belkin nicht ganz gleichgültig. Er hat mal an der Fakultät für Journalismus ein paar Vorträge gehalten und offensichtlich allen Mädchen dort den Kopf verdreht."

Auch das noch! Na gut, dachte ich, jetzt weiß ich wenigstens, wer hier welche Interessen hat. Des Staatschefs Wunsch und Wille, der Auftrag vom Zentralkomitee und die verliebte Enkelin!

Ich kehrte in mein Büro zurück und schleuderte die Akte Belkin wütend auf den Schreibtisch. Von dem Knall aufgeschreckt, steckte Kolja Baklanow den Kopf zur Tür herein und fragte: „Was ist passiert? Ich sehe, du brauchst einen Wodka." Und schon hatte er zwei Gläser gefüllt. „Auf die Werktätigen!" rief er, wir tranken ex, und er schenkte nach. „Was Geheimes?" wollte er wissen.

GESCHÄFTE IN BAKU

„So geheim, wie etwas sein kann, wenn es um einen Journalisten geht."

Weil im Haus der Generalstaatsanwaltschaft die Wände ebenso feine Ohren haben wie in den Botschaftsgebäuden westlicher Länder, schlug ich einfach die Akte Belkin auf und ließ Baklanow mitlesen:

Streng vertraulich!   26. Mai 1979

An den Staatsanwalt der Stadt Moskau,
Genosse Michail Grigorjewitsch Malkow,
Staatsrat der Justiz 2. Klasse

Am 26. Mai 1979 um 6.15 Uhr wurde in der Nähe des Kursker Bahnhofs unter einer Eisenbahnbrücke die Leiche einer noch nicht identifizierten Person männlichen Geschlechts, 17 bis 20 Jahre alt, aufgefunden.

Der Körper des jungen Mannes wies Verletzungen auf, die ihm noch vor seinem Tod zugefügt wurden, unter anderem Kratz- und Schlagverletzungen sowie Blutergüsse, welche auf Gegenwehr des Opfers schließen lassen. Nach Ansicht des Gerichtsmediziners trat der Tod infolge Schädelzertrümmerung mittels eines schweren Gegenstandes ein. Vermutlich wurde der unbekannte junge Mann aus einem fahrenden Zug gestoßen. Er hatte keine Ausweispapiere bei sich. Auf dem Handrücken des Toten ist der Name „Sultan" eintätowiert, im Bereich beider Unterarme wurden Einstichnarben festgestellt. Eine Ermittlungsgruppe des Moskauer Kriminalamtes wurde zum Tatort beordert; die Kriminalakten sind zwecks weiterer Nachforschungen an die Staatsanwaltschaft des Bezirks II weitergeleitet worden, auf dessen Territorium das Verbrechen geschah. Die Ermittlungen in diesem Fall führt Untersuchungsrichter Penski.

Minajew
Generalmajor der Miliz

Wir steckten die Köpfe über der Belkin-Akte zusammen. Auf der folgenden Seite lasen wir etwas von Juwelen: Ein gewisser Alexei Popow, anscheinend ein Alkoholiker, hatte vor einem Spirituosenladen dem Bürger Korkoschko einen Ring mit einem einkarätigen Brillanten, dessen Wert sich auf etwa zweitausend Rubel belief, für ganze fünfzig Rubel zum Verkauf angeboten. Zu Popows Pech war der Mann, den er angesprochen hatte, ein Zivilfahnder der Moskauer Kriminalpolizei. Er ließ Popow verhaften. In dem bei dem Trunksüchtigen sichergestellten Aktenkoffer wurde kostbarer antiker Schmuck im Wert von mindestens hunderttausend Rubel gefunden. Befragt, woher er die Sachen habe, erklärte Popow, er sei unter der Eisenbahnbrücke am Kursker Bahnhof auf diesen Koffer gestoßen.

Der Koffer wies die Fingerabdrücke der rechten Hand des jungen Mannes auf, dessen Leiche man am 26. Mai unter der gleichen Brücke fand. Diese Feststellung sprach dafür, daß der Koffer der noch nicht identifizierten Person mit der Tätowierung „Sultan" gehört hatte und etwa achtzig Meter vor ihm aus dem fahrenden Zug geworfen worden war.

„Klug kombiniert", meinte Baklanow, „aber was hat der Starreporter Belkin damit zu tun? Wann kommt nun endlich sein großer Auftritt – bevor er schließlich wieder verschwindet?"

Ich blätterte um, und da stand er leibhaftig vor uns. Das heißt, genaugenommen stand er neben der siebzehnjährigen Sowjetbürgerin Anja Virnas, und zwar ausgerechnet vor dem Eingang zum Kursker Bahnhof – wenn auch wahrscheinlich nur für die Dauer einer Minute. Denn dann geschah der völlig überraschende Überfall, den Anja Virnas dem leider zu spät dazukommenden Milizionär Abuschawin so schilderte: „In Begleitung von Sascha Rybakow bin ich heute, am 24. Mai 1979, mit dem D-Zug aus Baku in Moskau eingetroffen. Auf dem Bahnsteig wartete ein Bekannter von Rybakow auf uns, Vadim Belkin. Als wir gemeinsam zum Taxistandplatz gingen, näherte sich uns plötzlich eine Art Sanitätsauto, dessen Kennzeichen ich mir nicht gemerkt habe, und vier Männer – zwei von ihnen in weißer Krankenpflegerkleidung – stürzten sich von hinten auf Rybakow und Belkin, wobei sie den Passanten zuriefen: ‚Genossen, helft uns, diese Verrückten einzufangen!' Sie stießen Rybakow und Belkin in den Wagen und nahmen Rybakow den Aktenkoffer ab. Einer der beiden Unbekannten, ein etwa sechzig Jahre alter Mann mit Metallzähnen, hatte mich am Arm gepackt, um mich ebenfalls in den Wagen zu zerren. Es gelang mir aber zu flüchten, nachdem ich ihn in die Hand gebissen hatte. Als die Krankenpfleger einen herbeieilenden Milizionär erblickten, sprangen sie in ihren Wagen und fuhren davon. ‚Um Himmels willen, Sultan!' habe ich meinem Freund nachgerufen...."

Demnach war der tote Fixer „Sultan" mit Rybakow identisch, und wir hatten immerhin die Adresse seiner Freundin Anja, die angeblich schnurstracks nach Hause weitergefahren war, nach Riga. Was sie mit diesem Sultan in Baku zu tun hatte, stand leider nicht im Protokoll.

„Das hätte der Milizionär sie aber fragen müssen", bemängelte Baklanow. „Vielleicht hätte sie, schockiert wie sie momentan war, die Wahrheit gesagt oder auch nur ahnungslos eine Kontaktperson in Baku genannt. Jetzt wird sie nichts mehr sagen oder was Falsches."

„Jedenfalls führt eine Spur nach Riga und eine nach Baku", resümierte ich.

GESCHÄFTE IN BAKU

„Wie du siehst, will dein Starreporter nicht nur seinen Lesern aus dem täglichen Leben unserer kleinen Ganoven berichten, sondern sogar persönlich mitmischen. Er holt am Bahnhof einen drogensüchtigen Dieb oder Hehler ab und hilft ihm, Juwelen zu verhökern. Vielleicht ist er selbst der Zwischenhändler und unterhält in seiner Wohnung ein kleines Warenlager."

Belkins Moskauer Wohnung sowie sein Arbeitszimmer im Gebäude der *Komsomolskaja Prawda* hatte der Untersuchungsrichter Penski bereits durchsuchen lassen. Welchen Ärger er sich damit eingehandelt hatte, war in einem Schreiben an die Staatsanwaltschaft nachzulesen, das den Briefkopf des Chefredakteurs der Zeitung trug: „... erlaube ich mir zu bemerken, daß die Suche nach dem verschollenen Journalisten in den Räumlichkeiten unserer Redaktion unserer Meinung nach sinnlos war und Haussuchungen dieser Art nicht nur unsere Zeitung, sondern auch die Staatsanwaltschaft und ihre ausführenden Organe in Mißkredit bringen ..." Penski, mein Kollege vom II. Bezirk, hatte den aufgeblasenen Genossen Chefredakteur postwendend zur Schnecke gemacht.

Ich blätterte weiter und erfuhr, daß die Rigaer Bürgerin Anja Virnas den toten Fixer mit der Tätowierung „Sultan" eindeutig als Alexander (genannt Sascha oder Saschka) Rybakow identifiziert hatte. Über den Inhalt des Aktenkoffers, den er bei sich getragen hatte, als er entführt wurde, wußte sie angeblich nichts.

„Riga können wir uns sparen", meinte Baklanow erleichtert und schenkte Wodka nach. „Auf ins sonnige Baku!" prostete er mir zu.

„Langsam, langsam! Erst mal wollen wir noch die Abfuhr genießen, die Penski dem Pressezaren erteilt hat", erwiderte ich. Gemeinsam lasen wir die wichtigsten Absätze von Penskis Aktennotiz.

... die Sicherstellung eines Koffers aus dem nachweislichen Besitz von Rybakow, der Juwelen im Wert von mehr als hunderttausend Rubel enthielt, machte es dringend erforderlich zu überprüfen, welche Verbindung zwischen dem inzwischen ermordet Aufgefundenen und dem verschwundenen Journalisten Belkin bestand. Zu diesem Zweck wurde am 31. Mai eine Durchsuchung von Belkins Wohnung vorgenommen, in deren Verlauf neben einigen persönlichen Gegenständen mehrere Manuskripte beschlagnahmt wurden, die wichtige Informationen für die Aufklärung des Falles enthielten. Dies gilt vor allem für den Notizblock mit Belkins Reiseaufzeichnungen, der den Vermerk „Taschkent–Baku Nr. 1" trägt.

Auf der Suche nach möglicherweise existierenden weiteren Notizblöcken nahm ich am 1. Juni 1979 eine Durchsuchung von Belkins Büro in der Redaktion der *Komsomolskaja Prawda* vor. Dabei stellte ich fest, daß sein Schreibtisch so gut wie leer war. Der Journalist Iwan Tarasewitsch, der sich mit Belkin das Büro teilt, und die Putzfrau Irina Urewskaja sagten hingegen übereinstimmend aus, daß der Schreibtisch bis zum Abend des vorangegangenen Tages mit Manuskripten und sonstigen Papieren überhäuft gewesen sei. Es ist daher nicht auszuschließen, daß erst in der Nacht zum 1. Juni Material beiseite geschafft wurde, das in unmittelbarem Zusammenhang mit dem Fall steht.

Daher gestatte ich mir an dieser Stelle die Bemerkung, daß die Kollektivmoral der Redaktionsangestellten der *Komsomolskaja Prawda* zu wünschen übrigläßt. Belkin wurde am 24. Mai zum letzten Mal in der Redaktion gesehen. Er hatte sich nicht abgemeldet; dennoch schien sich niemand darüber aufzuregen, daß der Journalist bereits seit über einer Woche fehlte.

In Anbetracht der Tatsache, daß Belkin dem Presseteam des Staats- und Parteichefs für das Gipfeltreffen zugeteilt wurde, vertrete ich die Ansicht, daß es zur raschen Auffindung des Reporters zweckmäßig wäre, eine Sonderbrigade aufzustellen. Die Bewältigung aller Aufgaben durch einen einzelnen Untersuchungsrichter, in diesem Fall durch meine Person, ist äußerst schwierig, insbesondere wenn man berücksichtigt, daß ich gegenwärtig neben dem Fall Rybakow/Belkin achtzehn Wirtschaftsverbrechen schwerster Art aufzuklären habe.

Alle Achtung, dieser Penski imponiert mir! Er riskiert sein Monatsgehalt von hundertfünfundsechzig Rubel, um dem Chefredakteur unserer drittgrößten Zeitung die Leviten zu lesen. Natürlich plusterte er sich mit seinen „Wirtschaftsverbrechen schwerster Art" ganz schön auf. In der Praxis steckt dahinter doch nichts anderes als der übliche Kleinkrieg mit Betrügern und Schwarzhändlern, Verhöre von ständig besoffenen Typen, die im Wodkasumpf unseres Staates ihr Unwesen treiben. Immerhin werden neunzig Prozent aller Verbrechen von Betrunkenen verübt, und eine halbe Million solcher Delikte beschäftigt Tag für Tag die Moskauer Gerichte. Penski hat recht, es muß eine Sonderbrigade her, die sich mit dem Fall Belkin befaßt, und der erste, den ich in die Brigade aufnehme, wirst du sein, verehrter Untersuchungsrichter Penski, auch wenn sich der Chefredakteur der *Komsomolskaja Prawda* höchstpersönlich über dich beschwert hat und dir der Fall offiziell entzogen wurde. Schließlich hat mich der General mit allen Kompetenzen ausgestattet ...

Und als zweiten ..., als zweiten könnte ich Oberstleutnant Swetlow gebrauchen, denn der ist ein richtiger Spürhund mit einer enorm feinen Witterung. Aber, wer weiß – Swetlow ist inzwischen

Abteilungschef im Moskauer Kriminalamt. Vielleicht ist aus dem einst tüchtigen Kriminalisten ein Bürohengst geworden...

Während ich so grübelte, öffnete ich das große graue Kuvert, das der Akte beigeheftet war, und nahm den bereits erwähnten, geheimnisumwitterten Notizblock „Taschkent–Baku Nr. 1" heraus. Der Block war in hastiger, schwer zu entziffernder Kurzschrift vollgekritzelt. Außer dem Notizblock befanden sich in dem Kuvert auch achtundvierzig mit der Maschine geschriebene Manuskriptseiten. Offensichtlich hatte Belkin gerade erst damit begonnen, seine Reisenotizen ins reine zu schreiben.

Baklanow hatte sich wieder in sein Büro nebenan begeben. Ich zündete mir eine Westzigarette an, lehnte mich im Sessel zurück und vertiefte mich in Belkins fragmentarischen Reisebericht. Der Journalist hatte eine reißerische Überschrift über seinen Text gesetzt. Kaum anzunehmen, daß eine so provozierende Formulierung unbeanstandet die Zensur passiert hätte. Daß jedoch Belkins Aufzeichnungen in dieser Form ohnehin nicht für die Veröffentlichung in der *Komsomolskaja Prawda* bestimmt sein konnten, sollte ich sehr bald merken.

Ein Sarg ohne Leiche

Anfang Mai dieses Jahres flog ich von Moskau nach Taschkent. Von dort aus reiste ich weiter ins südliche Usbekistan und nach Tadschikistan, wo ich in den Ausläufern des Pamir eine Gruppe von Gletscherforschern besuchen wollte. Vom Flugzeug aus betrachtete ich die Landschaft: Ausgebreitet wie ein bunter Teppich erstreckten sich unter mir grüne Baumwollplantagen, durchwoben von riesigen, flammendroten Flecken – Mohnfeldern in voller Blüte. Ich weiß nicht, was den Kolchosen dort mehr einbringt: die Baumwolle für die Textilindustrie oder der Schlafmohn, der – offiziell jedenfalls – für die pharmazeutische Industrie bestimmt ist. Natürlich kenne ich die tollen Geschichten über afghanische Schmugglerbanden, die angeblich auf geheimen, halsbrecherischen Pfaden über das Gebirge kommen und mit der halben Mohnernte wieder verschwinden. Hätte ich nicht selbst gesehen, wie sorgfältig jeder Zentimeter Boden an der Grenze bewacht wird – ich hätte diese Schauermärchen vermutlich geglaubt.

Einen Tag vor meiner Rückreise setzte mich ein
Hubschrauberpilot der Grenzgarnison in einem Tal im
Niemandsland ab. „Zum Edelweißpflücken", erklärte
er der Luftraumüberwachung arglos.

Der diensthabende Offizier ließ über Funk eine
Schimpfkanonade vom Stapel, weil wir ohne Sonderge-
nehmigung außerhalb des Staatsgebiets gelandet
waren, doch ich ergriff das Handmikrofon des Funk-
geräts und schrie hinein: „Es gibt hier eine für die
botanische Forschungsarbeit unserer Jungen Pioniere besonders seltene Edelweißart, und ich
habe den Lesern der Komsomolskaja Prawda versprochen ..."

„Schon gut, ausnahmsweise! Aber holen Sie sich
hinterher den Passierschein für die Sperrzone ab."

So kam es, daß ich nicht nur einen herrlichen
Strauß Edelweiß nach Hause mitnehmen konnte, sondern auch einen nachträglich ausgestellten, unbe-
nutzten Passierschein für das schönste Sperrgebiet
an der Südgrenze unseres Vaterlandes. Ich wäre doch
blöd gewesen, wenn ich ein solch exotisches Souvenir
bei irgendeinem Wachtposten unverlangt wieder abgegeben hätte!

Als ich auf der Rückreise erschöpft im Taschkenter
Flughafengebäude saß, hatte ich plötzlich eine
Idee: Ich werde nach Baku fliegen, zur Großmutter,
werde ein Weilchen faulenzen, mit alten Freunden ans
Kaspische Meer zum Angeln fahren und meinen Bericht
über die Gletscherexpedition schreiben.

„Hören Sie mal", wandte ich mich an den jungen
Angestellten am Aeroflot-Schalter. „Ändern Sie
bitte mein Flugticket auf die Route Taschkent-Baku-
Moskau ab. Wann geht die nächste Maschine?"

Der Mann gab Auskunft und stellte mir einen neuen
Flugschein aus. Ich bahnte mir einen Weg durch die
Menschenmenge zum Abfertigungsschalter, wo ich meinen Rucksack als Reisegepäck aufgab, und ging dann,
nur mit einer leichten Tasche über der Schulter, auf
das Flugfeld hinaus. Die Tu-104, ein alter, aber
immerhin düsengetriebener Klapperkasten, stand
direkt neben dem Flughafengebäude. Die Passagiere
durften jedoch nicht zur Gangway, denn zunächst
wurde das Gepäck verladen: sperrige Kisten und prall
gefüllte Koffer, mit Schnur umwickelt und einer

Unzahl kleiner Löcher versehen – damit das darin
enthaltene kostbare Obst und Gemüse unterwegs nicht
verdarb. Und plötzlich wurde mir mulmig: Ich sah,
wie vier Männer mit äußerster Anstrengung einen
schweren Zinksarg hochhoben und ihn im Flugzeugrumpf verstauten.

Eine Leiche im Flugzeug! So eine Schweinerei,
dachte ich. Leichen gehören in Transportflugzeuge,
nicht in Passagiermaschinen; schließlich kenne ich
die Vorschriften der Aeroflot. Aber auch hier wird
kräftig geschmiert, gar keine Frage. Ich begann, die
Passagiere zu mustern, die sich vor der Gangway in
einer Reihe aufgestellt hatten: Gemüsehändler, die
ihre Produkte höchstpersönlich ins Baltikum brachten, zwei ältliche Usbekierinnen in seidenen Hänge-
kleidern und so ein lascher Typ, auf dessen schwarzer Jacke die kleine Fotografie eines kürzlich
verstorbenen Verwandten befestigt war ... Ich besah
mir das Gesicht genauer und dachte: Das ist doch
Boris Borissowitsch, der mit dir zur Schule gegangen ist. Ich trat auf ihn zu.

„Boris Borissowitsch!"

Es schien mir, als ob er für den Bruchteil einer
Sekunde erstarrte. Offenbar kostete es ihn Überwindung, mich anzublicken.

„Hallo! Ich bin Belkin, kennst du mich nicht
mehr?" fuhr ich unbeirrt fort, obwohl ich sicher
war, daß er mich erkannt hatte. „Mein aufrichtiges
Beileid. Wer ist denn gestorben?"

„Mein Onkel", antwortete er zögernd.

„Boris, wir sind doch gemeinsam zur Schule gegangen! Du hast hinter mir in der letzten Reihe gesessen. Weißt du das nicht mehr?"

„Ja, richtig", bestätigte er unwillig. In seiner
Antwort lag nicht ein Funken Höflichkeit, geschweige denn Begeisterung, wie sie bei unerwarteten Begegnungen dieser Art angebracht wäre. Es tat
mir schon leid, daß ich ihn überhaupt angesprochen
hatte. Schließlich hatte ich mich in den elf, zwölf
Jahren nicht bis zur Unkenntlichkeit verändert,
während mein Freund aus Schülertagen Speck angesetzt hatte und reichlich schwammig aussah. In diesem Augenblick wurde unser Flug aufgerufen, und man
ließ die Passagiere die Gangway hinaufmarschieren.

„Hör mal", sagte ich, als wir vor der Gangway in der Schlange warteten. „Wenn du mal meine Hilfe gebrauchen kannst – in Baku oder in Moskau –, ruf mich einfach an. Ich arbeite bei der Komsomolskaja Prawda, die Telefonnummer unserer Redaktion findest du in jeder Zeitung."

„Mhm ...", murmelte er. „Danke." Dann stieg er die Gangway hinauf und reichte der Stewardeß sein Flugticket.

Ich war beleidigt. Geh doch zum Teufel, dachte ich. Immerhin bin ich ein erfolgreicher Journalist, der Staats- und Parteichef persönlich hat mich für sein Presseteam ausgesucht – und dieser Fettsack will nicht mit mir reden! Der kann mir den Buckel runterrutschen! Jetzt hat er mir meine gute Laune verdorben, und das nehm ich ihm übel. Ich war nämlich in Gedanken schon ganz bei den sanften, grünen Wassern des Kaspischen Meeres gewesen, bei Meeräsche am Spieß – da läuft mir dieser Idiot mit seinem Sarg über den Weg. Apropos Sarg: Bei diesem Boris daheim war der ganze Wintergarten mit Büchern über Alchemie und Schwarze Magie vollgestopft. Ich weiß noch, wie unsere Clique einmal bei ihm anrückte. Ein seltsamer Anblick bot sich uns: Seine Schwester, damals etwa zehn Jahre alt, ein spindeldürres Geschöpf mit riesigen Kulleraugen, hüpfte mit entrückter Miene über ein Springseil und zählte dazu: „Fünfhunderteins, fünfhundertzwei, fünfhundertdrei", während Boris mit bleichem, angespanntem Gesicht danebenstand und ihr unablässig in die Augen starrte, als ob er sie mit Hilfe seiner Zauberbücher hypnotisiert hätte.

Ich nahm mir vor, Boris Borissowitsch beim Aussteigen in Baku keines Blickes mehr zu würdigen. Doch als wir die Maschine verließen und ich den staubigen, heißen Flugplatz von Baku betrat, wußte ich, daß ich Boris zwangsläufig wieder begegnen würde, sobald ich meinen Rucksack abholte. Denn Boris wartete bereits an der Gepäckraumklappe des Flugzeugs auf den Sarg mit dem verstorbenen Onkel. Neben ihm standen noch zwei Personen: links ein unscheinbarer, sechzigjähriger Mann mit auffallend großen Metallzähnen, und rechts ...

Ich bitte um Nachsicht, doch das Wesen, das zu sei-

ner Rechten stand, ist es wahrlich wert, daß ich für
seine Beschreibung einen neuen Absatz beginne. Es
klingt abgedroschen, ich gebe es zu – aber bei mir
war es Liebe auf den ersten Blick. Sie war Anfang
Zwanzig, hatte tiefblaue Augen, ihr schwarzes Haar
war am Hinterkopf straff geknotet, und in dem korn-
blumenblauen Sommerkostüm, das sie trug, wirkte
ihre zierliche Gestalt beinahe zerbrechlich. Aus
der Tiefe meiner Erinnerung stieg plötzlich das Bild
jenes spindeldürren, zehnjährigen Mädchens auf, das
mit weit aufgerissenen Augen über ein Springseil
hüpfte und dazu atemlos „fünfhunderteins, fünfhundertzwei, fünfhundertdrei ..." zählte. Unwillkürlich lenkte ich meine Schritte auf sie zu, ihrem Bruder zum Trotz, der mir feindselig entgegenstarrte.
Unbeirrt trat ich vor sie und blickte in ihre betö-
renden blauen Augen.

„Ich kenne Sie, Sie sind Boris' Schwester. Guten
Tag! Ich heiße Vadim", sagte ich und streckte ihr
meine Hand hin.

Sie warf ihrem Bruder einen fragenden Blick zu,
doch der schwieg eisern und schaute weg. Da reichte
sie mir die Hand: „Natascha."

„Ich bin mit Boris zur Schule gegangen, und einmal
war ich bei Ihnen daheim, da hüpften Sie gerade über
ein Springseil und zählten dabei. Erinnern Sie sich
noch?"

Sie lächelte schwach und meinte achselzuckend:
„Ich erinnere mich nicht."

Ich deutete auf das Flugzeug, aus dessen Ladeluke
soeben der Zinksarg gehoben wurde, und drückte auch
Natascha gegenüber mein tiefstes Mitgefühl aus.
Dabei fiel mir auf, daß Natascha, Boris und der Alte
mit dem Metallgebiß das Ausladen des Sarges mit
angespannten Mienen verfolgten, als befürchteten
sie, der tote Onkel könne von dem Gerüttel des Gabel-
staplers wieder aufwachen. Auf einen Wink von Boris
begab sich der Alte zu den Burschen, die den Sarg
wegtragen sollten. Erst jetzt registrierte ich, daß
die hübsche Natascha nicht in Trauerkleidung auf dem
Flughafen erschienen war, sondern ein geradezu
unschicklich modisches Kostüm trug. Spontan faßte
ich den Entschluß, der jungen Dame eine Freude zu
machen. Ich holte den Edelweißstrauß aus meiner

GESCHÄFTE IN BAKU

Tasche. „Das ist Edelweiß aus Usbekistan", sagte ich und drückte ihr den Strauß in die Hand. „Ich weiß, es ist nicht der richtige Ort und auch nicht der rechte Moment für solche Dinge, aber ... ich hoffe, ich darf Sie wiedersehen." Und zu Boris gewandt, fuhr ich fort: „Darf ich euch anrufen?"

„Wenn du willst", brummte er und zog seine Schwester am Ärmel mit sich fort. Sie gingen hinter den Trägern her, die, begleitet von dem unsympathischen alten Kerl mit den Metallzähnen, den Sarg wegtrugen. Danach zu urteilen, wie die vier Männer unter der Last stöhnten, mußte der Onkel weit über zwei Zentner gewogen haben.

Ich folgte Boris und rief: „Komm, fassen wir mit an! Natascha, halten Sie doch mal meine Tasche."

„Nein!" knurrte Boris in barschem Ton.

Mir fiel ein, daß nach alter Tradition kein naher Verwandter den Sarg eines Verstorbenen berühren darf. Doch das galt ja nicht für mich. Ich drückte Natascha meine Tasche in die Hand, lief den Sargträgern nach und half ihnen beim Tragen, in der Hoffnung, von den Hinterbliebenen aus Dankbarkeit zum Leichenschmaus eingeladen zu werden ...

Mit vereinten Kräften schleppten wir den Sarg durch die Schwingtür des Flughafengebäudes und steuerten quer durch die Menschenmenge, die sich in der Flughafenhalle drängte, als plötzlich ein kleiner Bengel mit ausgestreckten Armen und heulend wie ein Düsenjäger mit vollem Karacho gegen einen der vorderen Sargträger prallte. Es war weniger das Körpergewicht des Jungen als vielmehr der Karateschwung seines Armes, der den Träger zu Fall brachte. Ich hatte plötzlich die doppelte Last auf den Schultern, knickte in der Hüfte ein, und im nächsten Augenblick knallte der Sarg auch schon auf den Boden.

Ein Aufschrei ging durch die Menge. Alles starrte auf den Sarg, dessen Lötnaht beim Aufprall geborsten war. Ein paar Frauen bekreuzigten sich rasch, um nicht unvorbereitet eine Leiche erblicken zu müssen. Indes ... statt eines Toten kamen kleine Päckchen aus Plastikfolie zum Vorschein, kaum größer als eine Briefmarke und mit merkwürdigen, ölig-braunen Flecken gesprenkelt. Einige Beutel waren aufgeplatzt, und eine feuchte, mehlartige Substanz rann heraus. Einer der Träger bückte sich, hob behutsam ein noch unversehrtes Päckchen auf und drehte es hin und her. „Mottenpulver, wie?" fragte er mit kaukasischem Akzent.

Ich bemerkte, wie der Alte mit dem Metallgebiß sich in der Menge zu verdrücken suchte. Das war nicht schwer, weil noch immer alle auf den Sarg starrten. Einer der Fluggäste hob ein offenes Folienviereck auf, zerrieb das Mehl zwischen den Fingern, schnupperte daran und rief triumphierend: „Mottenpulver soll das sein? Das ist Opium!" Er schnappte sich einen ganzen Schwung von den Päckchen und stopfte sie in seine Jackettaschen.

Jetzt war die Hölle los. Die Menschen stürzten sich auf den Sarg, griffen gierig nach den Päckchen, und einer riß den Deckel des Zinksarges ganz herunter. Es entstand ein mörderisches Gedränge. Ich fiel der Länge nach mitten in den Opiumsegen hinein. Milizionäre stürzten sich ins Getümmel, bahnten sich mit Fäusten und schrillen Pfiffen einen Weg durch die Menschenmassen. Der Anblick der Uniformen ernüchterte die Menge und, mit Opium bepackt, stoben die Leute in alle Richtungen davon. Die vier Sargträger hatten sich schon längst aus dem Staub gemacht, während ich immer noch nichts begriff, erschöpft auf der Kante des Sarges hockte und nach Boris und seiner Schwester ausspähte.

Von Panik erfaßt, sprang ich plötzlich auf. Die schöne Natascha war ja mitsamt meiner Tasche verschwunden, mit meinen Notizen, meinem Paß. In diesem Augenblick legte mir ein Milizionär mit schwarzem Schnurrbart die Hand auf die Schulter: „Sie sind värrchaftet!" sagte er in schönstem aserbaidschanischem Dialekt.

„Dreizehn Uhr Moskauer Zeit!" morste Baklanow im Nebenzimmer gegen die Wand, um mich an unsere Mittagspause zu erinnern.

Was, schon ein Uhr? Ich hatte mich völlig in Belkins Bericht vertieft, und dabei hatte ich doch bis zum Mittag eine Brigade auf die Beine stellen wollen!

„Kann nicht weg!" schrie ich zu Baklanow hinüber und griff nach dem Telefonhörer. Die wichtigsten Leute waren für mich momentan der Untersuchungsrichter Penski, den ich nicht persönlich kannte, und Oberstleutnant Marat Swetlow. Beide waren mit dem Fall bereits vertraut. Ich wählte zuerst die Nummer der Staatsanwaltschaft des II. Bezirks und sagte: „Hier spricht Schamrajew, Untersuchungsrichter für Sonderfälle bei der Generalstaatsanwaltschaft. Ich möchte den Genossen Penski sprechen."

Eine halbe Minute später, als mir allmählich die Geduld ausging, ertönte im Hörer ein sonorer Baß: „Untersuchungsrichter Penski am Apparat."

„Schamrajew von der Generalstaatsanwaltschaft. Ich würde mich gerne einmal mit Ihnen zusammensetzen."

„Wegen des Falls Belkin?"

„Erraten!"

„Wann wünschen Sie . . ."

„Sofort – wenn es geht." Ich wollte, daß mein Tonfall weniger nach einem Befehl von oben klang als vielmehr nach der Bitte eines Kollegen.

„Ich könnte in vierzig Minuten bei Ihnen sein. Wo finde ich Sie?"

„Fünfter Stock, Zimmer fünfhundertneunzehn. Danke, ich erwarte Sie."

Bis jetzt finde ich diesen Penski ganz prima, dachte ich erleichtert und wählte die Nummer der Moskauer Miliz. „Verbinden Sie mich bitte mit Sektion drei, Abteilung zwei", sagte ich, als sich die Zentrale meldete. „Und geben Sie mir gleich den Chef."

„Wer spricht?"

„Sagen Sie nur: Schamrajew."

Donnerwetter! Swetlow war sofort am Apparat: „Was verschafft mir die Ehre?" wollte er wissen. „Sollen wir uns mal wieder auf den Kriegspfad der Schürzenjäger begeben?" Er quasselte genauso frivol wie früher, als er noch kein hohes Tier war.

„Ein andermal. Zunächst müßte ich noch etwas erledigen, wozu ich dich brauche. Wie wäre es, wenn du dich in deine Luxuslimousine setzen und mit heulender Sirene zu mir in die Puschkinstraße kommen würdest?"

„Ist das ein dienstlicher Befehl? Was ist denn passiert?"

„Nichts, was sich am Telefon besprechen ließe. Ich muß dich sehen."

„Gut", antwortete er, mit einemmal sachlich, „ich bin gleich da."

Menschen vom Schlage eines Swetlow, überlegte ich, interessieren sich hauptsächlich für drei Dinge im Leben: für die Aussicht, irgendwo mitmischen zu können, für Sondervollmachten und für alle tollen Geschichten, die ein Kollege zu erzählen hat.

Wo war ich in Belkins Geschichte stehengeblieben? Der Pechvogel war, völlig unschuldig, wie es schien, in der Flughafenhalle von Baku „värrchaftet" worden. Hatte man ihn ins Untersuchungsgefängnis gesteckt, oder konnte er die Milizionäre schon beim ersten Verhör davon überzeugen, daß sie den Falschen erwischt hatten? Aus unerklärlichen Gründen brach Belkins Bericht an dieser Stelle ab, und auf der nächsten Seite begann ein neues Kapitel. Offenbar spielte es in der berüchtigten Rauschgiftszene von Baku, und der Held der Handlung hieß Saschka Rybakow, genannt „Sultan".

Ich packte die kalte Pirogge aus, die ich zu Hause in die *Prawda* vom Tag zuvor eingewickelt hatte, feuchtete mir den Mund vorsorglich mit einem kräftigen Schluck Wodka an und las während des Mittagessens weiter in Belkins Werken.

Die Cousine aus Riga

Saschka stierte, der schmächtige Semjon luchste, und Rafik staubte ab. Auf gut russisch bedeutet das: Saschka paßte auf, ob sich etwa ein Milizionär oder ein Polizeispitzel näherte, während Semjon nach Handtaschen, Geldbörsen oder goldenen Uhren Ausschau hielt. War er „fündig" geworden, blinzelte er Rafik zu und begann gleich darauf, den Passanten abzudrängen, bis Rafik mit dem ausersehenen Opfer auf Tuchfühlung kam und nur noch zuzugreifen brauchte. Es war vorbildliche Kollektivarbeit. Doch an diesem Tag machten sie keinen Stich. Die „Zwiebel", die sie am Morgen gekrallt hatten, war leider nicht aus Gold, sondern bloß aus Blech gewesen, und der Hehler Tolik, dieser Geizhals, hatte ihnen für die Uhr keine müde Kopeke geboten. Inzwischen aber war das allmorgendliche Gedränge auf den Gehsteigen und in den Straßenbahnen abgeflaut, und jetzt, nach zehn Uhr, waren nur noch Hausfrauen mit armseligen Einkaufsbeuteln unterwegs.

Saschka verspürte das erste qualvolle Ziehen in den Gelenken. Wenn er nicht bald Rauschgift bekam, würde der Schmerz unerträglich werden. Also schnell etwas abstauben und sich Opium beschaffen, damit er sich einen „Druck" machen konnte.

Eben bog eine Straßenbahn der Linie sieben in die
Leninstraße ein, und auf dem vorderen Trittbrett des
Beiwagens hing der schmächtige Semjon. Zum Glück
kommt in Baku kein Mensch auf die Idee, die Türen der
Straßenbahnen zu schließen: erstens wegen des ange-
nehm kühlen Fahrtwindes, und zweitens, weil es das
Ein- und Aussteigen beschleunigt. Die Fahrgäste
springen einfach während der Fahrt auf oder ab.

Semjon deutete auf das Handgelenk eines bebrill-
ten Mannes, der über ihm auf der Plattform stand.
Schon von weitem konnte Saschka erkennen, daß die
Uhr eine teure japanische Seiko war. Mit ein paar
weiten, federnden Sprüngen holte er die Straßenbahn
ein. Er schwang sich auf das Trittbrett, schubste
Semjon grob nach oben, wodurch der vornehme Herr mit
der Goldrandbrille gegen Rafik gedrückt wurde, der
schon nach Plan an seinem Rücken klebte.

„Was drängst du so?" schimpfte Semjon.

„Halt doch die Schnauze!" giftete Saschka zurück.

Entrüstet versuchte der Mann mit der Brille, von
den Halbstarken weg ins Innere des Wagens zu flüchten. Doch Rafik stand wie angewurzelt hinter ihm und
wartete auf Semjons Stichwort zum Angriff. Es kam
prompt.

„He, der Kerl auf dem Trittbrett will frech werden!" rief Semjon.

Und nun begannen sie beide – Rafik über den Kopf
des Brillenträgers hinweg – auf Saschka loszudre-
schen, der wiederum Semjon am Kragen packte. Der
Sinn dieser Rauferei war es, den Mann mit der Seiko
möglichst fest einzukeilen, um ihm den linken Arm
einen Moment lang scheinbar unbeabsichtigt abklem-
men zu können. Der Mann würde versuchen, seine Hand
freizubekommen, und das würde ihm auch gelingen –
aber ohne seine Uhr!

Alles ging wie geschmiert; schließlich waren sie
beim „General" in die Lehre gegangen. Der General,
das war der Boß – natürlich nicht für all die zig-
tausend Herumtreiber und kleinen Gauner, die die
Millionenstadt Baku unsicher machten, sondern er
war nur der Chef jener Banden drogensüchtiger Diebe,
die er selbst herangezogen hatte. Drei, vier Jahre
zuvor, als Saschka in die siebte Klasse ging und bloß
seinem Vater hin und wieder ein paar kapitalistische

Zigaretten mopste, war der Hügel hinter dem Bakuer Bahnhof noch ein friedlicher, versteckter Platz gewesen, auf dem kleine Jungen harmlosen Unfug trieben. Doch eines Tages kreuzte der General auf. Natürlich kannte keiner von ihnen seinen Decknamen, für sie war er bloß irgendein alter Knacker, der ihnen erklärte, er sei Judotrainer und suche kräftige Burschen für seine Jugendmannschaft. Als er bei einem von ihnen Spielkarten aus der Brusttasche hervorschauen sah, bot er an, ihnen das Pokerspiel beizubringen. Auch früher schon hatten die Jungen manchmal um Geld gespielt – bloß zum Vergnügen, der Höchstgewinn belief sich auf dreißig oder vierzig Kopeken –, doch seit der General aufgetaucht war, wurden die Einsätze höher, das Spiel immer riskanter. Zunächst verlor der General, und das nicht schlecht, denn meist kostete es ihn acht oder zehn Rubel. Später, als Saschka einer der engsten Vertrauten des Generals war und bereits selbst einen Decknamen – Sultan – hatte, begriff er, daß die regelmäßigen Verluste des Generals Teil einer ausgeklügelten Strategie waren. Nachdem der General die Jungen nach alter russischer Tradition zu leidenschaftlichen Spielern dressiert hatte, begann er, ihnen alles Geld wieder abzunehmen, und binnen kürzester Zeit standen viele der Schüler aus der siebten, achten oder neunten Klasse bei ihm in der Kreide. Obwohl der General zunächst diese Schulden nicht allzu dringlich einforderte, war doch das Gefühl der Abhängigkeit stets gegenwärtig, und das machte die Jungen unsicher und mißmutig. Und dann half ihnen der General, ihren Verdruß zu überwinden: Er gewöhnte sie ganz zwanglos an Drogen.

So waren sie hineingeschlittert. Der General ließ ihnen Zeit. Eines Tages zeigte er ihnen, wie man, nur so zum Spaß, mit einer Rasierklinge eine Tasche aufschlitzt, um an die Geldbörse ranzukommen. Später brachte er ihnen weitere Tricks von Taschendieben bei, warnte sie jedoch stets davor, sich auf derartiges einzulassen. Aber die Jungen brauchten Geld: nicht bloß fürs Kartenspiel, jetzt brauchten sie es auch für Haschisch, Opium und Morphium. Der General bildete deshalb aus seinen Schützlingen Dreiergruppen, Troikas genannt, und ging daran, sie nach allen

Regeln der Kunst das Stehlen zu lehren. Er teilte das Stadtgebiet mit sämtlichen Straßenbahnlinien unter den Gruppen auf, die sich verpflichten mußten, einen Teil ihrer Beute bei ihm abzuliefern.

Die Jungen stahlen gerade so viel, daß es für ein oder zwei „Schuß" und zwei oder drei Haschischzigaretten reichte. Mit ihrer Beute fuhren sie stets postwendend ins Zentrum, zum Schauspielhaus, wo Tolik herumlungerte, ein Hehler und Rauschgifthändler, der sie mit dem „Stoff" versorgte.

Der Diebstahl der Seiko-Uhr war reine Routinearbeit. Während des kurzen Gerangels keilten Semjon und Rafik den Mann mit der Goldrandbrille ein. Wie zufällig blieb er mit der Hand unter Rafiks Arm hängen, so daß Saschka mit einer flinken Bewegung das Uhrenarmband öffnen konnte. Der Mann zog verärgert die Hand aus der Klemme, und Saschka brauchte die Uhr nur noch aufzufangen wie eine reife Frucht.

„Erledigt!" flüsterte Saschka Semjon zu. Laut rief er: „Komm her, du Feigling!" und zerrte ihn vom Trittbrett auf die Straße. Rafik sprang ihnen nach, und solange die Fahrgäste ihnen mit ihren Blicken folgen konnten, mimten Saschka und Semjon eine Schlägerei, während Rafik die beiden zu trennen versuchte. Kaum aber war die Straßenbahn um die Ecke verschwunden, holte Saschka die frisch geangelte Uhr aus der Tasche, und alle drei bestaunten den Fang – eine echt goldene Seiko! Hoffentlich hat sich Tolik noch nicht verdrückt, dachten sie, immerhin ist es bald elf Uhr.

Wie von Hunden gehetzt, jagte die Troika über den Bahnhofsplatz in Richtung Zentrum, zum Schauspielhaus. Nach hundert Metern stoppte Saschka plötzlich, und auch die beiden anderen blieben stehen.

Auf dem Gehsteig, gegen einen Laternenpfahl gelehnt, stand heulend eine siebzehnjährige Märchenprinzessin. Das Mädchen mit dem aschblonden Haar war eine Gestalt von fremdartiger Schönheit; bestimmt stammte sie nicht aus Baku. Zu ihren Füßen lag ein brauner Pappkoffer, und in der Hand hielt sie eine geöffnete Reisetasche. Wie ein kleines Kind wischte sie mit der Faust die Tränen weg, die unaufhörlich über ihre Wangen rannen.

„Was ist denn passiert?" fragte Saschka.

Das Mädchen schaute zu ihm auf. Saschka blickte in ihre Augen, die blau waren wie das Meer, und er fühlte, wie ihm das Herz stehenblieb. „Ich ... ich ...", stammelte sie, „hab mein Geld verloren und ... und ... die Adresse ..."

„Welche Adresse? Woher kommst du?"

„Ich ... ich ... bin eben erst mit dem Zug aus Riga gekommen, um meine Tante zu besuchen. Die ... die Tante weiß nicht, daß ich heute schon komme. Ich hatte eine Brieftasche, da war mein Geld drin, mein Paß und die Adresse der Tante ..." Schon begann sie wieder zu heulen.

„Warte mal!" Saschka ergriff ihre Hand. „Hat sich etwa jemand an dich herangemacht?"

„Da war so ein Junge, der mir am Bahnhof den Koffer tragen half. So ein schwarzhaariger, großer –"

„Mit einem Käppi?"

„Ja! Wieso?"

Die Jungen wechselten miteinander einen Blick.

„Arif!" sagte Rafik mit Nachdruck. Der Bahnhof war Arifs Revier, und alle drei wußten, daß der Diebstahl auf sein Konto ging. Saschka blickte auf die gestohlene Seiko. Es war Viertel nach elf. Er hob den Koffer des Mädchens auf und ging schnurstracks zum Taxistand.

„Wohin willst du denn?" fragte sie verwundert.

Saschka antwortete nicht. Statt dessen fragte er zurück: „Wieviel Geld war drin?"

„Achtzig Rubel für die Rückfahrkarte."

„Steig ein!" Er öffnete die Tür eines Taxis, jede Minute war kostbar. Arif hatte die Brieftasche geklaut und das Geld herausgenommen, alles andere hatte er bestimmt so schnell wie möglich wieder loswerden wollen und in eine Mülltonne geworfen. Aber wo? Saschka mußte sich Arif schleunigst vornehmen, denn mit solch einer Summe würde der Gauner sofort zu Tolik rennen und groß einkaufen.

„Zum Schauspielhaus", sagte Saschka zum Fahrer und schubste seine verdutzten Freunde und das blauäugige fremde Mädchen unsanft ins Auto.

„Wie heißt du überhaupt?" fragte er sie.

„Anja Virnas."

„Ich heiße Saschka. Merk dir: Saschka Rybakow, und ich bin dein Cousin."

„Mein Cousin?"

„Ja! Es muß sein. Wenn dich einer fragt, sagst du, daß du meine Cousine bist." Saschka wandte sich an Rafik und Semjon: „Habt ihr beide das auch kapiert?"

„Klar", antworteten sie.

„Die Adresse deiner Tante weißt du nicht mehr?"

„Ich erinnere mich nicht."

„Auch nicht an den Familiennamen?"

„O ja, daran schon. Sie heißt auch Virnas." Anja sah ihm vertrauensselig in die Augen. Dieser Blick! Für Saschka war es ein völlig neues Gefühl, daß eine Frau ihm als Mann und Beschützer vertraute; es erfüllte ihn mit solcher Entschlossenheit!

Das Taxi hielt vor dem Schauspielhaus. „Bleibt hier!" befahl er seinen Kameraden und Anja, und im Laufschritt eilte er durch die schmale Gasse, die zu dem versteckten, schattigen Hof hinter dem Theater führte, wo Tolik auf Kundschaft wartete. Zum Glück war Tolik noch da. Saschka reichte ihm schweigend die Seiko, sah Toliks Hehleraugen aufleuchten und fragte: „Wieviel krieg ich dafür?"

„Stammt garantiert aus Odessa", meinte Tolik, der natürlich den Preis drücken wollte.

„Ich habe es eilig. Das hier ist echt japanisches Gold! War Arif hier? Hatte er Kies?"

„Vor zehn Minuten ... Ich gebe dir dreißig Rubel. Das ist schon überbezahlt."

„Dann gib sie wieder her", sagte Saschka. „Ich fahr zu Mahmud, ich brauch Kies."

„Wieviel?"

„Fünfzig. Bei fünfzig nehm ich dir auch zwei Päckchen ab, vielleicht sogar drei." Ich muß schließlich auch an mich denken, dachte er. Zwei Portionen Haschisch für Rafik und Semjon, um sie möglichst rasch loszuwerden, und die dritte Portion würde er behalten und irgendwo unterwegs paffen, heimlich, ohne daß Anja etwas merkte. Er hielt es kaum noch aus – dieses Ziehen in den Gelenken, grauenhaft!

„Also gut, sagen wir vierzig. Hier hast du drei Päckchen à fünf Rubel", sagte Tolik. Er zog aus dem Jackenfutter drei Briefchen mit Haschisch hervor und legte fünfundzwanzig Rubel dazu.

„Hast du den Kies von Arif?" Saschka deutete auf das Geld.

„Das geht dich nichts an. Was er mir gegeben hat, gehört mir. Du hast deine Moneten, und jetzt verschwinde!"

Saschka steckte das Geld und eines der Haschischbriefchen ein, die beiden anderen, die für Semjon und Rafik bestimmt waren, verbarg er in der geballten Faust. Dann kehrte er zum Wagen zurück. Mit einem Kopfnicken machte er Rafik und Semjon klar, daß sie aussteigen sollten. Sie kletterten aus dem Taxi und hielten verstohlen die Hand auf.

„Schwirrt ab", meinte Saschka, als er ihnen den „Lohn" auszahlte. „Mich habt ihr heute noch nicht gesehen, klar?" Saschka stieg wieder ein und sagte zum Fahrer: „Zum Stalin-Palast." Zwar war der Stalin-Palast im armenischen Viertel von Baku schon vor geraumer Zeit in Gagarin-Kulturpalast umbenannt worden, doch kein Mensch nannte ihn so. Dort, hinter dem Stalin-Palast, in einem kleinen Park, befand sich der Hügel, auf dem Arif residierte.

Das Taxi fuhr über die steil bergan führende Lenin-Straße zum Armenierviertel. Auf der Anhöhe blickte sich Anja um – und ihre Tränen versiegten: Wie in einer riesigen Schale lag unten das grünblaue Meer, umsäumt von den Häusern der Stadt, die sich terrassenförmig mit ihren Straßenzügen, Parks und Grünflächen über mehrere Hügel erstreckte.

„Wie schön das ist!" rief Anja.

Das Auto hielt vor dem Stalin-Palast. Saschka ließ Anja wieder im Taxi zurück, überquerte die Straße und ging in den kleinen Park. Arif und seine Clique hockten auf einer Bank und waren „high". Offenbar hatten sie sich mit Rauschgift vollgepumpt. Als Saschka näher kam, öffnete Arif erst das eine Auge und dann träge das zweite. Sie waren keine Feinde, aber auch keine Freunde. Jeder hatte sein Revier und kam dem anderen nicht ins Gehege.

„Hallo", sagte Saschka.

„Salam", antwortete Arif.

„Ich hab was mit dir zu besprechen."

„Schieß los."

„Vor einer Stunde hast du am Bahnhof meiner Cousine Anja eine Brieftasche abgenommen. Meine alte Dame konnte Anja nicht abholen, sie ist nämlich krank, und ich habe mich um zehn Minuten verspätet.

GESCHÄFTE IN BAKU 33

Es waren auch Piepen in der Brieftasche, aber die
kannst du behalten. Aber die Brieftasche brauch ich.
Gib sie mir, oder sag mir, wo du sie weggeworfen
hast."

Arif blickte ihn unverwandt an. „Und wenn diese
Anja in Wirklichkeit gar nicht deine Cousine ist?"

„Ich geb dir mein Ehrenwort. Sie sitzt da drüben im
Taxi."

Arif grinste. „Wenn sie deine Cousine ist, dann
geht das in Ordnung, wenn nicht, dann kriegst du
Ärger mit uns, kapiert? Die Brieftasche habe ich
weggeschmissen. In eine der Mülltonnen hinter der
‚Kebab-Stube' am Bahnhof."

Also dort waren Anjas Ausweise gelandet! Saschka
hakte nach: „In welche Tonne?"

Arif hob bedauernd die Hände: „Kann mich nicht
mehr erinnern."

„Na schön", sagte Saschka und wandte sich zum
Gehen. Doch Arif hielt ihn zurück.

„Warte mal, Sultan!" Er griff in die Tasche und zog
demonstrativ ein paar zerknüllte Geldscheine hervor
– er tat es gemächlich, damit die anderen genau sehen
konnten, wie er alles Geld, das er besaß, herausgab.
Er glättete die Scheine und zählte laut: „Zwanzig,
einundzwanzig, zweiundzwanzig Rubel und dazu noch
vierzig Kopeken. Hier, nimm sie! Für die Cousine!"

„Nein, nein", wehrte Saschka ab. „Ich sagte doch,
du kannst den Kies behalten. Hast ja nicht wissen
können, daß sie meine Cousine ist."

„Aber jetzt weiß ich es – und darum gebe ich dir
alles zurück. Ihr seid Zeugen!" sagte Arif zu seinen
Kameraden. Sie nickten. „Hier, bitte ... 'ne Cousine
ist mir heilig."

Saschka mußte das Geld annehmen, obwohl er ahnte,
welche Folgen es haben würde. Und prompt meinte Arif
in dem Augenblick, als Saschka die Scheine in der
Hand hielt: „Du hast die Mäuse angenommen, alle
haben es gesehen. Wenn die Kleine doch nicht deine
Cousine ist, dann bist du ein toter Mann, klar?"

„Ich weiß", antwortete Saschka so unbekümmert wie
möglich. Das Geld brannte wie Feuer in seiner Hand.
Ab sofort muß Anja meine Cousine sein, dachte er,
sonst kann ich mir gleich den goldenen Schuß verpassen.

Saschka ging zum Taxi zurück, sah die erschrocke-
nen blauen Kinderaugen – und eine Welle von Zärtlichkeit überflutete ihn.

„Zurück zum Bahnhof, zur Kebab-Stube!"

„Erst das Geld", antwortete der Taxifahrer. „Da
sind schon zwanzig Rubel drauf. Kannst du überhaupt
bezahlen?"

„Kann ich, klar!" Saschka ließ die Scheine, die
Arif ihm gegeben hatte, auf den Beifahrersitz flattern, und dazu noch zwanzig Rubel von Tolik. „Dann
los!"

„Willst du dein ganzes Geld für die Fahrt ausgeben?" fragte Anja verstört.

„Na und?" gab Saschka zurück.

„Ich hab so großen Hunger ..."

Verdammt noch mal! dachte er. Dieser sanfte bal-
tische Akzent, diese Augen, dieses Haar und diese
Vertrauensseligkeit – weiß der Himmel, warum mir
ganz schwindlig wird! Ob Anja daran schuld ist? Oder
kommt es davon, daß ich heute noch nicht mal einen
Zug aus einer Haschischzigarette gemacht habe?
„Erst müssen wir deinen Paß finden", sagte er
schließlich ruhig.

Das Taxi hielt bei der Kebab-Stube. Anja wartete
wieder im Wagen.

Im Hof hinter der Imbißstube, wo die Mülltonnen
standen, umkreisten Tausende von grünschillernden
Fliegen ganze Gebirge von Abfall, Speiseresten und
Schmutz. Saschka trat entschlossen auf die erste
Mülltonne zu und kippte sie um. Schmieriger Unrat
quoll heraus. Saschka kippte die zweite und die
dritte um. Was für ein Glück! Da lugte zwischen ver-
schimmelten Brotscheiben der rote Zipfel eines
Komsomolzenausweises hervor. Saschka fischte den
Ausweis, einen funkelnagelneuen Paß und einen ge-
falteten Zettel heraus – die Adresse von Anjas
Tante. Mit großer, runder Kinderschrift stand auf
dem Zettel geschrieben: „Tante Nora. Baku, Busowny-
Bezirk, Agajewstraße 6."

Nachdem Saschka die Adresse gelesen hatte, zerknüllte er den Zettel und warf ihn auf den Müllhau-
fen. Mit dem Paß und dem Komsomolzenbuch in der Hand
ging er zum Taxi zurück.

Anjas Augen leuchteten voll Dankbarkeit auf, als

Saschka ihr die Dokumente überreichte. Dann nannte
Saschka dem Fahrer seine Adresse: „Melnitschny-
straße acht." Er wußte nicht, was er seiner Mutter
sagen sollte, doch er hatte keine andere Wahl: Wegen
Arif mußte Anja wenigstens ein paar Tage lang bei
seiner Familie wohnen und die Cousine spielen.

Plötzlich verspürte Saschka ein wahnsinniges Verlangen nach einer Haschischzigarette. Da fiel ihm
das Haschischbriefchen ein, das in seiner Tasche
lag. Was war er bloß für ein Idiot! Er hätte doch in
dem Hinterhof einen „Joint" durchziehen können!
Aber jetzt, vor Anjas Augen, konnte er das nicht tun.

Die Mutter war daheim. Saschka führte sie rasch in
die Küche, und zwischen den beiden fand ein kurzes,
sachliches Gespräch statt. Saschkas Mutter wußte
längst, womit ihr Sohn sich beschäftigte; sie litt,
weinte, beschwor den Jungen, vom Rauschgift abzulassen. Dennoch deckte sie ihn, so gut sie konnte,
vor dem Vater. Jetzt genügte ihr ein Blick auf ihren
Sohn, und sie wußte, daß er sich bis über beide Ohren
in dieses blauäugige Geschöpf verliebt hatte. Die
Mutter fühlte, daß dies eine einmalige Chance war,
die Gott ihr im Kampf um ihren Sohn bot! Ohne lange zu
fragen, wer das Mädchen sei und woher es komme, sagte
die Mutter: „Meinetwegen kann sie bei uns wohnen,
Saschka, allerdings unter einer Bedingung – du
weichst keinen Augenblick von ihrer Seite."

„Aber Mama, ich habe doch zu tun!"

„Nur mit ihr zusammen", erwiderte die Mutter.
„Zeig ihr die Stadt, geh mit ihr ins Kino oder zum
Schwimmen, aber denk daran: Ein so hübsches Mädchen
darf man in dieser Stadt keine Minute aus den Augen
lassen. Du weißt besser als ich, was ihr alles zusto-
ßen kann."

Saschka wußte es. In Baku ging ein anständiges
Mädchen nicht einmal am hellichten Tage im Park spazieren.

„Saschka, gib mir dein Ehrenwort, daß du aufhörst,
dieses Dreckszeug zu rauchen und zu spritzen. Dann
kann die Kleine bei uns wohnen, solange du willst".

Saschkas Gelenke schmerzten, er war ausgehungert
nach Stoff. Er blickte seiner Mutter übertrieben
treuherzig in die Augen und sagte: „Ehrenwort."

Eine Stunde später – nachdem er sich im Bad einge-

schlossen und den Wasserhahn voll aufgedreht hatte –
zerkrümelte Saschka mit vor Gier zitternden Händen
das winzige Haschischstückchen, vermengte es mit
Tabak, stopfte das Gemisch in das Pappmundstück
einer „Belomor"-Papirossa und machte bei geöffneter
Fensterklappe ein paar tiefe Züge. Augenblicklich
fühlte er sich wohler. Jetzt fehlte nur noch ein
Druck! Vielleicht sollte er einfach auf alles pfeifen, zur Wurgunstraße rennen, wo um diese Zeit Kerim
stand und Opium verkaufte.

Nein! Halt! War er ein Mann oder bloß ein Waschlappen? Saschka drückte die halbgerauchte Zigarette
aus, schleuderte sie ins Klosett und zog an der Spülung. Dann gurgelte er ausgiebig, um den Haschisch-
geschmack zu vertreiben.

Am Nachmittag ging er mit Anja ins Kino. Doch zu
seinem Schrecken sah er im Foyer plötzlich den Mann
vor sich, dem er am Vormittag die Seiko abmontiert
hatte. Er war offenbar der Geschäftsführer des
Kinos. Saschka beobachtete, wie er zur Wachstube der
Miliz ging, zweifellos, um den diensthabenden
Posten zu holen.

Hastig sagte er zu Anja: „Hör zu, man wird mich
gleich verhaften. Es ist nichts Schlimmes, bloß
wegen einer Schlägerei. Sie lassen mich bestimmt
bald wieder laufen."

Ihm blieb keine Zeit, Anjas Reaktion abzuwarten.
Schon näherte sich ein Milizionär. Saschka schob das
Mädchen vor sich her in Richtung Zuschauerraum. Der
Milizionär folgte ihnen und packte Saschka am Ell-
bogen: „Los, komm mit!" schnarrte er.

„Was ist denn?" fragte Saschka mit gespielter Ver-
wunderung.

Anjas schöne Augen weiteten sich vor Entsetzen.
Bevor Saschka abgeführt wurde, sagte er noch zu ihr:
„Hab keine Angst! Du weißt ja meine Adresse, Mel-
nitschnystraße acht. Geh nach Haus zu meiner Mutter. Du kannst bei uns wohnen, solange du magst."

Eine Stunde danach landete Saschka in einer
Arrestzelle der Milizverwaltung von Baku. Sein Zellengenosse, einer von zwölf Untersuchungshäftlin-
gen, die an diesem Tag in der Stadt verhaftet worden
waren, war ich, Vadim Belkin, Chefreporter der Komsomolskaja Prawda.

GESCHÄFTE IN BAKU   37

AN DIESER Stelle endeten Belkins Aufzeichnungen. Ich nahm ein
Blatt Papier und notierte: 1. Ein älterer Mann, unansehnlich, sechzig
bis fünfundsechzig Jahre alt, mit auffallendem Metallgebiß; war
sowohl auf dem Flughafen Baku als auch auf dem Kursker Bahnhof in
Moskau dabei. 2. Der „General", Chef einer jugendlichen Diebes-
bande. Suchen lassen! 3. Anja Virnas aus Riga herkommen lassen.
Muß die Entführer identifizieren, sobald wir sie haben. 4. Gab es
wirklich diesen grotesken Zwischenfall mit einem Sarg voller Opium?
Nachprüfen! 5. Die Kardinalfrage: Ist Belkins Darstellung authen-
tisch? Wieviel geht auf das Konto journalistischer Sensationsmache?
6. Nach weiteren Notizblöcken von Belkin suchen ...
   In diesem Augenblick erschien Marat Swetlow. Er trug ein
nagelneues Uniformhemd mit den Achselklappen eines Oberstleut-
nants und drückte mir die Hand mit der Kraft eines Schraubstocks;
Swetlow, ein Energiebündel, mittelgroß, untersetzt und wohlge-
nährt, mit durchdringendem, klugem Blick. Sofort hatte er die Akte
Nr. SL-79-1542 im Visier, und er machte aus seiner Enttäuschung
keinen Hehl.
   „Ach, darum geht's! Die Juwelen liegen immer noch in meinem
Safe. Alle echt und an die hundert Jahre alt. Wenn du den Fall
übernehmen willst, rate ich dir, erkundige dich bei den früheren
Hofjuwelieren, wem das Zeug gehört haben könnte. Ich bin noch
nicht dazu gekommen."
   „Warte mal", unterbrach ich ihn. „Du weißt von der Leiche namens
Sultan und von dem Brillantenkoffer – aber weißt du auch, wer der
andere ist, den man zusammen mit Sultan angeblich entführt hat?"
   Swetlow zuckte mit den Achseln: „Irgendein Schwarzhändler, ein
Komplize, mit dem ein Dritter nicht teilen wollte."
   „Setz dich erst mal hin und lies dieses Manuskript!" Ich reichte ihm
Belkins Notizen, und dabei fiel mir auf, daß die erste Seite schlampig,
mit vielen Fehlern getippt war, während die übrigen Blätter aussahen
wie von einem Schreibbüro geschrieben.
   Swetlow begann zu lesen. Nach ein paar Minuten klopfte es. Ich
rief: „Herein!" und sah auf meine Uhr. Es war 13 Uhr 30. Penski trat
ein. Er war höchstens fünfunddreißig Jahre alt, ein hagerer, groß-
gewachsener blonder Mann mit leicht gebeugtem Rücken, einem
länglichen Gesicht und ernsten, beinahe bohrend blickenden Augen.
Ich stand auf, reichte ihm die Hand und sagte: „Igor Josefowitsch
Schamrajew. Und das hier ist Oberstleutnant Swetlow ..."
   „Hallo, wir kennen uns doch." Ohne von den Belkin-Aufzeichnun-
gen hochzublicken, quetschte der Oberstleutnant Penskis feinglied-

rige Hand und zog ihn dabei auf den freien Stuhl neben sich. Schon von der Türschwelle aus hatte Penski mein Büro gemustert. Ja, das war ein echter Kriminalist, genau der Mann, den ich brauchte.

„So, alles klar!" Swetlow schlug die Belkin-Akte zu. „Ganz einfach: Du mußt nach Baku fliegen. Dort ist das Rauschgift, dort treibt sich dieser General herum und Belkins trauernder Schulfreund Boris Borissowitsch. Diese Burschen ausfindig zu machen dürfte reine Routinesache sein. Aber wozu brauchst du *mich?*"

„Untersuchungsrichter Penski ist der Ansicht, daß für diesen Fall eine Sonderbrigade aufgestellt werden muß. Rudenko hat zugestimmt und mir den Fall ans Bein gebunden. Ich wiederum habe beschlossen, Penski und dich samt deiner Abteilung in diese Brigade aufzunehmen."

Swetlow brauste auf: „Mich willst du unter dein Kommando stellen? Bist du übergeschnappt?"

„Auf Anordnung des ZK kann ich für meine Brigade jeden beliebigen Mitarbeiter des Innenministeriums anfordern. Ich bin auf jemanden mit deinen Fähigkeiten angewiesen, und du wiederum hast mal wieder einen außergewöhnlichen Fall zu knacken, für dessen Lösung es Pluspunkte beim ZK gibt und womöglich ein Sternchen mehr auf den Achselklappen. Na?"

„Du bist ganz schön ausgekocht!" meinte Swetlow mit einem Grinsen. „Na ja, der Sarg mit dem Rauschgift, das ist so eine verrückte Geschichte, die kann sich kein Journalist ausgedacht haben. Und diese unwahrscheinlichen Zufälle ... An der Sache muß was dran sein!"

„Nichts ist dran", entgegnete Penski trocken. Er zog ein Blatt Papier aus seiner Aktentasche. „Ich habe von der Miliz in Baku heute morgen dieses Fernschreiben erhalten."

Ich nahm es und las vor:

„Zu Ihrem Rechtshilfeersuchen teilen wir mit: Nach eingehender Prüfung sämtlicher Transportdokumente des Flughafens Baku ist festzustellen, daß mit der Linienmaschine Taschkent–Baku weder am 12. Mai noch zu einem anderen Zeitpunkt eine Fracht, wie sie von Ihnen genannt wurde, am Flughafen Baku ausgeladen worden ist. Die Milizabteilung von Baku besitzt keinerlei Information über eine illegale Rauschgiftsendung aus Zentralasien, in deren Zusammenhang ein gewisser Vadim Belkin in Untersuchungshaft genommen worden wäre.

Die zweite in Ihrer Anfrage genannte Person, Alexander Rybakow, befand sich in der Zeit vom 12. bis zum 16. Mai in Untersuchungshaft, wurde jedoch aus Mangel an Beweisen wieder freigelassen. Über

GESCHÄFTE IN BAKU 39

kriminelle Elemente mit den Decknamen „General" und „Arif" besitzt das Kriminalamt von Baku keine Informationen. Ferner ergab die von Ihnen verlangte Überprüfung des Schülerverzeichnisses der Schule Nr. 171, daß es im fraglichen Zeitraum, den Jahren 1967–1970, in den Oberklassen keinen Schüler mit dem Namen Boris Borissowitsch gab."

„Haben Sie von den Aserbaidschanis etwas anderes erwartet?" fragte Swetlow höhnisch. „Die wissen nur zu gut, daß Baku das heißeste Pflaster in unserem Vaterland ist, und fühlen sich immer wieder bemüßigt, die darüber erregten Gemüter in Moskau etwas abzukühlen. Aber nicht mit mir, meine Herren! Irgendeiner lügt: entweder Belkin oder die Miliz in Baku. Nun, Belkin ist zwar wie alle Journalisten von Berufs wegen ein Aufschneider, aber die Geschichte mit dem Sarg ist wahr, dafür lege ich meine Hand ins Feuer. Sicher ist dieser Sarg gegen Schmiergeld als Koffer abgefertigt worden, und das will die Bakuer Miliz natürlich vertuschen ... Moment mal, ich hätte eine Idee, wie wir die Kollegen von Baku aufs Kreuz legen könnten. Aber wir müssen uns beeilen." Er blickte auf seine Uhr. „Schon zwei Uhr. Seit einer Stunde sind mein Chef und unser stellvertretender Minister wieder einmal dabei zu prüfen, ob das Moskwa-Hallenbad auch den allgemeinen Sicherheitsvorschriften entspricht. Die Sauna dort ist nämlich Klasse. Unser Vize Tschurbanow ist bekanntlich der Schwiegersohn von unserem Staats- und Parteichef. Wenn sein Schwiegerpapa diesen Belkin unbedingt haben will, ist Tschurbanow zu allem bereit. Also auf in die Sauna!"

Wenn Swetlow einen Entschluß gefaßt hatte, war er nicht mehr zu halten, und die Idee mit Tschurbanow war nicht schlecht. Ich packte meine Unterlagen zusammen.

„Und was ist mit mir?" fragte Penski.

Ich zog die Schreibmaschine heran und spannte ein Formular der Generalstaatsanwaltschaft ein: den Antrag auf Ausstellung eines Sonderausweises für Penski als Mitglied einer Sonderbrigade. „Gehen Sie damit zu Vera Petelina in die Kanzlei", erklärte ich, nachdem ich den Antrag ausgefüllt hatte. „Sie soll dafür sorgen, daß Rudenko den Wisch sofort unterzeichnet. Danach sagen Sie in der Fahrbereitschaft Bescheid, daß wir für diese Woche einen Spezialwagen mit Funktelefon benötigen. Dann warten Sie hier auf uns und überlegen sich inzwischen ein Konzept für die weiteren Ermittlungen."

Das Moskwa-Schwimmbad an der Kropotkinstraße war wie stets überfüllt. Juri Tschurbanow, der stellvertretende Innenminister und Schwiegersohn des Staats- und Parteichefs lag im Ruheraum der Sauna und entspannte sich, während ein hünenhafter Masseur die

Muskeln von Tschurbanows zur Fülle neigendem Körper durchkne-
tete. Neben ihm wartete Generalmajor Minajew, der Leiter des
Moskauer Kriminalamtes, auf die Massage und beobachtete inzwischen wohlgefällig die Schwimmerinnen der Sporthochschule beim
Training. Für zehn Rubel hatte Aram, der armenische Knetkünstler,
Swetlow und mich reingelassen, und ein besonders herzlicher Gruß
vom Genossen Rudenko, dem Generalstaatsanwalt, wirkte auch bei
so hohen Tieren wie Tschurbanow und Minajew Wunder.

„Belkin kenne ich persönlich", sagte Tschurbanow. „Vom Komso-
mol her, ein hervorragender Mann. Da müssen wir doch was tun.
Und was sind das für Brillanten, die ihr gefunden habt?" fragte er
Swetlow.

„Raritäten, nur Hochkarätiges. Broschen, Kolliers, offenbar alles
alte Stücke. Wenn man sie erfahrenen Juwelieren zeigt, könnte man
bestimmt die früheren Besitzer ausfindig machen –"

„Wo sind die Sachen denn jetzt?" unterbrach ihn Tschurbanow.

„Bei mir, in der Petrowkastraße, in einem Safe."

„Na gut! Fahren wir rüber und gucken uns die Brillanten mal an.
Danach reden wir weiter."

Das legendäre Moskauer Kriminalamt ist im linken Trakt des
Hauses Nummer 38 in der Petrowkastraße untergebracht. Die Leute,
die hier arbeiten, sind primitiv und laut, ganz anders als bei uns in der
Generalstaatsanwaltschaft oder im KGB, wo sich jeder möglichst
intellektuell gibt und wo man einander ausschließlich mit „Sie"
anredet. Im Moskauer Kriminalamt dagegen schert sich keiner um
eine vornehme Ausdrucksweise, und das „Sie" wurde hier offenbar
ganz aus dem Wortschatz der russischen Sprache gestrichen. Darum
nennt Swetlow seine Untergebenen auch „seine Proleten".

Wir saßen in Swetlows Arbeitszimmer im dritten Stock – Minajew,
Tschurbanow, Swetlow und ich sowie der aus meinem Büro
herbeizitierte Penski. Swetlow hatte den schwarzen Aktenkoffer aus
dem Safe geholt und den darin verwahrten Schmuck auf dem Tisch
ausgebreitet. Der Anblick verschlug mir den Atem. Ich hatte in
meiner Laufbahn schon öfter mit Juwelendiebstählen zu tun gehabt,
aber solch erlesene Kostbarkeiten aus Gold, Edelsteinen und kunstvoll
gefaßten Brillanten hatte ich außer im Kremlmuseum noch nie zu
sehen bekommen. Der in den Untersuchungsberichten genannte Wert
dieser Schmuckstücke – hunderttausend Rubel – war zweifellos stark
untertrieben; bestimmt handelte es sich um eine der üblichen
Vorsichtsmaßnahmen der Gutachter des Kriminalamtes, die nach-
trägliche Scherereien beim Rechenschaftsbericht vermeiden wollten.

Tschurbanow richtete seinen Blick auf Swetlow: „Sind das auch bestimmt keine Museumsstücke?"

„Nein. Das haben wir nachgeprüft. Aus keinem Museum sind solche Stücke verschwunden."

Tschurbanow drehte das effektvollste der Schmuckstücke, eine mit Smaragden und Brillanten besetzte Goldbrosche in Form einer Rose, zwischen den Fingern. „Meine Frau mag solche Sachen", sagte er. „Ich nehme dieses Stück mit und zeige es ihr." Und zu Minajew gewandt fuhr er fort: „Der Vorbesitzer interessiert mich nicht. Er sollte sich schämen, so viel kapitalistischen Tand zu horten. Aber ich bin der Meinung, daß man Schamrajew die Chance geben sollte, diesen Belkin zu finden. Übrigens, ein paar dieser Klunkern hier" – er deutete lässig auf die Schmuckstücke – „könnte das Moskauer Kriminalamt meiner Frau zum vierzigsten Geburtstag überreichen. Das wäre doch ein passendes Geschenk, finden Sie nicht?"

„Wann hat Ihre Gattin denn Geburtstag?" erkundigte sich Minajew prompt.

„In zwei Wochen", antwortete Tschurbanow. Er erhob sich, nachdem er die Goldbrosche in der Brusttasche seiner Generalsuniform hatte verschwinden lassen.

Minajew wandte sich an mich und meinte: „Swetlow und die ganze Abteilung drei stehen Ihnen zur Verfügung." Und zu Swetlow sagte er: „Wann immer du etwas brauchst, meldest du dich bei mir, verstanden?"

„Jawohl, Genosse Generalmajor."

Zu dritt blieben wir zurück: Swetlow, Penski und ich. Endlich konnten wir mit der eigentlichen Arbeit beginnen. Von sieben Tagen war nun einer schon so gut wie um, ohne daß ich auch nur einen einzigen Schritt weitergekommen wäre. Aber wenigstens war es mir gelungen, eine Brigade aufzustellen.

Penski berichtete: „Igor Josefowitsch, unten steht ein Wagen für Sie bereit, ein schwarzer Wolga, mit Funktelefon, wie Sie es verlangt haben. Und ich habe einen Plan für unser Vorgehen entworfen." Er legte ein gewöhnliches Schulheft vor sich hin.

„Warten Sie!" unterbrach ihn Swetlow. Durch die halbgeöffnete Tür rief er seiner Sekretärin zu: „Schick Oscherelew zu mir!"

Gleich darauf stand ein geschniegelter Major im Zimmer. „Oscherelew", befahl Swetlow, „filz die Karteien im Kriminalamt und im Innenministerium! Gesucht wird eine Person mit folgenden Kennzeichen: männlich, etwa sechzig Jahre, Metallzähne."

„Wo soll ich da anfangen?" protestierte Oscherelew. „Die Hälfte aller Sowjetbürger besitzt Metallzähne. Auch mein Vater zum Beispiel."

„Aber er ist hoffentlich kein Aserbaidschaner. Es handelt sich nämlich um einen Mann aus Baku – höchstwahrscheinlich jedenfalls. Und zweitens: Schau nach, was wir über Vadim Iwanowitsch Belkin wissen, Mitarbeiter der *Komsomolskaja Prawda*. Melde dich in zwanzig Minuten bei mir." Dann drehte er sich wieder zu mir und Penski um. „Jetzt können wir miteinander reden. Bitte, Penski, fangen Sie an!"

Penski rückte seine Notizen zurecht und las vor: „Zunächst müssen wir herausbekommen, warum Belkin entführt wurde. Ich vermute, daß er etwas über die Aktivitäten einer Verbrecherbande wußte, die mit Drogen und Juwelen Geschäfte macht. In diesem Fall müssen wir damit rechnen, daß die Bande, die Belkins Gewährsmann Rybakow umgebracht hat –"

„Quatsch!" warf Swetlow ungeduldig ein. „Rybakow könnte den Koffer mit den Juwelen auch verloren haben, als er, mit Drogen vollgepumpt, aus dem Zug sprang." Konkrete Handlungen waren ihm lieber als theoretische Überlegungen. Penski dagegen war ein nüchterner, aber scharfsinniger Kriminalist. Das Schicksal hatte mir für meine Brigade ein geradezu ideales Gespann beschert.

„Die Gerichtsmediziner", entgegnete Penski ruhig, „sind der Ansicht, daß man dem Jungen einen Gegenstand auf den Kopf geschlagen hat. Wie auch immer, wir müssen nach Belkins und Rybakows Entführern suchen. Worauf können wir uns dabei stützen? Da gibt es zunächst diesen Krankenwagen, leider ohne Kennzeichen. Und zwei – wahrscheinlich verkleidete – Sanitäter, einer von ihnen mit Metallgebiß."

„Wir sollten uns auf dem Kursker Bahnhof umsehen", sagte Swetlow. „Dort finden wir garantiert Zeugen der Entführung."

„Punkt drei", fuhr Penski fort. „Wir müssen sämtliche Eisenbahner vernehmen, die in der Nacht von Rybakows Tod auf der Strecke zwischen Baku, Kursk und Moskau Dienst machten."

„Alle Zugschaffner verhören? Dafür brauchen wir ein ganzes Jahr! Klüger wäre es, wenn wir uns eine Blitzstrategie zurechtlegten und –"

„Und deshalb übernehme ich jetzt wieder das Kommando", unterbrach ich die beiden. „Schließlich muß ich es ausbaden, wenn der Plan schiefgeht. Zwei von deinen Proleten sollen schon mal nach Baku vorausfliegen und sich die Passagierliste der Aeroflot-Maschine ansehen, mit der Belkin, Boris Borissowitsch und sein Opiumsarg geflogen sind. Außerdem müssen sie den Wohnsitz von Belkins Schulfreund ausfindig machen. Ich übernehme die Suche nach weiteren Folgen von Belkins Fortsetzungsroman, und Sie, Genosse Penski, lassen Ihre Mitarbeiter auf dem Kursker Bahnhof ausschwärmen. Morgen nachmittag um vier treffen wir uns dann hier wieder. Sonst noch Fragen? Ach ja, die Herkunft der Juwelen!"

„Da lasse ich niemand anderen ran", erklärte Swetlow kategorisch. „Du hast ja Tschurbanow gehört. Das herrenlose Geschmeide hat schon einen Abnehmer gefunden."

„Also gut, dann beschaffst du uns die Adresse des früheren Besitzers", sagte ich.

In diesem Augenblick stieß Oscherelew rücklings die Tür auf und schleppte einen gewaltigen Aktenstoß herein, den er mit Wucht auf das ledergepolsterte Sofa plumpsen ließ. „Puh!" stöhnte er. „Einunddreißig etwa sechzigjährige Verbrecher mit Metallgebiß und ein Schrieb über Vadim Iwanowitsch Belkin, geboren 1952, direkt aus der Sonderabteilung eins." Oscherelew schwenkte ein maschinengeschriebenes Blatt Papier.

„Lies vor!" befahl Swetlow.

„Bericht des Ministers für innere Angelegenheiten der Autonomen Sowjetrepublik Jakutien. An den Leiter der Sonderabteilung eins des Innenministeriums der UdSSR. Ich gebe zur Kenntnis, daß am sechzehnten Januar dieses Jahres der Bürger Vadim Belkin, Reporter der *Komsomolskaja Prawda*, während einer Dienstreise in der Stadt Mirny in stark alkoholisiertem Zustand an einer Schlägerei zwischen den Arbeitern einer Diamantenmine und den Kellnern eines Restaurants beteiligt war. Auf Ersuchen der *Komsomolskaja Prawda* wurden die Ermittlungen gegen ihn eingestellt, da Belkin letztlich in Ausübung seines Berufes gehandelt hatte."

Swetlow und ich wechselten einen Blick. Mal Drogen, mal Juwelen – und jetzt auch noch jakutische Diamanten. Was trieb diesen Belkin immer wieder an solche Plätze? Ob vielleicht sein Chef Auskunft geben könnte? „Den Zeitungsmann werde ich mir als ersten vorknöpfen", sagte ich.

Ich saß an diesem Nachmittag im Arbeitszimmer von Korneschow, dem Chefredakteur der *Komsomolskaja Prawda*. Auf Korneschows riesigem Schreibtisch türmten sich Stöße von Manuskripten, Korrekturfahnen und druckfeuchten Zeitungsseiten.

„Heute ist es zwölf Tage her, seit Ihr Mitarbeiter Vadim Belkin entführt wurde", begann ich. „Entweder ist er bereits tot, oder er ist in der Gewalt von Verbrechern. Wie sehen Sie die Sache?"

Korneschow antwortete lediglich mit einem Achselzucken.

GESCHÄFTE IN BAKU 45

„Was hatte Belkin beispielsweise bei den jakutischen Diamanten-
minen zu tun und was in Usbekistan, im verbotenen Niemandsland
an der Grenze zu Afghanistan?" fragte ich weiter.

„Er ist einer unserer besten Sonderberichterstatter", murmelte
Korneschow. „Und als solcher hat er gewisse Freiheiten."

„Ich habe von höchster Stelle den Auftrag, Belkin wieder herbeizuschaffen, und deshalb frage ich Sie: Ist Ihnen bekannt, daß Belkin in
dunkle Geschäfte mit Diamanten, Juwelen oder Drogen verwickelt
war? Daß er sich in Unterweltkreisen bewegte? Nein? Nun, zur
Lösung des Rätsels könnten seine Reisenotizen beitragen. Ich habe
hier den ersten Notizblock, der in seiner Wohnung sichergestellt
wurde. Man hat hier in der Redaktion nach der Fortsetzung dieser
Aufzeichnungen gesucht, doch ohne Erfolg. Belkins Schreibtisch
war, als das Durchsuchungskommando erschien, buchstäblich leerge-
fegt. Wie erklären Sie sich das?"

Korneschow konterte mit einer Gegenfrage: „Glauben Sie etwa im
Ernst, daß einer meiner Leute oder gar ich persönlich Belkins
Schreibtisch ausgeräumt hätte?"

„So habe ich es nicht ausgedrückt. Aber warum wurde Belkin von
niemandem vermißt, obwohl er bereits eine Woche nicht mehr zur
Arbeit erschienen war?"

„Ich bitte Sie, Belkin ist Sonderberichterstatter und kein Postbeam-
ter. Er ist heute hier, morgen da – überall dort, wo in unserem
Vaterland etwas geschieht, das berichtenswert ist. Von einer solchen
Reportagereise zurückgekehrt, hatte er mich wissen lassen, daß er
etwas höchst Interessantes erlebt habe und ein paar Tage Ruhe
brauche, um die Geschichte zu Papier zu bringen. Ich war einverstanden, und er zog sich, wie ich annehmen mußte, in seine Wohnung
zurück, um zu schreiben. Das ist in unserem Beruf nichts Außerge-
wöhnliches", erläuterte Korneschow.

Er mochte die Erklärung für plausibel halten, ich nicht. „Wenn Sie
mir nicht weiterhelfen können, muß ich mich wohl mit Belkins
Kollegen unterhalten", sagte ich. Als Korneschow daraufhin zum
Telefonhörer griff, fügte ich hinzu: „Die Personalakte Belkin lassen
Sie doch bitte auch gleich kommen."

Der Chefredakteur kam meinen Wünschen nach. An der Tür
erschien eine mindestens fünfzigjährige, auf jugendlich getrimmte
Sekretärin mit blutrot lackierten Fingernägeln. In der Hand hielt sie
Belkins Personalakte. „In wenigen Minuten werden alle Angestellten
drüben im Saal sein", sagte sie beflissen, als sie mir die Mappe reichte.

Das ganze Redaktionspersonal war zur Stelle, mindestens siebzig

Leute. Ich schilderte ihnen kurz, was ich bisher über den Fall wußte, und versuchte, ihnen klarzumachen, daß es mich nicht interessierte, wer Belkins Notizen an sich genommen hatte. Vielmehr betonte ich, daß wir sie dringend benötigten, um seine Entführer und selbstverständlich auch ihn selbst zu finden.

„Falls derjenige", sagte ich, „der die Notizblöcke an sich genommen hat, sich nicht offen dazu bekennen möchte, mache ich folgenden Vorschlag: Sie sehen dieses Telefon. Ich werde hier eine halbe Stunde sitzen und warten. In dieser Zeit soll derjenige, der die Notizen besitzt, mich anonym anrufen und mir mitteilen, wo und wann ich sie abholen kann. Ich gebe Ihnen mein Ehrenwort als Parteimitglied, daß ich keinerlei Nachforschungen anstellen werde."

Im Saal herrschte eine Weile Schweigen. Dann löste sich die Versammlung auf, und die Belegschaft strebte dem Ausgang zu.

Korneschow trat zu mir. „Brauchen Sie mich noch?"

„Im Gegenteil", knurrte ich. „Ich bleibe jetzt hier allein am Telefon sitzen und warte dreißig Minuten, wie ich gesagt habe."

Korneschow trollte sich pikiert, und ich zog die Tür fest hinter ihm zu. Dann nahm ich kurz den Telefonhörer ab, um mich zu vergewissern, daß der Apparat funktionierte. Es war 17 Uhr 13. Wer seine Seele erleichtern und mich sprechen wollte, hatte noch siebenundzwanzig Minuten Zeit. Ich hätte während des Wartens Belkins Personalakte studieren können, aber ich unterließ es, denn ich war überzeugt, daß sie vom Chefredakteur vorsorglich gereinigt worden war.

Die Zeit verrann. Das Telefon schrillte nicht. Noch drei Minuten, und die von mir gesetzte Frist war um. Noch zwei, noch eine – aus. Ich beschloß, noch fünf Minuten zuzugeben, doch mir war bereits klar, daß es sinnlos sein würde. Die Abneigung der Bürger gegenüber den Untersuchungsbehörden saß tief; warum sollte es also ausgerechnet mir gelingen, das Mißtrauen dieser Genossen gegenüber Miliz, Staatsanwalt und KGB abzubauen? Ich begann meine Mappe mit den Unterlagen zu ordnen, wobei mein Blick auf Belkins Manuskript fiel und ich mich wieder daran erinnerte, daß die erste Seite von Tippfehlern nur so wimmelte, während die übrigen Blätter tadellos geschrieben waren. Gewiß hatte Belkin zunächst versucht, seine Notizen selbst abzutippen, es sich dann aber anders überlegt. Und plötzlich kam mir eine Idee. Kurz entschlossen trennte ich aus Belkins Notizblock die unleserlichste Seite heraus und begab mich damit zum Schreibbüro der Redaktion.

In dem von Neonröhren grell beleuchteten Raum saßen acht

GESCHÄFTE IN BAKU

Schreibkräfte, die mit der Schnelligkeit von Maschinengewehren auf ihren elektrischen Schreibmaschinen herumhämmerten. Kaum hatten sie mich bemerkt, verstummte ihr Geklapper schlagartig, und fragende Blicke richteten sich auf mich.

Ich schwenkte das Blatt aus Belkins Notizblock und fragte leichthin: „Guten Abend, meine Damen! Wer von Ihnen kennt Belkins Handschrift? Da wäre eine halbe Seite abzuschreiben."

Alle schwiegen, doch eine der Frauen wandte unwillkürlich den Kopf nach einer schlanken Brünetten, die einen grünen Trägerrock trug und in der Nähe des Fensters saß. Das genügte. Ich trat auf die Stenotypistin zu und sagte: „Seien Sie so gut, und tippen Sie für mich diese Seite ab!"

„Ja", hauchte sie und wurde kreidebleich.

Ich schob ihr den Zettel aus Belkins Notizblock hin. Sie spannte ein leeres Blatt Papier in ihre Maschine ein und ließ, die Augen auf Belkins hingeschmierte Zeilen geheftet, die Finger über die Tasten gleiten, ohne auch nur ein einziges Mal zu stocken. Sie schrieb jene Szene, in der Belkin schilderte, wie er sich auf dem Flughafen Baku in Natascha verliebte. Ich bemerkte, daß die Stenotypistin, als sie zu der Stelle kam, an der der Reporter dem Mädchen den Edelweißstrauß überreichte, die Lippen zusammenkniff. Nachdem sie die Seite geschrieben hatte, zog sie das Blatt aus der Maschine und reichte es mir.

Ich sagte treuherzig: „Vielen Dank. Ich habe mich nämlich schrecklich damit geplagt, den Text zu entziffern."

Natürlich hätte ich die Frau gleich vernehmen können. Aber ich wollte es nicht in der Redaktion tun. Ich würde sie einfach auf dem Nachhauseweg ansprechen.

Auf der Straße wartete mein schwarzer „Wolga" auf mich. Am Steuer saß Serjoscha, der schon das dritte Jahr für die Generalstaatsanwaltschaft fuhr und in jedem freien Augenblick in einem unserer klassischen Dichter las.

„Du kannst ruhig noch eine Weile weiterlesen", sagte ich, „denn ich mache inzwischen einen kleinen Spaziergang."

Ich war bis zur nächsten Ecke gekommen, als ich plötzlich hinter mir eine Stimme vernahm: „Entschuldigen Sie, kann ich Sie sprechen?" Ich drehte mich um und stand der Stenotypistin mit dem grünen Trägerrock gegenüber. „Irina Kulagina ist mein Name. Ich habe die Notizblöcke, die Sie suchen."

„Wo? In der Redaktion?"

„Nein, zu Hause. Es stehen Sachen drin, die nicht jeder lesen sollte ..."

„Kommen Sie. Es ist besser, wenn man Sie nicht mit mir sieht." Ich faßte sie am Ellbogen und ging mit ihr in Richtung Zirkusschule. Eine fröhliche Schar junger Zirkusartisten kam uns entgegen. Mir fiel ein, daß jetzt, im Juni, in der Zirkusschule die Abschlußexamen abgehalten wurden und dort einer meiner ehemaligen „Kunden" unterrichtete, Wassili Kornilow, seinerzeit berühmt unter dem Namen „Professor".

„Also, Irina, reden Sie! Was steht denn in Belkins Manuskripten – antisowjetische Bemerkungen?"

„Nein, nicht direkt . . .", antwortete sie verlegen.

„Gut. Ich verspreche, daß Ihr Name in den Untersuchungsakten nicht erwähnt wird. Wann bekomme ich die Notizblöcke?"

„Kann ich sie Ihnen morgen bringen?"

„Nein. Ich brauche sie noch heute. Sie möchten doch, daß wir Vadim Belkin wiederfinden, und zwar möglichst lebend."

„Ja, natürlich", antwortete sie leise. „Immer mischt er sich in so was ein . . . Ich habe ihn gewarnt . . ." Sie kämpfte mit den Tränen.

„Wo wohnen Sie?"

Sie nannte eine Adresse ganz in der Nähe meiner Wohnung. „Das trifft sich gut. Um acht Uhr bin ich bei Ihnen, einverstanden? Und jetzt bringe ich Sie zur U-Bahn."

„Ja", schluchzte sie. „Sie müssen ihn wiederfinden! Seit seiner Rückkehr aus Baku war er völlig verändert. Er sah mich nicht einmal an, als er das erste Mal wieder ins Büro kam. Er legte mir nur seinen Text auf die Maschine und sagte: ‚Schreib das bitte ab, ohne Durchschläge. Es ist eilig. Leg's mir auf den Schreibtisch, wenn du fertig bist.' Er ging weg, und seitdem habe ich ihn nicht mehr gesehen. Als ich drei Tage nichts von ihm gehört hatte, rief ich ihn zu Hause an. Niemand meldete sich. Da fuhr ich am Abend in seine Wohnung. Ich habe einen Schlüssel . . . Vadim war nicht da. Auf seinem Schreibtisch lag ein Notizblock mit Aufzeichnungen. Ich las die Überschrift und vermutete, daß es die Fortsetzung seines Berichts sei. Deswegen nahm ich den Block mit."

„Wie war denn die Überschrift?" fragte ich schnell, bevor Irina durch die Sperre der U-Bahn ging.

„‚Geschäfte in Baku'", sagte sie und wurde kreidebleich. Kein Zweifel: Sie wußte, worauf ihr Freund Vadim sich eingelassen hatte!

Es war möglicherweise ein Fehler von mir, die Ärmste allein nach Hause fahren zu lassen. Aber ein noch größerer Fehler wäre es gewesen, nicht auf der Stelle den alten Kornilow in seiner Zirkusschule zu besuchen. Ich ging zu meinem Wolga zurück.

"Professor" Wassili Kornilow, der Nestor der russischen Magier und Taschenspieler, stand in dem Ruf, alle talentierten Ganoven unseres Vaterlandes zu kennen. Vielleicht war der „General", den Belkin in seinen Aufzeichnungen erwähnte, ein alter Kumpel von ihm ...

Serjoscha gab Gas, noch bevor ich die Tür richtig zugemacht hatte. Das konnte er sich nicht abgewöhnen. Früher hatte er Notarztwagen gefahren. Kurze Zeit später hielt er vor dem Portal der Zirkusschule. Ich stieg aus und rannte die Stufen zum Eingang hinauf.

„Wo wollen Sie denn hin?" fragte der Portier mit meckernder Stimme.

Ich zückte meinen roten Dienstausweis, hielt ihn dem Portier unter die Nase. „Ich möchte zu Professor Kornilow."

Augenblicklich wurde der Mann freundlich: „Aber selbstverständlich, kommen Sie doch mit! Der Professor ist noch beim Examen in der Manege. Diese Treppe dort runter." Er lief voraus. Über eine finstere Wendeltreppe stiegen wir in den Raum unter der Manege hinab, in dem durch unsichtbare Klappen im Boden die fortgezauberten Flittermädchen zu verschwinden pflegen.

Der Portier blieb stehen, langte durch eine der geöffneten Luken und zupfte jemanden über uns in der Manege am Hosenbein. Ich blickte auf und sah, daß wir uns genau unterhalb des Tisches befanden, an dem die Prüfungskommission saß. Über ihnen balancierte ein junger Bursche auf einem Seil.

„Wassili Nikolajewitsch!" Der Portier zupfte nochmals an dem sorgfältig gebügelten Hosenbein.

Kornilow blickte unter den Tisch, und als er mich erkannte, zog er erstaunt die Brauen hoch. „Wie kommen denn Sie hierher, mein Lieber? Warten Sie, ich helfe Ihnen rauf."

Einen Augenblick später saß ich schon hinter dem Tisch der Prüfungskommission, umgeben von ehemaligen Stars der Manege, die jetzt Dozenten der Zirkusschule waren. Ich blickte in die Runde und spürte sofort, daß mir nicht nur der alte Gauner Kornilow von Berufs wegen bekannt war.

Kornilow fragte väterlich: „Nun, erinnern Sie sich?"

Ja, tatsächlich, jetzt fiel mir wieder ein, wer die beiden Herren zu meiner Linken waren: Urma und Zupa, vor fünfzehn Jahren im Moskauer Kriminalamt das Gesprächsthema Nummer eins. Urma war ein überaus begabter Safeknacker, Zupa ein berüchtigter Heiratsschwindler.

„Stimmt genau", sagte Kornilow ein paar Minuten später lachend, als wir in seinem Büro saßen. „Das sind Zupa und Urma. Sie bilden den Nachwuchs aus. Der Zirkus braucht neue Talente. Ich schreibe sämtlichen Kollegen in der Branche, sie möchten ihre Kinder zu mir schicken. Sehen Sie mal ..." Er öffnete einen Safe und zog eine Schachtel heraus. „Meine Kartei", erklärte er stolz. „Wie im Moskauer Kriminalamt, mit sämtlichen Familien- und Decknamen."

„Hast du vielleicht auch einen gewissen ‚General' darunter?" fragte ich. „Da, lies mal." Und ich legte ihm Belkins Aufzeichnungen auf den Tisch. Während er las, stöberte ich mit Interesse in seiner Kartei.

Kornilow blätterte die letzte Seite von Belkins Manuskript um. „In Baku war ich noch nie. Aber es könnte sich um einen Mann namens Salo handeln. Die Jungs dazu bringen, daß sie an der Nadel hängen und für ihn arbeiten müssen – das könnte zu ihm passen."

„Und wie sieht er aus?"

„Eigentlich nach gar nichts, eine farblose Gestalt. An Metallzähne kann ich mich nicht erinnern, aber möglich, daß Salo sich mittlerweile welche machen ließ. Schließlich habe ich ihn seit zwölf Jahren nicht mehr gesehen. Dieses Aas! Da kämpft man um jeden begabten Halbwüchsigen, und er produziert Taschendiebe in großem Stil! Aber ich bin sicher, daß ihr ihn in euren Akten habt."

Zwanzig Minuten danach befand ich mich wieder in Swetlows Arbeitszimmer in der Petrowkastraße. Wir gingen die auf dem Sofa aufgetürmten Kriminalakten durch, und schon in der zwanzigsten Mappe stießen wir auf „Salo alias Starschoi alias Pachan alias Kurewo – eigentlich Gridasow."

Sofort sahen wir in der Karteikarte nach, die in der Mappe obenauf lag: „Gridasow, Stepan Jakowlewitsch, geboren 1920, viermal wegen Diebstahls und Straßenraubes verurteilt. Körpergröße: 1,72 m; Augen blau, Haarfarbe weißblond, mittelkräftige Statur, besondere Kennzeichen: Vorderzähne aus Metall. Ist am 17. Mai 1973 aus dem Straflager Irkutsk entflohen. Gegenwärtiger Aufenthaltsort: unbekannt."

Kurz nach 21 Uhr saß ich im Einzimmerappartement der Stenotypistin Irina Kulagina im zwölften Stock eines Wohnsilos an der 12. Parkstraße. Die Tischlampe warf ihr Licht auf die Manuskriptseiten, die Irina sauber abgetippt hatte, auf das Glas mit dem starken Tee und die kleine Schale, in der ein paar trockene Kekse lagen.

Ich hatte Irina Kulagina darum gebeten, die Fortsetzung des Berichts gleich in ihrer Wohnung lesen zu dürfen. Vielleicht ergaben sich aus der Lektüre Fragen, die nur sie mir beantworten konnte.

„Ich weiß nicht, ob ich Ihnen helfen kann", meinte Irina. „Aber wenn Sie wollen, lesen Sie ruhig hier alles durch. Allerdings dürfen Sie sich nicht wundern, wenn mir zwischendurch einmal die Augen zufallen." Sie setzte sich mit der Zeitung auf das Sofa – und war schon eingenickt, noch bevor ich die erste Seite von Belkins Aufzeichnungen zu Ende gelesen hatte.

In Untersuchungshaft

Wegen dieses idiotischen Sarges voll Opium wurde ich also auf dem Flughafen Baku verhaftet. Zunächst war ich versucht, mich dem Griff des Milizionärs zu entwinden und ihn anzuschreien: „Sind Sie verrückt geworden? Wissen Sie denn nicht, wer ich bin?", um dann die Hand in die Jackentasche zu stecken, das rote Ausweisbuch zu zücken, auf dem in Gold „ZK des Komsomol" eingepreßt ist – womit die Sache dann erledigt wäre: Gleich ist man ein anderer Mensch, und jeder Milizionär wird sofort salutieren. Ein Mann mit dem roten Ausweis eines ZK kann einfach alles: ein Mädchen zur geschlossenen Vorstellung eines ausländischen Films ins Kulturhaus mitnehmen, in Nichtraucherabteilen Westzigaretten rauchen, ungestraft Verkehrsregeln verletzen und obendrein auch noch Milizionäre beschimpfen.

In jenem Augenblick aber, als der Milizionär in Baku mich am Ellbogen packte und mit seinem aserbaidschanischen Akzent sagte: „Sie sind värrchaftet", fiel mir zu meinem Entsetzen ein, daß ich meinen wunderbaren roten Zauberschlüssel zusammen mit meinen anderen Papieren der hübschen Natascha anvertraut hatte, die sich in Begleitung ihres sauberen Herrn Bruders in Luft aufgelöst hatte. Ich aber, in meiner abgewetzten Jacke, den verwaschenen Jeans und den verpönten Tennisschuhen war mit einem Schlag ein höchst verdächtiges Individuum.

Ich deutete zum Gepäckschalter hinüber und versuchte eine Erklärung: „Hören Sie, dort drüben liegt mein Rucksack."

„Ja, ja, das erledigen wir schon. Los, gehen wir!" Der Milizionär schubste mich zu einem bereitstehenden „Affenkasten", einem geschlossenen Kastenwagen mit dicht verhängten Fenstern, in dem die Miliz Gefangene transportiert.

„So warten Sie doch!" protestierte ich. „Ich bin Reporter der Komsomolskaja Prawda! Ich habe einen roten Ausweis!"

„Wo denn?"

„Meine Papiere sind in einer Tasche, die ich einem Mädchen zum Halten gegeben habe."

„Die große Unbekannte – das kenn ich", höhnte der Milizionär. „Hopp, in den Wagen mit dir. Quatsch nicht so viel, du mieser Rauschgifthändler!"

Ohne den roten Ausweis, ohne die Reisebescheinigung der Redaktion und ohne Paß fühlte ich mich hilflos. Und als mich der Milizionär am Schlafittchen packte und wie eine Mülltonne in den „Affenkasten" wuchtete, begriff ich mit Entsetzen, wie furchtbar, wie hoffnungslos es ist, ein ganz gewöhnlicher Sowjetmensch zu sein ...

Doch als der Wagen losfuhr und ich durch das vergitterte Rückfenster sah, wie man mich vom Flughafen weg in die Stadt brachte, beruhigte ich mich wieder. Bald würde sich alles aufklären. Zweifellos wären meine Abenteuer ein tolles Thema für eine spannende Reportage.

Wir bogen rechts ab. Man brachte mich also zur Stadtmiliz, die meiner ehemaligen Schule gegenüberlag. Nicht zu fassen! Vadim Belkin, ein von Millionen Lesern geschätzter Journalist, fährt in einem Gefangenenwagen an der alten Schule vorüber, als deren ganzer Stolz er gilt! Schwer bewacht bringt man ihn in die Milizverwaltung der Stadt, wo der diensthabende Hauptmann, ein gräßlich fetter und ungehobelter Typ, das Protokoll über die Festnahme aufnimmt.

„Familienname? Vorname?"

„Belkin, Vadim Iwanowitsch."

„Wo wohnst du?"

„In Moskau."

„Die Papiere her, los!"

„Meine Papiere sind auf dem Flughafen verlorengegangen, in einer Tasche. Ich habe den Milizionär gebeten, danach zu suchen, aber ..."

„Wo arbeitest du?"

„Bei der Komsomolskaja Prawda."

„Was ist das?" fragte der Hauptmann allen Ernstes. „Eine Werkstatt?"

GESCHÄFTE IN BAKU

Jetzt riß mir der Geduldsfaden. „Sag mal, liest du keine Zeitungen?"

Der Hauptmann erhob sich, kam gemächlich auf mich zu und versetzte mir plötzlich einen Schlag ins Gesicht, daß ich rücklings auf den verdreckten, von Kippen übersäten Fußboden der Wachstube knallte. Benommen griff ich mir an den Kopf. Der Boxprofi saß schon wieder auf seinem Platz und knurrte, während ich mich langsam erhob: „Wenn du mich noch einmal duzt, dreh ich dir den Hals um. Verstanden?"

Ich sah ihn wortlos an und versuchte, mir seine Erscheinung genau einzuprägen: diese feiste Visage mit den kaukasischen Glotzaugen, das schwarze Haar, das sich an einigen Stellen bereits lichtete. Wart nur, du Schlägertype, dachte ich, du wirst noch von mir hören beziehungsweise lesen!

„Nun?" wiederholte er. „Was hast du für einen Beruf – außer, daß du mit Rauschgift handelst?"

„Ich möchte den Chef der Miliz sprechen", antwortete ich so ruhig wie möglich.

„Ja, gleich", feixte er. „Der freut sich schon auf dich! Also, du bist ein ganz gewöhnlicher Ganove. Unter welcher Adresse bist du gemeldet?"

„Ich spreche von jetzt an nur noch mit dem Chef der Miliz oder mit dem Untersuchungsrichter."

Er drückte auf einen Knopf an seinem Schreibtisch, worauf sogleich der wachhabende Sergeant an der Tür stand. Der Hauptmann deutete auf mich: „Ab mit ihm in die Zelle!"

Der Sergeant führte mich einen Korridor im Untergeschoß entlang, vorbei an vergitterten Fenstern, durch die man die Füße der Passanten auf dem Gehsteig sah. Vor einer Tür mit der Aufschrift „Umkleideraum" stellte mir mein Bewacher ein Bein, und ich stolperte in einen Gewölbekeller, wo ich offenbar bereits erwartet wurde. Grobe, geübte Hände fingerten sogleich an den Taschen meiner Jeans herum, und danach befahl mir ein hünenhafter Wachtmeister: „Zieh die Hose aus, du Miststück! Die Schuhe auch! Gib die Schnürsenkel und den Gürtel ab."

Ich zog meine Hose und die Tennisschuhe aus. Der Wachtmeister leerte den Inhalt meiner Hosentaschen auf den Tisch: ein halbes Päckchen Zigaretten, ein Taschentuch, acht Rubel. Anschließend befühlte er

gründlich die Nähte meiner Jeans und warf mir danach
meine Kleidung, mit Ausnahme des Gürtels und der
Schnürsenkel, in einem Knäuel vor die Füße. Er
zählte die Zigaretten in der Packung ab – sechs Stück
waren darin –, dachte einen Moment nach und sagte
dann: „Da, nimm, du Halunke! Wirst sie noch brauchen."

Ich zog mich wieder an. Und weiter ging es den Korridor entlang. Vor einer schweren Stahltür machten
wir halt. Der Wachtmeister spähte durch das Guckloch, fletschte kurz die Zähne, schob dann mit einem
Ruck einen Riegel zurück und stieß die Tür auf. Eine
Welle von Tabaksqualm und Schweißgeruch schlug mir
entgegen.

„Fuljow!" schnauzte der Wachtmeister in die Zelle
hinein. „Her mit den Karten!"

„Was denn für Karten?" tönte es aus der Zelle.

Der Wachtmeister packte mich am Arm und schob mich
in ein düsteres Loch mit Etagenpritschen zu beiden
Seiten und einem hohen, schmutzstarrenden Fenster.
In der einen Ecke neben dem Fenster befand sich der
Toiletteneimer und ein Wasserhahn, in der anderen
ein verbeulter Blechkanister mit einem Becher, der
an einer Kette hing. Auf den oberen Pritschen
schlief jemand, während auf den unteren acht Burschen herumlümmelten. Einer von ihnen, ein hagerer,
etwa vierzigjähriger Mann mit tatarischem Augen-
schnitt und einem viel zu weiten Pullover, versuchte
mit dem Wachtmeister zu verhandeln: „Was denn für
Karten? Wie kommen Sie darauf?"

„Stell dich nicht blöd. Gib die Karten her, oder
ich geh zum Chef."

Der Tatar holte dem Jungen, der neben ihm saß,
einen Stapel kleiner Zettelchen, nicht größer als
eine Streichholzschachtel, aus dem Ärmel. „Gib sie
ihm, Saschka."

Der Junge warf einen traurigen Blick auf die
selbstgezeichneten Spielkarten und sagte zum
Wachtmeister: „Wenn wir wenigstens etwas zu lesen
hätten ..."

„Sieh einer an! Der tätowierte Sultan – ein
Bücherwurm!" Der Wachtmeister versetzte Saschka
einen Schlag ins Gesicht und einen Tritt in den
Unterleib, so daß der Junge zusammenklappte. Dann

knallte der Beamte die Tür von außen zu, schob den Riegel vor und entfernte sich mit festen Schritten.

Der Junge wälzte sich auf dem Fußboden, hielt sich mit beiden Händen den Unterleib und rang mit blutverschmiertem Mund nach Luft. Ich betrachtete die Insassen der Zelle. Keiner von ihnen machte Anstalten, ihrem Zellenkameraden zu helfen.

Rasch zog ich mein Hemd aus den Jeans, riß einen Streifen davon ab und beugte mich über Saschka, um ihm das Blut vom Gesicht zu wischen.

„Finger weg, du Saukerl!" schrie plötzlich Fuljow.

Erstaunt wandte ich mich nach ihm um.

„Laß ihn in Ruhe, du Schnüffler!"

„Bist du besoffen?" fragte ich.

Fuljow erhob sich von seiner Pritsche, und ich sah, wie er etwas kaute, doch als ich begriff, was er vorhatte, war es schon zu spät. Klatschend spie er mir eine volle Ladung Speichel ins Gesicht.

So etwas hatte noch keiner mit mir gemacht. Ich vergaß, daß ich einer Übermacht von Ganoven ausgeliefert war. Wütend stieß ich Fuljow das Knie in den Bauch und drosch mit den Fäusten auf seinen Hinterkopf ein. Im Fallen aber erwischte er mich bei den Beinen, und wir kullerten beide über den vollgespuckten Boden der Zelle. Ich weiß nicht, wie die Rauferei geendet hätte, wäre nicht in diesem Augenblick die Tür aufgerissen worden. Zwei Wärter stürzten herein, packten uns, schleppten uns in eine fensterlose Kammer und schlugen uns zusammen.

Ich stürzte bewußtlos zu Boden. Die Wärter gossen uns einen Eimer Wasser über den Kopf und zwangen uns, aufzustehen und uns miteinander zu „versöhnen". Dann schleiften sie uns in die Zelle zurück und schleuderten uns wie zwei nasse Bündel durch die Tür.

Nun war es Saschka, der uns mit dem Stoffstreifen meines Hemdes das Blut vom Gesicht wischte. Ich sank in eine Art Dämmerschlaf und kam erst zwei oder drei Stunden später wieder zu mir. Ich lag auf einer der unteren Pritschen; über mir saßen Saschka und Fuljow und stritten halblaut miteinander.

„Wenn es ein Spitzel wäre, hätten sie ihn nicht so zusammengeschlagen", meinte Saschka.

„Die dreschen auch ihre Spitzel", erwiderte Fuljow. „Damit es echter wirkt."

„Vielleicht, aber doch nicht so. Schau dir an, wie
sie ihn zugerichtet haben."

„Warum hat er sich denn gleich auf dich gestürzt,
um dir zu helfen? Weshalb haben sie ihn überhaupt
eingelocht?"

„Hättest ihn ja fragen können."

„Hat einer von euch noch 'nen Glimmstengel?"

„Er hatte nur sechs bei sich. Einer ist noch da."

Da begriff ich, daß sie mir die Zigaretten aus der
Hosentasche genommen hatten. Plötzlich verspürte
ich eine unheimliche Gier nach einer Zigarette.
„Gebt mir was zu rauchen", flüsterte ich. „Bitte!"

Saschka führte seine Zigarette an meine Lippen,
ich tat einen tiefen Zug und öffnete die Augen.

„Wer bist du?" fragte Saschka. „Weswegen bist du
hier?"

Fuljow tippte mich mit dem Finger an. „Was Politi-
sches, stimmt's? Wir sitzen hier alle nur für ein
paar Tage, lauter Bagatellen. Wir könnten für dich
einen Brief rausschmuggeln, wenn du willst."

Ich nickte und wurde plötzlich hellwach.

„He, Buchhalter!" Fuljow stieß einen ungefähr
fünfzigjährigen Mann, der neben ihm schnarchte,
in die Seite. Der Zellengenosse, ein typischer
Schnapsbruder, fuhr erschrocken hoch.

Fuljow griff ihm in das strubbelige Haar. „Du mußt
dir wieder mal was in deinem Gehirn notieren." Und zu
mir sagte er: „Leg los, er ist ein heller Kopf, ein
Buchhalter, er merkt sich alles und schreibt es morgen während der Arbeit auf. Man bringt ihn nämlich
jeden Tag von hier ins Büro. Er schreibt, an wen du
willst."

Ich überlegte kurz und sagte dann: „Beschaffen Sie
sich ein Telefonbuch. Suchen Sie zwei Nummern heraus: die Telefonnummer der Lokalredaktion der Komsomolskaja Prawda – dort sitzt Ilja Kotowski. Und
dann diejenige der Propagandaabteilung des Partei-
ZK von Aserbaidschan – dort arbeitet ein gewisser
Kerim Rasulow. Rufen Sie sie an und sagen Sie ihnen,
daß ich hier bin. Vadim Belkin ist mein Name."

„Wiederhole!" sagte Fuljow und versetzte dem
Buchhalter einen Puff. Er memorierte meine Worte.

„Na? Alles richtig?" fragte Fuljow stolz. „Und was ist nun mit dir, Belkin?"

„Ich arbeite bei der Komsomolskaja Prawda."

„Ein Zeitungsschreiber?" wunderte sich Fuljow. „Aber warum haben sie dich eingelocht?"

Ich erzählte von dem Sarg mit Opium und von Boris Borissowitsch. Nur seine Schwester erwähnte ich nicht.

„Ein ganzer Sarg voll Opium! Ich werd verrückt!" Fuljow war platt. „Beschlagnahmen die tatsächlich im Flughafen Ware im Wert von ein paar Millionen für den Staat, anstatt das Zeug unter die Bedürftigen zu verteilen. Hör zu, Dichter, du schreibst darüber, klar? Buchhalter, wenn du nicht anrufst, wie er es wünscht, brauchst du gar nicht mehr in die Zelle zurückkommen, merk dir das!"

„Ja, ja ...", sagte der Buchhalter erschrocken.

Die ganze Nacht hindurch, während die anderen schnarchten, erzählten mir Fuljow und Saschka ihre Lebensgeschichte. Fuljow war ein professioneller Einbrecher und obendrein drogensüchtig. Man hatte ihn tags zuvor auf frischer Tat ertappt. Saschka war, nach Fuljows Worten, absolut harmlos. Er war auf das Trittbrett einer fahrenden Straßenbahn aufgesprungen. Dort hatten zwei üble Burschen gestanden, die ihn wieder herunterstoßen wollten, Saschka hatte sich gewehrt, so daß er die beiden mitriß, als er vom Trittbrett herunterstürzte. Allerdings war da noch ein „Genosse mit Brille", der etwas von einer gestohlenen Uhr faselte. Aber die müssen ihm die beiden anderen geklaut haben. Fuljow hatte Saschkas Verteidigung bis in alle Einzelheiten glaubwürdig ausgetüftelt, so daß dieser vor dem Untersuchungsrichter nur die einstudierten Antworten zu wiederholen brauchte. Am anderen Morgen, nachdem man die drei Freigänger zur Arbeit gebracht hatte, unter ihnen auch den Buchhalter, wurde Saschka zum Verhör geholt. Eine Stunde später kehrte er mit einem großen Paket unter dem Arm zurück. Darin waren ein dickes Fladenbrot, Weintrauben und eine kurze Nachricht: „Wir warten auf dich. Mama und Anja."

Wir hatten den Inhalt des Pakets noch nicht ganz verputzt, als ich abgeholt wurde. Schon allein daran, daß der Wärter mich nicht mehr vor sich her stieß, merkte ich, daß sich meine Situation verbessert hatte. Im Zimmer des Untersuchungsrichters, das nicht mit dem üblichen schäbigen Amtsmobiliar ausgestattet war, sondern mit einem eindrucksvollen Schreibtisch, gepolsterten Stühlen, ja sogar mit einem Kühlschrank, saß ein junger, blauäugiger Mann in Zivil und schrieb.

„Nehmen Sie Platz!" Er deutete auf einen Stuhl vor dem Schreibtisch, und ich setzte mich. Schließlich heftete er seinen Blick auf mich. „Sie wollen also Belkin von der Komsomolskaja Prawda sein? Können Sie das beweisen?"

Die Tatsache, daß er mich mit „Sie" anredete, sprach für sich. Also hatte der Buchhalter entweder Ilja Kotowski oder Kerim Rasulow im ZK erreicht, vielleicht sogar beide.

„Ich wüßte gern, mit wem ich spreche", meinte ich.

„Wozu müssen Sie das wissen? Sagen wir, ich bin ein Untersuchungsrichter."

„Dann haben Sie doch längst herausgefunden, daß ich Belkin bin. Wahrscheinlich haben Sie auch schon die Person festgenommen, die mit meiner Ausweistasche abgehauen ist", sagte ich ruhig.

„Na ja", meinte der Genosse Untersuchungsrichter lächelnd. „Wir können doch trotzdem ein wenig miteinander reden, ohne Protokoll. Das ist immerhin eine abenteuerliche Geschichte: Eine Handvoll Männer lädt einen Sarg aus einem Flugzeug, der Sarg kippt um und zerspringt – und es stellt sich heraus, daß er voll Rauschgift ist. Einer von den Trägern wird verhaftet und zur Miliz gebracht. Noch ehe man ihn in eine Zelle führt, beleidigt er einen Mitarbeiter der Miliz und behauptet, er sei Reporter einer unserer besten Zeitungen und Besitzer eines roten Ausweises, obschon er keinerlei Personaldokumente bei sich hat. Und weiter: Kaum hat der Verdächtige die Untersuchungshaft angetreten, bricht er auch schon eine Schlägerei vom Zaun. Genosse Belkin, Sie haben kein Recht, die Miliz zu beleidigen und andere Untersuchungsgefangene zu verprügeln, selbst wenn Sie tatsächlich ein Pressemensch sind."

Ich antwortete nicht. Der Buchhalter hat gesungen, dachte ich, statt für mich anzurufen. Vermutlich bekommt er dafür irgendwelche Vergünstigungen.

„Ich werde nur mit dem Chef der Miliz sprechen", sagte ich schließlich.

Unwillig runzelte der Genosse Untersuchungsrichter die Stirn. „Hören Sie mal ... Wie heißen Sie eigentlich mit Vatersnamen?"

„Ich denke, das wissen Sie bereits", sagte ich.

Er lächelte wieder. „Sie haben recht, wir wissen es: Vadim Iwanowitsch. Nicht nur, daß ich Ihre Reportagen kenne, ich lese sie sogar ausgesprochen gern. Aber Sie haben einen Hauptmann der sowjetischen Miliz beleidigt. Hier ist sein Bericht. Was sollen wir nun machen?"

„Verurteilen", antwortete ich.

„Wen?"

„Den Schuldigen", sagte ich. „Veranstalten Sie einen öffentlichen Prozeß, und klären Sie, wer hier wen zuerst beleidigt hat. Und laden Sie dazu die Komsomolskaja Prawda ein und die Propagandaabteilung des ZK ..."

Er schwieg eine Weile. „Sie sind schon ein merkwürdiger Mensch, Vadim Iwanowitsch. Sie wissen doch, daß ein Angehöriger der Miliz nicht vor Gericht kommt. Und Rauschgift ist eine sehr ernste Angelegenheit. Wir könnten Sie deswegen bis zu neun Monaten in Untersuchungshaft behalten, und nicht mal Ihre Redaktion könnte Ihnen da helfen. Sie begreifen: neun Monate in einer Zelle, zusammen mit Kriminellen. Ich kann Ihnen schließlich keine Einzelzelle geben, bloß weil Sie von der Zeitung sind. Aber ..." Er zeigte mit dem Finger auf mich: „Genaugenommen haben Sie selbst die Wahl. Wir könnten Sie jetzt laufenlassen ... Sie gehen ins Hotel, um zu duschen, die Wunden Ihrer Schlägerei zu kühlen, ordentlich auszuschlafen. Sie werden ein paar Tage am Meer in der Sonne verbringen, und danach – zurück nach Moskau. Na?"

Als hätte er meine Gedanken erraten, öffnete er den Kühlschrank – und da stand eine Batterie Flaschen mit bestem tschechischem Bier! Es verschlug mir die Sprache. Er nahm lächelnd zwei Flaschen heraus, öffnete sie lässig an der Kante des polierten Schreibtisches und schenkte zwei Gläser voll.

„Bitte sehr. Original tschechisches Bier, wie im besten Hotel der Stadt."

Diese unglaublich perfekte psychologische Arbeit imponierte mir. Ich nahm das Bier, kippte es in einem Zug hinunter und meinte: „Verraten Sie mir doch endlich, wer Sie sind. Das hier ist doch nicht Ihr Arbeitszimmer."

„Nicht? Wie kommen Sie darauf?"

„Wenn das Ihr Schreibtisch wäre, hätten Sie die Bierflaschen nicht an der Tischkante geöffnet."

Er lächelte etwas verlegen. „Vadim Iwanowitsch, gehen wir zum Du über. Wir sind doch Altersgenossen und arbeiten beide in gleicher Position, bloß bei verschiedenen Institutionen. Zugegeben, bei dir ist uns ein Irrtum unterlaufen, da waren unsere Leute wohl etwas übereifrig. Sie werden sich dafür entschuldigen. Ich lasse den Hauptmann und die beiden Sergeanten, die dich so übel zugerichtet haben, herholen, wenn du willst."

Ich schwieg. Alles nur Komödie, sagte ich mir. Da drückte er auf einen Knopf an der Unterseite seines Schreibtisches, und sogleich erschien an der Tür ein Wachsoldat. „Hauptmann Bagirow zu mir, aber schleunigst", befahl der Genosse Untersuchungsrichter. Ich traute meinen Ohren nicht. Seit wann kann ein Richter einem Hauptmann Befehle erteilen?

Der Wachsoldat verschwand. Kurz darauf ging die Tür auf, und herein kam der fette, schlagkräftige Hauptmann Bagirow.

„Zu Befehl, Genosse –"

„Schweig!" unterbrach ihn barsch der angebliche Untersuchungsrichter. Offenbar wollte er vermeiden, daß Bagirow seinen Rang oder Namen verriet. Er trat ganz dicht vor ihn und fauchte ihn an: „Was hast du da wieder angerichtet! Du mußt doch unterscheiden können, ob du einen echten Ganoven vor dir hast oder einen Mann in gehobener Position!"

„Jawohl, Genosse", stammelte Bagirow.

„Du wirst dich jetzt sofort entschuldigen! Sonst versetze ich dich aufs Land."

Ohne zu zögern, ging der Hauptmann auf mich zu, nahm Haltung an und sagte mit belegter Stimme: „Ich bitte Sie um Entschuldigung, Genosse Belkin! Ich wußte nicht, daß Sie im Besitz eines roten Ausweises sind."

„Schon gut", meinte ich.

GESCHÄFTE IN BAKU 61

„Du kannst abtreten, Bagirow, aber daß mir so eine
Schweinerei nicht noch einmal vorkommt!" Nachdem
Bagirow weg war, fragte mich der Untersuchungsrichter: „Soll ich jetzt die beiden Sergeanten herholen
lassen?"

„Nicht nötig", erwiderte ich. „Sagen Sie mir lieber, was das Ganze soll."

„Aber, aber, wir sind doch längst per du!" Er bot
mir eine Westzigarette an. „Ich möchte, daß du diese
haarsträubende Geschichte vergißt. Niemand ist dir
zu nahe getreten, und du warst nie bei der Bakuer
Miliz. Ein dummer Zufall, deine Festnahme auf dem
Flughafen, nichts weiter. Schau her, ich zerreiße
alle Verhörprotokolle. Du warst überhaupt nicht bei
uns, einverstanden? Sonst erwartet dich nämlich ein
ganzer Rattenschwanz von Formalitäten."

„Augenblick mal", sagte ich. „Boris Borissowitsch
hat meine Tasche mit den Dokumenten. Was fange ich
ohne Papiere an? Ich brauche meinen Paß und meinen
roten Ausweis. Ich muß den Vorfall melden."

„Da hast du recht. Aber was meinst du, woher ich
wußte, daß du tatsächlich Belkin bist?"

„Von der Redaktion, nehme ich an."

Er grinste. „In der vergangenen Nacht hat hier
eine Frau angerufen und uns mitgeteilt, daß in
einem Schließfach der Gepäckaufbewahrung an der
Schiffsstation die Ausweise des Komsomolskaja-
Prawda-Mitarbeiters Belkin lägen." Er öffnete ein
Schubfach seines Schreibtisches und zog meine
Reisetasche hervor. „Was meinst du, wer diese Dame
gewesen sein könnte?"

Ich zuckte die Achseln. „Keine Ahnung."

„Der Anruf war natürlich anonym. Die Frau sagte,
daß du unschuldig seist."

Natascha hielt also zu mir! Ich ließ mir meine
Freude nicht anmerken, sondern sah die Dokumente in
meiner Reisetasche durch. Es war noch alles vorhanden: mein Paß, der rote Ausweis, der Führerschein,
die Mitgliedskarte des Journalistenverbandes,
sogar mein Geld!

Ich stand auf. „Kann ich jetzt gehen?"

„Wenn wir uns einig sind – bitte sehr! Ich kann
also das hier zerreißen?" Er hielt immer noch die
Verhörprotokolle in der Hand. Ich war überzeugt, daß

es sich um Kopien handelte, sagte aber: „Ja. Du
kannst alles vernichten."

Mit einem Ruck riß er die Blätter in Stücke und
warf die Fetzen demonstrativ in den Papierkorb. „In
Ordnung. Du warst also niemals in Baku bei der Miliz, die Geschichte mit dem Sarg hast du vergessen
und deinen Freund Boris seit Jahren nicht mehr gesehen."

„Ja", preßte ich mühsam hervor.

„Danke!" Er streckte mir die Hand hin, doch plötzlich, als ob er sich an etwas erinnert hätte, zog er
sie wieder zurück, öffnete noch einmal die Schublade, holte eine olivfarbene Mappe hervor, schlug
sie auf, nahm ein vergilbtes Blatt heraus und
reichte es mir. Ich warf einen Blick darauf – und
mich traf beinahe der Schlag, als ich meine Handschrift erkannte. Auf dem Blatt stand ein holprig
gereimtes Gedicht, ein Freiheitslied, das ich vor
mehr als zehn Jahren geschrieben hatte, als Reaktion
auf die Ereignisse des Prager Frühlings im Jahr
1968. Zum Glück hatte ich damals keine Unterschrift
daruntergesetzt.

Ironisch lächelnd sagte der Genosse Untersuchungsrichter, während er das Blatt wieder in die
Mappe legte: „Ich bin sicher, daß dieses Gedicht
nicht von dir stammt. Du hast es seinerzeit bloß in
kindlichem Unverstand von jemandem abgeschrieben,
es war ja eine heiße Zeit. Aber das Blatt soll ruhig
hier liegen bleiben – stell dir vor, wir haben es
nicht einmal dem KGB übergeben. Aber solltest du
dich nicht an unsere Abmachung halten ... Denk
daran, dieses längst vergessene Blatt kann deine
ganze Karriere ruinieren. Dann hilft dir auch kein
roter Ausweis mehr."

Ich nickte nur. Der „Untersuchungsrichter" hielt
mir die Tür auf.

Eine Minute später verließ ich das Gebäude der
Milizverwaltung von Baku und trat auf die Straße
hinaus. Die grelle Mittagssonne blendete mich. Ich
wußte plötzlich nicht, wohin. Mit dem Gefühl ohnmächtigen Versagens schlenderte ich durch die
Straße der Roten Armee zum Boulevard hinunter, ans
Meer.

Boris Borissowitsch! Ihm hatte ich vor zehn Jahren

dieses Gedicht geschenkt, er hat es als pflichtbewußter Junger Pionier bei der Miliz abgegeben, und
deshalb wird er noch heute von ihr gedeckt, dachte
ich. Vermutlich ist er sogar einer ihrer V-Männer in
der Rauschgiftszene ...

Soweit Belkins Aufzeichnungen. Nicht einen einzigen trockenen
Keks hatte ich geknabbert. Ich fürchtete, Irina durch das knackende
Geräusch aufzuwecken. Auch der Tee stand noch da, längst kalt
geworden. Mir war nach etwas Stärkerem zumute. Vorsichtig holte
ich aus meiner Aktentasche die Flasche „Schwarze Augen" heraus, die
Baklanow mir aus dem Urlaub mitgebracht hatte. Ein Schluck
Portwein würde mir jetzt guttun.

Hatten sich Fragen ergeben, die mir Irina beantworten konnte?
Nein. Aber den zwielichtigen Genossen „Untersuchungsrichter"
hätte ich jetzt gern aus dem Schlaf geholt, um ihm von Kollege zu
Kollege ein paar Fragen zu stellen, zum Beispiel nach seiner Identität.
Ich hätte wetten können, daß er noch über dem Chef der Miliz von
Baku stand. Wenn er jedoch wirklich ein so hohes Tier war, dann
würde er mir was husten. Unwillkürlich überlegte ich, ob irgendwo
ein Dokument aufbewahrt sein könnte, das mich belastete. Denn das
KGB nimmt selbst die Beamten der Staatsanwaltschaft der UdSSR
einmal im Jahr unter die Lupe. Dann werden mindestens eine Woche
lang unsere Telefone angezapft, unsere Korrespondenz wird durch-
schnüffelt, Kontakte, Bekanntschaften, Gespräche werden durch-
leuchtet.

Ein Blick auf die Überschrift des nächsten Kapitels riß mich aus
meinen trüben Gedanken, und ich beschloß, Belkins Aufzeichnungen
zu Ende zu lesen.

Schußwechsel auf der Sandbank

Eine stille, winzige Insel im grünen Kaspischen
Meer, vierzig Schritt lang, zweihundert Schritt
breit. Man erreicht sie schwimmend vom Festland aus.
Ringsum ist keine Menschenseele zu sehen, nur Wasser, Sonne und Sand. Mit seiner sanften Kühle
umfängt mich das Meer, in das ich, mit einer Harpune
bewaffnet, eintauche. O könnte ich doch für immer
hierher auswandern, in die Unterwasserwelt übersie-
deln, zu den Korallen und silbern glänzenden

Fischen! Könnte ich bloß auf alles pfeifen und alles vergessen, was ich vergessen soll!

Den dritten Tag schon fährt mich Ilja Kotowski, unser Korrespondent in Baku, mit seinem „Schiguli" hierher, überläßt mich bis zum Abend mir selbst, während er sich mit den Tagesereignissen in der Region beschäftigt.

Wenn er mich am Spätnachmittag abholt, bewirte ich ihn mit knusprig gegrillter Meeräsche, und wir unterhalten uns über alltägliche Dinge. Ilja ist rührend: Abends nimmt er mich mit nach Hause in seine Junggesellenwohnung am Primorski-Boulevard; wir trinken beim Fernsehen Krimsekt oder sitzen nebenan in der kleinen Schaschlikstube.

Ich soll abschalten, rät mir Ilja unentwegt, nicht mehr „daran" denken. Das Kaspische Meer wirkte in der Tat Wunder: Es besänftigte mich, milderte meinen ohnmächtigen Zorn, es kurierte mich.

Am vierten Tag aber hatte ich genug von alledem. Weder das Meer noch die Unterwasserjagd konnten meinen wiedererwachten Tatendrang stillen. Ich sann auf Rache, wollte der Miliz von Baku einen Denkzettel verpassen. Dazu mußte ich die Rauschgiftsüchtigen von Baku auskundschaften, über sie an die Dealer herankommen, um dann über das Drogenproblem zu schreiben, die ganze Wahrheit. Noch nie hat die sowjetische Presse eine solche Reportage gebracht, also würde ein Bericht über die minderjährigen Rauschgiftsüchtigen, von denen mir Saschka Rybakow erzählt hatte, wie eine Bombe einschlagen.

Von nun an schwamm ich nicht mehr zur Insel hinaus. Ich war wieder fit und kehrte mit einer brillanten Idee ins normale Leben zurück, genauer gesagt, nach Baku. Mit Hilfe des roten Ausweises war es leicht, vom Einwohnermeldeamt Saschkas Adresse und Telefonnummer zu erfahren. Ich rief bei ihm zu Hause an.

Saschka selbst nahm den Hörer ab. Bei ihm war alles so gelaufen, wie Fuljow es in der Zelle vorhergesagt hatte: „mangels Beweisen" wurde er freigelassen. Wir verabredeten uns am Haupteingang des Stadtparks. Saschka fragte: „Kann ich Anja mitbringen?"

Ich war einverstanden, denn ich wollte die junge Dame kennenlernen, der zuliebe Saschka vorhatte, vom Rauschgift abzulassen.

GESCHÄFTE IN BAKU

Sie kamen in den Park, händchenhaltend wie zwei
Wesen, die erst vor kurzem die Liebe entdeckt hat-
ten: Saschka kräftig, braun gebrannt, in einem
Sporthemd und Jeans vom schwarzen Markt, und Anja,
ein zartes, blauäugiges Geschöpf mit wohlgeformten
Beinen und langem aschblondem Haar, das über ihre
Schultern floß.

Worüber konnte ich mit den beiden Verliebten
reden? Ich arrangierte es so, daß ich wenigstens
für ein paar Minuten mit Saschka allein sprechen
konnte. Während Anja Karussell fuhr, erklärte ich
Saschka, was ich plante: in die Drogenszene einzu-
dringen, mich für einige Tage unter die Süchtigen zu
mischen, zu kiffen und sogar bei einem Diebstahl
mitzumachen, um hinterher eine Reportage zu schreiben. Alles, was ich erreichte, war Saschkas Zusage,
mir bei meinem Unternehmen zu helfen, nachdem Anja
wieder nach Riga heimgefahren sei.

„Und wann fährt sie weg?"

„In drei Tagen."

„Na schön", sagte ich. „Und wo ist Fuljow?"

„Der ist vor ein paar Tagen verlegt worden."

„Wohin denn?"

„Weiß ich nicht", maulte Saschka gelangweilt,
nahm Anja bei der Hand und zog sie mit sich fort.

„Auf Wiedersehen", sagte die hübsche Rigaerin mit
sanfter Stimme, und, die Arme einander um die Schultern gelegt, gingen sie fort durch die schattige
Allee des Parks, ohne sich noch einmal nach mir umzu-
blicken.

Ich kehrte in Ilja Kotowskis Wohnung zurück,
borgte mir von Ilja eine alte Turnhose, ein ver-
waschenes Turnhemd und ein Paar Sandalen und fuhr in
diesem Aufzug mit der Straßenbahn zum Gagarin-Kulturpalast. Nicht weit davon entfernt fand ich jenen
von dichtem Gebüsch umgebenen Park, in dem Arif und
seine Bande herumlungerten.

Der Park war leer, nur ein paar Knirpse in Bade-
hosen liefen umher. Ich fragte einen von ihnen: „Wo
sind denn die großen Jungs, die sich hier sonst treffen?"

„Die kommen erst später, am Nachmittag."

Ich setzte mich auf eine Bank im Schatten der Bäume
und wartete. Es war ein heißer Sommertag, und ich war

ein wenig eingenickt, als ich plötzlich hinter mir im Gebüsch Stimmen vernahm: „Hol den Stoff raus, ich brauch sofort was."

„Aber dort hockt so 'ne Type ..."

„Ach, der kann uns mal! Mach schon! Zünd an!"

Ich rührte mich nicht und tat so, als ob ich wirklich schliefe. Hinter mir wurde ein Streichholz angerissen. Gleich darauf drang süßlicher Haschischgeruch zu mir herüber, und ich mußte plötzlich unweigerlich laut niesen.

Hinter dem Gebüsch erscholl Gelächter. Ich wandte mich um. Auf einem kleinen Rasenstück saßen fünf Jungen im Kreis, dreizehn bis sechzehn Jahre alt, Aserbaidschaner, Armenier, Russen, sogen inbrünstig an einem „Joint", den sie im Kreis herumreichten. Ein schmächtiges Kerlchen hatte die Ärmel hochgekrempelt, den einen Arm mit geballter Faust ausgestreckt, so daß die Venen als blaue Linien hervortraten. In der anderen Hand hielt er eine Injektionsspritze mit trüb-weißlicher Opiumlösung, und er mühte sich, mit der dicken Nadel eine Vene zu treffen. Vom häufigen Fixen jedoch waren seine Venen bereits wie Gummi geworden, und der Junge stocherte so lange mit der Nadel herum, bis ein purpurrotes Rinnsal über seinen Arm rann. Einer der Burschen, ein kräftiger, etwa sechzehnjähriger Aserbaidschaner mit Wuschelkopf, erhob sich und trat auf mich zu.

„Was gibt's?" fragte er.

„Habt ihr was zu rauchen für mich?" fragte ich.

„Woher bist du denn?"

„Eigentlich aus Moskau. Ich bin auf Besuch hier, bei meinem Bruder. Braucht einer von euch Jeans? Echt amerikanische ..."

„Schwarzhändler, wie? Da mußt du Arif fragen."

Ich hockte mich neben sie auf einen Stein. Einer der Jungen fragte mich: „Wie wär's mit einer Partie Poker? Hast du Mäuse?"

Ich hatte acht Rubel bei mir, und sogleich setzten sich diejenigen, die sich keinen Druck verpaßt hatten, sondern bloß Haschisch rauchten, zu mir.

Fast zwei Tage verbrachte ich bei dieser Clique, spielte mit ihnen Poker, rauchte mit ihnen Haschisch, knackte mit ihnen Getränkeautomaten, rannte vor Milizionären davon, verschacherte meine

Jeans für dreißig Rubel ... Ich sah zu, wie sie in den
Straßenbahnen Uhren abstaubten und mit Rasierklin-
gen Gesäßtaschen von Leuten aufschnitten, die um
Butter oder Buchweizen anstanden. Aber nicht nur der
Alltag der kleinen Fixer interessierte mich. Ich
wollte herausfinden, wer die Hintermänner waren,
von wem Typen wie Tolik, Arif und andere Rauschgift-
händler ihre Ware bezogen. Doch ich hatte keinen
Erfolg. Im Meldeamt von Baku hatte man mir offiziell
mitgeteilt, daß Boris und seine Schwester Natascha
vor sechs Jahren verzogen seien. Auch schlugen alle
Versuche fehl, über meine neuen Freunde an einen der
Dealer heranzukommen. Schroff schnitten sie mir das
Wort ab, sobald ich Fragen stellte.

Den „General" erwähnten die Jungen nie, und als
es mir einmal gelang, die Rede auf ihn zu bringen,
stellte sich heraus, daß sie ihn schon lange nicht
mehr gesehen hatten.

Arif erschien am dritten Tag gegen Abend. Ein seh-
niger, kräftiger Bursche mit wachem, stechendem
Blick, höchstens siebzehn Jahre alt. Trotz der Som-
merhitze trug er ein ordentliches Jackett, dazu
Jeans und Tennisschuhe. Als er durch das Gebüsch
trat, hinter dem wir hockten und Poker spielten,
unterzog er mich sogleich einer kritischen Muste-
rung. „Wer ist das?"

„Der gehört zu uns", antwortete einer. „Kommt aus
Moskau, verscherbelt so allerlei. Zieht schon seit
'n paar Tagen mit uns rum."

„Na schön. Gib mir was zu rauchen, und hör mit dem
Pokern auf, Ramis!" befahl er. „Ich brauche dich.
Und dich auch, Sikun."

Ramis und Sikun waren die kräftigsten Jungen in
der Clique. Nachdem sich Arif von einem der Burschen
einen Joint genommen hatte, machte er ein paar tiefe
Züge, lümmelte sich dann ins Gras und sagte: „Jetzt
reicht's! Heute knöpfen wir uns diesen Sultan vor!
Um sieben Uhr fahren wir mit dem Vorortzug ans Meer.
In der ‚Liebesbucht' hat er sich's nämlich mit seiner Cousine gemütlich gemacht, das hab ich schon
ausbaldowert. Morgen fährt das Mädchen weg, aber
vorher werd ich's denen schon noch zeigen! Seine
Cousine, daß ich nicht lache! Mit seiner Cousine
küßt man sich nicht stundenlang. Das soll er büßen,

der Verräter!" Er sprang mit einem Ruck hoch und befahl: „Los! Wir setzen uns erst mal einen Druck!" Und er ging zusammen mit Ramis und Sikun fort.

Nach ein paar Minuten gähnte ich demonstrativ, schob die Karten beiseite und sagte: „Schluß für heute. Ich geh und leg mich aufs Ohr."

Ich lief auf die Straße und hielt das erstbeste Auto an, einen „Moskwitsch". Ähnlich wie in Moskau ist auch in Baku so ziemlich jeder Autobesitzer bereit, Taxi zu spielen.

„Zum Primorski-Boulevard."

„Haste Geld?" vergewisserte sich der Fahrer.

„Jaja, hab ich! Los!"

In fünf Minuten hatten wir das Haus erreicht, in dem Ilja Kotowski wohnte. Ich sah seinen blauen Schiguli im Hof stehen und rannte in den vierten Stock hinauf. Ilja war nicht daheim, doch unter der Türmatte lag wie immer der Wohnungsschlüssel. Ich stürzte in die Wohnung, ans Telefon. Meine Uhr zeigte Viertel vor sieben. Saschka war nicht zu Hause. Niemand meldete sich.

Ich öffnete Iljas Schreibtisch und fand den Ersatzschlüssel für den Schiguli. Rasch zog ich mir eine Hose und ein Hemd über, steckte Geld und meinen roten Ausweis ein und rannte aus der Wohnung. Es war zehn Minuten vor sieben.

Dreißig Sekunden später raste ich über den Primorski-Boulevard, zunächst in Richtung Flughafen. Ich hatte gehört, daß Arif bei einem Diebeswettbewerb eine Browning-Pistole gewonnen hatte, und ich ahnte Furchtbares. Unter dem Fahrersitz lag ein mächtiger Schraubenschlüssel, die einzige Waffe, die Ilja Kotowski stets mit sich führte.

Mit dem roten Ausweis in der Tasche fühlte ich mich sogar in einem fremden Wagen und ohne Zulassungspapiere sicher. Mit hundert Sachen überholte ich spielend sämtliche Autos. Ich war sicher, vor dem Siebenuhrzug, in dem Arif saß, anzukommen. Doch da verlor der Wagen plötzlich an Geschwindigkeit. Verdutzt blickte ich auf das Armaturenbrett – die Benzinuhr zeigte auf Null!

Fluchend brachte ich den Wagen am Straßenrand zum Stehen. In meiner Verzweiflung begann ich den vorüberfahrenden Autos zuzuwinken. Jetzt sausten all

jene an mir vorbei, die ich eben erst so lässig überholt hatte. Auch der Vorortzug donnerte vorüber, in
dem mit Sicherheit Arif, Ramis und Sikun saßen.

Kraftlos ließ ich mich auf den Sitz fallen. Die
Straße zum Flughafen war eine Schnellstraße, auf der
man nicht anhalten durfte. Ich überlegte: Hat es
Sinn, zu Fuß zur Liebesbucht zu laufen? Quatsch, ich
würde anderthalb Stunden bis dorthin brauchen. Es
mußten an die zehn Minuten verstrichen sein, als
neben mir ein Wagen der Miliz bremste. Ein Oberleutnant kam auf mich zu.

„Wieso stehen Sie hier?" fragte er gedehnt. „Ihre
Papiere!"

Mit ein bißchen Glück konnte der Milizionär meine
Rettung sein. Es galt bloß, den richtigen Ton zu finden. Wortlos zog ich den roten Ausweis hervor. „Wissen Sie, Genosse Oberleutnant", sagte ich, „mir ist
da etwas Dummes passiert – das Benzin ist alle. Geben
Sie mir ein paar Liter ab? Ich bezahle natürlich
dafür."

Ich reichte ihm den Ausweis, und sogleich schlug
er einen versöhnlichen Ton an: „Warum beleidigen Sie
uns, Verehrtester? Ein paar Liter Benzin für die
Komsomolskaja Prawda können wir allemal gratis
spendieren. Haben Sie einen Schlauch?" Ich öffnete
den Kofferraum – da war nicht einmal ein Reserverad
drin. Der Offizier blickte mich vorwurfsvoll an. „Na
ja, ein Intellektueller!" meinte er und stoppte mit
seinem weißen Knüppel den nächsten Wagen, dessen
Fahrer uns einen Schlauch lieh. Wir stellten unsere
Autos nebeneinander, und der Oberleutnant pumpte
etwa fünfzehn Liter Benzin aus dem Wagen der Miliz in
Iljas Schiguli.

Ich drückte dem netten Offizier die Hand, stieg
ein und brauste davon. Der Zeiger des Tachometers
schnellte nach rechts – 130, 135, 140 ...

Es wurde rasch dunkel, ich schaltete das Licht
ein. Schließlich bog ich auf die alte Lehmstraße ab,
die zur Liebesbucht führte. Neben der Straße gleiß-
ten im Scheinwerferlicht die Schienen der Vorort-
bahn, während in der Ferne der Zug selbst als gepunk-
tete Linie an der Endstation zu sehen war. Ich trat
wieder das Gaspedal durch.

Zum Glück wußte ich, wo Saschka und Anja sich liebten. Hinter zwei kleinen Felsen am Meer, dem sogenannten „Steinernen Sattel", lag die „Liebesbucht". Dort, vor fremden Blicken geschützt, küssen sich seit Generationen die Liebespärchen.

Der Vorortzug hatte die Endstation schon wieder verlassen und donnerte in der Gegenrichtung an mir vorbei. Aus! Ich war zu spät gekommen ... Kurz darauf passierte ich die Bahnstation „Strandbad". Hier endete die Lehmstraße, und bis zum Steinernen Sattel mußte ich am Strand entlangfahren.

Als ich in die Liebesbucht rollte, bot sich mir genau der Anblick, den ich befürchtet hatte: Auf dem menschenleeren Strand hielten Ramis und Sikun den zusammengeschlagenen Saschka gegen den Boden gepreßt. Ramis hatte Saschka ein Messer an die Kehle gesetzt. Unten am Wasser versuchte Arif, das Mädchen zu vergewaltigen. Anja biß um sich, während Arif mit der Faust, in der er den Browning hielt, auf sie eindrosch.

Ich hatte die Scheinwerfer eingeschaltet, hupte jetzt im Dauerton und steuerte den Wagen direkt auf das Paar zu, das sich am Wasser auf dem Boden wälzte. Geblendet konnten sie nicht erkennen, was für ein Auto da auf sie zufuhr – etwa die Miliz? Ich sah, wie Ramis und Sikun Saschka sofort losließen und über den Steinernen Sattel davonrannten. Arif hingegen sprang auf, preßte Anja an sich und setzte ihr den Browning an die Schläfe. Ich trat auf die Bremse. Die Räder gruben sich tief in den Sand, und der Wagen hielt nur zwei Meter von Anja und Arif entfernt. Anja war zerschunden, ihr Badeanzug zerrissen. Als Arif sah, daß der Wagen stehenblieb, wich er langsam zur Seite, wobei er Anja mit sich zog. Ich blieb reglos sitzen. Doch in dem Augenblick, als Arif aus dem Lichtkegel der Scheinwerfer trat, stürzte sich aus dem Dunkel blitzartig eine Gestalt auf ihn und warf beide – Arif und Anja – um. Gleichzeitig krachte ein Schuß, und ich spürte, wie ein Hagel von Glaskörnern auf mein Gesicht, auf Hemd und Hose prasselte. Saschka hatte sich auf Arif gestürzt, Arif hatte geschossen, und die Kugel war in die Windschutzscheibe des Schiguli eingeschlagen.

Ich hörte, wie draußen ein Kampf stattfand, aber ich konnte in der Dunkelheit nichts sehen. Vorsichtig schüttelte ich die Glassplitter ab und kroch aus dem Wagen. Da hörte ich, wie jemand dicht an mir vorbeilief, und kurz darauf krachte erneut ein Schuß. Anja schrie: „Saschka, schieß nicht! Tu's nicht!" Jetzt wußte ich, daß Saschka Arif den Browning entwunden hatte. Noch zwei Schritte, und ich hatte Saschka erreicht. Mit einem Hieb schlug ich ihm den Browning aus der Hand.

„Ich bring ihn um!" schrie Saschka wie von Sinnen.

Anja klammerte sich an ihn, küßte ihn tränenüberströmt und versuchte, ihn zu beruhigen: „Ist ja alles gut, Saschka."

In jener Nacht glich Ilja Kotowskis Wohnung einem Feldlazarett. Mit Jod und Heftpflaster verarztete ich Saschkas und Anjas Wunden, während Ilja, völlig verzweifelt über den Verlust der Windschutzscheibe, in der Wohnung auf und ab lief und jammerte: „Ich werde wahnsinnig! Woher nehme ich jetzt eine Windschutzscheibe?"

„Ich hab sie doch nicht absichtlich kaputtgemacht! Der Kerl hat auf mich geschossen, kapierst du das nicht? Du kriegst eine neue, ich versprech es dir."

„Du vernagelter Optimist! Windschutzscheiben für Schigulis sind schon seit acht Monaten in der ganzen Republik nicht mehr aufzutreiben! Was soll ich bloß machen?"

Da hielt Saschka Iljas Wehklagen nicht länger aus. Er ging in die Küche und kehrte mit einer Art Gummiglocke zurück – einem jener Geräte, mit denen man verstopfte Waschbecken und Toiletten bearbeitet. „Ilja", sagte er, „gehen Sie zu Ihrem Nachbarn und bitten Sie ihn, uns noch so ein Ding zu leihen. Bloß für fünf Minuten."

„Wozu denn?"

„Das werden Sie dann sehen!"

Ilja zuckte mit den Achseln, ging zum Nachbarn und kehrte kurz darauf mit dem gewünschten Gummiding zurück. Saschka verließ damit die Wohnung.

Anja lag, in eine Decke gehüllt, in Iljas Bett. Damit sie über das, was sie durchgemacht hatte, besser hinwegkam, hatten wir sie überredet, ein paar Gläser Kognak zu trinken. Es hatte fürs erste geholfen, das Mädchen schlief.

Saschka kehrte nach fünf Minuten wieder zurück. An
den beiden Gummiglocken hing, wie an Saugnäpfen, die
Windschutzscheibe eines Schiguli.

„Wo hast du die her?" fragte Ilja entgeistert.

Statt zu antworten, stellte Saschka die Scheibe
auf den Boden und fuhr mit einem Messer vorsichtig
unter eine der Gummiglocken, die sich sofort ganz
leicht vom Glas löste. „Geben Sie sie bitte dem Nachbarn zurück", sagte Saschka.

Ilja schwante etwas. „Hast du die Scheibe von
einem parkenden Auto geklaut?" fragte er mit ent-
setztem Blick.

„Ja, aber nicht in Ihrer Straße", beruhigte ihn
Saschka. „Warum sind Sie so erbost? Keiner hat's
gesehen. Und der Wagen war nicht aus Baku, sondern
aus Kjurdamir."

„Mein Gott! Wenn ich nun morgen verhaftet werde!"

„Wieso denn?" fragte Saschka.

„Weil ich eine Windschutzscheibe gestohlen habe!"

„Sie? Haben Sie sie denn gestohlen?" fragte
Saschka verwundert. „Dazu wären Sie doch viel zu
ungeschickt."

„Entsetzlich!" jammerte Ilja. „Entsetzlich!"

Als Ilja hinausgegangen war, sagte Saschka: „Ich
muß mit Ihnen sprechen, Vadim. Aber nicht hier in
Iljas Wohnung. Vielleicht gehen wir ein Stück spazieren?"

„Gut. Aber ruf zuvor deine Mutter an —"

„Überflüssig!" unterbrach mich Saschka schroff.

Zehn Minuten später, auf dem nächtlichen Kai von
Baku, begann Saschka zu reden.

„Ich habe mich entschlossen, Baku zu verlassen.
Für immer. Ich liebe Anja, und sie liebt mich. Wir
möchten zusammenleben. Hier kann ich nicht bleiben.
Wenn Anja fort ist, beginne ich wieder zu fixen und
zu klauen. Und entweder werde ich Arif umbringen
oder er mich. Gestern abend habe ich meiner Mutter
gesagt, daß ich in Riga ein Zimmer oder eine Wohnung
mieten möchte, daß wir heiraten werden und daß ich
eine Arbeit annehmen und die Abendschule beenden
will. Ich habe meine Mutter um Geld gebeten, zwei
Tausender, zumindest leihweise. Sie hätten hören
sollen, wie sie da losgeschrien hat! Daß sie mich
nicht siebzehn Jahre durchgefüttert hätte, um mich

nun mit irgendeinem Flittchen losziehen zu lassen. Lieber würde sie mich bei der Miliz anzeigen, damit man mich wieder einlocht! Und das ganze Geschrei wegen zwei lumpiger Tausender!"

„Ich glaube nicht, daß es ihr um das Geld ging", wandte ich vorsichtig ein. „Ihr seid beide erst siebzehn, ein bißchen früh, um zu heiraten ..."

„Das geht nur uns etwas an", antwortete Saschka selbstsicher. „Immerhin sind wir keine Kinder mehr."

Saschka schwieg eine Weile, und ich ließ ihm Zeit. Schließlich fuhr er in ruhigerem Ton fort: „Also Geld hat sie mir keines gegeben. Nicht mal für eine Fahrkarte bis Moskau. Aber ich hab mir das Geld trotzdem beschafft. Vom General. Das wird mein letzter Job sein. Ich weiß, daß ich Ihnen darüber nichts erzählen sollte, aber Sie haben mich und Anja gerettet, und ich kann sonst mit niemandem sprechen. Wenn mir etwas zustößt, kümmern Sie sich dann um Anja?"

„Was ist das für ein Job, Saschka?"

„Na schön, ich sag es Ihnen. Aber ... Sie müssen mir Ihr Ehrenwort geben, daß Sie es für sich behalten!"

„Gut. Ich gebe dir mein Wort drauf."

„Vom General habe ich tausend Rubel Vorschuß bekommen, und weitere fünftausend kriege ich, wenn ich den Auftrag erledigt habe. Ich soll einen Koffer mit Geld nach Moskau bringen und an einem vereinbarten Ort gegen einen Rucksack mit Rauschgift eintauschen. Ich fahre mit der Bahn nach Baku zurück, liefere den Rucksack beim General ab, und dann geht's mit dem Flugzeug zurück nach Moskau, wo Anja auf mich wartet, damit wir zusammen nach Riga fahren. Der General darf natürlich nicht wissen, daß ich sie nach Moskau mitnehme. Könnten Sie sich dort ein bißchen um sie kümmern? Sie braucht für ein paar Tage ein Zimmer ..."

Eine feine Geschichte! Ein Korrespondent der Komsomolskaja Prawda bei einem Rauschgifttransport! Und diesmal nicht zufällig und ahnungslos. Natürlich, es ist verlockend, die Nase noch etwas tiefer in die Sache zu stecken; um so authentischer kann ich darüber in der Zeitung berichten. Aber wenn Saschka erwischt wird, blühen ihm mindestens acht Jahre Knast.

„Saschka", sagte ich, „ich habe einen anderen Vorschlag. Ich löse für dich eine Fahrkarte nach Moskau. Auf Kosten unserer Redaktion. Dort, in der Komsomolskaja Prawda, mache ich mit dir ein Interview. Du erzählst deine Geschichte wie neulich in der Zelle. In dem Interview erklärst du dann, daß du unter deine Vergangenheit einen Schlußstrich gezogen hast, daß du dich von der Jugendbande in Baku lossagst und ein neues Leben beginnen wirst."

„Aber verpfeifen werde ich keinen!"

„Niemand verlangt von dir, daß du jemanden verpfeifen sollst. Alle Namen werden geändert. Wichtig ist nur der wahre Kern des Ganzen. Danach übernimmt die Komsomolskaja Prawda gewissermaßen die Patenschaft über dich und Anja. In Riga bringen wir euch in einem Komsomol-Wohnheim unter, helfen dir, Arbeit zu finden. Wir machen aus dir sozusagen einen Helden der Nation, und in der ersten Zeit werden wir euch sogar mit etwas Geld unter die Arme greifen."

„Zu spät", sagte Saschka. „Ich habe das Geld vom General schon genommen."

„Du kannst es wieder zurückgeben!"

Saschka lachte bitter. „Man merkt, daß Sie keine Ahnung haben. Ich bin jetzt ein Mitwisser, verstehen Sie? Die machen mit mir kurzen Prozeß, wenn ich aussteige. Nein, ich stecke nun mal drin." Er lachte ein wenig verlegen. „Vadim, ich vertraue Ihnen. Wenn Sie mir helfen können – tun Sie es, wenn nicht, haben Sie nie etwas von mir gehört. Falls die etwas über unser Gespräch erfahren, bringen sie mich um – und Sie auch. Wir haben es jetzt nämlich nicht mehr nur mit einem Angeber wie Arif zu tun, sondern mit einer ganzen Mafia, denken Sie daran!"

„Worauf du dich verlassen kannst", sagte ich grimmig. „Und jetzt vertraue ich dir etwas an: Die Mafia sitzt nicht nur in der Unterwelt. Sie hat ihre Verbindungsleute auch in den Ämtern, in der Miliz – überall. Auf Wiedersehen in Moskau, Saschka. Ich hol dich am Bahnhof ab."

Am nächsten Morgen flog ich nach Moskau zurück – ohne meiner Großmutter auch nur guten Tag gesagt zu haben. Saschka wollte am gleichen Tag nach Moskau reisen, aber erst am Abend und mit dem Zug – so hatte es der General bestimmt –, um Gepäckkontrollen zu entgehen, wie sie auf den Flughäfen durchgeführt werden.

Nachdem der General Saschka den bewußten Koffer übergeben hatte, fuhr er mit ihm zum Bahnhof, löste für ihn eine Fahrkarte und schärfte ihm ein, den Geldkoffer während der ganzen Fahrt nicht einen Augenblick unbewacht zu lassen. Nach seiner Ankunft in Moskau am nächsten Vormittag sollte Saschka sich vom Bahnhof ins Hotel „Tourist" fahren lassen und dort ein Einzelzimmer verlangen. Dann sollte er in seinem Zimmer bleiben und auf einen Anruf warten.

Nachdem ich in Moskau gelandet war, fuhr ich vom Flughafen direkt in die Redaktion. Im Vorzimmer des Chefredakteurs saß Sonja, die altgediente Sekretärin, hinter ihrem Schreibtisch. Sie vertraute mir die neuesten Geheimnisse der Redaktion an. Mein erster Artikel über die Drogenszene von Baku sei schon eingetroffen und hätte bei allen Kollegen, die ihn bereits heimlich gelesen hätten, Furore gemacht. Ich deutete auf die lederbespannte Tür zu Korneschows Zimmer und fragte: „Ist er da?"

„Nein. Er ist im ZK – mit deinem Artikel. Aber ich will nichts gesagt haben. Weißt du übrigens schon, daß man dich wieder für Breschnews Presseteam nominiert hat? Am zwölften ist Instruktion bei Suslow, am vierzehnten ein Essen beim Staats- und Parteichef, und am fünfzehnten fliegt ihr nach Wien." Sie griff nach dem Hörer des Telefons, das soeben schrillte.

Ich ging in mein Arbeitszimmer. Mein Artikel über die Drogensüchtigen wurde also bereits im ZK des Komsomol geprüft, und am fünfzehnten durfte ich mal wieder in den Westen. Danach, das schwor ich mir, würden die Polypen in Baku ihr Fett abbekommen! Morgen fahre ich auf den Bahnhof, hole Saschka ab und bringe ihn dazu, mir ein Interview für die Zeitung zu geben. Alles läuft bestens.

AN DIESER Stelle brachen Belkins Aufzeichnungen ab. Ich legte das letzte Blatt weg und dachte nach. Der „General" hatte Saschka Rybakow einen Koffer mit Geld übergeben, den er in Moskau gegen

GESCHÄFTE IN BAKU 77

einen Rucksack mit Rauschgift eintauschen sollte. Doch aus irgendeinem Grund tauchte der General selbst *vor* Saschka in Moskau auf
und erwartete ihn am Kursker Bahnhof. Es war nicht ausgeschlossen,
daß die Übergabe des Rauschgifts in Wirklichkeit nicht im Hotel
„Tourist", sondern auf dem Bahnhof stattfinden sollte. Aber da
erschien unversehens Belkin auf der Bildfläche. Den hatte der
„General" schon einmal auf dem Flughafen Baku gesehen, und er
wußte inzwischen natürlich, wer er war. Belkin war der Rauschgiftmafia im Wege, weil er sich offenbar für sie interessierte. Darum
hatten sie auch ihn einkassiert. Saschka Rybakow, der arme Kerl,
mußte dran glauben, weil sie ihn für einen Verräter hielten. Aber zu
den Tätern führte keine Spur. Also mußte ich die falschen Sanitäter
finden, die an der Entführung beteiligt waren. Aber wie? Ich brauchte
unbedingt das Mädchen aus Riga.

Ich hatte glatt vergessen, daß ich nicht allein war, und laut vor mich
hin gesprochen. Irina war davon aufgewacht und sprang erschrocken
vom Sofa auf.

„Oje! Wie spät ist es denn?"

„Gleich elf. Irina, ich muß euren Korrespondenten in Baku anrufen.
Darf ich von hier telefonieren?"

„Ja, natürlich."

Ich wählte die Vermittlung, nannte das Kennwort der Staatsanwaltschaft und bat dringend, mich mit Ilja Kotowski in Baku zu
verbinden. „Genosse Kotowski? Hier ist die Staatsanwaltschaft,
Untersuchungsrichter Schamrajew. Entschuldigen Sie, daß ich so spät
störe. Vom zwölften bis zum dreiundzwanzigsten Mai hat Vadim
Belkin bei Ihnen gewohnt –"

„Belkin hat bei mir gewohnt?" unterbrach mich eine erstaunte
Stimme. „Wie kommen Sie darauf? Ich habe ihn schon über ein Jahr
nicht mehr gesehen."

„Wie bitte?" fragte ich verdutzt. „Er war vom zwölften Mai an in
Baku."

„Ja, ich hab davon gehört, daß er in Baku gewesen sein soll, aber bei
mir hat er sich nicht gemeldet. Tut mir leid, daß ich Ihnen nicht helfen
kann." Es klang zwar verbindlich, aber nicht unbedingt ehrlich.

„Macht nichts. Entschuldigen Sie bitte." Da hatten wir die
Bescherung! Ich legte den Hörer auf und dachte erneut nach. Wenn
nun der Fall, den Belkin geschildert hatte, nichts als ein Hirngespinst
war? Wenn Belkin nicht bei Kotowski gewohnt hatte, dann gab es
vielleicht auch keinen Park mit Drogensüchtigen, keine Wettfahrt
zwischen Schiguli und Vorortzug und auch keine Schüsse in der

Liebesbucht. Aber woher sollte Belkin dann wissen, daß Saschka und Anja nach Moskau fuhren? Die Miliz in Baku bestritt die Geschichte mit dem Sarg und Belkins Verhaftung, und der dortige Korrespondent der *Komsomolskaja Prawda* wollte Belkin nicht in Baku gesehen haben. Wäre Saschkas Leiche nicht gefunden und identifiziert, wäre Belkins Entführung nicht beobachtet worden, dann wäre der Plan der Bakuer Mafia möglicherweise gelungen und Belkin wirklich spurlos verschwunden.

Irina und ich tranken noch ein Glas Portwein zusammen, dann packte ich Belkins Aufzeichnungen und ging nach Hause.

Am nächsten Morgen schickte ich ein Fernschreiben an die Miliz in Riga, in dem ich um die rasche Überstellung der Anja Virnas nach Moskau bat. Dann gab ich Swetlows Proleten, die nach Baku fliegen sollten, genaue Anweisungen. Kaum waren die Beamten zur Tür hinaus, stürmte ihr Chef persönlich ins Zimmer.

„Beinahe hätte ich die Alte gehabt – da muß sie plötzlich abkratzen! Ich könnte mir vor Wut in den Hintern beißen!"

Ohne zu verstehen, wartete ich, bis Swetlow Dampf abgelassen hatte. Eine Minute später hatte er sich beruhigt, und ich erfuhr eine abenteuerliche Geschichte. Der Fotograf des Moskauer Kriminalamtes hatte den Schmuck, der in Saschka Rybakows Aktenkoffer gefunden worden war, hervorragend aufgenommen, und Swetlow hatte seine Leute beauftragt, in allen Geschäften in Moskau, die Gold und Schmuck aufkauften, Nachforschungen anzustellen. Swetlow selbst nahm die Originale mit, den ganzen Schmuckkoffer, um ihn vor den Augen des Direktors der staatlichen Ankaufsstelle für Gold und Brillanten mit einem triumphierenden „Da staunen selbst Sie, was?" zu öffnen. Tatsächlich schlug der Direktor beim Anblick der kostbaren Stücke die Hände über dem Kopf zusammen: „Woher haben Sie das? So was gehört doch in ein Museum."

Dieser Besuch brachte Swetlow keinen Schritt weiter. Also fuhr er zum staatlichen Diamantenfonds und unterhielt sich mit den Schmuckexperten. Doch außer dem Hinweis, daß die Juwelen offensichtlich die Arbeit eines Goldschmieds aus dem neunzehnten Jahrhundert seien, konnte ihm keiner einen konkreten Anhaltspunkt liefern. Um zwölf Uhr unterbrach Swetlow seine Dienstfahrt, um im Restaurant des Künstlerverbandes zu Mittag zu essen. Als er danach auf den Gogol-Boulevard hinaustrat, faßte er sich plötzlich an die Stirn. „Welche Einfalt! Wie konnte ich *den* bloß vergessen?" Er stand vor dem alten Haus, in dem seit undenklicher Zeit einer der genialsten Juweliere der Metropole wohnte.

Swetlow rannte in den dritten Stock hinauf. Richtig – da hing noch das schwarz angelaufene Kupferschildchen: E. I. SINAISKI. Swetlow läutete Sturm.

„Marat Alexejewitsch! Mein Teuerster! Was führt Sie zu mir?" Ein hochgewachsener, munterer Greis umarmte mit theatralischer Geste seinen alten Bekannten, den Genossen Kommissar. Nachdem ein junges, pummeliges Mädchen ein Tablett mit Kognak, Wodka und Fruchtlikör aufgetragen hatte, betrachtete Sinaiski die Schmuckstücke durch seine uralte Lupe. „Sagen Sie, mein Bester, woher haben Sie diese Dingerchen?"

„Die haben wir gefunden. Mehr kann ich nicht sagen."

„Da ist Ihnen ein riesiger Goldfisch ins Netz gegangen! Sie wissen, Marat Alexejewitsch, ich bin schon lange nicht mehr im Geschäft, aber es findet sich immer ein Neider, der unsereins anschwärzen möchte! Ich darf doch mit Ihrer Diskretion rechnen?"

„Selbstverständlich." Wenn der Alte Bedingungen stellte, dann wußte er etwas.

„Ich sehe keinen Grund, Ihnen die rechtmäßige Besitzerin nicht zu nennen. Sie ist ein redlicher Mensch und hat nichts zu befürchten. Sie lebt von ihrem Familienschmuck. Aber nun scheint man die Ärmste bestohlen zu haben . . ."

„Und wer ist die Ärmste?"

„Meine älteste Kundin: Olga Petrowna Dolgo-Saburowa, eine ehemalige Gräfin. Sie ist jetzt schon zweiundneunzig oder mehr, aber immer noch sehr rüstig, genau wie ich! Wissen Sie, wer diese Juwelen angefertigt hat? Der berühmte Goldschmied Alexei Trofimo."

„Und wer hat die Sachen für sie verkauft – Sie?"

„Nein, mein Lieber, sie selbst hat sie verkauft, ich hab ihr bloß den Preis genannt und dafür meine Provision bekommen – drei Prozent, wie üblich."

„Und wer war der Käufer? Kennen Sie ihn?"

„Marat Alexejewitsch! Ich dachte, Sie würden ihn mir vielleicht nennen. Seit Jahren schon möchte ich den Menschen sehen, der zu meinen Preisen diese Sachen kauft. Die Gräfin hat mir nie etwas verraten."

„Wo wohnt sie denn, Ihre Dolgo-Saburowa?"

„Die Gräfin wohnt in einer Villa, die einmal ihr gehörte, am Mira-Prospekt, Hausnummer siebzehn. Man hat ihr ein Zimmer in der dritten Etage überlassen. Aber sagen Sie ihr nicht, woher Sie die Adresse haben. Die Gräfin würde es mir bis an ihr Lebensende nachtragen."

Zwanzig Minuten später befand sich Swetlow in der besagten Villa und erfuhr, daß Olga Petrowna Dolgo-Saburowa vor einer Woche das Zeitliche gesegnet hatte. Seitdem wohnte ein gewisser Rakow, der Schlosser der Hausverwaltung, in ihrem Zimmer. Swetlow stürmte in das Büro der Hausverwalterin. „Wo sind die Sachen der Dolgo-Saburowa? Wer hat die Alte begraben? Wo ist der Schlosser?"

„Die Alte haben *wir* begraben", antwortete die dicke Verwalterin. „Sie hatte noch einen Neffen, er arbeitet irgendwo bei der Eisenbahn. Wir haben versucht, ihn zu benachrichtigen, aber er ist wohl dauernd unterwegs. Also haben wir für die Beerdigungskosten gesammelt."

„Und wo sind ihre Sachen?"

„Ach, da war nicht viel, ein uraltes Bett und ein paar Klamotten. Wahrscheinlich hat Rakow den ganzen Plunder weggeschmissen."

Nachdem man den Schlosser aufgetrieben hatte, betrat Swetlow mit ihm und der Hausverwalterin das ehemalige Zimmer der alten Dolgo-Saburowa. Es war leer.

„Wo sind die persönlichen Gegenstände, die Möbel der Verstorbenen?"

„Möbel?" echote der Schlosser Rakow. „Lauter Gerümpel war das. Heute morgen habe ich alles auf den Müll geschmissen: zerfledderte Fotoalben, eine Bibel, ein Bett mit einer stinkigen Matratze. Dort drüben ist der Müllplatz, ich zeig es Ihnen."

Als Swetlow, der Schlosser und die Hausverwalterin zu den Mülltonnen kamen, erblickten sie ein loderndes Feuer, in dem die Bibel, die Alben, das Bett und die Kleider der alten Dolgo-Saburowa lichterloh brannten. Die Kinder, die im Hof spielten, hatten ein Streichholz an das Bettzeug gehalten. Als Swetlow wütend gegen die halbverbrannte, qualmende Matratze trat, platzte sie auf – und heraus kullerten Broschen, Ringe, Ohrgehänge, besetzt mit Rubinen, Chrysolithen und Brillanten, insgesamt sieben Teile. Es waren herrliche Filigranarbeiten, genau wie die Juwelen aus dem Schmuckkoffer.

„Da, sieh dir das an!" Swetlow legte die Fundstücke auf meinen Tisch. „Genau eine Woche zu früh ist die Gräfin gestorben! Sonst wüßten wir jetzt, an wen sie ihr kapitalistisches Geschmeide nach und nach verkauft hat."

„An welchem Tag genau ist die Gräfin verblichen?"

„Am achtundzwanzigsten Mai, warum?"

„Findest du das nicht seltsam? Am sechsundzwanzigsten wird Rybakow ermordet, der Schmuckstücke bei sich hatte, die einst der Gräfin gehörten. Und zwei Tage später legt sich die alte Frau, die noch einen Rest der Kollektion besitzt, so mir nichts, dir nichts hin und

GESCHÄFTE IN BAKU 81

stirbt. Was ist mit dem Neffen, der nicht mal zum Begräbnis seiner Tante kam? Hast du über ihn etwas erfahren können?"

„Es handelt sich um einen gewissen German Wenjaminowitsch Dolgo-Saburow. Er arbeitet als Brigadier der Zugschaffner bei der Kursker Eisenbahn."

Das Telefon klingelte. Penski war am Apparat. „Igor Josefowitsch, könnten Sie rasch zum Kursker Bahnhof kommen? Ich habe einen Zeugen von Belkins Entführung ausfindig gemacht."

„Wir sind gleich da. Zuvor noch etwas anderes. Notieren Sie sich folgendes: Dolgo-Saburow, German Wenjaminowitsch, Brigadier der Zugschaffner bei der Kursker Eisenbahn. Ziehen Sie Erkundigungen über ihn ein."

Der Kursker Bahnhof in Moskau ist einer der modernsten in ganz Europa, mit lautlos gleitenden Rolltreppen, blinkenden Anzeigetafeln, endlosen Reihen von Schließfächern. Swetlow und ich kämpften uns zwischen Menschenschlangen mit Koffern und Körben zum Raum mit der Aufschrift BAHNHOFSMILIZ durch.

Der Wachraum war mit schweren Holzbänken ausgestattet. Auf ihnen sitzen Tag für Tag kleine Gauner, Diebe, Schwarzhändler, Schnapsbrüder und Prostituierte, wie sie überall in der Welt die Bahnhöfe bevölkern, und daneben Fahrgäste, die bestohlen wurden, und verheulte Kinder, die sich verlaufen haben. Und alle schnattern wild durcheinander und machen dem diensthabenden Milizionär die Hölle heiß. Als ich die Wachstube sah, war mir klar, daß in einem solchen Durcheinander Anja Virnas' Anzeige, ihr Bräutigam sei „entführt" worden, behandelt worden war wie andere Bagatellfälle auch: Wird schon nicht so tragisch sein, er wird schon wieder auftauchen, der Bräutigam.

Swetlow und ich waren noch gar nicht dazu gekommen, uns dem diensthabenden Offizier vorzustellen, als plötzlich Penski vor uns stand, hohlwangig, die Augen vor Übermüdung gerötet.

„Bist du schon wieder oder noch immer hier?" fragte ich ihn.

„Seit vierundzwanzig Stunden. Gehen wir!" Penski führte uns in ein Büro und berichtete, was er bisher erreicht hatte: Als Zeugen des Überfalls auf Belkin und Rybakow kamen hauptsächlich diejenigen in Frage, die sich tagtäglich auf dem Bahnhofsplatz herumtrieben, Träger, Taxifahrer, Milizionäre und Straßenhändler. Penski war auf einen alten Gepäckträger gestoßen, der ihm erzählte, er habe gehört, wie die Zigeunerin Semfira ihren Kindern drohte: „Wenn ihr nicht brav bettelt, laß ich euch mit dem Krankenauto wegbringen, wie die beiden Verrückten gestern!"

Penski fahndete nach Semfira und erfuhr, daß sie zwei Stunden zuvor wieder einmal zur Milizabteilung des Bahnhofs gebracht worden sei. Semfira erinnerte sich sogleich an den Vorfall, behauptete, daß es vier Sanitäter gewesen seien und es sich bei dem Wagen, in den man die „entlaufenen Irren" stieß, um ein Krankenauto gehandelt habe. An besondere Merkmale der Sanitäter konnte sie sich nicht erinnern. Dafür sagte sie: „Als der Krankenwagen wegfuhr, meinte so ein Schnapsbruder neben mir: ‚Früher kam man ins Lager, heute in geschlossene Krankenanstalten – wenn das kein Fortschritt ist!'"

„Wer ist dieser Schnapsbruder?"

„Ich weiß nicht, wie er heißt, aber er holt sich immer bei Lydia Bier."

Lydia, die in der Bierbude neben den Kassen der Vorortlinien bediente, nannte Penski den Namen des Trunkenbolds. „Das kann nur Leo Pawlowitsch sein. Er kommt immer um drei Uhr."

Penski wartete eine geschlagene Stunde neben der Bierbude, bis endlich ein hochgewachsener, blonder Mann mittleren Alters mit einem Bierkrug in der Hand angetorkelt kam. Es war Leo Pawlowitsch Sinizyn, ehemals Lehrer an der Surikow-Kunstschule. Penski fragte ihn, ob er gesehen habe, wie man am hellichten Tag zwei Männer von der Straße weg gewaltsam in einen Krankenwagen verfrachtet habe.

„Natürlich erinnere ich mich daran. Ich kannte nämlich einen der Sanitäter, von früher. Er war mal mein großes Vorbild: Viktor Akejew, der Boxer, Europameister im Mittelgewicht, aber das muß schon etwa fünfzehn Jahre her sein. Später war er Trainer, und jetzt arbeitet er offenbar als Catcher für eine Klapsmühle oder so was Ähnliches."

Penski ließ Sinizyn wieder laufen, natürlich nicht, ohne sich vorher seine Adresse notiert zu haben.

Ich interessierte mich ohnehin mehr für Dolgo-Saburow. Von Penski ließ ich mir seine Personaldaten geben, die er sich im Kursker Bahnhof besorgt hatte. Dann schickte ich meinen unermüdlichen Helfer nach Hause, damit er sich ausschlief.

Unterdessen telefonierte Swetlow bereits mit dem Einwohnermeldeamt, um den derzeitigen Wohnsitz des Boxers Akejew in Erfahrung zu bringen. Plötzlich wurde er blaß. „Was? Akejew befindet sich in Haft?" stöhnte Swetlow. Enttäuscht legte er auf und wandte sich mir zu: „Dieser Akejew wurde vor einem Jahr in Moskau abgemeldet – im Zusammenhang mit seiner Verurteilung und Überstellung in eine Haftanstalt."

GESCHÄFTE IN BAKU

Ich rief die Sonderabteilung eins des Innenministeriums an. Sofort kam vom Computer die präzise Auskunft: „Akejew, Viktor Michailowitsch, geboren 1942, zuletzt als Jugendtrainer an der Sportschule des Lenin-Bezirks beschäftigt, wohnhaft Lenin-Prospekt Nr. 70, Wohnung Nr. 156, wurde vom zuständigen Bezirksgericht der Stadt Moskau am 24. Januar 1978, nach Paragraph 191-1 des Strafgesetzbuches der UdSSR zu drei Jahren Freiheitsentzug verurteilt. Er verbüßt die Strafe im Straflager UU-121 in Kotlas, Region Archangelsk."

Demnach mußte sich Sinizyn geirrt haben, denn der Boxer konnte nicht gleichzeitig in Kotlas im Straflager sitzen und in Moskau in der Kluft eines Sanitäters herumlaufen. Immerhin: Wir wußten nun, daß einer dieser „Sanitäter" wie der ehemalige Boxchampion Akejew aussah, daher konnten wir wenigstens ein Phantombild von ihm anfertigen.

Mißmutig gingen Swetlow und ich die Angaben über den Bürger Dolgo-Saburow durch, den Leiter der Zugschaffnerbrigade auf der Strecke Moskau–Zentralasien. Der Diensteinteilung für den 4. Mai entnahmen wir, daß der Brigadier Dolgo-Saburow an dem Tag, als Belkin und Rybakow auf dem Kursker Bahnhof gekidnappt wurden, dienstfrei hatte. Am 28. Mai hingegen, also an dem Tag, als seine alte Tante starb, war er auf Achse und befand sich in der Gegend von Aktjubinsk, beinahe zweitausend Kilometer von Moskau entfernt.

„Wir sollten es ausnutzen, daß der Bursche allein wohnt und erst übermorgen aus Taschkent zurückkommt. Ich würde mir gern mal seine Wohnung ansehen", sagte Swetlow.

Uns war klar, daß wir keine gesetzliche Handhabe besaßen, um seine Wohnung zu durchsuchen, da Dolgo-Saburows einziges „Vergehen" bisher darin bestand, daß er nicht an der Beerdigung seiner Tante teilgenommen hatte. Aber wer fragt nach Recht und Gesetz, wenn ein Untersuchungsrichter für Sonderfälle und ein Abteilungschef des Moskauer Kriminalamtes in irgendeine Proletenwohnung hineinschauen wollen?

Um 17 Uhr 30 waren Swetlow und ich bereits in der Smolenskaja-Sennaja-Straße. German Dolgo-Saburow bewohnte ein Zweizimmerappartement im achten Stock.

Das Türschloß leistete Swetlows Dietrich keinen Widerstand, und ein Blick in die Wohnung genügte, um zu erkennen, daß der Zugschaffnerbrigadier weit über seine Verhältnisse lebte. Da standen sowohl eine westliche Stereoanlage und ein Farbfernseher als auch eine Schlafzimmergarnitur in Schleiflack. Im Kühlschrank fanden wir armenischen Kognak, schottischen Whisky, polnischen Kräuterlikör, finnischen Lachs, Kaviar und einen Eimer mit Honigwaben. Der Bursche war offensichtlich nicht nur auf die mageren hundertsechzig Rubel im Monat angewiesen, die er als Brigadier verdiente. Aber welcher Zugschaffner begnügte sich schon mit seinem Gehalt? Alle trieben in irgendeiner Weise Schwarzhandel, das wußte jedes Kind.

Doch selbst die sorgfältigste Durchsuchung der Wohnung brachte nichts zum Vorschein, was in irgendeiner Verbindung zu den Juwelen der alten Tante oder dem Fall Belkin gestanden hätte. Nach einer Stunde brachen wir unsere Durchsuchung ab, setzten für alle Fälle ein Protokoll auf und zogen enttäuscht wieder ab. „Wir hätten wenigstens den schottischen Whisky konfiszieren sollen", meinte Swetlow draußen. Beide hatten wir das Bedürfnis, den Ärger über die Mißerfolge mit Alkohol hinunterzuspülen. Dafür war das Restaurant „Praga" der richtige Ort. Swetlow langte in seine Tasche und stöberte nach Geld.

„Ich habe vierzehn Rubel bei mir – und du?"

„Einen Zehner", antwortete ich, ohne nachzusehen.

Es war traurig, aber wahr: Wir hatten miteinander sage und schreibe vierundzwanzig Rubel bei uns. Dennoch fuhren wir mit Swetlows Dienstwagen zum „Praga". Als der bärbeißige Portier unsere Ausweise sah, salutierte er und führte uns dienstbeflissen in den ersten Stock zu einem Tisch im Wintergarten. Eingedenk unserer armseligen Barschaft, bestellten wir eine Flasche Weißwein und kaltes Roastbeef mit Salat.

Sanfte Musik drang zu uns herüber, drei Tische weiter saßen ein paar nette Studentinnen. Swetlow und ich setzten uns in Positur. Ungefähr eine Stunde später, als wir gegessen und die Flasche Weißwein ausgetrunken hatten, fühlten wir uns prächtig, begannen mit den netten Studentinnen zu flirten. Schließlich holten wir sie an unseren Tisch und tanzten mit ihnen.

Die Mädchen nahmen uns natürlich nicht ab, daß Swetlow Oberstleutnant und ich Untersuchungsrichter sein sollten, und wir legten auch keinen besonderen Wert darauf. „Ganz im Vertrauen" gestanden wir ihnen vielmehr, daß wir Zahnärzte seien. Das eine Mädchen offenbarte mir daraufhin, daß ihr Sportler lieber wären als Zahnärzte. Ihr Verlobter sei im Mittelgewicht Dritter in der Boxrangliste von Woronesch und arbeite als Trainer in der dortigen Kindersportschule.

„Ein zweiter Akejew", entfuhr es mir.

Die Mädchen hatten keine Ahnung, wer Akejew war. Swetlow erklärte es ihnen: „Viktor Akejew ist ein guter Freund von uns,

GESCHÄFTE IN BAKU   85

ehemaliger Europameister im Mittelgewicht. Aber jetzt ist er schon über ein Jahr im Ausland, und unser Igor hat schreckliche Sehnsucht nach ihm."

Er deutete auf mich und grinste.

„Ich denke, Sie könnten ihn wiedersehen", mischte sich der Kellner ein, der uns soeben Eiskaffee servierte.

Swetlow und ich starrten ihn an.

„Ja, offenbar ist er von seiner Reise zurückgekehrt. Er hat am Donnerstag hier zu Abend gegessen."

„Sind Sie sicher?"

Der Kellner schmollte. „Er hat hier zu Abend gegessen, an jenem Tisch dort drüben. Mit einer Igelfrisur, einem neuen grauen Anzug, ausländisches Fabrikat, und einem hellblauen Hemd. Zwei Mädchen saßen bei ihm. Die eine ungefähr dreiundzwanzig, etwa einen Meter siebzig groß, kupferrot gefärbtes Haar; sie sprach keinen Moskauer Akzent, sondern stammte von irgendwo aus dem Norden. Genau wie die andere, auch Anfang Zwanzig, eine Brünette mit blauen Augen."

Unsere Mädchen gähnten gelangweilt, sobald von anderen Frauen die Rede war.

Aber Swetlow und ich waren mit einemmal nüchtern.

„Wo gibt es hier ein Telefon?" fragte ich, und der Kellner führte mich in das Büro des Geschäftsführers. Ich wählte hastig die Nummer der Hauptabteilung „Strafvollzug" im Innenministerium und bat, man möge sich erkundigen, wo Akejew nun wirklich sei – im Straflager, entlassen oder auf der Flucht. Minuten später erhielt ich die gewünschte Auskunft: „Viktor Akejew, Strafgefangener Nr. 1533 in der Besserungsarbeitsanstalt UU-121, wurde wegen guter Führung und aufgrund besonderer Arbeitsleistung freigestellt. Ohne Bewachung arbeitet er zur Zeit auf einer Baustelle von volkswirtschaftlicher Bedeutung in Kotlas, voraussichtlich bis zur endgültigen Verbüßung seiner Haftstrafe."

Sogleich rief ich die Aeroflot an: „Wann geht die nächste Maschine nach Kotlas?"

„Morgen, um zehn Uhr vierzig."

Ich kehrte in den Wintergarten zurück! Unsere Hübschen hatten inzwischen wohl vor lauter Schreck über die Echtheit unserer Dienstränge das Weite gesucht.

„Du fliegst morgen nach Kotlas", sagte ich kurz entschlossen zu Swetlow, der mich wie ein lebendes Fragezeichen ansah. „Alles übrige später. Zeit zum Nachhausefahren, mein Lieber."

UM EINE Exhumierung durchzuboxen und einen Gerichtsmediziner dazu zu bewegen, eine außerplanmäßige Obduktion vorzunehmen, muß man sich normalerweise eine Woche lang die Hacken ablaufen. Die Gerichtsmediziner sind von den Leichenschauhäusern fest eingeteilt, auf den Friedhöfen sind keine Arbeiter aufzutreiben, die einem den Sarg ausbuddeln. Und wer transportiert schon außerplanmäßig eine Leiche vom Friedhof zum Institut? Kein Mensch. Diese Probleme innerhalb von drei Stunden zu lösen hatte mich allerhand gekostet: Nerven, Geld aus der eigenen Tasche (schließlich mußte ich den Totengräbern zumindest so viel Trinkgeld geben, daß es für eine Flasche Schnaps reichte), vor allem aber hatte es mich Zeit gekostet. Inzwischen war es fast Mittag! Und was hatte es mir gebracht? Daß mein Verdacht bestätigt wurde: Die alte Dolgo-Saburowa war ermordet worden! „Das Opfer wurde vermutlich mit einem Kopfkissen erstickt", hieß es im Obduktionsbericht. Also noch ein Verbrechen! Doch wer hatte es begangen? Und was hatte der Mord mit Belkin zu tun?

Mir wurde klar, daß außer zusätzlicher Arbeit für den Fall Belkin nichts herausspringen würde. Was sollte ich bloß tun, um diesen vermaledeiten Journalisten wiederzufinden! Jetzt suchen wir ihn bereits den dritten Tag, dachte ich verbittert. Ich brauchte vor allem diese Anja Virnas! Ich mußte ihr die Fotos von Akejew und Gridasow zeigen und jetzt sogar noch das von Dolgo-Saburow. Und wenn sie auch nur einen davon als Entführer identifizierte, dann hatte ich einen Anhaltspunkt. Wenn aber keiner von ihnen an jenem Tag auf dem Kursker Bahnhof war, dann war die Arbeit von drei Tagen umsonst, und ich mußte wieder von vorn beginnen.

Ich griff nach dem Telefonhörer und verlangte ein dringendes Gespräch mit Oberstleutnant Baron, dem Chef der Miliz in Riga. Bereits zwanzig Sekunden später vernahm ich die sanfte Stimme seiner Sekretärin, die mich sofort mit dem Oberstleutnant verband.

„Hören Sie mal, Genosse Oberstleutnant", begann ich. „Wie lange soll ich noch auf die Bürgerin Anja Virnas warten? Gestern früh habe ich Ihnen ein Blitztelegramm geschickt. Ich habe Sie darum gebeten, Anja Virnas unbedingt bis heute vormittag zur Vernehmung herzuschicken. Jetzt ist es bereits zwölf Uhr, Sie aber lassen nichts von sich hören."

„Zu meinem Bedauern, Genosse Justizrat, hält sich die betreffende Person derzeit nicht in Riga auf."

„Na, und wo ist sie?"

„Die Nachbarn gaben dem Bezirksinspektor der Miliz die Aus-

GESCHÄFTE IN BAKU 87

kunft, daß sie zusammen mit ihren Eltern ans Meer gefahren sei."

„Wohin genau?"

„Das weiß leider niemand, Genosse Justizrat." Es klang ein wenig belustigt, so, als wollte er sagen: Selbstverständlich erfüllen wir eure Bitten, aber im Grunde habt ihr uns einen Dreck zu befehlen, wir haben unsere eigene Republik.

„Hören Sie zu, Genosse Oberstleutnant. Der Fall, den ich bearbeite, hängt mit der Reise des Staats- und Parteichefs nach Wien zusammen, wo er den amerikanischen Präsidenten trifft. Die Zeit, die uns zur Verfügung steht, ist äußerst knapp. Aber jeder, der zur Klärung dieses Falles beiträgt, wird im Abschlußbericht genannt werden. Sie verstehen? Also: Anja Virnas muß noch heute in meinem Büro sitzen. Und wenn Sie die gesamte Küste um Riga herum absuchen müssen. Habe ich mich klar ausgedrückt?"

Zuckerbrot und Peitsche – ein altbewährtes Mittel. Der Oberstleutnant änderte seinen Ton: „Gut. Ich werde mich sofort persönlich dahinterklemmen. Kann ich die Virnas auch zwangsweise vorführen lassen, falls sie sich weigert mitzukommen?"

„Selbstverständlich. Ich werde Ihnen dafür nachträglich einen richterlichen Beschluß ausstellen."

Nachdem ich mich verabschiedet hatte, drückte ich auf die Unterbrechertaste und wählte die Nummer der Milizabteilung auf dem Kursker Bahnhof. Der Chef selbst, Oberst Marjamow, war am Apparat.

„Guten Tag, Genosse Oberst. Hier ist Schamrajew von der Generalstaatsanwaltschaft. Wissen Sie, wo sich derzeit mein Mitarbeiter, der Untersuchungsrichter Penski, aufhält?"

„In Podolsk, Genosse Schamrajew. Dort leitet er den Einsatz der Sonderermittlungsbrigade, die Ihren Fall bearbeitet. Unsere Leute suchen auf der Bahnstrecke Podolsk–Moskau nach Zeugen für den Tod von Saschka Rybakow."

„Gut, Oberst. Halten Sie sich bitte weiterhin zu meiner Verfügung."

Kaum hatte ich aufgelegt, meldete sich wie auf Kommando Swetlow aus Kotlas. Er hatte achthundert Kilometer Luftlinie zurücklegen müssen, nur um binnen weniger Minuten etwas herauszubekommen, was aus unerfindlichen Gründen so geheim war, daß wir es von den verantwortlichen Stellen in Kotlas nie und nimmer erfahren hätten.

Akejew hatte im Straflager Kotlas tatsächlich den Status eines Freigängers und wurde ohne Bewachung zur Arbeit „auf den Bau" geschickt, wo er lediglich dem Außenkommandanten unterstand. Swetlow ließ sich vom Lagerleiter einen Wagen geben und raste damit zu dem im Entstehen begriffenen Chemiekombinat hinaus. Dort stellte sich schnell heraus, daß der Häftling Akejew in erster Linie die Funktion eines „Einkäufers" ausübte und Materialien und Ersatzteile, Mangelware auf jeder Baustelle, aufzutreiben hatte, weshalb er auch ständig auf Dienstreise geschickt wurde. Unlängst hatte der Chefingenieur den ebenso fähigen wie zuverlässigen Akejew mit Genehmigung der Sonderkommandantur zum Kurier zwischen der Baustelle und dem Ministerium für Bauindustrie ernannt. Akejew war also ganz offiziell zwischen Kotlas und Moskau unterwegs. Eine ganze halbe Stunde brachte Swetlow damit zu, sämtliche Unterlagen von Akejews Dienstreisen zu kopieren, aus denen hervorging, daß Akejew sich weit häufiger in Moskau aufhielt, als er in Kotlas einsaß. Seine letzte Fahrt hatte er übrigens bereits Anfang Mai angetreten: Die Materialliste war eben sehr lang ...

Als Swetlow die Unterlagen beisammenhatte, raste er zum Flughafen, um noch die Abendmaschine nach Moskau zu erreichen. Doch seltsam: Auf dem Flughafen erwartete ihn der stellvertretende Lagerkommandant, Hauptmann Scharikow.

„Kann ich Sie kurz sprechen, Genosse Oberstleutnant? Es ist wegen Akejew. In der Lagerdirektion konnte ich nicht darüber reden, dort haben die Wände Ohren, und die gehören Major Smagin, meinem Chef."

Da der Abflug der Maschine nach Moskau sich, wie üblich, aus technischen Gründen verzögerte, hatten sie Zeit, sich eine Weile zu unterhalten. „Sie müssen wissen: Smagin will seine Tochter mit Akejew verheiraten. Sie ist nämlich in den attraktiven Sportler verknallt. Deshalb wurde Akejew auch freigestellt. Zur Zeit ist er mit Smagins Tochter in Moskau, im Hotel ‚Peking'."

„Woher wissen Sie das?" wunderte sich Swetlow.

„Gleich nachdem Sie aus dem Lager wegfuhren, hat Smagin dreimal hintereinander mit diesem Hotel telefoniert und seine Tochter zu sprechen verlangt. Ich habe es mitgehört. Er wollte die beiden bestimmt auf Ihren Besuch vorbereiten, aber sie waren nicht in ihrem Zimmer."

„Danke. Kommen Sie bitte mit." Swetlow eilte zum Postschalter des Flughafens von Kotlas, zeigte den roten Ausweis und ließ sich mit seiner Dienststelle in Moskau verbinden. Er wies Major Oscherelew an, Jelena Wassiljewna Smagina mit ihrem Begleiter Akejew im Hotel Peking zu beschatten und ihr Telefon zu überwachen.

„Ich danke Ihnen, Genosse Hauptmann", sagte Swetlow zu Scharikow. Ich werde in Moskau von Ihrer Zuverlässigkeit berichten."

„Das ist noch nicht alles", erwiderte Scharikow voller Eifer. „Obwohl unser Lager als beispielhaft gilt, werden kapitalistische Ausschweifungen gefördert. Smagin veranstaltet mit den Häftlingen Diskussionsabende, er hat sogar ein Orchester auf die Beine gestellt – und hier nun das Ergebnis!" Er öffnete seine Hand. Auf Scharikows Handfläche lagen zwei kleine Ampullen. „Das ist Morphium. Ich habe es bei einem der Häftlinge konfisziert. Und das ist die Verpackung, sie lag im Müll." Der Hauptmann zog aus der Tasche seines Uniformhemdes ein Stück Karton hervor. Darauf klebte ein Etikett mit der Aufschrift: APOTHEKENHAUPTVERWALTUNG MOSKAU. „Für mich besteht kein Zweifel daran", fuhr Scharikow fort, „daß der künftige Schwiegersohn von Major Smagin das Rauschgift beschafft hat."

Swetlow bedankte sich nochmals bei Scharikow, nahm die Morphiumampullen und das Etikett an sich und salutierte. Während er mit mir telefonierte, um mir diese Neuigkeiten zu erzählen, wurde endlich sein Flug nach Moskau aufgerufen.

Kaum hatte ich Swetlows Neuigkeiten aus Kotlas verdaut, meldete sich Penski aus Podolsk. Auch er hatte an diesem Morgen Glück gehabt. Nachdem er den Kursker Bahnhof durchkämmt hatte, war er die fünfzig Kilometer nach Podolsk hinausgefahren, um herauszufinden, wer vom dortigen Personal in der Nacht zum 26. Mai Dienst getan hatte. Als er gerade dabei war, die Frauen der Putzkolonne zu vernehmen, hatte sich der Ehemann von einer der Besenschwingerinnen herangeschlichen und das Verhör mit den Worten unterbrochen: „Was fragen Sie meine Alte? Die war in dieser Nacht voll, weil sie ihren Namenstag gefeiert hat. Ich habe ihre Schicht übernommen, und wie ich mal zwischendurch verschnaufe, seh ich einen Güterzug voll nagelneuer Schigulis abfahren, und hinter ihm her jagt ein junger Bursche, dem das Hemd aus der Hose hängt. Er erwischt noch den letzten Waggon, zieht sich mit einer Hand hoch, in der anderen hält er einen Aktenkoffer. Glück gehabt, Bürschchen, dachte ich . . ."

Penski wollte wissen, ob er gesehen hätte, woher der Schwarzfahrer gekommen sei. „Woher er kam, weiß ich nicht", erwiderte der Zeuge. „Aber jemand war hinter ihm her, Herr Kommissar. Denn plötzlich standen zwei Typen neben mir, schnauften abgehetzt und fragten mich: ,Wo ist der Junge hin, der an dir vorbeigelaufen ist?' Ich dachte: Halt, die Brüder gefallen dir nicht. ,Ich hab niemand gesehen', antwortete ich. ,Was wollt ihr denn von dem?' Und sie sagten: ,Der ist aus einer Anstalt entsprungen. Wir müssen ihn wiederhaben, sonst macht er Dummheiten.' Sie hatten ein Auto, wie sie sagten, und sie wußten, wie sie den Güterzug noch erreichen konnten. ‚Kurz vor Moskworetschje kommt 'ne Baustelle, da muß der Zug im Schritt-tempo fahren, und wir springen auf.' Weg waren sie!"

Dieser Alte war Gold wert. Penski brauchte ihm nur das Foto von Akejew und das Phantombild von Gridasow hinzuhalten, und der Fall war klar: Der Boxer und der „General" hatten Rybakow auf dem Podolsker Bahnhof verfolgt. Die männliche Putzfrau erinnerte sich sogar an Gridasows Metallzähne.

Wer Rybakows Mörder waren, stand nun also außer Frage. Aber wo war Belkin geblieben?

Gegen Mittag kam endlich das erwartete Fernschreiben aus Baku, allerdings wieder einmal mit einer typisch aserbaidschanischen Fehlanzeige: „Bei der Durchsicht der Schülerlisten der Schule Nr. 171 in Baku, Schuljahre 1967–1970, und der Passagierliste des Fluges 315 von Taschkent nach Baku am 12. Mai 1979 konnte keinerlei Namensgleichheit festgestellt werden."

Gegen vier rief mich Swetlow aus dem Hotel Peking an: „Lena Smagina ist betrunken heimgekommen und hat sich schlafen gelegt – allein. Akejew ist nicht im Hotel, er hält sich offenbar woanders versteckt. Laut Auskunft des Fernmeldeamtes wurde die Smagina noch zweimal aus Kotlas angerufen. Aber der Herr Papa hat keine Verbindung bekommen. Sollen wir die Smagina festnehmen oder weiter beobachten?"

„Was schlägst du vor?"

„Verhaften können wir sie immer noch. Wenn sie diesen Akejew nämlich tatsächlich liebt, dann wird sie bei einem Verhör nicht so schnell umfallen. Darum möchte ich es lieber auf eine andere Tour versuchen. Ich schicke, wenn sie wieder wach ist, Oscherelew zu ihr. Er wird aus der Schule plaudern, und dann werden wir ja sehen, wie sie reagiert. Ja?"

Diesen Kniff wendet Swetlow mit Vorliebe an. Der Verdächtige soll unmerklich dazu gebracht werden, etwas zu tun, womit er sich selbst entlarvt. Na schön, sollte er es versuchen.

„Wie steht es mit Dolgo-Saburow?" wollte Swetlow wissen. „Hast du die Absicht, ihn aus seinem Zug heraus zu verhaften?"

„Ich werde ihm erst mal auf den Zahn fühlen. Morgen früh um halb sechs kommt der Zug aus Taschkent an. Zusammen mit Penski werde ich den Brigadier am Bahnhof in Empfang nehmen."

German Dolgo-Saburow stieg im Morgengrauen nichtsahnend aus

seinem Expreß und folgte uns, ohne Widerstand zu leisten oder Fragen zu stellen, in das Milizbüro. Man sah es dem dreißigjährigen, hageren Mann mit seinen scharf ausgeprägten Gesichtszügen und der aristokratischen Adlernase an, daß er hundemüde war. Trotzdem antwortete er auf alle Fragen ohne Umschweife, wenn auch nicht gerade freundlich.

Ja, er wisse von den Klunkern seiner Tante und daß sie Stück für Stück davon verkauft habe, weil sie von ihrer Rente allein nicht leben konnte. Nein, er habe keine Ahnung, ob von dem Schmuck noch etwas übriggeblieben sei. Er sei auch nicht darauf erpicht, die Erbschaft anzutreten. Über die Umstände, die zum Tod der Tante geführt haben, könne er nicht das geringste sagen. Er habe ja erst jetzt davon erfahren. Einen Verdacht? Er zuckte die Achseln. Mindestens bis zum siebzigsten Lebensjahr habe sie mit sogenannten besseren Herren verkehrt. Vielleicht sei es einer jener Verflossenen gewesen, der sie umgebracht habe, um ihre letzten Juwelen zu stehlen. Er selbst sei es jedenfalls nicht gewesen. Die Schmuckstücke, die wir ihm auf Fotografien zeigten, kenne er nicht. Die Tante habe ihm ihre Schätze nie vorgeführt.

Die Fahnder, die inzwischen sein Dienstabteil durchsucht hatten, brachten zwei Kistchen mit Weintrauben, ein Stück Hammelfleisch und einen Stapel bernsteingelber Honigwaben herbei, die sie im Kühlschrank gefunden hatten.

„Woher haben Sie die Weintrauben?" fragte ich.

„Von guten Kollegen, die auf der Südstrecke Dienst tun."

„Und den Honig?"

„Von Genossen, die in den Altai fahren. Ich brauche viel Honig, wegen meiner Galle. Ich leide an Cholezystitis."

Nun, was soll man da sagen? Ich beendete die Vernehmung, die mich nicht weiterbrachte, und begab mich mit Penski ins Hotel „Leningradskaja", um zu frühstücken. Auf dem Weg dorthin verband mich Serjoscha, mein Chauffeur, am Funktelefon mit Swetlow, der mir nur melden konnte, daß Lena Smagina immer noch schlief, während sich im Nebenzimmer bereits Major Oscherelew einquartiert hatte.

„DUMMKÖPFE und Halunken – genau die spielen bei uns im ZK die erste Geige! Die haben keinerlei Interesse, dem Politbüro die wahre Situation zu schildern. Seit acht Jahren schon verlange ich immer wieder, man möge uns Sondervollmachten zur Bekämpfung der Drogensucht geben – und was geschieht? Nichts, absolut nichts!"

Noch nie zuvor hatte ich in einem Amtsgebäude so unverblümte
Reden gehört, noch dazu aus dem Mund einer bildhübschen, gut
gebauten jungen Frau: Nadeschda Malenina, als Milizmajor Chef des
Rauschgiftdezernats bei der „Verwaltung zur Bekämpfung der
Veruntreuung von sozialistischem Eigentum" (UBChSS). „In Zentralasien, im Kaukasus, auf der Krim – überall gibt es riesige Mohn-
und Hanffelder und dazu eine gut organisierte Rauschgiftmafia. Schau
her!" Sie duzte mich mit großer Selbstverständlichkeit, als ob wir uns
bereits zehn Jahre kennten.

Ich hatte beschlossen, die UBChSS in den Fall einzuschalten,
nachdem mir Swetlow die zwei Morphiumampullen aus Kotlas
gezeigt hatte, die eine genaue Adresse trugen: „Apothekenhauptverwaltung Moskau".

Malenina ging zu der Wand, an der eine Landkarte der UdSSR hing.
Der ganze südliche Landesteil war mit Fähnchen übersät. „Sieh dir das
an! Das sind die Mohnfelder in Turkmenistan, Usbekistan, im Kaukasus, auf der Krim und in der Amur-Region. Staatseigene Kolchosefel-
der, angeblich für die pharmazeutische Industrie. Aber glaubst du, ich
hätte diese Angaben offiziell bekommen? Sowohl das Gesundheits-
als auch das Landwirtschaftsministerium haben um den heißen Brei
herumgeredet. Und warum? Weil sie alle miteinander bestochen worden sind. Ich weiß, wovon ich rede, das kannst du mir glauben!"

Ich mußte ein Lächeln unterdrücken. Wenn jemand über dunkle
Geschäfte in unserem Land Bescheid wußte, dann waren es tatsächlich
die Leute von der UBChSS.

„Aber du willst wissen, was ich konkret für dich tun kann. Paß auf:
Zwei Aktionen schlage ich vor, bei denen ich auch an mich denke. Ich
wollte schon längst einmal an diese Apothekenverwaltung herankommen. Uns liegen haufenweise Beschwerden des Verteidigungsmini-
steriums darüber vor, daß es bei den Lieferungen von Narkotika an die
Lazarette ständig zu Unregelmäßigkeiten kommt. In jeder zweiten
Packung finden sich drei bis fünf zerbrochene leere Ampullen. Nun
prüf mal nach, ob sie beim Transport kaputtgegangen sind oder ob
bereits beim Verpacken zerbrochene Ampullen in die Schachteln
gesteckt wurden. Was habe ich gemacht? Ich habe meine Leute in die
pharmazeutischen Betriebe eingeschleust. Nach ihren Berichten ist es
aber den Frauen in der Verpackungsabteilung unmöglich, die
Ampullen auszutauschen – alle würden es sehen. Also müßten die
Zentrallager kontrolliert werden. Doch es heißt, die Versorgung der
Krankenhäuser mit Medikamenten dürfe nicht gestört werden. Aber
jetzt, mit diesen beiden Ampullen, sind sie geliefert. Jetzt lasse ich

GESCHÄFTE IN BAKU

alle Verteilerlager wegen Revision sperren. Und die Sache mit dem Sarg ... Wann wirst du endlich genau wissen, ob es diesen Sarg mit Rauschgift gegeben hat oder nicht? Wenn ja, dann nehme ich mir sofort Zentralasien vor."

„Zwei Leute vom Moskauer Kriminalamt ermitteln seit gestern in Baku. Morgen oder übermorgen kannst du losschlagen."

„Auf welche Ideen sie kommen, diese Hunde! Löten Rauschgift in einen Zinksarg ein!" rief die Malenina empört. „Übrigens habe ich erreicht, daß zumindest auf den wichtigsten Flughäfen Rauschgifthunde eingesetzt werden. Bis vor kurzem wurden Haschisch und Opium ganz ungeniert in Koffern transportiert. Jetzt übergießen die Schmuggler die Haschischtafeln oder Opiumchips mit Wachs, verstecken das Zeug in Honigwaben, und kein Hund wittert etwas."

Mir lief es kalt den Rücken hinunter. Vor zwei Stunden erst hatten wir auf dem Kursker Bahnhof, in Dolgo-Saburows Dienstabteil, Honig aus dem Altai gefunden und kurz zuvor, im Kühlschrank in Dolgo-Saburows Wohnung, ein Gefäß mit den gleichen Honigwaben. Und ich hirnverbrannter Schwachkopf hatte das Märchen von der Gallenkrankheit geglaubt!

Offenbar war ich so bleich geworden, daß die Malenina mich fragte: „Was hast du denn plötzlich?"

„Nichts, gar nichts", antwortete ich mit brüchiger Stimme. „Mir ist nur eingefallen, daß ich etwas ganz Dringendes erledigen muß." Und schon war ich weg.

Ich eilte im Laufschritt zu meinem schwarzen Wolga, riß die Tür auf, ließ mich neben Serjoscha auf den Sitz plumpsen und befahl: „Zum Militärkommissariat! Los, drück auf die Tube!"

Ich war hereingefallen wie ein blutiger Anfänger. Zweimal hatte ich einen Behälter mit Opiumhonig in der Hand gehalten und nicht wenigstens mit einer Gabel hineingestochen!

Ich öffnete meine Aktentasche, zog die Mappe mit Formularen heraus und füllte einen Durchsuchungsbefehl für die Wohnung des Bürgers Dolgo-Saburow aus. Für eine Haussuchung brauchte ich jetzt nur noch zwei Zeugen.

„Halt an", sagte ich zu Serjoscha und deutete auf das Ziegelgebäude, in dem das Kommissariat untergebracht war. Ich lief zum diensthabenden Offizier, streckte ihm den Ausweis der Generalstaatsanwaltschaft hin und sagte: „Ich brauch dringend zwei Zeugen! Egal wen! Aber sofort!"

Ohne Umschweife rief der Offizier: „Sacharjew! Kupala!" Und schon standen mir zwei junge Sergeanten zur Verfügung. Sekunden später saß ich mit den beiden im Wolga, und wir fuhren zu Dolgo-Saburows Wohnung.

Der Lift wurde – wie konnte es anders sein! – von Möbelpackern blockiert. Fluchend rannte ich die acht Stockwerke hoch und mußte auf dem Treppenabsatz zur siebten Etage unter den nachsichtigen Blicken der jungen Sergeanten verschnaufen. Endlich erreichten wir den achten Stock und standen vor Dolgo-Saburows Wohnung. Ich drückte auf die Klingel. Niemand öffnete. Ich läutete noch einmal und noch ein drittes Mal – vergeblich.

Schließlich zog ich ein Messer hervor und begann an der Tür herumzustochern, um das Schloß aufzubrechen. Die beiden Sergeanten grinsten sich an. „So kriegen Sie das Schloß nie auf. Lassen Sie mich mal ran", sagte der eine. Ich trat beiseite, der Sergeant nahm Anlauf, und zehn Sekunden später standen wir in der Wohnung. Ein Blick genügte, und ich stellte fest: Mein Verhör hatte Dolgo-Saburow einen ordentlichen Schreck eingejagt, denn es fehlten die ausländische Stereoanlage und der Farbfernseher.

Ich ging in die Küche und öffnete den Kühlschrank. Natürlich, auch der Honig war verschwunden. Wütend trat ich mit dem Fuß gegen die zwei Kistchen mit Trauben aus Usbekistan, die wir am Morgen vorübergehend konfisziert hatten. Dann ging ich durch das Schlafzimmer zum Telefon und hatte bereits die Hand nach dem Hörer ausgestreckt, als plötzlich ein Anruf kam. Ich erstarrte. Sollte ich abheben oder nicht? Die Neugier siegte. Nach dem dritten Klingelzeichen grunzte ich wie schlaftrunken in den Apparat: „Ja?"

„Hallo, German!" sagte die Stimme einer jungen Frau.

„Mhm?" stieß ich fragend hervor.

„Was ist denn? Schläfst du noch, Liebling?"

„Mhm", bestätigte ich grunzend.

„Dann wach auf und hör gut zu. Katjuscha hat mir folgendes berichtet: Die Kriminaler haben heute in ganz Moskau Fotos vom Boxer und vom Alten herumgezeigt, auf sämtlichen Bahnhöfen und an allen Straßenkreuzungen. Und vorgestern das Foto des Reporters. Hörst du zu?"

„Mhm."

„Was heißt das ‚mhm'?" Die junge, kehlige Stimme klang plötzlich mißtrauisch, und ich wußte, daß ich nun was sagen mußte.

Ich räusperte mich und krächzte: „Ich hab Halsschmerzen. Red weiter!"

Als Antwort erhielt ich nur ein kurzes Klicken, als die Verbindung unterbrochen wurde.

GESCHÄFTE IN BAKU

„Nicht berühren!" befahl ich den Sergeanten, legte den Hörer neben den Apparat und rannte auf den Korridor hinaus. Ich klingelte an der Nachbartür Sturm. Die Klappe des Gucklochs hob sich, und ich rief: „Im Namen der Generalstaatsanwaltschaft! Öffnen Sie! Ich muß dringend telefonieren!"

Eine alte Frau öffnete die Tür einen Spaltbreit, und ich stürmte einfach in die Wohnung: „Entschuldige, Großmütterchen." Schon hatte ich das Telefon entdeckt. Ich wählte die Nummer des Fernmeldeamtes: „Parole ,Verteidigung'", sagte ich, „Auftrag von Schamrajew. Stellen Sie fest: Mit welchem Teilnehmer ist die Nummer 2 44 12 90 verbunden? Aber Tempo!" Es galt, das Gespräch rasch zu orten. Solange nämlich ein Telefonhörer nicht aufgelegt wird, ist die Verbindung mit dem Anrufer nicht unterbrochen. Unser ganzes Telefonsystem funktioniert nach diesem Prinzip.

Eines wußte ich allerdings jetzt schon: Dolgo-Saburow war in den Fall Belkin verwickelt und der Boxer Akejew ebenfalls. Die Miliz hatte drei Fotografien veröffentlicht: Belkins, Gridasows und Akejews. Der Boxer, das war Akejew, der Journalist war Belkin, also war „der Alte" Gridasows neuer Deckname. „Katjuscha hat mir folgendes berichtet ...", hatte die Anruferin gesagt. Das ließ darauf schließen, daß die Person dieses Namens irgendwo bei der Miliz beschäftigt war und den Gangstern Informationen zuspielte. Wir konnten also keinen Schritt tun, ohne daß die Gegenseite Bescheid wußte! Aber wo, in welcher Milizabteilung arbeitete diese Katjuscha?

Aus dem Hörer tönte es: „Die Nummer 2 44 12 90 ist mit dem Münzfernsprecher in der Universität verbunden."

Ein öffentlicher Fernsprecher! Na, klar, das ist doch immer das sicherste!

„Trennen Sie die Leitungen", antwortete ich, „und legen Sie die Nummer 2 44 12 90 auf Fangschaltung."

„Haben Sie eine Genehmigung?" erkundigte sich der Diensthabende.

„Betrachten Sie sie als vorhanden. Ich besitze außerordentliche Vollmachten von seiten des Generalstaatsanwalts." Ich knallte den Hörer auf, begab mich wieder in Dolgo-Saburows Wohnung und rief die Petrowkastraße an.

„Hier ist Schamrajew. Wo ist Swetlow?"

„Oberstleutnant Swetlow ist in der Bereitschaftsabteilung. Er steht in ständiger Verbindung mit dem Hotel Peking. Brauchen Sie ihn dringend?"

„Was tut sich denn im Peking?"

„Die observierte Person scheint gerade aufzustehen."

„Und wo ist Penski?"

„Beim Erkennungsdienst. Er befaßt sich mit der Kartei der zur Fahndung ausgeschriebenen Personen."

„Und was gibt es Neues aus Riga?"

„Von dort kam ein Anruf. Oberstleutnant Baron ist offenbar nach Jurmala gefahren. Dort hat er eine Zeugin aufgestöbert, doch sie weigert sich bislang mitzukommen."

„Na ja, vielleicht klappt es doch noch. Jetzt was anderes. Notieren Sie: Sofort das Fahndungsfoto von German Dolgo-Saburow in Moskau verteilen lassen. Ich bin zur Zeit in seiner Wohnung, benötige aber unverzüglich eine Ablösung. Dolgo-Saburows Telefon wurde auf Fangschaltung gelegt, fordern Sie also nachträglich eine Genehmigung an. Zwei Mann beordern Sie zur Wohnung der verstorbenen Dolgo-Saburowa, denn möglicherweise taucht der Neffe dort auf. Und mir schicken Sie ebenfalls mindestens zwei Mann vorbei, unverzüglich!"

IN EINEM amerikanischen Hausanzug und hochhackigen blaugoldenen Florentiner Pumps huschte Lena Smagina aus ihrem Hotelzimmer. Sie beeilte sich, in den Frühstücksraum im sechsten Stock zu kommen, bevor er um elf geschlossen wurde.

Den gleichen Weg schlug auch Major Oscherelew ein, der aus dem Nebenzimmer trat und der jungen Dame aus Versehen beinahe die Tür ins Kreuz gestoßen hätte. „Verzeihen Sie vielmals", entschuldigte er sich.

Lena Smagina musterte den feschen Major unbefangen. „Keine Ursache", sagte sie. „Es war meine Schuld. Ich habe es eilig, weil ich sonst nichts mehr zum Frühstück bekomme."

„Wo gibt's das hier? Ich bin eben erst angekommen."

„Ich zeige es Ihnen."

„Sehr freundlich. Gestatten Sie: Major Smorodinski aus Odessa, auf Urlaub in der Metropole."

„Genießen Sie ihn!"

„Nun, diese erste Begegnung ist ja schon sehr vielversprechend, Fräulein –"

„Lena Smagina", stellte sie sich vor.

In letzter Minute in den Saal eingelassen, bestellte sich Lena ein nobles Frühstück: Toast mit Kaviar, türkischen Kaffee und Mandelkuchen. Der Major hingegen – typisch Provinzler – wählte allerlei Kraftfutter: Würstchen, Kefir, Kartoffelpüree, Salat vinaigrette und

GESCHÄFTE IN BAKU

Tee mit Zitrone. Dann begann er, mit vollen Backen mampfend, ihr alle möglichen Geschichten aus seinem Leben zu erzählen. Und schließlich kam er auf das zu sprechen, was man ihm bei der Ankunft in Moskau brühwarm erzählt habe: Der Lieblingsreporter des Staatschefs, Belkin, sei spurlos verschwunden. Am hellichten Tage sei der Journalist, hier im Herzen Moskaus, gekidnappt worden! Und nun hätte er, Major Smorodinski, sich in den Kopf gesetzt, die Moskauer Miliz auszustechen und den Hofjournalisten des Staatschefs wiederzufinden. General Krylow, der Rektor der Milizakademie, habe alle zusammengetrommelt und ihnen erklärt, daß derjenige, der Belkin wieder herbeischaffe, eine persönliche Belobigung vom ZK und obendrein ein außerplanmäßiges Sternchen erhalte.

„Und wie wollen Sie ihn finden?" fragte Lena.

„Ganz einfach. Sehen Sie!" Der Major zog drei Fotos aus seiner Tasche und legte sie vor Lena hin. Eines der Fotos zeigte Viktor Akejew – sehr jugendlich, im Trainingsanzug. „Das ist der Boxer Akejew", erklärte Oscherelew alias Smorodinski. „War seinerzeit ein As, heute ist er ein hochkalibriger Ganove. Er und dieser hier – ein geborener Krimineller, Gridasow soll er heißen, auch bekannt als ‚General' – haben den Journalisten entführt und außerdem noch einen jungen Mann, den sie dann außerhalb der Stadt grausam umgebracht haben."

Lena Smagina war bereits der Appetit vergangen. Der Hals war ihr wie zugeschnürt, und sie brachte keinen Bissen mehr hinunter. Die ganze Moskauer Miliz war hinter ihrem Viktor her!

Nach einer Weile arbeitete ihr Verstand wieder normal. Und zwar gerade in dem Augenblick, als der penetrante Major die Bemerkung einflocht, die Entführer wüßten freilich nicht, daß sie noch eine letzte Chance hätten, mit einem blauen Auge davonzukommen: wenn sie nämlich den Journalisten wieder freiließen, so daß er mit dem Staatschef nach Wien fliegen könnte. Oscherelew alias Smorodinski hätte noch lange weitergequasselt, hätte Lena ihn nicht mit der Bemerkung unterbrochen, daß sie noch Wichtiges erledigen müsse.

Nachdem sich Lena von dem lästigen Major verabschiedet hatte, lief sie in ihr Zimmer zurück. Ich muß Viktor warnen, war ihr einziger Gedanke. Sie griff nach dem Telefonhörer, wählte die ersten drei Ziffern, doch sogleich war ihr klar: Viktor würde nicht an den Apparat gehen. Er saß in einem Wohnhaus für Regierungsmitglieder, in dem mit Sicherheit sämtliche Telefone abgehört wurden. Ja, und auch mein Apparat wird möglicherweise schon überwacht, sagte sich Lena. Am Ende werde ich sogar schon beschattet, und dieser

Quatschkopf von Major hat mir nicht zufällig diese Geschichte erzählt und die Fotos gezeigt. Aber halt: Hatte nicht sie selbst den Major auf dem Korridor aufgefordert, sich ihr anzuschließen? Überhaupt – er hatte wie ein richtiger Hinterwäldler gewirkt. Und doch ... Lena trat vorsichtig ans Fenster und lugte durch die Gardine auf die Straße hinunter. Es war kein Mensch zu sehen. Sie spähte durch den Türspalt: Auch dort war niemand. Lena stieß einen Seufzer der Erleichterung aus. Oscherelew konnte ihn im Nebenzimmer deutlich hören.

Er rief mich in Dolgo-Saburows Wohnung an, um mir Bericht zu erstatten. „Wetten, daß die Kleine in diesem Augenblick beschließt, zu Akejews Versteck zu fahren, um ihn zu warnen?"

„Ich hoffe, du hast recht. Aber vergiß nicht: Sie ist die Tochter eines Lagerdirektors. Vielleicht versucht sie Tricks, die man nur in Kotlas kennt. Ende!"

Noch immer wartete ich auf die Beamten aus dem Kriminalamt, die mich und meine Sergeanten – sie hatten sich inzwischen mit meiner Erlaubnis über die usbekischen Trauben hergemacht und gemeinsam mit mir ein Gläschen Wodka genehmigt – ablösen sollten, und auf Dolgo-Saburow, für dessen Empfang ich schon die Handschellen aus der Aktentasche genommen hatte. Zum Zeitvertreib blätterte ich noch einmal das Fotoalbum durch, das Swetlow und ich schon bei unserem ersten Besuch angeschaut hatten. Ganz hinten im Album lag ein Kuvert mit einigen Farbfotos, die eine attraktive Brünette vor den Palmen der Schwarzmeerküste zeigten, ein Foto, auf dem German Dolgo-Saburow sich von ihr am Strand das Haar schneiden ließ. Und auf der Rückseite des Fotos die Worte: „Lieber German! Vergiß nicht, mir ‚Honig‘ mitzubringen. Deine Tanja. Sotschi, im Mai 1979."

Ich rief Oberst Marjamow von der Eisenbahnmiliz an.

„Womit kann ich jetzt dienen?" fragte er.

„Im Mai dieses Jahres war der Brigadier Dolgo-Saburow am Schwarzen Meer, in Sotschi. Ich möchte folgendes wissen: War das ein Urlaub? Ist er mit einer Freikarte dorthin gefahren, oder ist er geflogen?" Einmal pro Jahr hatten alle Angestellten der Eisenbahnen der UdSSR die Möglichkeit, unentgeltlich mit ihren Familien an einen beliebigen Punkt des Landes zu reisen.

„Hören Sie, Igor Josefowitsch", sagte Marjamow. „Der Zugbrigadier German Dolgo-Saburow befand sich vom 29. April bis zum 6. Mai auf Sonderurlaub. Die ausgestellten Dienstfahrkarten nach Sotschi und zurück lauten auf seinen Namen und den seiner Frau Tanja."

„Seiner Frau? Er ist doch ledig!" sagte ich.

„Dazu gibt es eine schriftliche Erklärung: ‚Da ich beabsichtige, in Kürze die Bürgerin Tanja Kirilenko zu ehelichen, beantrage ich, sie als Familienangehörige zu betrachten und mir zwei Fahrkarten für die Urlaubsreise auszustellen.'"

„Und wer ist diese Kirilenko?"

„Sie wohnt in der Dybenkostraße 27, Wohnung acht, und arbeitet im Frisiersalon ‚Arbat' in der Herrenabteilung, Telefonnummer..."

„Oberst, die Heimat wird Sie nicht vergessen!" rief ich erfreut.

Die Nummer des Frisiersalons war ständig besetzt, aber ich probierte es immer wieder. Schließlich bekam ich die Verbindung.

„Tanja Kirilenko, bitte."

„Sie ist leider nicht da. Sie hat einen Kunden."

„Was heißt das? Ist sie nicht im Laden?"

„Nein, ein Kunde hat sie zu sich nach Hause bestellt. Wer ist denn am Apparat?"

„Die Buchhaltung des Kursker Bahnhofs. Die Kirilenko ist im Mai nach Sotschi gefahren, zusammen mit einem unserer Angestellten. German Dolgo-Saburow heißt er, kennen Sie ihn? Ich soll etwas im Zusammenhang mit den Fahrkarten klären..."

„Was ist denn bei euch los, eine Revision?" fragte die Salondame plump vertraulich.

„Nun ja", antwortete ich kleinlaut. „Was soll ich machen?"

„Na, dann ruf nach vier Uhr noch mal an, dann sind sie beide hier, Tanja und German. Er ist heute von einer Fahrt zurückgekommen und hat vorhin angerufen. Er will sich schönmachen lassen."

„Danke, Schätzchen! Du hast mir sehr geholfen", sagte ich und blickte auf die Uhr. Bis vier Uhr hatte ich noch viel Zeit, aber auch allerhand zu erledigen. Es galt, die Spuren der Durchsuchung zu verwischen, für den Fall, daß Dolgo-Saburow noch vor vier Uhr in seine Wohnung kommen sollte. Mein Gott, die Trauben! Die Wodkaflasche ließ sich mit Wasser auffüllen, aber die Sergeanten hatten ja fast die Hälfte der Trauben verputzt. Ich stopfte die halbe Kiste mit Zeitungspapier aus, schichtete obenauf die restlichen Trauben – und schon war die Kiste wieder voll. In diesem Augenblick erschien endlich die Einsatzgruppe – meine Ablösung.

„Genosse Schamrajew, die befohlene Brigade des Moskauer Kriminalamtes, bestehend aus drei Mann, meldet sich zu Ihrer Verfügung. Brigadeleiter ist Leutnant Koslow."

„Also, Koslow, Sie beziehen in der Wohnung der Nachbarin Posten, am Spion. Wenn Sie den Gesuchten – hier ist sein Foto – heimkommen sehen, rufen Sie mich an, und ich gebe Ihnen weitere

Anweisungen. Ihre Kameraden werden unauffällig auf der Straße in Stellung gehen. Der Mann ist nicht zu verhaften, sondern lediglich zu beschatten. Klar?"

„Klar, Genosse Schamrajew."

„Das wär's." Ich steckte das Foto von Tanja ein und noch ein paar Aufnahmen, die Dolgo-Saburows Kollegen zeigten, und verließ mit den Sergeanten die Wohnung. „Danke, Jungs!" sagte ich zu den beiden. Dann sprintete ich zu meinem Wagen. „Zum Kursker Bahnhof, aber schnell."

Ehe das Katz-und-Maus-Spiel mit dem Neffen der Gräfin losgehen konnte, mußte ich nochmals sämtliche Varianten durchdenken. Wenn wir ihn sofort verhafteten – was hatten wir in der Hand? Der Rauschgifttransport war noch nicht erwiesen, Beihilfe zum Mord an seiner Tante ebensowenig. Nein, wir mußten Dolgo-Saburow auf andere Weise weichklopfen.

Ich nahm den Hörer des Funktelefons ab und ließ mich abermals mit Oberst Marjamow im Kursker Bahnhof verbinden. „Genosse Oberst, hier ist wieder Schamrajew. Sie besitzen hoffentlich belastendes Material über den Chef des Speisewagens im Zug siebenunddreißig, Moskau–Taschkent? Irgendeine Schiebung, eine Unterschlagung oder etwas Ähnliches?"

„Kein Problem! Wo gibt es denn einen Speisewagen, in dem kein Schwarzhandel getrieben wird? Im Zug siebenunddreißig ist der Speisewagenchef ein gewisser Wissarion Golub. Schwarzhandel mit Kaviar, Salami, Butter. Fälscht die Güteklasse beim Fleisch, verkauft in den Nachtstunden Spirituosen. Man könnte ihn eigentlich für fünf Jahre aus dem Verkehr ziehen."

„Das lassen wir lieber sein. Er soll vorerst nicht sitzen, sondern auf jemanden angesetzt werden. Ich bin gleich bei Ihnen." Ich lehnte mich zurück und schaltete den Polizeifunk ein. Aus dem krächzenden Lautsprecher drangen die Funksprüche wie Maschinengewehrfeuer. Plötzlich hörte ich den Funkspruch: „Achtung! An alle Posten! In Moskau und Umgebung wird nach folgender Person gefahndet: German Dolgo-Saburow, Zugbrigadier, geboren 1949..."

Ich griff erneut zum Funktelefon: „Zentrale! Die Bereitschaftsabteilung! Oberstleutnant Swetlow – dringend! Hallo, Swetlow? Laß sofort durchgeben, daß Dolgo-Saburow nicht festgenommen werden darf! Wenn man ihn findet, soll er lediglich beschattet werden."

„Wieso? Du hast doch erst vor einer Stunde die sofortige Fahndung nach ihm angeordnet!"

„Hör zu, um vier wird er im Salon Arbat bei der Friseuse Tanja

Kirilenko auftauchen, falls wir ihn nicht verunsichern. Deshalb muß auch das Telefon dieses Salons auf Fangschaltung gelegt werden. Und um vier lege ich einen Köder aus. Nach deiner Manier."

„Aha! Ehrt mich sehr."

„Und was tut sich bei dir mit Akejews Braut Smagina?"

„Sie läuft wie ein aufgescheuchtes Huhn durch den Lenin-Bezirk, ganz so, als wage sie es nicht, eine bestimmte Adresse aufzusuchen. Entweder spürt sie, daß man sie überwacht, oder sie hat Angst, dort zu erscheinen, weil man es ihr verboten hat. Ich denke, in einer Stunde wird sie sich für irgend etwas entschieden haben. Warte mal, ich bekomme soeben einen Anruf aus Riga. Soll ich zu dir durchschalten?"

„Gib her, aber bleib in der Leitung."

Er wechselte ein paar Worte mit der Telefonistin, und dann vernahm ich die Stimme von Oberstleutnant Baron mit dem baltischen Akzent.

„Ich melde mich vom Rigaer Flughafen. Anja Virnas und ihre Eltern sind bei mir. Sie haben sich strikt geweigert, ihre Tochter allein nach Moskau fahren zu lassen. Nach alldem, was die Kleine kürzlich auf ihrer Reise nach Baku erlebt hat, ist das zu begreifen. Sie fliegen also mit, falls Sie diese Eskorte genehmigen."

„Na ja, in Ordnung. Wann kommen sie an?"

„Um zwei Uhr fünfzehn auf dem Flughafen Wnukowo."

„Gut. Sie werden abgeholt." Ich wartete, bis Baron aufgelegt hatte, und fragte dann Swetlow: „Hast du alles mitgekriegt?"

„Ja. Die Miliz in Wnukowo wird sie in Empfang nehmen."

LENA SMAGINA umkreiste immer wieder das Hauptpostamt und verglich mehrmals innerhalb weniger Minuten ihre Uhr mit dem elektronischen Zeitmesser an dem Gebäude und tastete ebensooft nach dem Verschluß ihrer auffällig ausgebeulten Handtasche. Was ließ sich daraus schließen? Daß Lena Smagina zu einer bestimmten Zeit am Hauptpostamt eine Verabredung hatte und daß bei dieser Begegnung vermutlich ein Gegenstand, den sie in ihrer Handtasche mit sich trug, den Besitzer wechseln sollte. Bei aller Nervosität verhielt sich die beschattete Person auffallend professionell: Ohne ersichtlichen Grund hatte sie mehrmals mitten auf der Straße kehrtgemacht und war in entgegengesetzter Richtung gelaufen; sie hatte zweimal einen Bus bestiegen, um nur eine Station weit zu fahren; sie war in ein Geschäft vorn hinein und hinten wieder hinausgegangen, dann hatte sie sich plötzlich in eine Schlange eingereiht, um aus ihr wieder auszuscheren.

Um elf Uhr dreißig ging Lena Smagina zum viertenmal die Stufen zum Postamt hinauf und nach links in die Halle für Auslandsgespräche. Dort fragte sie die diensthabende Beamtin, ob sie ein Gespräch nach Kotlas bekommen könne. Als sie erfuhr, daß sie wegen eines defekten Überlandkabels etwa eine Stunde warten müsse, steuerte sie wieder auf den Ausgang zu.

Ihr nächstes Ziel war die Damentoilette in der Künstlertheaterstraße, der stadtbekannte Umschlagplatz für ausländische Kosmetikartikel, Kondome und Antibabypillen. Sie stellte sich bei einer Tür an, vor der nur sieben Frauen standen – vermutlich war diese Toilette stark verschmutzt. Als Lena Smagina endlich an der Reihe war, schloß sie die Toilettentür hinter sich ab – und blieb verhältnismäßig lange drin. Erst als die nächste Frau in der Schlange, ein dickes Marktweib, schon zweimal ungeduldig an die Tür geklopft hatte, kam die Smagina heraus, wischte sich das verheulte Gesicht mit einem Papiertaschentuch ab und murmelte eine Entschuldigung.

Die dicke Marktfrau wartete, bis die Smagina fort war, dann zog sie ihren Milizausweis aus der Jackentasche, hielt ihn deutlich sichtbar für die ganze Schlange in die Luft und blockierte im Namen der Staatsanwaltschaft mit ihrer ganzen Leibesfülle den Toiletteneingang. Dann machte sie das verabredete Zeichen in Richtung Ausgang, den im selben Augenblick Lena Smagina passierte. Sofort heftete sich ein Milizionär an Lenas Fersen. Die Dicke von der weiblichen Miliz sammelte inzwischen in der Toilette Indizien: Pappkartonreste und Teile zerbrochener Ampullen. Manchmal erweist es sich doch als nützlich, wenn in den Klos der Abfluß verstopft ist. Jedenfalls für die Staatsanwaltschaft und die UBChSS.

DER Speisewagenchef Wissarion Golub benötigte geschlagene sieben Minuten, ehe er uns einließ. Oberst Marjamow und ich hatten an der Tür Nr. 64 des Hauses Maria-Uljanowa-Straße 25 Sturm geläutet, doch zunächst hatte sich überhaupt niemand gemeldet. Dann war Golub durch unser lautes Hämmern endlich doch aufgewacht, tat aber noch mehrere Minuten lang so, als ob er den Morgenmantel, die Pantoffeln und den Wohnungsschlüssel nicht finden könne. Es war nicht schwer zu erraten, was da vor sich ging: Als Golub durch das Guckloch Marjamow, den ihm bekannten Chef der Eisenbahnmiliz, erblickt hatte, wußte er vor Schreck nicht, womit er beginnen sollte: zuerst die Devisen verstecken, die Kaviardosen ins Klo ausleeren, die Drogen beiseite schaffen . . . Als er schließlich öffnete, roch es aus der Wohnung nach Verbranntem.

GESCHÄFTE IN BAKU

„Du läßt deine Gäste aber lange vor der Tür stehen", sagte Marjamow zu Golub. „Das hier ist mein Freund Schamrajew, Untersuchungsrichter für Sonderfälle. Wollen wir nicht hineingehen?"

„Ja, ja, Vergebung! Kommen Sie."

Golub war ein ausgemachter Feigling. Wir brauchten ihm nicht einmal die Milizakte über den Speisewagen des Zuges Nr. 37 Taschkent–Moskau vorzulegen. Es genügte, daß Marjamow sagte: „Also, Wissarion, folgendes: Schon seit langem haben wir dich wegen Schwarzhandels im Visier. Du holst aus Moskau Genußmittel und schaffst sie nach Zentralasien, und von dort bringst du Obst, Wildbret und Honig mit, wobei es mit dem Honig eine besondere Bewandtnis hat. Willst du's in der Akte nachlesen, oder kommen wir gleich zur Sache?"

Marjamow und ich hatten damit gerechnet, daß wir eine Weile brauchen würden, um diesen Golub mürbe zu machen – doch er war es bereits. „Was verlangen Sie von mir?" fragte er kleinlaut.

„Bloß eine Gefälligkeit", antwortete Marjamow. „Du hast einen Kollegen, den Dolgo-Saburow. Wir werden es heute so einrichten, daß du ihm wie zufällig auf der Straße oder im Frisiersalon Arbat begegnest. Und einer unserer Mitarbeiter wird dabeisein. Ihr beide werdet Dolgo-Saburow in irgendein Restaurant zum Essen einladen. Deine Aufgabe ist lediglich, ihn dazu zu bringen mitzugehen."

Zwanzig Minuten später saß Golub, rasiert und mit einem flotten Sommeranzug bekleidet, in meinem Wagen, und ich rief über das Funktelefon Swetlow an: „Ich bringe jetzt den Köder für Dolgo. Und wie steht es bei dir?"

„Die Eisenbahnmiliz hat Dolgo bei der Station Kalantschewskaja gesichtet. Auf einem Abstellgleis stehen ausrangierte Waggons, und in einem davon hat er anscheinend ein Geheimversteck, ein ganzes Lager. Er schleppt von dort Kisten zu seinem Auto, einem blauen Schiguli."

„Was für Kisten?"

„Weiß ich nicht. Näher rangehen ist nicht möglich."

„Gut. Und was ist mit der Smagina?"

„Stell dir vor, meine Proleten haben sie im Kaufhaus GUM aus den Augen verloren! Aber ich habe dem Kaufhausdirektor Anweisung gegeben, ein paar hübsche ausländische Damenartikel zum Verkauf freizugeben und es über Lautsprecher bekanntzumachen. Du solltest sehen, was sich jetzt in der Abteilung sieben abspielt! Dort werden gerade französische Dessous und Lidschatten verkauft. Eine Schlange von sechshundert Frauen hat sich gebildet! Unsere Lena ist etwa die zweihundertste. Hinter ihr sind inzwischen wieder vier von meinen Leuten in der Schlange, die lassen sie bestimmt nicht mehr entwischen."

„Gut. Ich komme." Mit dem Speisewagenchef Golub fuhr ich direkt ins Kriminalamt zu Swetlow.

Noch fünf Schritte bis zu Swetlows Büro – wer kommt da aus seinem Zimmer heraus und mir entgegen? Ich glaube einen Augenblick, den Verstand zu verlieren ... Das ist doch Belkin! Seit vier Tagen und Nächten mein Alptraum. Ich starre ihn an, er aber geht an mir vorbei. Da biegt Penski um die Ecke, sieht mich verdattert dastehen und „Belkin" durch die Schwingtür verschwinden.

„Sie wären auch beinahe darauf hereingefallen, nicht wahr?" rief Penski mir zu. „Sieht ihm zwar verteufelt ähnlich, ist es aber nicht. Machen Sie kein solches Gesicht. Schauen Sie mich an: Ich hatte heute schon elf falsche Gridasows und sechs Akejews hier."

In diesen Tagen hatte sich Penski erstaunlich verändert. Aus einem müden, von Routinearbeit ausgelaugten Untersuchungsrichter der Bezirksstaatsanwaltschaft war ein selbstsicherer Mann geworden, der sich seiner wichtigen Rolle voll bewußt war.

Ich schaute auf die Uhr. „In zwanzig Minuten wird Anja Virnas aus Riga hier eintreffen. Zeigen Sie ihr die drei Fahndungsfotos von Akejew, Gridasow und Dolgo-Saburow. Wenn sie sie wiedererkennt, ist unser Fall so gut wie gelöst." Dann deutete ich auf Golub: „Pardon, Genosse. Ich habe hier den Speisewagenchef Golub, er soll bei Ihnen warten. In welchem Büro ist Swetlow?"

„Zimmer drei, Igor Josefowitsch."

Ich ließ Golub bei Penski, während ich mit Marjamow in den zweiten Stock hinaufging. In Zimmer drei ging Swetlow, der wie stets keine Minute ruhig sitzen konnte, auf und ab und hörte sich über Lautsprecher simultan den Rapport von zwei Einsatzgruppenleitern an.

„Genosse Oberstleutnant! Lena Smagina steht immer noch in der Schlange. Aber der Direktor des GUM meint, daß die französischen Büstenhalter in fünf Minuten ausverkauft sind."

„Achtung, Genosse Oberstleutnant! Das Objekt ‚Neffe' hat seinen Wagen am Lermontowplatz geparkt und ist in ein Telefonhäuschen gegangen."

„Lassen Sie ein Band mitlaufen!" rief Swetlow in die Sprechanlage. „Und stellen Sie das Gespräch zu mir durch."

Im nächsten Augenblick vernahmen wir bereits Dolgo-Saburows

erregte Stimme: „Hallo, Nikolai? Hier ist German. Brauchst du Ware?"

„Ist denn heute Freitag?" fragte die andere Stimme zurück.

„Nein, Donnerstag. Aber ich habe morgen keine Zeit. Wieviel nimmst du?"

„Nun, zweihundert Gramm, vielleicht . . ."

Die Telefonzentrale meldete über einen zweiten Kanal: „Der Teilnehmer telefoniert mit der Bar ,Schiguli' am Neuen Arbat."

Inzwischen hatte Dolgo-Saburow bereits die nächste Nummer gewählt, und wieder hörten wir seine nervöse Stimme: „Lew, hier ist German. Ich komm rasch bei dir vorbei und bringe dir Ware."

Kurzes Piepen – und schon schaltete sich ein Fernmeldetechniker ein: „Der Teilnehmer hat mit der Schaschlikstube ,Rioni' gesprochen."

Und dann meldete sich wieder der Posten in der Nähe der Telefonzelle: „Genosse Oberstleutnant, er kramt in seinen Taschen, hat wohl kein Kleingeld mehr zum Telefonieren. Sollen wir ihm mit ein paar Münzen aushelfen?"

„Laßt den Unfug!" schimpfte Swetlow. „Beschattet ihn weiter."

„Wo sollen wir ihn festnehmen? Vielleicht in der Bar Schiguli?"

„Er wird nicht verhaftet. Genosse Schamrajew hat soeben einen Köder für ihn gebracht. Wer von euch wird ihn servieren?"

„Am besten Major Oscherelew, er ist in solchen Dingen ganz große Klasse, Genosse Oberstleutnant. Der Neffe ist übrigens wieder in den Wagen gestiegen und fährt in Richtung Arbat los."

„Gut. Kaufhaus GUM, hört ihr mich?"

„Wir hören, Genosse Oberstleutnant."

„Wenn die Büstenhalter verkauft sind, laßt die Smagina nicht aus den Augen. Sollte sie euch abhängen, degradiere ich euch alle zu Wachtposten in Sibirien, verstanden?"

Dann wandte sich Swetlow endlich an mich: „Also: Der Neffe hat bei der Station Kalantschewskaja ein Rauschgiftdepot. Daß er beschlossen hat, es ausgerechnet heute aufzulösen, hängt wahrscheinlich mit unserem Verhör zusammen. Nun jagt er kreuz und quer durch Moskau, um seine Ware loszuwerden."

„Genosse Oberstleutnant!" tönte es im Lautsprecher. „Das Objekt Smagina hat das GUM-Gebäude verlassen und sich beim Taxistand angestellt. Sie ist die neunte in der Schlange."

„Gut. Laß sie ein paar Minuten stehen, und dann schickst du Fedotow zu ihr. Gebt mir eine direkte Verbindung zu ihm!"

Wir spitzten die Ohren und warteten gespannt. Denn ein entscheidender Augenblick war gekommen: Dort, vor dem GUM, näherte sich Tichon Fedotow, als Taxifahrer getarnt, der Schlange von Wartenden. Fedotow war ein alter Fuchs im Moskauer Kriminalamt. Mit seinem buschigen Schnurrbart, seinem gutmütigen Bauerngesicht und seiner massigen Plumpsackfigur wirkte er in den Augen eines jeden Verbrechers vertrauenerweckend: Dieser gemütliche Opa konnte nie und nimmer ein Polyp sein. Selbst die Mißtrauischsten entspannten sich schnell, wenn sie bei ihm im Taxi saßen, und schon mancher Gauner hatte sich verplappert, ehe er sich's versah.

Fedotows Taxi war mit einem versteckten Funkgerät ausgerüstet, alle Gespräche im Auto konnten von der Überwachungsmannschaft mitgehört werden. Und schon nach einer Minute vernahmen wir Straßengeräusche, und dann eine gutmütige Männerstimme mit dem Akzent eines Provinzlers: „Zentrale, hier ist Fedotow. Ich nähere mich dem Objekt . . ." Gleich darauf wechselte er den Ton: „So wart doch! Was drängst du dich vor, Genosse! Wohin willst du überhaupt?"

„Nach Medwjedkowo."

„Bedaure, Medwjedkowo ist zu weit für mich. Ich habe gleich Mittagspause. Und du – wohin willst du, Mütterchen?"

„Nach Butowo."

„Dahin fährt der Wagen hinter mir." Nun hatte Fedotow offenbar Lena Smagina erreicht. „Ich muß zum Frunse-Kai!" ließ sich eine junge Frauenstimme vernehmen.

Swetlow rief erregt: „Jawohl! Jetzt haben wir dich!"

Wir lauschten wieder Lena Smaginas Stimme: „Nummer achtundvierzig, eines von den Roten Häusern, kennen Sie sie?"

„Seit fünfundzwanzig Jahren sitz ich hinter dem Lenkrad, wie sollte ich da die Roten Häuser nicht kennen? Dort wohnen lauter hohe Tiere, ehemalige Minister, ich hab sogar einmal Bulganin dorthin gefahren. Der muß jetzt schon ziemlich alt sein. Bist du ihm mal begegnet, wenn du dort wohnst?"

Das war Fedotows Arbeitsstil – harmloses Geplauder und vorsichtiges Auskundschaften. Er verwickelte Lena in ein Gespräch, damit sie nicht bemerkte, wie langsam er dahingondelte. Er mußte der Überwachungsgruppe die Möglichkeit geben, ihn zu überholen und ein paar Mann bei jenem Haus zu postieren, das Lena ihm genannt hatte.

„Nein", antwortete Lena gerade. „Bulganin hab ich nie gesehen. Könnten Sie nicht etwas schneller fahren?"

„Gewiß! Ich kann auch schneller. Bloß die Ordnungshüter haben etwas gegen das Schnellfahren."

In diesem Augenblick kam eine Meldung von der zweiten Gruppe: „Genosse Oberstleutnant, der ‚Neffe' hat mit seinem Wagen vor der Bar Schiguli gehalten und ist hineingegangen, zum Geschäftsführer."

„Der Neffe wird jetzt wohl sein Rauschgift an allen vereinbarten Treffpunkten abliefern", sagte Swetlow. „Keiner wird verhaftet, bevor ich nicht den Befehl dazu gebe."

„Und wann schicken Sie den Speisewagenchef mit ihm essen, Genosse Oberstleutnant?"

„In einer Stunde, nicht eher."

„Wenn aber der Neffe Hunger bekommt und allein essen geht, ohne Sie? Er weiß ja bisher nichts von Golubs Einladung. Was sollen wir dann tun?"

„Mußt dir eben etwas einfallen lassen, dafür bist du doch Chef einer Einsatzgruppe. Schlitz ihm einen Autoreifen auf, das wirkt Wunder. Ende!"

Die nächste Durchsage galt mir: „Genosse Schamrajew! Anja Virnas ist mit ihren Eltern und Oberstleutnant Baron aus Riga eingetroffen. Bitte kommen Sie zu Untersuchungsrichter Penski."

Ausgerechnet jetzt, wo es spannend wurde! Aber ich mußte hinuntergehen. Oberstleutnant Baron entpuppte sich als ein baumlanger, vierzigjähriger Naturbursche. Mit einem Dienstwagen ließ er Anja Virnas' Eltern ins Hotel „Minsk" bringen, während Anja bei uns blieb. Sie war ein schlankes, stilles Mädchen mit großen blauen Augen.

Penski legte Anja Blätter vor, auf denen jeweils drei Fotos mit ähnlichen Gesichtern aufgeklebt waren, darunter auch die Bilder von Akejew, Dolgo-Saburow und Gridasow. Anja erkannte Akejew sofort, bei Gridasow und Dolgo-Saburow hingegen war sie ihrer Sache nicht sicher.

Nichtsdestoweniger brachte uns diese Identifizierung die Bestätigung, daß unsere Aktivitäten, der Streß dieser Tage, nicht vergeblich gewesen waren. In freundlichem Ton fragte ich Anja: „Haben Sie zufällig in Baku Ilja Kotowski kennengelernt, den Korrespondenten der *Komsomolskaja Prawda?"*

„Ja", sagte sie freimütig. „Wir haben eine Nacht bei ihm verbracht."

„Valentin, nehmen Sie das bitte zu Protokoll", sagte ich zu Penski und begab mich wieder nach oben zu Swetlow. Dort erfuhr ich sogleich, daß sich die Ereignisse überstürzt hatten.

Lena Smagina fuhr zweifellos direkt zu ihrem Viktor. Sie hatte ihre Sicherheit wiedergewonnen. Wie dumm von mir, dachte sie wohl, den ganzen Tag durch Moskau zu rennen und jeden, der mir begegnet, für einen Geheimpolizisten zu halten! Was war denn geschehen? Nichts! Bei dem harmlosen Geplauder des alten Taxifahrers mußte man einfach müde werden. Sie schloß die Augen und ließ den Mann fahren und reden ...

Nachdem drei Einsatzwagen das Taxi überholt hatten, trat Fedotow aufs Gaspedal. Vor dem Haus Frunse-Kai 48 angekommen, sah er zu seiner Beruhigung, daß die Kollegin Kusmitschowa, als Rentnerin verkleidet, ihren Terrier an der Leine, vor dem Eingang mit einem ältlichen Opa schwatzte, der freilich noch längst nicht Großvater war, soweit Fedotow wußte.

Lena Smagina bezahlte und ging ins Haus. Es ergab sich, daß die alte Dame mit dem Hündchen zufällig mit ihr den Lift betrat und ebenfalls im siebten Stock ausstieg.

Lena läutete an der Tür Nr. 22. Nach mehrmaligem vergeblichem Klingeln schlug sie ärgerlich mit der Faust gegen die Tür und rief: „Mach auf, ich bin es!" Kurz darauf wurde geöffnet, und Lena schlüpfte durch einen schmalen Spalt in die Wohnung.

Sobald Leutnant Kusmitschowa die Türnummer weitergegeben hatte, richtete der Techniker des Abhördienstes, der in einem Straßenbauwagen gegenüber dem Hauseingang postiert war, seine hochempfindlichen Mikrofone auf die Fenster der Wohnung Nr. 22. In Swetlows Kommandozentrale konnten wir ein für die Untersuchung äußerst aufschlußreiches Gespräch mithören.

Männerstimme: „Bist du verrückt? Wer hat dir erlaubt, hier einfach hereinzuschneien? Hat dich jemand im Treppenhaus gesehen?"

Frauenstimme: „Nein. Viktor, hör mir zu! In ganz Moskau fahndet die Miliz nach dir! Sie suchen einen Journalisten, den du entführt haben sollst. Außerdem behaupten sie, du hättest einen Jungen umgebracht! Ist das wahr, Viktor?"

Männerstimme: „Ich habe niemanden umgebracht! Wer hat dir so was erzählt?"

Frauenstimme: „Heute morgen hat mich ein Major angesprochen. Die Miliz hat an ihre Angehörigen Fotos ausgegeben – von dir, diesem Reporter und noch so einem Typ mit Metallzähnen, ich glaube, ich habe ihn mal bei dir gesehen. Viktor! Warum hast du bei dieser Sache mitgemacht?"

Männerstimme: „Schrei nicht so! Was hat der Major noch gesagt?"

Ich beugte mich zu Swetlow und flüsterte: „Wem gehört die Wohnung?"

„Haben wir bereits geklärt", antwortete er. „Sie gehört Sysojew, dem Chef der Apothekenhauptverwaltung des Gesundheitsministe-

GESCHÄFTE IN BAKU 109

riums. Zur Zeit ist er in Genf, als Leiter einer Delegation von Medizinern, und seine Familie macht Urlaub im Kaukasus. "

Aus dem Lautsprecher tönte heftiges Schluchzen.

Männerstimme: „Hör auf zu flennen. Ich habe niemanden umgebracht. Der Chef kommt in einer Woche zurück, und dann holt er mich hier heraus. Was ist das dort unten für ein Wagen?"

Frauenstimme: „Der stand schon da, als ich hier ankam. Hab keine Angst! Ich habe die ganze Zeit, während ich durch die Stadt lief, immer wieder kontrolliert, ob ich beschattet werde. Vorsichtshalber habe ich sogar das ganze Morphium in eine Toilette geworfen, zwei Schachteln zu je hundert Stück. "

Männerstimme: „Und wie bist du hergekommen? Mit der U-Bahn?"

Frauenstimme: „Mit einem ganz normalen Taxi. So ein pensionsreifer Opa hat mich hergefahren. Viktor, vielleicht sollten wir sofort nach Kotlas zurückkehren. Du gehst zu Papa, und niemand wird von ihm erfahren, daß du in Moskau warst. "

Männerstimme: „Dummes Ding! Wenn sie nach mir fahnden, kommen sie auch nach Kotlas. Und überhaupt, ich kann jetzt nicht von hier weg. Wir werden hier warten, bis der Chef zurückkommt. Da, trink einen Kognak. Was glaubst du, weshalb ich hier hocke? Vielleicht, um auf Sysojews Klamotten aufzupassen? In der Küche, hinter dem Spültisch, befindet sich ein Geheimsafe mit Brillanten im Wert von drei Millionen! Damit holt uns der Chef aus der Tinte. Das halbe Ministerium zählt zu seinen Freunden. Man muß sich nur an die halten, die am Drücker sind. "

Frauenstimme: „Viktor, küß mich . . . "

„Oscherelew", sagte Swetlow ins Mikrofon. „Schick deine Gruppe zur Festnahme in den siebten Stock. Aber denk daran: Akejew war Europameister im Boxen und ist möglicherweise bewaffnet. Öffnet die Tür möglichst geräuschlos! Wir fahren gleich los!" Swetlow nickte Leutnant Korowin zu, einem ehemaligen Safeknacker, der nun als Experte für Verschlußsachen bei uns arbeitete. Zu dritt rannten wir hinunter, zu dem einzigen Mercedes, der dem Moskauer Kriminalamt zur Verfügung stand. Kaum hatten wir die Wagentüren zugeschlagen, als wir auch schon mit Sirenengeheul über den Sadowje-Ring zum Frunse-Kai brausten.

Als wir eintrafen, saßen Akejew und Lena, von zwei Sergeanten bewacht, in der Küche und starrten verdrossen zu Boden.

Leutnant Korowin, der Safeknacker vom Dienst, sah sich kurz um und entdeckte mit geschultem Blick einen ausländischen Tresor modernster Bauart, der als Geschirrschrank getarnt war. Nach der Kombination des Zahlenschlosses befragt, gab Akejew natürlich an, daß nur der Wohnungsinhaber, Herr Direktor Sysojew, darüber Auskunft geben könne, und der sei auf Auslandsreise. Korowin mußte zu seiner Schande gestehen, daß er nicht in der Lage sei, das westliche, ihm völlig unbekannte Modell ohne Gewaltanwendung zu öffnen. Ich gab nach kurzer Rücksprache mit Swetlow den Befehl, den Tresor mit Hilfe eines Schweißgeräts aufzubrechen.

Das Resultat von Korowins Lieblingsbeschäftigung – mit dem neuesten amerikanischen Laserstrahl-Schweißgerät und dicker Schutzbrille leistete er in wenigen Minuten saubere Arbeit – war der Mühe nicht wert. Der Safe war völlig leer. Der Anblick des leeren Safes wirkte auf Akejew niederschmetternd. Er starrte den Schrank an und stammelte fassungslos: „Da waren doch jede Menge Brillanten drin! Ich hab sie selbst gesehen! Wer von euch ist der Untersuchungsrichter? Ich möchte eine Aussage im Interesse der Sicherheit der Sowjetunion machen!"

Wahrscheinlich hatte er mal eine ähnliche Situation im Kino oder Fernsehen erlebt, denn als ich mich als Untersuchungsrichter vorstellte, fuhr er pathetisch fort: „Heute, am 7. Juni 1979, mache ich, Viktor Akejew, folgende Aussage: Ich gestehe, daß ich in den vergangenen Jahren für eine Schieberbande gearbeitet habe, und bereue das. Zum Beweis sage ich aus, daß der auf Dienstreise befindliche Leiter der Apothekenhauptverwaltung des Ministeriums für das Gesundheitswesen, Iwan Iwanowitsch Sysojew, Brillanten ins Ausland geschmuggelt hat, die unserem Staat gehören und die einen Wert von mindestens drei Millionen Rubel haben."

„Und du hast geglaubt, diesen Staatsschatz hier zu bewachen, damit er der UdSSR erhalten bleibt", spottete Swetlow.

„Genosse Untersuchungsrichter", rief Akejew, „Sie müssen sofort das Amt für Staatssicherheit anrufen, damit man Sysojew im Ausland liquidiert! Er ist ein Vaterlandsverräter, und er hat auch mich reingelegt. Ich war im guten Glauben, daß die Juwelen zum Ankauf von teuren Medikamenten dienen sollten, für die Volksgesundheit –"

„Opium und Haschisch für die Volksgesundheit!" brauste Swetlow auf. „Du bist wohl selbst ‚high', was?"

„Kommen wir zur Sache", sagte ich. „Uns interessiert vor allem, was ihr mit Belkin angestellt habt."

„Was für ein Belkin?" fragte Akejew mit dummem Gesicht.

„Der Journalist, den ihr am Kursker Bahnhof zusammen mit dem jungen Rybakow in einem Auto abtransportiert habt."

GESCHÄFTE IN BAKU   111

„Ach, der!" Akejew zuckte mit den Achseln. „In Sysojews Datscha
war er noch ganz lebendig. Nachdem der Junge abgehauen war, haben
sie ihn von dort weggebracht."

„Wohin haben sie ihn gebracht? Und wer?"

„Ich weiß es wirklich nicht, Genosse Untersuchungsrichter."

Swetlow wandte sich an Oscherelew: „Notier dir die Adresse der
Datscha, und durchsuch sie mit deinen Leuten. Fahrt sofort los."

Ich sagte zu Akejew: „Paß auf: Wenn du uns was verschweigst oder
uns belügst, sorge ich dafür, daß du auf Lebenszeit in Sibirien
verschwindest. Wenn du uns aber etwas über den Verbleib von Belkin
verrätst, wird deine Strafe halbiert, das verspreche ich dir."

„Aber ich war doch bloß ein kleiner Fisch, Genosse Untersuchungsrichter! Nachdem der Junge aus Baku nachts aus der Datscha
ausgerückt war, hat mich der Chef dort rausgeschmissen. Ich sollte
hier auf die Juwelen aufpassen. Wohin sie den Reporter gesteckt haben
– woher soll ich das wissen? Vielleicht hat ihn der ‚Doktor‘
mitgenommen, er hat mit ihm ständig irgendwelche Versuche
angestellt."

„Ein *Doktor?* Was für Versuche?" fragten Swetlow und ich wie aus
einem Munde.

„Der ‚Doktor‘ und der Alte, die haben hinter dem Rücken des Chefs
ein Ding gedreht, mit Opium. Sie haben einen Sarg mit Opium von
Taschkent nach Baku geschmuggelt. Der Sarg soll auf dem Flugplatz
entzweigebrochen sein. Um die Sache zu vertuschen, mußte der Chef
an die Miliz von Baku zweihunderttausend Rubel Schweigegeld
blechen. Damit wäre es erledigt gewesen, doch da mischte sich der
Reporter ein. Dieser lästige Typ hat ‚Sultan‘ aufgehetzt, den Jungen."

„Wer ist der ‚Doktor‘?" fragte ich.

„Ich kenne seinen Familiennamen nicht, ich schwör's! Sie nannten
ihn entweder Boris oder eben ‚Doktor‘. Er und der Journalist
stammen aus derselben Gegend, hab ich gehört."

Sieh an, da hätten wir ja endlich eine Spur, die zu Belkins
Schulkamerad Boris Borissowitsch führt! „Du hast vorhin irgendwelche Versuche erwähnt", meinte ich. „Wie war das genau?"

„Also, der Doktor ließ Belkin und Rybakow zum Beispiel an einem
Gas schnuppern. Ganz schön besoffen wurden sie davon und lachten
sich schier kaputt. Oder er gab ihnen eine Spritze, und sie erzählten
alles, was sie wußten. Ich war dabei, als der Doktor dem Chef
versicherte, nach zwanzig Tagen Behandlung werde sich Belkin
garantiert an nichts mehr erinnern. Weder an das Malheur auf dem
Flughafen von Baku noch an den jungen Rybakow."

Seit Belkins Entführung waren vierzehn Tage vergangen. Wenn wir Belkin nicht schleunigst finden, dachte ich, kann es sein, daß er selbst den Staatschef nicht mehr wiedererkennt.

Swetlow trat dicht an Akejew heran. „Was weißt du noch über diesen sauberen Doktor? Wie sieht er aus?"

„Er ist etwa dreißig, dicklich, hat schwarzes Haar und braune Augen, und an der rechten Hand trägt er einen schwarzen Siegelring."

„Wer kennt ihn noch?"

„Sysojew, mein Chef."

„Wer noch? German Dolgo-Saburow?"

„Der ist unterwegs."

Swetlow feixte. Akejew war ihm auf den Leim gegangen. „Woher kennst du denn Dolgo-Saburow?"

„Durch den Chef; German arbeitet ja auch für ihn. Er bringt Medikamente aus dem Süden. Aber er wird euch nichts über den Doktor sagen."

„Warum?"

„Weil er auf dessen Schwester scharf ist."

„Hast du sie mal gesehen? Kennst du sie?"

„Und ob!" Er warf einen gehässigen Blick auf Lena Smagina, die scheinbar unansprechbar vor sich hin stierte. „Das ist genauso eine wie die da, nur darauf aus, sich zu amüsieren und westliche Klamotten zu ergattern."

„Wie heißt das Mädchen? Wo wohnt sie? Wo ist sie beschäftigt?"

„Ich weiß bloß, daß sie sich Natascha nennt. Mehr nicht. Aber vielleicht weiß dieses Miststück da etwas."

Ich ging zu der Smagina hinüber und fragte das Häufchen Elend, was sie über die Schwester des Doktors wisse.

Sie flüsterte: „Ich spreche nur mit meinem Vater. Sagen Sie ihm, daß er mich hier herausholen soll."

„Vertrödeln wir nicht länger unsere Zeit!" rief Swetlow. „Knöpfen wir uns lieber Dolgo-Saburow vor. Der soll uns höchstpersönlich zu seinem zukünftigen Schwager, diesem ominösen Doktor, führen." Dann deutete er auf Akejew und Lena. „Oscherelew, die beiden bringst du Penski zum Verhör."

Erschöpft sank Swetlow in das Luxusgefährt, das auf dem Frunse-Kai für uns bereitstand. „Es ist zum Verrücktwerden – schon fünf Uhr!" Überflüssig zu erwähnen, daß sich rings um den Mercedes, eine Rarität auf den Straßen Moskaus, eine Horde kleiner Jungen drängte, die in alle Fenster spähten, Stoßstangen und Türgriffe betasteten und den Fahrer mit Fragen löcherten. Swetlow schubste die frechsten von ihnen beiseite, und wir stiegen ein. Müde lehnten wir uns in die bequemen Polster zurück.

„Wohin?" fragte der Fahrer.

„Fahr mal los, wir werden sehen."

Am Funktelefon summte das Rufsignal der Zentrale in der Petrowkastraße. Während der Wagen anrollte, sagte der Fahrer: „Die verlangen Sie heute schon zum vierten Mal."

Swetlow ergriff den Hörer und drückte den Verstärkerknopf, so daß ich das Gespräch mithören konnte.

„Genosse Oberstleutnant – endlich!" ertönte die Stimme von Leutnant Laskin, dem Leiter der Überwachungsgruppe Dolgo-Saburow.

„Was gibt's?"

„Dolgo-Saburow hat bei sechzehn verschiedenen Adressen Rausch-gift abgeliefert! Und überall kassiert er Geld ein. Er muß schon hunderttausend Rubel beisammenhaben!"

„Wo ist er jetzt?"

„Im Moment sitzt er in einem Lift fest, wie Sie es angeordnet haben."

„Was habe ich angeordnet?"

„Sie haben Anweisung gegeben, ihn für ein bis anderthalb Stunden außer Gefecht zu setzen, bis Sie wieder Zeit hätten. Darum steckt er nun schon eine Stunde und fünf Minuten in einem Lift, zusammen mit dem bekannten Volkskünstler Pipenko."

Swetlow fragte belustigt: „Ausgerechnet mit dem Bauchredner? War das Zufall?"

„Sie haben gut lachen, Genosse Oberstleutnant. Hier ist die Hölle los. Um den Lift zu blockieren, mußten wir im ganzen Haus den Strom abschalten. Das Haus hat zehn Stockwerke, und es wohnen lauter Mitglieder der Akademie der Wissenschaften, Schauspieler und Diplomaten darin."

„Bravo, du kriegst eine Prämie für deine Findigkeit!" sagte Swetlow. „Ich bin gleich da. Wo stehst du?"

„Direkt vor dem Haus. Wir haben einen Lieferwagen vom Reparaturdienst geholt und reißen mit Preßlufthämmern den Asphalt auf, als ob wir nach einem defekten Kabel suchten."

„Was wollte Dolgo-Saburow denn in dem Haus?"

„Er hat dem Eishockeyspieler Schluptow einen Besuch abgestattet und ihm vermutlich die letzte Morphiumpackung verkauft. Jetzt ist es schon fünf Uhr durch, und er wird ja seit einer Stunde im Frisiersalon Arbat erwartet."

„Was soll's! Der wird in Kürze sowieso kahl geschoren." Nachdem die Verbindung getrennt worden war, sagte Swetlow zu der Telefonistin: „Verbinden Sie mich mit der Bereitschaftsabteilung."

Gleich darauf hörten wir die schnarrende Stimme von Oberst Schubejko: „Genosse Oberstleutnant! Das Elektrizitätswerk macht mir die Hölle heiß! Ihre Leute haben das Hauptkabel für den ganzen Frunse-Kai lädiert."

„Ich weiß, ich weiß! Sagen Sie, daß wir die Leitung in fünf Minuten wieder geflickt haben. Und verbinden Sie mich bitte mit Oberst Marjamow von der Bahnmiliz."

Marjamow sollte den Speisewagenchef Golub zum Salon Arbat bringen. Offenbar wollte Swetlow dort ein effektvolles Finale inszenieren. Er schaltete das Funkgerät ab und blickte mich an: „Wir könnten den Neffen sofort verhaften und ihn Akejew sowie all jenen gegenüberstellen, an die er heute Drogen verteilt hat. Auf illegalen Rauschgifthandel stehen bis zu fünfzehn Jahre Gefängnis. Ob er uns für drei Jahre Rabatt den Doktor ans Messer liefert?"

„Möglich", sagte ich nicht sonderlich überzeugt. Schließlich wußten wir ja inzwischen, daß er in die Schwester des Doktors verliebt war. „Aber wahrscheinlich wissen der Doktor und seine Schwester schon Bescheid", fuhr ich fort. „Ich habe dir doch erzählt: Eine Frau hat bei Dolgo-Saburow angerufen; ich habe mit ihr gesprochen, bis sie Lunte roch. Möglicherweise war das Natascha, die ihren Liebsten darüber informieren wollte, daß wir ihm auf der Spur sind."

„Na und? Dolgo-Saburow weiß doch nichts davon! Der sitzt doch im Lift statt auf dem Friseurstuhl."

„Gut", sagte ich. „Verhaften wir ihn eben. Schließlich riskieren wir nichts dabei."

Wir waren jetzt in unserem Luxuswagen am Neuen Arbat angelangt und sahen schon von weitem die „Reparaturbrigade" von Leutnant Laskin und seiner Gruppe. Vor dem Salon Arbat warteten wir auf das Auto mit dem Speisewagenchef. Als ein paar Minuten später Golub in Marjamows Begleitung eintraf, erteilte Swetlow dem „Bautruppführer" Laskin über Funk die Anweisung, den Lift wieder in Betrieb setzen zu lassen. Alles war für den Empfang des Neffen bereit: In der Nähe des Hauseingangs standen die als Elektromonteure getarnten Beschatter, während Swetlow mit Golub vor dem Frisiersalon scheinbar plaudernd auf und ab spazierte. Ich selbst war zu Laskin in seinen Lieferwagen umgestiegen, in dem hinten ein Sergeant hockte.

GESCHÄFTE IN BAKU

Endlich kam Dolgo-Saburow, zusammen mit dem berühmten Bauchredner Pipenko aus der Gefangenschaft im Lift befreit, aus dem Gebäude. Auf der Straße verabschiedeten sie sich freundlich voneinander. Doch anstatt zum Salon Arbat lief Dolgo-Saburow zu seinem blauen Schiguli, zog die Wagentür zu – und entfernte sich mit Vollgas. Mit finsterer Miene versuchte Laskin, sich mit seinem „Reparaturdienst" in den fließenden Verkehr einzuordnen. Ich nahm das Mikrofon und rief Swetlow über Funk: „Marat, hörst du mich? Der Schuft läßt seinen Termin bei der Friseuse platzen und haut ab. Einstweilen sehe ich ihn noch, aber er kann jeden Moment aus unserem Blickfeld verschwinden."

„Kann er nicht", sagte Laskin neben mir gelassen und ließ den Kipphebel eines kleinen Apparats einschnappen, der sogleich mit einem leisen Pfeifen reagierte; gleichzeitig leuchtete auf einem winzigen Bildschirm flimmernd ein Punkt auf. „Er wird uns nicht entwischen, denn er hat einen Minispion unter seinem Fahrgestell und ein Mikrofon im Wagen."

Der flimmernde Punkt auf dem kleinen Bildschirm machte eine Wendung nach rechts und kehrte um. Laskin kommentierte: „Er ist beim ‚Ukrainia' auf den Dragomilow-Kai eingebogen." Neben uns schloß indessen der schwarze Wolga auf, mit dem sich Swetlow hatte hinterherfahren lassen.

Dolgo-Saburows Schiguli mußte vor einer Ampel anhalten, auch wir blieben stehen, etwa fünf Autos hinter ihm, und Swetlow stieg in unseren Lieferwagen um. „Ein ganzer Tag Arbeit ist für die Katz!" jammerte er. „Den Golub habe ich für ihn präpariert, im Salon Arbat wartet sein Schatz auf ihn, doch er sucht das Weite."

Kaum sprang die Ampel auf Grün, brauste der Schiguli los und raste mit überhöhter Geschwindigkeit in Richtung Kiewer Bahnhof. Wir verfolgten ihn in einiger Entfernung.

„Wieso höre ich ihn nicht?" fragte Swetlow.

„Er hat ein Tonband mit Englischlektionen laufen", erklärte Laskin. „Man wird verrückt, wenn man sich das die ganze Zeit anhören muß. Deshalb habe ich den Ton abgestellt. Schalt mal ein, Juri", wandte er sich an den Sergeanten hinten im Wagen, und sogleich ertönte eine blecherne Stimme, die englische Sprachübungen herunterleierte.

Plötzlich bremste Laskin scharf. Der blaue Schiguli hatte angehalten, direkt unter der Bahnhofsuhr, und eine schlanke Frauengestalt im Regenmantel war zu Dolgo-Saburow in den Wagen gestiegen. Die Englischlektion brach ab, und statt dessen vernahm ich das leise

Geräusch eines Kusses, danach die mir vom Telefon her bekannte kehlige Frauenstimme: „Seit vierzig Minuten warte ich hier! Ich habe mir schon Gedanken gemacht. Konntest du nicht anrufen?"

Der Wagen setzte sich in Bewegung, bog am Kai nach rechts ab in Richtung Leninberge.

„Weder anrufen noch sonst etwas!" antwortete Dolgo-Saburow. „Eine Stunde habe ich in einem Haus am Arbat im Lift gesteckt. Was gibt es Neues?"

„Nichts, leider. Katjuscha wurde am Morgen abgelöst. Aber du kannst dich bei mir bedanken, daß ich früh angerufen habe, sonst wärst du in eine Falle gestolpert. Die Polypen sitzen schon bei dir daheim."

„Was können die mir schon anhängen?" meinte Dolgo-Saburow mit einem unbekümmerten Lachen. „Ware habe ich nicht mehr – ist alles beim Endverbraucher. Und die Tante habe ich nicht ermordet. Ich bin also sauber. Der Alte, der ist freilich ein echter Schweinehund. Wozu mußte er ihr die Luft abdrehen? Wir hätten doch auch so alles gekriegt. Na ja, sie hat ihre Zeit gelebt . . . Ist dir bewußt, daß wir zum letzten Mal durch Moskau fahren?"

„Wieso? *Ich* habe Moskau längst abgeschrieben. Vor uns liegt doch die ganze Welt!"

„Ich hänge aber an Moskau. Gäb es nicht das Sowjetregime, ich würde nie im Leben wegfahren!"

„Nicht einmal mit mir?"

„Du wirst mir ohnehin den Laufpaß geben, sobald du deinen Zaster bekommst."

„Dummkopf! Ich liebe dich doch." Ihre Stimme klang heiter, und sie gab ihm einen Kuß.

„Wo hast du übrigens deinen Koffer? Boris hat befohlen, daß wir bis sieben Uhr dasein müssen, sonst versäumen wir das Flugzeug."

„Es ist alles schon bei Boris. Wieviel hast du heute kassiert?"

„Zweiundneunzig. Wegen des Lifts schaffte ich es nicht mehr, zum Arbat zu gehen, um abzukassieren. Nicht überwältigend, aber zum Wegfliegen reicht es."

„Laß mich das Telegramm sehen."

„Leider nicht möglich; ich habe es heute morgen aufgegessen, während der Waggon gefilzt wurde."

Natürlich! Der Bursche hatte gerade den Mund voll, als wir ihn uns auf dem Kursker Bahnhof vorknöpften. Peinlich, peinlich! Ich errötete wie ein kleiner Junge. Andererseits hatte ich bei Dolgo-Saburow ja nach den Brillanten seiner Tante gesucht. Aus welchem Grund hätte ich ihn da am Kauen hindern sollen?

GESCHÄFTE IN BAKU

„Aber an den Text erinnerst du dich doch noch?" fragte Natascha.
„Die Mitgift kostet zweihundert, Hochzeit ist in einer Woche.
Fliegt rasch los. Bringt Kleidung mit. Gruß, Papa", zitierte Dolgo-
Saburow.

„Das bedeutet: Der Alte hat mit zweihunderttausend den Chef der
Grenzwache bestochen oder sonst jemanden auf dem Flugplatz, und in
einer Woche sind wir auf und davon! Doch dafür will der Alte Geld. "

„Er hat schon hundert bekommen, über neunzig habe ich heute
zusammengebracht, und fünfzig hat Boris. Für die Reise langt es also
gerade. Danach taugen die sowjetischen Lappen ohnehin nichts mehr,
dann gehen wir zu Auslandswährung über. Wieviel hatte der
Apothekenchef Sysojew in seinem Safe?" fragte Dolgo-Saburow.

„Hat es dir der Alte nicht gesagt? Oder willst du mir auf den Zahn
fühlen?"

„Vielleicht steckt ihr unter einer Decke und wollt euch meinen
Anteil unter den Nagel reißen. "

„Du bist unmöglich! Ich liebe dich, du Schwachkopf! Bei Boris und
dem Alten liegt der Fall schon wieder anders. Sie waren allein, als sie
bei Sysojew den Safe ausräumten. Aber kannst du dir vorstellen, daß
Boris mich ausbooten würde?"

„Deinem Bruder, diesem durchtriebenen Aas, traue ich alles zu . . ."

„Boris ist ein Genie!" rief die Frauenstimme. „Wie er die Sache mit
dem Sarg wieder hinbiegen konnte! Weißt du, was Sysojew meinem
Bruder unter Hypnose erzählt hat?"

„Ich hab davon gehört. Es war bloß keiner bei der Hypnose dabei,
und vielleicht hat sich dein Boris alles nur ausgedacht. "

„Idiot, und woher stammt dann der Code für den Safe?"

„Nun ja . . .", sagte Dolgo-Saburow gedehnt. „Angenommen,
Boris hat Sysojew tatsächlich unter Hypnose den Code herausgelockt,
aber alles andere . . . Er könnte es bloß erfunden haben, damit der Alte,
du und ich da mitmachen. "

„Okay, du kannst ja noch aussteigen. Wenn wir bei Boris
ankommen, nimmst du dir deinen Anteil und verschwindest!"

„Das könnte deinem Bruder so passen. Uns bleibt nichts anderes
übrig, als ins Ausland zu gehen. Aber was meinst du, wie schwer es
ist, drüben ins Geschäft zu kommen. Die lassen sich nicht durch
hergelaufene Iwans den Markt kaputtmachen. Ich ahnte gleich nichts
Gutes, als dein Bruder die idiotische Idee mit dem Sarg –"

„Wieso idiotisch?!" unterbrach ihn Natascha. „Schließlich hat uns
dieser Sarg zu der Bekanntschaft mit Belkin verholfen; Belkin haben
wir die Dokumente für das Grenzgebiet abgenommen, so daß der Alte

jetzt bereits an der Grenze sitzt und alles Weitere für uns erledigt."

Swetlow und ich sogen jedes Wort förmlich in uns auf. Das abgehörte Gespräch gab mehr her als jedes Verhör, und wir wünschten uns nur, daß die beiden noch einen langen Weg vor sich hatten.

Plötzlich sagte Natascha: „Wie gut, daß es zu regnen beginnt. So behältst du dein geliebtes Moskau wenigstens grau in grau in Erinnerung."

Und richtig, ein heftiger Guß ging mit einemmal über den Südwesten von Moskau nieder.

„Das ist nicht mehr mein Moskau, sondern Sysojews", antwortete Dolgo-Saburow.

„Genau", antwortete lachend die Frauenstimme. „Meinem Bruder müßte man eigentlich die Füße küssen. Sysojews Mafia hatte nämlich insgeheim bestimmt beschlossen, uns alle miteinander zu liquidieren, wegen dieser schiefgegangenen Geschichte in Baku."

„Diese Schweine!" sagte Dolgo-Saburow. „Sie handeln ganz legal mit jeder Menge Rauschgift, besitzen Bankkonten in der Schweiz und fahren noch auf Staatskosten hin, um die Franken nachzuzählen. Wenn ich sie mal im Westen treffe, rechne ich mit ihnen ab – mit Sysojew, Balajan und wie sie alle heißen!"

„Reg dich nicht auf", sagte Natascha. „Boris hat eine bessere Idee. Hör zu. Da fährt so ein Sysojew oder der Gesundheitsminister Balajan auf Dienstreise in den Westen, wir erfahren aus den Zeitungen, wo sie sich aufhalten, und dann kidnappen wir sie wie diesen Belkin, und sie müssen uns unter Hypnose die Chiffren ihrer Schweizer Nummernkonten verraten. Und sie können nicht einmal bei der Polizei Anzeige erstatten, weil sie sonst selbst geliefert sind."

Gleich darauf hörte man das Klicken eines Tonbandgerätes, das in dem Schiguli eingeschaltet wurde, und wieder ertönte die Lektion in englischer Sprache. Natascha fragte verwundert: „Was ist denn das?"

„Ein Englischkursus", antwortete Dolgo-Saburow. „Ich lerne. Schließlich will ich mich auf das neue Leben vorbereiten."

„Ich werde dir Englisch und Französisch beibringen, Darling. Und wenn wir erst mal im Westen sind, werde ich eine richtige Gräfin. Du nimmst doch alle Dokumente über deine Abstammung mit, nicht wahr?"

„Na, klar. In ein, zwei Wochen bist du eine Aristokratin, und wir leben standesgemäß in einer Villa in gotischem Stil", schwärmte „Graf" Dolgo-Saburow, ohne zu ahnen, daß er statt in einer Villa schon so gut wie im Straflager saß.

GESCHÄFTE IN BAKU

Während die beiden über ihre Zukunft sprachen, durften wir uns in unserem Lieferwagen etwas entspannen und unsere Schlüsse ziehen. Da war also dieses feine Kleeblatt: Doktor Boris Borissowitsch, seine Schwester Natascha, der Alte (alias General alias Stepan Gridasow) und German Dolgo-Saburow – jeder von ihnen hatte eine bestimmte Funktion innerhalb einer Mafia, die mit Rauschgift handelte. An der Spitze dieser Organisation stand, wie es schien, Iwan Sysojew, der Chef der Apothekenhauptverwaltung, eventuell noch über ihm der hochdekorierte stellvertretende Gesundheitsminister Balajan sowie andere einflußreiche Persönlichkeiten. Der Handel wurde in großem Stil betrieben, der Ertrag, enorme Geldsummen, wurde in Juwelen und westlicher Währung angelegt oder sogar auf Nummernkonten in die Schweiz transferiert. Unser Kleeblatt aber hatte offensichtlich versucht, hinter dem Rücken der Bosse einen ganzen Sarg voll Opium auf eigene Rechnung von Zentralasien nach Baku zu schmuggeln – ein Millionending, auf das sie sich da einließen, und es wäre beinahe gutgegangen. Solche Eskapaden toleriert indessen keine Mafia auf der ganzen Welt. Für die vier „Abweichler" sah es tatsächlich böse aus: Wenn sie mit Hilfe von Hypnose herausbekommen hatten, daß die Mafia sie zu liquidieren beabsichtigte, hatten sie auf dem Territorium der UdSSR keine Chance mehr, und wir mußten sie nicht nur dingfest machen, sondern auch noch vor der Rache der Mafia schützen.

Ich dachte nach: Die Rolle des „Doktors" und seiner Schwester war noch etwas undurchsichtig. Spielten sie etwa ihr eigenes Spiel? Wie auch immer, der Passierschein für das Grenzgebiet, den Belkin nicht bei der Verwaltung der Grenzschutztruppen in Taschkent abgegeben hatte, war ihnen wie ein Geschenk der Fortuna in die Hände gefallen, als sie sich auf dem Flughafen von Baku mit Belkins Papieren aus dem Staub machten. Den Verlust gerade dieses Dokuments erwähnt Belkin aus irgendeinem Grund nicht in seinen Notizen. Nachdem der Opiumtransport mit dem Sarg schiefgegangen war und Natascha und Boris sich ausrechnen konnten, daß die Mafiabosse wegen dieses Alleingangs kurzen Prozeß mit ihnen machen würden, kam ihnen Belkins Passierschein für das Grenzgebiet wie gerufen. Er brachte sie auf die Idee, sich ins Ausland abzusetzen. Deshalb lockte Natascha Akejew und die Smagina für ein paar Stunden ins Restaurant „Praga" – wo Akejew dem Kellner auffiel, was wiederum uns auf seine Spur brachte –, und ihr Bruder räumte in der Zwischenzeit Sysojews Safe aus. Und überdies hatte Gridasow Dolgo-Saburows Tante erstickt, als er versuchte, das Versteck der letzten Brillanten aus dem Dolgo-Saburowschen Familienbesitz zu erfahren. Danach flog Gridasow nach Usbekistan, und mit Hilfe von Belkins Passierschein drang er bis zum Grenzflugplatz von Tscharschang vor. Daß es ihm dort gelang, den Chef der Grenzwache zu bestechen und eine Maschine zu „chartern", war kein Wunder. Zweihunderttausend Rubel sind ein riesiges Vermögen und einen riskanten Sondereinsatz wert.

Das Telegramm mit der Erfolgsmeldung hatte Dolgo-Saburow offenbar erreicht, als er von Taschkent nach Moskau unterwegs war. Wahrscheinlich war es ihm auf einer verabredeten Station in den Zug gebracht worden, und darum war der Eisenbahner kreuz und quer durch Moskau gerast, um hunderttausend Rubel aufzubringen. Spätestens bis sieben Uhr sollte das Pärchen German-Natascha bei „Doktor Boris" eintreffen. Zu dritt wollten sie dann nach Zentralasien zu Gridasow fliegen.

Doch jetzt werden sie, dachte ich selbstzufrieden, nirgendwohin fliegen. In diesen vier Tagen hatten wir die Bakuer Bande praktisch mattgesetzt, nur ahnten die Betroffenen, mit Ausnahme des verhafteten Akejew, noch nichts davon. Von dem Liebespaar in dem blauen Schiguli vor uns wurden wir im Augenblick zum Doktor gelotst und damit – so hoffte ich – auch zu Belkin. Sorge bereitete mir nur, daß ich nicht wußte, ob Belkin noch am Leben war.

Der Regen hatte aufgehört, und wir fuhren jetzt im Feierabendverkehr über den Sewastopol-Prospekt zur Stadtgrenze, Richtung Ringautobahn. Dolgo-Saburow und Natascha in ihrem Schiguli schmiedeten immer noch Pläne für ihr zukünftiges Leben im goldenen Westen. Allerdings schienen sie sich davor zu fürchten, auf der Flucht in Afghanistan von irgendwelchen unzivilisierten Horden ausgeplündert zu werden.

„Dieses Ding hier spricht eine wirkungsvolle Sprache", meinte Dolgo-Saburow. „Schau her! Da sind neun Patronen drin. Und der Alte besitzt eine Kalaschnikow, Boris eine Tokarew-Pistole."

Swetlow griff nach dem Funkmikrofon und richtete eine Durchsage an die beiden hinter uns fahrenden Wolgas, in denen Swetlows Proleten saßen: „Achtung! Kugelsichere Westen anlegen und Waffe bereithalten. Möglicherweise kommt es zu einem Schußwechsel." Dann schaltete er zur Bereitschaftsabteilung auf der Petrowkastraße und meldete dem Diensthabenden: „Genosse Oberst, Rapport von Swetlow. Ich leite die Verfolgung von Verbrechern, die über Schußwaffen verfügen. Wir befinden uns an der Ausfahrt von Moskau, im Bereich der Kaluga-Chaussee. Ersuche dringend, meinem Konvoi einen Krankenwagen nachzuschicken."

Ich konnte mir vorstellen, wie sich in der Bereitschaftszentrale sämtliche verfügbaren Kollegen im Raum des Diensthabenden rings um das Schaltpult mit den Monitoren versammelten. Inzwischen fuhr vom nächstgelegenen Krankenhaus bereits ein Sanitätswagen los, während auf dem Flughafen Domodedowo bewaffnete Einsatzbeamte einen Helikopter der Verkehrsüberwachung bestiegen. Swetlow mußte in Abständen von einer Minute dem Diensthabenden Bericht erstatten. Der Sergeant hinten in unserem „Reparaturdienst"-Lieferwagen hatte bereits seine kugelsichere Weste angelegt und die Waffe entsichert. Er reichte auch mir und Swetlow solche Westen, und schweigend zogen wir sie an. Ich sah auf die Uhr. Es war 18 Uhr 20.

„Alles normal, Genosse Oberst", meldete Swetlow. „Wir erreichen jetzt die Ringautobahn, das verfolgte Objekt nähert sich dem Posten der Verkehrswache an der Stadtausfahrt." Plötzlich fluchte er: „Verdammt! Was macht denn der?"

„Was ist passiert, Marat?" fragte der Oberst über Funk.

„Ein Sergeant von der Verkehrswache hat Dolgo-Saburow angehalten. Serjoscha, geben Sie ihm sofort den Befehl, den Wagen weiterfahren zu lassen! Laskin, bleib stehen!"

Laskin gab den beiden hinter uns fahrenden Wolgas ein Handzeichen, und unser Konvoi hielt am Straßenrand an. Vor uns, beim Wachhäuschen des Verkehrspostens, war etwas eingetreten, womit wir nicht gerechnet hatten: Der Verkehrspolizist hatte Dolgo-Saburows Wagen gestoppt und ging auf den Schiguli zu.

„Sie sind zu schnell gefahren, Genosse", hörten wir den Sergeanten sagen. Offenbar zeigte er Dolgo-Saburow das Gerät, das die Geschwindigkeit der vorüberfahrenden Autos aufzeichnet. „Ihre Geschwindigkeit betrug vierundfünfzig, erlaubt sind aber nur fünfzig. Macht acht Rubel. Bezahlen Sie die Strafe gleich, oder sollen wir ein Protokoll aufsetzen?"

„Gleich!" stimmte Dolgo-Saburow augenblicklich zu.

„Gib ihm einen Zehner", befahl ihm Natascha flüsternd.

„Mach ich, nur keine Panik", antwortete Dolgo-Saburow ebenso leise. „Bitte sehr, Genosse Sergeant."

„Trotzdem brauch ich die Papiere."

„Aber wozu denn, Genosse? Wir haben es eilig. Da, nehmen Sie den Zehner, wir brauchen weder Quittung noch Wechselgeld."

„Die Papiere, los, los!" sagte der Verkehrspolizist etwas strenger.

In unserem Wagen drosch Swetlow mit der Faust auf den Sitz. „So nimm schon das Geld, Idiot!" Er brüllte dem Diensthabenden durch das Mikrofon zu: „Genosse Oberst! Geben Sie ihm den Befehl, das Geld zu nehmen und ihn weiterfahren zu lassen!"

„Der Posten wird bereits angerufen."

„Die Papiere, oder Sie steigen aus!" sagte währenddessen der Sergeant unerbittlich zu Dolgo-Saburow. Und gleich darauf: „Das Telefon klingelt. Ich muß rein. Kommen Sie mit!"

„Hier ist der Führerschein. Aber wir haben es eilig, Sie hätten den Zehner nehmen sollen!"

„Den Zehner nehm ich schon noch, Genosse . . . Wie ist Ihr Name? Dolgo-Saburow? Interessant. Parken Sie am Straßenrand, und geben Sie mir den Autoschlüssel. Gleich wird mein Kollege kommen, und dann fahren Sie mit ihm zusammen zur Abteilung vier, dort möchte man sich mit Ihnen unterhalten . . ."

Wir beobachteten, wie der Schiguli langsam an den Rand der Kaluga-Chaussee rollte, der Fahrer den Schlüssel hinausreichte und der Sergeant auf die Wachstube zuging.

„Aus!" sagte Natascha. „Wir sind geliefert!"

„Nur schön ruhig bleiben", meinte Dolgo-Saburow. „Schau dich nicht um. Ich sehe ihn im Rückspiegel."

„Und was willst du unternehmen? Etwa zur Abteilung vier mitfahren?"

„Ich fahre nirgendwohin mit. Keine Angst."

Uns war keine Bewegung des Verkehrspolizisten entgangen. Der Sergeant hatte sich offenbar an die Fahndung nach Dolgo-Saburow erinnert, die Einzelheiten des Befehls – Dolgo-Saburow sollte *nicht* angehalten, sondern nur der Miliz gemeldet werden – hatte er im Laufe eines langen Arbeitstages vergessen. Sobald der Sergeant dem Schiguli den Rücken zugewandt hatte, bewegte sich Dolgo-Saburows Wagen ganz langsam vorwärts. Der Verkehrspolizist drehte sich ruckartig um und rief dem anfahrenden Schiguli etwas nach. Wäre er wenigstens jetzt ans Telefon gegangen, hätte alles Weitere einen anderen Verlauf genommen, aber nein, der Mann stürzte zu seinem Dienstmotorrad, schwang sich auf den Sattel und brauste dem mit Vollgas davonrasenden Wagen hinterher.

„Halt dich fest, Gräfin", sagte Dolgo-Saburow mit gepreßter Stimme, „und bete ausnahmsweise zu Gott, daß wir den Kerl abhängen, sonst hat auch der Reserveschlüssel im Portemonnaie nichts genützt."

„Alles umsonst", ächzte Swetlow und sackte sichtlich zusammen, „wegen eines verdammten Idioten. Aber den schick ich ans Eismeer, darauf könnt ihr Gift nehmen." Er gab Laskin Befehl, die Verfolgung aufzunehmen.

Wir jagten hinter dem Schiguli und dem Motorrad her. Da meldete sich schon wieder der Oberst von der Bereitschaftszentrale: „Swetlow, geben Sie einen Lagebericht! Der Verkehrsposten antwortet nicht."

„Was soll ich berichten?" erwiderte Swetlow erbost. „Dieser Esel von einem Verkehrspolizisten hat seinen Posten verlassen und verfolgt mein Objekt auf dem Motorrad. Die ganze Aktion ist geplatzt. Wir müssen uns zu erkennen geben, damit das Objekt weiß, daß Schießen keinen Sinn hat. Wo ist der Helikopter?"

„Schon unterwegs."

Von Süden her flog ein Hubschrauber im Tiefflug direkt auf uns zu. Weiter vorn verringerte sich die Distanz zwischen dem Schiguli und dem Sergeanten auf dem Motorrad. Aus dem Wagen drangen unklare Laute. Es hörte sich an wie ein Handgemenge.

Natascha: „Schieß nicht, German!"

Dolgo-Saburow: „Finger weg!"

Swetlow schaltete die Sirene ein, Laskin trat das Gaspedal durch, und der Lieferwagen schoß mit hundertvierzig Sachen dahin. Die beiden Wolgas hinter uns hatten ebenfalls voll aufgedreht und zogen an uns vorbei, holten den Motorradfahrer ein, der verwundert den Kopf drehte. Aus der Verfolgungsjagd schloß er, daß er hinter einem besonders schweren Jungen her war, und erhöhte noch seine Geschwindigkeit.

Auch Dolgo-Saburows Schiguli raste mit Höchstgeschwindigkeit dahin. Wir hörten Nataschas beschwörende Stimme: „Wir haben keine Chance. Sie haben uns gleich eingeholt. Nein, schieß nicht, du Idiot!"

Den Knall des Schusses hörten wir über Funk aus dem Schiguli. Doch Dolgo-Saburow hatte wohl nur aufs Geratewohl über die Schulter hinweg geschossen. Natascha war wie von Sinnen: „Du bringst uns beide um! Halt an, Liebling, ich bitte dich! Ich will nicht sterben. Sie haben uns eingekreist. Halt doch endlich an –"

„Ich denk nicht dran! Mit Balajan hast du geschlafen, mit Sysojew, bei Belkin hättest du auch nicht nein gesagt. Morgen legst du dich vielleicht mit unseren Verfolgern ins Bett, nur um zu *leben!* Nein, das ist kein Leben, für mich nicht und für dich auch nicht!"

Der Schiguli, der nun zwischen den beiden Wolgas, dem Motorrad und unserem Lieferwagen buchstäblich eingekeilt war und obendrein von dem dröhnenden Helikopter im Tiefflug bedrängt wurde, brach plötzlich nach links aus und kam auf die Gegenfahrbahn. Der Kopilot des Helikopters versuchte verzweifelt, über Lautsprecher den Verkehr auf der Schnellstraße zum Stoppen zu bringen. Doch es war zu spät.

Unter Nataschas gellendem Schrei „N-e-i-n!!" fuhr Dolgo-Saburow mit Vollgas frontal gegen einen Zementtransporter.

Ein Brei aus verbogenem Blech, Blut, zerfetzten Kleidern – dieser Anblick bot sich uns, als wir an der Unfallstelle ankamen. Unter der aufgerissenen Vorderfront des Transporters lagen die Überreste des Schiguli und seiner Insassen. Rinnsale aus Öl, Blut und Benzin flossen auf die Straße.

Nicht weit davon landete auf einer Wiese der Helikopter. Drei Beamte des Moskauer Kriminalamtes kamen zu uns herübergerannt.

Aus einigen Autos, die stehengeblieben waren, liefen entsetzte Augenzeugen herbei. Der angeforderte Krankenwagen hielt mit quietschenden Reifen. Zwei Sanitäter kümmerten sich um den Fahrer des Zementtransporters. Der zu Tode erschrockene, kaum zwanzigjährige Mann war aus dem Fahrerhäuschen geklettert, hatte die grausigen Überreste zweier Menschen erblickt und war ohnmächtig geworden.

Swetlow wandte sich an Leutnant Laskin: „Was sollen wir hier noch? Fahren wir los. Wir müssen unbedingt ein paar von denen zu

fassen kriegen, an die er heute Ware verteilt hat. Vielleicht kennt einer davon den Doktor."

Ich ließ mich zur Bereitschaftsabteilung an der Petrowkastraße bringen, während Swetlow, Laskin und die übrige Einsatzgruppe noch zum Arbat fuhren, um jene Adressen abzuklappern, bei denen Dolgo-Saburow am Morgen Rauschgift abgeliefert hatte. Sie hatten mindestens siebzehn Personen zu verhaften.

Im Auto zog ich Bilanz: Nach diesem anstrengenden Tag, der um fünf Uhr morgens mit der Durchsuchung von Dolgo-Saburows Eisenbahnwagen begonnen und mit Germans und Nataschas Tod geendet hatte, war ich meinem Ziel, Belkin zu finden, nicht viel näher als vier Tage zuvor. Ich mußte eine Personenbeschreibung des Doktors erstellen und ein Phantombild von ihm anfertigen lassen, damit ich in sämtlichen Krankenhäusern in Moskau und Umgebung nach ihm fahnden konnte.

Uns stand nur noch ein Tag zur Verfügung, höchstens zwei. Im Wagen hatte Dolgo-Saburow Boris' Befehl erwähnt, „bis spätestens um sieben Uhr dazusein, um nicht das Flugzeug zu versäumen". Aber Boris würde wohl kaum abfliegen, ohne auf seine Schwester und Dolgo-Saburow zu warten. Sollte er jedoch tatsächlich über Informanten bei der Miliz verfügen, wie etwa jene „Katjuscha", von der Natascha gesprochen hatte, dann würde er noch heute nacht von dem tödlichen Unfall auf der Kaluga-Chaussee erfahren und sich auf keinem der Moskauer Flughäfen blicken lassen, sondern von Kiew, Leningrad, Rostow oder Perm aus nach Zentralasien fliegen. Swetlow hatte sich mit den Milizabteilungen auf den Flughäfen Wnukowo, Domodedowo und Bykowo verbinden lassen und verfügt, die Passagiere sämtlicher Linienmaschinen sorgfältig zu kontrollieren.

Erschöpft, hungrig und deprimiert von der Tragödie, die ich miterlebt hatte, kam ich bei der Bereitschaftsabteilung in der Petrowkastraße an. Oscherelew und Milizmajor Malenina erwarteten mich. Die UBChSS-Chefin war in Hochstimmung: Bereits der erste Tag der Revision hatte ergeben, daß in sämtlichen Morphiumkartons, die in den Apothekenlagern zum Versand an Lazarette und Krankenhäuser bereitstanden, Ampullen fehlten. Einer der Lagerarbeiter war beim Verhör rasch schwach geworden und hatte ausgesagt, daß die Ampullen auf höhere Anordnung umgepackt und dabei „aussortiert" würden. Penski hatte der Malenina mitgeteilt, daß Akejew verhaftet worden sei, und nun brannte sie darauf, ihn über die dunklen Geschäfte des Leiters der Apothekenverwaltung zu vernehmen.

GESCHÄFTE IN BAKU 127

Oscherelew, der inzwischen Sysojews Datscha durchsucht hatte, erstattete Bericht: „Die Datscha ist leer. Das heißt, bis auf die Einrichtung: erstklassiges Mobiliar, westliche Stereoanlage, chinesische Teppiche, ein japanischer Farbfernseher, eine Bar mit einem Kühlschrank, der randvoll mit Delikatessen ist. Vor kurzem haben mindestens zwanzig Personen dort eine Orgie gefeiert. An den Gläsern sind Spuren von Lippenstift. Ich habe das gesamte Geschirr mitgebracht, um Fingerabdrücke sicherzustellen. Außerdem habe ich in der Garage einen Geheimsafe entdeckt, aber da war auch nichts drin. In der Garage fand ich zwei Matratzen, auf denen, wie ich annehme, Belkin und Rybakow gelegen haben. Am interessantesten aber ist das hier." Oscherelew zeigte mir eine Tonbandkassette. „Während wir Sysojews Traumhaus auf den Kopf stellten, haben wir Musik gehört. Wäre doch eine Sünde, die Anlage nicht auszuprobieren. Und plötzlich . . . Hören Sie sich das mal an!"

Er legte die Kassette in einen Recorder ein, drückte auf den Knopf, und wir vernahmen eine energische junge Männerstimme: „. . . Gletscherforscher sind die idealen Kuriere. Sie kommen jederzeit ungehindert nach Tscharschang, keiner wird kontrolliert, alle haben einen unbefristet gültigen Passierschein."

„Ist der Flugplatz weit weg?" fragte eine andere Männerstimme.

„Direkt in Tscharschang! Dort, wo die Straße aufhört, beginnt das Flugfeld. Ringsherum ist Mohn angebaut."

„Und was ist mit der Absperrung? Mit der Bewachung?"

„Da gibt es keine Absperrung, nur einen Flugplatzwächter, einen Veteranen auf Krücken, und auch die Grenztruppen haben dort nur einen Posten. Es gibt also nur ein Problem: Man muß das jeweils gültige Losungswort kennen, und Sesam öffnet sich. Nichts ist leichter, als über die Grenze abzuschwirren. Im Grenzgebiet leben viele Koreaner, die Schlafmohn anbauen. Sie schleichen sich ständig nach Afghanistan hinüber und wieder zurück. Und die Miliz kneift beide Augen zu. Ich habe mit dem Chef der dortigen Grenzwache gebechert, und er hat es mir erzählt. In Afghanistan versilbern die Koreaner ihr Opium gegen harte Währung, kehren dann zu Mütterchen Rußland zurück und lassen sich ihre Devisen in Rubel umwechseln. Und alle profitieren davon, sowohl der Staat als auch die Schmuggler, die Offiziere und die Beamten. Ich könnte einen richtigen Knüller daraus machen! Wenn man mich nur ließe."

„Und wie heißt der Chef der Grenzwache?"

„Major Ruskulow. Hör mal, ich glaube, ich brauche noch einen kleinen Druck, das herrliche Gefühl ist schon fast wieder weg . . ."

Oscherelew stoppte das Tonband. „Das ist leider alles. Ich habe alle Bänder abgehört, fand aber weder eine Fortsetzung noch den Anfang. Akejew hat die beiden Stimmen sofort erkannt, und Sie haben wahrscheinlich auch schon erraten, wer das ist: Belkin und der Doktor."

Vor wenigen Stunden noch wäre dieses Tonband für die Untersuchung geradezu unbezahlbar gewesen, nun aber war es praktisch wertlos, denn inzwischen wußten wir ja schon viel mehr, zum Beispiel, daß Gridasow mit Belkins Passierschein ins Grenzgebiet gefahren war und dort jemanden mit zweihunderttausend Rubel bestochen hatte. Die Aufnahme mußte noch vor dem 26. Mai, vor Saschkas Ermordung, entstanden sein, nach der die Bande die Datscha verlassen und Belkin mitgenommen hatte. Die Aufnahme bewies lediglich, daß Doktor Boris es verstand, mit Hilfe von Hypnose oder Drogen einem Menschen die Zunge zu lösen. Denn Belkin hätte wohl kaum aus freien Stücken seinem Entführer all das erzählt, ebensowenig, wie Sysojew freiwillig die Kombination seines Geheimsafes verraten hätte.

Es war bereits neun Uhr. Ich holte mir aus der Kantine Sauermilch und Würstchen und verspeiste beides eilig. Dann begab ich mich in ein Nebengebäude, in das Gefängnis der Petrowkastraße, um Akejew zu vernehmen. Die Malenina schloß sich mir an.

Der Untersuchungshäftling Akejew war schon ins Vernehmungszimmer gebracht worden. Ich ließ die Miliz abtreten und kam gleich zur Sache: „Mich interessieren die Ereignisse, die sich am 24. Mai auf dem Kursker Bahnhof zugetragen haben. Schildern Sie ausführlich und wahrheitsgemäß, wie Sie Belkin und Rybakow entführt haben."

„Mein ehemaliger Chef Sysojew hatte erfahren, daß ich in Moskau war, um für den Bau des Chemiekombinats in Kotlas Geräte zu beschaffen. Er bot mir an, wieder für ihn zu arbeiten. Also zog ich in seine Stadtwohnung. Am Morgen des 24. Mai, so um zehn Uhr, rief er mich an und sagte, daß ich in zwei Stunden von zwei Männern abgeholt würde, daß ich die beiden Koffer mit Ware aus dem Safe nehmen und mit den beiden Kollegen zu einer bestimmten Adresse fahren sollte. Zwei Stunden später traf Dolgo-Saburow mit einem Krankenwagen ein, und mit ihm Boris, den sie dann auch Doktor nennen."

„Beschreiben Sie diesen Mann!" befahl die Malenina, die mir zuvorkam.

„Mittelgroß, ziemlich dick. Rundes Gesicht, dunkle, stechende Augen und schwarzes Haar. Der Doktor ist gut gekleidet, trägt nur

Importware. Er erklärte mir, daß wir zum Kursker Bahnhof müßten, um auf den Zug aus Baku zu warten, mit dem der ‚Alte' ankäme mit einem Koffer voll Geld. Wir sollten ihm dafür beide Aktenkoffer mit der Ware geben. Auf dem Kursker Bahnhof blieb ich mit den Koffern im Krankenwagen sitzen, während German und der Doktor sich zum Zug aus Baku begaben. Und dort passierte, wie sie mir später erzählten, folgendes: Nicht der Alte hatte diesmal das Geld von Baku nach Moskau gebracht, sondern ein grüner Junge, der sich ‚Sultan' nannte und wider Erwarten mit seinem Mädchen ankam. Der Alte hatte Verrat gewittert, als er Sultan und die Kleine in Baku in den Zug einsteigen sah, und war kurz entschlossen mitgefahren, nur in einem anderen Waggon. Daß der neue Kurier heimlich seine Freundin auf die Dienstreise mitnahm, war für ihn schon ein Kapitalverbrechen. In Moskau angekommen, sprang der Alte noch im Fahren aus dem Zug, um sich als erster auf Sultan zu stürzen und ihm den Koffer zu entreißen. Doch der Junge wurde schon von einem anderen Mann abgeholt. Es war Belkin. Der Doktor kannte ihn aus seiner Jugendzeit. German pirschte sich an Belkin, Sultan und sein Mädchen heran, um zu hören, was sie noch auf dem Bahnsteig miteinander zu bereden hatten. Er berichtete, Belkin habe Sultan beschwatzt, mit ihm in sein Büro zu fahren und dort von seinen Abenteuern zu erzählen. German blieb in der Nähe von Sultan, Belkin und dem Mädchen, während der Alte und der Doktor zu mir kamen und mir sagten, daß wir sie alle drei schnappen müßten. Der Doktor streifte einen weißen Kittel über und befahl auch mir, einen anzuziehen. Wir müßten so tun, meinte er, als ob es sich um Schwachsinnige handle und uns die Irrenanstalt geschickt hätte, um sie zurückzubringen. German und ich stürzten uns auf Belkin, während der Alte und der Doktor sich Sultan und sein Mädchen vornahmen. Belkin und Sultan waren so platt, daß sie sich nicht wehrten, während das Mädchen den Doktor in die Hand biß und davonrannte. Ich wollte ihr nachlaufen, doch da tauchte ein Milizionär auf, und darum fuhren wir schnell davon. Niemand verfolgte uns."

„Wohin brachten Sie die Entführten?" fragte ich Akejew.

„Direkt zu Sysojews Datscha. Den Geldkoffer aus Baku hatten wir auch bei uns. Am Abend kam mein Chef, und wir fragten, was wir mit Sultan und dem Reporter anfangen sollten. Der Chef meinte, wenn wir schon solche Idioten wären und sie zu ihm in die Datscha brächten, dann müßten wir sie auch liquidieren. Aber der Doktor meinte, das sei Unsinn, weil er in ein paar Tagen ihr Gedächtnis auslöschen könnte. Der Chef sagte, er würde sich das überlegen und am Samstag, bei der Fete, seine Entscheidung treffen."

„Was meinen Sie denn mit Fete?" wollte die Malenina genau wissen.

„Wenn der Chef ins Ausland fährt, läßt er vorher immer ein Fest steigen. Am 28. Mai, am Montag, sollte er als Delegationsleiter nach Genf reisen, also wurde für Samstag ein Saufgelage angesetzt."

„Wer war bei dieser Fete anwesend?"

„Sysojew natürlich, der Doktor, der Alte, ein paar Mädchen und fünf Gäste vom Chef, die ich nicht kannte."

„Beschreib sie uns", sagte ich.

„Ich hab sie nicht gesehen, denn ich saß in der Garage und bewachte Sultan und Belkin. Aus der Schilderung des Alten weiß ich, daß zwei von den Gästen aus Baku gekommen waren, um einen Haufen Brillanten abzuholen, als Honorar dafür, daß sie die Geschichte mit dem Sarg unter den Teppich gekehrt hatten. Deshalb kam zu Beginn der Orgie mein Chef kurz in die Garage herüber. Er holte die Brillanten aus dem Safe und tat sie in einen Aktenkoffer. Der Doktor kam hinterhergelaufen und versuchte den Chef zu überreden, sich mit der Übergabe der Brillanten nicht allzusehr zu beeilen. Er schlug vor, die Herren aus Baku ‚auf andere Weise zufriedenzustellen'. Mit dem Köfferchen in der Hand gingen sie hinaus und nahmen dabei noch einen Koffer mit Geld mit: zweihunderttausend Rubel. Später hat mir der Alte erzählt, daß die Fete eine richtige Orgie gewesen sei. Der Doktor habe nicht nur ein paar Krankenschwestern mitgebracht, sondern auch irgendein Gas, von dem man wahnsinnig lustig wird. Um zwei Uhr nachts fuhren die beiden Gäste aus Baku nicht mit den Brillanten weg, sondern mit zwei von den Mädchen. Der Chef trank mit den anderen weiter, und der Doktor machte mit ihnen eine Hypnosesitzung, wobei jeder über sich Dinge erzählte, die er normalerweise nie im Leben aussprechen würde. Der Alte hatte mich in der Garage abgelöst. Sysojew stand zu diesem Zeitpunkt gerade unter Hypnose, aber der Doktor führte ihn in ein anderes Zimmer, damit er nicht vor den restlichen drei Gästen aus der Schule plauderte. Später fuhr er mit einer von den Krankenschwestern weg, und zwei ließ er meinem Chef für den Rest der Nacht zurück. Gegen Morgen wollten sie eine Spazierfahrt mit dem Wagen machen, deshalb torkelten sie besoffen grölend in die Garage. Der Alte versuchte ihnen die Spritztour auszureden und ließ den Chef nicht aus der Garage hinausfahren. Da langte Sysojew dem Alten eine und machte selbst die Garagentür auf. Den Aktenkoffer mit den Brillanten, die er wohl vor dem Wegfahren wieder in den Safe schließen wollte, hatte er für einen Augenblick auf die Motorhaube des Wolga gelegt. Und da geschah es! Einer von unseren beiden Gefangenen, der junge Sultan, hatte sich während der Nacht offenbar von seinen Fesseln befreien können; denn jetzt sprang er plötzlich hoch und stürzte auf die offene Garagentür zu."

„Wo und wie wurden die beiden gefangengehalten?"

„In einer Montagegrube für Reparaturen am Wagen. Sie lagen gefesselt da unten, mit Knebeln im Mund. Aber sie waren ohnehin ganz friedlich, weil der Doktor ihnen jeden Abend eine starke Spritze gegeben hatte. Darum ist es mir auch schleierhaft, wie sich der Sultan befreien und aus der Grube herausspringen konnte. Vielleicht deshalb, weil der Doktor an diesem Abend die Spritze vergessen hatte. Er war ja vollauf mit den Krankenschwestern beschäftigt. Sultan entwischte uns im stockdunklen Garten. Der Alte war ihm sofort nachgerannt, doch der Junge fegte durch die Büsche und war weg. Erst Minuten später bemerkte der Chef, daß der Junge offenbar den Aktenkoffer hatte mitgehen lassen, der auf der Motorhaube gelegen hatte. Mit dem Alten fuhr ich sofort zur Bahnstation, doch wir kamen ein paar Minuten zu spät. Ein Mann von der Putzbrigade sagte uns, daß der Junge auf einen Güterzug mit Schigulis aufgesprungen sei. In der Ferne konnten wir noch die Schlußlichter sehen. ‚Hält er vor Moskau noch mal?' fragten wir. ‚Höchstens an der Baustelle vor Moskworetschje. Da ist ein Signal, und da muß er ganz langsam fahren.' Wir rasten zum Auto zurück und ab in Richtung Moskworetschje . . ."

„Und weiter?" fragte ich.

„Das Signal zeigte tatsächlich Rot, der Zug stand! Wir rannten hin. Als der Zug wieder anruckte, konnte ich den Alten, dem die Luft ausgegangen war, gerade noch auf die Brücke des letzten Waggons ziehen. Sofort begannen wir die Ladeflächen nach dem Jungen abzusuchen. Es dauerte nicht lange, da hörte ich den Alten schreien. Ich lief hinüber zu ihm und sah, daß die beiden miteinander kämpften. Gerade überquerte der Zug eine Eisenbahnbrücke. Als ich bei dem Alten anlangte, hatte er dem Jungen mit dem Schlagring über den Schädel gehauen und ihn schon vom Zug hinuntergestoßen. Ich hatte nicht mehr eingreifen können. An den Koffer mit den Brillanten, die Sultan bei sich gehabt haben mußte, dachten wir erst wieder, nachdem wir, während der Zug vor einer Weiche warten mußte, abgesprungen waren und an den Gleisen entlang zurückliefen. Es war inzwischen hell geworden. Wir suchten den Bahndamm ab, fanden aber nichts – außer der Leiche. Der Alte vergewisserte sich, daß der Junge nicht mehr lebte, und durchwühlte seine Taschen. ‚Man wird annehmen, er sei aus Versehen aus einem Zug gestürzt', sagte er. ‚Der Junge hat keine Papiere bei sich, und bis sie ihn identifiziert haben . . .'"

„Das können wir ja wohl als volles Geständnis werten", sagte ich.
„Und wann wurde Belkin aus der Datscha weggebracht?"

„Noch am selben Morgen. Als der Alte und ich ohne Sultan und ohne den Aktenkoffer zurückkehrten, drehte Sysojew durch. Er begann den Alten wüst zu beschimpfen, doch der entgegnete dem Chef, daß er selbst schuld daran sei. Schließlich sei er es ja gewesen, der die Garage geöffnet und den Aktenkoffer auf der Motorhaube liegengelassen hätte. Sie hatten einen Mordsstreit miteinander, und dann verlangte der Chef, der Reporter müsse sofort weggeschafft werden, wohin, das sei nicht seine Sache. Danach räumte er den Safe aus. Er nahm eine Kassette mit Brillanten, einen Sack mit Dollars und einen zweiten Sack mit großen Rubelscheinen mit, legte alles in den Kofferraum seines Wolga und befahl mir, den Wagen zu bewachen. Eine Stunde später traf der Doktor ein. Er und der Alte holten den Reporter aus der Grube und fuhren mit ihm davon, während der Chef und ich die Datscha abschlossen und danach ebenfalls wegfuhren."

„Wohin ging die Fahrt?"

„Nach Moskau, in Sysojews Stadtwohnung."

„Ich will nicht wissen, wohin du gefahren bist, sondern wohin die beiden Gangster Belkin brachten."

„Keine Ahnung. Ich schwör's."

„Dann möchte ich von dir wenigstens hören, wer dieser Balajan ist, der bei der Fete dabei war", forderte die Malenina. Der Name war bislang nicht erwähnt worden. Würde Akejew auf den Trick hereinfallen?

„Balajan – das ist der Minister für das Gesundheitswesen, glaube ich. Aber ich will nichts gesagt haben", antwortete Akejew unsicher.

„Unglaublich!" schnaubte die Malenina.

Ich legte meinen Finger auf den Mund und sah sie streng an. „Doch nicht hier und jetzt, Genossin!" In ihrer Rage hatte sie vergessen, daß nicht nur jedes Wort auf Tonband aufgenommen wurde, sondern obendrein auch noch die Wände Ohren hatten. Ich fuhr mit dem Verhör fort: „Inwieweit ist er in den Rauschgifthandel von Sysojew und die anderen Verbrechen, von denen du uns berichtet hast, verwickelt?"

Akejew zuckte die Achseln. „Zu dieser Frage möchte ich nichts aussagen."

„Kannst du begründen, warum du die Aussage verweigerst?"

„Wenn ich Ihnen die Namen nenne, werden Ihnen die Haare zu Berge stehen, und ich bin geliefert."

„Wir haben die Möglichkeit, dich nach der Verurteilung in ein

GESCHÄFTE IN BAKU 133

spezielles Lager zu schicken, in dem ausschließlich ehemalige Spitzenfunktionäre ihre Haft verbüßen. Dort bist du vor Kriminellen sicher."

„Dafür bringen mich dort die Spitzenfunktionäre um! Nein, ich
habe Ihnen ohnehin schon zuviel gesagt."

Die Malenina funkte wieder dazwischen: „Seit wann werden
Drogen aus der Apothekenhauptverwaltung entwendet?"

„Ich arbeite für meinen Chef schon drei Jahre, und ich weiß, daß
von Anfang an Drogen unterschlagen wurden. Was davor war, weiß
ich nicht."

Der Wachoffizier streckte seinen Kopf zur Tür herein: „Genosse
Untersuchungsrichter, Sie werden beim Diensthabenden am Telefon
verlangt."

Ein guter Grund, das Verhör abzubrechen. Ich würde ohnehin
nichts über Belkins Versteck erfahren; außerdem war es inzwischen
schon fast dreiundzwanzig Uhr. Also überließ ich Akejew der Wache,
verabschiedete mich von der Malenina und begab mich über den
finstern Hof in die Bereitschaftsabteilung.

Der Korridor im Erdgeschoß war gerammelt voll. Etwa vierzig
Personen saßen oder standen vor den Türen der Arbeitszimmer. Es
waren jene Dealer, die im Zusammenhang mit dem Fall Dolgo-
Saburow verhaftet worden waren. Ich ging in den ersten Stock zum
Diensthabenden. Oberst Schubejko deutete auf den Telefonhörer, der
neben dem Apparat lag: „Eine Dame verlangt nach Ihnen, eine
Genossin von der *Komsomolskaja Prawda*. Sie will ihren Namen nicht
nennen."

„Guten Abend. Hier Schamrajew."

„Entschuldigen Sie, daß ich Sie holen ließ. Hier spricht Irina
Kulagina. Erinnern Sie sich?"

„Natürlich erinnere ich mich, Irina. Ist etwas passiert?"

„Bei mir in der Wohnung ist jemand, der wichtige Neuigkeiten
über Vadim weiß. Sie müssen unbedingt mit ihm sprechen. Können
Sie gleich herkommen? Er muß nämlich morgen früh wegfliegen. Es
ist wichtig, Ehrenwort!"

„Bin schon unterwegs."

Ich hinterließ beim Diensthabenden Irinas Telefonnummer, sagte,
daß ich in einer halben Stunde dort eintreffen würde, und begab mich
hinunter zum Wagen.

Im Erdgeschoß wurde ich jedoch aufgehalten. Dort stand Swetlow
und machte den Dealern ein ungewöhnliches Angebot: „Heute hat
jeder von euch von German Dolgo-Saburow Ware erhalten. Deshalb
hat man euch verhaftet, und man wird euch nach Paragraph

zweihundertvierundzwanzig unter Anklage stellen. Aber wir dürfen nach dreiundzwanzig Uhr nicht mehr verhören. Wir werden also das Verhör auf morgen vertagen. Ein paar Angaben brauchen wir jedoch sofort, denn wir sind auf der Jagd nach einem gefährlichen Verbrecher. Der Mann, den wir suchen, ist ein Freund von Dolgo-Saburow und heißt Boris, genannt Doktor. Von Beruf scheint er tatsächlich Arzt zu sein, und er ist etwa dreißig Jahre alt. Er übersiedelte vor einigen Jahren von Baku nach Moskau und arbeitet hier entweder als Psychiater, Psychotherapeut oder Anästhesist. Ich gebe Ihnen mein Wort als Offizier, daß derjenige, der mir seine Adresse oder wenigstens den Familiennamen und seine Arbeitsstelle nennt, sofort unbehelligt heimgehen kann."

Dieser Swetlow – Donnerwetter! Verhören darf er sie zu dieser Stunde nicht mehr, dafür schlägt er den Brüdern ein Tauschgeschäft vor ...

Swetlow wartete auf Antwort, doch die Leute schwiegen. „Gut", sagte er. „Wenn einer etwas weiß, sich aber scheut, vor allen darüber zu sprechen, können wir es anders machen. Vor dem Schlafengehen hat jeder von euch die Möglichkeit, noch einmal die Zelle zu verlassen und die Toilette aufzusuchen. Er kann unterwegs beim Wachhabenden nach dem Untersuchungsrichter Penski verlangen und mit ihm sprechen. Mein Angebot gilt bis Punkt ein Uhr. Wer uns hilft, der geht für diesmal frei aus. Wache, führt die Verhafteten ab!"

Als Swetlow mich sah, ließ er sich auf den nächstbesten Stuhl sinken und sagte: „Ich bin fix und fertig. Jemand sollte mich nach Hause fahren, sonst schlafe ich hier ein."

„Es gibt noch eine andere Variante", sagte ich. „Wir beide fahren jetzt zu einer Bekannten von Vadim Belkin. Dort sitzt jemand, der uns dringend etwas mitzuteilen hat. Du kannst im Wagen ein bißchen schlafen."

Belkins Bekannter, der mich sprechen wollte, erwies sich als Ilja Kotowski, der Korrespondent der *Komsomolskaja Prawda* in Baku. Auf dem Tisch standen eine Flasche Exportwodka, ein kleiner Imbiß und meine Flasche „Schwarze Augen". Das Wichtigste aber war eine Kopie des Belkin-Manuskripts, eine zweite Ausfertigung. Irina hatte den Text also mit Durchschlägen abgeschrieben. Das Original hatte sie mir gegeben und die zweite Ausfertigung – wie sich herausstellte – zu eigenen Nachforschungen benutzt. Nicht zu glauben: Die stille, schüchterne Stenotypistin versucht aus lauter Liebe, den verschwundenen Belkin auf eigene Faust wiederzufinden! Sie hatte ihren Chefredakteur dazu überredet, den Mitarbeiter Ilja Kotowski von

Baku nach Moskau zu beordern, und hatte ihm die Tagebuchaufzeichnungen seines Freundes zu lesen gegeben. Und nun sagte der nach Belkins Schilderung eher ängstliche Kollege, nachdem er sich mit einem Viertelliter Wodka Mut angetrunken hatte, leidenschaftlich und voller Vertrauen zu mir: „Hören Sie, Igor Josefowitsch, ich werde Ihnen etwas sagen, von Mann zu Mann. Das ist doch eine ganze Mafia, mit der wir es da zu tun haben! Natürlich ist Vadim in Baku verhaftet worden und hat dort im Untersuchungsgefängnis gesessen. Und selbstverständlich beruht alles in diesem Manuskript hier auf wahren Begebenheiten. Belkin hat bei mir gewohnt. Ich habe Sie neulich am Telefon anlügen müssen. Aber warum? Ich werde es Ihnen sagen! Am 22. Mai flog Vadim nach Moskau zurück, und am 27. Mai, also am Sonntag, bestellt man mich plötzlich ins Innenministerium, zu Wekilow. Das ist jener angebliche Untersuchungsrichter, der Belkin verhört hat: ein ausgemachter Schweinehund. Wekilow ist der persönliche Referent des Innenministers der Republik Aserbaidschan, aber in Wirklichkeit befehligt er eine ganze Mafia. Er läßt mich also in sein Büro kommen und sagt zu mir: ‚Ilja Moissejewitsch, möchten Sie in Aserbaidschan ruhig und in Frieden leben? Dann merken Sie sich eins: Vadim Belkin hat vergangene Woche *nicht* bei Ihnen gewohnt. Verstanden?‘ Wenn Wekilow dahinterkommt, daß ich Ihnen alles erzählt habe, dann gnade mir Gott. Seine Leute werden mich in eine Jauchegrube schmeißen oder mir Gift ins Essen schütten. Darum bitte ich Sie inständig –“

„Aber Sie haben mir ja noch gar nichts gesagt, was uns weiterbringt. Unser Auftrag lautet nicht, die Mafia von Baku unschädlich zu machen, sondern Belkin wiederzufinden.“

„Ich weiß. Aber ich möchte mit Ihnen eine Abmachung treffen. Alles, was Sie von mir erfahren, haben Sie offiziell nie von mir gehört. Einverstanden?“

„Gut“, sagte ich müde. „Abgemacht. Unter einer Bedingung: Von jetzt an stelle ich die Fragen, und Sie antworten wahrheitsgemäß. Meine erste Frage: Wer verbirgt sich hinter Belkins ehemaligem Klassenkameraden Boris Borissowitsch?“

„Er war nicht Vadims Klassenkamerad, sondern sie kannten sich vom Geographischen Klub her. Belkin hat, wie wir Reporter das manchmal tun, in seinem Bericht einiges verändert.“

„Belkin war an Boris’ Schwester interessiert. Ist es ihm in Baku gelungen, Verbindung mit Boris aufzunehmen?“

„Leider nicht, obwohl er alles mögliche versucht hat. Dieser Boris scheint nicht mehr in Baku zu wohnen, die Schwester auch nicht. Das hat Vadim ganz schön geärgert, denn er hat während der Tage in meiner Wohnung bemerkt, daß die Kleine ihm seine Papiere nicht komplett zurückgegeben hatte. Den Passierschein für das gesperrte Grenzgebiet hatte Natascha offenbar behalten. Und er wollte ihn unbedingt wiederhaben, um nicht in Teufels Küche zu geraten, wenn andere das Dokument zu irgendwelchen krummen Touren miß-brauchten. "

„Die Passierscheingeschichte kennen wir schon", meinte Swetlow. „Belkin ist also von Baku wieder abgereist, ohne Boris oder dessen Schwester ausfindig gemacht zu haben – obwohl Natascha sein neuester Schwarm war. "

„Sein Schwarm? Ach, so schnell, wie Vadim Feuer fängt, so schnell ist es auch wieder erloschen. Er ist nun mal ein Windhund. Als ich von einer Reportage aus dem Baumwollanbaugebiet wieder in meine Wohnung zurückkam, war Vadim nicht mehr da. Einfach abgehauen. Es lag nur ein Zettel auf dem Küchentisch, darauf stand: ‚Dank für alles. Ich muß nach Moskau. Dort erwische ich sie! Vadim.'"

„Ist das alles?" fragte ich matt. Offenbar hatte Belkin in Baku einen Tip bekommen, wo er Boris finden konnte. Aber was nützte uns das? Daß er Boris auf dem Kursker Bahnhof in die Arme gelaufen war, wußten wir längst.

Das Telefon läutete. Irina nahm den Hörer ab und übergab ihn mir. Ich vernahm die Stimme von Oberst Schubejko: „Hör mal, gibt es in der Wohnung, in der ihr euch gerade aufhaltet, ein gutes Radio?"

„Was ist denn geschehen?" fragte ich verdutzt.

„Stell mal die ‚Stimme Amerikas' ein. In zehn Minuten werden die letzten Nachrichten wiederholt. Wird euch interessieren, Ende. "

Irina behauptete natürlich, sie wisse nicht, wie man die „Stimme Amerikas" hereinbekomme, aber wir zeigten es ihr, und zehn Minuten später lauschten wir der vertrauten Stimme des Washingtoner Sprechers: „Heute wurde in mehreren Moskauer Hotels und Gaststätten sowie auf öffentlichen Plätzen der Sowjethauptstadt eine große Anzahl von Rauschgifthändlern verhaftet. Wie wir aus zuver-lässigen Quellen erfahren haben, hat sich bei der Verfolgung der Drahtzieher des illegalen Rauschgifthandels ein Unfall ereignet, bei dem zwei Personen getötet wurden. Nach Informationen der UNESCO steht derzeit die UdSSR bei der weltweiten Produktion von Rauschgift hinter der Türkei und Pakistan an dritter Stelle. Riesige Mengen von Opium werden auf illegalen und halboffiziellen Kanälen in den Westen geschleust . . . "

Ich blickte auf die Uhr: Es war null Uhr zehn. Der Freitag war angebrochen. „Wann geht Ihre Maschine nach Baku?" fragte ich Kotowski.

„Um fünf Uhr vierzig", antwortete er.

„Für uns beide wäre es wohl am besten mitzufliegen, ehe wir auf andere Weise fliegen", unkte Swetlow. In diesem Augenblick klingelte ein zweites Mal das Telefon. „Na, was habe ich gesagt? Vielleicht ist's schon soweit", meinte Swetlow.

Ich nahm den Hörer ab.

„Sind Sie's, Schamrajew?" vergewisserte sich Oberst Schubejko. „Morgen früh Punkt neun Uhr Rapport beim Generalstaatsanwalt. Rudenko hat soeben höchstpersönlich angerufen. Angenehme Nachtruhe."

„Diese Halunken!" schnauzte Swetlow. „Anstatt zu schlafen, hören sie die ,Stimme Amerikas'!"

„Wir müssen uns mit deinen Proleten in Verbindung setzen, die in Baku ermitteln. Sie sollen sich mit dem Geographischen Klub befassen und den Leiter verhören", schlug ich vor.

„Halt ich für gefährlich", meinte Swetlow nachdenklich. „Dieser Gauner Wekilow läßt meine Männer bestimmt beschatten. Nein, wir müssen anders vorgehen. Einer von uns beiden fliegt sofort nach Baku, während unser Freund Kotowski noch eine Weile hierbleibt. Sie verzeihen, Ilja Moissejewitsch, aber wenn Sie morgen wieder daheim sind und Wekilow Sie noch einmal vorlädt – ich bin nicht sicher, ob Sie nicht umfallen und ihm von unserer Unterhaltung so lebhaft erzählen, wie Sie uns eben von Wekilow berichtet haben. Deshalb werden Sie noch ein paar Tage Gast der Chefredaktion bleiben. Irina kann Ihren Flug telefonisch stornieren. Und jetzt ab in die Betten. Wer morgen dem Generalstaatsanwalt Rede und Antwort stehen muß oder Belkin finden will, braucht ein paar Stunden Schlaf."

RUDENKO reichte mir, ohne zur Begrüßung von seinen Papieren aufzublicken, drei Schriftstücke über den Schreibtisch. „Bevor wir Bilanz ziehen, lesen Sie das, und geben Sie anschließend eine Erklärung zu den gegen Sie erhobenen Vorwürfen ab", sagte er mit müder Stimme.

Das erste Schreiben war vom Chef der Verkehrspolizei der Stadt Moskau, das zweite von Zwigun, dem stellvertretenden Vorsitzenden des KGB, und das dritte war ein handgeschriebener Zettel von Rudenkos persönlichem Freund Grischin, dem Ersten Sekretär des Moskauer Stadtkomitees. Alle drei waren gewissermaßen gegen mich gerichtete Anklageschriften. Am ärgsten beschwerte sich der Polizeichef. Er behauptete, die Untersuchungen des Unfalls auf der Kaluga-Chaussee hätten ergeben, daß der Tod zweier Straßenverkehrsteilnehmer und die Gefährdung des gesamten Verkehrs auf dieser Strecke nicht im Zuge der Verfolgung des Bürgers Dolgo-Saburow durch den Verkehrspolizisten S. verursacht worden seien, sondern „durch die vom Untersuchungsrichter Schamrajew geleitete Hetzjagd auf den Gesuchten mit mehreren schnellen Dienstwagen des Kriminalamts ohne die vorgeschriebene Kooperation mit der Zentrale der Moskauer Verkehrspolizei".

Das KGB beschwerte sich darüber, daß der Untersuchungsrichter Schamrajew, ohne die Staatssicherheitsbehörde zu informieren, siebenunddreißig Verwaltungsangestellte verschiedener Moskauer Hotels unter dem Verdacht des Rauschgifthandels festgenommen habe, wodurch die Abfertigung der zumeist ausländischen Hotelgäste in mehreren Fällen empfindlich gestört worden sei. Im übrigen hätten sich unter den Verhafteten drei freie Mitarbeiter des KGB befunden. Man erwarte, daß eine strenge Maßregelung des Schuldigen ähnliche Vorkommnisse in Zukunft ausschließe.

Rudenkos alter Kampfgenosse Grischin hatte mit fliegender Feder auf ein Stück Papier gekritzelt:

> Lieber Roman Andrejewitsch!
> Heute nacht habe ich aus Versehen die „Stimme Amerikas" eingestellt. Wieso wissen die Amerikaner über Deine Nacht-und-Nebel-Aktionen besser Bescheid als der Erste Sekretär des Moskauer Stadtkomitees? Jetzt muß ich mir wieder etwas aus den Fingern saugen, um alles zu dementieren! Teile mir die Namen der Verantwortlichen mit, damit wir auf dem Parteiweg gegen sie vorgehen können.
> Dennoch Dein alter Freund
> Wladimir Wladimirowitsch Grischin
> 1. Sekr. d. Mosk. Stk. d. KPdSU

Ich wußte, welche Fragen mir Rudenko jetzt stellen würde. Zum Beispiel: Wie wollen Sie den Tod dieser beiden jungen Menschen rechtfertigen? Warum haben Sie mich nicht vorher informiert? Warum haben Sie außer den Rauschgifthändlern auch KGB-Angestellte verhaften lassen? Kurz, ich war auf alles gefaßt: auf ein markerschütterndes Donnerwetter, auf einen schriftlichen Verweis, sogar auf die Suspendierung vom Fall Belkin.

Aber der General sagte nur: „Du kommst also, um mir zu melden, daß ihr Belkin habt?"

„Einstweilen noch nicht, Roman Andrejewitsch."

„Und wann ist es soweit, wenn man fragen darf?"

„Es hätte schon heute sein können. Ich wollte eigentlich nach Baku fliegen, mit der ersten Maschine, aber –"

„– aber ich habe dich aufgehalten, was?"

„Gewissermaßen, ja."

„Diese Verfolgungsjagd – wäre das nicht auch ohne diesen spektakulären Unfall gegangen? Daß der Gangster krepiert ist, spielt keine Rolle. Aber man muß anders arbeiten, diskreter! Du hast zuviel Aufsehen verursacht. Die ‚Stimme Amerikas' hat's bemerkt und dadurch sogar der uralte Grischin. Na, und vor allem das KGB! Wenn sie die Generalstaatsanwaltschaft in die Pfanne hauen können, ist ihnen jeder Anlaß willkommen. Was soll bloß aus euch werden, wenn ich mal sterbe? In längstens einem halben Jahr wird euch die Staatssicherheit den Garaus gemacht haben! Und nun erzähl mir, was ihr Elefanten im Porzellanladen bisher erreicht habt."

„Wir wissen, daß Belkin von Rauschgifthändlern entführt worden ist und bis vor ein paar Tagen in der Datscha von einem der Mafiabosse gefangengehalten wurde."

„Was heißt hier Mafia?" unterbrach mich der General mißmutig. „Wir sind doch nicht in Chicago."

„Ich bleibe dabei, Roman Andrejewitsch: In unserem Land ist eine gut organisierte Rauschgiftmafia am Werk. Im Süden, besonders im Kaukasus, wird in Riesenmengen Mohn angebaut, aus dem Opium gewonnen wird, teils für den Staat, teils für den Schwarzmarkt. Außerdem wird aus den Apothekenlagern ständig Morphium entwendet. Einer der führenden Köpfe dieser Mafia ist Iwan Sysojew, der Chef der Apothekenhauptverwaltung, er ist derzeit in Genf, auf Dienstreise. Von ihm aus führen die Fäden nach oben, zum Gesundheitsminister Balajan, zum Innenminister von Aserbaidschan und zu anderen."

Sorgenvoll schüttelte Rudenko den Kopf: „Und das alles hast du zu den Akten genommen? Entsetzlich! Niemand hat dich beauftragt, im Privatleben von Ministern herumzustochern. Das überlassen wir dem KGB. Du solltest schlicht und einfach Belkin ausfindig machen."

„Das weiß ich. Aber was soll man tun, wenn man dabei über einen Minister stolpert?"

„Freundlich Pardon sagen und so tun, als wäre es nur ein Versehen", riet der alte Fuchs.

„Und wenn es der Minister ist, der Belkin versteckt hält?"

„Ein Minister hält niemanden versteckt. Dafür hat er seine Leute", war die logische Antwort.

„Und diese Leute, Roman Andrejewitsch, sind drauf und dran, mit Belkins Passierschein in der Nähe von Tscharschang über die Grenze zu flüchten, nach Afghanistan. Wir haben Beweise dafür, daß sie sich noch heute mit dem Flugzeug oder zu Fuß aus dem Staube machen wollen. Und Belkin lassen sie – falls er überhaupt noch lebt – hier irgendwo verrecken. Aber wenn ich heute früh nach Baku geflogen wäre –"

„Das hättest du tun müssen, du Schlafmütze! Warum besuchst du statt dessen mich alten Großvater? Hast du wenigstens das KGB benachrichtigt, damit die Burschen an der Grenze rechtzeitig abgefangen werden und man dort unten Startverbot für sämtliche Maschinen erteilt?"

Ich schüttelte den Kopf. Mal sollte ich das KGB informieren und mal nicht. Jetzt übernahm Rudenko persönlich das Kommando. Er drückte auf einen Knopf, und unverzüglich trat Vera Petelina ein, die Sekretärin, mit einem Notizblock in der Hand. Der General sagte: „Geben Sie an den Genossen Zwigun in der KGB-Zentrale durch: ‚Ermittlungen des Sonderuntersuchungsrichters Schamrajew haben ergeben, daß zwielichtige Subjekte in Tscharschang, Usbekische SSR, ihre Flucht vorbereiten, vermutlich mit einem Flugzeug. Gleichzeitig teile ich mit, daß der Leiter der Apothekenhauptverwaltung des Ministeriums für das Gesundheitswesen, Iwan Sysojew, sowie der Gesundheitsminister Eduard Balajan in einen Fall von Rauschgifthandel verwickelt sind.'"

Rudenko wandte sich an mich und fragte: „Kannst du die drei KGB-Agenten, die ihr gestern verhaftet habt, laufenlassen?"

„Schon geschehen. Vor einer halben Stunde hat mir Penski mitgeteilt, daß angeblich nicht ein einziger der Verhafteten den ‚Doktor' kennt. Er hat sie der Malenina übergeben und die Agenten nach Hause geschickt."

„Fügen Sie noch folgendes hinzu, Vera", sagte der General befriedigt: „‚Ihrem Wunsch entsprechend wurden Ihre drei Mitarbeiter sofort freigelassen.' Das wär's."

Die Petelina verließ das Büro, und Rudenko fragte: „Um wieviel Uhr geht das nächste Flugzeug nach Baku?"

„Um zwölf Uhr vierzig", sagte ich und blickte auf meine Uhr. Es war bereits 10 Uhr 07, und ich mußte mir noch die Dienstreise genehmigen lassen, Geld holen, Swetlow und Penski Anweisungen erteilen.

„Gut. Verlier keine Zeit. Nur, bring mir Belkin bis Montag, ich bitte dich! Sonst bekommen wir beide vom ZK eins auf den Deckel, und obendrein wird meine völlig verzweifelte Enkelin mir eine Szene machen. Weiß irgend jemand, daß du nach Baku fährst?"

„Ich habe bisher nur mit Swetlow darüber gesprochen."

„Dann laß es dabei. Du solltest die Dienstreise nach Baku auch nicht der Buchhaltung melden. Es wimmelt da von Plaudertaschen! Du kannst deine Spesenabrechnung immer noch machen, wenn du zurückkommst. Die Reisegenehmigung unterschreibe ich dir selbst."

„Und mit welchem Geld soll ich fliegen, Roman Andrejewitsch?"

„Na, pump dir halt etwas. Ich würde dir gern etwas leihen, aber ich habe nur fünfzig Rubel bei mir."

Ohne auf den Lift zu warten, sprintete ich in mein Zimmer hoch. Während ich durch die Korridore der Generalstaatsanwaltschaft flitzte, verfolgten mich Untersuchungsrichter, Staatsanwälte und Sekretärinnen mit ihren Blicken: manche mit pietätvollem Schweigen, manche mit Neugier und einige mit kaum verhüllter Schadenfreude. Offenbar hatten sie alle gestern die „Stimme Amerikas" gehört und waren überzeugt, daß meine Tage in der Generalstaatsanwaltschaft gezählt seien.

Kaum war ich in meinem Büro, erschien Baklanow und fragte teilnahmsvoll: „Lebst du noch?"

„Wie du siehst", brummte ich. „Kannst du mir zwei Hunderter leihen – nur bis morgen oder übermorgen?"

„Wenn du mir dafür mindestens zwei Flaschen ‚Schwarze Augen' aus Baku mitbringst."

Ich stutzte. Von wem konnte er wissen, daß ich nach Baku fliegen würde? Es war keine Zeit, das herauszufinden. Vielleicht wollte er mir auch nur auf den Zahn fühlen. Ich fiel nicht darauf herein, nahm die beiden Scheine und raste eine Minute später mit Serjoscha und Blaulicht nach Hause, um meine Zahnbürste zu holen.

DER Direktor des Pionierpalastes der Stadt Baku, Tschingis Schtschadilow, studierte in seinem Büro eingehend meinen roten Ausweis und meine Reisegenehmigung. Obwohl es schon Abend war, brannte draußen immer noch die Sonne unbarmherzig auf die Stadt nieder, würziger Oleanderduft zog aus den Parks und Alleen herüber, und hinter den Häusern schimmerte grün das Meer.

„Main Taierster, hat das nicht bis Montag Zait?"

„Nein", sagte ich. „Ich kann nicht warten."

„Verstähst du, die zuständige Sachbearbeiterin ist schon nach Hause gegangen."

„Dann müssen wir sie eben holen."

„Na, schän", seufzte Schtschadilow. „Gehen wir, main Taierster, werd ich Ihnen eben persänlich Unterstitzung gewähren."

Wir verließen sein Arbeitszimmer, gingen über eine altertümliche Marmortreppe ins Erdgeschoß hinunter.

„Interessant!" sagte Schtschadilow. „Vor zwai Wochen kam ein Moskauer Journalist hierher, erkundigte sich nach längst pensioniertem Laiter von Geographischem Klub, wollte zu ihm fahren und Reportage iber ihn schraiben, und jetzt fragt auch die Staatsanwaltschaft nach sälbigem. Was ist er – großer Geograph oder großer Gangster?"

Ich antwortete nicht. Wir betraten einen winzigen Verschlag, der teils als Archiv, teils als Personalstelle diente. In Regalen stapelten sich Zeitschriften, Alben, Plakate, Propagandabroschüren.

Schtschadilow zog aus einer Kiste ein Kuvert mit vergilbten Fotografien hervor, Gruppenaufnahmen von Halbwüchsigen, in deren Mitte ein lächelnder, etwa fünfundfünfzigjähriger Mann stand. Auf der Rückseite eines Bildes las ich: „Unserem lieben Eugen Arkadjewitsch Rosenzweig zum 5. April 1964."

„Ro-sen-zwa-ig", las Schtschadilow mit Mühe. „Was manche Leute für Namen haben! Das hier ist er, und die hier sind alle seine Schiler; irgendwo ist auch dieser Reporter drauf, als Schiler."

„Und wo ist dieser Rosenzweig jetzt?"

„Im Bezirk Kjurdamir, im Pionierheim ,Waldschule'. Gehärt zur Kolchose ,Kommunarde'. Macht Millionen, die Kolchose, mit Weinbau."

„Wie lange fahre ich da hin?"

„So drai Stunden mit dem Wagen."

Ich verließ den Pionierpalast. Kein Wagen wartete vor dem Tor auf mich. Natürlich brauchte ich bloß von der nächsten Telefonzelle aus die Staatsanwaltschaft der Republik, den Chef der Stadtmiliz oder den Diensthabenden des ZK von Aserbaidschan anzurufen, und schon stünde mir ein Wagen zur Verfügung – aber würde er mich unauffällig zu Rosenzweig bringen? Kaum. Also ging ich zum Omnibusbahnhof.

Dort herrschte ein unbeschreibliches Gedränge. Einen Fahrkartenschalter gab es nicht, und die Menschenmasse – ich mittendrin – versuchte, den Bus zu stürmen. Nach dem dritten erfolglosen Anlauf begab ich mich zum Vorstand des Busbahnhofs, schob ihm schweigend meinen roten Ausweis hin, und dreißig Sekunden später saß ich, vom scharwenzelnden Bahnhofsvorsteher höchstpersönlich hingeleitet, im nächsten Bus. Mir war klar, daß ich zum zweiten Mal mein Inkognito gelüftet hatte, aber was hätte ich tun sollen?

Natürlich rief dieser Kriecher von einem Vorstand sofort in

GESCHÄFTE IN BAKU   143

Kjurdamir an und bereitete den Kollegen des dortigen Busbahnhofs darauf vor, daß ein Untersuchungsrichter der Generalstaatsanwaltschaft unterwegs sei; denn in Kjurdamir wurde ich, nachts um halb elf prompt vom dortigen Milizchef, Hauptmann Hassan-Sade, und dem Instrukteur des Partei-Rayonkomitees in Empfang genommen. Sie blickten beunruhigt drein, wußten offensichtlich nicht, was sie mit mir anfangen sollten, und das war gut so. Das angebotene Abendessen und die Übernachtung im Hotel schlug ich aus und ersuchte sie statt dessen, mir einen Wagen zur Kolchose „Kommunarde" zur Verfügung zu stellen. Augenblicklich wurde für mich ein milizeigener Wagen gerufen. Der Milizchef machte sich erbötig, mich zu begleiten, doch ich lehnte dankend ab, und zusammen mit dem Fahrer, einem jungen Aserbaidschaner, fuhr ich los. Was ihm der Chef im letzten Augenblick noch auf aserbaidschanisch zugeflüstert hatte, konnte ich mir denken. Der Fahrer versuchte nämlich unterwegs immer wieder, mit mir ins Gespräch zu kommen, doch ich war fest entschlossen, diese Partie gegen die Miliz von Baku zu gewinnen, und antwortete nicht. In der Kolchose „Kommunarde" lieferte er mich bei dem verdatterten, schon reichlich senilen Kolchosevorsitzenden Risa-Sade ab, der offenbar durch einen Anruf aus Kjurdamir aus dem Bett geholt worden war. Ringsum lag, finster und schweigend, das schlafende Bergdorf.

„Was führt Sie zu uns? Was ist passiert?"

„Lassen wir das bis morgen", sagte ich. „Ich bin sehr müde und möchte erst mal schlafen. Findet sich wohl für mich ein Plätzchen, wo ich mich hinlegen kann?"

„Ein ganzes Haus haben wir für unsere Gäste! Ich lasse gleich ein Abendessen richten! Wo ist Ihr Gepäck?"

„Ich habe keins; ich möchte auch nichts essen, sondern nur schlafen."

„Verehrtester! Kein Abendessen?" maulte er.

„Statt des Abendessens gibt's morgen ein gemeinsames Frühstück, ja?" sagte ich mit Nachdruck.

Er führte mich ins Gästehaus. Es war von einem Garten umgeben, mit finnischen Möbeln eingerichtet und mit einem Kühlschrank ausgestattet, der mit Wein, Wodka, Wurst und frischen Früchten gefüllt war. Ich ließ mich erschöpft in einen Sessel sinken und begann mir demonstrativ die Schuhe auszuziehen. „Das wär's, mein Lieber, danke. Ich nehme jetzt eine Dusche und gehe zu Bett. Morgen früh unterhalten wir uns dann."

„Um wieviel Uhr?" fragte er zappelig.

„Na, so um neun Uhr."

„Zu Diensten." Es blieb ihm nichts anderes übrig, als zu gehen.

Zwanzig Minuten später trat ich auf die Veranda hinaus, nachdem ich zuvor das Licht gelöscht hatte. Dunkelheit umgab mich, das Dorf schlief, und nur irgendwo weitab hörte ich helles Gelächter. Vorsichtig schlich ich von der Veranda in den Garten und wandte mich in die Richtung, aus der das Lachen kam. Eine Gruppe junger Leute saß auf der Veranda eines Holzhauses; sie tranken Tee und hörten die „Stimme Amerikas" auf türkisch.

Als ich auftauchte, schalteten sie das Radio ab; doch genügte ein Päckchen Moskauer Zigaretten, das ich im Kreis herumreichen ließ, ein Glas Tee, das ich gerne annahm – und schon zehn Minuten später wußte ich alles über die Sehenswürdigkeiten der Kolchose und über die Waldschule. „Da drüben liegt sie", sagte ein junger Mann. „Dort, wo das Lagerfeuer brennt." Nachdem ich meinen Tee ausgetrunken und mich verabschiedet hatte, ging ich zum Gästehaus zurück, doch ich betrat es nicht, sondern marschierte daran vorbei und auf das Licht zu, das in der Dunkelheit schwach flimmerte. Es schien nicht weit entfernt zu sein, bloß ein Stück den Berg hoch. In Wirklichkeit sollte ich jedoch eine Wanderung antreten, die sowohl mein Schuhwerk als auch meine Kondition überstrapazierte. Erschöpft, schmutzig, mit nassen Füßen und zerrissener Hose langte ich gegen Mitternacht beim Lagerfeuer der Waldschule an. Ringsum saßen junge Leute, und es wurde gesungen.

Eugen Arkadjewitsch Rosenzweig entpuppte sich als ein lebhafter, geistig jung gebliebener Mann mit schönem weißem Haar. Er war schlank und großgewachsen, sein Gesicht von Wind und Sonne gegerbt. Bekleidet mit Turnhemd, Trainingshose und Tennisschuhen, saß er am Feuer, umringt von seinen Schützlingen, die bei meinem Auftauchen verstummten.

Die Waldschule lag mitten in den Bergen, weitab von den Kolchosehäusern. Bis hierher war die Kunde von der Ankunft des gefürchteten „Revisors" aus der Metropole noch nicht gedrungen. Ich stellte mich als Gast des Kolchosevorsitzenden vor, gestand, von den schönen, altvertrauten Liedern angelockt, zu einem nächtlichen Spaziergang aufgebrochen zu sein, und wurde freundlich eingeladen, mich zu setzen und mitzusingen.

Eine halbe Stunde später, nachdem die Jungen Pioniere schlafen gegangen waren, unterhielt ich mich mit Rosenzweig über frühere Zeiten. „Raten Sie, von wem ich Sie grüßen soll, Eugen Arkadjewitsch. Ich sage nur soviel: Er heißt mit Vornamen Boris und ist so

GESCHÄFTE IN BAKU   145

etwas wie ein Mediziner . . ." Ich sollte mich schämen, aber ich jubelte
innerlich, daß der gute Mann den Köder ohne jeden Argwohn
schluckte.

„Das kann nur unser Boris Chotulew sein", antwortete Rosenzweig
prompt. „Ich konnte ihm, als er so fünfzehn, sechzehn war, mehrere
Preise während unserer Geographie-Olympiade überreichen. Ein
genial begabter Bursche. Als er in Baku Medizin studierte, besuchte er
mich noch oft. Später ging er nach Moskau und wurde Facharzt für
Psychiatrie. Heute ist er Abteilungsleiter des Psychiatrischen Krankenhauses von Stolbowaja bei Moskau. Er ist für die Station fünf
verantwortlich, wo die unheilbaren Fälle hinkommen. Sie sehen, ich
weiß alles über meine früheren Schützlinge, auch wenn ich sie lange
nicht mehr gesehen habe", fügte Rosenzweig stolz hinzu.

Was für ein Glück, dachte ich. Gäbe es doch mehr Rosenzweigs in
unserem Land! Ich hatte in den Bergen des Kaukasus binnen weniger
Minuten erfahren, wonach ich in Moskau tagelang Hunderte von
Menschen vergeblich hatte fragen lassen – nach dem Namen des
„Doktors". Er hieß also Chotulew.

Vom gleichen Moment an wünschte ich nichts mehr, als schon
wieder in Moskau zu sein und zum Krankenhaus nach Stolbowaja
hinauszurasen. Doch leider fuhr der nächste Bus nach Kjurdamir, wie
Rosenzweig mir mitteilte, erst um sieben Uhr morgens.

„Kommen Sie bei Tage noch einmal wieder, damit Sie diese
herrliche Landschaft genießen können?" wollte Rosenzweig wissen,
als wir uns die Hände schüttelten.

„Bestimmt, wenn es sich einrichten läßt", log ich und eilte zum
Gästehaus zurück.

Schon bei Anbruch der Morgendämmerung war ich wieder
unterwegs. Ich ging durch das noch schlafende Dorf der Kolchose
„Kommunarde" bis zur Hauptstraße nach Kjurdamir und setzte mich
dort auf einen Kilometerstein. Nach zwanzig Minuten kam ein
Wagen, der in die Bezirkshauptstadt fuhr, ein Lastauto mit Krautköp-
fen. Ich hielt es an und war fünfzehn Minuten später in Kjurdamir auf
dem Busbahnhof. Zu dieser frühen Stunde waren hier freilich weder
Fahrgäste noch ein Bus zu sehen. Ich ließ mich auf eine Bank nieder,
um auf den ersten Bus nach Baku zu warten.

Nach einer Weile rollte ein Wolga der Miliz heran, und der Sergeant
am Steuer bellte mich an: „Hast du keine Schlafstelle, Streuner? Dann
leg dich in einen Straßengraben, aber lunger nicht auf einer öffentlichen Bank herum."

Unrasiert, wie ich war, mit meiner verdreckten Hose, ohne Schlips

und Aktentasche sah man mir den Untersuchungsrichter wahrscheinlich nicht an. Ich zog meinen roten Ausweis hervor, und der Sergeant
prüfte ihn mit einer kleinen Lupe, ehe er fragte: „Und was machen Sie
hier, Genosse Untersuchungsrichter?"

Ich zeigte ihm die von Rudenko unterschriebene Reisegenehmi-
gung und befahl: „Fahren Sie mich zu Ihrem Chef, Hauptmann
Hassan-Sade!" Der Sergeant stieg aus und öffnete dienstbeflissen den
Wagenschlag für mich.

„Fürchte, der Hauptmann schläft noch", sagte er betreten, als er
losfuhr.

„Dann lassen Sie ihn wecken. Sie haben doch Funkverbindung zu
Ihrer Zentrale."

Hassan-Sade meldete sich schon wenige Minuten später. „Hier
Schamrajew", sagte ich am Funktelefon. „Guten Morgen, Genosse
Hauptmann. Ich will Sie nicht lange stören. Ich brauche nur einen
schnellen Wagen, der mich zum Flughafen Baku bringt. Dort geht in
drei Stunden meine Maschine nach Moskau."

„Bedaure, mein Verehrtester, Ihnen mitteilen zu müssen, daß
Straßenverbindung nach Baku seit gestern abend unterbrochen. Ein
Erdrutsch. Ich mußte Straße sperren lassen. Die Aufräumungsarbei-
ten beginnen in einer Stunde, ich hoffe aber, meine Leute werden es bis
zum Mittag geschafft haben."

Mir war sofort klar, daß Hassan-Sade log. Er wollte mich lediglich
so lange aufhalten, bis sich die Chotulew-Bande über die grüne
Grenze in Sicherheit gebracht hatte. „Können Sie mir nicht einen
Helikopter zur Verfügung stellen?" fragte ich rasch.

„Bedaure sehr. Einziger Helikopter ist im Einsatz an Grenze, Befehl
vom KGB", klagte Hassan-Sade. „Aber kann ich Ihnen wunderbaren
Vorschlag machen. Wir fahren zusammen durch herrliche Landschaft
von Kaukasus bis Erdrutschstelle. Dort klettert der Genosse Untersuchungsrichter über Hügel, und auf anderer Seite wartet Auto aus
Baku. Ich komme mit, und wir unterhalten uns ein bißchen."

Was blieb mir anderes übrig, als zuzustimmen? Ich war Hassan-
Sade ausgeliefert, denn wenn ich mich bockig stellte, würde er nach
Baku oder gar nach Moskau melden, ich hätte seine Unterstützung
abgelehnt und die weitere Verfolgung der Staatsfeinde auf diese Weise
absichtlich verzögert.

Zehn Minuten später stiegen Hauptmann Hassan-Sade und sein
Adjutant zu mir in den Milizwagen und klemmten mich zwischen sich
ein.

„Drück ein bißchen auf das Gaspedal!" befahl der Chef dem Fahrer,

GESCHÄFTE IN BAKU 147

und mit quietschenden Reifen ging es über die Serpentinen die Bergstraße abwärts. Nach wenigen Kilometern war ich sicher, daß es nicht derselbe Weg war, auf dem ich am Tag zuvor mit dem Bus heraufgekommen war.

„Eine Abkürzung, wie Sie bald merken werden", erklärte Hassan-Sade, und ich glaubte, ein teuflisches Grinsen unter seiner tief ins Gesicht gezogenen Dienstmütze zu bemerken. Hier könnten sie dich ohne jedes Aufsehen kaltmachen, sagte ich mir mit einem Blick auf die zerklüftete Felslandschaft, und kein Mensch würde je deine Leiche finden!

Hauptmann Hassan-Sade legte seine schwarzbehaarte Hand auf mein Knie und sagte: „Laß uns wie vernünftige Menschen miteinander reden, Genosse, offen und ehrlich. Du machst deine Arbeit wirklich großartig, ich hab davon im Radio gehört. Hast so viele Banditen in Moskau verhaftet – gratuliere! Jetzt sag mir als mein Freund: Bist du deswegen auch zu uns gekommen?"

„Und wenn es so wäre?" fragte ich zurück.

Hassan-Sade nahm seine Hand von meinem Knie. „Verstehst du, mein Teuerster: In Moskau bist du der Herr. Aber das hier ist unsere Republik, unser Aserbaidschan. Wozu bist du in unser Land gekommen? Willst du uns Arbeit wegnehmen? Sind wir Dummköpfe?"

Ich antwortete nicht. Der Wagen raste weiter talwärts. Der rechts von mir sitzende Adjutant räusperte sich plötzlich und sagte in reinstem Russisch: „Igor Josefowitsch, Sie bearbeiten den Fall Chotulew, Sysojew und Balajan, das wissen wir. Solange Sie von Moskau aus operiert haben, war uns die Sache egal. Aber nun schnüffeln Sie auch in unserer Republik herum, und das geht uns gegen den Strich. Hier sorgen *wir* für Ordnung. Das ist es, was Ihnen der Hauptmann mitteilen möchte."

„Und warum sagt er es dann nicht selber?" fragte ich.

„Weil *ich* für das Geschäftliche zuständig bin. Ich verwalte bei uns die Kasse." Er hob den schwarzen Aktenkoffer hoch, den er beim Einsteigen zwischen seine Beine gestellt hatte, plazierte ihn auf meinen Knien, ließ die beiden Schlösser aufschnappen und öffnete den Deckel, so daß ich zehn dicke Bündel Hunderttrubelscheine erkennen konnte.

„Es sind hunderttausend, und die Scheine sind garantiert echt. Für so viel Geld könnten doch die Spuren, die Sie in Aserbaidschan verfolgt haben, allesamt im Sande verlaufen sein, nicht wahr? Sie nehmen dieses Köfferchen, wir setzen Sie in die nächste Maschine nach Moskau, und Sie lassen sich bei uns nicht mehr blicken. Ist das ein Angebot, Genosse Untersuchungsrichter?" Der Adjutant ließ den

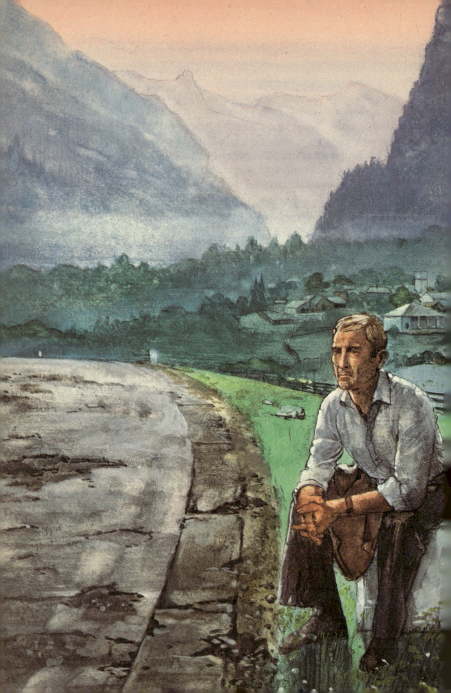

Koffer zuschnappen, zog einen Schlüssel aus der Tasche und sperrte ihn ab.

Ich schwieg. An Bestechungsversuche war ich gewöhnt, aber hunderttausend Rubel in bar hatte mir noch niemand geboten. Ich tat, als müsse ich mir das großzügige Angebot erst einmal durch den Kopf gehen lassen. Aber die beiden Milizgangster konnten sich natürlich denken, daß ich die Absicht hatte, so lange mit meinem Gewissen zu ringen, bis wir im nächsten Dorf angelangt waren. Deshalb ließ der Adjutant nach ein paar Minuten den Fahrer anhalten und wandte sich dann an mich: „Vielleicht wollen Sie die Sache beim Spazierengehen überdenken, mit einem Blick auf die majestätischen Berge von Aserbaidschan?"

Der Wagen kam zentimeterdicht neben einem Steilhang zum Stehen. In der Tiefe gurgelte ein Bach. Hauptmann Hassan-Sade stieg auf der Straßenseite aus und scherzte: „Haben Sie schon mal Erdrutsch erlebt? Nein? Jeden Augenblick kann sich hier Steinlawine lösen und jemand mit sich in die Tiefe reißen. Nehmen wir einmal an, Sie wären unglückliches Opfer . . . Wir könnten nur verzweifelt zuschauen und nach Moskau melden, daß wir nicht wüßten, warum uns Genosse Sonderuntersuchungsrichter befohlen hatte, ihn an diesen entlegenen Ort zu begleiten . . . Aber ich mache selbstverständlich nur Spaß."

Ein kleiner Schubs von einem der Genossen, und ich wäre direkt von meinem Sitz in den Abgrund geflogen. Instinktiv klammerte ich mich am nächsten erreichbaren Halt fest, und das war der Griff des Aktenkoffers.

Ich überlegte: Wenn sie dich auf jeden Fall beseitigen wollen, hätten sie dir nicht erst das Geld anzubieten brauchen. Also nimm lieber – wenigstens zum Schein – das Schweigegeld, ehe sie dich für alle Zeiten zum Schweigen bringen.

Ich riß also den Koffer an mich und sagte: „Abgemacht, der Handel gilt."

„Bravo!" rief Hauptmann Hassan-Sade und setzte sich sofort wieder neben mich in den Fond. „Du kannst weiterfahren, Sergeant. Kehren wir nach Kjurdamir zurück und frühstücken dort zusammen."

„Tut mir leid", erwiderte ich, „aber ich sollte die Neunuhrzwanzigmaschine nach Moskau erwischen. Da meine Recherchen in Baku völlig vergeblich waren, muß ich doch schleunigst an meinen Schreibtisch zurück." Ich war gespannt, ob dieses Argument ziehen würde.

„Sehr vernünftig!" lobte Hassan-Sade. „Sergeant, tritt aufs Gas und bremse erst auf Flughafen von Baku wieder, in eineinhalb Stunden, verstanden?"

Ich hätte es nicht für möglich gehalten, aber wir schafften es. Um 8 Uhr 33 betraten wir das Flughafengebäude, der Hauptmann umging die lange Schlange vor dem Ticketschalter und besorgte mir eine Flugkarte. Der Adjutant ging telefonieren. Vermutlich mußte er einem der Gangsterbosse mitteilen, daß ich angebissen hatte. Als er wiederkam, übergab er mir den Kofferschlüssel. Ich steckte ihn in die Jackettasche. Meine Geschäftsfreunde von der Miliz in Kjurdamir verabschiedeten sich höflich salutierend.

„Wünsche einen guten Flug, Genosse Untersuchungsrichter", schnarrte der Adjutant. „Unnötig zu sagen, was geschieht, wenn Sie unseren Vertrag brechen."

Ich blickte den beiden nach. Irgend etwas war faul an diesem Abschied. Aus welchem Grund waren sie ihrer Sache so sicher? Schließlich brauchte ich ja nur das nächste Taxi zu nehmen, um zum ZK der KPdSU von Aserbaidschan oder zum nächsten KGB-Büro zu fahren. Nachdenklich durchquerte ich die Wartehalle, setzte mich in einen Sessel und tat so, als ob ich vor aller Augen den Koffer öffnen wollte. Kaum hatte ich an den Kofferschlössern zu hantieren begonnen, war mir klar, daß ich beschattet wurde. Zwei betrunken wirkende Burschen wurden schlagartig nüchtern und glotzten gespannt zu mir herüber. Ich steckte den Kofferschlüssel wieder ein, ging auf die beiden Spitzel zu und sagte barsch: „Haut ab, ihr werdet hier nicht mehr gebraucht!"

„Wieso?" fragte der eine höchst erstaunt. „Kein Überfall?"

„Die Aktion wurde abgeblasen. Ihr könnt verschwinden."

Sie gingen mit ratlosen Gesichtern in die Abfertigungshalle hinüber. Mir blieben wenige Minuten, bis sie sich mit ihrem Auftraggeber in Verbindung gesetzt hatten. Als ich sah, daß sie die Milizwachstube betraten, begab ich mich schnellen Schrittes zu den Schließfächern. Am Ende der Reihe fand ich ein freies Fach und leerte den Kofferinhalt in das Schließfach. Dann legte ich rasch meine Zahnbürste in den Koffer, schloß ihn wieder ab und ging zur Cafeteria hinüber. Ich kaufte eine Flasche Kefir und einen Quarkkuchen und suchte mir einen ruhigen Fensterplatz, um die weiteren Ereignisse abzuwarten.

Zunächst stürzten aus der Milizwachstube vermutlich alle, die sich gerade dort befanden, und schwärmten aus, um mich zu suchen. Den beiden Pechvögeln, die mich bewachen sollten, war es vergönnt, mich dabei zu entdecken, wie ich gerade gemütlich in der Cafeteria saß und

GESCHÄFTE IN BAKU   151

Kuchen und Kefir speiste. Der eine sprintete los, um zu melden, daß
sie mich gefunden hätten. Einige Minuten später wurde mein Flug
aufgerufen.

Unter den neugierigen Blicken der beiden Spitzel und eines halben
Dutzends von Milizionären reihte ich mich vor dem Abfertigungs-
schalter in die Schlange der Passagiere ein. Als ich an die Reihe kam
und mir das Mädchen am Aeroflot-Schalter gerade meine Bordkarte
aushändigen wollte, flammten von drei Seiten Blitzlichter auf,
Fotoapparate klickten, und eine kräftige Hand legte sich auf meinen
Arm mit dem leeren Geldkoffer. Bei den Fotografen erblickte ich
einen Mann mit jugendlichem Gesicht und stechend hellblauen
Augen. Es war nicht schwer zu erraten, wen ich vor mir hatte:
Wekilow, den falschen Untersuchungsrichter, der sowohl Belkin als
auch Ilja Kotowski eingeschüchtert hatte und dem die Miliz von
Kjurdamir mit Sicherheit die hunderttausend Rubel verdankte, mit
denen ich bestochen werden sollte.

„Zeugen – hierher!" kommandierte Wekilow, und schon pflanzten
sich neben ihm zwei Milizionäre auf. „Genosse Schamrajew, wir
haben den Verdacht, daß Sie in Ihrem Koffer Wertgegenstände mit
sich führen, die Sie als Bestechung erhalten haben. Öffnen Sie den
Koffer!" Seine Taktik war simpel. In einer Minute würde ich der
Korruption überführt sein und wäre bereit, auf alle Bedingungen
einzugehen.

Ich zog den Kofferschlüssel hervor, legte ihn vor Wekilow auf den
Abfertigungsschalter und sagte: „Bitte sehr!"

Er übergab den Schlüssel seinem Gehilfen. „Öffnen Sie, Leutnant!"

„Zu leicht für so viel Geld", murmelte der Leutnant. Wekilow
runzelte die Stirn – und kurz darauf war sein Blick so leer wie der
beschlagnahmte Gegenstand vor ihm.

Die bereitstehenden Fotografen und Reporter sahen nichts als eine
Zahnbürste. Trotzdem ließen sie pflichtschuldigst ihre Apparate
klicken, die meisten jedoch hatten ihr Objektiv auf das verdutzte
Gesicht des Genossen Referenten gerichtet.

„Schreiben Sie: Unbekanntes Objekt Moskauer Herkunft beschlagnahmt. Könnte sich um eine Zahnbürste handeln. Es besteht der
Verdacht, daß sie einen doppelten Boden hat", sagte ich so laut, daß es
ringsherum alle hören konnten, und hatte prompt die Lacher auf
meiner Seite.

Wekilow trat mit seinen Gehilfen rasch den Rückzug an und
verschwand im Aeroflot-Büro. Warum hat er dich keiner Leibesvisi-
tation unterzogen? fragte ich mich als alter Kriminalist. Dann hätte er

den Schließfachschlüssel gefunden. Aber Wekilow war eben kein Kriminalist, sondern ein Ministeriumsfunktionär.

Das Aeroflot-Mädchen gab mir meine Bordkarte, ich nahm das Zahnbürstenköfferchen und ging zum Flugzeug hinaus. Gut gemacht, Schamrajew, lobte mich eine innere Stimme. Doch sogleich meldete sich eine andere Stimme, die meinen Siegesstolz dämpfte: Hoffentlich war das nicht dein einziger Triumph in der Affäre Belkin, du armer Hund von einem vorübergehend steinreichen Untersuchungsrichter.

Nachdem wir Woronesch überflogen hatten, zeigte ich der Stewardeß meinen roten Ausweis und betrat das Cockpit. Dort bat ich den Funkoffizier, mich mit der Petrowkastraße zu verbinden. Der Funkoffizier sprach sogleich in sein Kehlkopfmikrofon: „Flughafen Wnukowo? Hier Flug Nummer zweitausendfünfhundertsechsundvierzig. Ich habe einen Sonderuntersuchungsrichter der Generalstaatsanwaltschaft an Bord. Er hat eine dringende Nachricht für den Diensthabenden in der Petrowkastraße. Können Sie sie aufnehmen? Bitte kommen!" Gleich darauf reichte er mir ein Handmikrofon und stülpte mir seine Kopfhörer über. Ich wartete, bis sich der Tower des Flughafens Wnukowo meldete, und diktierte dann mit unsicherer Stimme: „Sofort an Oberstleutnant Swetlow durchgeben. ‚Doktor Boris Chotulew, zweiunddreißig Jahre alt, arbeitet in der Psychiatrischen Abteilung des Krankenhauses Stolbowaja, Station fünf. Unterschrift – Schamrajew.' Haben Sie alles verstanden? Bitte kommen!"

„Alles verstanden", antwortete der Mann im Tower. „Ich gebe Ihre Mitteilung jetzt an die Petrowkastraße weiter, bleiben Sie aber bitte dran –" Er unterbrach sich, schwieg eine Weile und meldete sich dann erneut: „Genosse Schamrajew, ich bekomme soeben eine dringende Nachricht für Sie. Ich lese sie Ihnen vor: ‚Die Einsatzgruppe Swetlow ist heute um elf Uhr sieben zum Krankenhaus Stolbowaja gefahren. Erwarten in Kürze Bericht vom Einsatzort. Diensthabender für den Stadtbereich, Oberst Schubejko.' Alles verstanden? Soll ich Ihre Nachricht für Oberstleutnant Swetlow trotzdem durchgeben? Bitte kommen!"

„Hat sich erledigt", sagte ich. Ich sah auf die Uhr. Es war 11 Uhr 39. Swetlow hatte demnach den „Doktor" vor einer guten halben Stunde ebenfalls enttarnt und die entscheidende Aktion gestartet, ohne meine Rückkehr abzuwarten. Er hatte das einzig Richtige getan – aber ich wäre doch gern dabeigewesen, wenn Chotulew verhaftet und Belkin befreit wurde. Als ich an meinen Platz zurückging, war ich enttäuscht und verärgert. Meine Wut hielt an, bis die Maschine auf dem Flughafen von Wnukowo gelandet war.

„OBERSTLEUTNANT SWETLOW erwartet Sie in Zimmer fünfhundertvierzig. Ich soll Sie hinbringen", meldete mir der Milizposten, der
mich vor dem Aufgang zur Psychiatrischen Abteilung des Stolbo-
waja-Krankenhauses erwartete. Wir gingen in den fünften Stock. An
der Tür von Zimmer 540 nahm mich der Posten beim Arm und sagte:
„Ich soll Sie bitten, leise einzutreten."

„Wieso?"

„Vorhin hat da drin jemand getobt, und jetzt schläft er wohl."

Ich drückte vorsichtig die Klinke herunter und trat in ein
graugestrichenes, durch Jalousien abgedunkeltes kleines Zimmer mit
zwei Stühlen. Auf einem der Stühle saß Swetlow, der, als er mich sah,
den Zeigefinger auf den Mund legte. Auf dem nackten Boden vor ihm
befand sich ein schlafender Mann mit verbundenem Kopf.

„Setz dich! Wir müssen noch ein wenig warten", begrüßte mich
Swetlow flüsternd und offenkundig nicht in Siegesstimmung.

„Ist es tatsächlich Belkin?" fragte ich, und Swetlow nickte.

Belkin schlief; doch sein Schlaf war nicht der eines normalen
Menschen, sondern lediglich das dumpfe Dahindämmern eines mit
Drogen vollgepumpten Lebewesens. Der Mann, der noch vor kurzem
munter im Kaspischen Meer geschwommen war, im Pamir Edelweiß
gepflückt hatte, sich in jedes halbwegs hübsche Mädchen verliebte
und sich vorgenommen hatte, auf eigene Faust einen Rauschgiftring
zu sprengen – dieser junge, begabte, von Energie strotzende Mann lag
nun zusammengekrümmt auf dem Fußboden, reagierte nicht, wenn
man ihn ansprach, und als er aufwachte, glotzte er nur mit stumpfem,
verschwommenem Blick vor sich hin.

„Ich wollte in Ruhe mit ihm reden. Aber er hat sofort getobt, ist
gegen die Wand gerannt und hat, wie am Spieß brüllend, Aminazin
verlangt", erklärte mir Swetlow flüsternd. „Man mußte ihm eine
Spritze geben. Jetzt hat er sich beruhigt. Aber was wir weiter mit ihm
anfangen sollen, ist mir schleierhaft."

„Und wo sind die Ärzte?" fragte ich.

„Die Chefärztin, Frau Doktor Galinskaja, sitzt in ihrem Büro und
flennt verzweifelt, weil sie selbst neurotisch ist, und die Stationsärzte
habe ich im Ärztezimmer unter Arrest gestellt. Du kannst sie sofort
vernehmen", sagte Swetlow.

„Aber was ist mit Chotulew? Habt ihr ihn geschnappt?"

Swetlow hob bedauernd die Hände: „Der ist verschwunden. Aller
Wahrscheinlichkeit nach hat er sich gestern nach Usbekistan abgesetzt. Ich würde ja hinfliegen, aber gestern hatte ich eine Unterredung
mit Zwigun vom KGB ... Er gab mir zu verstehen, daß wir selbst,

gewissermaßen legal, Rauschgift ins Ausland exportieren. Es sei eine der gewinnträchtigsten Einnahmequellen für Devisen. Viele Importgüter werden statt in Dollar mit Opium bezahlt. Das ist billig, und wir unterhöhlen dadurch gleichzeitig das kapitalistische System. Aber das Geschäft mit dem Rauschgift ist Staatsmonopol. Wenn die staatlichen Drogenhändler jedoch dazu übergehen würden, auf eigene Rechnung Rauschgifthandel zu treiben, würde man ihnen das schmutzige Handwerk legen, versicherte mir Zwigun. Chotulew und der alte Gridasow hätten keine Chance, in Usbekistan über die Grenze zu entkommen. Sie würden bereits in Tscharschang erwartet."

„Und wie steht es mit Sysojew?"

„Sysojew kommt übermorgen von seiner Dienstreise zurück. Auf ihn freut sich schon die Malenina."

„Und was machen wir jetzt mit Belkin?"

„Ich weiß nicht, wir haben auf dich gewartet."

„Gut, auf ins Ärztezimmer!"

Wir ließen Belkin in der Obhut eines stämmigen Pflegers zurück und gingen durch einen endlosen, schmalen Korridor zum Lift. Alles in diesem Krankenhaus erinnerte an ein Gefängnis. Neben der Treppe befand sich ein bewachter Durchgang mit einer Eisentür, einen zweiten sah ich im Erdgeschoß beim Ausgang zum Hof, der von einem Stacheldrahtzaun mit Wachttürmen umgeben war.

Im Ärztezimmer der Station fünf saßen die drei Ärzte der Sonderabteilung für besonders schwere Fälle. Grundsätzlich durch das Innenministerium gedeckt, das antisowjetische Elemente und echte Schizophrene in diese Abteilung einwies, von niemandem in ihrem Schalten und Walten kontrolliert und darum dreist geworden, wußten diese fragwürdigen Jünger des Hippokrates jetzt ganz genau, daß ihr Schicksal an einem seidenen Faden hing. Wenn sich herausstellte, daß der Patient Belkin ohne das Wissen des Innenministeriums oder des KGB in diese Anstalt gesteckt worden war, hatten sie sich eines schweren Verbrechens schuldig gemacht. Ich sagte, ohne mich vorzustellen: „Oberstleutnant Swetlow hat Ihnen den Fall bereits in allen Einzelheiten geschildert. Es stehen Ihnen drei Tage zur Verfügung, um den Journalisten Vadim Belkin wieder in einen normalen Zustand zu versetzen. Ich kann Ihnen nicht garantieren, ob Sie danach weiterhin Ihrer Arbeit nachgehen werden, doch wenn Sie Belkin soweit bringen, daß er nach Wien mitfahren kann, dürfte sich dieser Erfolg auf Ihre Situation positiv auswirken. Ich bitte um Ihre Vorschläge."

Sie schwiegen. Eine dicke Ärztin in einem ehemals weißen Kittel saß abgewandt am Fenster und schaute hinaus. Die beiden anderen Psychiater - der eine ein etwa dreißigjähriger Albino, der andere ein hagerer Greis mit einer abgenuckelten Pfeife - hockten ebenfalls schweigend und mit gesenkten Köpfen da.

„Wir sind hier doch nicht in einer Taubstummenanstalt", sagte ich schroff. „Ich möchte von Ihnen wissen: Ist die heutige Medizin in der Lage, innerhalb von zwei Tagen einen Drogenabhängigen von seiner Sucht zu befreien?"

Der Alte mit der Pfeife ergriff das Wort. „Die Aufgabe, die Sie uns stellen, ist unlösbar. Man kann den Patienten zwar vom Rauschgift entwöhnen, aber nicht in einer so kurzen Zeit. Wir müßten ihn praktisch für einen Monat ans Bett fesseln, damit er sich nichts antut."

„Kommt es nie vor, daß Süchtige aus Einsicht aufhören, Drogen zu nehmen?"

„Äußerst selten", meinte der Arzt.

„Unter welchen Bedingungen etwa?" fragte ich weiter.

„In extremen Streßsituationen vielleicht. Etwa, wenn ein Krieg ausbricht oder wenn eine Entbindung bevorsteht."

„Wie heißen Sie?"

„Sebastian Thomasowitsch Kunz. Ich war es, Genosse Untersuchungsrichter, der darauf bestand, dem Mann Aminazin zu verabreichen. Der Kollege Chotulew wollte ihm unbedingt Sulfozin geben, ein wesentlich stärkeres Opiat."

„Und ohne diese Mittel konnten Sie nicht auskommen?"

„Aber Genosse! Man schickt uns doch die Leute hierher, damit wir sie behandeln. Wer konnte denn wissen, daß er uns hintenherum hergebracht wurde?"

„Was heißt ‚hintenherum'?" wollte Swetlow wissen. „Gab es denn keine ordentlichen Einlieferungspapiere, aus denen Sie die Krankheitsvorgeschichte hätten entnehmen können?"

„Weshalb der Patient zu uns kam, müßte aus den Unterlagen hervorgehen, die im Sekretariat von Doktor Galinskaja verwahrt werden", meinte Dr. Kunz. „Viele Einlieferungen sind geheim, verstehen Sie."

„Dann soll die Chefärztin mit den Einlieferungsdokumenten erscheinen", entschied ich, und Swetlow machte sich persönlich auf den Weg, um sie zu holen.

Inzwischen dachte ich weiter darüber nach, wie Belkin in kürzester Frist wieder auf die Beine zu stellen wäre. „Gibt es kein Wundermittel?" fragte ich laienhaft. „Irgendein amerikanisches oder chinesisches?"

Trauriges Kopfschütteln. „Die Amerikaner sind uns nur in der Verfeinerung der Drogen voraus, nicht in der Verbesserung der Gegenmittel. Mit Ginseng aus China oder Akupunktur richten wir in diesem Fall nichts aus, und was wir aus dem Vorderen Orient bekommen, sind bestenfalls unwirksame Aphrodisiaka", informierte mich Dr. Kunz über den Stand der internationalen Drogenmedizin.

Da kam mir plötzlich eine Idee. „Apropos Aphrodisiaka . . .", sagte ich. „Da wir es mit einem Patienten zu tun haben, von dem bekannt ist, daß er sich leicht verliebt: Könnte das nicht der Ansatzpunkt zu einer schnell wirkenden Therapie sein? Ich kenne zum Beispiel den Fall eines drogensüchtigen Burschen aus Baku, der abrupt mit dem Zeug aufhörte, als er sich Hals über Kopf in ein Mädchen verliebte."

„Liebe vermag so manches, das ist erwiesen", meinte Dr. Kunz. „Doch in wen soll sich dieser Mann hier verlieben?"

Ein bulliger Wärter streckte den Kopf zur Tür herein. „Doktor Kunz, der Patient in fünfhundertvierzig tobt schon wieder. Er verlangt eine Spritze."

Kunz erwiderte: „Gib ihm Novocain und dein heiliges Ehrenwort, daß es Aminazin sei. Novocain, Genosse Untersuchungsrichter, wirkt etwa so wie Baldriantropfen, aber der Patient spürt die Injektion, das ist die Hauptsache."

Im gleichen Augenblick trat Swetlow ein mit einem Aktendossier in der Hand und der Chefärztin Dr. Galinskaja im Schlepptau. Wären nicht die verhuelten Augen und die zerraufte Frisur gewesen, hätte ich sie sicher für eine gutaussehende Erscheinung gehalten: Ende Vierzig, wohlproportioniert, blond.

„Es war meine Schuld, Genosse Untersuchungsrichter", gestand sie, noch bevor ich ihr etwas vorgeworfen hatte. Ich forderte sie mit einer knappen Geste auf, sich zu setzen. Swetlow reichte mir schweigend die Krankenakte Belkin.

„Ich hätte dem Kollegen Chotulew nicht vertrauen dürfen", fuhr die Chefärztin fort. „Er hatte zuviel freie Hand. Aber wissen Sie, er hatte auch so blendende Beziehungen. Minister riefen ihn an, bei Mitgliedern des Politbüros war er zu Gast . . . So etwas macht eben Eindruck . . ."

„Beruhigen Sie sich, Genossin. Ich habe Sie nicht zum Verhör herholen lassen, sondern nur, weil ich die Unterlagen über Ihren Patienten Belkin einsehen will", sagte ich und blätterte in dem Dossier.

„Ein Patient namens Belkin ist mir völlig unbekannt", schluchzte Dr. Galinskaja.

GESCHÄFTE IN BAKU

Sie hatte recht. Belkin war vom Volksgericht des Bezirks Tscherjemuschki unter dem Namen Sergei Nikolajewitsch Saizew für
unzurechnungsfähig erklärt worden, und die Gerichtspsychiatrische
Kommission des Moskauer Stadtgesundheitsamtes hatte die Notwendigkeit der Einweisung in die geschlossene Abteilung des Krankenhauses bestätigt. Soweit war alles in Ordnung. Nur: Die Richterin
von Tscherjemuschki, die Saizews „stationäre Zwangsbehandlung"
verfügt hatte, hieß N. Chotulewa, und der Vorsitzende der Gerichts-
psychiatrischen Kommission, der diese Verfügung für richtig befunden hatte, war Dr. Boris Chotulew. Und diese Namensgleichheit war
Dr. Galinskaja nicht aufgefallen! Kaum anzunehmen, daß die blut-
junge Natascha Chotulewa Richterin oder auch nur Gerichtssekretä-
rin war. Das Schreiben mit dem amtlichen Briefkopf war ganz einfach
gefälscht.

Dem Angeklagten Saizew wurden vom Volksgericht Landstreiche-
rei und Drogenmißbrauch zur Last gelegt. Außerdem hatte er
angeblich auf offener Straße seine Personaldokumente verbrannt. Das
behauptete die Richterin Chotulewa, während Dr. Chotulew zu der
Diagnose kam, daß der Untersuchte Saizew hochgradig psychotisch
sei: „Der Patient Saizew leidet an manisch-depressivem Irresein und
ist als unzurechnungsfähig einzustufen."

Das war alles. Zwei korrekt abgefaßte Dokumente, von Bruder und
Schwester in Heimarbeit fabriziert, hatten genügt, um einen alles
andere als wahnsinnigen Sowjetbürger in einer Sonderanstalt des
Innenministeriums verschwinden zu lassen, wo man ihn mit Drogen
vollpumpte, damit er ja nicht mehr zu Verstand kam.

Ich klappte die Akte des Patienten Saizew angewidert zu und
wandte mich an das kläglich dahockende Ärzteteam. „Ist keiner von
Ihnen auf die Idee gekommen, daß es sich bei diesem Saizew um den
Journalisten Vadim Belkin handeln könnte? Es wurden doch in allen
Zeitungen Fotos des Vermißten abgedruckt."

„Ich äußerte gegenüber dem Kollegen Chotulew die Vermutung,
daß sein Patient Saizew gewisse Ähnlichkeit mit Belkin habe", meinte
Dr. Kunz. „Aber Chotulew antwortete nur: ‚Finden Sie? Ich kann da
keine Ähnlichkeit entdecken, und er ist ja schließlich mein Patient,
lieber Kollege.' So war er immer: Er ließ niemanden an seine Patienten
heran."

„Wir haben jetzt keine Zeit, nach Mitschuldigen zu suchen.
Zunächst gilt es, Belkin zu retten, und zwar durch eine außergewöhn-
liche, sofort wirkende Heilbehandlung." Als ich nur Schweigen,
Schluchzen und Achselzucken zur Antwort erhielt, entschied ich:

„Also gut. Sie bleiben hier so lange in Hausarrest, bis Ihnen eine mögliche Therapie eingefallen ist. Inzwischen ziehe ich mich mit Oberstleutnant Swetlow zur Beratung zurück."

In einem Pavillon im Garten ließen wir uns auf verwitterten Korbsesseln nieder und sagten eine Weile gar nichts. Der Pavillon, ein wetterfester Rundbau aus stark patiniertem Gußeisen, hatte schon gut hundert Jahre auf dem Buckel, und möglicherweise hatte er nie als Liebeslaube gedient. Dennoch kam mir wieder das Stichwort „Liebestherapie" in den Sinn.

„Wenn Saschka Rybakow es fertiggebracht hat, seiner kleinen Freundin aus Riga wegen nicht mehr zu fixen, müßte doch auch für Belkin das Passende zu finden sein", sagte ich in Gedanken vor mich hin.

Swetlow griff meine Überlegung sofort auf. „Zumal Belkin über mehr Intelligenz und wohl auch über mehr Willenskraft verfügt als dieser unbedarfte Bursche aus Baku."

„Stimmt. Die Liebe setzt ungeahnte Kräfte im Menschen frei. Und bis vor wenigen Tagen war Belkin ein energiegeladener Mann, der mit allen Mitteln durchzuführen trachtete, was er sich in den Kopf gesetzt hatte. Das geht nicht nur aus seinen Reportagen hervor, sondern das weiß ich auch von seiner verflossenen Freundin Irina. Leider hat Belkin mit Irina schon vor geraumer Zeit Schluß gemacht."

Da Irina ausschied, kam als Nummer zwei die hübsche Anja aus Riga in Betracht. Aber weder hatten wir das Recht, eine Minderjährige mit Belkin zu verkuppeln, noch konnten wir mit Anjas Bereitschaft rechnen. Sie hatte den Verlust ihres Saschka gewiß noch nicht verwunden. Also verwarfen wir mit Bedauern auch diese Möglichkeit. Am einfachsten wäre natürlich Natascha Chotulewa einzusetzen gewesen. Belkin hatte sich auf dem Flughafen von Baku auf den ersten Blick in sie verliebt. Nur war sie leider bei der Amokfahrt ihres Geliebten Dolgo-Saburow ums Leben gekommen.

„Dann weiß ich auch keinen Rat. Oder erwartest du, daß ich Belkin meine Tochter anbiete?" sagte Swetlow.

„Quatsch! Aber du bringst mich da auf einen Gedanken", sagte ich und war schon aus dem Korbsessel aufgesprungen. „Ich werde sofort telefonieren."

Kurz entschlossen stürmte ich in das Büro von Dr. Galinskaja, griff nach dem Telefonhörer und wählte die Nummer des Generalstaatsanwalts. Rudenko meldete sich, und ich kam sogleich zur Sache.

„Roman Andrejewitsch? Entschuldigen Sie, daß ich störe, hier ist Schamrajew. Ich kann Ihnen eine erfreuliche Mitteilung machen: Wir haben Belkin gefunden. Er lebt, aber er ist in sehr schlechter Verfassung."

„Was ist mit ihm?"

„Er wurde in eine psychiatrische Klinik gesteckt, wo man ihm Aminazin gespritzt hat. Das ist eine Droge – zwar nicht tödlich, aber die Entziehung fordert viel Zeit."

„Wieviel Zeit?"

„Das werde ich in ein paar Stunden wissen. Inzwischen ... Ich würde so gern Ihrer Enkelin mitteilen, daß er lebt. Sie haben erwähnt, daß Belkin ihr nicht ganz gleichgültig ist."

Am anderen Ende der Leitung herrschte für ein paar Sekunden Schweigen, dann fragte der General: „Möchtest du es ihr gern selbst sagen?"

„Ja, wenn Sie gestatten."

„Nun, warum nicht? Notier die Telefonnummer: 4551212. Olga Rudenkowna. So, und jetzt habe *ich* einen Wunsch. Es darf nicht bekanntwerden, wo und wie man ihn gefunden hat. Hast du verstanden?"

„Weniger verstanden als vielmehr geahnt", antwortete ich.

„Hauptsache, du hast Belkin gefunden – hoffentlich gelingt es dir auch noch, ihn rechtzeitig fit zu kriegen. Ich erwarte entsprechende Meldung bis Mittwoch. Einstweilen gratuliere ich. Ende!"

Ich legte auf und wählte gleich darauf die Nummer von Olga Rudenkowna. Zu meinem Glück war sie zu Hause, und sie verstand sofort.

Sie kam in ihrem weißen Lada, und ich war entzückt, als ich sie sah. Zwar hatte ich am Telefon erwähnt, daß es nett wäre, wenn sie was besonders Hübsches anzöge, doch ich hatte nicht geahnt, was eine Frau, die verliebt ist, aus sich zu machen versteht. Olga hatte ihre samtigen Mandelaugen kunstvoll geschminkt, das goldbraune Haar am Hinterkopf straff geknotet, und sie trug ein buntes, luftig-leichtes Sommerkleid, das ihre gertenschlanke Figur ausgezeichnet zur Geltung brachte.

Ich hatte am Tor zum Krankenhaus auf sie gewartet. „Olga, ich muß Ihnen etwas erklären", meinte ich, während wir zur Psychiatrischen Abteilung gingen. „Man hat Vadim Belkin mit Drogen vollgepumpt. Ich fürchte, Sie werden entsetzt sein." Ich schilderte ihr alles, ohne Beschönigung. Sie hörte mir aufmerksam zu, ohne mit der Wimper zu zucken.

Nachdem ich meine Erklärung abgegeben hatte, sagte sie: „Das wär's also? Na, dann bringen Sie mich zu ihm."

Auf dem Weg durch die langen Korridore zu Belkins Zelle fragte ich sie: „Waren Sie schon einmal in einer – Irrenanstalt?"

„Noch nie", antwortete sie, und ihre helle Stimme hallte durch den ganzen Flur. „Es ist das erste Mal. Aber alles geschieht ja irgendwann zum ersten Mal."

Vor der Zelle 540 angekommen, bat ich sie, sich Belkin zunächst nur durch das Guckloch in der Eisentür anzuschauen. Sie tat es und konnte beobachten, wie Belkin immer wieder mit Wucht den Kopf gegen die Wand schlug. Man hörte, wie er mal jammerte, mal brüllte: „Dieses Schwein hat mir keinen Stoff gespritzt!"

Nach einer Weile strich sich Olga über das Haar und sagte: „Ich gehe jetzt zu ihm rein."

Während ich die Riegel zurückschob, versicherte ich ihr: „Ich bleibe hier vor der Tür stehen, für alle Fälle."

„Aber nur, bis ich Ihnen ein Zeichen gebe. Später könnte es mich genieren, wenn jemand zuschaut."

„Abgemacht", erwiderte ich. „Hier ist der Zellenschlüssel – für alle Fälle. Stecken Sie ihn in den rechten Schuh."

Sowie Belkin merkte, daß jemand kam, stürzte er auf die Tür zu – und blieb wie angewurzelt stehen, als er sah, wer eintrat.

„Was machst du denn hier, mein Täubchen", stammelte er, und durch das Guckloch erkannte ich zum ersten Mal auf seinem vor Zorn entstellten Gesicht ein Lächeln. Ich deutete es als einen Hoffnungsschimmer.

Es wäre unfair zu berichten, was ich sonst noch beobachtete. Jedenfalls lief alles wie gewünscht. Es waren nicht einmal zwanzig Minuten vergangen, da machte Olga, während sie mit einer Hand Belkins Gesicht streichelte, mit der anderen ein Zeichen zur Tür hin, das offensichtlich mir galt. Ich sollte mich, wie versprochen, zurückziehen. Belkin hatte davon nichts bemerkt. Er hockte vor dem wackligen Holzstuhl, auf den sich Olga gesetzt hatte, und hatte den Kopf in ihren Schoß gebettet.

Ich begab mich zum Ärztezimmer, wo Swetlow weiter mit den traurigen Arztgestalten beriet, wie Belkin zu retten sei. „Sie können fürs erste aufhören, sich das Hirn zu zermartern", sagte ich. „Die Aktion ‚Liebestherapie' ist soeben angelaufen. Jetzt heißt es abwarten. Die Zelle fünfhundertvierzig ist für Sie bis auf weiteres tabu."

Swetlow kam mit mir in den Flur hinaus. Auch er hatte eine erfreuliche Nachricht für mich. „Die ganze Chotulew-Bande ist an ihrem Treffpunkt in Tscharschang festgenommen worden. Niemand leistete Widerstand. In ihrem Gepäck befand sich Rauschgift im Wert von mehr als einer Million Rubel, ferner bündelweise Devisen in drei verschiedenen Währungen. Weißt du, wer es mir durchgesagt hat? Niemand anders als dein Freund Wekilow vom aserbaidschanischen Innenministerium. Er hat den Schlag gegen die Opiumschmuggler, hinter denen er im übrigen schon lange her gewesen sei, selbst geleitet. Und dir persönlich läßt er einen schönen Gruß ausrichten. Er bittet dich um Entschuldigung. Die Bestechungssumme von hunderttausend Rubel, die er auf dem Flughafen heute früh in deinem Koffer vermutete, wurde in einem Schließfach entdeckt. Derjenige, der es dort versteckt hat, muß ein Trottel oder ein Pechvogel gewesen sein. Er hat nämlich einen polnischen Zloty in den Schlitz gesteckt, so daß das Schloß blockiert war, was natürlich die Aufsicht auf den Plan rief."

„Das war weder ein Trottel noch ein Pechvogel – das war ich!" entgegnete ich. „Ich mußte doch sichergehen, daß die Wache möglichst bald auf dieses Schließfach aufmerksam wird. Deshalb preßte ich nach dem halben Rubel, mit dem ich die Tür zusperrte, noch einen Zloty in den Schlitz."

Swetlow lachte so laut, daß wir beinahe nicht die helle Mädchenstimme gehört hätten, die aus der offenen Zelle 540 nach mir rief: „Hallo, Genosse Schamrajew, wo sind Sie denn?"

„Komme schon. Was ist denn, Olga?"

„Sie sind bestimmt müde, nach alledem", sagte Olga und lächelte mir verständnisvoll zu. „Was wollen Sie hier noch? Gehen Sie doch schlafen."

Man wird hoffentlich nicht glauben, daß ich die beiden unbeobachtet gelassen hätte.

Rudenko hätte mich bis an mein Lebensende ins Straflager gebracht, wenn seiner Enkelin bei meinem Experiment etwas zugestoßen wäre.

Aber ich hatte Glück gehabt, denn alles war nach Plan abgelaufen. Das Kameraauge im Ventilator unter der Zellendecke hatte auf den Bildschirm im Wachraum eine rührende Liebesszene übertragen. Allen, die sie hatten miterleben dürfen, standen Tränen in den Augen. Selbst der hartgesottene Swetlow trat auf mich zu, drückte meine Hand und sagte mit ergriffener Stimme: „Es war deine Idee. Ich gratuliere dir!"

Mein guter Einfall erwies sich später jedoch als eine riesige Dummheit. Denn heute sitzt das Paar Belkin-Rudenkowna frisch vermählt in der komfortablen Dreizimmerwohnung, die Rudenko – wie man sich erinnern wird – mir zugesagt hatte.

„Aber du sollst darum nicht leer ausgehen", sagte der Generalstaatsanwalt, als ich mich bei ihm beschweren wollte. „Du kriegst zum Trost einen neuen interessanten Geheimauftrag von weitreichender Bedeutung. Also paß auf, es geht um folgendes . . ."

Nachschrift

FALLS es Sie interessiert, ob Belkin tatsächlich rechtzeitig wiederhergestellt war, um mit dem Staatschef nach Wien zu fliegen: Er war es – wie durch ein Wunder. Durch das Zaubermittel, das Liebe heißt.

Sie möchten auch noch wissen, ob die Genossen Balajan, Sysojew, Wekilow und all die anderen hohen Funktionäre, die in die dunklen Geschäfte in Baku verwickelt waren, zur Rechenschaft gezogen wurden? Keineswegs. Eine Ausweitung der „Affäre Belkin", die Untersuchung angeblich gesetzwidriger Begleitumstände, liege nicht im Interesse des Staates, hieß es.

Aber die Öffentlichkeit, werden Sie schließlich fragen, wie reagierte sie auf Belkins alarmierende Reportage über die Rauschgiftmafia? Gar nicht. Denn sie bekam sie nie zu lesen. Die Zensurbehörde untersagte die Veröffentlichung des Berichts, „da das Problem des Drogenmißbrauchs und des Rauschgifthandels in unserem Land nicht existiert".

Eduard Topol und Friedrich Nesnansky
sind
Alexander Nemow

Ein Untersuchungsrichter und ein Journalist spielen die Hauptrolle in *Geschäfte in Baku*. Zwei Männer, und dazu Angehörige dieser beiden Berufssparten, verbergen sich auch hinter dem Namen des Verfassers der spannenden Geschichte. Denn Alexander Nemow ist das Pseudonym von Friedrich Nesnansky, einem ehemaligen Moskauer Untersuchungsrichter, und Eduard Topol, einem Journalisten aus Baku.

Friedrich Nesnansky, 1932 in Zurawitschi geboren, studierte von 1950 bis 1954 Rechtswissenschaft in Moskau. Nach dem Examen arbeitete er als Untersuchungsrichter in den Dezernaten für Mord, Raub, Brandstiftung und Unterschlagung. 1964 kehrte er für einige Zeit an die Universität zurück, wo er sich in das Fach Kriminalistik einschrieb. Nach dem Abschluß seines Aufbaustudiums widmete er sich der Erforschung der Ursachen von Verbrechen, die für die Sowjetunion typisch sind. Seine Erkenntnisse hielt er unter anderem in Zeitungsartikeln fest, die in der *Moskowskaja Prawda* und der Gewerkschaftszeitung *Trud* erschienen. Im Februar 1978 emigrierte Friedrich Nesnansky in die USA, wo er seine journalistische Tätigkeit fortsetzen konnte. Heute hält er an amerikanischen Universitäten Vorlesungen, in denen er über seine Erfahrungen in den sowjetischen Justizbehörden berichtet.

Eduard Topol erblickte 1938 in Baku das Licht der Welt. Schon im Alter von einundzwanzig Jahren leitete er die Kulturredaktion einer Lokalzeitung. 1960 ging er als Student ans staatliche Filminstitut nach Moskau und arbeitete gleichzeitig als Korrespondent für namhafte Zeitungen wie *Komsomolskaja Prawda* und *Literaturnaja Gazeta*. 1964 veröffentlichte er in der *Literaturnaja Gazeta* unter dem Titel „Reportage aus den Hinterhöfen" eine Artikelserie über jugendliche Verbrecher in der Sowjetunion. Ihre Fortsetzung – ein Bericht über junge Rauschgiftsüchtige in Baku – wurde von der Zensur verboten. Von 1967 an war Eduard Topol hauptsächlich für den Film tätig. Er verfaßte die Drehbücher zu sieben Filmen; einige von ihnen erhielten hohe Auszeichnungen. Auch Eduard Topol wanderte 1978 in die Vereinigten Staaten aus. Im Westen lernte er Friedrich Nesnansky kennen, und die beiden beschlossen zusammenzuarbeiten. Aus ihrer (gemeinsamen) Feder stammen zwei Romane, *Geschäfte in Baku* und *Der Rote Platz*, sowie ein aufsehenerregender Zeitschriftenartikel über Kriminalität im sowjetischen Sport.

Mitten im Leben

Eine Kurzfassung des Buches von NANCY ROSSI

Ins Deutsche übertragen von Wolfgang Rhiel

Illustrationen von Ted Lewin

„*Mrs. Rossi, unser Ziel ist es, Ihren Mann so lange am Leben zu erhalten, daß er das Baby noch sieht.*"

So lautet die niederschmetternde Prognose für die Lebenserwartung des dreiunddreißigjährigen Mannes von Nancy Rossi. Sie selbst ist im sechsten Monat schwanger.

Jahrelang hatten sich die Rossis vergeblich ein Kind gewünscht. Als es endlich soweit ist, bricht bei John Rossi die heimtückische Krankheit aus. Innerhalb weniger Wochen wird aus dem sportbegeisterten, lebensfrohen und tüchtigen Anwalt ein hilfloser Pflegefall.

Im Wettlauf gegen die Zeit experimentieren die Ärzte mit immer neuen, kaum erprobten Medikamenten. Alle wissen, daß es dabei lediglich um einen Aufschub gehen kann, um aus der glücklichen Ehe der Rossis wenigstens für eine kurze Spanne eine glückliche Familie werden zu lassen.

KAPITEL 1

DIE Fenster des Eßzimmers sind noch immer beschlagen von den Schwaden aus der Küche und vom Atem der Gäste, die sich bis vor einer Stunde hier getummelt haben. In der Ecke eines der Fenster hat sich Eis gebildet. Ich habe mich in ein altes, weiches Baumwollnachthemd und einen Morgenmantel gehüllt und sitze mit verschränkten Beinen am abgeräumten Eßtisch. Es scheint wirklich kalt draußen zu sein, denke ich, denn gerade sehe ich einen jungen Mann mit eingezogenem Kopf vorbeikommen, der, gegen den winterlichen Sturm ankämpfend, die Steigung zwischen der 86. und 87. Straße hinaufstapft. Er ist der einzige Mensch, der auf diesem Straßenabschnitt der Madison Avenue in New York zu sehen ist. Ich blicke auf einen Stapel Versandhauskataloge vor mir, die vor ein paar Wochen gekommen sind. Ich wollte sie schon die ganze Zeit durchsehen, aber ich war zu sehr damit beschäftigt, die Feier zum zweiten Geburtstag meines Sohnes John vorzubereiten. Ich merke, daß ich weder Bleistift noch Papier habe, um aufzuschreiben, was ich aus den Katalogen bestellen möchte, und so stehe ich auf und gehe ganz leise in mein Zimmer, um beides zu holen. Als ich auf Zehenspitzen wieder zurückkomme, bleibe ich stehen und lausche regungslos an Johns Tür. Er ist noch nicht eingeschlafen, sondern liegt in seinem Bettchen und erzählt sich mit seinem Piepsstimmchen noch einmal alles, was er auf seiner Geburtstagsparty erlebt hat. Ich höre: „Kerzen blasen, Kerzen, Kerzen blasen, Kerzen blasen, Kuchen, Kuchen, Kuchen und Eis! Glückwunsch, Glückwunsch, John Geburtstag, John Kuchen essen! John Kerzen blasen!" Ich gehe zurück ins Eßzimmer. Zwei Jahre – wie schnell sie vergangen sind.

An diesem kalten Januarabend sitze ich also zu Hause und möchte mir einreden, daß es mich aufmuntert, wenn ich Kataloge wälze und Pläne für den kommenden Frühling mache. Aber auch das lenkt mich nicht von meinem Kummer ab. Ich sehne mich nach meinem Mann, der vor etwas mehr als zwei Jahren gestorben ist. Selbstmitleid überkommt mich, und ich nage an meiner Unterlippe, schüttle den Kopf und schlage einen Katalog auf. Das erste, was mir ins Auge fällt, ist die Angebotsseite für Blumenzwiebeln und Gemüsesamen. Unter der Überschrift „Mehr Freude am Garten" wird da ein neuer Kürbis angepriesen, „einer der großen Durchbrüche dieses Jahrhunderts bei der Züchtung von Kürbissen"! Wahrscheinlich wird er den ganzen Garten einnehmen, aber ich glaube, ich versuche es mal, und schreibe die Bestellnummer auf. Möchte ich auch wieder Gurken haben? Ich höre meine Mutter sagen, daß sie ebenfalls den ganzen Garten einnehmen, aber ich beschließe dennoch, ein paar zu bestellen, dazu Zierkürbis-, Stangenbohnen- und Geraniensamen. Es wird Spaß machen, wenn John mir hilft, die Pflanzensamen in die Blumenkästen vor der Fensterbank zu setzen.

John sah heute nachmittag hinreißend aus in seinem kurzen marineblauen Kittel, dem rot-weiß gestreiften Hemd, den weißen Kniestrümpfen und den roten Schuhen. Alle behaupten, er sähe mir sehr ähnlich, und das stimmt auch, aber sie vergessen, daß er auch Züge von seinem Vater hat. Zwar hatte mein Mann sehr dunkles, lockiges Haar, mein Sohn dagegen hat hellbraunes, beinahe blondes, glattes Haar. Aber auf den Fotos, die meinen Mann als Baby zeigen, hat er das gleiche Haar, sogar die gleiche Farbe. Mein Sohn und ich, wir haben ein rundliches Gesicht und den gleichen Teint. Meine Augen sind blau, haben aber nicht das intensive Blau meines Mannes, das John geerbt hat. Ich hoffe nur, er wird einmal größer werden als ich, ich bin nämlich nur einsfünfzig groß. Je nach Stimmung nannte mein Mann mich Kleines oder Nini. Es wäre schön, wenn John so groß würde wie sein Vater, aber ich habe meine Zweifel. Eins steht allerdings fest: Er hat dessen Begeisterungsfähigkeit und Selbstvertrauen geerbt. In jeder Sekunde, in der er nicht schläft, ist er geradezu beängstigend umtriebig, und das muß er von seinem Vater haben, denn ich bin äußerst schüchtern. Immer wenn ich mir wie das größte Häuflein Elend auf Erden vorkomme, betrachte ich meinen Sohn. Wäre ich wirklich so unsicher und verzagt, wie ich manchmal meine, wie hätte ich dann aus meinem Sohn das machen können, was er ist? John anzusehen ist für mich, als riefe ich mir ein paar aufmunternde Worte zu, so wie mein Mann es früher oft für mich getan hat. Manchmal setzte er mich eine halbe Stunde auf einen Stuhl und trichterte mir systematisch Selbstvertrauen ein. Gerade in jenen Jahren, als es mit dem Kinderkriegen einfach nicht klappen wollte, verlor ich das letzte bißchen Selbstwertgefühl.

Was ich sagen will, ist dies: Jeder von uns kann die Menschen verlieren, die ihm die liebsten sind. Jeder von uns kann unter Ungerechtigkeiten und Grausamkeiten von tragischem Ausmaß zu leiden haben. Wenn wir so etwas durchmachen, ist es, als hätte nie jemand dieselben Qualen durchlitten. Und daran ist auch etwas Wahres. Niemand kann sich in einen hineinversetzen und nachvollziehen, was man selbst durchmacht. Nicht einmal jemand, der etwas Ähnliches erlebt hat. Deshalb geht es mir so auf die Nerven, wenn mir irgendwelche Leute sagen: „Das verstehe ich." Sie sind doch nicht ich. Was ihnen jedoch bestimmt vertraut ist, ist der mühevolle Weg aus Trauer und Klagen zurück ins Leben. Einer der Gründe, warum ich mir Versandhauskataloge ansehe, ist, daß ich mich auf diesem Weg befinde.

Ich frage mich, was mein Mann John wohl von den Kürbissen gehalten hätte. Ich weiß, daß er über den „Durchbruch in der Züchtung von Kürbissen" gelacht hätte. Nachdem wir zusammen mit Freunden mehrere Jahre ein Ferienhaus in East Hampton auf Long Island gemietet hatten, legten er und ich und meine Eltern im Frühjahr 1978 unser Geld zusammen und kauften ein Haus im benachbarten Bridgehampton. Long Island, die größte Insel an der Ostküste, auf der sich schon Teile von New York ausbreiten, war mit ihren Haffs und tiefen Buchten schon lange unsere Trauminsel gewesen. John war so begeistert, daß wir in den ersten Monaten nach dem Kauf jeden Freitagabend hinaushetzten, um die Wände zu streichen, Möbel zu kaufen und zu sehen, welche Bäume, Pflanzen und Sträucher blühten. Wir hatten das putzige weiße Holzhaus mit den braunen Dachschindeln zum erstenmal im Herbst gesehen, als alles noch grün und zugewachsen war. In diesem Frühling nach dem Kauf gab es folglich an jedem Wochenende in dem kahlen Garten neue Überraschungen. Zuerst kamen die Schneeglöckchen, die sich zaghaft entlang dem Fundament emporreckten, dann blühten unerwartet prächtig die großen, bis zu zwei Meter hohen Forsythien und schließlich die Traubenhyazinthen, gelbe und weiße Narzissen, violetter Flieder und Tausende von Veilchen. Ich weiß noch, wie ich einmal an einem Vormittag nach dem Anstreichen unter einem Fliederstrauch stand und gierig den Duft einsog; er belebte mehr als eine Tasse Kaffee. Und ich sehe noch, wie Bunky – mein Kosename für meinen Mann – mit Farbe auf der Tennismütze aus dem Haus kommt, verkündet, er habe gerade die letzte Wand gestrichen, und fragt: „Was gibt's denn zum Essen, Kleines?" Ich biete an, ein paar belegte Brote zu machen, und frage ihn dann, wo wir das Gemüsebeet anlegen sollten. Wir blicken beide zur Sonne und dann auf den Erdboden, um abzuschätzen, welcher Teil des hinteren Gartens am meisten direktes Licht bekommt. John geht prüfend umher und wägt die Möglichkeiten ab. Es gefällt mir, daß er diese Entscheidung so ernst nimmt. Er weiß, wie sehr ich das Arbeiten im Garten liebe. „Ich glaube, da drüben, Nini, hinter der Garage. Die Rückwand geht nach Süden."

Nachdem wir entschieden hatten, daß das Beet zweieinhalb mal drei Meter groß werden sollte, steckte er es ab, grub rasch die Erde um und legte sogar die Löcher für die Zaunpfähle an. Er war kräftig. Er joggte jeden Tag, spielte jede Woche Squash und Tennis, im Winter wie im Sommer. Mein Gott, denke ich jetzt und ziehe den Morgenmantel in der kalten Wohnung enger um mich, wie stark John damals war. Und sieben Monate später hatte er nicht einmal mehr die Kraft, die Taste an einem Kassettenrecorder zu drücken.

Im April 1972 hatte ich John, meinen späteren Mann, auf einer Party auf Long Island kennengelernt. Meine Freundin Lynn, die wie ich im Bankenviertel an der Wall Street arbeitete, fragte mich, ob ich das Wochenende im Haus ihrer Eltern verbringen und mit ihr zu einer Party kommen wolle. Ich war nicht allzu begeistert, sagte aber dennoch zu.

Es waren etwa dreißig Gäste eingeladen. Sie unterhielten sich zwanglos, als wir ankamen. Wenn ich heute zurückdenke, scheint es mir, als habe ich nie so hübsch ausgesehen wie an jenem Abend. Mein Gewicht hatte ich auf achtundvierzig Kilo gebracht, und meine langen, hellbraunen Haare hatten blonde Strähnen. Aber außer Lynn kannte ich niemanden, und nach einiger Zeit saß ich ziemlich verloren da. Ich versuchte, mich an der Unterhaltung einiger junger Frauen zu beteiligen, die auf der Couch im Wohnzimmer saßen, aber ich hatte nicht allzuviel beizutragen. Die anwesenden Männer standen meist zusammen an der Bar.

Ich war zu schüchtern, um mir einen Drink zu holen, und so verging eine ganze Zeit. Schließlich entschuldigte ich mich bei den Mädchen auf der Couch, ging in eine andere Ecke des Raumes, wo ein Ohrensessel mit wunderbar geschnitztem Holzrahmen stand, zündete mir eine Zigarette an und ließ mich in dem Fauteuil nieder. Und dann erschien der bestaussehende Mann, der mir je auf solch einer Party begegnet war. Er trug eine verwegene rotweißblaue Sommerhose, ein weißes Hemd mit Button-down-Kragen und einen marineblauen Blazer. Über das ganze Gesicht lachend, betrat er gemeinsam mit einem Bekannten den Vorraum. Von seinem Begleiter, der offenbar alle Gäste kannte, wurde er etlichen Leuten vorgestellt. Dann kam er ohne seinen Freund und noch immer lachend in das Wohnzimmer, kam immer näher auf mich zu, vorbei an den Mädchen auf der Couch.

Bis dahin hatte ich ihn unverwandt angestarrt, doch jetzt blickte ich

MITTEN IM LEBEN 171

verlegen auf den dunklen Perserteppich. Möchte wissen, wer das ist, ging es mir durch den Kopf, aber noch ehe ich zu einem weiteren Gedanken fähig war, bemerkte ich, daß er direkt vor mir stand. Ich blickte nach oben in sein Gesicht und lächelte. Es war umständlich für ihn, sich zu mir hinunterzubeugen, und so ging er einfach in die Hocke und sagte: „Hallo, ich heiße John. "

Und ich antwortete: „Hallo, ich heiße Nancy. "

„Ich habe Sie sofort bemerkt, als ich hereinkam", sagte er. „Sie sind das hübscheste Mädchen, das mir je begegnet ist, und eines Tages werde ich Sie heiraten. "

Was soll denn das heißen, dachte ich und gab mir alle Mühe, das Lächeln zurückzugewinnen, das mir auf den Lippen erstorben war. Vielleicht hielt mich der eine oder andere für nett, aber noch nie hatte mir jemand gesagt, daß ich hübsch sei, auf keinen Fall ein Fremder, und ich dachte, daß er spinne. Wie hatte ich mich danach gesehnt, solche Worte einmal von jemandem zu hören – aber unter diesen Umständen? Und was das Gequatsche von Heiraten betraf, so führte es lediglich dazu, daß ich unfähig war, auch nur einen Ton herauszubringen.

„Ich hol Ihnen einen Drink", sagte John. „Jedenfalls brauche ich einen. Bin mit einem Freund in dessen Ferrari hergekommen, und er ist die ganze Zeit mindestens hundertfünfzig gefahren. Ich bin total geschafft. Ein Bourbon wäre jetzt genau das richtige. Was möchten Sie?"

Mit schwacher Stimme, und ohne seiner heiteren, unbekümmerten, selbstsicheren und offensichtlich lustigen Art großen Glauben zu schenken, sagte ich, daß auch mir ein Whiskey recht wäre. Ich hatte noch nie einen Bourbon getrunken, aber das machte nichts. Sein Freund sah ihn quer durch das Zimmer an die Bar kommen und stellte ihn noch einigen anderen Leuten vor. John winkte mir zu und gab mir zu verstehen, daß er gleich zurückkäme.

Er kam wieder und goß sich dabei etwas Whiskey über die Hose. „Ach, so was muß mir doch immer passieren." Er lachte. Ich lachte ebenfalls, denn auch ich bin recht ungeschickt und schütte öfter bei anderen oder bei mir etwas über die Kleidung oder die Möbel.

Die nächsten drei Stunden vergingen damit, daß John vor meinem Sessel auf dem Boden hockte und mir von sich erzählte. Mit vollem Namen hieß er John Francis Rossi und war in Utica im Bundesstaat New York aufgewachsen, wo sein Vater eine Anwaltskanzlei besaß. John hatte noch einen Bruder und zwei Schwestern. Weil er in Harvard nicht angekommen war, hatte er die juristische Fakultät der

Cornell-Universität besucht und lebte seit Dezember 1970 in New York City. Jetzt arbeitete er als Rechtsanwalt in der Steuerabteilung von Kelley Drye, einer großen Anwaltskanzlei in der vornehmen Park Avenue.

Gegen zehn Uhr stand John auf, um zu gehen. Er müsse den Zug zurück nach New York noch bekommen, wie er sagte, weil er am nächsten Morgen sehr früh aufstehen müsse. Es tue ihm wirklich leid, daß er gehen müsse. Er verständigte sich mit seinem Freund, mit dem er gekommen war, und beide stellten fest, daß nur noch zwei Minuten bis zur Abfahrt des Zuges blieben. So schnell, wie er vor drei Stunden hereingestürmt war, verschwand er wieder. Er wußte nicht einmal meinen Nachnamen.

Aber er machte mich ausfindig, auch wenn er ungefähr vier Wochen dafür brauchte, und eines Tages rief er mich im Büro an. Ob ich mit ihm zu Abend essen wollte. Vorher sollten wir uns zum Aperitif in der Bar des Dorset Hotels treffen.

John wartete bereits, als ich dort ankam. Er trug einen Anzug, in dem er schrecklich seriös und um Jahre älter aussah. Total verändert. Nachdem er uns etwas zu trinken bestellt hatte, sprach er wieder von sich, wie auf der Party in Manhasset. Aber diesmal erzählte er mir, wieviel er in der Kanzlei verdiene, daß er sich gerade diesen Sechshundertdollaranzug in dem teuren Warenhaus Saks auf der Fifth Avenue gekauft habe, daß die Miete für seine Wohnung fünfzehnhundert Dollar im Monat betrage und daß sein Vater ihm gesagt habe, er solle eine Prinzessin heiraten. Er war ein völlig anderer Mensch geworden. Warum dieses ganze Getue um Geld? Ich fühlte mich unbehaglich.

Wir verließen die Bar in dem Hotel, um zu seinem Lieblingsrestaurant zu gehen, dem „Nirvana", das im obersten Stockwerk eines Gebäudes am Südende des Central Park untergebracht ist. John war mir schon jetzt zuwider. Das Restaurant servierte indische Küche, und das Essen war sehr gut, aber John wollte sich nicht darüber beruhigen, daß man uns nicht in den Raum gesetzt hatte, von dem man über den Park blicken konnte. Und dann tauchten plötzlich noch Johns Chef und dessen Frau auf, die auch zufällig hier zu Abend essen wollten. Sie setzten sich zu uns. John benahm sich ihnen gegenüber betont höflich und gab mir gegenüber mit ihnen an. Als dann der Nachtisch kam, war ich froh, bald nach Hause gehen zu können und ihn nie wiedersehen zu müssen.

Er brachte mich bis zu meiner Wohnung. Ich war so unhöflich, ihn nicht hereinzubitten, sondern sagte nur danke und gute Nacht und machte die Tür zu. Dabei war ich todunglücklich. Wie konnte jemand, der vor vier Wochen noch so reizend gewesen war, sich als solcher Schaumschläger entpuppen? Offenbar hatte ich ihn völlig falsch eingeschätzt.

Es vergingen fünf oder sechs Wochen, und ich mußte noch immer an unsere erste Begegnung auf der Party in Manhasset denken; nach wie vor glaubte ich, nicht verrückt zu sein, wenn ich mir einbildete, daß da wirklich etwas gewesen war. Dann tat ich etwas, was ich noch nie getan hatte. Ich rief ihn an und lud ihn zum Abendessen ein. Er war erfreut und sagte zu.

Ich kochte Spaghetti. Er fand sie phantastisch. Fand, daß ich phantastisch sei. Fand die Wohnung phantastisch. Wir aßen die Spaghetti und tranken den Wein, den er mitgebracht hatte, und saßen auf meinem armseligen Sofa, und der Plattenspieler lief. Er beugte sich zu mir herüber und küßte mich, legte die Arme um mich, küßte mich wieder und sagte: „Du riechst gut!" Ich schlang die Arme um ihn, und wir küßten uns, bis uns schwindelte. Unser Verlangen wuchs, und ich sah, wie er zum Schlafzimmer schielte, aber so weit wollte ich es nicht kommen lassen. Ich hatte Glück, daß die Schallplatte umgedreht werden mußte. Dazu stand ich auf und sagte ihm, daß es ein netter Abend gewesen sei, und dankte ihm für sein Kommen. John erklärte, es habe ihm sehr gefallen.

Zwei Wochen danach rief er mich an. An diesem Abend war ich gerade von einem Kurzurlaub in der Karibik zurückgekommen, dem ersten Urlaub, seit ich zwei Jahre zuvor die Arbeitsstelle in der Wall Street angenommen hatte.

„Hallo, Nancy", begann er. „Hier ist John Rossi. Ich dachte, du wärst schon seit gestern wieder da. Deshalb habe ich gestern den ganzen Abend versucht, dich zu erreichen, und dann gleich heute morgen, bevor ich ins Büro gefahren bin, aber es hat sich niemand gemeldet."

„Ich bin gerade vor ein paar Minuten zurückgekommen."

„Und ich habe mir schon deinetwegen Sorgen gemacht. Hattest du einen schönen Urlaub?"

„Herrlich. Ich bin jeden Tag geschwommen, den Strand auf und ab gewandert und habe wunderschöne Muscheln gesammelt. Und in St. Thomas habe ich eingekauft. Ich habe dir ein Geschenk mitgebracht."

„Wirklich? Was ist es? Nein, nichts sagen, zeig es mir im Zug."

„In was für einem Zug?"

„Ach so, ja. Hast du Lust, über das Wochenende raus in das Haus in

East Hampton zu kommen? Ich hol dich in einer Stunde ab, und wir fahren mit dem Taxi zum Bahnhof Pennsylvania Station, ja?"

„Oh, John, toll! Ja, ich komme gerne. Danke."

„Prima. Bis dann also."

Ich weiß noch, wie ich den Telefonhörer aufgelegt habe, verwundert, daß John mehrmals versucht hatte, mich zu erreichen, und daß er mich in das Haus am Strand einlud, das er sich mit ein paar Freunden aus der Kanzlei teilte. Freudig überrascht, versuchte ich mich an den Gedanken zu gewöhnen, daß er sich vielleicht wirklich etwas aus mir machte. Binnen einer Stunde hatte ich geduscht, eine weiße Hose und eine gestreifte, rosafarbene Bluse angezogen, meine langen Haare ausgebürstet und gepackt. Ich machte gerade den Reißverschluß an meiner Reisetasche zu, als John an der Tür läutete. Er sagte, wir seien sehr spät dran. Er hatte sich im Fahrplan geirrt, und wir mußten uns beeilen, um noch rechtzeitig zum Bahnhof und dem 17.52-Uhr-Zug zu kommen. Wir liefen die Treppe hinunter auf die Straße, John voraus. Wie durch ein Wunder hielt gerade ein freies Taxi, und wir stiegen ein. Der Fahrer preschte los, und als er mit quietschenden Reifen an der Pennsylvania Station vorfuhr, schob John ein paar Dollarscheine durch den Zahlschlitz, und wir rannten in den Bahnhof. Aber vergebens sahen wir uns nach einem Fahrplan um, auf dem wir das Gleis hätten finden können, auf dem unser Zug abfahren sollte. „Mist!" schimpfte John.

In dem Moment bemerkte ich auf seinem Gesicht einen Ausdruck, den es nach meiner naiven Vorstellung bei einem Mann gar nicht gab. Vielleicht läßt es sich besser so erklären, daß ich auf seinen Zügen eine Regung entdeckte, aufgrund deren ich mich für immer in ihn verliebte. Denn der schwerbepackte John, dem der Schweiß auf der Stirn stand, machte in seinem grauen, verschwitzten und zerknitterten Anzug den Eindruck, als wollte er anfangen zu weinen. All seine Pläne für dieses Wochenende drohten zu scheitern. Mir wurde klar, daß er diesen Ausflug geplant hatte, als ich in Urlaub gewesen war, und jetzt konnte er nicht einmal den Zug finden. Aber dann lächelte er und sagte: „Warte mal, ich glaube, der Zug, den wir nehmen müssen, fährt auf Gleis achtzehn ab. Komm, beeilen wir uns, vielleicht haben wir Glück."

Wir rannten los, und als wir schließlich den Bahnsteig achtzehn, der natürlich am anderen Ende des Bahnhofs lag, erreichten, stand da wirklich unser Zug! Der Bahnhofsvorstand blickte sich noch einmal um, sah John, der seinen Koffer und meine Tasche wild schwenkte und „Warten!" schrie, und ließ die Kelle wieder sinken. Wir hatten es

MITTEN IM LEBEN
175

geschafft. John fiel ein Stein vom Herzen. Das Wochenende war gerettet.

Nachdem wir uns einen Platz gesucht hatten, erinnerte John mich an sein Geschenk. Ich gab ihm die Seidenkrawatte, die ich in St. Thomas gekauft hatte. Er lobte meinen ausgezeichneten Geschmack.

Die Klimaanlage im Zug funktionierte nicht, und es war ein ungewöhnlich heißer Junitag in der Stadt gewesen. Als wir nach drei Stunden Fahrt im Bahnhof von East Hampton ausstiegen, war die kühle Abendluft hier draußen daher eine Wohltat. John besorgte ein Taxi, mit dem wir zu einem weiß verputzten Haus im spanischen Stil fuhren. Dieses Haus hatte ein rotes Ziegeldach, grüne Fensterläden und sogar einen lustigen, mit einem schmiedeeisernen Gitter eingefaßten Balkon über der wuchtigen Eingangstür. Wir waren offenbar früher da als Johns Kollegen, die ebenfalls noch übers Wochenende kommen sollten, denn das Haus war nicht erleuchtet und abgesperrt. Wir gingen hinein und sagten wie aus einem Munde, wir wollten als erstes frische Sachen anziehen.

Nachdem wir uns umgezogen hatten, inspizierten wir die Küche. John ging daran, uns einen Gin-Tonic zu mixen, und sprach dabei ohne Punkt und Komma über seine Arbeit und die Pläne fürs Wochenende. Währenddessen kam mir der Gedanke, daß ich mich sehr gut oben auf dem Küchentisch machen würde, von wo ich ihm zuhören konnte, während er die Drinks vorbereitete. Weil ich klein bin, war das ein schwieriges Unterfangen, doch ich stemmte die Hände hinter mich auf die Tischplatte und drückte mich mit sehr viel Kraft und Geschicklichkeit nach oben. John sah mich bewundernd an. Donnerwetter, für so eine kleine Person ist sie ganz schön kräftig, konnte ich ihn förmlich denken sehen. Dann wandte er sich wieder den Getränken zu, und ich merkte, daß ich in einer Pfanne voll mit Bratenfett gelandet war. Das also war das Ergebnis meines ersten Versuchs, in East Hampton gleichzeitig lässig und elegant zu wirken.

„John", sagte ich zaghaft.

„Ja, Nancy?" fragte er und drehte sich um.

„Ich . . . ich sitze in Bratenfett." Ich war verlegen und fing an, nervös zu kichern.

„Oh, Nancy. Das tut mir leid. Mensch, wer hat denn bloß Bratenfett in der Pfanne gelassen?" Und dann hörte ich ihn aufstöhnen. „Ach, Nancy, jetzt fällt es mir wieder ein. Ich sollte die Küche aufräumen, bevor wir letzten Sonntag gegangen sind. Es tut mir wirklich leid. Mann, du bist ganz voll damit. Ich glaube, die Hose ist hin. Ach, du lieber Himmel!"

„Ist schon gut", beschwichtigte ich ihn. „Ich gehe nach oben und zieh mich um."

Aber John stupste mich mit seinem Kopf an und lächelte. Seine Augen leuchteten übermütig. Er fing an zu lachen, packte mich, hob mich hinunter, zog mich in seine Arme und barg sein Gesicht seitlich an meinem Hals. „Du bist hinreißend", sagte er. Wir lachten beide. „Und jetzt raus aus diesen Hosen!" befahl er. Noch bevor die anderen eintrafen, hatte ich mich umgezogen und das fettverschmierte Hosenbündel in einen Schrank geworfen. Dann lief ich wieder nach unten, um die Pfanne mit dem Bratenfett abzuwaschen. Weltmännisch tranken wir unseren Gin-Tonic, als die anderen kamen. Jahre später erzählte John mir: „Du hättest dich sehen sollen. Ich habe gar nicht glauben können, daß du eine echte New Yorkerin bist, denn die New Yorker Frauen, die ich bisher kennengelernt hatte, waren alle so perfekt, und du warst so natürlich. Wenn ich mich nicht schon vorher in dich verliebt hätte – spätestens als du im Bratenfett gelandet bist, hätte es bei mir gefunkt."

Von da an verbrachten wir eine turbulente Zeit miteinander, sahen uns wochenlang Tag und Nacht und hörten dann wieder einen ganzen Monat nichts voneinander. Schließlich heirateten wir, wenngleich ich gestehen muß, daß ich es war, die gefragt hatte.

John wohnte schon seit mehr als sechs Monaten bei mir, die meisten seiner Sachen hatte er in meine Wohnung transportiert. Eines Tages, Anfang März 1974, erklärte ich ihm dann scherzhaft, daß wir am nächsten Samstag einen Einkaufsbummel machen und uns Eheringe ansehen würden.

„Wirklich, Nini?" fragte er. „Müssen wir?"

„Ja, John, wir müssen", erwiderte ich.

Und so gingen wir einige Tage später durch das leichte, aber stetige Rieseln der Schneeflocken zu Cartier, dem Juwelier, wo schon mein Vater seine Eheringe hatte anfertigen lassen.

In benommenem Schweigen sahen wir uns zwischen den Vitrinen im Laden um, wo uns all die Pracht den Atem verschlug. Schließlich fragte John: „Nun, Nini, was möchtest du?"

Ich schluckte und erklärte, daß Saphire mir schon immer gefallen hätten und daß Diamanten viel zu teuer seien. Dann nahm John die Sache in die Hand und holte einen Verkäufer herbei, einen kalt wirkenden älteren Mann mit schütterem Haar, der sorgfältig jedes Wort abwog. Aber schon bald zeigte er ein erstes Lächeln, und dann lachte und plauderte er mit John. Über Ringe sprachen sie gar nicht.

John tat, was er immer machte, er fragte den Verkäufer, wie lange er schon hier arbeite und ob ihm seine Arbeit Spaß mache. Als die Sprache dann endlich auf die Ringe kam, erzählte der Verkäufer uns von seiner Tochter, die gerade geheiratet hatte, und zeigte uns alle Saphirringe in der Preislage, die wir glaubten, uns leisten zu können. Ein Ring gefiel John ganz besonders, und er fragte mich, ob er auch mir gefalle. Ich beugte mich über den Verkaufstisch, um besser sehen zu können, und konnte es kaum fassen. Er erfüllte meine heimlichsten Wunschvorstellungen. Ein traumhafter Saphirring mit zwei kleinen tropfenförmigen Diamanten, ganz in Gold gefaßt. Ich weiß noch, daß ich, als John mir beim Anprobieren half, das Marineblau des Saphirs betrachtete und bei mir dachte, es würde mir guttun, wenn ich mich in Zeiten der Anspannung in den Anblick des wasserblauen Steines versenken würde. John sah mich an und fragte mich, ob mir der Ring wirklich gefalle. Ich drückte bloß seine Hand.

Der Verkäufer erklärte uns, daß wir den Ring in etwa einer Woche abholen könnten, wenn er auf meine Größe umgearbeitet worden sei. John leistete eine Anzahlung, und damit waren wir fertig. Wir bedankten uns bei dem Verkäufer und gingen hinaus. Inzwischen tobte ein heftiger Schneesturm, aber es war dennoch nicht besonders kalt. Ohne uns um den Schnee zu kümmern, liefen wir die Fifth Avenue entlang, vorbei an den Schaufenstern, denen wir keinen Blick schenkten, und dem Brunnen mit der goldenen Prometheusstatue im Rockefeller Center, bis wir schließlich auf dem Gehweg neben dem Central Park waren. Wir sprachen weniger über das, was wir gerade erlebt hatten, sondern über uns und darüber, wie glücklich wir waren.

Eins konnte ich mit John – reden, reden, reden. Es waren selten besonders tiefschürfende Unterhaltungen, doch wir hatten jeden Tag unser ausführliches Gespräch; John rief mich sogar täglich zwei- oder dreimal im Büro an, nur um mit mir zu plaudern. Später, als wir verheiratet waren, gingen wir oft mit dem festen Vorsatz ins Bett, ein Buch zu lesen oder noch einige Arbeitsunterlagen durchzusehen, aber schon nach ein paar Minuten sprachen wir wieder miteinander. Rate mal, wen ich heute getroffen habe? Was hielt er von dieser Sache? Was hielt ich von jener? War es nicht schön, daß das Frühjahr endlich wieder begonnen hatte? Und die Footballmannschaft der Yankees wird natürlich ein gutes Jahr haben. Aber, Nini, du wirst doch jetzt nicht etwa lesen wollen, oder? Nein. Und wir blinzelten uns verschwörerisch zu, zogen uns die Decke über den Kopf und kicherten. Und nachher dann, als wir im Begriff waren einzuschlafen, flüsterten wir noch im Dunkeln weiter wie zwei kleine Kinder.

MITTEN IM LEBEN

An jenem Tag, an dem wir die Ringe gekauft hatten, schneite es den ganzen Nachmittag und Abend. Als wir in meine Wohnung kamen, schalteten wir die Opernsendung im Radio ein, und ich machte mich daran, Gemüse für einen Eintopf zu putzen. John wollte ein Brot backen – ich hatte ihm zu Weihnachten ein Buch „Alles über Brot" geschenkt, das auch Rezepte enthielt, und seitdem hatte er mir fast an jedem Wochenende einen knusprigen Brotlaib präsentiert. Wir hatten beide schon ein paar Pfund zugenommen.

Nun aßen wir den Eintopf und das Brot und tranken Rotwein dazu.

Nach dem Essen sahen wir noch etwas fern, und dann wandte sich John an mich. „Weißt du, Nini, wenn wir heiraten, möchte ich nie, daß es zu einer Scheidung kommt. Verstehst du, was ich meine?"

Ich sah ihn an, und mir wurde bewußt, wie ernst es ihm mit der Ehe war. Er würde nicht heiraten, wenn unsere Ehe unter dem Motto stände: Na ja, wenn es nicht klappt, können wir uns ja wieder scheiden lassen. Bisher hatte ich das Heiraten nicht so ernst genommen wie er, und er wußte das. „Ich verstehe", sagte ich schließlich.

John schaltete den Fernseher aus, ergriff mit großem Ernst meine Hände und bat mich, seine Frau zu werden. Noch heute spüre ich, wie mir die Tränen in die Augen traten, und blinzelnd sagte ich ja. John zog mich, noch immer meine Hände haltend, hoch. „Phantastisch, abgemacht!" rief er.

„Bist du dir ganz sicher, John?"

„Aber ja. Zieh dir die Stiefel an, wir holen noch die Zeitung."

Wir kauften die Sonntagszeitung immer schon druckfrisch am Samstagabend, damit wir sie nicht Sonntag früh holen mußten. Es schneite noch, und der Schnee lag hoch. Wir zogen Stiefel, Mantel, Schal, Mütze und Handschuhe an und gingen hinaus.

Auf dem Gehweg hörten wir in der großen Stille nichts als unsere knirschenden Schritte im Schnee. Es war unheimlich. Auf den Straßen konnte man keine Reifenspuren entdecken; wir hörten nicht einmal mehr die Busse, die eine Querstraße weiter fuhren. Es wirkte alles so seltsam, daß wir nicht direkt zum Zeitungsstand an der Ecke gingen, sondern ziellos in der Nachbarschaft umherwanderten und beobachteten, wie die scharfen Konturen der Stadt durch den Schnee runder und sanfter wurden. Wir blickten hinunter auf unsere Füße und merkten, daß wir die ersten Fußstapfen hinterließen. Der Schnee war noch so unberührt und sauber, daß keiner von uns die weiße Pracht zerstören wollte, auch wenn wir es nicht aussprachen. Erst als wir weitergegangen waren und andere Fußspuren sahen, nahm John etwas Schnee auf und dann auch ich, und nun warfen wir Händevoll davon in die Luft.

Der Schnee war zu pulvrig und trocken, als daß man Schneebälle hätte machen können. So warfen wir ihn einfach hoch über unsere Köpfe wie Konfetti, und im Licht der Straßenlampen fiel er nieder auf uns wie verzauberter, funkelnder Staub. Wir hielten das Gesicht zum Himmel, damit wir sehen konnten, wie dieser wundersame Schnee auf unsere Gesichter niederrieselte, wo er schmolz. Damals erinnerte mich das an die Schneeszene zu Beginn des dritten Bildes in „La Bohème", und jetzt, wo ich es erneut vor mir sehe, muß ich an den Abend in der Oper denken, als John unseren besten Freunden während der Aufführung von La Bohème unsere Verlobung bekanntgab.

Unberührter, frisch gefallener Schnee unter einer Straßenlampe in New York ist die eine Art von Märchen, aber ein glanzvolles Abendessen im Restaurant der Metropolitan-Oper vor einer Aufführung ist die andere, vom Menschen geschaffene Märchenart. Meiner Meinung nach befindet sich dieses Opernrestaurant in einem der schönsten Räume der Welt. Dort sieht jeder Mann blendend aus und jede Frau so, als wären die guten Feen noch unter uns, um schöne Gewänder zu schenken und auf jedes Gesicht ein strahlendes Lächeln zu zaubern. Ein Abend im Opernrestaurant gehört für mich zu den vollkommensten Vergnügen. Schon bevor ich John kennenlernte, hatte ich ein Opernabonnement gehabt, aber daß ein erstklassiges Restaurant in einem herrlichen Saal inmitten dieses weitläufigen Gebäudes existierte, bemerkte ich erst, als John mich dorthin führte.

„Kleines", sagte er ungeduldig an jenem Abend im Winter 1974, kurz nach unserem Besuch bei Cartier, „komm, wir müssen los."

Ich kam gerade aus dem Schlafzimmer. Wie immer war ich fix und fertig angezogen, aber John neckte mich gern und tat so, als gehörte ich zu den Frauen, die ständig zu spät kommen. Die Hände auf den Hüften, betrachtete ich ihn. Er stand im Wohnzimmer und sah in seinem Smoking hinreißend aus. Sein Haar war noch feucht vom Duschen und wellte sich leicht, und obwohl er es haßte, sich zweimal am Tag zu rasieren, hatte er es an jenem Abend mir zuliebe getan. Ich muß heute an die vielen Male denken, die er im Lauf unserer Ehe das Kinn gehoben hat, damit ich ihm an seinem Smokinghemd die Zierknöpfe befestigen und die schwarze Fliege glattstreichen konnte, und mir wird klar, daß dies einige der schönsten Augenblicke unseres gemeinsamen Lebens waren, Augenblicke, die mir heute so fehlen.

An jenem Abend nahmen wir an der 68. Straße den Bus zum Lincoln Center und stiegen wie üblich am Broadway aus. Mit meinen Abendschuhen, die mir nicht richtig paßten, mußte ich schnelle, kleine Schritte machen, um nicht hinter John zurückzubleiben. Als wir über den großen Platz vor der Metropolitan-Oper eilten, umflatterte mich der Abendmantel im Wind und gab den Blick frei auf mein hellblaues Satinkleid. Die Haare wehten mir ins Gesicht. Plötzlich blieb John stehen und sagte: „Nini, erwähne heute abend niemandem gegenüber, daß wir heiraten, ja?"

„Ja, ist gut", erwiderte ich zögernd, „aber warum nicht?"

„Warten wir einfach noch etwas, vielleicht bis der Ring fertig ist."

„In Ordnung, Bunky, wenn du das möchtest." Und ich vergaß es wieder. Dann fragte ich wie an jedem Opernabend: „Können wir ein Libretto kaufen?"

Das fragte ich ihn zu gerne, denn jedesmal – auch nach Jahren noch, als unsere finanzielle Lage viele Librettos hätte verkraften können – tat er so, als sei er ungehalten, und erklärte mir, es sei eine Extravaganz. Wie wollten wir es je zu etwas bringen, wenn ich immer nur Librettos kaufte?

„Also gut, aber das ist das letzte." Er zwinkerte mir zu. „Ich meine es ernst."

Im Foyer kaufte ich ein Libretto. Wir spürten, daß wir besonders auffielen, als wir die Treppe hinaufgingen. Im Foyer drängten sich die Menschen, aber wir waren als einzige so festlich gekleidet. Wir waren jung und gutaussehend und glücklich. Alle sahen es unseren strahlenden Augen an, wie sehr wir einander und das Leben liebten. Ich glaubte ganz fest, daß sich noch kein junges Paar so gefühlt hatte wie wir, und das muß sich auf meinem Gesicht widergespiegelt haben, denn einige ältere Männer und Frauen erwiderten unseren verklärten Blick mit wohlmeinendem Verständnis.

In dem Stockwerk über dem Hauptfoyer öffnete John eine Tür, und dort begann das Märchen. Ich kam mir vor wie im kostbaren Speisesaal eines Ozeanriesen mitten auf nachtschwarzer See. Die Wände waren dunkel, und durch die hohen, schmalen Fenster auf der anderen Seite des Saals sah man auf eine Skulptur von Henry Moore und einen Teich. Überall waren Spiegel mit Goldeinfassung, Kerzen und leuchtendweiße Tischdecken. Die Kristallüster und Gläser funkelten, und das Tafelsilber glänzte. Unsere Freunde David und Carolyn Clark und Rodd Reynolds mit seiner Freundin Janet waren bereits da. Wir setzten uns und bestellten als Aperitif zwei Manhattan, und kurz darauf kamen auch Johns Chef, Bill Rubenstein, und seine Frau Sheryl.

Während des Essens sprachen wir über das Haus in East Hampton, das wir im nächsten Sommer wieder gemeinsam bewohnen wollten, worauf sich alle riesig freuten. Janet konnte mit etwas Opernklatsch aufwarten, den sie von ihrer Gesangslehrerin gehört hatte, und erzählte uns dann, daß Pavarotti, der heute abend den Rodolfo singen würde, jede Frau küßt, die zu ihm hinter die Bühne kommt. Die Frauen am Tisch erklärten, daß sie das vielleicht nachprüfen sollten. Es läutete, und wir mußten uns in den Zuschauerraum begeben. Mit dem Libretto und dem Opernglas in der Hand folgte ich John vom Restaurant zu unserer Loge, wo wir es uns bequem machten. Der Dirigent erschien, und die Musik begann. Mir ging durch den Kopf, wie glücklich ich war, hier zu sitzen und diese Oper zu hören. Aber noch wichtiger war, neben John zu sitzen und zu wissen, daß wir bald heiraten würden. Ich faßte nach seiner Hand und drückte sie. In der Dunkelheit konnte ich sehen, wie seine Lippen die Worte „Ich liebe dich" formten.

Die erste Szene war schnell zu Ende – Pavarotti als Rodolfo scherzt mit seinen Freunden in der Dachkammer und hält Mimis kalte Hand. La Bohème ist eine so melodramatische Oper, daß ich mich fragte, warum ich sie und auch viele andere Opern mit ihren lächerlichen Handlungen so liebte. Sie hatten mir tatsächlich immer Trost und Sicherheit gegeben, weil, wie ich meinte, die dort besungenen Schicksale so ungleich tragischer waren, als meines je würde sein können. Ich blickte zu John hinüber. Es bestand ein gewaltiger Gegensatz zwischen dem, was auf der Bühne geschah, und dem, was das Leben uns bot. Wir waren jung und unbehelligt von größerer Not. Wen kannten wir, der vielleicht wie Mimi hätte enden können? Niemanden.

Wir klatschten begeistert, als die Darsteller nach dem ersten Bild vor den Vorhang traten. Aber es mußte wohl die übersprudelnde zweite Szene gewesen sein, die in John etwas bewegt hatte, denn als wir in der Pause wieder in das Opernrestaurant gingen, war das erste, was er allen erzählte, daß wir verlobt seien. Er floß förmlich über vor Begeisterung und sah glücklich und zufrieden aus. David sprang auf und bestellte eine Flasche Champagner.

Die Ehe machte uns gelassener. Nach unserem Hochzeitstag hatten wir nie mehr eine ernsthafte Auseinandersetzung. Wir hatten nette Freunde, wir liebten beide unsere Arbeit, wir gaben das Geld, das wir besaßen, leichtsinnig füreinander aus, und wir konnten uns nach wie vor stundenlang miteinander unterhalten. Immer wenn wir bei unseren sommerlichen Spaziergängen am Strand einem älteren, grauhaarigen Ehepaar begegneten, blickte ich in Johns dunkelblaue Augen, und er blickte in meine hellblauen, und wir lächelten ein ums

andere Mal und faßten es schließlich in Worte: Wir freuten uns auf die
Zeit, wo wir selbst als grauhaariges Ehepaar den Strand entlanglaufen
würden, nach einem Leben, das erfüllt war von Leistungen, durch
Kinder und Enkelkinder und die ungebrochene Liebe füreinander.
Des öfteren sagte John: „Du wirst reizend aussehen, Nini. Ich sehe
dich schon mit grauen Haaren und einem deiner verrückten Strand-
hüte, die du dann bestimmt trägst." Und ich erinnere mich, John
erzählt zu haben, daß er mit grauen Haaren wie ein Bundesrichter
aussehen würde, daß seine Späße noch ebenso lustig wären, daß er
noch immer so attraktiv sein würde und daß ich ihm immer noch
nachlaufen würde.

KAPITEL 2

„JOHN, kannst du mich hören? Ich bin hier im Garten. Kannst du mir
die Samentüten von der Veranda bringen?"

„Hier sind sie. Meinst du nicht, daß es noch zu früh zum Aussäen ist?"
„Ich säe nur die Radieschen, die Erbsen und den Kopfsalat. Die
sollen jetzt in die Erde."

John saß auf dem Boden und trank einen Kaffee. Es war ein warmer
Vormittag, Anfang April 1978. Wir gönnten uns ein verlängertes
Wochenende und hatten diesen Montag freigenommen. Die wär-
mende Sonne beschien unsere bleichen Glieder und tat richtig gut.
John legte sich auf den Rücken und schloß die Augen. Mein Gott, fuhr
es mir durch den Kopf, dies wird überhaupt unser siebter gemeinsa-
mer Sommer sein. Ich blickte zu John hinüber, der so gelöst wirkte,
wie er da im Gras lag, und der dieses Haus, das wir gekauft hatten,
über alles liebte, und ich sagte mir immer wieder, wie sehr ich diesen
Mann bewunderte. Er brachte mich ständig zum Lachen.

John schlug die Augen auf, und ich sagte ihm, daß ich mit dem
Aussäen fertig sei, es müsse nur noch gegossen werden. Einen
Schlauch hatten wir allerdings noch nicht, wie uns jetzt gleichzeitig
wieder einfiel. John lachte und sprang auf die Füße. Er würde schon
gießen, sagte er, in der Garage stehe eine Gießkanne. Das mußte ich
mir ansehen. Ich holte extra den Fotoapparat meiner Mutter und
machte eine Aufnahme. Er mußte wenigstens fünfzigmal zum
Wasserhahn an der Außenmauer laufen, bis er alles gewässert hatte.

Inzwischen war es fast Mittag geworden, und wir merkten, daß wir
uns beeilen mußten, wenn wir noch etwas essen wollten. Uns blieb
nicht mehr viel Zeit, denn wir hatten am späten Nachmittag einen

Termin bei Dr. Uscher, bevor wir nach Hause zurückkehrten. Dr. Uscher hatte mich wegen meiner bisherigen Kinderlosigkeit behandelt, zuletzt mit Hormonen. Heute sollte ich wieder zur Untersuchung kommen. Also beeilten wir uns.

Während John die Sachen in den Wagen packte, schloß ich das Haus ab. Dann saßen wir glücklich alle beide im Wagen, John ließ den Motor an, und wir fuhren auf den Montauk Highway. Es herrschte schrecklich viel Verkehr, und in der Zeit, die wir bis zum Shinnecock Canal brauchten, wären wir normalerweise schon in New York gewesen. Der Heimweg war ohnehin nie so schön wie die Ausfahrt. Diese Fahrt erinnerte mich wieder einmal an jene vorangegangenen Sommer, in denen wir stets nach East Hampton gereist waren, in das Haus, das wir damals mit Johns Kollegen teilten.

DIESES weißverputzte Haus in East Hampton war im späten 19. Jahrhundert im spanischen Stil gebaut worden. Man konnte nur im Sommer darin wohnen, denn es hatte kein isolierendes Fundament, und die einzige Wärme an kalten Abenden spendeten offene Kamine im Wohn- und Speisezimmer sowie in zweien der Schlafzimmer. Auch in unseren Tagen konnte man sich in diesem Haus noch Diener vorstellen und Köchinnen in bodenlangen weißen Schürzen, kleine Kinder in Gesellschaft ihres Kindermädchens und der Mutter im hochgeschlossenen weißen Batistkleid, die dem Papa und seinen Freunden in ihren weißen Knickerbockern zuwinken, wenn diese die Treppe der Veranda heraufkommen, erhitzt vom morgendlichen Golfspiel, den Blick auf eine Karaffe mit geeistem Tee oder Limonade gerichtet. Das schönste Wochenende für den Aufbruch dorthin war das um den Memorial Day, Ende Mai, dem Tag zur Erinnerung an die gefallenen Soldaten des Sezessionskrieges, das erste wirkliche Sommerwochenende. Wir fuhren damals meistens am Freitag gegen sieben Uhr abends los, in der Hoffnung, dadurch dem schlimmsten Verkehr auszuweichen. Der Wagen war vollgestopft mit Sommersachen, Bettzeug und Handtüchern und Johns Tennisausrüstung.

John und ich kamen an diesen Memorial-Day-Wochenenden abends immer als erste in East Hampton an. Selbst im Dunkeln wirkte das Haus gemütlich. John stieg aus, schloß die Tür auf, öffnete die grünen Fensterläden, machte das Licht auf der Veranda an und dann die Lampen im Innern. Ich folgte mit einigen Koffern und jenem gespannt-neugierigen Gefühl, das einen den Kopf etwas recken läßt. „Wie schön, da sind wir wieder." Dann fuhren Carolyn und David vor, und mit dem gleichen staunenden Glücksgefühl betraten sie zum erstenmal nach dem langen, eiskalten Winter wieder das Haus. Carolyn und ich machten uns an die Hausarbeit, wir überzogen die Betten und schleppten Lebensmittel in die Küche. Wie wär's mit einem Feuer? Kein Problem. David holte Holz von der hinteren Veranda. Die Arbeitsteilung nahm schon in den nächsten Tagen weniger herkömmliche Formen an: John betätigte Staubsauger und Waschmaschine, David nähte einen abgerissenen Vorhang im Wohnzimmer und deckte den Tisch. Und die übrigen Männer im Haus bereiteten köstliche Abendessen zu, während die Frauen Tennis spielten.

An einem der typischen Samstagabende im Juli und August saß ich gegen sieben Uhr in einem alten hölzernen Liegestuhl auf der Veranda, geduscht, die Haare gewaschen und einigermaßen ordentlich angezogen. Vorausgegangen waren endlose Stunden, in denen ich versucht hatte, so zu tun, als könnte ich Tennis spielen: Es war eine Quälerei für mich. Keine Koordination zwischen Auge und Arm. Dann herrlich faule Stunden am Strand: schwimmen, auf den Handtüchern liegen und plaudern, Limonade trinken, lachen. Aber die Abende waren mir die liebste Zeit, wenn ich beim Essenzubereiten half und dabei John betrachtete, der seine Geschichten erzählte.

An einem Abend im Jahr 1975, gegen Ende unserer Sommerferien in East Hampton, fragte ich John, ob wir nicht ein Kind haben könnten. Ihm gefiel der Gedanke sehr, aber er sagte: „Warten wir bis September, dann bekomme ich eine Gehaltserhöhung und kann besser überblicken, wo ich in der Firma stehe." Das klang vernünftig, und so warteten wir ab, und im September erfuhren wir, daß John nicht nur eine kräftige Gehaltserhöhung erhalten hatte, sondern auch als Sozius in seiner Kanzlei künftig eine bessere Position innehatte. So machten wir uns mit dem Gedanken vertraut, ein Kind zu haben. Zunächst schien uns das Glück hold.

Ich hatte den Eindruck, schwanger zu sein, aber anhaltende Blutungen machten mir Sorge. Immer wieder rief ich den Arzt an, der meinte, daß ich wahrscheinlich überhaupt nicht schwanger sei und die Blutung lediglich eine Verlängerung der Regel darstelle. Er glaubte, daß ich im nächsten Monat wieder einen völlig normalen Menstruationszyklus hätte.

Inzwischen hatte ich die Stelle gewechselt und arbeitete nun im Sekretariat der Schule, die ich früher besucht hatte, der Eleanor-Roosevelt-Schule. Bei einem Klassentreffen mit meinen ehemaligen Mitschülerinnen wurde mir an diesem Freitagabend so schwindlig, und ich hatte solche Schmerzen, daß ich nach Hause gebracht werden mußte. Ich rief den Arzt an und berichtete ihm, was passiert war. Er behauptete, daß es wohl nichts Schlimmes sein könne. Wenn es mir aber Montag immer noch nicht besserginge, solle ich zu ihm kommen. Ich fragte, ob ich nicht lieber jetzt kommen solle, aber er sagte mir, er habe keine Zeit.

Aber am Samstagabend, nachdem ich mich den ganzen Tag unwohl gefühlt und Schmerzen gehabt hatte, wurden die stechenden, bohrenden Unterleibsschmerzen plötzlich unerträglich. Noch nie hatte ich solch ein Brennen verspürt. Die Blutung wurde sehr viel stärker. John wählte die Nummer meines Arztes. Der war verreist, aber immerhin gab der telefonische Anrufbeantworter einen gewissen Dr. Uscher als Vertretung an. Als John in dessen Praxis anrief, befand sich Dr. Uscher gerade im Columbia-Krankenhaus, aber man würde ihm dort ausrichten lassen, sofort zurückzurufen. „Es ist dringend", beendete John das Gespräch.

Dr. Uscher rief zurück und bat mich ans Telefon. Er fragte nach den Symptomen und wollte dann John wieder sprechen. „Bringen Sie sie sofort hierher in die Notaufnahme. Ich erwarte Sie dort."

Die Notaufnahme des New Yorker Columbia-Krankenhauses war an jenem Samstagabend so voller Menschen und so laut, daß ich mich in einer U-Bahnstation wähnte. John und ich mußten endlos lange anstehen und dann Dutzende von Fragen beantworten, während wir ein ums andere Mal wiederholten, daß Dr. Uscher uns erwarte. Endlich sagte uns eine Schwester, sie wolle ihn rufen.

Eine halbe Stunde verging, eine dreiviertel Stunde. Dann rief man uns auf; Dr. Uscher war da. Er sagte, es tue ihm leid. Er habe gewußt, daß wir schon einige Zeit warteten, aber er habe eine Entbindung nach der anderen gehabt und komme gerade erst von einer Kaiserschnittgeburt. Er führte mich in ein Untersuchungszimmer. Ich hatte wahnsinnige Angst.

„Da ist nicht soviel Blut", sagte er. „Ist es diese Seite, die weh tut?"

„Ja."

„Tut die andere Seite auch weh?"

„Ja."

Dann brauche er eine Urinprobe, sagte er mir. Ich lieferte ihm die Probe, und er ging damit hinaus. Er würde in einigen Minuten wieder zurück sein, erklärte er.

Es vergingen zehn Minuten, zwanzig Minuten, eine halbe Stunde. Ich war kurz davor durchzudrehen. Endlich erschien Dr. Uscher.

MITTEN IM LEBEN 187

„Wir mußten den Schwangerschaftstest mehrmals machen. Deshalb hat es so lange gedauert. Sie sind schwanger", sagte er.

Ich war außer mir vor Freude. „Wirklich? Ich wußte es!"

„Aber es handelt sich mit größter Wahrscheinlichkeit um eine Tubenschwangerschaft." Tubenschwangerschaft, was sollte das bedeuten? Ich wußte es nicht. „Diese Schwangerschaft findet auf halbem Weg zwischen Eierstock und Gebärmutter im Eileiter statt", erklärte er. Später erfuhr ich, daß die Frucht dort nicht lebensfähig ist; außerdem sprengt sie, wenn sie wächst, den Eileiter.

Wir gingen hinaus zu John, und Dr. Uscher berichtete ihm von seinem Verdacht. Dann betrachtete er mich eingehend. „Sie sehen nicht sehr gut aus. Sie könnten einen Schock bekommen. Wir behalten Sie am besten gleich hier." Er brachte mich selbst in ein Krankenzimmer, wo man mich in ein Bett legte; meine Kleider kamen in einen braunen Papierbeutel. Auch meinen Ehering und eine goldene Halskette, die John mir geschenkt hatte, mußte ich ablegen. Ich verliere alles, dachte ich bei mir. Ich bin nicht stark genug, um das zu überstehen. Ich bin ein Schwächling.

John war noch unten und füllte an der Aufnahme Formulare aus. Dr. Uscher kam noch einmal zurück, um sich ein zweites Mal die Geschichte anzuhören, daß mein Arzt die Blutungen tagelang nicht beachtet hatte. Er war empört. Die Schwestern nahmen Blutproben, und dann kam John endlich.

Dr. Uscher hatte noch mehr Fragen: Ob meine Schultern schmerzten, ob es weh tue, wenn ich lachte. Ja, fiel mir plötzlich ein. Großer Gott, was hatte das zu bedeuten? Er erklärte mir, daß sich Blut nach oben zum Zwerchfell bewege. Eine Stunde oder länger wartete ich einfach nur zusammen mit John, bis Dr. Uscher ihm riet, nach Hause zu fahren und sich etwas auszuruhen. Er versprach, ihn anzurufen, falls operiert werden müsse. Dann erschien ein Assistenzarzt, um einen Infusionsschlauch anzubringen. Zuerst versuchte er, die Nadel in den linken Handrücken zu setzen. Es gelang ihm nicht, und als er durchstach, wurde meine Hand blau und schwarz. Er war aufgeregt, und ich sagte ihm, er solle sich Zeit lassen. Schließlich hatte er den Schlauch in meinem rechten Handrücken befestigt.

Dr. Uscher kam noch einmal herein und fragte, ob ich Schmerzen hätte, wenn ich hustete. Ich bejahte und sagte ihm, daß auch meine Schultern jetzt sehr weh täten. Das schien ihn zu beunruhigen, und er untersuchte mich erneut und führte dann eine lange Nadel in meinen Unterleib, um etwas Flüssigkeit zu entnehmen. Ich empfand einen Todesangst verursachenden, unbeschreiblichen Schmerz. Die Flüssigkeit war Blut – ich hatte innere Blutungen. „Fertigmachen", sagte er zu der Krankenschwester, deren Hand ich gehalten und mit meiner angstvollen Umklammerung fast zerquetscht hatte. Fertigmachen? Was hieß das? Die Schwester, eine freundliche, sanfte Irin, erklärte mir, daß sie mich nun für die Operation vorbereiten würde. Dr. Uscher rief John an und informierte ihn, und ich wurde in den Operationssaal gerollt. Ich werde sterben, dachte ich.

Auf einer Uhr sah ich noch, daß es halb fünf Uhr früh war, und dann stülpte mir ein Anästhesist die Betäubungsmaske über.

Ich kam erst in meinem Krankenzimmer wieder zu mir. Dr. Uscher saß neben dem Bett. Das Zimmer erschien mir in dem Augenblick als das schönste, in dem ich je gewesen war, wenngleich es eigentlich ein ganz gewöhnlicher, schmuckloser Raum war. Aber ich war wieder zu mir gekommen, ich lebte, und das war herrlich.

„Sie hatten eine Eileiterschwangerschaft", erklärte Dr. Uscher. „Sie haben sehr viel Blut verloren, aber wir brauchten keine Transfusion vorzunehmen. Ich mußte den linken Eileiter entfernen, der Embryo hatte ihn gesprengt, aber den Eierstock habe ich gelassen." Dr. Uscher hatte offenbar mein Leben gerettet. Eine Eileiterschwangerschaft, so erfuhr ich später, ist lebensgefährlich.

Schließlich erschien John. „Oh, Nini, du hast es überstanden", sagte er. „Ich liebe dich so, Nini. Als ich nach Hause kam, bin ich ins Schlafzimmer gegangen, und die Schranktür stand offen, und da hing dein blauer Arbeitskittel, und ich habe ihn herausgenommen und an mein Gesicht gepreßt und geweint und geweint. Ich hatte solche Angst, daß ich dich verlieren würde. Dann rief Dr. Uscher an und sagte mir, man werde operieren. Er ist ein prachtvoller Mann, Nini. O Nini, ich liebe dich so sehr."

Nach der ersten Freude, noch zu leben, fiel ich ein paar Tage darauf in eine schwere Depression. Die Operationsnarben schmerzten derart, daß ich vornübergebeugt gehen wollte, doch die Schwestern bestanden darauf, daß ich mich aufrecht hielt. Und die Depression sei, wie ich hörte, zum Teil die Folge der abrupt beendeten Hormonproduktion in den Anfangswochen der Schwangerschaft.

Der Embryo war sieben Wochen alt gewesen.

Eines Morgens kam eine Schwester um sechs Uhr morgens mit einem Baby zu mir, einem allerliebsten, zusammengerollten, rosafarbenen Neugeborenen.

„Guten Morgen. Es ist Zeit, das Kind zu stillen."

Verschlafen sagte ich: „Ich, äh, ich habe kein Kind." Sie sah mich an und dachte offenbar, die hat es wohl noch nicht ganz verdaut.

MITTEN IM LEBEN

„Doch, hier ist Ihr Baby."

„Nein, das ist ein Mißverständnis. Ich bin hier, weil ich eine ektopische Schwangerschaft hatte. Ich habe kein Baby!"

„O mein Gott!" rief sie und hastete aus dem Zimmer. „Entschuldigung."

Ein paar Tage später wurde ich entlassen. Dr. Uscher war einverstanden, mich als Patientin weiterzubehandeln. Als nach einer weiteren Operation zur Öffnung des verbleibenden Eileiters offenkundig wurde, daß ich Schwierigkeiten haben würde mit einer erneuten Empfängnis, nahm er sich auch dieses Problems an.

DIE lange Fahrt von unserem Ferienhaus in Bridgehampton zur Praxis Dr. Uschers an jenem Tag im April 1978 war der Mühe wert. Das Gespräch dauerte nicht lange, denn es gab gute Nachrichten: Die Sperma-Untersuchung zeigte bei John ein normales Bild. Dr. Uscher erklärte, daß er mir Premarin verschreiben werde, ein Medikament, das der abträglichen Bildung säurehaltiger Flüssigkeit im Gebärmutterhals entgegenwirken solle, und in den nächsten Wochen sollten wir mindestens alle zwei Tage Verkehr haben, wobei ich sorgfältig die Temperatur zu beobachten hatte.

Ich weiß noch, daß Dr. Uscher zwei, drei Monate nach diesem Gespräch, als wir ihn im Columbia-Krankenhaus in New York aufsuchten, meine Temperaturaufzeichnungen betrachtete und merkte, daß wir offenbar häufiger Verkehr gehabt hatten, als wir „gemußt" hätten. „Ich muß Ihnen gestehen, Sie beide haben das beste Sexualleben unter meinen Patienten." John und ich grinsten.

Ein paar Wochen später zeigte sich der Erfolg. Ich war schwanger und wußte es frühzeitig, denn meine Temperatur lag mehrere Tage leicht über den Normalwerten. Außerdem wußte ich es eben einfach, und ich war so in Hochstimmung, daß ich Dr. Uscher anrief und ihm die Zahlen meiner Temperaturaufzeichnung vorlas.

Er sagte: „Es war mir klar. Es war mir klar, als ich ein paar Tage nichts von Ihnen hörte, daß wir ins Schwarze getroffen haben mußten. Für einen Test ist es noch sehr früh, aber Sie haben ja das Labor gleich bei sich in der Nähe. Sie können ja trotzdem morgen eine Probe dort abgeben."

Ich dankte ihm und sagte, wie glücklich John und ich seien. „Warten wir den Test morgen ab", erwiderte er, „und seien Sie nicht enttäuscht, wenn er negativ ausfällt. Wir warten dann einfach noch eine Woche und wiederholen dann den Test. Ich rufe Sie an, sobald das Labor mir Bescheid gibt."

Das tat er. Der Test war negativ. Ich glaubte, vor Enttäuschung und Verzweiflung zu vergehen, doch Dr. Uscher sagte, er sei sich dennoch ziemlich sicher, daß ich schwanger sei. Wir würden den Test nächste Woche im Krankenhaus wiederholen. An jenem Tag hatte ich Angst vor dem Abend: Ich wußte, daß ich losheulen würde, wenn John nach Hause kam und ich ihm das Ergebnis erzählte. Zu allem Überfluß mußte er auch noch am nächsten Tag geschäftlich nach Europa, so daß er nicht einmal da war, wenn ich den zweiten Test machte, und ich wollte dann nicht allein sein. Ich weiß, es klingt wahrscheinlich ziemlich albern, aber John verstand es immer, mich zum Lachen zu bringen, auch wenn es mir schlechtging.

Ich erinnere mich noch, daß ich einmal, nach etwa einem Jahr Sterilität, im Scherz sagte, da ich kein Kind bekäme, hätte ich gern wenigstens eine Katze. John mochte Katzen überhaupt nicht und hatte bisher immer unnachgiebig nein gesagt.

„Ja, Nini, natürlich", antwortete er diesmal, und am darauffolgenden Wochenende liefen wir von einer Tierhandlung zur anderen und sahen uns Burmesenkatzen an. Schließlich kamen wir zu einem Geschäft, das „Das Katzenhaus" hieß. Wie sich herausstellte, gab es dort aber nur Katzenartikel, also Halsbänder, Körbe, Futter usw. Man konnte uns aber sagen, wo wir eine Burmesenkatze finden würden. Der Ladeninhaber kannte eine Frau in Brooklyn, die Burmesenkatzen züchtete, und er gab uns ihre Telefonnummer.

Als wir nach Hause kamen, wählte John die Nummer. „Hallo, ich heiße John Rossi", sagte John, als sich die Katzenzüchterin meldete. „Ich habe Ihren Namen im ‚Katzenhaus' erfahren. Meine Frau und ich suchen eine Burmesenkatze, und dort sagte man uns, Sie hätten welche zu verkaufen ... Gut, wir kommen morgen vorbei. Auf Wiedersehen."

Am nächsten Tag fuhren wir nach Brooklyn, und ich suchte mir einen Kater aus. John vergötterte ihn, auch wenn er es kaum zugeben wollte. Hin und wieder erwischte ich ihn, wie er ihn liebevoll kraulte. Er gab ihm den Namen Leo.

Sterilität und der verzweifelte Wunsch nach einem Kind bringen so viele unglückliche und einsame Augenblicke in das Leben eines Ehepaars, daß das Thema am Ende immer gegenwärtig ist und doch stets seltener erwähnt wird. Man fängt sogar an zu glauben, daß man sich das alles vielleicht nur einbildet, daß man am Ende eigentlich gar kein Kind haben möchte. Man weiß zwar, daß es nicht stimmt, aber man fängt an, darüber nachzudenken, und man wird immer konfuser. Es bedarf schon einer besonderen Ehe und eines besonderen Arztes, der den schwankenden Zustand zwischen Hoffnung und Verzweiflung kennt, in den man jeden Monat wieder fällt, Jahr um Jahr. Das wirklich Grausame ist, daß man jeden Monat, dessen Tage unerbittlich verstreichen, immer behutsamer wird: kein Laufen oder Jogging mehr, nicht einmal mehr Treppensteigen, denn vielleicht liegt es gerade daran, und man möchte nichts falsch machen. Man läßt sogar den Kaffee und den Alkohol weg für den Fall, daß man diesmal schwanger ist. Es ist absurd, und man erzählt nicht einmal seinem Mann, warum man nicht mehr mit ihm zum Jogging geht; aber er ist schließlich nicht auf den Kopf gefallen, und eine Woche danach, wenn er einen aus dem Bad kommen sieht und man so aussieht, als hätte man geweint, weiß er Bescheid.

Immer wieder setzte John sich neben mich, bevor er zur Arbeit fuhr, hielt meine Hand und sagte: „Du weißt, das alles bedeutet mir ebensoviel wie dir, aber du mußt immer daran denken, Kleines, daß du es bist, die ich liebe, und alles, was ich will, ist, daß du glücklich bist. Ich liebe dich sehr. Bitte, laß dich nicht unterkriegen. Wenn du traurig bist, bin ich es auch. Und jetzt lächle, und denke einfach, daß du ja mich hast."

„Bunky, ich liebe dich so. Aber dies alles wirft mich einfach um. Ich weiß, es ist auch für dich schwer, aber du bist der einzige Mensch, mit dem ich darüber reden kann. Ich weiß gar nicht, was ich ohne dich anfinge. Du schaffst es immer wieder, mich aufzumuntern." Und er fing an, Grimassen zu schneiden.

„Ja", rief er, als ich zaghaft lächelte, „das ist meine Nini! Du hast heute einen guten Tag im Büro, ja? Und geh mir nicht mit Robert Redford durch, denn ich möchte dich um das Haus jagen, wenn ich heimkomme. Also egal, wie oft er anruft, geh mir nicht mit diesem Supermann von Schauspieler durch. Verstanden?"

Solche Geschichtchen ließ John immer wieder los. Es konnte sogar sein, daß er mich im Büro anrief, um sich zu vergewissern, daß Robert Redford nicht tatsächlich zum Mittagessen mit mir in den Schnellimbiß um die Ecke gegangen war. Ein andermal rief er nur an, um mich zu fragen, ob ich ihn noch liebe.

„Natürlich, Bunky."

„Gut", sagte er und legte auf. Ich wußte nie wirklich, warum er mich immer wieder fragte, ob ich ihn liebe, warum er mich immer wieder beschwor, ihn nie zu verlassen. Ich fragte ihn einmal, ob er tatsächlich glaube, daß ich ihn je verlassen würde.

„Ich weiß es nicht, Nini. Ich möchte dich nur nie verlieren, das ist alles."

„Das wirst du nicht, Bunky, ich werde immer bei dir sein. Wenn, dann wirst höchstens du es sein, der mich wegen eines hübschen, großen und gertenschlanken Mädchens verläßt. Sprich also bitte nicht davon. Ich weiß, daß du nur Spaß machst, aber wenn du mich so ernst fragst, macht mich das nervös."

Noch etwas machte er des öfteren. Aus heiterem Himmel, wenn er sich rasierte oder sonst etwas tat, rief er plötzlich „O nein!" und faßte sich an die Stirn.

„Was ist los, Bunky?" fragte ich ihn dann, und er antwortete: „Ich habe mich gerade an etwas erinnert, was ich als Junge mal gemacht habe. Mann, war das eine Idiotie!" Und wenn ich wissen wollte, was es gewesen sei, wiegelte er ab: „Ach, nichts Besonderes."

Aber manchmal erzählte er es mir doch, und wenn er es tat, kam mir das, was er schilderte, so unbedeutend vor – ganz sicher war es nichts, weswegen man sich noch nach Jahren ereifern müßte. Etwa dieser Vorfall: „Einmal habe ich im Chemieunterricht in der Schule die Hand gehoben, nur um so zu tun, als wüßte ich die Antwort auf die Frage des Lehrers. Prompt rief er mich auf, und ich erfand irgendeine Antwort, die natürlich falsch war."

„Das haben wir doch alle gemacht, Bunky", wunderte ich mich. „Wieso denkst du gerade jetzt daran? Hat es was mit deiner Arbeit zu tun?"

Er verzog das Gesicht und verneinte. Das sei ihm gerade eingefallen, und dann wiederholte er: „Manchmal bin ich ein richtiger Idiot."

Dann legte ich den Arm um ihn und sagte: „Bunky, du bist der gescheiteste, wundervollste Mann, der mir je begegnet ist, und ich muß mich manchmal kneifen, um sicher zu sein, daß ich tatsächlich mit dir verheiratet bin. Im übrigen habe ich gedacht, du wärst in Chemie immer gut gewesen. Nur Einser und Zweier, oder?"

Und John nickte. „Ich wollte einfach nicht dumm dastehen. Ich bin in der Schule nie zum Klassensprecher gewählt worden, weißt du das? Ich war nicht sehr beliebt."

Ich war verblüfft. John gehörte in seiner großen Kanzlei zu den beliebtesten Mitarbeitern. All seine Freunde beneideten ihn um seine fröhliche, unbekümmerte Art.

„Ja, mit Mädchen bin ich immer gut ausgekommen. Da hat es nie Schwierigkeiten gegeben. Aber ich war nie allseits beliebt. Auf der High-School waren Tom, Steve und Jim meine einzigen Freunde, und auf dem College und auf der Universität waren es nur Mike und Phil." Und er nickte bedächtig.

„Bunky, sieh dir doch nur all die Leute an, die dich heute mögen, die

MITTEN IM LEBEN   193

Leute in der Kanzlei, all unsere Freunde. Jeder, der dich kennenlernt, mag dich."

Sogar heute schüttle ich den Kopf darüber – wenn er wüßte, wie beliebt er war. Wenn er wüßte, daß die Kanzlei Mündelgeld für die Ausbildung unseres Sohnes gestiftet hat; und alle unsere Freunde haben sich daran beteiligt. Im letzten Frühjahr benannte die Firma den Tennispokal, der jährlich bei einem firmeninternen Wettbewerb vergeben wurde, nach John: „John-Rossi-Gedächtnispokal". Anderthalb Jahre war John schon tot, und seine Freunde dachten noch immer an ihn. Einer von ihnen drückte es einmal so schön aus: „Wir wollten etwas für John tun, wir wollten, daß man sich an ihn erinnert. Und wir dachten uns, daß in vielen Jahren, wenn einmal ein junger Kollege diesen Preis gewinnt, er sich vielleicht fragt: Wer war eigentlich dieser John Rossi? Und dann würde er die Geschichte hören."

Und Bunky meinte, er sei nicht beliebt gewesen. Ha!

JOHN fuhr also vor dem zweiten Schwangerschaftstest nach Europa, und ich mußte wohl oder übel allein am 16. Mai 1978 ins Krankenhaus fahren. Ich machte mich ganz früh auf den Weg und war um acht Uhr dort. Dr. Uscher versprach mir erneut, mich sofort anzurufen, wenn er die Ergebnisse vorliegen hätte, und ich fuhr mit der U-Bahn zur Arbeit. Noch vor Mittag rief Dr. Uscher an. Höchstwahrscheinlich sei ich schwanger!

Ich war überglücklich und dankbar und schwebte für den Rest des Tages im siebten Himmel. Nach Arbeitsschluß ging ich nach Hause, um John in Madrid anzurufen. Ich war so aufgeregt, daß ich kaum die Tür aufschließen konnte. Ich rannte an Kater Leo vorbei, der mich wie immer im Flur begrüßte, und sprach mit ihm: „Leo, wir haben es geschafft, wir haben es geschafft!" Ganz behutsam wählte ich die Nummer. Die Sekunden vergingen quälend langsam, zuerst die internationale Vermittlung, dann die spanische Vermittlung, und dann hörte ich endlich den Hotelempfang, der das Gespräch in Johns Zimmer durchstellte. Es läutete einmal, zweimal, und John nahm ab.

„John, John, wir haben es geschafft! Ich bin schwanger! Bestimmt! Gleich morgen früh habe ich einen Termin bei Dr. Uscher."

„Oh, Kleines, Nini." Seine Stimme zitterte. „Ich bin so glücklich. Ich liebe dich so. Wann ist es denn soweit?"

„Am 11. Januar 1979."

„Wie gerne wäre ich jetzt bei dir. Aber hör zu, du paßt gut auf dich auf, und wir sehen uns Samstag. Ich liebe dich."

John kam nach Hause, und ich glaube nicht, jemals so glücklich gewesen zu sein, einen Menschen zu sehen. Wir sprachen über die Schwangerschaft, und ich wollte von seiner Reise hören, aber er sagte, er sei nicht dazu gekommen, sich viel anzusehen, er hätte eine ganze Menge zu tun gehabt.

Ein paar Tage vergingen, und ich fühlte mich gar nicht so rosig. Ich bekam Blutungen, was mich sofort an die Zeit meiner ersten, ektopischen Schwangerschaft erinnerte. Dr. Uscher erklärte mir, die Schwangerschaft entwickle sich mit fünfundneunzigprozentiger Wahrscheinlichkeit normal und nicht im Eileiter, doch ich war deprimiert und unsicher. Ich wagte immer weniger, auf einen guten Ausgang zu hoffen. Um meine Angst wenigstens etwas zu mildern, dachte ich an die Frauen, die, wie ich gehört hatte, zuerst eine Eileiterschwangerschaft gehabt und dann doch noch Kinder bekommen hatten. Wenn nur noch ein paar Wochen alles glattging, wußte ich, daß ich nichts mehr zu befürchten hatte. Mir fiel ein Satz aus einem Buch von Anne Morrow Lindbergh ein: „Ich verstehe nicht, warum wir immer alle mit den Gesetzen des Zufalls rechnen, wenn unser Leben doch immer von den Erwartungen geprägt wird." Wie genau traf das auf mich zu, als ich darum betete, daß wir unser Baby nicht verlieren mögen.

Als ich das nächste Mal mit Dr. Uscher sprach, bestellte er mich noch vor dem Wochenende des Memorial Day ins Krankenhaus. Er wollte ein Sonogramm, eine Ultraschalluntersuchung, machen, um mit Sicherheit ausschließen zu können, daß die Schwangerschaft ektopisch war. Diesmal war John in New York und konnte mitkommen. Wir stellten am Abend den Wecker, rollten uns am nächsten Morgen zeitig aus dem Bett und rasten ins Krankenhaus.

Wir betraten die Station Dr. Uschers, und er erklärte uns, wo sich der Raum für die Ultraschalluntersuchung befand. Dort zeigte mir eine Assistentin das Gerät, den Sensor und den kleinen Monitor. Dann fragte sie mich, ob ich vorher wenigstens acht Glas Wasser getrunken hätte, was ich getan hatte. (Eine volle Blase bringt den Uterus für die Sonographie in eine bessere Lage.) John wartete draußen.

Ich machte den Bauch frei und kletterte auf den Untersuchungstisch. Die Assistentin rieb meinen Bauch mit einer glitschigen Flüssigkeit ein. Dann stellte sie den Bildschirm an, fuhr langsam mit dem Sensor, der wie ein seltsam geformtes Mikrofon aussah, über meinen Bauch und beobachtete dabei den Bildschirm. Ab und zu hielt sie den Sensor auf einer Stelle an und machte Aufnahmen. Ich war fasziniert und drehte den Kopf so, daß auch ich den Schirm sehen konnte.

„Wir werden den Kopf des Kindes gleich erkennen können. Da ist er schon, sehen Sie? Das ist alles sehr gut, es liegt im Uterus. Sie sind in der siebten Woche? Sieht alles normal aus. Schauen Sie einmal her, ich lass' das Gerät mal einen Moment hier, dann können Sie sehen, wie das Herz des Kindes schlägt. Sehen Sie? Sehen Sie auch die Arme und Beine? Noch richtig wie Flossen, obwohl man schon die Ansätze der Finger sieht. Und schauen Sie mal, die Augen." Sie hatte mit dem Finger auf verschiedene Stellen des Bildschirms gezeigt.

Ich atmete ganz ruhig. Ehrfurcht erfüllte mich. Das da war mein Kind. Hier auf dem Monitor sah ich das Wunder des Lebens.

Ich sagte: „Es ist nicht im Eileiter?"

„Nein, es ist alles normal." Ich weinte, und die Assistentin sagte: „Das bedeutet Ihnen sehr viel, nicht wahr?"

„O ja. Mein Mann und ich haben es uns so lange gewünscht."

„Ich gehe und sag es Ihrem Mann", erklärte sie, stellte das Gerät ab und verließ den Raum. Ich wischte den Glibber ab, zog mich wieder an und konnte im Wartezimmer Johns Stimme hören. Er klang sehr glücklich.

Hier drin war es ganz ruhig. Ein stiller Krankenhausraum, der Zeuge übergroßer Freude wurde. Ich bekam ein Kind, und ich hatte es gesehen! Die Ohren, die Nase, das Gesicht, den winzigen, gekrümmten Körper, das alles schwebte in mir. Als die Assistentin einmal mit dem Sensor in die Nähe seines Fußes gekommen war, hatte es sogar plötzlich getreten.

John und die Assistentin kamen herein, als ich gerade meinen Rock zuzog. Was für ein Lachen auf seinem Gesicht lag! Ich schmiegte mich an ihn, barg mein Gesicht an seiner Brust. Die Assistentin lachte auch und sagte: „Rufen wir Dr. Uscher an und geben ihm Bescheid."

Sie wählte seine Nummer und sagte, als er sich gemeldet hatte: „Dr. Uscher, ich glaube, ich habe gerade die beiden glücklichsten Menschen der Welt hier. Ja, die Rossis, woher wissen Sie das? Ja, alles bestens. Ich schicke Ihnen die Bilder rüber, sobald sie entwickelt sind. Ja, sie sind sehr glücklich."

Wir gingen durch das Krankenhaus zurück zu unserem Wagen und drückten uns unterwegs immer wieder.

„Wenn du es doch nur auf dem Bildschirm hättest sehen können, Bunky! Du kannst dir gar nicht vorstellen, wie das war. Ich habe unser Baby gesehen!"

„Konnte man erkennen, ob es ein Junge oder ein Mädchen wird?" fragte er.

„Nein, das konnte man nicht. Ich wollte es auch gar nicht wissen, du etwa? Es ist viel aufregender, glaube ich, zu warten und sich überraschen zu lassen." John pflichtete mir bei.

Wir stiegen in den Wagen und waren so aufgeregt, daß wir auf dem Riverside Drive die Abzweigung in die 96. Straße verpaßten, wo man durch den Central Park auf die East Side gelangt. Wir waren überglücklich und lachten über unser Mißgeschick. Dieser Tag war die Krönung: endlich ein Baby, eine Familie. Unsere Ehe, Bunkys Erfolg in der Anwaltskanzlei mit der Aussicht auf eine Position als Sozius, meine Arbeit in der Schule, unsere Wohnung in New York, unser Haus auf Long Island – das alles hatte viel Mühe gekostet, und jetzt hatte sich unser sehnlichster Wunsch erfüllt. Wir riefen noch am Abend alle Verwandten an und berichteten ihnen die Neuigkeit.

KAPITEL 3

DER Tag auf Long Island hatte um sieben Uhr damit begonnen, daß John und sein Freund Tony zum Tennisspielen gegangen waren und ich im Gemüsebeet Unkraut gejätet und dann belegte Brote gemacht hatte, die wir um halb zehn mit zum Strand nehmen wollten. Wir schrieben Juli 1978. Über dem Badeanzug trug ich eine plissierte mexikanische Bluse, die ich schon im College gehabt hatte. Lächelnd erinnerte ich mich daran, daß ein Junge, den ich von der Universität Colorado her kannte, sie meine „Umstandsbluse" genannt hatte. Ich blickte hinunter auf meinen Bauch, der gerade anfing, sich zu wölben, und dankte Gott, daß es endlich „andere Umstände" gab.

Ich hörte, wie der Wagen in die Auffahrt einbog, und John kam herein, sich das Gesicht mit dem Handtuch trocknend, und sagte: „Gib mir einen Kuß, Nini." Sein braunes, lockiges Haar quoll unter dem schweißnassen blauen Frotteestirnband vor. Das Hemd hing hinten wie immer über die Hose. Nachdem er mir mit der Hand über den Kopf gefahren war, ging er nach oben, um seine Lieblingsbadehose anzuziehen – verblichene Shorts mit einem Karomuster aus grauen, schwarzen und rosa Streifen auf weißem Grund; er liebte rosa Streifen. Ich rief nach oben, was er davon hielte, die Tennissachen in den Wäschekorb zu tun, anstatt sie auf den Boden zu schmeißen: „Das wäre doch mal was anderes, was meinst du?"

„O Nini", hörte ich ihn von oben antworten, „das wäre eine tolle Sache."

Wir lachten. Wir spielten dieses Spiel schon seit einigen Jahren; ich ließ ständig die Schuhe herumstehen, über die wir pausenlos stolperten, und er schmiß seine Tennis- und Joggingsachen dort auf den Boden, wo er sich gerade auszog.

Er kam mit einem Buch in der Hand nach unten, nahm die Kühltasche, und wir gingen zum Wagen. „Hast du meine Sonnenbrille, Kleines?"

„Jawohl."

Wir fuhren die Ocean Road entlang. Es sah so aus, als hätte der Kiosk an der Straße wieder Obst hereinbekommen; wir würden auf dem Heimweg etwas mitnehmen müssen. In der Dune Road entstand ein neues häßliches Haus. Letzte Woche hatten erst ein paar Pfähle im Boden gesteckt, in dieser Woche ließ das Holzskelett bereits das endgültige Aussehen ahnen.

Wir hielten an der Einfahrt zum Parkplatz und grüßten das Mädchen, das die Parkplaketten kontrollierte. Heute waren wir früh dran, so daß wir einen Platz in der Nähe des Strandes bekamen, und John ließ seine Sandalen im Wagen. Er trug sie nur beim Fahren und weigerte sich zuzugeben, daß man sich die Füße auf dem heißen Parkplatzpflaster oder im Sand verbrannte. Er holte die Kühltasche heraus, den Sonnenschirm und die niedrigen Strandstühle, die wir immer im Auto hatten. Ich trug die Handtücher, sein Buch, seine Sonnenbrille und meine Umhängetasche mit der *New York Times,* dem Sonnenöl, einigen meiner Strandtücher und den Wagenschlüsseln, die John hineingeworfen hatte. Wir gingen über den Steg zum Strand und schauten dann nach links und rechts, wie wir es jedesmal machten. Aber wir gingen immer nach links. Der nette alte Mann, dem das Haus gehörte, an dem wir immer vorbeikamen, um an unseren üblichen Platz zu gelangen, war auch schon unterwegs. Er nickte und lächelte uns zu, und John sagte guten Morgen.

Gelegentlich sehe ich den Mann auch heute noch. Er bezieht sein Haus im Frühjahr und verschließt es kurz nach Erntedank, und ich möchte immer hallo sagen oder ihm erklären, warum John nicht mehr dabei ist, warum ich nur noch mit meinem kleinen Jungen komme. Er lächelt, wenn er uns sieht, und ich habe das Gefühl, als wollte er uns ebensogern hallo sagen wie ich ihm. Ich wünsche mir manchmal, ich brächte den Mut dazu auf.

An jenem Tag stellte John die Strandstühle auf, bohrte den Metallschaft des Sonnenschirms in den Sand, immer tiefer und tiefer, bis er der Meinung war, der Wind könne ihn nicht mehr wegwehen. Er setzte sich etwa fünf Minuten neben mich, erzählte mir vom Tennis heute morgen mit Tony und daß Tony ein erstklassiger Spieler sein könnte, wenn er nur mehr Selbstvertrauen hätte. John betrachtete

Tennis im Grunde als geistige Auseinandersetzung, in welcher das Selbstvertrauen die entscheidende Waffe war, und er begriff nicht, warum Tony, den er so sehr bewunderte, einfach nicht diesen Biß hatte. Ich sagte John, daß nicht viele Menschen ihn hätten und daß die meisten von uns mehr schlecht als recht versuchten, sich über Wasser zu halten.

Manchmal hatte ich das Gefühl, eine Art Dolmetscher für John zu sein, wie er es auch für mich war. Er schilderte die optimistische Seite des Lebens, ich zwar nicht die pessimistische, aber doch die jener Menschen, die das Leben als etwas Schwieriges betrachten, selbst unter den glücklichsten Umständen. Einmal hatte er mir erklärt: „Du hast eine bessere Menschenkenntnis als sonstjemand, den ich kenne." Ich sagte, daß seine Menschenkenntnis genauso gut sei und daß wir lediglich auf unterschiedliche Art zu unseren Schlüssen kämen.

An jenem Tag gab er mir einen Kuß und sagte: „Ich liebe dich, Nini. Verlaß mich nie, Kleines." Dann: „Wie wär's, wenn wir schwimmen gingen?" Er sprang auf und rannte los in Richtung Wasser. Ich rief ihm nach, die Uhr abzunehmen, was er regelmäßig vergaß, und er kam zurück zu den Stühlen, schüttelte den Kopf und blinzelte in die Sonne. „Du bist doch ein Prachtmädchen, Nini", sagte er und reichte mir seine Uhr.

John war der glücklichste Mensch, wenn er in diesem blauen Wasser schwimmen konnte. Er gab ohne weiteres zu, kein guter Schwimmer zu sein, aber er tobte herum, und wenn ihn eine Welle überrollte, tauchte er immer grinsend wieder auf. An jenem Julimorgen überzeugte er mich davon, daß ich auch ins Wasser kommen müßte. „Es ist herrlich!" rief er, aber das sagte er auch, wenn das Meer grau und kalt war.

An jenem Morgen hatte er recht. Es war einer dieser selten klaren Tage; die Wellen schäumten nicht zu hoch, man konnte seine Füße sehen, wenn die Blasen verschwanden, und der Sand unter einem neigte sich sanft und stetig ins tiefer werdende Wasser. Ich ging langsam hinein und tauchte unter einer Welle hindurch, sobald das Wasser mir bis zur Brust reichte. Als ich an die Oberfläche kam, schwamm mir John unter Wasser um die Beine, und wäre ich nicht schwanger gewesen, hätte er mich gepackt und hinuntergezogen. Jetzt zwickte er mich bloß. Wir blieben ungefähr zwanzig Minuten im Wasser. Die meiste Zeit ließ ich mich auf dem Rücken treiben, dachte an uns beide und das Baby und beobachtete die Möwen.

Zurück am Strand, wickelte ich mich in ein Handtuch, reichte John die Uhr, und dann widmeten wir uns unserem Lesestoff und etwas kaltem Tee. Ich denke so manches Mal an die sieben Sommer, die wir an diesem Strand verbracht haben – jedes Jahr die gleichen Handtücher, die gleichen Strandtücher, das Bedauern, schließlich doch einen Badeanzug wegwerfen zu müssen, der viele Sommer überdauert hatte, aber dessen Gummizug ausgeleiert war. Ich tausche nicht gern etwas aus. Ich glaube, ich mochte das neue Haus an der Dune Road nicht nur deswegen nicht, weil es häßlich war, sondern auch, weil es mich zwang einzuräumen, daß man nie gegen Veränderungen gefeit ist, nicht einmal in seiner eigenen kleinen Welt. John hatte beim Lesen eine Sonnenbrille mit verchromter Fassung auf, die er seine Angeberbrille nannte. Er wußte, daß sie scheußlich und stutzerhaft war, aber er liebte sie heiß und innig. Als ich aufhörte zu lesen, schob er die Brille auf den Kopf, klatschte sich mit den Händen auf die Schenkel und fragte: „Was hältst du von einem Spaziergang, Nini?"

Wir gingen meistens nicht sehr weit, doch an dem Tag liefen wir bis hinunter zum nächsten öffentlichen Strand. Dann kehrten wir um, und John legte ein paar Spurts ein und war bald voraus. Ich legte die Hände auf die Hüften, blieb stehen und blickte hinaus aufs Meer. Die Sonne stand noch hoch genug, um die Wellen anzustrahlen, die sich am Strand brachen. Das, so ging es mir durch den Kopf, ist die vollkommene Glückseligkeit. Ich war glücklich, mein Mann war glücklich. Doch dann schoß mir ein Gedanke durch den Kopf, ein entsetzlicher, grauenvoller, grotesker Gedanke: Genieße diesen Augenblick, Nancy. So etwas wird nie wiederkommen, denn John wird bald sterben, und du wirst Witwe sein.

Ich blinzelte und drehte schnell den Kopf, um nach John zu sehen, der weit vorausgeeilt war. Er winkte mit beiden Armen. Er lief rückwärts, blickte in meine Richtung, glaubte, ich hätte ihn vergessen, und bedeutete mir gestenreich, mich zu beeilen und zu ihm aufzuschließen. Ich lief ein paar Schritte und faßte mir dann mit theatralischer Gebärde an die Brust, um ihm deutlich zu machen, daß ich außer Atem sei, und er kam mir entgegen. Nie wäre er auf die Idee gekommen, daß ich just in dem Augenblick den Gedanken hatte, ich würde ihn verlieren. Vielleicht bei einem Autounfall oder einem Flugzeugabsturz, wenn er wieder einmal nach Europa fliegen mußte. Ich hätte mich am liebsten geohrfeigt, weil ich fähig war, den Gedanken an seinen Tod hervorzubringen. Warum, so fragte ich mich, warum konnte ich nicht jeden Augenblick so genießen, wie er gelebt wurde, anstatt zuzulassen, daß dunkle Schatten darauf fielen? Ich gab John einen Kuß, und wir setzten unseren Marsch fort. Was für ein aberwitziger Gedanke. Es war wirklich nichts daran.

Wir liefen zurück zu unseren Stühlen und sprachen über Namen für das Baby. John meinte, er würde einen Jungen gern nach seinem Vater Vincent nennen. Ich sagte, daß ich ihm gern den Namen John geben würde. „Wirklich, Nini?"

„Ja."

Als Mädchennamen schlug John Katherine vor, und ich war einverstanden. Oder vielleicht Nancy, fügte er hinzu. Nein, mir gefiel Katherine.

„Oder warte mal, ich hab's", sagte John. „Nennen wir einen Jungen Rudy! Ist das nicht schrecklich? Rudy Rossi! Ich nehme an, andere Ehepaare haben sich vor der Geburt ihrer Kinder ebenfalls lustige Namen für sie ausgedacht, und wir lassen es bei Rudy." Anstatt mich zu fragen, wie es mir ging und was das Baby machte, fragte John künftig immer: „Wie geht es Rudy?"

Nach dem Essen packten wir zusammen und fuhren heim, um noch etwas zu lesen und ein Nickerchen zu halten. John stöhnte, weil er sich auf dem heißen Pflaster des Parkplatzes die Füße verbrannte. Als er die Wagentür öffnete, schlug ihm die Hitze der über den Kunststoffpolstern stehenden Luft entgegen. Wir legten Handtücher auf die Sitze und kurbelten die Fenster herunter, so schnell wir konnten. Den Obstkauf wollten wir für heute ausfallen lassen. Wir würden essen gehen, vielleicht in das spanische Restaurant in Southampton, einen Margarita und etwas Sangria trinken und dann ins Kino gehen.

Es war unsere letzte Ferienwoche. In acht Tagen würden wir schon wieder am Schreibtisch sitzen. Ich erinnere mich, daß ich nach Johns Tod gedacht habe, wie froh wir darüber gewesen waren, im Juli Urlaub gemacht zu haben. Dieser Sommer war anders als die bisherigen dort gewesen, denn zum erstenmal hatten wir nicht mit anderen zusammengewohnt. Zuerst hatte ich das ein wenig vermißt, und morgens hatten wir manchmal darüber gesprochen, jemanden zum Abendessen einzuladen. Aber wenn wir dann nachmittags nach dem Duschen auf unserem Bett lagen und von der See eine leichte Brise durch die Vorhänge wehte, beschlossen wir, am Abend doch lieber für uns zu bleiben. Früher hatte ich oft gedacht, daß wir das hohe Maß an Kameradschaft in unserer Ehe dadurch erhalten oder gar erhöhen könnten, daß wir uns mit unseren Freunden umgaben. Doch in jenem Juli entdeckten wir, daß wir uns, wenn wir allein waren, ebensoviel mitzuteilen hatten oder sogar mehr. Wir setzten unser etwas zurückgezogeneres Leben sogar fort, als wir im August nach New York zurückkehrten, und Ende September gab es außer Ärzten ohnehin keine anderen Menschen mehr in unserem Leben.

MITTEN IM LEBEN 201

DER Gedanke an unseren letzten gemeinsamen Sommer hat etwas schmerzvoll Unwirkliches. Ich habe ein Foto von John, das in jenem Juli am Strand gemacht worden ist, auf dem seine Augen über die Kamera hinwegzustarren scheinen, nicht in sie hineinblicken. Woran dachte er da? Und dann ist da noch eine Aufnahme von uns beiden, auf der wir von hinten zu sehen sind, wie wir den Strand entlanglaufen. John hat seinen Arm um meine Schultern gelegt, seinen Kopf zu mir hin geneigt, und wir beide sind in ein ernsthaftes Gespräch vertieft. Ich erinnere mich noch an diesen Augenblick und seine Worte: Ich würde bestimmt eine gute Mutter werden; er sei so stolz auf mich und brauche mich, und ich mache ihn so glücklich. „Natürlich", sagte er, „geht mir diese Geschichte mit der Anwaltskanzlei im Kopf herum, aber wenn sie mich nicht zum Sozius machen, kann ich jederzeit kündigen, und im übrigen habe ich ja mein Kleines. Was will ich mehr?" Und das meinte er wirklich.

Im August besuchten wir, wie jedes Jahr, Johns Familie in Utica im Norden des Staates New York. Da Johns Bruder im August Geburtstag hat, hatten wir jeden Sommer einen freudigen Anlaß, dorthin zu fahren. Wir machten beide an einem Freitag sehr zeitig Schluß im Büro und fuhren gegen zwei Uhr los. Immer wenn wir nach Utica fuhren, unterhielt mich John mit den gleichen Geschichten. Ich ermunterte ihn dazu und gab ihm den Anstoß, wenn wir an markante Punkte kamen. Ich bat ihn dann, mir von den Malern des Hudson River zu erzählen, die er so schätzte, von der Geschichte des Mohawktals oder von den sommerlichen Familienausflügen an die Adirondackseen.

Wenn wir über die Brücke kamen und ins Zentrum von Utica durch die Genesee Street fuhren, nahm John jedesmal die Gelegenheit wahr, mir von der Zeit zu erzählen, als er Zeitungen ausgetragen hatte. Er zeigte mir beim Vorbeifahren verschiedene Häuser und schilderte ihre Bewohner aus den fünfziger Jahren. Es hatte ihm Spaß gemacht, Zeitungsjunge zu sein, früh aufzustehen, Verantwortung zu haben und unabhängig mit dem Fahrrad umherfahren zu können. Die Bewohner eines Hauses auf seiner Route hatte er allerdings nie gemocht. Sie wollten, daß die Zeitungen vor der Haustür abgelegt wurden, nicht in der Eingangshalle zu ebener Erde. Das Haus hatte keinen Fahrstuhl, und es ärgerte ihn, die Zeitungen die Treppe hochzuschleppen, vor allem wenn Weihnachten vorbei war und niemand ihm ein Trinkgeld gab.

Aber seine Stimme und sein Gesicht wurden wieder fröhlicher, als wir Häuser und Straßen passierten, an die er glücklichere Erinnerungen hatte. „Da hab ich Fahrradfahren gelernt. Das ist das Haus, in dem ich aufgewachsen bin – es ist jetzt in einem erbärmlichen Zustand. Du hättest sehen sollen, wie meine Mutter es in Ordnung gehalten hat – phantastisch!" Und er erzählte mir, wie geräumig es innen gewesen war und wie genau er sich noch an die Sonntagsessen und die Weihnachtsfeste erinnerte.

Ein paar Straßen weiter bogen wir in eine breite Allee ein, wo John immer stolz auf ein Denkmal von Christoph Kolumbus zeigte. „Es ist von meinem Großvater, Giovanni Rossi, gestiftet worden. Seine Freunde nannten ihn John Rossi." Johns Großvater hatte seine Approbation als Arzt in Italien erhalten und sich dann entschlossen, nach Amerika auszuwandern. Er hatte gehört, daß es in Utica eine große italienische Kolonie gebe, und er ließ sich dort nieder, obwohl ihn der klimatische Unterschied in jenem ersten Winter hart angekommen sein mußte. Er heiratete eine Lehrerin, die hübsche, kleine Adelina Tetti, die ihm eine Tochter und einen Sohn schenkte, Johns Tante Linuccia und seinen Vater Vincent. Die beiden Kinder besuchten die einzige Privatschule in Utica. Dr. Rossis Sohn, Johns Vater, studierte in Harvard Jura, nachdem er zu dem Schluß gekommen war, am Mittagstisch genug blutrünstige Details aus dem medizinischen Alltag seines Vaters gehört zu haben. In Harvard lernte er eine bildhübsche Märchenprinzessin kennen, die in Boston lebte und Kindergärtnerin war. Aus Gründen, die ich nie habe begreifen können, wollten Dr. Rossi und seine Frau nicht, daß ihr Sohn sie heiratete, vielleicht weil sie keine Italienerin, sondern halb irischer, halb schwedischer Herkunft war. Glücklicherweise hörte Vincent nicht auf sie und heiratete Esther Anderson 1943. Nach dem Krieg ließen er und Esther sich in Utica nieder, wo er eine Anwaltskanzlei eröffnete. Ihr Sohn John kam 1945 auf die Welt. Ihm folgten 1947 Vincent junior, 1951 Mary Ellen und 1956 Patricia.

Grinsend hatte John mir einmal erzählt, sein Vater habe ihm gesagt, er könne, wenn er groß sei, Arzt, Anwalt oder Landstreicher werden.

Ob er das wohl ernst gemeint habe, wollte ich wissen.

„O ja, sehr ernst", war Johns Antwort.

John verabscheute Medizin wie sein Vater, obwohl er in Chemie und Physik hervorragend war, und er beschloß, wie sein Vater die juristische Laufbahn einzuschlagen.

Die Einheirat in die Rossi-Familie zeigte mir, wie lustig es war, zu einer Großfamilie zu gehören, mit ihr und dem gesamten Anhang an einem Tisch zu sitzen. Neben Johns Eltern waren das sein Bruder, manchmal mit Freundin, die beiden Schwestern und gelegentlich

MITTEN IM LEBEN

deren Freunde sowie die Schwester von Johns Vater, Tante Linuccia, eine kinderlose Witwe.

An jenem Tag, als John und ich aus dem Auto stiegen, stand seine Mutter in der Tür, strahlte und erzählte uns, wie blendend wir aussähen, so frisch gebräunt vom Strand.

John glühte an jenem Wochenende vor Freude und Begeisterung wie ein kleiner Junge. Er erzählte seinem Vater, daß es so aussehe, als würde er jetzt öfter für die Firma im Ausland tätig sein, und daß er im September wahrscheinlich nach Mexiko fliegen werde. Man sprach über das Baby – Tante Linuccia hatte schon angefangen, Strampelanzüge zu stricken. Freitagabend aß die ganze Familie zu Hause, und am nächsten Abend wollte Johns Vater uns in ein Restaurant auf dem Land ausführen.

Zeitig stiegen wir am Samstagabend in den Mercedes und fuhren los. Das Restaurant war nicht weit von Utica entfernt, aber als die Straßen schmaler und kurvenreicher wurden, wurde mir übel, obwohl mir das Autofahren bisher noch nie etwas ausgemacht hatte, und ich geriet in Panik. Ich werde das Baby noch hier verlieren, dachte ich, und als es wie in einer Berg-und-Tal-Bahn auf und ab ging, hatte ich das Gefühl, gleich losschreien zu müssen. Johns Vater bemühte sich, so behutsam wie möglich zu fahren, aber als wir das Restaurant erreichten, mußte ich mich übergeben und fing an zu weinen.

Ich benahm mich wie ein Kind. Unter Tränen flehte ich John an, daß dem Baby nichts passieren dürfe, daß ich nach Hause und ins Bett müsse. Ich klammerte mich fest an ihn. Hätte ich damals gewußt, daß wir das letzte Mal als Familie zum Essen zusammen waren, hätte ich mich beherrscht und wie eine Erwachsene aufgeführt. Aber so erklärte John seinen Eltern, daß wir sofort nach Utica zurückmüßten.

Als ich später oben in meinem Bett lag, brachte mir seine Mutter etwas Tee und Zwieback. Mir war das alles sehr peinlich, aber sie sagte mir, ich solle mich nicht grämen. Schwangersein sei nicht einfach, sie wisse das, denn sie habe selbst mehr als eine Fehlgeburt gehabt.

Einige Wochen später sollte John Trauzeuge bei der Hochzeit eines College-Freundes in Rochester sein. Ich beschloß, mich nicht noch einmal dem Risiko auszusetzen, daß mir auf einer Reise übel würde, und so flog John allein nach Rochester. Er rief mich aus dem Hotelzimmer an und sagte mir, daß er sich nicht so besonders gut fühle; vielleicht läge es an der Hitze. Am liebsten würde er das klimatisierte Zimmer nicht verlassen. Auch der Smoking, den er zur Hochzeit tragen müsse, sei sehr eng in der Taille. Er wolle sich aufs Bett legen und fernsehen, bis es Zeit wäre, sich fertigzumachen.

Das war gar nicht seine Art, und ich machte mir Sorgen. John joggte sonst selbst bei der größten Hitze. Am nächsten Tag flog er von Rochester zurück. Das Wochenende darauf, am Strand, beklagte er sich darüber, wie er in der Badehose aussehe. Sein Bauch schien tatsächlich weiter vorzustehen als noch vor einer Woche. Ich foppte ihn und meinte, er habe auf der Hochzeit wohl alles allein gegessen.

Am Anfang der Woche vereinbarte er einen Untersuchungstermin, denn auch der Rücken bereitete ihm Kummer. Vielleicht hatte er sich beim Tennisspielen verletzt. Wir waren beide der Meinung, er sollte das untersuchen lassen. Auf den Röntgenaufnahmen, die gemacht wurden, war nichts zu erkennen, doch die Rückenschmerzen blieben. Er machte Streckübungen, die offenbar etwas Besserung brachten, und verabredete für die Woche darauf einen neuen Termin bei seinem Arzt, Dr. Lisio.

Vor noch nicht allzu langer Zeit, im Juli, war etwas geschehen, an das ich mich jetzt mit Schaudern erinnere. Es war am späten Nachmittag gewesen, wir lagen noch am Strand und lasen. Plötzlich ließ John sein Buch sinken, und wir sahen zu, wie die Möwen, Seeschwalben und Uferläufer sich des immer leerer werdenden Strandes bemächtigten. Ich fragte, wie ihm der Roman gefalle. Er schob die Sonnenbrille nach oben auf die Haare und blickte über das Meer, dann auf das Buch in seinem Schoß und dann zu mir.

„Ich werde es nicht zu Ende lesen, Nini. Es gefällt mir nicht. "

„Wirklich? Wieso?"

„Es ist nicht so lustig, wie ich es mir vorgestellt hatte, und" – John konnte sehr gut das Ende von Filmen vorhersagen, wußte, wer der Mörder in Kriminalstücken war – „außerdem stirbt doch der Held, oder nicht?"

„Wie weit hast du's gelesen?" Er zeigte es mir – noch nicht einmal die Hälfte. „Ja, schon . . .", sagte ich.

„Wußte ich doch. Der Bursche ist in meinem Alter und wird sterben."

„In Büchern sterben Leute nun mal, aber das ist doch kein Grund, nicht zu Ende zu lesen."

„Ich kann mir nicht helfen, ich finde es deprimierend. Sei so lieb und bring es zurück in die Bücherei." Er stand auf und lief den Strand entlang. Ich packte das Buch in meine Tasche. Heute frage ich mich – John konnte doch damals im Juli am Strand noch nicht gewußt haben, daß er sterben würde, oder doch?

Kapitel 4

Am Freitagabend der Woche, als John wegen seines Rückens und Bauches beim Arzt war, stritten wir uns, was sehr selten vorkam. Er war wütend, weil ich unsere Freunde Rodd und Janet übers Wochenende in unser Haus auf Long Island eingeladen hatte. „Und ich wollte mit dir allein sein, Kleines."

„Tut mir leid, Bunky. Ich dachte, es würde dir Spaß machen, ein bißchen Bridge zu spielen, etwas zu kochen . . ."

„Macht es aber nicht."

„Das sieht dir gar nicht ähnlich. Normalerweise hast du gern Gesellschaft."

„Dieses Wochenende nicht."

Mir war elend zumute. Als er später nach dem Duschen wieder nach unten kam, entschuldigte ich mich und sagte, ich hätte mich mit ihm absprechen sollen, bevor ich sie einlud.

„Mach dir nichts draus, Nini. Tut mir leid, daß ich so war. Du hast recht, es wird bestimmt lustig. Ich freue mich."

Am nächsten Tag am Strand saßen John und ich mit Rodd und Janet unter dem Sonnenschirm, und ich fragte Janet, ob sie nicht inzwischen wieder ein paar schöne Klatschgeschichten von ihrer Gesangslehrerin gehört habe. „O doch", sagte Janet lachend und erzählte, der Tenor X habe ein Verhältnis mit der Sopranistin Y, und beide meinten, niemand wisse davon, dabei wüßte es jeder. Janet hatte in Harvard Jura studiert, und neben ihrer juristischen Arbeit nahm sie weiterhin Gesangsunterricht.

In den früheren Sommern in East Hampton hatte es nichts Schöneres gegeben, als ihr an einem stillen Nachmittag beim Üben zuzuhören, wenn sie sich selbst auf dem Klavier begleitete. Und als John und ich unsere Hochzeit planten, baten wir sie, „Panis Angelicus" zu singen. John hatte Rodd und Janet zusammengebracht. Rodd war ja auch im Opernclub der Met, er und John hatten früher oft Bridge gespielt, und an einem der Abende hatte John Janet als seine Partnerin mitgebracht. So hatten sich Rodd und Janet kennengelernt. Sie hatten sechs Monate nach uns geheiratet.

John war unvermittelt aufgesprungen, als ich mich gerade mit Janet unterhielt, und losgerannt, den Strand entlang. Wir drei sahen uns an und zuckten die Schultern. „Ist bei John alles in Ordnung?" fragte Rodd.

„Ja, sicher", erwiderte ich, „alles normal."

Aber weiter hinten am Strand sahen wir ihn Grätschsprünge machen, und er erweckte den Eindruck, als hätte er Feuer unter den Sohlen. Das ganze Wochenende war er so grob, abrupt, nicht imstande ruhig zu sitzen, und wenn er nicht lief oder Grätschsprünge machte, machte er Kreisbewegungen mit den Armen und rieb sich den Rücken.

Rodd und Janet fragten sich, ob John aufgeregt wäre, denn Ende des Monats sollte die Entscheidung darüber fallen, ob er als Sozius in die Kanzlei aufgenommen würde oder nicht. „Nein, ich glaube nicht", meinte ich. Er wünschte sich diesen Erfolg sicher mehr als alles sonst, doch hatte er die Dinge bisher immer mit einem feinen, humorvollen Abstand betrachtet. Im Moment war ich mir allerdings nicht so sicher. Sein Verhalten ängstigte mich.

Am Montag kamen wir spätnachmittags von diesem verlängerten Wochenende nach New York zurück und machten einen Spaziergang im Park, aber John wurde nach nicht einmal zehn Minuten müde, und wir mußten uns auf eine Bank setzen. Er war fassungslos, daß er sich ausruhen mußte. „Ich weiß nicht, was mit mir los ist, Kleines. Ich bin die ganze Zeit so müde."

„Gehst du wieder zu Dr. Lisio?" fragte ich.

„Ja, sobald er den Bericht vom Labor hat."

Ich sprach mit John über seinen Geburtstag, den er in dieser Woche feierte. „Ich wollte das Geschenk für den Geburtstag und die Aufnahme als Sozius zusammen..."

„Sozius? Warten wir, bis die Umsätze raus sind."

„Natürlich machen sie dich zum Sozius. Ich habe auf jeden Fall schon etwas gekauft, das du bekommst, wenn die offizielle Bekanntgabe stattfindet."

Ende August war ich in verschiedenen Koffergeschäften gewesen und hatte mir Aktenkoffer angesehen und die Preise verglichen. Johns alte Aktentasche fiel fast auseinander, wie er klagte, und war nicht groß genug für all die Unterlagen, die er bei seinen Geschäftsreisen bei sich haben mußte. Außerdem wollte er einen Koffer mit einem Schloß haben. So suchte ich einen ganzen Nachmittag und war überrascht, wie teuer sie waren. Aber ein netter Verkäufer in einem Lederwarengeschäft half mir, ich erstand ein schönes Stück und bat ihn, Johns Initialen anbringen zu lassen. Ich war sicher, daß der Koffer John gefallen würde.

„Was möchtest du an deinem Geburtstag machen?" fragte ich ihn. „Möchtest du ausgehen zum Essen oder lieber zu Hause bleiben?"

„Bleiben wir zu Hause, Nini. Nur wir beide, das wäre schön."

„Ich werde einen Kuchen backen."

„Hört sich gut an, Kleines."

„Möchtest du jetzt noch weiterlaufen oder nach Hause?" fragte ich ihn.

„Geh'n wir nach Hause. Ich seh mir noch ein Baseballspiel im Fernsehen an."

John hatte am 6. September Geburtstag, einem Mittwoch. Er würde dreiunddreißig Jahre alt werden. Ich wurde am 31. Januar dreißig. Damals kam mir dreiunddreißig sehr alt vor, aber als ich selbst so alt wurde, stellte ich entsetzt fest, daß ich schon sehr bald älter sein würde als John bei seinem Tod. Und zwanzig Jahre später, mit dreiundfünfzig, würde ich an ihn immer noch als einen Dreiunddreißigjährigen denken. Es wird so sein, als dächte ich an einen jungen Mann, der dann ein Fremder für mich ist.

Als John an seinem Geburtstag von der Arbeit nach Hause kam, merkte ich sofort, daß es ihm nicht besonders gutging. Das Essen rührte er kaum an. Es schmecke ihm zwar alles, aber er bringe einfach nichts herunter. Dann schien er verärgert zu sein, wenn ich versuchte, mich mit ihm zu unterhalten, gleichgültig worüber. Selbst der kunstvolle Kuchen, den ich gebacken hatte, sagte ihm nicht zu, er entschuldigte sich, stand kurz darauf vom Tisch auf, ging ins Schlafzimmer und fing an zu lesen. Offenbar wollte er nicht mit mir sprechen. Ich fragte ihn immer wieder, was los sei, und er wurde jedesmal unwirsch. Ich ging in die Küche, um zu spülen, und war völlig verstört. Noch nie hatte er mich so behandelt. Ich hatte Sorge, daß er das Baby oder mich nicht wollte. In den vier Jahren unserer Ehe war dies sein erster Geburtstag, an dem wir nicht miteinander schliefen.

Aber zwei Tage später blickten wir abends gemeinsam auf seinen sich wölbenden Bauch, als wir im Bett lagen, und niemand brauchte uns zu sagen, warum wir voller Angst waren. Er hatte nur Shorts an, und sein Bauch war gewaltig gebläht. Unter der dünnen, durchscheinenden Haut erkannte man die blauen Adern. Ich hatte nie geahnt, daß es am Bauch so viele Adern gibt.

„John, was ist das?" fragte ich und streckte die Hand aus.

Auf seinem Gesicht spiegelte sich die gleiche Angst wie auf meinem. „Ich weiß es nicht, Nini. In ein paar Tagen habe ich einen Termin bei Dr. Lisio."

„Nein, du mußt sofort hingehen – morgen früh!"

John lachte und sagte, vielleicht sei sein aufgeblähter Bauch eine „eingebildete Schwangerschaft". Aber dann erklärte er mir, daß er in der nächsten Woche nicht, wie geplant, geschäftlich nach Mexiko fliegen würde. Er hatte mit Dr. Lisio darüber gesprochen, der dem beigepflichtet hatte. „Ich glaube einfach nicht, daß ich das schaffe, Nini. Ich bin so müde. Ich fürchte, wenn ich nach Mexiko fliege, wird alles nur schlimmer, und ich bin so weit weg von zu Hause, von Dr. Lisio und von dir." Und während ich diese Zeilen schreibe, wird mir klar, daß er Angst davor hatte, dort zu sterben.

Der September mit Johns Geburtstag und unserem Hochzeitstag am vierzehnten war immer ein so glücklicher Monat gewesen, aber diesmal war alles verändert. John ging noch einmal zum Röntgen; alle Untersuchungen und Tests waren ergebnislos und erbrachten keinen Befund. Was war los? Er fing jetzt auch an, Gewicht zu verlieren, obwohl sein Bauch noch stärker anschwoll; der Rücken schmerzte immer noch. Niemand wußte, was ihm fehlte.

Am vierzehnten sagte John morgens, daß er nicht zur Arbeit gehen könne, er fühle sich zu schwach. Es war das erste Mal in den acht Jahren, die er in der Anwaltskanzlei arbeitete, daß er sich krank melden mußte. Es bedrückte ihn auch, daß er die Mexikoreise hatte ausfallen lassen müssen. Er war so in sich gekehrt wie noch nie. Ich glaube, er war froh, als ich an dem Morgen aus dem Haus und zur Arbeit ging. Was für ein Hochzeitstag! Ich kam mir so einsam vor; er wollte mich nicht in seiner Nähe haben. Auf dem Heimweg kaufte ich nachmittags ein paar Blumen, um uns aufzumuntern, aber als ich in die Wohnung kam, sah ich als erstes eine Vase mit roten Rosen und einer Karte von ihm für mich. Doch John lag im Bett und schlief.

Welch ein Gegensatz zu unserem ersten Hochzeitstag, ging es mir durch den Kopf, als wir das Wochenende in East Hampton waren und John ganz aus dem Häuschen war, weil er in den Ort gefahren war, um rote Nelken zu bestellen, die zugestellt werden sollten. Ich war völlig überrascht, als sie abgegeben wurden, und John tanzte und tollte um mich herum, so begeistert war er. Irgend jemand machte ein Foto von ihm an jenem Abend, als er gerade eine Flasche Champagner aufmachte, mit einer weißen Leinenhose, einem blauen Hemd und einem gelben Leinenjackett. Und auch von mir gab es ein Bild, wie ich mit meinem plissierten, preiselbeerfarbenen Baumwollkleid, das John so liebte, in einem alten chintzüberzogenen Sessel sitze.

Jetzt, drei Jahre später, dankte ich ihm für die Blumen, als er erwachte, und gab ihm einen Kuß. Nein, Hunger hatte er wirklich keinen, nein, es gab nichts, was ich hätte für ihn tun können. Ich gab ihm eine etwas alberne Karte zum Hochzeitstag, auf der stand: „Bitte sieh über die ,neuen Seiten' hinweg, über die ich zwar rede, die ich aber nur selten umblättere, bitte übersieh meine Launen und die Albernheiten, die ich begehe, aber wage es nicht, darüber hinwegzusehen, wie sehr ich dich liebe." John las die Karte und lachte. „Ja, Nini, du warst in letzter Zeit unausstehlich – du solltest wirklich versuchen, deine Launen ein bißchen mehr unter Kontrolle zu bringen."

Zuerst dachte ich, er mache Spaß, weil wir uns so selten stritten, aber er meinte es ernst. Ich nickte. „Ich habe es nicht gemerkt, John. Es tut mir leid."

Er zeigte sein altes liebevolles Lächeln und sagte: „Ich weiß, Kleines, ich weiß." Er lag noch immer im Bademantel auf seinem Bett und sah aschfahl aus. Gott sei Dank hat er morgen einen Termin bei Dr. Lisio, dachte ich.

Am nächsten Tag gingen wir gemeinsam in die Praxis von Dr. Lisio. Sämtliche Röntgenaufnahmen und Tests der letzten zwei Wochen gaben keinerlei Anhaltspunkte, oder Dr. Lisio sprach zumindest nicht darüber, und wir waren verwirrt und verängstigt. John wurde immer dünner, verlor täglich Gewicht am ganzen Körper, bis auf den Bauch. Selbst Dr. Lisio, der John Anfang der Woche noch gesehen hatte, war entsetzt. Er ging mit John in das Untersuchungszimmer. Ich saß draußen und betete, und in mir rumorte das Baby. Dann kam Dr. Lisio wieder heraus und sprach mit mir, während John sich anzog. Er wollte sofort einige Untersuchungstermine für John im Columbia-Krankenhaus vereinbaren.

„Was ist los mit ihm?" wollte ich wissen.

„Ich weiß es nicht, Mrs. Rossi, aber mir gefällt er überhaupt nicht. Ich möchte, daß ein paar Tests gemacht werden, die nur im Krankenhaus durchgeführt werden können. Er sieht ganz anders aus als am Montag, als ich ihn zum letztenmal gesehen habe." John ging zu Dr. Lisio, seit er in New York arbeitete, und der Arzt kannte ihn bestens. Er erkundigte sich, wie es John sonst so gehe, ob sich seine Stimmung geändert habe.

„Vollkommen verändert! Ich erkenne ihn nicht mehr wieder, er hat sich völlig verändert, und ebendas macht mir solche Sorge, das und der Bauch. Er will nicht mehr mit mir sprechen, er geht mir aus dem Weg."

„Er soll Sozius in seiner Kanzlei werden, stimmt das?" fragte Dr. Lisio. „Vielleicht geht ihm das im Kopf herum."

„Nein, das ist es nicht. Ich wünschte, es wäre bloß das. Er ist einfach völlig anders."

„Wir werden ihn schon wieder hinkriegen. Gehen Sie mit ihm nach

MITTEN IM LEBEN 211

Hause, damit er seine Sachen packt, und bringen Sie ihn ins Krankenhaus. Da gehört er jetzt hin."

Obwohl John sich schwach fühlte, wollte er die acht Häuserblocks von Dr. Lisios Praxis in der 79. Straße zu unserer Wohnung in der Madison Avenue laufen. Als wir zu Hause ankamen, zog er sich die Jacke aus, sagte, ihm sei wahnsinnig heiß, und dann setzte er sich auf die Couch, die Beine von sich gestreckt, sein Bauch aufgedunsen. Mit einer Hand hielt er sich den Rücken. Er schloß die Augen, und ich ging ins Zimmer, um seine Sachen zu packen.

Sollte ich mehr als einen Pyjama einpacken? Ich weiß nicht – na ja, vielleicht doch. Wahrscheinlich würde er nur kurz im Krankenhaus bleiben, und man würde feststellen, daß er Magengeschwüre oder so etwas hatte. John kam kurz darauf ins Zimmer, setzte sich auf das Bett und starrte einfach vor sich hin ins Leere. Er wirkte ausgelaugt.

Als ich fertiggepackt hatte, trug ich die Tasche zum Aufzug. Auf dem Weg durch die Eingangshalle nahm er sie mir ab. Raymond, unser Hausmeister, rief ein Taxi. Wir stiegen ein und fuhren den vertrauten Weg durch den Park und über den Riverside Drive, den Weg, auf dem John mich so viele Male begleitet hatte – zu den beiden Operationen und den Untersuchungen bei Dr. Uscher. Jetzt begleitete ich ihn. Als wir am Krankenhaus ankamen, setzte man John sofort in einen Rollstuhl, während ich die Aufnahmeformulare ausfüllte. Man schob ihn in den Aufzug, und unsere Blicke begegneten sich in der Gewißheit, daß es wohl doch ernster war, als wir geglaubt hatten, obwohl noch niemand uns etwas gesagt hatte.

Eine Stunde später war ich endlich mit den Formalitäten fertig und ging zu einer Telefonzelle, um meine Mutter anzurufen. „Dr. Lisio hat John wegen einiger Tests ins Krankenhaus überwiesen", sagte ich beherrscht. „Ja, ich ruf dich später wieder an." Meine Mutter war sprachlos – John im Krankenhaus? Ich ging wieder nach oben in Johns Zimmer. Er lag bereits im Bett und wirkte so gelöst, wie ich ihn seit Wochen nicht mehr erlebt hatte. Ich blickte zu dem großen Farbfernsehgerät hoch, das von der Decke hing, und dachte bei mir, Gott sei Dank hat Johns Lieblingsbaseballmannschaft eine gute Chance bei den Entscheidungsspielen. Er wird die Spiele verfolgen können.

Wir sprachen darüber, ob wir seine Familie verständigen sollten. Er meinte, nein, sie würden sich nur unnötig sorgen. Aber ich hielt ihm entgegen, daß das nicht richtig sei. Sie wußten, daß John sich in letzter Zeit nicht wohl gefühlt hatte, und sie wußten auch von seinem Bauch. Er war schließlich einverstanden, und wir riefen sie an.

Die nächsten zehn Tage waren für John eine einzige Qual, denn man machte Dutzende medizinischer Untersuchungen, die zum Teil sehr schmerzhaft waren. Am schlimmsten war das Arteriogramm – es wurde ein Kontrastmittel in die Beinarterien injiziert, das sich in den Blutgefäßen verteilte, und dann kamen lange, qualvolle Minuten auf einem Stahltisch, wo er geröntgt wurde. Am nächsten Tag erfuhren wir, daß die Prozedur wiederholt werden mußte; die Aufnahmen waren nicht gut geworden. John schrie fast auf, als er es hörte. „Du kannst dir nicht vorstellen, Nini, was das für Schmerzen sind." Alle anderen Tests waren negativ.

An einem Abend dieser Woche schrieb ich John einen Brief, den ich ihm auf den Nachttisch legte, damit er ihn lesen konnte, wenn ich gegangen war.

> Liebster John,
> in diesen schweren Tagen, da wir auf eine Nachricht warten, was Dir fehlt, kann ich Dir gar nicht sagen, welch ein Trost es mir jedesmal ist, wenn Dein Baby strampelt. Heute abend tut sich einiges, und Du denkst vielleicht, daß ich übergeschnappt bin, aber ich tätschle meinen Bauch und spreche mit ihm und erzähle ihm, daß Daddy wieder gesund wird. Ich denke den ganzen Tag an Dich – ich wollte, ich könnte Dir einige Tests abnehmen. Ich weiß, daß Du heute wieder einiges mitgemacht hast; und zu erfahren, daß keiner dieser Tests ein Ergebnis gebracht hat, ist einerseits zwar schön, aber doch auch unbefriedigend. Natürlich kommen viele Anrufe. Es gibt so viele Menschen, die Dich mögen. Heute abend habe ich mich sehr nett mit Janet unterhalten, und später hat David dann noch angerufen. Sei tapfer, mein Liebster. Wir müssen Dr. Lisio vertrauen und hoffen, daß er bald klarer sieht. Du kannst Dir denken, wie sehr Du mir fehlst und wie sehr ich Dich liebe.
>
> Nancy

Die lange Ungewißheit war schlimmer, als wenn man uns die Wahrheit gesagt hätte, die man inzwischen doch kennen mußte. Immer wieder kreiste unser Gespräch darum, was „es" sein könnte. Hatte er sich den Rücken beim Tennisspielen verrenkt? Aber warum war der Bauch so aufgetrieben? Wie hatten wir so naiv sein können? Schließlich sagte man uns, man habe einen Tumor entdeckt. Eigenartigerweise warf diese Nachricht weder John noch mich um. Es war endlich etwas Konkretes. Und die Chirurgen hielten die feinen, gescheuerten Hände mit den Handflächen nach oben und hofften, der Tumor würde gutartig sein.

Das Leben zu Hause stand inzwischen still. In der Schule hatte ich mir freigenommen. Damit ich nicht soviel Geld für Taxis ausgab, fuhr

MITTEN IM LEBEN   213

meine Mutter mich zum Krankenhaus und zurück, und bald blieb sie
bei mir in der Wohnung. Unser Kater saß jeden Abend auf meinem
Schoß. Das Telefon klingelte pausenlos. Wie geht es John? Irgendwas
Neues? Nein.

Ich hatte meine monatliche Untersuchung bei Dr. Uscher. „Es
heißt, John habe einen Tumor im Unterleib", erzählte ich ihm. Ein
paar Tage später traf ich ihn im Krankenhaus, als er zum Aufzug ging.
Er schlenderte mit mir durch die Flure und machte mir auf dem Gang,
wo John lag, ein Zeichen mit der Hand, ihm in ein kleines
Besprechungszimmer zu folgen. Wir setzten uns auf eine Couch, und
er fragte mich: „Alles in Ordnung bei Ihnen?"

„Ja", antwortete ich. „Ich kann es zwar kaum glauben, aber ich bin
soweit in Ordnung."

„Ganz sicher?" erkundigte er sich. Ich biß mir auf die Lippe und
nickte, fing dann an zu weinen, nickte mit noch mehr Nachdruck und
versuchte, das Weinen zu unterdrücken.

„Ja, es ist alles in Ordnung."

Er legte den Arm um mich. Es war nichts weiter zu sagen.

JOHN wurde am Dienstag, dem 26. September, operiert, einem Tag,
den ich nie vergessen werde. Um sechs Uhr früh traf ich in der Klinik
ein. Ich setzte mich auf die Kante von Johns Bett und sagte ihm,
wieviel Kraft es mir gegeben hatte, daß er vor meinen Operationen bei
mir gewesen war, und daß ich dasselbe jetzt für ihn tun wolle. Er
erzählte mir, daß der Chirurg, Dr. Wiedel, enttäuscht gewesen war,
mich nicht zu sehen, als er gestern abend seine Visite gemacht hatte.
„Er machte einen ausgezeichneten Eindruck auf mich, Nini, ein echter
Gentleman", sagte John. Später erfuhr ich, daß er im Krankenhaus den
Spitznamen „der Prinz" hatte. Lustig. So wurde auch John von vielen
in seiner Kanzlei genannt – der Prinz.

Als John aus dem Krankenzimmer gerollt wurde, faßte ich seine
Hand und küßte ihn auf die Wange. „Ich warte hier auf dich, bis du
zurückkommst." Dr. Wiedel hatte ihm erklärt, daß er wahrscheinlich
drei oder vier Stunden im Operationssaal sein werde. Ganz langsam
schloß eine Krankenschwester die Tür, und als ich meinen mit einem
Bettlaken zugedeckten John im Korridor verschwinden sah, sagte sie
zu mir: „Es macht nichts, wenn Sie weinen." Ich schüttelte wütend
den Kopf und zeigte auf die Tür, die sie noch nicht ganz geschlossen
hatte. Ich wollte nicht, daß John mich weinen hörte, aber diese
Schwester war zu schnell gewesen mit ihrem Trost, zu eifrig, und ein
Laut stieg mir in die Kehle aus Urtiefen, und ein Aufschrei entrang

sich mir. Es war ein Aufschreien nach Mitleid, ein Aufschreien, daß sie gefälligst aus dem Zimmer verschwände, ein Aufschreien, das John, der gerade in den großen Aufzug gefahren wurde, um Gottes willen nicht hören durfte. Ich hatte gewollt, daß meine Kraft und Zuversicht ihn in jenen Operationssaal begleiteten, nicht mein Klagen, und ich hatte einen Haß auf die Schwester, daß sie sich eingemischt hatte.

Als sie schließlich gegangen war, setzte ich mich in einen Sessel am Fenster, holte mein Strickzeug, das ich mitgebracht hatte, hervor und ließ die letzten elf Tage noch einmal an mir vorüberziehen.

GLEICH nach Johns Aufnahme ins Krankenhaus am 15. September kamen seine Eltern aus Utica. Sie wohnten in Croton-on-Hudson, eine gute Stunde außerhalb von New York, bei einer Schwester von Johns Mutter und deren Mann, Tante Helen und Onkel Jack.

Am Tag vor der Operation saßen Johns Mutter und ich in Johns Zimmer, während er mit seinem Vater in der Halle umherging, und ich erzählte ihr, daß ich nicht versuchen würde, bei der Entbindung den Helden zu spielen, und schmerzstillende Mittel nähme, falls der Arzt sich dafür ausspräche. Sie berichtete mir dann von der Geburt Patricias, ihres letzten Kindes: daß sie einen widerlichen Narkosearzt hatte, der schmerzstillende Mittel länger als nötig zurückhielt, nur um ihr Angst einzujagen. Ich konnte nicht begreifen, warum sie mir diese Schauergeschichte erzählte. Ich versuchte zu lachen. Nein, dachte ich, niemand hier im Krankenhaus würde so handeln. Aber warum erzählte sie mir das?

Dann sprach sie weiter, und ich konnte nicht begreifen, warum sie immer alles in den düstersten Farben malte. Beispielsweise war sie sich jetzt schon ganz sicher, daß John Krebs hatte. Dabei waren John und ich der Meinung, daß die Ärzte es uns bestimmt mitgeteilt hätten, wenn es der Fall wäre. John wollte, daß seine Eltern zurück nach Utica führen. Das konnten sie natürlich nicht, denn schließlich war er ihr Sohn, ihr erstes Kind.

Am gleichen Abend tat ich etwas Furchtbares. Ich rief Johns Vater in Croton an und sagte ihm, daß ich sie am nächsten Tag, dem Tag der Operation, nicht im Krankenhaus haben wolle. „Papa, ich weiß nicht, was Ma heute versucht hat, mir anzutun, als sie mich mit dieser Geschichte ängstigte, aber ich weiß, daß ich mit ihr morgen nicht im gleichen Zimmer sein kann. Was morgen ist, das müssen John und ich allein durchstehen."

Er fragte, ob sie wenigstens unten in der Halle warten könnten, aber ich lehnte selbst das ab. „Ich versteh dich, Kind", sagte er.

Es ist wahrscheinlich für jeden unbegreiflich, warum ich etwas so Selbstsüchtiges getan habe. Ich nehme an, zwischen Johns Mutter und mir war eine Art unausgesprochener Kampf wegen John entbrannt, und ich hatte das Gefühl, mich an John klammern zu müssen. Aber vielleicht ist jetzt die Zeit gekommen, mich zu entschuldigen, mich zu entschuldigen für das, was der Krebs uns sagen läßt. Denn John weh zu tun, weil er dahinsiechte, war sinnlos. Statt dessen schlugen wir, die ihn liebten, einander mit kränkenden Worten. Obwohl keiner von uns der Krebspatient war, hätten wir es durchaus sein können. Wir hingen nicht an Infusionsschläuchen, aber an unsichtbaren Schläuchen, durch die die Angst tropfte, John zu verlieren, die Hilflosigkeit, die Haß und Wut gegen jeden gebar, der unser schwankendes inneres Gleichgewicht störte.

Ich spürte, wie das Baby strampelte, und blickte zur Uhr. Erst eine Stunde war vergangen. Ich widmete mich wieder der Strickarbeit. Ein paar Minuten später ging die Tür auf, und Dr. Wiedel stellte sich vor; ich sei doch Mrs. Rossi, oder? Ja. Zu meiner Überraschung trug er keinen Operationskittel, sondern einen gebügelten weißen Kittel, Hemd und Krawatte.

Er setzte sich auf den Rand von Johns Bett, das Gesicht mir zugewandt, und wir führten ein Gespräch, das ich nie vergessen werde. „Ich habe sehr bedauert, daß ich Sie gestern abend nicht gesehen habe", begann er. „John ist Ihnen ohne Frage sehr zugetan. Er hat mir viel von Ihnen erzählt."

Ich lächelte und sagte nichts. Irgend etwas würde gleich kommen, das spürte ich. Ich kam mir vor wie in einem Film.

„Ihr Mann", sagte er, „hat einen Tumor."

Ich griff nach dem Notizblock auf Johns Nachttisch und einem Bleistift. Ich wollte alles mitschreiben.

„Wir sind ziemlich sicher, daß es ein Mesotheliom ist."

Ich schrieb auf: „Mesotheliom?"

„Mit Sicherheit wissen wir es erst, wenn uns der Bericht des Pathologen vorliegt. Ich bekomme ein Mesotheliom höchstens einmal im Jahr zu Gesicht, und bei einem Dreiunddreißigjährigen habe ich es noch nie erlebt."

Großer Gott! Ich atmete langsam ein und aus und schrieb alles nieder.

„Es handelt sich um ein bösartiges Geschwür."

Jetzt war es heraus, es stimmte also, mein Gott!

„Wir haben dem Tumor acht Liter Flüssigkeit entnommen. Sie

wird allerdings wiederkommen, der Tumor wird weiterhin Flüssigkeit produzieren. Wir haben zwei Katheter gelegt, um den Abfluß zu erleichtern. Ich konnte nichts von dem Tumor entfernen. Er sitzt im Omentum – das ist ein Teil des Bauchfells. Wenn es ein Mesotheliom ist, und das wissen wir morgen, werden wir uns an Klinikzentren im ganzen Land wenden und uns erkundigen, ob irgendwo bereits erfolgreich diese Art Tumor mit Chemotherapie oder Strahlentherapie behandelt worden ist. Wir werden tun, was wir können, um ihn zu retten."

Ich blickte zu ihm auf. Ich bemühte mich um ein Lächeln, und er versuchte, es hoffnungsvoll zu erwidern, aber die Anspannung, sich unter Kontrolle zu halten, verurteilte unser beider Versuche zum Scheitern.

„Wie lange hat er noch zu leben?" fragte ich.

Ich war auf die Antwort nicht vorbereitet. Er wird sagen fünf Jahre, ein Jahr, irgendwas, dachte ich. Aber er antwortete: „Nur noch kurze Zeit, Mrs. Rossi, sehr kurze Zeit."

Ich schlug die Hand vor den Mund und rang nach Atem. Entsetzt sah ich ihn an. Mein Unterkiefer fing an zu zittern, und ich konnte nichts dagegen tun, aber dann holte ich erneut tief Luft und fing mich wieder.

„Ihr Mann hat mir erzählt, Sie seien eine sehr starke junge Frau." Jetzt weinte ich. „Und das sind Sie auch", fuhr er fort. Ich hielt den Kopf hoch, das Kinn vorgeschoben. Ich war fest entschlossen durchzuhalten, ich mußte es, für John. Ich fühlte mich wie ein verängstigtes kleines Mädchen, aber ich sah aus wie eine gefaßte erwachsene Frau, und das blieb ich auch in den nächsten elf Wochen.

Wir sprachen weiter, und ich erfuhr, daß es am Columbia-Krankenhaus noch nie gelungen war, mit Erfolg ein Mesotheliom zu behandeln. Dr. Wiedel erwähnte Asbest: „Wenn ein Mesotheliom vorliegt, ist die einzige bisher bekannte Ursache Asbest." Asbest? Wann war John je mit Asbest in Berührung gekommen?

Er erhob sich schließlich von der Bettkante, faßte mich an der Schulter und klopfte sie leicht. „Sie sind eine wundervolle Frau. Ihr Mann ist zu beneiden." Lautlos schloß sich die Tür hinter ihm.

Ich weiß heute gar nicht mehr, was ich gemacht habe. Vielleicht habe ich meine Mutter angerufen, vielleicht auch nicht. Dr. Wiedel wollte Johns Eltern benachrichtigen. Ich erinnere mich allerdings noch, daß ich am Fenster stand, hinüber zum Hudson River blickte und dachte, hier werden aber auch nie diese dämlichen Fenster geputzt. Ich sah zur George-Washington-Brücke, ging dann ins Bad und fuhr mir mit Johns Waschlappen über das Gesicht, den er heute morgen noch benutzt hatte. Er war noch feucht. Ich ging zurück und starrte durch das schmutzige Fenster. Dann klopfte ich mir auf den Bauch und bat leise, daß Gott uns alle beschützen möge, Daddy, Mami und das Baby.

Die Tür hinter mir öffnete sich. Ich drehte mich um und sah, wie John hereingefahren wurde. Ich half den Krankenpflegern, ihn ins Bett zu legen. John blickte benommen, lächelte mich aber doch an. Er war angeschlagen, und ich war dumm – zu vergessen, wie unwirklich die Welt für jemanden ist, der aus der Narkose erwacht. „Wir haben über vieles zu sprechen", sagte ich.

John lächelte und fragte: „Worüber denn, Kleines?"

Ich schluckte. Der Arzt hatte mir erklärt, daß man John genau das gleiche gesagt habe wie mir. Ich erkannte augenblicklich, daß man mit keiner irgendwie gearteten Logik mehr rechnen konnte. Es gab keine Regeln mehr. Wenn er nicht darüber reden wollte, dann bitte. Ich küßte ihn auf die Stirn.

„Wie fühlst du dich, Bunky?"

„Ich bin furchtbar schläfrig, Nini."

„Gut, dann mach die Augen zu und ruh dich aus."

Ein paar Minuten darauf trat Dr. Lisio ins Zimmer und bedeutete mir, zu ihm hinauszukommen. Dort legte er seinen Arm um mich und fing an, mir alles zu erklären. Ja, er war sicher, daß es ein Mesotheliom sei. „Und wie Dr. Wiedel Ihnen wahrscheinlich gesagt hat, Mrs. Rossi, nützt die Chemotherapie wahrscheinlich nichts. Das Beste, was wir vielleicht tun können, ist, es ihm zu erleichtern, indem wir die Flüssigkeit ableiten." Er hatte mit sanfter, leiser Stimme gesprochen und zögerte jetzt. Ich sah ihm in sein freundliches Gesicht. „Unser Ziel ist, John so lange am Leben zu erhalten, daß er das Baby noch sieht."

Das also bedeutete „kurze Zeit"? Das bißchen? Daß er vielleicht nicht einmal mehr so lange lebte, um das Baby noch zu sehen? Es dauerte doch nur noch bis zum Januar, nur noch drei Monate. Ich sagte nichts. Ich schwankte.

Dr. Lisio ergriff meine Hände. „An eins, Mrs. Rossi, müssen Sie immer denken" – und er zog mich näher zu sich, unsere Hände verschränkten sich, mein Griff wurde fester, seine Stimme wurde lauter, eindringlicher –, „Sie müssen daran denken, daß Ihr Leben weitergehen wird. Sie werden es schaffen. Bei Ihnen wird es weitergehen."

Ich werde ihm immer dankbar sein, daß er das gesagt hat. Ich hatte gedacht, mein Leben sei vorbei, doch er sagte mir, daß dies nicht stimmte, daß ich es überstehen würde. Es war nötig, daß es mir gesagt wurde. Dennoch schüttelte ich den Kopf. Nein, mein Leben war vorbei, wenn es ein Leben ohne John war. Er blickte mir direkt in die Augen und formte mit den Lippen das Wort nein. „Nein", erklärte er mir erneut, „Ihr Leben ist nicht vorbei, Sie werden eine Zukunft haben, daran müssen Sie glauben." Da lösten sich meine Hände aus seinem Griff, und ich legte meine Arme um ihn und weinte an seiner Brust, schwankte vor und zurück, netzte seinen weißen Kittel mit meinen Tränen und schluchzte, während er mich festhielt.

„Nie", sagte er, „nie hätte ich gedacht, daß es John Rossi treffen würde. Von all meinen Patienten ist er derjenige, auf den ich gewettet hätte, daß er mich und meine Praxis um Jahre überlebt. Ich weiß nicht einmal, was ich Ihnen sagen soll, Mrs. Rossi. Ich bin mir nicht einmal sicher, ob wir bei der Behandlung alles nur menschenmögliche versuchen sollen. Eigentlich neige ich mehr dazu, es ihm so angenehm wie möglich zu machen und den Tumor einfach nur zu dränieren."

Ich sah zu ihm hoch. Stand keine Hoffnung mehr in seinen Augen? Nein, nichts. Es war aus. Alles war aus.

Ich ging ins Zimmer zurück. John schlief. Ich holte meine Handtasche und ging hinunter zu den Telefonzellen, um meine Mutter anzurufen. Dann rief ich in Croton an und bekam Tante Helen an den Apparat, der ich erzählte, daß das Ziel sei, John so lange am Leben zu erhalten, daß er das Baby noch sehen konnte. Johns Vater und Mutter kamen ans Telefon, und die zwischen uns aufgerichteten Schranken fielen. Wir weinten.

Ich ging zum Zimmer zurück. John war wach. Er war noch immer benommen, da man ihm eine schmerzstillende Spritze gegeben hatte. Wir unterhielten uns leise über Belangloses. Ich tupfte seine Stirn und glättete ihm behutsam die Haare, und er nickte wieder ein. Meine Mutter war gekommen. Sie hatte den Wagen mitgebracht und wollte in der Halle warten, bis ich heim konnte. Ich ging wieder zu den Telefonzellen.

Johns Chef, Bill Rubenstein, hatte den Wunsch geäußert, sofort benachrichtigt zu werden, und so rief ich ihn zu Hause an. Ich erzählte ihm, daß man John operiert habe und es das Ziel sei, sein Leben so lange zu erhalten, daß er wenigstens noch das Baby sah. Wie oft würde ich diesen Satz in den nächsten vierundzwanzig Stunden wohl sagen? Als ich es ihm erzählte, fing er an zu weinen und rief: „Sheryl, komm her!", und dann schluchzten er und seine Frau am Telefon. Ich sagte, daß ich nicht wisse, ob man in der Kanzlei vorgehabt habe, John zum Sozius zu machen oder nicht, aber wenn ja, ob man es dann nicht jetzt

MITTEN IM LEBEN   219

machen könne. Es würde ihm soviel bedeuten. Aber ich bestand
darauf, es nicht aus Mitleid zu tun, sondern nur, wenn es ohnehin
geplant gewesen sei. Selbstverständlich habe man es vorgehabt,
wußte John das denn nicht? „Nein", gab ich zur Antwort, „er wußte es
nicht." Wir legten auf.

Draußen wurde es allmählich dunkel. Ich ging hinunter in die Halle,
wo meine Mutter saß, und sagte ihr, daß wir nach Hause fahren
könnten. John würde wahrscheinlich die Nacht durchschlafen. Ich
nahm an, daß sie bereits meinem Vater und meinem Bruder Sandy
Bescheid gesagt hatte, wie der neueste schreckliche Stand der Dinge
war, aber ich fragte nicht. Ich weiß nicht einmal mehr, ob ich geweint
habe. Ich saß einfach im Wagen und ließ mich nach Hause fahren.

Ich tat viel Unvernünftiges an dem Abend. Ich hatte das Gefühl,
persönlich alle anrufen zu müssen, die ich kannte. Von meiner lieben
Kollegin Patsy, mit der ich in der Schule zusammenarbeitete, bis zu
Johns und meinen Freunden aus den Jahren in East Hampton erzählte
ich allen gleich zu Beginn meines Anrufs, daß ich es ihnen selbst sagen
wolle, damit sie es nicht irgendwo anders her erführen.

Nach den Anrufen sagte ich meiner Mutter, ich wolle ins Bett
gehen. Als ich so dalag und versuchte, mir vorzustellen, was einem
noch Schlimmeres widerfahren könnte, wurde mir bewußt, daß eine
Krankheit wenigstens nicht so ist wie ein Autounfall oder ein
Flugzeugabsturz ... Ich würde Zeit haben, mich an den Verlust der
Person zu gewöhnen, die zum Beispiel diese magisch wirkende
dunkelblaue Tapete in unserem Schlafzimmer ausgesucht hatte.

Als ich nicht einschlafen konnte, stand ich auf und sagte vielen
Dingen Lebewohl, die er besessen, berührt, geliebt hatte. Ich lief,
nein, wankte kreuz und quer durch die Wohnung, wie in einer Art
Höhenrausch, und ließ meine Finger über diesen und jenen Gegen-
stand gleiten. Über Johns Lyrikbände, sein Bücherregal, seinen
Bademantel, den Sessel, seine Jogginghose und seine Kekse in der
Küche. Ich führte Selbstgespräche, nannte jeden Gegenstand beim
Namen und fragte ein ums andere Mal die Wände: „Widerfährt das
alles wirklich ihm?" Dieses Abschiednehmen kam auf einmal und
ganz zu Beginn und war dann vorbei, bis zu dem Tag, an dem er starb.
Denn nur Stunden später, noch bevor der nächste Tag dämmerte,
würde ich schon wieder zwischen Hoffen und Bangen schwanken.
Doch in dieser Nacht wußte ich es, ja, so war es. Mein Mann lag im
Sterben, und ich würde ihn nie mehr gesund sehen.

Ich fing an zu weinen. Auf Zehenspitzen schlich ich in das Zimmer,
in dem meine Mutter lag, sah, daß sie schlief, und weckte sie auf.

Dann, als wäre ich noch ein verängstigtes kleines Mädchen, kroch ich zu ihr unter die Decke und begann zu schluchzen. Sie nahm mich in die Arme, und ich stammelte: „Mami, o Mami, mir bricht das Herz." Das tat es wirklich. Ich habe nie die Beschreibung eines Gefühls körperlich so genau empfunden. „Es ist so, als hätte es jemand herausgerissen und gegen eine Mauer geschleudert", schluchzte ich.

Sie hielt mich fest und weinte mit mir, während sie mir den Rücken streichelte, und ich beruhigte mich langsam. Schließlich sagte ich, es sei wieder gut, und stand auf. Ich ging zurück ins Eßzimmer und blickte durch die Fenster auf die Madison Avenue. Die Welt erschien mir unwirklich, die Taxis, die um vier Uhr früh noch immer fuhren, der Eisenwarenladen auf der anderen Straßenseite. Werden die Menschen noch aufstehen und ihren Geschäften nachgehen? Ich wußte es nicht. Wie können sie, wenn nur ein paar Kilometer entfernt der Tod in einem Krankenhauszimmer lauert?

Ich legte mich ins Bett, und als dann der Morgen kam und es heller im Zimmer wurde, erfüllten mich eine Friedfertigkeit und Sicherheit, daß John überleben, daß er für mich und sein zukünftiges Kind kämpfen und leben würde. Das geschah wohl, um zu verhindern, daß mein Verstand aussetzte, und um den Lebenswillen meines Mannes lebendig und stark zu halten; es war die Verleugnung des Unausweichlichen, der Beginn absoluten Vertrauens in die Ärzte und des Glaubens an Wunder und an Gott, der diesen netten jungen Mann doch sicher nicht sterben lassen würde. Ich wurde in den vor mir liegenden Wochen zur Bittstellerin an allen Altären. Selbst das Wetter wurde zum Symbol – ein strahlender, klarer Tag bedeutete, daß John leben würde; eine Fahrt im Aufzug ohne Unterbrechung in die Etage, wo Johns Zimmer lag, bedeutete, daß John leben würde; eine auf dem Boden der Telefonzelle gefundene Münze bedeutete, er würde leben; und das Strampeln des Babys bedeutete Leben für ihn.

Die Wochen, in denen John an Krebs litt, waren Leben, normales Leben für uns. Als John operiert worden war, gab mir eine Freundin das Buch von Elisabeth Kübler-Ross über das Sterben. Ich entdeckte einiges Wahre in ihrem Umriß der psychologischen Etappen, die ein sterbender Patient und seine Familie durchlaufen: Entsetzen, Wut, Hinnahme. Aber das Gespräch über das Sterben kommt einfach nicht vor, zumindest nicht zwischen einem jungen Mann und seiner Frau. Wir spielten nicht in einem Film mit, es war nur unser alltägliches Leben, das unter veränderten Umständen weiterging. Ich hasse es, wenn jemand von den Wochen Johns im Krankenhaus als von der Zeit redet, in der er starb. Er starb nicht, er lebte, und eines Morgens dann

MITTEN IM LEBEN

war er gestorben. Die Infusionsschläuche, das Ableiten der vielen Liter Flüssigkeit aus dem Tumor, die chemotherapeutische Behandlung, das Ausfallen der Haare, der körperliche Verfall – für uns war das normales Leben, denn es war alles, was wir damals hatten, und wir wußten irgendwo im Hinterkopf, daß es ein Zuhause für uns gab. Gemeinsam wieder zu Hause zu sein war ein Ziel, von dem wir beide träumten, und selbst in Augenblicken größter Mutlosigkeit und Qual waren wir von seiner Gewißheit und Wirklichkeit überzeugt. In einem meiner Briefe an John habe ich versucht, ihm etwas von dieser Hoffnung zu vermitteln.

Samstag, 30. September 1978

Lieber Bunky,

anbei ein ganzer Stapel Bücher – laß mich wissen, wenn Du weitere möchtest.

Denke nicht, Liebster, daß ich nicht erkenne, welch schwere Last Dir so unerwartet aufgeladen worden ist. Aber ich weiß, daß Du auch wieder die guten Seiten des Lebens sehen wirst, sobald der Schock überwunden ist. So viele Leute haben mir erzählt, daß eine positive, kämpferische Einstellung Patienten mit Krebs die Gesundheit wiedergebracht hat, und da Du mehr Mumm hast als alle, die ich kenne, und auch eine optimistische Lebenseinstellung, weiß ich, daß Du das Ding schon schaukeln wirst. Denke mit Freude an die Zukunft, aber wenn es einmal schwerfällt, dann denke einfach, daß jeder Tag so kommt, wie er kommt. Du bist nie ein Griesgram gewesen und wirst auch jetzt keiner werden.

Was soll ich dazu sagen, daß man Dich zum Sozius machen wird? Ich bin so stolz auf Dich und tanze in der Wohnung herum. (Selbstverständlich tanze ich nicht so gut wie Du, wie Kater Leo mir in Erinnerung ruft!) Noch etwas, das Bill Rubenstein mir erzählte: Er sagte, daß Du die beste Arbeit in der Kanzlei leistest. Wie klingt das? Für mich ist es keine Überraschung.

Ich hoffe, Du wirst nicht zu Pyjamas zurückkehren – Deine Beine wirken in den Krankenhausshorts nämlich unwahrscheinlich sexy. Hoffen wir, daß das Baby Deine tollen Beine bekommt, nicht meine Stampfer. In Gedanken bin ich jeden Augenblick bei Dir. Und denke daran, daß so wunderbare Sachen wie Sozius, Babys und unser Sommerhaus in Bridgehampton etwas sind, was wir immer wieder erleben werden.

Alles Liebe
Nancy

Das war es, was ich unter normalem Leben verstand.

KAPITEL 5

AM TAG nach der Operation kam die Bestätigung der Diagnose durch den Pathologen – Mesotheliom –, und John erinnerte sich, mit Asbest in Berührung gekommen zu sein, als er mit zwanzig Jahren in den Sommerferien gejobbt hatte; zwei Wochen hatte er mit Asbestplatten zu tun gehabt, hatte sie gezählt, Lastwagen be- und entladen und Platten in einem Lager auf- und abgeladen. Dr. Lisio nahm mich im Krankenhaus beiseite und erzählte mir, daß John deswegen sehr aufgebracht sei. Er hielt es für klüger, nicht von mir aus auf Asbest zu sprechen zu kommen, sondern das John zu überlassen. In der Eingangshalle des Krankenhauses sah ich Johns Vater sitzen. Er hatte den Kopf in die Hände gestützt. Später erfuhr ich, daß er sich verantwortlich dafür fühlte, daß John Asbest ausgesetzt gewesen war, denn er hatte ihn ermuntert, im Sommer bei Firmen zu arbeiten, die Klienten seiner Kanzlei waren. Wir versuchten, ihm klarzumachen, daß er sich keine Vorwürfe zu machen brauche, denn er konnte damals nicht wissen, wie gefährlich Asbest ist.

Am nächsten Tag berichtete Dr. Wiedel John und mir, daß er die einzigen drei Ärzte im Land ausgemacht habe, die ein Mesotheliom schon einmal mit einigem Erfolg behandelt hätten. Einer von ihnen sei Dr. Philippe Chahinian vom Mount-Sinai-Krankenhaus in New York. Dr. Chahinian hatte kürzlich einen Bericht über seine Arbeit veröffentlicht; bei zwei seiner acht Mesotheliompatienten war eine vollständige Remission eingetreten. Ich hielt Johns Hand, als wir Dr. Wiedel zuhörten – das war der Ausweg, John würde doch durchkommen, und wir vereinbarten, daß Dr. Chahinian ins Columbia-Krankenhaus kommen würde, um mit John über eine Behandlung zu reden.

Diese gute Nachricht erreichte uns am gleichen Tag, an dem Mitarbeiter der Nachlaßabteilung von Kelley Drye mit dem Testament bei John erschienen waren, das er unterzeichnen sollte und das man dann beglaubigen wollte. Ein Testament hatte er noch nie gemacht. Einmal hatte ich ihn gefragt, ob er es nicht für besser hielte, wenn wir beide ein Testament machten.

„Ach nein, Nini, wenigstens nicht, solange wir keine Kinder haben."

„Wirklich?" hatte ich geantwortet. Ich war überrascht. Wieso machte ein Anwalt kein Testament? Aber als die Jahre vergingen, ließ

MITTEN IM LEBEN

ich das Thema auf sich beruhen. Ich hatte gemerkt, daß John eine solche Angst vor dem Sterben hatte, daß er es nicht über sich brachte, ein Testament zu machen. Das würde er nur, wenn die Umstände es erforderten wie jetzt. Doch angesichts der neuen Entwicklung mit Dr. Chahinian konnten wir darüber nur lächeln; es würde sich alles zum Guten wenden, davon waren wir überzeugt.

Jeden Tag hatte John Besuch – die Familie, ich, Freunde aus der Kanzlei. Und John erfuhr, wie anstrengend es ist, Gastgeber zu sein, wenn man nichts anderes im Sinn hat, als zu schlafen oder in aller Stille zu lesen. Die Anspannung, eine Unterhaltung zu führen, auf unsere Bemerkungen zu reagieren – „Du siehst heute blendend aus, John", Bemerkungen, die uns ebenso ermuntern sollten wie ihn –, war überaus kräftezehrend.

Doch seine Lebensfreude und seine Willenskraft besserten sich tatsächlich, was er dadurch demonstrierte, daß er jeden Tag duschte und sich rasierte, daß er in der Kanzlei anrief und erklärte, er sei durchaus in der Lage, Fragen zu beantworten, die mit seiner Arbeit zusammenhingen, die man vorübergehend einem Kollegen übertragen hatte, und daß er es ablehnte, schmerzstillende Tabletten zu nehmen.

Manchmal sahen die Besucher bei der Ankunft zuerst kurz John an und dann mich – mit einem Blick voller Mitleid. Stets wollten wir ihnen erklären, wir möchten nicht bemitleidet werden. Bitte seid so zu uns, wie ihr es immer wart. Aber wir machten es natürlich nicht. John und ich besprachen das, und John lachte und sagte: „Ich war schon drauf und dran, dir zuzuflüstern, Nini, schaff sie fort von hier!" Ich weiß, daß es verwirrend ist, einen erwachsenen Mann in Krankenhauskleidung zu sehen, den man sonst nur in Arbeits- oder Tenniskleidung kennt. Die Krankenhauskleidung verleiht einer Frau den Anschein weiblicher Zerbrechlichkeit, ein Mann aber wirkt darin kindisch.

In jener Woche sahen wir im Fernsehen eines der aufregendsten Baseballspiele, die wir je erlebt haben, das Entscheidungsspiel der Yankees gegen die Red Sox um den Titel der Ostküstenliga. Die Yankees gewannen, was uns beide zufriedenstellte, bedeutete es doch, daß John eine weitere Runde der Yankees gegen Kansas City um die Bundesligatrophäe sehen konnte. Am Dienstag saßen wir in seinem Zimmer und erlebten mit, wie die Yankees die Mannschaft von Kansas City 7:1 überfuhren. Am Mittwoch sahen wir dann, wie sie 10:4 verloren. John faßte sich an den Kopf, verdrehte die Augen und fragte ein ums andere Mal: „Wie kommt es bloß, daß die Jungs beim ersten Wurf immer gleich umfallen?"

224   MITTEN IM LEBEN

Am 5. Oktober kam Dr. Chahinian vom Mount-Sinai-Krankenhaus, um mit John und mir zu sprechen und die Behandlung zu
erklären. „Ja, Mr. Rossi, es wird toxische Nebenwirkungen geben.
Ja, Ihre Haare werden ausfallen." John fragte, ob es nach Meinung
des Arztes noch andere Möglichkeiten gäbe, und Dr. Chahinian erwiderte: „Mr. Rossi, Sie haben keine andere Möglichkeit."

„Also gut", sagte John. „Wann kann ich ins Mount Sinai verlegt
werden?"

„Samstag, den siebten Oktober", erklärte Dr. Chahinian.

Es WAR an der Zeit, meiner Freundin Lizzie zu schreiben, mit der ich
groß geworden und zusammen auf der Eleonor-Roosevelt-Schule
gewesen war. Ihr Mann war gerade von New York nach London
versetzt worden. Den letzten Brief hatte ich ihr im August geschrieben. In der Woche nach unserem Gespräch mit Dr. Chahinian schickte
ich ihr einen Brief, in dem alles stand, was uns widerfahren war.

> John liegt jetzt im Mount-Sinai-Krankenhaus als einer der dreißig
> Patienten von Dr. Chahinian. Die „Erfolgsquote" dieses Mannes ist
> wirklich bemerkenswert: In 25 Prozent seiner Fälle gab es eine kom-
> plette Remission, bei 35 Prozent der Patienten konnte der Tumor
> stabilisiert werden, den restlichen 40 Prozent konnte nicht geholfen
> werden, doch sie wurden dann auf andere Medikamente gesetzt. Dr.
> Chahinian befaßt sich außerdem mit Immuntherapie. Nach Johns dritter
> Behandlung wissen wir, in welche Gruppe er einzuordnen ist. Die
> Behandlungen im Krankenhaus werden im Abstand von jeweils drei
> Wochen durchgeführt und dauern je fünf Tage. Zwei Medikamente
> werden vierundzwanzig Stunden am Tag intravenös gegeben. Eins
> davon ist noch in der klinischen Experimentierphase. Die Abteilung, in
> der John im Krankenhaus liegt, sieht aus wie aus einem Science-fiction-
> Film. Es gibt nur neunzehn Betten, und die Patienten wie auch die
> Mitarbeiter sind die liebenswertesten Menschen der Welt. Viele
> Patienten sind erst in Johns Alter.
>
> Das schlimmste war für mich Johns unglaublicher Gewichtsverlust.
> Es ist von etwa siebenundachtzig Kilo im August auf sechzig Kilo
> heruntergegangen. Das ist entsetzlich. Sein Bauch ist furchtbar aufge-
> bläht von der Flüssigkeit, die der Tumor produziert, und natürlich
> muß er sich noch von dem Eingriff erholen. Hin und wieder wird die
> Flüssigkeit abgeleitet, aber das kann man nicht allzuoft machen. Die
> meiste Zeit hat er daher gräßliche Rückenschmerzen wegen des Drucks
> auf die Wirbelsäule.
>
> Es ist so schnell gegangen, daß er sich gar nicht auf alles hat einstellen
> können (von mir ganz zu schweigen!), aber ich hoffe, daß er bald

MITTEN IM LEBEN 225

wieder seine übliche gute Laune und seinen Kampfgeist hat. Wenn alles gutgeht, wird er dieses Wochenende nach Hause kommen, und das wird ihn sicher aufmuntern. Er ist dann ambulanter Patient für die drei Wochen zwischen den Behandlungen, in denen mehrmals ein Blutbild gemacht wird und anderes mehr. In diesen ersten drei Wochen fallen ihm auch die Haare aus.

Wie Du Dir denken kannst, war das alles ein Alptraum. Der Gedanke, Witwe zu werden und allein ein Kind aufzuziehen, ist mir noch immer fremd. Wenigstens gibt mir sein Baby etwas, für das ich leben kann, sonst wäre ich wahrscheinlich schon in den East River gegangen. Bisher habe ich gedacht, daß die Jahre, in denen wir versucht haben, ein Kind zu bekommen, die schlimmste Zeit gewesen sind, die ich je erlebt habe – rückblickend erscheint sie mir jetzt direkt als fröhlich.

Ich wünschte, Du wärst hier, damit wir miteinander reden könnten. Eigentlich bin ich sehr viel zuversichtlicher, als es in diesem Brief zum Ausdruck kommt. Manche Tage sind gut, andere sind schlecht – der heutige war nicht besonders gut, denn John hatte wahnsinnige Schmerzen, als ich ihn besucht habe. Aber ich habe die Erfahrung gemacht, daß jeder Tag mit ihm ein wahres Geschenk ist, egal, was er bringt.

Liebe Grüße, und ich hoffe, ich kann Dir in sechs Wochen Erfreuliches mitteilen.

Nancy

Wie soll ich Lizzie und mich charakterisieren? Beide sind wir klein, und auf jedem Klassenfoto stehen wir in der ersten Reihe. Beide haben wir immer darum gekämpft, jene fünf Pfund loszuwerden, die bei unserer Größe wie zehn Pfund und mehr wirkten. Ich weiß noch, daß Lizzie und ich an meinem ersten Tag in der siebten Klasse einen Pakt schlossen. Die Sportlehrerin war im Begriff, uns Völkerball spielen zu lassen, und obwohl wir uns noch nicht einmal kannten – ich war neu in der Klasse –, versprachen Lizzie und ich einander, niemals den anderen abzuwerfen. Und wir haben es auch nie gemacht. Wir waren nur fünfzehn Mädchen in der Klasse, und Freundschaften entwickelten sich sehr langsam. Ich glaube, wir waren bei den Klassenkameraden beliebt, denn wir wurden im Laufe der Jahre in verschiedene Ämter gewählt. Lizzie lernte sehr viel ernsthafter als ich, sie war immer ziemlich gelassen und zielstrebig, was ihre Arbeit anging. Ich war zappelig und ungestüm; wenn mein Interesse an etwas erwacht war, machte ich nichts anderes, als alles zu lernen, was damit zusammenhing.

Unsere Familien waren ganz verschieden. Die ihre war groß: die Eltern, ältere Geschwister und ein Bruder, der Kinder hatte, und dann noch eine Zwillingsschwester. Ich habe nur einen Bruder, Sandy, der acht Jahre älter ist und früh geheiratet hat; meine Eltern sind geschieden. Ich erinnere mich noch an einige Wochenenden, die ich in Lizzies Familie zugebracht habe. Alles in diesem Haus lief angenehm und ruhig ab. Bei uns war das ganz anders. Bevor meine Eltern sich trennten, waren die Abende angefüllt mit Trinken und Schreien. Tagsüber ging meine Mutter kaum aus dem Haus. Die Lebensmittel kaufte zum größten Teil ich ein, und ich lernte auch früh, für mich selbst zu kochen. Aber als sie und ich nach der Scheidung meiner Eltern in eine andere Wohnung zogen, wurde vieles besser. Meine Mutter nahm eine Stelle an und führte jetzt ein aktiveres Leben. Als ich in die vierte Collegeklasse kam, hatten meine Eltern beide das Trinken völlig aufgegeben, und heute kommen sie trotz der Scheidung außerordentlich gut miteinander aus. Keiner hat ein zweites Mal geheiratet; das gemeinsame Band sind heute die Enkelkinder.

Solange ich in der Schule beliebt war, wurde ich mit dem Ärger zu Hause fertig. Aber ich wurde die erste Vizeschulsprecherin in der Geschichte unserer Schule, die im darauffolgenden Jahr nicht zur Schulsprecherin gewählt wurde – Lizzie trat gegen mich an und gewann. Damals kam mir das wie das Ende meines Lebens vor, und ich staune, daß Lizzie und ich je wieder miteinander gesprochen haben, doch wir hatten in der letzten Klasse noch eine andere Gemeinsamkeit: In unser beider Leben gab es keine Jungen. Einige der Mädchen aus unserer Klasse hatten einen festen Freund, aber die meisten gingen normalerweise mit dem Cousin von irgend jemandem tanzen, den sie auf Schulfesten aufgegabelt hatten und der höchstens einssechzig groß war und aus dem Mund roch. Lizzie und ich und auch noch einige andere sahen in unseren Klassenkameraden nur grüne Jungs; wir waren ziemlich zickig. Auf jeden Fall mußten wir beide uns nie wirklich damit herumärgern, weil uns nie jemand zum Tanzen einlud.

Beide kamen wir nach dem Schulabschluß nicht auf das College, das wir uns ausgesucht hatten, und beide blieben wir nicht bis zum Ende auf dem College, auf dem wir schließlich landeten. Sie war in Baltimore und ich in Boulder in Colorado, und wir machten beide damals ziemlich harte Zeiten durch. Lizzie heiratete zuerst und führte ein angenehmes Leben mit einem wunderbaren Mann. Ich heiratete etwa drei Jahre später, und dann hatten wir noch etwas gemeinsam, das Wichtigste, was zwei Frauen gemeinsam haben können – eine quirlige, glückliche Ehe. 1977 kam dann noch etwas Gemeinsames hinzu: Beide konnten wir offenbar keine Kinder bekommen.

Ich entsinne mich noch, wie wir Informationen ausgetauscht haben. Hat Clomid bei dir geholfen? Hat man bei dir eine Laparoskopie gemacht? Ist an deinen Temperaturaufzeichnungen zu erkennen, daß du Ovulationen hast? Mit der Zeit fand Dr. Uscher schließlich die für mich richtige Hormonbehandlung. Lizzie, die bei Hormonbehandlungen viel durchmachen mußte, ohne daß sie ein Kind empfangen konnte, mußte sich am Ende mit der Tatsache abfinden, daß nichts anschlug, bis sie dann doch – o Wunder – zweieinhalb Jahre nach der Geburt meines Kindes ein Mädchen gebar.

JOHNS Verlegung in das Mount-Sinai-Krankenhaus erleichterte uns das Leben zumindest in einer Hinsicht – meine Mutter mußte mich nicht mehr die weite Strecke bis zur 168. Straße fahren. Das Mount-Sinai-Krankenhaus lag nur zehn Straßenzüge von unserer Wohnung entfernt, und die konnte ich zu Fuß gehen. Aber so begeistert ich Lizzie in meinem Brief von Johns Krankenstation geschrieben hatte, ich glaube, die Abteilung sechs bedrückte John von dem Tag an, als er dort eingeliefert wurde. Er hatte eine graue Flanellhose angezogen, die in der Taille nicht mehr paßte – den klaffenden Spalt überbrückte er mit dem Gürtel –, und dazu trug er Hemd, Krawatte und einen blauen Blazer. Im Wagen saß er vorne neben meiner Mutter, und ich konnte selbst vom Rücksitz aus bemerken, daß ihm jeder Stoß, jeder Kanaldeckel und jedes Schlagloch durch und durch ging. Außerdem glaube ich, daß er Angst hatte. Jetzt, da er sich auf die Behandlung durch Dr. Chahinian eingelassen hatte, gab es kein Zurück mehr.

Ich bin sicher, es ärgerte ihn zu spüren, daß er keine andere Wahl hatte. Als Anwalt hatte John immer mehrere Wahlmöglichkeiten gehabt: Er konnte eine Information oder ein Beweismittel verwenden oder unbeachtet lassen, einen Antrag oder eine Entscheidung mit diesen oder jenen Argumenten begründen. Hier stand er vor der einzigen Alternative, vielleicht noch drei Monate zu leben und die Tumorflüssigkeit zwischendurch abzuleiten, oder für die geringe Chance, die Krankheit zum Stillstand zu bringen, eine Behandlung mit unbekannten Nebenwirkungen. Wäre er ein alter Mann gewesen, der ein erfülltes Leben hinter sich und seine Enkel aufwachsen gesehen hatte, hätte er sich vielleicht entschlossen, die drei Monate so schmerzlos wie möglich auszukosten und sich in das Unvermeidliche zu fügen. Aber John war noch jung, würde bald Vater sein, hatte eine junge Frau und eine vielversprechende berufliche Zukunft vor sich.

Ich glaube manchmal, daß er sich meinetwegen für die Behandlung entschieden hat, weil er wußte, wie ängstlich und verloren ich ohne ihn sein würde. Ich frage mich, ob er es vorgezogen hätte, sich nicht behandeln zu lassen und lieber auf der Stelle mit mir zu den Pyramiden nach Ägypten zu fahren. Er hatte sich immer so gewünscht, die ägyptischen Altertümer zu sehen, und die kommenden drei Monate konnten seine letzte Chance sein. Er schnitt das Thema nur einmal und sehr viel später an, als er so schwach war, daß er nicht mehr die Kraft zum Reisen hatte. „Nini", sagte er, „ich wünschte, ich hätte die Pyramiden noch gesehen." Was hätte ich darum gegeben, ihm diesen Wunsch vor seinem Tod noch erfüllen zu können.

Ich erinnere mich, daß man John bei unserer Ankunft im Krankenhaus sagte, er solle im Warteraum Platz nehmen, bis er aufgerufen würde. Das Zimmer war überfüllt. Die Minuten verstrichen, und ihm wurde immer unbehaglicher. Nach einer halben Stunde begab ich mich zum Aufnahmeschalter, erklärte, daß John offensichtlich Schmerzen habe, und bestand darauf, daß er unverzüglich aufgenommen werde. Ich war außer mir und sah die Frau, ohne mit der Wimper zu zucken, an.

Sie blickte zu John hinüber, der vor sich hin starrte und versuchte, die Schmerzen zu ertragen, die ihm jede weitere Minute auf dem Kunststoffstuhl verursachte. Die Augen fielen ihm zu, und die Frau hinter dem Schalter sagte: „Ich rufe sofort einen Pfleger, der ihn mit einem Rollstuhl hochbringt." Sie reichte mir die Aufnahmeformulare, und ich begann sie, so schnell ich konnte, auszufüllen.

Nach weiteren zehn Minuten erschien ein Mann mit einem Rollstuhl. Ich mußte John sanft auf die Schulter klopfen. Er schlug die Augen auf, erhob sich und ließ sich langsam in den Rollstuhl gleiten. Die Menschen im Warteraum starrten inzwischen zu ihm herüber. „Wie entsetzlich", flüsterte sich ein älteres Ehepaar neben ihm zu, aber doch so laut, daß John, ich und alle anderen es hören konnten. „Er muß wirklich sehr krank sein!"

Als wir den Aufzug im sechsten Stock verließen, gingen wir durch einige Pendeltüren und kamen an einer Telefonzelle und einem kleinen Warteraum mit Polstersesseln, einem Sofa und einem von der Decke herunterhängenden Farbfernseher vorbei. Ein Mann in Krankenhauskleidung und Bademantel saß dort und sah fern. Die Infusionsflaschen und Überwachungsgeräte hingen an einem tragbaren Ständer neben ihm. Sein Gesicht war nicht sonderlich blaß und auch nicht sehr eingefallen; auf dem Kopf war er kahl. Er blickte auf und grüßte mit einem Nicken. Wir gingen weiter den Korridor entlang zum Stationszimmer.

Ja, Johns Zimmer war hergerichtet. Wir wurden weiter den Gang hinuntergeführt. Die Zimmer der zweiten Klasse lagen links. Einige Zimmertüren standen offen. Ich sah eine Frau in einem hübschen

Nachthemd auf dem Bett sitzen und telefonieren; ihre Kinder und ihr Mann waren bei ihr. Sie war wohl in den Fünfzigern, mit Flecken strähnigen Haars auf dem Kopf, das größtenteils schon ausgefallen war. Johns Zimmer war das letzte auf der linken Seite, Nummer 624. Es hatte zwei Betten, eins in der Nähe der Tür und des Badezimmers, das andere, das von John, am Fenster. Im ersten Bett lag ein freundlich dreinblickender Mann, der an einem Tropf und einem Überwachungsgerät hing. Er hatte seine Haare noch nicht verloren.

Jenseits der Halle befand sich das einzige Erste-Klasse-Zimmer dieses Stocks. Ein junger Mann saß darin auf seinem Bett und unterhielt sich mit einigen Freunden; im Radio lief ein Stück der Beatles. Er konnte kaum älter als dreiundzwanzig sein. Keine Haare. Die Glatzköpfigkeit wirkte in dieser Station fast schon normal.

Im Zimmer packte ich Johns Koffer aus, und er entledigte sich schnell der beengenden Kleidung, zog seinen Pyjama an und ging ans Fenster. Man blickte auf einen kleinen Platz mit einem Denkmal, und weiter rechts hinten konnten wir den Central Park sehen. Es war Samstag, und auf einer Wiese im Park unten spielten Jungen Fußball.

Der Mann im anderen Bett stellte sich vor, und John unterhielt sich mit ihm, bis eine Schwester hereinkam – sie hieß Heidi – und uns mitteilte, daß John unter Umständen einer der Kandidaten für ein Experiment sei, bei dem man Marihuana in Pillenform einsetzen wolle, um die Übelkeit, eine Nebenwirkung der Chemotherapie, auf ein Minimum zu senken.

Schwester Heidi zwinkerte uns zu, offenbar in der Annahme, wir seien ein Ehepaar, das mit der Zeit geht, und John würde sagen: „Phantastisch, große Klasse!" Was sie nicht wußte, war, daß John so begeistert war, als hätte sie ihm eröffnet, er werde Kleister essen müssen. John hatte sich nie etwas aus diesem Zeug gemacht. Die Schwester nahm seine Krankengeschichte auf und erklärte ihm, wie er die Rufanlage zu bedienen hatte. John hatte nichts zu Mittag gegessen und fragte, ob er etwas bekommen könne. Sie sagte, sie glaube zwar nicht, daß sie vor dem Abendessen etwas auftreiben könne, wollte es aber versuchen.

Als sie hinausging, goß sich John Eiswasser ein. Was dachte er wohl? Ich glaubte, daß es in gewisser Weise doch beruhigend war zu wissen, daß John am bestmöglichen Ort war – vielleicht halfen ihm die neuartigen Behandlungsmethoden. Aber es war auch klar, daß dieser Flur hier der letzte Außenposten der Hoffnung war, ein freundliches, antiseptisches Hotel „Zur letzten Chance", und ich war mir sicher, daß auch John das erkannt hatte.

Erst in der letzten Woche hatten wir in Johns Zimmer im Columbia-Krankenhaus mit Bill und Sheryl Rubenstein Champagner getrunken. Bill hatte John zugeprostet und ihm zum Sozius bei Kelley Drye gratuliert. John hatte es geschafft. „Es hat nie Zweifel gegeben, John, nie die geringsten Zweifel!" sagte Bill.

John hatte über das ganze Gesicht gestrahlt. Seit dem Sommer hatte er nicht mehr so glücklich ausgesehen. „Mein lieber Mann, nicht schlecht", sagte er und nippte behutsam an seinem Glas. „Daran könnte ich mich gewöhnen." Er war wieder mein alter geselliger, lachender Mann. Ich war so zufrieden, so stolz. Sheryl reichte eine lustige Gratulationskarte herum. Es war wie bei einer kleinen Feier in der Wöchnerinnenstation. In den kommenden Wochen sollte ich mich daran als eine der wenigen Gelegenheiten erinnern, bei denen John von allen als ein normaler Mensch behandelt worden war. Wieviel es ihm doch bedeutete, Sozius geworden zu sein! Als ich so dasaß, fiel mir ein, daß ich ihm den neuen Aktenkoffer geben könnte, wenn er heimkäme.

John unterhielt sich inzwischen mit dem Mann in dem anderen Bett, der ihm gerade erzählte, daß er am Morgen Besuch von seinen halbwüchsigen Kindern bekommen hatte. Er erzählte weiter, daß er vor einigen Jahren geschieden worden sei und daß sich John glücklich schätzen könne, eine Frau zu haben, denn dann könne er sich bei jemandem beklagen, wenn die Behandlung wirklich schlimm werde. „Ich sage Ihnen", meinte er, „so was wie das hier allein durchzumachen ist keine leichte Sache. Aber wenigstens habe ich noch meine Kinder. Sie sind furchtbar lieb und besuchen mich, wenn ich wegen dieser Behandlungen hier bin." Und dann deutete er mit dem Kopf auf mich. „Ihr erstes Kind?" fragte er.

„Ja", antwortete John, „im Januar ist es soweit."

„Großartig. Meinen Glückwunsch."

John fragte ihn, wie lange seine Behandlung dauere. Der Mann machte eine Pause und erklärte dann, daß er übermorgen fertig sei, falls das Blutbild gut sei, und dann könne er nach Hause gehen. Dann sagte er, daß er ein bißchen müde sei, und bat mich, den Vorhang an seinem Bett zuzuziehen. „Wenn Sie sich unterhalten, das stört mich nicht", versicherte er. „Ich bin sofort eingeschlafen."

Ich zog einen Stuhl an Johns Bett. „Was meinst du, John? Sieht doch ganz lustig aus hier, oder?"

So etwas Blödes zu sagen! John stieß auch unvermittelt hervor: „Ja, es ist wundervoll." Was hätte er auch sagen sollen? Wir betrachteten die Station im Mount-Sinai-Krankenhaus mit ganz verschiedenen

MITTEN IM LEBEN

Augen. Ich sah in all den futuristischen Geräten und dem blitzenden
Chrom das Beste der modernen Medizin. Doch John mußte, wenn er
sich umsah, das Gefühl haben: Soweit ist es also gekommen; ich habe
tatsächlich Krebs. Man wird mich an ein Gerät hängen wie den Mann
im Bett nebenan. Welche Angst er gehabt haben muß. Aber er sprach
keinen dieser Gedanken laut aus, solange ich da war.

Statt dessen schnippte er mit den Fingern und sagte: „Nini, erinnerst
du dich an das Schreiben von gestern von der Steuerabteilung der
Kanzlei? Ich glaube, es ist in meiner Tasche. Ich möchte dir etwas
diktieren, du kannst es dann abtippen, und ich unterschreibe. Kannst
du das machen?"

„Ja, natürlich, John."

Ich lächelte, weil er glücklich und begeistert wegen etwas war und
weil ich ihm zur Hand gehen konnte. Ich reichte ihm die Notiz. Er las
sie erneut durch und lachte.

AKTENNOTIZ FÜR MR. ROSSI
Betr.: Arbeitsbelastung in der Steuerabteilung von Kelley Drye

Die Mitarbeiter der Steuerabteilung sind äußerst ungehalten über Ihre
unnötig lange Abwesenheit von der Firma. Auch wenn sich aus Ihrer
Abwesenheit gewisse Vorteile ergeben – etwa die allgemeine Ruhe, die
alle empfinden, weil nicht immer jemand überall „Baby Face" pfeift –,
ist das Leben bei Kelley Drye in den meisten Beziehungen doch unerträglich langweilig geworden. Das Ausmaß an Arbeit, das man uns in
Ihrer Abwesenheit aufgezwungen hat, überschreitet bereits die Grenze
zum Aberwitzigen. Unsere üblichen zweistündigen Essen mit drei
Martinis sind auf eineinhalb Stunden und ein Bier geschrumpft, und der
Nachmittagstee ist völlig ausgefallen. Wir sind der Meinung, daß diese
Handlungsweise einen unbilligen Akt gegen die Firma darstellt. Die
einzige erkennbare Abhilfe liegt darin, daß Sie sich am Riemen reißen
und unverzüglich an Ihren Arbeitsplatz zurückkehren.

Der Notiz beigelegt hatten sie einige Ulkpräsente: Puzzles, die man
im Bett spielen konnte, ein Anleitungsbüchlein zu dem japanischen
Papierfaltspiel Origami einschließlich Spezialpapier und ein Plastik-
röhrchen für Seifenblasen samt einigen Flaschen Seifenlösung. John
lehnte sich in die Kissen zurück und sagte: „Also dann, Kleines, wollen
wir mal sehen, wie es mit deinen Stenokenntnissen aussieht."

Ich wünschte, ich hätte eine Kopie seiner Antwort behalten, in der
er schrieb, daß sie sich ja genausogut mal an die eigene Nase fassen
könnten, wenn das Niveau der Mittagessen auf den Tiefpunkt
gesunken sei, und daß er die Absicht habe, in einigen Wochen wieder

ins Büro zurückzukehren. Aber am lebhaftesten ist mir in Erinnerung, wie trocken meine Kehle wurde, als ich den letzten Satz hinschrieb. Leise und ein wenig mit den Augen blinzelnd diktierte er: „Ich vermisse Euch alle sehr." Dann drehte er schnell den Kopf zum Fenster und räusperte sich.

Ich hatte Angst, er werde anfangen zu weinen, aber anstatt etwas zu sagen wie „Es ist ganz schön hart, nicht wahr?", hatte ich das Gefühl, den Ton wechseln zu müssen, und sagte heiter: „Ich schreib das gleich für dich ab. Möchtest du noch immer, daß Mama und ich an diesem Wochenende zum Haus rausfahren? Ich würde viel lieber hierbleiben."

„Nein, ihr fahrt, Kleines. Ich möchte, daß ihr nach dem Haus seht. Tu mir den Gefallen. Es sind einige Sachen draußen, die ich gern hier hätte – mein leichter Bademantel und die beiden Krimis auf meinem Nachttisch neben dem Bett, ja?"

Ich nickte.

„Gut. Ich werde noch ein Nickerchen machen vor dem Abendessen. Gib mir einen Kuß. Ich komme schon zurecht, und ruf mich an, wenn du da bist. Sei lieb, Nini, und wir sehen uns dann am Dienstag wieder."

Ich hatte überhaupt keine Lust wegzufahren. Es war der Samstag des langen Wochenendes anläßlich des Kolumbus-Feiertages im Oktober, und auch meine Mutter meinte, es wäre gut für mich, für den Rest des Wochenendes zum Haus in Bridgehampton zu fahren. Wenn ich mit den Ärzten über Johns Krankheit sprach, konnte ich noch sehr klar und entschieden auftreten, aber ich verlor völlig die Fähigkeit, Entscheidungen zu treffen, die mit Dingen außerhalb des Krankenhauses, auch mit mir selbst zu tun hatten. Wenn John und meine Mutter also meinten, ich sollte ein paar Tage in Bridgehampton verbringen, würde ich fahren. Und wenn ich dabei etwas für John zu besorgen hatte, konnte ich mir wenigstens einreden, es für ihn zu tun.

Es war ein Fehler. Als wir in die Auffahrt einbogen, als ich durch das Haus lief, das noch so war, wie wir es am ersten Septemberwochenende verlassen hatten, und als ich in der noch immer herrlichen Oktobersonne am Strand entlangging, wünschte ich, ich wäre nicht gekommen. Wie gern wollte ich mich glauben machen, John würde diesen Strand einmal wiedersehen, aber ich war mir dessen nicht mehr sicher. Allerdings mußte ich mich von meiner Mutter hier am Strand unbedingt fotografieren lassen, damit John das Bild auf seinen Nachttisch stellen konnte.

Ich betrachte das Foto jetzt. Meine Hände sehen aus, als wollten sie

ein unsichtbares Band auseinanderziehen, es anspannen, bis es zerreißt. Ich weiß noch, daß ich in dem Moment, als ich meiner Mutter die Polaroidkamera gab, Angst hatte, gleich loszuheulen, aber ich setzte geschwind ein Schelmenlächeln auf, zwang meine müden, schmerzenden Augen zu einem Strahlen, und das Ergebnis war gar nicht so schlecht.

Ich schrieb John ein paar aufmunternde Zeilen dazu, und als wir am Montagnachmittag nach New York zurückkamen, schrieb ich noch „Sonntag, 8. Oktober, am Strand von Bridgehampton" auf den Rand des Fotos und steckte es in einen einfachen Rahmen aus einem Warenhaus. Es schien unbedingt notwendig zu sein, daß John ein Bild von mir an unserem Strand hatte, denn vielleicht gab es ihm die Kraft und den Willen, die chemotherapeutische Behandlung zu ertragen, wenn er es ansah. Und vielleicht würden wir bald wieder zusammen den Strand entlanglaufen, wenn er einfach durchhielt und kämpfte. Meine Mutter fragte, ob sie das Foto und meine Zeilen John gleich bringen solle, und ich sagte sofort ja.

Als sie losfuhr, fing ich an zu weinen. Und zum ersten Mal seit dem Ausbruch von Johns Krankheit machte ich eine Eintragung in mein Tagebuch. Sie begann wie folgt: „Ich habe es zu lange für mich behalten", und dann folgten die Tatsachen.

Das Telefon läutete. Es war John. Meine Mutter war gerade wieder gegangen. „Ein wunderbares Foto von dir, Kleines, genau das, was ich brauche. Alles in Ordnung bei dir?" Ich brachte keinen Ton heraus, weil ich fürchtete, er würde merken, daß ich geweint hatte. „Ich liebe dich, Nini. Jetzt schlaf ganz fest, und morgen sehen wir uns. Es sieht ganz so aus, als würde ich am Wochenende rauskommen."

Die erste chemotherapeutische Behandlung verlief problemlos. Obwohl John an Schläuchen und Flaschen und einem Überwachungsgerät hing, konnte er im Zimmer umherlaufen und im Sessel sitzen und lesen. Es war einfacher, als wir beide erwartet hatten, und er litt nicht einmal unter Übelkeit. Wir waren erstaunt. Erst als John nach Hause kam, machten sich die Nebenwirkungen bemerkbar.

Es SOLLTE alles perfekt für John sein, wenn er nach Hause kam, nachdem er einen ganzen Monat in Krankenhäusern zugebracht hatte. Ihn endlich wieder daheim zu haben war das schönste Geschenk für mich. Die drei Wochen bis zu seiner nächsten Behandlung sollten dem, was einmal unser normales Eheleben gewesen war, so nahe kommen, wie es die Umstände und das Wissen um die kurze noch verbleibende Zeitspanne zuließen.

MITTEN IM LEBEN 235

John gab sich die größte Mühe, den vielfältigen Einschränkungen, die ihm auferlegt waren, zu trotzen, doch sie waren Teil unseres Alltags geworden, beispielsweise beim Essen. Er durfte kein Salz essen, weil das die Bildung der Tumorflüssigkeit steigerte, und auch nichts, was mit zuviel Fett oder Öl angemacht war. Und wenn er sich bei seiner Rückkehr nach Hause auf eins gefreut hatte, dann darauf, etwas anderes als die Krankenhauskost zu essen. Er war verrückt auf pikanten Käse, Pizza, Schinken und Sardellen. Aber nichts davon durfte er zu sich nehmen. Die größte Enttäuschung war, daß er selbst dem, was er noch essen durfte und was ihm auch bisher geschmeckt hatte, plötzlich nichts mehr abgewinnen konnte – frische Tomatensuppe, Karottensuppe, Kekse. Die Chemotherapie hatte seinen Geschmackssinn praktisch lahmgelegt. Zunächst nahm er es noch gelassen hin und versuchte, auf andere Sachen auszuweichen, die ihm zusagten. In meinem Bestreben, ihm jeden Wunsch zu erfüllen, machte ich mir nichts daraus, ein paarmal am Tag in den Supermarkt zu laufen und einzukaufen, wonach er verlangte. Wir wußten beide, daß er Gewicht zulegen mußte, um für die nächste Behandlung bei Kräften zu sein.

An das Baby dachte ich in diesen Wochen überhaupt nicht mehr. Meine ganze Kraft richtete sich darauf, es John angenehm zu machen.

Eines Tages sagte er, daß ihm der Verkehr auf der Madison Avenue tagsüber zu laut vorkomme, und er meinte, daß es doch eine feine Sache wäre, Kopfhörer an die Stereoanlage anzuschließen, damit er die Klassiksendungen, die er so liebte, ungestört hören könnte. Wir hatten nicht mehr allzuviel Bargeld wegen der vielen Arztrechnungen, die wir inzwischen bezahlt, aber noch nicht von der Krankenversicherung erstattet bekommen hatten. Das bedeutete, daß ich in ein Kaufhaus in der 86. Straße würde fahren müssen, um sie zu kaufen, weil wir dort einen Kundenkredit hatten. John war klar, daß mich das durchaus Überwindung kostete, denn Menschenmassen in Warenhäusern erzeugen Platzangst in mir. Aber als ich ihn so ansah, wurden all meine Ängste unwichtig.

So machte ich mich auf den Weg, kaufte die Kopfhörer und brachte sie, sehr zufrieden mit meiner Leistung, nach Hause. Doch als John sie auspackte, sagte er: „Die sind zu groß, Nini, zu schwer. Das Gewicht halte ich auf dem Kopf nicht aus." Er hatte recht. Er setzte sie auf seinen kahlen Kopf, der so klein, so schmächtig wirkte, und der Schmerz war offensichtlich unerträglich. Selbstverständlich erklärte ich mich bereit, sie sofort umzutauschen.

Wieder im Kaufhaus, hieß es endlos Schlange stehen, bis ich

schließlich mit einem Gutschein in der Hand erneut in der Elektro-abteilung stand und nach leichteren Kopfhörern fragte. Ich fand auch welche, die mir hervorragend zu sein schienen, und ich war sicher, sie würden für John das richtige sein, auch wenn sie erheblich teurer waren.

Sie gefielen ihm auch, nur hatten diese einen anderen Haken – sie funktionierten nicht. Mir war gar nicht eingefallen, die Schachtel zu öffnen und mich zu vergewissern, ob sie auch in Ordnung waren. Aber als ich sie jetzt an die Anlage anschloß, kam nur ein ganz schwacher Ton heraus, egal, wie weit man den Lautstärkeregler aufdrehte. Das darf doch nicht wahr sein, dachte ich bei mir, ich muß noch einmal zurück und sie umtauschen. Aber ich hatte zunächst anderes zu tun, denn es wurde Zeit, das Essen vorzubereiten.

Frisches Obst schien John im Moment zu schmecken. Besonders gern mochte er mit Honig bestrichene Grapefruithälften. Das war zwar sicher gut für ihn, verhalf ihm aber nicht zu den Kalorien, die er brauchte, um zuzunehmen. Er schien mit jedem Tag magerer zu werden; jeder Wirbel war zu erkennen, jede Rippe stand heraus.

Oft bat er mich, ihm den Rücken zu massieren, wie die Kranken-schwestern es machten. Ich hatte Angst, seine durchscheinende, trockene Haut zu verletzen, doch er beruhigte mich, ich sei behutsam genug, und bat mich, fester zu reiben. Nach einigen Versuchen hatten wir unser eigenes Verfahren entwickelt. Ich massierte sehr kräftig etwas Lotion in die Haut, rannte dann zum Waschbecken, wo ich ein Handtuch in heißem Wasser bereitgelegt hatte, wrang es schnell aus, lief zurück zum Bett und legte John das noch dampfende Tuch auf den Rücken. An vielen Abenden verbrachten wir mehrere Stunden damit, abwechselnd zu massieren und heiße Handtücher aufzulegen. Ich glaube heute, daß diese Massage-Handtuch-Staffel John die einzigen wirklich längeren Perioden körperlicher Erleichterung gebracht hat. Keiner Erwähnung bedarf eigentlich, daß er den ganzen Tag hindurch ständig Schmerzen hatte, die schon durch die leichteste Bewegung ausgelöst wurden.

Seine Haut schien nicht mehr die gleiche Beschaffenheit oder Farbe zu haben wie vor der ersten Behandlung, und es war kein Muskel oder Fett darunter zu erkennen. Selbst die Härchen auf den Armen und Beinen wirkten flach und farblos; nichts an ihm war mehr kraftvoll. So krank war er. Ich meinte, seine Haut würde ihre Elastizität zurückgewinnen, wenn er stärkehaltige Sachen essen würde. Aber ich brachte es nicht fertig, ihn durch Bitten, Nörgeln oder Ermahnen dazu zu bringen, etwas zu essen, was ihm nicht schmeckte.

MITTEN IM LEBEN 237

Nicht lange nachdem er nach Hause gekommen war, bat er mich, ihn beim Essen allein zu lassen. Er mußte zwischen den einzelnen Bissen sehr oft ausspucken. Das und das langsame Kauen waren ihm peinlich. Ich frage mich, ob er nicht einen Großteil des Essens weggeworfen hat, weil er es einfach nicht ausstehen konnte. Aber ihn danach zu fragen war für mich unmöglich. Er wäre gekränkt und enttäuscht gewesen, wenn ich ihn kontrolliert hätte.

Ich machte nur einmal etwas hinter seinem Rücken. Er wollte das erste Mal, seit er aus dem Krankenhaus gekommen war, zu seiner Anwaltskanzlei gehen. Dabei trug er eine neue Hose, die mindestens einhundertzehn Zentimeter Bundweite hatte, und ein Hemd, das am Hals so weit war, daß der Kragen wie gefältelt aussah, als er eine Krawatte anlegte. Darüber hatte er einen Shetlandpullover angezogen und dann noch seinen marineblauen Blazer. Aber das nicht etwa, weil ihm kalt war – der Krebs machte ihn ganz im Gegenteil äußerst empfindlich gegen Wärme. Diese Kleiderschichten dienten der Tarnung und waren von uns erdacht, damit er seine beängstigende Abgezehrtheit kaschieren konnte. Seine Armbanduhr, die er vor der Operation zum letztenmal getragen hatte, schlackerte so ums Handgelenk, daß ich das Stahlarmband auf die kleinstmögliche Weite stellen mußte. Die Uhr saß zwar jetzt, aber er klagte, daß sie ihm den Arm hinunterziehe. Er war außerdem fest entschlossen, den neuen Aktenkoffer mitzunehmen, den ich ihm geschenkt hatte, obwohl er zu schwer für ihn war. Ich beschwor ihn, ein Taxi zu nehmen, als er erklärte, er wolle zu Fuß gehen. Ich konnte es nicht fassen, daß er die fünfunddreißig Häuserblocks laufen wollte, wo er doch jetzt von der kleinsten Anstrengung sofort müde wurde. Aber ich schwieg, als er mir sagte, er werde laufen und damit basta. Ich gab ihm einen Kuß, und dann war er draußen.

Ich lief ans Telefon und rief seinen Freund Tom Davis an, dessen Büro in der Kanzlei gleich neben Johns gelegen war, und bat ihn, mich doch bitte sofort anzurufen, wenn John gut angekommen wäre, weil er, wie ich ihm erklärte, es abgelehnt hatte, mit dem Taxi zu fahren. Ich bat ihn auch, John nichts davon zu erzählen, daß ich angerufen habe, da er sonst fuchsteufelswild würde.

Ungefähr eine Dreiviertelstunde später rief Tom an. John war nur ein paar Straßen weit gelaufen, war dann erschöpft gewesen und hatte versucht, ein Taxi anzuhalten, aber lange Zeit kein Glück gehabt. Deshalb hatte es so lange gedauert, bis er ins Büro gekommen war. Aber jetzt sei er da, und es sei alles in Ordnung, obwohl natürlich jeder über sein Aussehen entsetzt sei.

Die Nachricht von Johns Erscheinen und seinem Zustand machte im Nu die Runde, aber viele brachten es nicht fertig, zu ihm zu gehen, weil sie wußten, daß ihr Blick ungläubiger Fassungslosigkeit von John sofort bemerkt würde. John verstand das und war im Grunde dankbar, daß die Leute nicht hereinkamen und dumm glotzten und ihm auf die Nerven fielen.

Außerdem hatte er doch erfahren, daß ich Tom angerufen hatte. Nachdem er zurückgekommen war, sagte er erregt: „Nini, mach so etwas nie wieder. Das ist mir bitterernst." Er ging direkt ins Schlafzimmer, um sich der beklemmend warmen Kleidung zu entledigen. Mindestens eine Stunde wagte ich nicht, zu ihm hineinzugehen und ihn anzusprechen. Ich schämte mich und schwor mir, nie wieder etwas hinter seinem Rücken zu unternehmen.

Ein paar Tage nach diesem Zwischenfall, als ich ihm das Tablett mit dem Essen ins Zimmer brachte, nahm ich die defekten Kopfhörer an mich und machte mich erneut auf den Weg ins Warenhaus. Ich fuhr mit dem Aufzug acht Stockwerke hinauf zur Umtauschabteilung und ging dann wieder zum Verkauf. Ich erzählte der Verkäuferin, warum John leichte Kopfhörer brauchte, und bat sie, mir diesmal welche zu geben, die funktionierten. Und ganz unvermittelt wurde mir übel; das Baby, das inzwischen im sechsten Monat war, machte sich bemerkbar. Mir war schwindlig, und ich wollte das alles hinter mich bringen und nur noch raus hier. Die Verkäuferin tauschte die Kopfhörer um, und ich ging zurück zum Aufzug. Im Erdgeschoß war ich den Tränen nahe. Ich war fix und fertig.

Als ich nach Hause kam, war John überglücklich, daß ich die Kopfhörer bekommen hatte. Doch bevor er sie ausprobierte, ging er unter die Dusche. Für den Rest des Tages hörte er dann Radio.

Häufiges Duschen war eine Angewohnheit, die er aus dem Columbia-Krankenhaus mitgebracht hatte. Das heiße Wasser linderte seine Rückenschmerzen so wie die heißen Handtücher nach der Rückenmassage. Aber im Krankenhaus hatte John gar nicht bemerkt, wie sehr er abgenommen hatte, weil die Badezimmer dort keine großen Spiegel hatten. Als er zu Hause duschte, sah er sich zum ersten Mal ganz und war so erschrocken, daß er mich rief. „Nini", sagte er und stand tropfend da, „hast du gewußt, daß ich so stark abgenommen habe?" Mit dem geschwollenen Bauch und dem ansonsten ausgemergelten Körper sah er aus wie ein Kind aus Biafra. Und ich log wie so oft, denn in seiner Stimme klang etwas mit, das mich bat, ihm nicht zu sagen, wie entsetzlich er aussah, etwas, das hören wollte, daß er noch immer so kräftig und attraktiv sei wie einst.

MITTEN IM LEBEN 239

„Natürlich hast du abgenommen, Bunky", antwortete ich. „Das war aber doch zu erwarten. Schließlich hast du eine schwere Operation hinter dir und dann die chemotherapeutische Behandlung. Für mich siehst du unverändert aus, nur ein bißchen dünner. Mach dir deswegen keine Gedanken, Bunky, das kommt alles wieder. Du brauchst mir nur zu sagen, was du essen möchtest, und ich mach es dir. Was hältst du davon, wenn ich in die Küche gehe und dir eine Kalbsterrine hinzaubere?"

Er lachte, zog mich an sich und dachte wohl an die Zeit zurück, als ich einmal zwei Stunden in der Küche gestanden hatte, um für eine ausgefallene Party Kalbsterrine zu machen, und aus irgendeinem Grund erheiterte John die methodische, ernste Art, mit der ich sie zubereitete. Am Tag nach der Party war ich nach Dienstschluß heimgeeilt und hatte mich über den Rest der Terrine hergemacht.

Nachdem ich ihn wegen seines Aussehens beruhigt hatte, zog er einen Pyjama an, den Onkel Jack aus Croton ihm geschickt hatte, weil die alten nicht mehr paßten. Dann griff er zu einer der Detektivgeschichten Sherlock Holmes', die er von meinem Vater ausgeliehen hatte, machte es sich auf der Couch bequem, setzte die Kopfhörer auf und schloß verzückt für kurze Zeit die Augen, als eine seiner Lieblingsarien erklang. Danach rief er mich und bat um etwas Tee mit Honig, und als ich damit zurückkam, lächelte er.

Auf dem Weg zurück in die Küche betrachtete ich ihn mit einem verstohlenen Blick im Spiegel gegenüber dem Wohnzimmer. Er war selig und fühlte sich wohl. Das Leben, das wir führten, war so eigenartig, so ganz anders als unsere bisherigen Werktage zwischen neun und fünf, aber ich war selbst so glücklich. Ich blickte hinunter auf meinen Bauch und glaubte fest daran, daß John unser Kind sehen würde.

KAPITEL 6

1. November 1978

Liebe Lizzie,
was für einen tröstenden Brief Du mir geschrieben hast! Niemand hat so wie Du verstanden, wie allein gelassen man sich bei so einer Geschichte fühlt. Mehr denn je bin ich davon überzeugt, daß glückliche Ehen wie Deine und meine sehr selten sind, und eben weil Du und Woody so ideal zusammenpaßt, verstehst Du auch, welchen Kummer Johns Krankheit mir bereitet.

John versucht, vor der nächsten fünftägigen Behandlung, die am kommenden Montag beginnt, zu Kräften zu kommen. Er versucht, jeden Tag im Park spazierenzugehen, und alle zwei Tage ist er für ein paar Stunden ins Büro gefahren. Aber vor kurzem fingen seine Beine an zu schwellen – der Arzt sagt, die Flüssigkeit, die der Tumor produziert, verlagere sich –, und so ist es jetzt mit Spaziergängen und dem Büro für einige Zeit vorbei.

Gestern war ein großer Tag, den John mit Fassung und Humor bewältigt hat. Wir haben einen Friseursalon aufgesucht, der sich auf Perücken spezialisiert hat. Ich hatte gar keine Vorstellung, wie das mit dem Haarausfall eigentlich vor sich geht, aber es ist erstaunlich, wie schnell das geht, wenn es erst einmal angefangen hat. John hat also jetzt eine sehr natürlich aussehende Perücke, mit der er auch recht zufrieden ist – er sagt, er sähe sehr viel besser als John Travolta aus.

Ich bin mit meiner Stimmung mal obenauf, dann wieder am Boden zerstört, aber John bringt es noch immer fertig, mich aufzumuntern. Es fällt mir schon schwer, das Kinderbettchen und die übliche Babyausstattung zu kaufen, ohne daß er dabei ist. Und den Gedanken, vielleicht niemanden zu haben, mit dem ich unser Kind einmal bei seinen ersten Schritten begleite, versuche ich beiseite zu schieben. Es ist sicher richtig, daß man immer nur eins nach dem anderen angehen kann. Und trotz allem Kummer gibt es jeden Tag auch Freude und etwas zu lachen.

Es ist komisch, wie verschieden die Leute reagieren. Ein Ehepaar, das wir kennen, ist wie die Aasgeier auf Neuigkeiten aus; sie wollen jede Kleinigkeit wissen, denken aber nicht daran, irgendwelche Hilfe anzubieten. John und ich waren entsetzt, denn es hat den Anschein, als hätten sie sich aus purer Sensationsgier auf unser trauriges Schicksal gestürzt. Eine Freundin sagt mir jedesmal, es sei gut zu weinen, ich solle mich nicht zurückhalten. Was glaubt sie wohl, was ich um drei Uhr nachts mache, wenn ich mich ins Wohnzimmer schleiche, damit John mich nicht hört? Der einzige Mensch, in dessen Gegenwart ich weinen kann, ist meine Mutter, und so möchte ich es auch weiterhin halten. Und dann sind da andere Menschen, die wunderbar reagieren und so viel Würde und Stärke zeigen, daß sie einen aufrichten und einen erkennen lassen, daß man damit fertig wird. Du rangierst unter diesen Freunden ganz oben, und der Grund dieses langen Briefes ist eigentlich nur, Dir das mitzuteilen. Wenn Du jemals einen dieser Was-habe-ich-schon-geleistet-Tage hast, dann erinnere Dich an Deinen mitfühlenden Brief an mich und daran, wie sehr er mir geholfen hat, stärker zu werden. Noch einmal danke für Deine aufrichtigen Worte und Gefühle.

Alles Liebe
Nancy

Als die Ärzte Johns Ausflüge ins Büro und seine kurzen Spaziergänge unterbanden, zog er sich mehr und mehr unter seine Kopfhörer und hinter seine Bücher zurück. Auch der Abstand zu mir wurde

MITTEN IM LEBEN 241

größer. Ich wußte selbst, wie es ist, wenn man allein sein möchte – nach meiner Eileiterschwangerschaft hatte ich die gleichen Anwandlungen –, und daher respektierte ich seine Launen und verlegte mich mehr und mehr auf Eintragungen in mein Tagebuch und Briefe an Lizzie.

Wenn ich ihm seine Post ins Zimmer brachte, lernte ich, mich zu beherrschen: ihm bloß keinen Kuß geben oder auch nur auf den Arm klopfen! Tat ich es dennoch, schüttelte er den Kopf mit den spärlichen, nicht gekämmten Haaren, sah mit seinem bleichen Gesicht, das er nicht mehr rasieren mußte, da der Bart nicht mehr wuchs, zu mir hoch und sagte mit grimmigem Blick: „Laß das, Nini."

„Schon gut, John. Ruf mich, wenn du etwas brauchst."

Dann ging ich still zurück ins Wohnzimmer und öffnete die Briefe, die an mich adressiert waren; Zeilen von Leuten, die wissen wollten, ob sie etwas tun konnten, und Rechnungen. Ich setzte mich an den Eßtisch, schrieb einige Dankesbriefe und fragte mich im übrigen, wie wir all die Arztrechnungen bezahlen sollten; Johns Vater übernahm ohnehin schon eine ganze Menge davon.

An einem Morgen saß ich am Tisch und schrieb Schecks aus, als mein Blick aus dem Fenster auf einen zerlumpten Obdachlosen fiel, der sein überlanges schlohweißes Haar hinten zu einem Pferdeschwanz zusammengebunden hatte und die Passanten auf dem Gehweg anschrie und gegen die Autos und Busse wütend die Faust erhob. Er schrie und zeigte mit dem Finger und jagte den Menschen in seiner Nähe offenbar Angst ein. Alles, was ich denken konnte, war, warum hast du nicht Krebs, du nutzloser Schwätzer und Schreihals? Warum nicht du? Dieser Stadtstreicher verkörperte für mich die Ungerechtigkeit des Lebens. Warum war nicht er, sondern John mit Asbest in Berührung gekommen?

Dieses verdammte Asbest! Ein heikles Thema für John. Ich hatte Dr. Lisios Rat beherzigt und gewartet, bis John von sich aus die Rede darauf brachte. Er tat es zum erstenmal ein oder zwei Tage nach der Operation in seinem Zimmer. „Ich nehme an, du weißt, daß das, was ich habe, durch Asbest ausgelöst wurde?" Ich nickte, und er fuhr fort: „Du erinnerst dich doch an diese Jobberei in den Sommerferien, ich hab dir ja davon erzählt. Und da hab ich einmal zwei Wochen Asbestplatten auf- und abgeladen, und weil die keinen Gabelstapler hatten, mußten wir von Hand laden. Ich weiß noch, daß wir den Daumen beleckten, wenn wir die Platten abzählten, bevor wir sie auf die LKWs packten." Deshalb hat er es also im Magen, fuhr es mir durch den Kopf. Dann sagte er: „Ich wollte nur, daß du es weißt, Nini, aber ansonsten will ich nicht darüber lamentieren und bitte dich daher, es nicht mehr zu erwähnen, ja?"

Ich hielt mich erneut an Dr. Lisios Rat und überließ es John, wann er das Thema anschneiden wollte. Sechs Wochen dauerte es, bis er wieder darauf zu sprechen kam. Mit den Ärzten mußte er natürlich ständig darüber reden.

Bevor John zur zweiten chemotherapeutischen Behandlung wieder ins Krankenhaus kam, hatte er als ambulanter Patient einen Termin für eine Computertomographie in der nuklearmedizinischen Abteilung. Er war an dem Tag ein bißchen wackelig auf den Beinen, so daß ich ihn begleitete. Als wir dasaßen und ewig darauf warteten, aufgerufen zu werden, stand ich zwischendurch einmal auf, um mich zu strecken. Die Schwester an der Aufnahme sah mich und rief: „Wir haben eine Schwangere hier!" Sie kam auf mich zugestürzt und legte den Arm um meine Schultern. „Meine Liebe", sagte sie, „als Sie gesessen haben, konnte ich nicht sehen, daß Sie schwanger sind. Sie müssen woanders hingehen. Wir machen hier Bestrahlungen und lassen Schwangere nicht in diese Zone. Wenn Sie durch diese Tür den Gang hinuntergehen, kommen Sie zum Warteraum der augenmedizinischen Abteilung. Ihr Mann kann Sie sicher nach der Aufnahme dort abholen." Sie eilte zurück an ihren Schreibtisch. Ich sah John schulterzuckend an und ging dann nach draußen den Gang entlang, zunächst ganz langsam, dann schneller und schließlich fast laufend.

Mein Gott, dachte ich, John hat Krebs, und das Baby bekommt jetzt auch welchen oder wird mißgebildet.

Ich setzte mich in den Warteraum und dachte, es nimmt kein Ende. Wenn man erst einmal Pech hat, wird es immer schlimmer. Ich blickte an mir hinunter und dachte: Du nicht auch noch, mein Kleines!

Seit dem Sommer hatte ich keinen Gedanken mehr darauf verwandt, wie es wohl dem Kind gehen mochte. Ich hatte einfach nicht die Zeit dazu gehabt. Natürlich wußte ich, daß ich jeden Tag Vitamintabletten nehmen, Milch trinken und Obst und Gemüse essen mußte. Aber damit glaubte ich dann auch schon, das Baby vergessen und das tun zu können, was für John getan werden mußte. Daher ängstigte mich die Reaktion der Schwester. Was habe ich gemacht? War es möglich, daß ich dieses Kind einer Gefahr ausgesetzt hatte, die ihm vielleicht in zwanzig Jahren zum Verhängnis würde?

Ich konnte nichts weiter tun als dasitzen, warten und denken. So zog ich mir einen zweiten Sessel heran, legte meine Füße darauf, schloß die Augen und nahm mir fest vor, an nichts zu denken, an gar nichts.

MITTEN IM LEBEN 243

Ungefähr eine Stunde später kam John herein. Er ging langsam und hatte offenbar Schmerzen. Dann blieb er stehen und sah zu mir herunter; der braune Trainingsanzug – das einzige Kleidungsstück, in dem er sich noch wohl fühlte – umspannte seinen Bauch. „Komm, geh'n wir", sagte er. „Ich bin fertig. Sie haben die Aufnahme gemacht. Verdammt, tut das weh! Ich würde gerne mal einen von diesen Ärzten auf den Stahltisch legen." Dann, auf dem Weg nach draußen, sagte John: „Ich habe ein nettes Kompliment da drinnen bekommen."

„Was für eins?" fragte ich. „Erzähl mal."

„Sie haben mich in einen Rollstuhl gesetzt und zum Tomographen gefahren, direkt an einer grauhaarigen Frau vorbei, die so an die fünfundsechzig war, das heißt, das, was von den Haaren noch übrig war, war grau – aber sie hatte nicht viel mehr auf dem Kopf als ich. Sie sah zu mir herüber und sagte: ‚Gütiger Gott, was für ein hübscher junger Mann Sie sind!'" John grinste wie früher, als wollte er sagen: Bin ich nicht der verführerischste und attraktivste Kerl der Welt?

Ich lächelte und fragte: „Und was hast du ihr geantwortet?"

„Ach, ich habe mich bedankt, weil sie mich so nett angelächelt hat; sie sah ja selber noch viel schlimmer aus. Und dann habe ich gesagt: ‚Einen Schönheitspreis werden wir allerdings nicht mehr gewinnen, oder?' Sie nickte und seufzte: ‚Stimmt', und dann haben wir über ihre Kinder und unsere Ärzte gesprochen und haben uns alles Gute gewünscht."

John machte eine Pause und lehnte sich an die Wand. „Kannst du dir vorstellen, daß mich jetzt noch jemand hübsch nennt?" fragte er und lachte kurz auf, aber in seinen Augen standen Tränen.

„Ich finde, daß du hübsch bist, Bunky."

Zum erstenmal seit Wochen nahm er meine Hand und sagte: „Ich liebe dich."

Aber es soll niemand glauben, daß es John danach leichter fiel, über seinen Krebs zu sprechen. Für ihn war das Nichterwähnen der Krankheit einer der Wege, sich zu schützen. Ebenso verdrängte er die Krankheit durch das Tragen des Jogginganzugs, was ihn wohl an bessere Zeiten erinnerte. Aber wenigstens hatten wir zurück zu unserer freundschaftlichen Beziehung gefunden. Ich war nicht länger jemand, dem er aus dem Weg ging, und als wir an dem Abend nebeneinander im Bett lagen, war ich endlich gelöst. Wir waren wieder Verbündete, das gleiche Ehepaar, das wir gewesen waren, bevor wir etwas von dem Wort Mesotheliom gehört hatten.

John sprach über seinen bevorstehenden Tod weder mit mir noch mit sonstjemandem (wenngleich ich zwei Jahre später von seiner

Mutter erfuhr, daß er einem Priester im Krankenhaus gesagt hatte, er habe keine Angst vor dem Sterben, mache sich aber Sorgen darüber, was für Folgen sein Tod für mich, sein Kind und die übrige Familie haben könnte). Dieses stillschweigende Abkommen zwischen uns wurde gelegentlich von der Hoffnung beflügelt, daß die nächste Behandlung eine Remission bringen könnte.

Als man mit der zweiten chemotherapeutischen Behandlung begann, war er fast übermütig, so als wollte er sagen: Die erste Behandlung war ja gar nicht so übel, die zweite wird ein Kinderspiel. Er kam in einen sehr viel älteren Flügel des Krankenhauses, hatte aber ein Zimmer für sich allein mit einem großen, alten Farbfernseher und, was das beste war, einem Kühlschrank. Das Zimmer war düster. Die Wandfarbe wirkte schmuddelig und blätterte ab, aber ihm gefiel es. Manchmal lag er auf der Seite, mit einem Katheter im Körper, um die Flüssigkeit abzuleiten, und diktierte mir Einkaufslisten. „Nini, bring doch morgen bitte Orangensaft, Vanille- und Schokoladeneis in Bechern, reichlich Birnen und Schokoladenplätzchen." Und während er sprach, brachten die Schwestern neue Behälter für die Flüssigkeit und neue Flaschen mit Adriamycin und anderen Medikamenten und entfernten die gebrauchten. All das schien völlig normal zu sein. Johns früherer Bettnachbar lag in einem Zimmer auf der anderen Seite des Flurs. Eines Tages sahen wir eine äußerst attraktive Frau zu ihm hineingehen. „Also so was", erzählte er uns später, „das war meine frühere Frau. Find ich nett von ihr, daß sie gekommen ist."

Als John in der Behandlung war, hatte ich Zeit, zum Zahnarzt zu gehen. Selbstverständlich fragte er, wie es mir ginge, und ich erzählte es ihm. „Wie bitte? ... O nein! ... Sie hoffen nur noch, daß er wenigstens das Baby sieht ... O mein Gott!" Ich erzählte alles, was sich inzwischen ereignet hatte, erzählte es rein mechanisch, ganz ruhig. Ich war für Begegnungen wie diese gewappnet.

Schlimm aber war, wenn ein Taxifahrer mich ansprach: „Ihr erstes? Sie und Ihr Mann sind sicher ganz aus dem Häuschen." Noch trauriger allerdings war es, ganz allein Kindermöbel kaufen gehen zu müssen. Auf der Amsterdam Avenue gab es ein Geschäft, das sich seit Generationen in Familienbesitz befand. Ich hatte nicht damit gerechnet, daß dort jemand persönliche Fragen stellen würde, aber dann merkte ich doch, wie sich so etwas anbahnte. Die erste Frage: „Wann ist es denn soweit?" hatte noch einen fast großmütterlichen Anflug. Etwas später fragte die Bedienung: „Möchten Sie vielleicht noch einmal mit Ihrem Mann herkommen, damit er sich die Sachen ansehen kann, die Sie ausgewählt haben?"

MITTEN IM LEBEN 245

Ich sagte, es sei nett, daß man mir das anböte, aber mein Mann liege im Krankenhaus.

„Im Krankenhaus?"

„Ja."

„Was hat er denn?"

„Krebs."

Die Leute reden einfach gern mit einer werdenden Mutter. Warum auch nicht? Für jede andere ist es eine glückliche Zeit. Aber jetzt, da ich für alle erkennbar schwanger war, machte mich das freundliche Lächeln fremder Menschen todtraurig, ließ meine Stimme zittern.

In die gleiche Zeit fielen auch erste Anzeichen von Angst, echter Angst vor einem Leben ohne John, in dem ich ein Kind allein großziehen sollte. An einem Abend sah ich im Fernsehen eine Sendung über eine Ärztin in Los Angeles, die sich auf Frühgeburten spezialisiert hatte. Dabei zeigte die Kamera auch das Foto eines jungen Mannes, das auf ihrem Schreibtisch stand, und sie erzählte dazu, daß das Schwerste, woran sie sich in ihrem Leben hatte gewöhnen müssen, der frühe Tod ihres Mannes gewesen sei. Sie hatte eine glückliche Ehe geführt, und sie wünschte, sie hätten länger zusammensein können. Mir wird es auch so ergehen, überlegte ich, und mich ängstigte der Gedanke, von John eines Tages nichts als ein Foto zu haben, das etwas vergilbt war, so wie das Bild des Mannes dieser Ärztin.

Ich stellte das Fernsehgerät ab und versuchte, die Zeitung zu lesen, aber ich konnte mich nicht konzentrieren und starrte aus dem Fenster. Was interessiert es mich, was auf der Welt geschieht, ging es mir durch den Kopf, und ich flüsterte: „Wann, wann wird die chemotherapeutische Behandlung endlich anfangen zu wirken?" Ich hatte John an diesem Tag im Krankenhaus besucht. Er bemühte sich, die Schmerzen im Bein zu unterdrücken, denn er mußte auf der Seite liegen, damit die Flüssigkeit abgeleitet werden konnte – sechs Liter an diesem Tag. Und der Infusionsschlauch in seinem lieben dünnen Arm ... „Ich will meinen Bunky wiederhaben", klagte ich laut. „Ich will ihn so wiederhaben, wie er war, gesund und unternehmungslustig."

In jener Nacht konnte ich nicht schlafen. Ich hatte Leo, den Kater, auf dem Schoß, dieses stumme, wundervolle Tier, das mich ansah, als ich weinte, und mich fast mit Besorgnis betrachtete.

Zufällig berichtete mir einer der Pfleger im Krankenhaus, daß die psychiatrische Abteilung ein Versuchsprojekt plane, bei dem es um Therapien für die Ehepartner von Krebspatienten ging. Ich interessierte mich dafür, denn vielleicht konnte ich auf diese Weise aussprechen, wieviel Angst ich vor der Zukunft hatte.

Ein paar Tage später kam John wieder nach Hause. Die zweite Behandlung hatte ihn weit stärker mitgenommen als die erste. Er aß zwar jetzt mehr, was mir ein gutes Zeichen zu sein schien. Trotzdem, außer seiner Schwäche machte mir nun noch sein abwesendes Verhalten Sorge. An einem Vormittag erklärte ich ihm dreimal, daß ich zu der Therapiegruppe ins Krankenhaus ginge und wann ich zurück sei. Aber als ich dann wieder nach Hause kam, sah er mich mit staunenden Augen an und wollte wissen, wo ich gewesen sei. Er habe sich solche Sorgen gemacht.

Was hatte das nun zu bedeuten?

„Bunky", sagte ich, „ich habe dir, bevor ich aus dem Haus gegangen bin, erklärt, daß ich zu einer Therapiegruppe gehe." Ich schrie ihn fast an und hatte das Gefühl, ich müßte ihn wachrütteln und ihn zurück in die Wirklichkeit holen.

Er blickte mich verwirrt an. „Hast du mir das wirklich gesagt, Nini? Stell dir vor, ich kann mich nicht erinnern. Ich habe den ganzen Morgen geschlafen, und als ich aufgewacht bin und dich gerufen habe und du nicht da warst, habe ich mich gefürchtet. Es tut mir leid."

Von den nächsten Wochen, in denen es weder zu einer Besserung noch zu einer Remission kam, ist mir nur ein gutes Vorkommnis in Erinnerung geblieben, daß nämlich Johns jüngerer Bruder Vincent ihm zwei- oder dreimal die Woche schrieb. John sah beinahe wieder wie der alte aus, wenn er diese Briefe las. Es ging um Rechtsfälle, mit denen Vincent in der Kanzlei ihres Vaters zu tun hatte, um Probleme mit den Freundinnen, um Alltagsdinge. John liebte diese Briefe. Ich glaube, das hatte seinen Grund darin, daß Vincent, nachdem er John besucht und selbst gesehen hatte, wie krank er war, ihn weiterhin wie einen normalen Menschen behandelte.

Von da an wurde Vincent der Beschützer seines Bruders. Wenn John beiläufig erwähnte, daß ihn das Verlangen der Eltern, sie täglich anzurufen, ärgere, beruhigte Vincent ihn, er werde das in Ordnung bringen. Vincent war der einzige, der zwischen uns und unseren Familien vermitteln konnte, ohne jemanden vor den Kopf zu stoßen. Die einzige Partei, die er ergriff, war die Johns. Einer der Vettern war tiefreligiös; er glaubte an Wiedergeburt und ähnliche Dinge. Vincent bedeutete ihm in aller Ruhe, nicht seine persönliche Meinung in diesen Fragen zur Sprache zu bringen, wenn er John besuchte.

Eine andere Erleichterung für mich war, mit welcher Sorge, Aufmerksamkeit und Freundlichkeit die Ärzte und Krankenschwestern John entgegenkamen. Ihre angeblich kalte und herzlose Gleichgültigkeit war beim Umgang mit John nicht zu spüren. Sie lächelten

MITTEN IM LEBEN

immer, wenn sie sich mit ihm unterhielten. Und es lag keineswegs nur an seiner Krankheit oder seiner Jugendlichkeit oder daran, daß wir unser erstes Kind erwarteten; es lag an John selbst. Sie sprachen gern mit ihm und, was noch wichtiger war, er vertraute ihnen und mochte sie.

Für die nächste Woche war keine Behandlung angesetzt. Aber da ich mir wegen Johns zunehmender Schwäche Sorgen machte, war es mir ein Trost, daß man ihn jederzeit ins Krankenhaus zurückbringen konnte, falls sich etwas ereignete. Und etwas ereignete sich tatsächlich, wovor uns niemand gewarnt hatte.

KAPITEL 7

JOHN wurde mit jedem Tag dünner und schwächer, konnte die Nahrung nicht mehr bei sich behalten und nur noch mit größter Anstrengung von einem Zimmer ins andere gehen. Praktisch das ganze Wochenende hatte er im abgedunkelten Schlafzimmer verbracht – nicht einmal mehr die Zeitung wollte er lesen. Er hatte sich im Fernsehen einen Teil des Footballspiels zwischen Dartmouth und Princeton angesehen und erzählte mir später, daß er es kaum noch ertragen könne, den jungen, sportlich-aktiven Männern zuzusehen. („Vor kurzem hätte ich da noch mitmachen können.")

Ich kam an dem Wochenende kaum aus dem Haus. Nur noch sieben Wochen bis zum Geburtstermin, und ich war völlig erschöpft. Wie erschöpft werde ich erst sein, dachte ich, wenn das Kind tatsächlich da ist. Aber ich mußte versuchen, für John stark zu bleiben, wie er es so oft für mich gewesen war. Ich durfte ihm nicht zur Last werden. Und doch fing ich eines Nachts, als wir beide im Bett lagen und lasen, an zu weinen. „Was ist los, Kleines?" fragte John.

„John, ich habe solche Angst."

„Angst wovor, Nini?" Seine Stimme klang besorgt.

Erkannte er nicht, warum? „Ich will dich nicht verlieren."

John sah mir in die Augen und sprach ganz ruhig: „Keine Angst, Nini, ich halte bis zum Frühjahr durch, das versprech ich dir. Und jetzt trockne dir die Tränen und gib mir einen Kuß. Dorthin."

„Aber mir haben die Ärzte etwas anderes gesagt", erwiderte ich.

Nun fing er an zu weinen. „Nini, ich brauche dich so. Bitte weine nicht, denn sonst muß auch ich weinen. Ich liebe dich, und du mußt einfach tapfer für mich sein. Ich weiß, du kannst es, weil du mein Kleines bist und weil du voller Kraft steckst."

„Glaubst du?" fragte ich und wischte uns beiden das Gesicht mit einem Taschentuch ab.

„Dorthin", befahl er, und wir wiegten uns hin und her, während er mir die Haare aus dem Gesicht strich und ich meine Hand an seine Wange legte. „Ist es so nicht schon viel besser?"

Aber auch die größte Tapferkeit konnte nichts gegen seine Krankheit ausrichten. Das konnte nur die Chemotherapie, und er mußte sich einer dritten Behandlung unterziehen, bevor wir erfuhren, wie das Adriamycin und das 5-Azacytidin wirkten. Geduld, Hoffnung und Stärke – darum betete ich.

Am Montag, dem 20. November, saß John im Wohnzimmer, als innerhalb von Sekunden jede Farbe aus seinem Gesicht wich. „Nini, ruf einen Krankenwagen", sagte er. „Ich muß ins Krankenhaus. Ich weiß nicht, was los ist."

Ich rannte zum Telefon. Ja, ein Krankenwagen würde sofort kommen. Dann rief ich Johns Onkel Jack an, der in der Nähe arbeitete. Ob er sofort kommen könnte? Es sei etwas passiert.

Onkel Jack war in zehn Minuten da, gerade als die Krankenbahre aus dem Aufzug über den Gang zu unserer Wohnung geschoben wurde. John konnte kaum atmen und verzog vor Schmerzen das Gesicht, als man ihn so behutsam wie möglich auf die Bahre legte. Ich sagte, daß ich mit ihm fahren wolle. „Nein, Liebes", bat er, „komm du mit Onkel Jack nach." Onkel Jack legte den Arm um mich.

Als sich die Aufzugtür hinter John und den Sanitätern geschlossen hatte, entrang sich mir ein Schrei, der gleiche tierähnliche Schrei, den ich am Tag seiner Operation zu unterdrücken versucht hatte. Diesmal machte ich nicht einmal den Versuch. John konnte mich jetzt nicht hören. „Mein Gott, Onkel Jack, was passiert mit ihm?"

Onkel Jack sah, daß ich einem hysterischen Anfall nahe war. Er erklärte mir, daß John wahrscheinlich einige Zeit in der Notaufnahme bleiben werde, und schlug vor, erst einmal eine Kleinigkeit essen zu gehen. Ob ich in der Nähe ein Lokal kennte?

Es war ein strahlendschöner Tag, und wir zuckelten die Madison Avenue entlang; gefangen in unseren Sorgen, nahmen wir die Schaufensterbummler und Geschäftsleute, die an uns vorbeiliefen, gar nicht wahr. Im Restaurant bestellten wir Sandwichs. Ich merkte, wie ich zitterte, und Onkel Jack meinte, ich sollte etwas trinken. Ich kam zu dem Entschluß, daß das Kind keine bleibenden Schäden davontragen würde, wenn ich mir ein Bier bestellte. Diese Besinnungspause, dieser Aufschub vor dem Gang zum Krankenhaus war genau das, was ich brauchte. Als wir fertig gegessen hatten, machten wir uns

MITTEN IM LEBEN 249

auf den Weg zum Krankenhaus. Ich griff nach Onkel Jacks Hand, als
wir durch die mir schon so vertraute Halle der Abteilung sechs
gingen und im Stationszimmer nach John fragten.

Wir bekamen die Auskunft, Johns Zustand sei lebensbedrohend
gewesen. Seine Atmung war so schwach, daß man ihm sofort
Sauerstoff gegeben hatte. Er hatte einen Schock infolge starker innerer
Blutungen erlitten. Man hatte eine Transfusion vorgenommen, und
jetzt hing John am Glukosetropf. Es hatte auf des Messers Schneide
gestanden, aber inzwischen ging es ihm schon wieder viel besser, und
ich konnte zu ihm hineingehen.

Ich kam mir so unbeholfen vor. Warum hatte ich die Anzeichen des
Schocks nicht erkannt? Ich hatte doch bei meiner Eileiterschwangerschaft selbst fast einen Schock erlitten. Was wäre passiert, wenn er zu
schwach gewesen wäre, mir zu sagen, ich solle einen Krankenwagen
rufen, oder wenn er gar eingeschlafen wäre? Er wäre gestorben!
Warum hatte niemand uns gewarnt, daß so etwas passieren konnte?

Zwei Tage später berichtete mir Dr. Chahinian, daß die Chemotherapie bisher keinen Erfolg gebracht habe. Man injizierte John nun
lediglich C-Parvum, das die Blutung des Tumors stoppen und John
bald wieder kräftigen sollte, damit man einen anderen Weg bei der
chemotherapeutischen Behandlung einschlagen konnte. Ziel der
neuen Behandlung war es zu verhindern, daß sich der Krebs im
Körper ausbreitete.

In jener Woche war ich ohne Hoffnung und Zuversicht. Der
Feiertag zum Erntedank spät im November war eine Qual. – Ich
schnitt John etwas Truthahnfleisch auf und versuchte, ihn zu füttern.
Johns Kopf fiel nach vorn. Ausdrucksloses Starren, die Pupillen
verdreht. Ich rief: „John! John! Was ist los? Laß das! Sieh mich an!"
Seine Pupillen drehten sich wieder in die Normallage. Etwas so
Beängstigendes hatte ich noch nie gesehen.

Aber er wurde bald wieder etwas lebhafter. Er bat darum, fernsehen zu dürfen. Intravenös bekam er Vitamine und Albumin, und
außerdem mußte er Sustacal zu sich nehmen, ein stark eiweißhaltiges
Getränk. Normal temperiert schmeckte es ihm überhaupt nicht.
Deshalb versuchten wir, es in einigen Gläsern, die ich von zu Hause
mitgebracht hatte, kaltzustellen. Dadurch wurde es ganz dickflüssig,
fast wie ein Milchshake. Mit einem Strohhalm konnte John es trinken.

Einmal gab es einen sehr glücklichen Augenblick: Als gerade das
Baby anfing zu strampeln, sagte ich: „Fühl mal" und legte seine Hand
auf meine rechte Seite. Gott sei Dank trat das Kind fleißig weiter.

„Donnerwetter, da ist aber was los!" John staunte und lachte über das ganze Gesicht, während ich das Baby anspornte, noch etwas weiterzustrampeln. „Ärgere es nicht", meinte John, aber Rudy war schon wieder eingeschlafen.

Ich hatte das Gefühl, am Erntedanktag für nichts weiter dankbar sein zu können als dafür, daß John nicht gestorben war. Aber ich wollte mehr. Ich wollte, daß er wieder gesund würde, daß er das Baby nicht bloß als Säugling sah, sondern erlebte, wie es aufwuchs. In diesen letzten Wochen hielt ich am Abend eines jeden Tages jeden neuen Fortschritt, jeden neuen Rückschlag in meinem Tagebuch fest.

Sonntag, 26. November 1978

John wurde in ein anderes Zimmer verlegt. Er ist überglücklich, jetzt in 620 zu sein, wo das Bett in der Nähe des Badezimmers steht und er direkt gegenüber dem Stationszimmer liegt. Infusionsschlauch ist draußen, aber nun Probleme mit dem Wundliegen. Seine Gesichtsfarbe hat sich gebessert, und ich glaube, er ist ein bißchen gestärkt.

Er erzählt mir, wieviel Kraft es ihm gibt, mein Bild anzuschauen, und bevor ich gehe, fragt er mich, ob ich ihn noch so wie in alten Zeiten liebe. Ich sage, selbstverständlich und daß ich ihn brauche und gebe ihm einen Abschiedskuß.

Als ich ihn verließ, sah er fern und machte einen so viel glücklicheren Eindruck in dem Zimmer mit einem neuen Bettnachbarn, der sehr ruhig ist und kaum Besuch bekommt. John fragte ihn einmal, ob er gern um drei Uhr nachts singe. Der arme Mann war sich nicht sicher, wie John das meinte, antwortete aber nein. John daraufhin: „Dann kommen wir ja gut miteinander aus." Gott sei Dank hat John noch die Kraft zu einem kleinen Scherz.

Montag, 27. November 1978

John sagt, was für eine Wohltat es ist, mich jeden Tag bei sich zu haben. Ich reibe ihm die Füße mit Neutrogena-Creme und die Beine mit Liquiderm ein. Es war ein recht guter Tag; Dr. Orsini, ein neuer Arzt in der Abteilung sechs, erklärte mir, wieviel kräftiger John geworden sei und daß die Immuntherapie offenbar anschlage. Er war nicht der Meinung, daß John in den nächsten zwei oder drei Wochen erneut chemotherapeutisch behandelt werde, und er sagte außerdem, daß John außer bei einem Rückfall an diesem Wochenende durchaus nach Hause kommen könne. Ich kann das kaum fassen – es wäre ein Wunder nach dem, was vor einer Woche war. Aber seit letztem Montag ist eigentlich alles ein Wunder. John lebt noch. Ich liebe ihn über alles. Er darf mich noch nicht verlassen – ich möchte ihn wieder singen hören.

Dienstag, 28. November 1978

Bunky sieht heute viel besser aus, obwohl er die ganze Nacht wach war. Dr. Orsini sagt auch, daß es ihm bessergeht, er sich aber nicht aufregen soll. John entschuldigt sich, daß er so schläfrig ist, als ich komme, und sagt, meine letzte Karte an ihn habe ihm sehr gefallen . . . Bitte, lieber Gott, mach, daß er ein paar gute Tage, Monate hat, in denen er herumlaufen kann und sich wohl fühlt. Er muß das Baby sehen und etwas Zeit haben, sich daran zu freuen. Mach, daß er jeden Tag mehr kämpft, und laß seinen Kampf am Ende bitte siegreich sein.

Mittwoch, 29. November 1978

Untersuchung bei Dr. Uscher – bei mir ist alles in Ordnung. Er ist pünktlich um halb neun da und unterhält sich eine halbe Stunde mit mir über John. Er sagt, er habe bereits einen Kinderarzt ausgesucht, Dr. George Lazarus, und ihm unsere Geschichte erzählt. Als ich Dr. Lazarus dann anrief, mußte ich nicht noch einmal alles erklären.

John schlief, als ich heute kam, wachte aber auf und aß sein Mittagessen (restlos!). Ich fragte ihn, was er sich zu Weihnachten wünsche, und er antwortete: „Nichts außer meiner Kleinen." Und ich erwiderte: „Auch ich möchte nichts anderes zu Weihnachten als dich." Bevor ich ging, erzählte John mir, daß man morgen mit einer viertägigen neuen Chemotherapie beginnen wolle.

Die Neuigkeiten werden von Tag zu Tag besser, aber ich kann mir nicht die Freude gönnen, mir vorzumachen, er sei nun schon über den Berg. „Am Meter ist das Leben schwer, zentimeterweise nimmermehr", erzählt John mir. Ich sage ihm, daß er in dieser letzten Woche sehr viele Zentimeter zurückgelegt hat. Dank für diese echten Fortschritte. (Habe heute einen Glückspfennig in der Telefonzelle der Abteilung sechs gefunden.)

Donnerstag, 30. November 1978

John war wach, als ich kam. Er aß sein Mittagessen auf und dann noch den Bratapfel, den Tante Helen und Johns Mutter gebracht hatten. Die Schwellungen an seinen Beinen und Füßen sind deutlich zurückgegangen, und ich erlebe, wie er sich ohne Hilfe aufrichtet und die Beine seitlich aus dem Bett rutschen läßt, anstatt sie von mir hochheben zu lassen. Als ich ihn frage, ob er Bedenken hat, nach Hause zu kommen, sagt er: „O Nini", und auf seinem Gesicht erscheint ein Ausdruck, der mir zeigt, daß er sich nichts sehnlicher wünscht. Er zieht den Spiegel heraus, der zum Nachtkasten gehört, und sagt erschreckt: „Hu! Aber wenigstens sind meine Wangen etwas voller geworden." Und dann bläst er seine Wangen auf.

Freitag, 1. Dezember 1978

Am Morgen rufe ich im Stationszimmer an und höre, daß Johns Blutzucker gefallen ist. Danach rufe ich sofort Dr. Chahinians Assistentin an und erkundige mich, wann die neue chemotherapeutische Behandlung beginnen soll. Sie erklärt mir, daß die niedrigen Blutzuckerwerte erst durch intravenöse Glukosegaben korrigiert werden müssen. Dr. Chahinian meint im Moment, daß John erst in der nächsten Woche chemotherapeutisch behandelt werden kann. Sie sagt außerdem, ich brauche mir keine Gedanken wegen seiner Versorgung zu Hause zu machen, da man ihn nach der Chemotherapie wahrscheinlich in ein anderes Stockwerk legen und ihn erst nach Hause schicken werde, wenn er sich entsprechend erholt habe. Ich erkläre ihr, daß Johns Mutter zu gegebener Zeit hierherziehen würde, die eine staatlich geprüfte Krankenschwester sei, und daß wir es mit ihrer Hilfe wahrscheinlich schaffen würden.

Ich treffe im Krankenhaus um drei Uhr ein, als Johns Mutter und Tante Helen gerade gegangen sind, und werde von Johns Lieblingsschwester Kit begrüßt, die mir mitteilt: „Wir haben eine gute Nachricht. Wir haben einen weiteren Blutzuckertest gemacht, und diesmal waren die Werte normal. Beim ersten ist uns ein Fehler unterlaufen." John ist überglücklich und bittet mich, seine Mutter anzurufen und ihr diese Neuigkeit mitzuteilen. Er sitzt in seinem Sessel (!), während Schwester Kit das Bett macht. Dann hilft sie ihm aus dem Sessel, und er geht allein zum Bett! Er setzt sich auf die Kante, und sie hebt seine Beine hoch. Das ist ein echter Fortschritt.

Ich treffe Dr. Chahinian, der mir sagt, daß er John am Montag einen Tag lang neue chemotherapeutische Injektionen geben möchte, die allerdings die Nieren belasten könnten, so daß er sicher sein muß, daß Johns Nieren in Ordnung sind. Dr. Chahinian macht ein langes Gesicht, als ich ihm sage, daß meine Schwangerschaft mindestens noch sechs Wochen dauert. Er sagt: „Ich dachte, Sie hätten gesagt, das Baby käme im Dezember." Ich erkläre ihm, daß Dr. Uscher das zwar für möglich hält, ich aber sicher bin, daß es Januar wird.

Danach gehe ich zu meiner Therapiegruppe, an der auch Pete teilnimmt, ein junger Mann von dreiunddreißig Jahren. Er ist mir eine große Hilfe und sagt, das Baby werde mir den Verstand retten, so wie sein Sohn ihm den Verstand gerettet habe. Allerdings war er zusätzlich mit dem Problem belastet, das Kind zu versorgen, denn er mußte zur Arbeit, und seine Frau lag im Krankenhaus. Ein anderes Mitglied der Gruppe meint, sie befürchte, daß ich versuche, zu stark zu sein, und Dr. Brunswick, der Psychiater, pflichtet ihr bei.

MITTEN IM LEBEN 253

Danach besuche ich Bunky und schneide ihm das Schweinekotelett. Er fragt mich, ob ich ihn liebe, und ich frage ihn, ob er mich liebt. Er meint, daß er vielleicht eine Woche nach der chemotherapeutischen Behandlung nach Hause kommen kann. Er erzählt mir: „Ich habe gestern abend viel an das Baby gedacht und sehr oft dein Bild betrachtet." Ich sage ihm, wie stolz ich bin, daß er so kämpft, und was das für mich und Bunky Nr. 2 bedeutet. Ich sage ihm, wie sehr ich ihn brauche.

1. Dezember 1978

Liebe Lizzie,

Deine Briefe geben so unwahrscheinlich genau meine eigenen Anschauungen wieder, und dieses Verständnis vermittelt mir das Selbstvertrauen, das ich brauche, um durchzuhalten. Ich möchte unbedingt auf Deine Anmerkungen über Gott eingehen und darauf, daß ein einwandfreies Verhalten offensichtlich nicht bedeutet, frei von Schicksalsschlägen zu bleiben, aber ich bin im Moment zu sehr darauf fixiert, mit den vielen Kleinigkeiten fertig zu werden, die mit den Krankenhausbesuchen zusammenhängen, als daß ich das jetzt könnte.

Da John und ich so gehofft hatten, es werde dank der Chemotherapie zu einer Remission kommen, war es ein echter Schock für uns zu erfahren, daß dem nicht so ist. Seine Tage sind jetzt damit angefüllt, das Auszählen der roten und weißen Blutkörperchen abzuwarten oder die Hämoglobintests und die Blutzuckerwerte zu erfahren. Das nächstliegende Ziel ist es momentan, die Blutung des Tumors zu stoppen, damit man so schnell wie möglich mit der neuen chemotherapeutischen Behandlung beginnen kann. Dazu muß sein Blut in einem guten Zustand sein, aber das ist es noch nicht. Doch die Lage hat sich zumindest so weit stabilisiert, daß ich jetzt im Stationszimmer anrufe und mich erkundige, wie es ihm geht, und nicht, ob er noch lebt.

Ich wundere mich immer, mit wieviel Scharfsinn Du die Reaktionen der Leute auf Johns Krankheit beurteilst. Wie Du vorausgesagt hast, waren manche wirklich aufmerksam und haben ganze Töpfe voll Essen gebracht, so daß ich nach einem Tag im Krankenhaus nur etwas auf dem Herd warm zu machen brauchte, oder sie haben mich zum Essen eingeladen. Aber am besten verstehen mich diejenigen, die selbst einen nahen Verwandten durch Krebs verloren haben. Sie wissen, wie schmerzlich es ist, dem Verfall eines Menschen zuzusehen, den man liebt. John hat eine positivere Einstellung zu Menschen als ich, und ich versuche nun, sie zu übernehmen. Beispielsweise habe ich früher oft gesagt, daß ich die Frau eines seiner Kollegen oder sonstjemanden nicht ausstehen kann. Dann hat er mich darauf aufmerksam gemacht, wie sinnlos diese Art zu denken ist, und mich auf die guten Seiten des Betreffenden hingewiesen. Es ist nicht so, daß er ein Heiliger wäre, der alles nachsieht; er verschwendet einfach seine Energie nicht darauf, sich mit den Fehlern der anderen aufzuhalten, und ich glaube, er hat recht.

Ich habe meinen Entbindungskurs vom Mittwochabend, der für Ehepaare gedacht war, auf den Donnerstagnachmittag verlegt. Außer mir sind nur noch fünf andere Frauen dabei. Alle haben mir angeboten, mit in den Kreißsaal zu kommen, und ich habe versucht, ihnen klarzumachen, daß, wenn es nicht John sein kann, ich nicht möchte, daß sonstjemand „Johns Platz einnimmt". Wenn mir jemand hilft, dann soll es jemand vom Krankenhauspersonal sein, den ich noch nie vorher gesehen habe.

Ich gehe auf Anraten Dr. Uschers zu diesem Kurs, nur um zu erfahren, womit ich zu rechnen habe. Wir sind beide der Meinung, daß dies nicht die Zeit für mich ist zu beweisen, daß ich Schmerzen ertragen kann. Erstaunlicherweise sind einige Frauen, die ich kenne, darüber entsetzt und sagen, ich würde ein „sehr schönes Erlebnis" versäumen, wenn ich schmerzstillende Mittel nähme. Aber ich überlasse das alles Dr. Uscher.

Um Deine Frage zu beantworten: Die Schwangerschaft verläuft problemlos und gut. Ich werde zwar manchmal müde und komme außer Atem, doch das ist ein geringer Preis für etwas, wovon ich so lange geträumt und das ich mir so sehr gewünscht habe. Die Leute fragen mich, ob das dauernde Gestrample mich nicht stört. Ob die das ernst meinen? Das Baby könnte tun, was es wollte, und ich wäre begeistert.

Noch ein Letztes: Johns Mutter wird hier wohnen, wenn er nach Hause kommt. Sie hat als staatlich anerkannte Krankenschwester gearbeitet und kann wirklich für ihn sorgen, denn neunzig Dollar pro Tag für die Pflege rund um die Uhr, wie er sie braucht, können wir uns einfach nicht leisten. Ich brauche daher ihre Dienste. Hoffentlich geht das gut.

Liebe Grüße an Dich und Woody.

Nancy

Aus meinem Tagebuch:

Samstag, 2. Dezember 1978

Gute Nachrichten von der Schwester am Telefon heute morgen („Er ißt mehr als genug und hat im Sessel gesessen.") und von John, als ich heute abend anrief. Seine Stimme klingt kräftig. Ich habe ihm gesagt, daß ich morgen früh zusammen mit seinem Vater komme. Heute einen Tag mit Mama verbracht, was mir gutgetan hat; schöner Spaziergang die Madison Avenue hinunter. In einem Geschäft nach Weihnachtsgeschenken geschaut. Kleiner Mittagsimbiß in einem Restaurant: Omelette mit Schinken und Käse und ein Glas Wein. Rückweg auf der Fifth Avenue bis zu Mamas Wohnung, wo wir eine Tasse Tee getrunken haben. So schön, einmal einen Tag nicht in

MITTEN IM LEBEN

meiner Wohnung oder auf Abteilung sechs zu sein. Ich versuche, möglichst wenig Schuldgefühle zu entwickeln und nicht den Gedanken aufkommen zu lassen, ich hätte Bunky vernachlässigt.

Ich kann es kaum erwarten, John morgen wiederzusehen. Heute abend habe ich ihn gefragt, wie es ihm tagsüber ergangen ist, und er hat geantwortet: „Ach, nichts Besonderes." Ich sage ihm, wie sehr ich ihn vermisse. Besteht eine Chance, daß die neue Chemotherapie wirkt? Bitte, bitte.

Sonntag, 3. Dezember 1978

Papa und ich laufen zum Krankenhaus und sind gegen elf Uhr dort. Es ist das erste Mal, daß mein Vater ihn im Krankenhaus sieht, da John darum gebeten hat, ihn nicht zu häufig zu besuchen. John erzählt uns, daß er sehr oft im Sessel sitzt. Er sagt, er kann es kaum noch erwarten, aus dem Krankenhaus heraus und nach Hause zu kommen, und ich sage ihm, daß ich mich freue, wenn er bald wieder fröhlich ist. Ich küsse ihn auf die Augen und halte seinen Kopf und sage ihm, daß ich ihn liebe und ihn heute abend anrufe. Dann gehen Papa und ich wieder.

Heute abend habe ich angerufen und erfahren, daß die Ergebnisse des Tests keinen klaren Schluß hinsichtlich Johns Blutbild zulassen, aber John sagt, daß Dr. Chahinian die chemotherapeutische Behandlung offenbar auf jeden Fall wieder ansetzen will – morgen will er darüber entscheiden. John meint: „Es ist alles etwas verwirrend", und wir wünschen uns eine gute Nacht.

Ich habe mich heute den ganzen Tag so deprimiert gefühlt, und ich kam mir wie gerädert vor. Diesen geliebten Mann, diesen phantastischen Ehemann zu verlieren! Bei anderen Krebspatienten kommt es zu einer Remission, sie können zwischen den einzelnen Behandlungen eine Zeitlang ein halbwegs normales und aktives Leben führen, aber John nicht. Es ist so ungerecht. Ich spüre, daß uns nur noch Tage bleiben, nicht einmal mehr Wochen, und immer wieder frage ich mich: „Wie kann ich ohne ihn leben?"

Montag, 4. Dezember 1978

Johns Mutter war heute bei ihm im Krankenhaus und dann bei mir in der Wohnung. Ich bin nicht imstande, heute ins Krankenhaus zu gehen – ich schwimme in Tränen. Meine Schwiegermutter gab sich unwahrscheinlich verständig. Eine Freundin hat ihr geraten, sie solle mir sagen, daß ich ein Leben voll Glück vor mir habe, auch wenn ich jetzt denke, niemand könnte John ersetzen.

Ein äußerst angenehmes erstes Gespräch mit Dr. Lazarus, dem Kinderarzt für das Baby. Was für ein Trost. Er versichert mir, das

Baby sei vollkommen gesund, da die Schwangerschaft so problemlos war. Als ich die Praxis verlasse, sagt er, er habe das Gefühl, mich schon sein ganzes Leben lang zu kennen, und legt seinen Arm um mich.

Als ich John um acht Uhr abends anrufe (das Telefon hat nur einmal geläutet), erzählt er mir, daß man ihn wieder chemotherapeutisch behandelt hat – mit Platin und Adriamycin – und daß man jetzt die Nieren ausspült. Er fragt: „Wie geht es dir?" Ich sage: „Alles in Ordnung." Er darauf: „Bis morgen dann." Und dann: „Ich liebe dich, Kleines, ich liebe dich sehr. Paß auf dich auf."

Dienstag, 5. Dezember 1978

Ich finde, John sieht furchtbar aus – überhaupt keine Farbe im Gesicht. Leichte Schwellungen an den Beinen und Füßen. Sein Bauch erscheint beinahe flach.

Er sagt mir, wie hübsch ich aussähe und daß er glaube, in zwei oder drei Tagen zu Hause zu sein. Er fragt: „Was macht denn der Kater?" Ich antworte: „Nichts Besonderes" und fange an zu weinen. Dann erzähle ich ihm von Dr. Lazarus, gebe John dessen Karte und sage ihm, daß Dr. Lazarus geäußert hat, irgendwann einmal anrufen zu wollen.

John erzählt, daß er gestern abend „zu sehr reingehauen" hat und das Essen daher nicht halten konnte, aber morgen sei es wieder besser. Dann bittet er mich, jetzt zu gehen und morgen wiederzukommen. Ich sage ihm, daß er mich jederzeit anrufen könne, wenn er mit mir sprechen wolle. Er nickt. Er sagt noch einmal, wie hübsch ich aussähe, fährt mir über das Haar und sagt: „Auf Wiedersehen, Nini."

Mittwoch, 6. Dezember 1978

Daß ich dieses Tagebuch führe, rettet mir, glaube ich, den Verstand. Es ist eine schöne Art, den Tag zu beschließen. Ich wünschte nur, ich könnte mich wörtlich an Unterhaltungen mit John erinnern. Ich habe heute morgen mit ihm gesprochen und ihm erzählt, daß ich heute nicht kommen kann, weil ich mich für die Geschenkparty ausruhen muß, die unsere Freunde für das Baby und mich am Abend veranstalten.

Später dann Gespräche mit den Ärzten, mit Monsignore Wilders von der St.-Thomas-Morus-Kirche, mit einigen Anwälten von Kelley Drye und mit Johns Mutter. Ich rief John an, bevor ich zur Party aufbrach, und sagte ihm, daß ich ihn liebe. Er sagte, ich solle mich heute abend amüsieren und daß auch er mich liebe.

Wunderschöne Party. Herrliches Essen, Blumen und die wunderschönen Geschenke und Karten. Und ich habe tatsächlich alles ohne

Weinen durchgestanden. Ach, wenn Bunky seinen Bunky Nr. 2 noch sehen könnte. Ob es nun ein Mädchen oder ein Junge wird . . .?

Ich warte so sehr darauf, dieses Kind endlich in Johns Arme legen zu können. Ob John und mir das vergönnt sein wird?

Donnerstag, 7. Dezember 1978

Vor ungefähr einer Woche habe ich Mama gesagt, daß ich wüßte, es gehe Bunky besser, wenn er mich anruft. Heute abend hat er angerufen! Wie es mir geht. Ich antworte ihm, welch schöne Überraschung sein Anruf ist. Ich erzähle ihm, daß ich einen netten Brief von seinem Bruder Vincent bekommen habe und ihn morgen mitbringe. Schließlich berichte ich ihm, daß Dr. Lazarus angerufen hat und wissen möchte, ob John Lust hat, ihn kennenzulernen. Er freut sich darüber: „Ist das nicht nett? Sag ihm, er soll nicht extra herkommen, aber wenn er in der Nähe ist, wäre das sehr schön."

Das alles klang soviel besser als bei meinem Besuch früh am Tag, als er so schwach erschien. Als ich gefragt hatte, was ich für ihn tun könne, hatte er geantwortet: „Sei einfach nur nett zu mir, Nini." Ich hatte erwidert: „Natürlich werde ich nett sein." Verließ ihn sehr traurig, aber glücklich, daß ich seine Hand gehalten hatte. Wir brauchen beide unseren Begrüßungs- und Abschiedskuß . . ., selbst wenn ich dazu das Seitenteil seines Betts herunterlassen muß, was ihm offenbar nichts ausmacht.

Schlechter Tag beim Entbindungskurs. Die Ehemänner aller übrigen Frauen waren da, und die Leiterin hatte mir zuvor versprochen gehabt, daß dies nie vorkäme. Ich erklärte ihr, daß ich nicht mehr teilnehmen würde. Schrecklicher Mangel an Verständnis und Mitgefühl: Sie sagte, wenn John tot sei, wäre ich wieder willkommen. Ich hatte das Gefühl, sie spreche vom Tod eines Versuchskaninchens, nicht dem eines Menschen.

Nehme Taxi für die Heimfahrt vom Kurs. Der Fahrer fragt: „Wie ist es Ihnen heute ergangen?" – „Fragen Sie lieber nicht", antworte ich. Er erwidert: „Sie können mir Ihre Probleme ruhig anvertrauen." Ich sage: „Meine möchten Sie bestimmt nicht hören." Er beharrt: „Versuchen Sie's mit mir. Sprechen Sie sich aus." Ich erzähle ihm: „Ich stehe einen Monat vor der Geburt unseres ersten Kindes, und mein Mann stirbt an Krebs." Er schluckt und fragt: „Besteht Hoffnung?" Ich entgegne: „Nein, keine Hoffnung mehr." Er ist sehr still und sagt mir dann, daß seit der Zeit im Zweiten Weltkrieg, als hundert Meter von ihm entfernt Minen explodierten und viele seiner Kameraden töteten, „jeder Tag ein Geschenk ist". Aber, so fährt er fort, das Glück kommt wieder. Ich erzähle ihm, daß mir das auch die Ärzte meines Mannes gesagt haben. Er meint, das treffe zu. Ich mache Anstalten, mein Geld herauszuholen, doch er wehrt ab: „Das geht auf meine Rechnung." Ich bedanke mich: „Das werde ich Ihnen nie vergessen." Er sagt: „Aber ein Lächeln möchte ich sehen." Ich versuche es und steige aus. Es gibt tatsächlich noch nette Leute. Ich muß mich gelegentlich daran erinnern. – Schlaf gut heute nacht, Bunky.

Freitag, 8. Dezember 1978

Weil heute so ein guter Tag war – ich blieb eine Dreiviertelstunde bei John –, habe ich jetzt nicht das Bedürfnis, soviel zu schreiben. Ich glaube, ich kann mit Frieden, Glück und etwas Hoffnung einschlafen.

Samstag, 9. Dezember 1978

Johns Bruder Vincent kommt gegen Mittag zu mir. Wir nehmen schnell einen Imbiß zu uns, und dann besuchen wir John. Vincent hilft John beim Aufstehen! Dann sitzt John eine Weile auf dem Bettrand, bis Vincent hilft, ihn woandershin zu tragen, als die Schwester Johns Bett aufschüttelt.

Vincent und ich gehen um vier Uhr. Inzwischen schneit es. Wir bummeln noch ein bißchen durch die Stadt und essen dann in einem Restaurant zu Abend. Vincent meint, daß es John offenbar bessergeht – er wertet es als sehr positiv, daß die Schwellungen in den Beinen und Füßen zurückgegangen sind. Ich bete darum, daß er recht hat.

Sonntag, 10. Dezember 1978

Heute war ich von Viertel nach drei bis um fünf bei John. Wir sahen uns das Ende des Davis-Cup-Finales im Fernsehen an (McEnroe gewann) und hörten ein Tonband mit Opernarien an. Eine „Erneuerung des Lebens" – ein Sinnspruch wie vom Kalenderblatt – scheint sich bei John zu vollziehen. Ich liebe ihn so, und in dieser Woche glaube ich tatsächlich, daß wir ein Wunder erleben. Ich glaube, daß wir die beginnende Rückkehr der Gesundheit bei John erleben, für die ich so inbrünstig bete. Er wird wirklich geheilt werden.

Montag, 11. Dezember 1978

Ich bete darum, daß ich den hoffnungsvollen Neuigkeiten der Ärzte von heute glauben kann – sie äußern sich ja immer nur sehr vorsichtig: Die chemotherapeutische Behandlung mit Platin scheint sich endlich auf den Tumor ausgewirkt zu haben. Man hat heute morgen eine Sonographie gemacht, weil man den Tumor nicht mehr fühlen konnte, nur noch die Flüssigkeit. Die durch die Geschwulst verursachten inneren Blutungen haben aufgehört; das Blutbild ist gut.

Eine Ableitung der Flüssigkeit, um Johns Wohlbefinden zu verbessern, ist nicht mehr nötig, da sich keine neue Flüssigkeit angesammelt hat; auch das wahrscheinlich dank des Platins.

Vielleicht setzt man nun bei John ein Medikament ein, das bisher noch nicht an Menschen erprobt worden ist. Es soll verhindern, daß der Tumor weiterhin Johns Glukose verbraucht. Es heißt, das Medikament führe den Tumor in die Irre – der Tumor denkt, es handle sich um Glukose –, so daß Johns Körper die ganze Glukose wieder als Aufbaustoff nutzen kann. Dr. Chahinian will in den nächsten Tagen darüber entscheiden, ob er das Medikament einsetzt. Ich glaube, man wird sich für einen Einsatz entscheiden, und ich glaube, das wird helfen. Ich glaube, die chemotherapeutische Behandlung mit Platin wird eine Remission bewirken und John noch viele Lebensjahre schenken. Ich glaube fest daran, daß ich morgen weitere gute Nachrichten höre.

Dienstag, 12. Dezember 1978

John: „Ich kann es nicht zeigen oder sagen, aber ich bin wirklich dankbar dafür, dich jeden Tag zu sehen."

Aber alles in allem war es heute ein anstrengender Tag mit einem Hoffnungsschimmer, bei dem ich nicht weiß, ob ich mich an ihn klammern soll oder nicht. Sie haben das neue Medikament im Wert von vierhundert Dollar angefordert, das in seiner Zusammensetzung nur in einem Atom von der Glukose abweicht, und man erklärte, daß man es John „höchstwahrscheinlich" geben wird. John fragte: „Zerstört es den Tumor?" Die Antwort lautete: „Ja, das tut es."

Das Medikament wird das Wunder sein, wenn man sich dazu entschließt, es ihm zu geben. Bitte, bitte, ein Wunder!

Mittwoch, 13. Dezember 1978

Greife mit meinen Wünschen nach den Sternen, als ich gestern abend von Rodd und Janet nach Hause gekommen bin: John soll leben, John soll leben!

Wir haben heute das Ergebnis der Sonographie erhalten: diffuse Anlagerungen tumoröser Massen am Darm.

John macht heute einen abgespannten und ungeduldigen Eindruck. Ich komme mir so unzulänglich vor, wenn ich nichts für ihn tun oder ihn nicht aufheitern kann. Aber morgen ist ein weiterer Wundertag. Man wird John das Medikament geben, und es muß wirken. Ich sehe ein Wochenende voll Dank und Freude voraus, wenn wir die Nachricht von der Zerstörung des Tumors erhalten. Ich lasse ein paar Zeilen zurück, die ich schon vorher am Tag geschrieben habe.

Liebster Bunky,

ich habe gestern abend so sehr an Dich gedacht. Ich bin hundertprozentig zuversichtlich, daß dieses neue Medikament dank Deiner Kraft, Deines Mutes und Deiner Zielstrebigkeit anschlagen wird. Ich hoffe, sie brauchen nicht zu lange für die Entscheidung, ob sie es Dir geben werden. Ich weiß, daß ich Dir nicht sagen muß, wie sehr ich mich danach sehne, Dich wieder bei mir zu Hause zu haben. Diese Wohnung ist ohne Dich kein Heim.

Deine Liebe und daß Du an mich denkst, sind mir jeden Tag eine Hilfe, während die Geburt unseres Babys immer näher rückt. Ich weiß, ich brauche vor nichts Angst zu haben. Ich hoffe, meine tiefe Liebe wirkt auf Dich ebenso. Ich weiß, daß alles wieder gut wird. Ich liebe Dich.

Nini

Donnerstag, 14. Dezember 1978

Kein besonderer Tag. Termin bei Dr. Uscher, der mich fragt, ob ich mir überhaupt Ruhe gönne. Ich muß ziemlich schlimm aussehen. Er untersucht mich und will erst während der Wehentätigkeit entscheiden, ob ein Kaiserschnitt erforderlich ist.

Man hat eine neue Infusion mit einer Glukoselösung mit sehr hohem Kaloriengehalt vorgenommen, die John stärken soll. Man hat mir gesagt, daß er das Medikament bekommen wird, aber noch nicht sofort. Sie meinen, er werde „das Mittel" in der nächsten Woche bekommen. Überall Weihnachtsschmuck und ein Baum in der Abteilung sechs.

Zu Hause sehe ich mir eine zweistündige Dokumentarsendung über die diesjährigen Nobelpreisträger an. Ich wünschte, das Kind wäre schon auf der Welt. Ich sehe wirklich ohne Freude der Zeit entgegen, wenn ich ganz allein in meinem Zimmer auf der Entbindungsstation des Columbia-Krankenhauses liege, ohne Besuch von Bunky zu bekommen. Ich glaube, heute war ein Tag des Selbstmitleids. Morgen wird es besser.

Freitag, 15. Dezember 1978

John geht es sehr viel besser, als ich heute komme. Er ist sehr munter und fragt mich nach dem Zustand unseres Hauses am Strand und ob jemand einmal genauer nachsehen sollte; er will wissen, wieviel Geld wir noch haben; er erinnert mich, die Rechnungen von Dr. Wiedel und Dr. Lisio noch vor dem 31. Dezember zu bezahlen und daß die Beiträge zur Lebensversicherung bei Kelley Drye auch 1979 noch fällig werden, obwohl er nicht mehr arbeitet, und daß ich mir noch ein paar der Ankündigungen seiner neuen Position als Sozius für seinen Vater und für ihn besorge.

John berichtet mir, daß er das neue Medikament bekommen wird, sobald das Blutbild bei den weißen Blutkörperchen besser ist (vielleicht Dienstag), und daß die Behandlung vier oder fünf Tage dauert, da man die Dosis ständig steigert.

Er möchte das Tonband mit den Opernarien hören, bittet mich, ihn allein zu lassen, nachdem ich den Kassettenrecorder angestellt habe. Es fällt ihm sehr schwer, die Tasten zu drücken. Er bittet mich, ein leichtes tragbares Radio zu kaufen („Besorg mir das beste, Nini"), mit einem Anschluß für Kopfhörer, und es ihm morgen zu bringen, außerdem eine Sportzeitschrift. Als ich später von der Gruppentherapie zurückkomme, helfe ich ihm, ein paar Löffel zu essen, und er trinkt wenigstens einen halben Liter Milch. Ich könnte schwören, daß sein Haar wieder anfängt zu wachsen.

Samstag, 16. Dezember 1978

Kein guter Tag für John – er wirkt sehr schwach, das Gesicht ganz grau und eingefallen. Ich bringe das Radio mit, das ich in einem Geschäft auf der gegenüberliegenden Straßenseite gekauft habe. Er scheint sehr glücklich darüber zu sein. Plötzlich sagt er mir, ich solle doch eine halbe Stunde ins Wartezimmer gehen und dann wiederkommen. Als ich zurückkomme, liegt John auf der Seite, den Arm unter dem Kopf abgewinkelt; der nackte Unterarm ist so dünn, und selbst der Oberarm ist nicht stärker als mein Handgelenk. Er ist so schwach, so gebrechlich. Er blickt zu mir hoch, und ich beuge mich über ihn und sage: „Ich komme morgen wieder. Ich liebe dich." Dann gebe ich ihm einen Kuß. Als ich mich aufrichte, preßt er die Lippen zusammen, als hätte er in eine Zitrone gebissen. Ich klopfe ihm leicht auf die Hand. Er sagt: „Paß gut auf dich auf, Kleines. Ruh dich etwas aus, du siehst müde aus. Wir sehen uns morgen wieder."

Mama holt mich ab, ich gehe mit ihr nach Hause. Zusammen mit Papa geht sie dann zur Tutanchamun-Ausstellung ins Metropolitan-Museum. Im Radio höre ich „Aida". Den Anfang habe ich noch bei John im Krankenhaus gehört, und vielleicht hört auch er es jetzt noch in seinem Radio. Ich gehe in die Küche und mache Rumkugeln. Ich muß unsere Weihnachtsbräuche beibehalten, auch wenn John nicht da ist.

Selbst wenn John in einem Krankenhausbett liegen oder im Rollstuhl sitzen müßte, selbst wenn wir jeden Tag Krankenschwestern hier hätten – John soll wenigstens leben. Johns Baby muß es vergönnt sein, ihn als Vater zu erleben. Er würde das Kind auch vom Krankenbett aus erziehen können. Wenn mir nur noch einige Zeit mit ihm vergönnt wäre!

Sonntag, 17. Dezember 1978

Dr. Chahinian vom Mount-Sinai-Krankenhaus rief heute morgen um sieben Uhr an, um mir mitzuteilen, daß John soeben gestorben sei. Er ruft ein paar Minuten später wieder an und bittet um meine mündliche Einwilligung für eine Autopsie. Das Gespräch und meine Einwilligung wurden von der Telefonistin auf Band aufgenommen. Ich rufe Johns Eltern an und erzähle es seinem Vater, der den Hörer abgenommen hat. Das Unausweichliche, vor dem wir alle uns versteckt hatten, ist eingetreten. Johns Vater antwortet nur mit Ja und Nein. Die Pausen sind quälend. Ihm und mir fehlen die Worte. Die Tränen kommen mir, als ich auflege. Es ist also Wirklichkeit.

Rufe Monsignore Wilders von der St.-Thomas-Morus-Kirche wegen des Trauergottesdienstes an. Wir vereinbaren, daß der Gottesdienst Dienstag, den 19. Dezember, um zehn Uhr gehalten wird. Er gibt mir auch die Telefonnummer eines Beerdigungsinstituts.

Spreche mit Dr. Uscher, Dr. Chahinian, Dr. Lisio. Tröstende Anrufe. Dr. Uscher sagt, er würde gerne kurz vorbeikommen, und tut es auch. Wir sprechen über den Opernclub; seine Eltern und Schwiegereltern hatten eine Loge in der Met. Dann kommen Bill Rubenstein, Johns Chef, und dessen Frau Sheryl und kondolieren.

Setze den Text für die Todesanzeige auf, frage meinen Vater: „Klingt das gut so?" und rufe die *New York Times* an.

Immer wieder denke ich, daß das schlimmste ist, daß ich nie mehr mit John sprechen werde. Ich konnte ihm jederzeit meine Probleme erklären, und er hörte mir immer zu. Ich werde nie mehr hören, wie er mich ruft: „Oh, Nini! Wo ist mein Kleines? Verlaß mich nie, Nini. Liebst du mich, Nini?" Nur unser Baby wird mir über diese Tage hinweghelfen und über die noch härteren Monate und Jahre, die vor mir liegen. Die kleine Kate oder der kleine John wird mir genug zum Nachdenken und Tun geben. Was für ein kostbares Geschenk mein Bunky mir hinterlassen hat.

Montag, 18. Dezember 1978, nach Mitternacht

Liebe Lizzie,
dies wird eine Nacht, in der ich nicht werde schlafen können, und so schreibe ich Dir. Ich weiß mich von Deinem Trost und Mitleid umfangen, wenn ich Dir mitteile, daß John gestern morgen um sieben Uhr gestorben ist. Er war so tapfer und hat bis zum Ende nicht geklagt. Gott sei Dank blieb Johns Geist bis zum Schluß wach und sein Körper ohne große Schmerzen. Dieser Gedanke beruhigt mich ungemein. Wir

haben Samstag nachmittag in seinem Zimmer im Krankenhaus einen Teil der Aida-Aufführung in der Metropolitan-Oper gehört. Wahrscheinlich wissen nur Du und meine Mutter, wie sehr ich John geliebt habe und wie sehr mein Leben und mein Überleben damit verbunden zu sein schienen, daß er mich brauchte. Unser Baby wird bald dasein, und ich spüre, daß es der lebendige Beweis seiner Liebe ist. Die vergangenen Monate waren wie ein Alptraum, und ich bete, daß niemand jemals das durchmachen muß, was wir mitgemacht haben. Es erscheint mir alles noch so furchtbar grausam.

Ich erfahre dennoch Trost, wenn ich sehe, wie viele Menschen John bewundert und ihn für einen der nettesten jungen Männer gehalten haben. Ich weiß, daß Du so denkst und Woody auch und daß Ihr in Gedanken jetzt bei mir seid.   Nancy

Kapitel 8

Ich brachte es nicht fertig, John auf Wiedersehen zu sagen, ihn nach seinem Tod zu sehen; denn ins Mount-Sinai-Krankenhaus zu gehen und ihn noch einmal anzuschauen hätte bedeutet, daß er nicht nur körperlich, sondern auch für das Gedächtnis gestorben wäre. Aber ich wollte sein lebendiges Gesicht in Erinnerung behalten. Ich brauchte seinen Schwung, seinen Lebensmut und seine Freude für die vor mir liegenden Tage, für den Trauergottesdienst und die Geburt unseres Kindes.

In jener Nacht, als ich Lizzie geschrieben hatte, lauschte ich auf den Regen und saß in der Dunkelheit auf meinem Bett, mit Leo im Schoß. Ich tat kein Auge zu. Um halb sechs beschloß ich, mich zu duschen, und dann kam mir der Gedanke, daß es ganz gut wäre, einmal in die St.-Thomas-Morus-Kirche hinüberzugehen. Dort sollte der Trauergottesdienst für John stattfinden, und ich wollte einfach eine Weile in einer Bank sitzen, damit die Kirche mir am Dienstag nicht so fremd vorkommen würde. Kurz vor sieben verließ ich ganz leise die Wohnung; meine Mutter schlief noch. Mir ging durch den Kopf, daß John vor erst vierundzwanzig Stunden gestorben war.

Es war ein kalter Montagmorgen. Als ich die Kirche betrat, hatte die Siebenuhrmesse gerade begonnen. In den Bankreihen saßen verstreut ältere Frauen und einige Männer. Eine junge Frau war mit ihrer kleinen Tochter da. Ich fragte mich, für wen sie wohl beten mochten. Ich setzte mich und sah zu dem bleiverglasten Fenster über dem Altar empor. Es stellte Maria, das Jesuskind, ein paar kleine Schafe und einige Tauben dar. Vielleicht hilft mir das am Mittwoch, dachte ich. Sie werde ich ansehen, eine Mutter, die ein Kind hält. Ich sagte mir, was auch John mir gesagt hätte, daß alles sich wieder finden würde. Ich hoffte, John würde es gutgehen, wo immer er jetzt sein mochte. Ich brauchte ihn noch immer. Ich betete für die Gesundheit unseres Babys.

Schließlich verließ ich die Kirche und ging in eine Bäckerei mit einem Kaffeeausschank an der nächsten Ecke, wo ich einen Becher Kaffee zum Mitnehmen kaufte.

Meine Hände wurden ganz warm in den Handschuhen, als ich mit dem oben verschlossenen Becher die zwei Straßen zu einem Nebeneingang des Central Park lief. Ich ging den Damm zu dem großen See hoch, entfernte den Plastikdeckel von meinem Kaffeebecher und sah dem im Wind davonwirbelnden Dampf nach. Dann folgte ich einem schmalen Fußweg und blickte auf die Wasserfläche. Ich sah Möwen über dem See fliegen, und ich mußte weinen. Warum würde ich nie wieder John am Strand sehen, wie er ins Wasser lief und rief: „Komm rein, Nini, das Wasser ist herrlich!"? Ich blickte den Möwen nach und trat, als ich Schritte hörte, zurück, um einen Jogger vorbeizulassen. Unterhalb der Dammkrone lag auch der Reitweg, auf dem John und ich morgens vor der Arbeit gejoggt hatten. Mir war fast, als sähe ich ihn dort, wie er rückwärts lief, lachte, die Arme hoch in die Luft reckte und rief: „Du bist eine gute Läuferin, Kleines, du machst dich gut!" Noch ein Jogger kam, der mich ansah, als ich mir ein Papiertaschentuch vor das Gesicht hielt in dem Bemühen, Tränen zu unterdrücken. Ich wischte mir über die Augen, schneuzte mich und lächelte ihn an, und er lief erleichtert weiter.

Ich trank den Kaffee aus, warf den leeren Becher in einen Abfallkorb und machte mich auf den Heimweg, die Hände tief in die Taschen vergraben, die Augen auf den Boden gerichtet. Auf der Madison Avenue blickte ich auf und sah eines der Mädchen von der Roosevelt-Schule, das ich besonders mochte, mir entgegenkommen. Ich hatte ganz vergessen, daß heute ein Schultag war. Sie erkannte mich und war ebenso verlegen wie ich. „Hallo, Jennifer", begrüßte ich sie.

„Guten Morgen, Mrs. Rossi."

„Ich bin gerade ein bißchen im Park spazierengegangen. Mein Mann ist gestern gestorben."

„Ja, ich weiß", sagte Jennifer. „Ich habe es gestern auf der Weihnachtsfeier gehört."

Ich sah sie an. Sie war gerade vierzehn, ich neunundzwanzig, und ich war zu nichts anderem fähig, als mir auf die Lippe zu beißen, während sie mich mit traurigen, verängstigten Augen anblickte. Ich

MITTEN IM LEBEN 265

merkte, daß ich ihr leid tat. Ich glaube, ich habe ihr auf die Schulter geklopft, und ich glaube, sie hat über meinen Arm gestreichelt. Dann winkte ich kurz mit der Hand, sagte: „Also dann, Jennifer" und ging weiter. Gütiger Himmel, fragte ich mich besorgt, wie würde mein Leben weitergehen? Wie würde ich mit dem Mitleid der anderen fertig werden? Der sicherste Weg schien, die Haltung einer gleichmütigen Witwe anzunehmen, sich kühl und zurückhaltend zu geben.

So kam ich zurück in die Wohnung. Meine Schwiegermutter, Vincent und Johns Tante Linuccia brachten gerade Johns Sachen aus dem Krankenhaus. Es waren bittere, schmerzliche Stunden. Wir Frauen weinten. Mr. Rossi versuchte, uns zu besänftigen, aber unter unserem unfaßbaren Kummer schlummerte verzweifelte Wut. „Er war zu jung", schluchzten wir. Ich fragte Johns Mutter, ob sie etwas von seinen Sachen haben wolle. Sie verneinte, sie sei nicht imstande, deren Anblick zu ertragen, und dann verabschiedeten sie sich und fuhren zurück nach Croton.

Nach dem Abendessen mit meinen Eltern machte ich einen Spaziergang mit meiner Mutter in der eisigen, klaren Nachtluft. Auf der Fifth Avenue erzählte sie beiläufig, sie habe an einem Abend etwa ein halbes Jahr nach der Ermordung John F. Kennedys Robert Kennedy und Jackie Kennedy hier vorbeilaufen sehen. Was meine Mutter sagen wollte, war klar: Ich mußte viel spazierengehen, mich ablenken. Doch meine erste Reaktion auf ihre Geschichte war der Gedanke an Mrs. Kennedys unnahbare, stille Würde in jenen furchtbaren Tagen, und das gab mir den Mut, bei Johns Trauergottesdienst die Frau zu sein, die ich sein wollte.

Wieder nach nur wenig Schlaf wachte ich am Tag des Gottesdienstes früh auf und stand dann vor dem offenen Kleiderschrank. Schwarz war bei meiner Umstandskleidung nicht vertreten, und so entschied ich mich, das anzuziehen, worin John mich zuletzt gesehen hatte, ein graublaues Wollkleid. Auf dem Weg zur Kirche gab mir Johns Freund Tony einen Umschlag. Er enthielt einige Fotos, eine schöne Erinnerung an den letzten Sommer, als er mit John Tennis gespielt hatte. Ich hielt die Fotos während des ganzen Gottesdienstes in der Hand, und sie gaben mir Kraft.

Der Gottesdienst war gar nicht so anstrengend, wie ich befürchtet hatte, eigentlich sogar sehr positiv, beruhigend und erhebend. Monsignore Wilders nannte es eine Feier. Der Himmel sei nicht voller Engel, die in den elysäischen Gefilden Harfe spielen, sondern das Einssein mit Gott, ein Ort, an dem es weder Leiden noch Tod gebe. Aber als ein Chorsänger Johns Lieblingshymnus anstimmte, fing ich an zu weinen; und dann ertönte „Panis Angelicus", das herrliche Lied, das unsere Freundin Janet bei unserer Hochzeit gesungen hatte. Ich blickte mich um und sah, daß die Kirche bis auf den letzten Platz gefüllt war, selbst hinten standen die Menschen. Ich griff nach der Hand meines Bruders Sandy und hielt sie bis zum Ende des Gottesdienstes.

Der Gottesdienst war zu Ende, und ich folgte den gestikulierenden Händen, die mir bedeuteten, aufzustehen und als erste hinauszugehen. Allein ging ich hinaus. Ich glaube, mein älterer Bruder Sandy, der in Kindertagen auf mich aufgepaßt hatte, versuchte, zu mir aufzuschließen, doch ich war entschlossen, allein zu gehen, komme, was da wolle – im neunten Monat schwanger und allein. Ich kam zum Ausgang, wo die Familie zu warten hatte, um die Beileidsbezeugungen entgegenzunehmen, und irgendwie standen wir dann nebeneinander in der Nähe der Tür. Alle Mädchen, die mich aus der Schule kannten, waren da, samt Rektorin und Lehrern. Erst da wurde mir klar, wieviel die volle Kirche mir bedeutete, zu sehen, wie die Menschen dastanden und warteten, um ein paar Worte an mich zu richten. Alle Mitarbeiter von Kelley Drye schienen dazusein, all unsere Freunde aus East Hampton, Raymond, unser Hausmeister, Johns Sekretärin, Freunde aus Johns und meiner Kindheit und sogar einige Ärzte.

Anschließend versammelten sich viele der Trauergäste in der Wohnung. Es waren unsere Familien und unsere besten Freunde da. Ich hatte Sherry, Kaffee, Tee und Käsegebäck vorbereitet. Wie seltsam, diese Köstlichkeiten auf Tabletts zu sehen, die schon bei anderen, glücklicheren Geselligkeiten benutzt worden waren. Tabletts, die John herumgereicht hatte. Nachdem ich mich eine Zeitlang mit den Gästen im Stehen unterhalten hatte, hatte ich das Gefühl, mich setzen zu müssen. Ich entschuldigte mich bei meinem Gesprächspartner, einem von Johns Freunden aus dem Büro, und erklärte ihm, daß ich allmählich müde würde. Er sagte: „Es wird auch langsam Zeit für uns aufzubrechen."

Am nächsten Morgen und auch tagsüber hatte ich zwischendurch das komische Gefühl, als wäre John gar nicht wirklich tot, als würde er wiederkommen. Bill und Sheryl Rubenstein riefen an und sagten mir, wie würdevoll ich während des Gottesdienstes und danach gewesen sei. Das war ein großes Lob, und ich weiß, John hätte gesagt: „Nini, das hast du gut gemacht."

Dann kamen Johns Bruder Vincent und seine Schwester Patricia, und wir sortierten gemeinsam Johns Kleidung aus. Unter dem Eindruck der gerade zurückliegenden Ereignisse machten wir uns schweigend an die Arbeit, aber schließlich lachten wir doch über die eine oder andere Erinnerung, die beim Anblick von Johns Sachen wieder hochkam. Dann wurde alles zusammengepackt, damit jemand von der Krebshilfe es abholen konnte, mit Ausnahme der Dinge, die Vincent und Patricia haben wollten, und Johns alter Tennismütze, die ich behielt. Seine Uhr, die festlichen Zierknöpfe von Tiffany, die vom Großvater geerbten goldenen Manschettenknöpfe aus unseren Operntagen und der Füllhalter kamen für seinen Sohn oder seine Tochter in die Schmuckschatulle. Selbstverständlich standen noch in der ganzen Wohnung seine Bücher in den Regalen, aber mir drängte sich doch der Eindruck auf, wie wenig ein Mensch besitzt. Seine Kleidung, seine Bücher, eine Uhr. Nicht viel.

Von da an war jahraus, jahrein eine Woche nach Johns Todestag Heiligabend und eine Woche danach Silvester: der siebzehnte, der vierundzwanzigste, der einunddreißigste Dezember. In den ersten Tagen nach Johns Tod konnte ich mir gar nicht vorstellen, daß der Heilige Abend so schnell kommen würde, und als er da war, wünschte ich, ich hätte an die frohe Weihnachtsbotschaft glauben können, aber es gelang mir nicht. Mein Kummer schien unermeßlich. Ich dachte mir, ich sollte eigentlich dankbar sein, daß John den Heiligen Abend nicht in der Abteilung sechs verbringen mußte, doch es half nichts. Mein Vater glaubte, mich aufheitern zu müssen, und drängte mich, sein Geschenk auszupacken: einen neuen Fotoapparat. Ich brach in Tränen aus. Dasselbe hatte ich ursprünglich John schenken wollen, bevor alles anfing, eine Kamera, um damit Aufnahmen von unserem Kind zu machen. Jetzt war ein Fotoapparat das letzte, was ich haben wollte. Mir kam es sogar krankhaft vor, überhaupt an Weihnachtsgeschenke zu denken. Ich hatte mir jedoch fest vorgenommen, wegen meiner Nichten am Heiligen Abend fröhlich zu sein. Sie waren noch Kinder, neun und fünf Jahre alt. Ich konnte ihnen diesen Tag nicht verderben. Mein Bruder tat alles, was in seiner Macht stand, um uns allen ein Weihnachtsfest mit Christbaum und Kerzenschein zu bescheren, aber ich war froh, als Weihnachten vorbei war.

Am Tag darauf brachte die Post immer noch stapelweise Beileidsbekundungen. Ein dicker brauner Umschlag enthielt Johns Totenschein und andere Dokumente. Ich betrachtete sie und konnte nicht glauben, daß von meinem Mann die Rede war. Nachmittags saß ich mit Mama im Wohnzimmer und versuchte, in einer Zeitschrift zu lesen in der Hoffnung, nicht immer an John zu denken, so daß ich nicht weinen mußte. Doch dann nahm ich mir Leo und ging still ins Schlafzimmer, wo ich leise, aber heftig vor mich hin weinte.

Mama wollte mich nicht allein lassen, obwohl ich versuchte, ihr zu erklären, daß ich an dem Abend nun endlich für mich sein wollte. Es war kaum zu glauben, aber Leo schien zu begreifen, wie traurig ich war, denn er saß ständig auf meinem Schoß oder direkt neben mir. Ich wollte die Wohnung wieder für mich haben. Es ging mir auf die Nerven, daß Mama nur eine ganz bestimmte Art Musik im Radio hören wollte; es war, als hätte ich einen Gast. Und sie sprach nur noch in Wir-Form: Wir müßten das und das für das Kind besorgen; wenn das Baby da wäre, würden wir ... Für mich gab es nur einen Menschen, mit dem zusammen es ein „Wir" gab, und der war tot. Aber dann fing ich an zu erkennen, wieviel Mühe sie sich gab, das Richtige zu tun und zu sagen, und daß es auch für sie schwer war, mit mir zu leben. Und so wurde es allmählich wieder besser.

Es bedrückte mich, daß 1978 nun so schnell zu Ende ging. Wenigstens war John in diesem Jahr noch am Leben gewesen. Im Jahr 1979 und in all den Jahren, die noch vor mir lagen, würde es keine lebendige Erinnerung mehr an John geben. Es fiel mir ungeheuer schwer, mich damit abzufinden. Und es war auch kaum zu glauben, daß er morgen schon zwei Wochen tot sein würde – einerseits kam mir das sehr kurz vor, andererseits erschien es mir jetzt wie eine Ewigkeit.

Die Erinnerungen an die gute, gesunde, lebendige Zeit lagen so weit zurück, und doch überkamen sie mich jetzt so lebhaft, so unerwartet. Ganz vage glaubte ich, daß John noch immer irgendwie über mich wachte und wollte, daß ich stark und tapfer bin. Wenn ich mich schwach oder verängstigt fühlte, wiederholte ich eine seiner Aufforderungen, etwa: „Sei ein gutes Mädchen, Nini", und dann hatte ich das Gefühl, als spräche er zu mir. Noch immer hörte ich ihn sagen: „Am Meter ist das Leben schwer, zentimeterweise nimmermehr." Aber das lag nur daran, daß ich mich so deutlich an seine Stimme und an Worte bei ähnlichen Gelegenheiten erinnerte. Ich konnte nicht wirklich glauben, daß John tatsächlich mit mir sprach oder wußte, was sich in meinem Leben ereignete.

Und dennoch sah ich mein zukünftiges Verhalten als eine Art Kompliment an ihn und seine positive Lebenseinstellung. Es kam mir so vor, als wäre es eine gute Sache, seine starke und großzügige Art nachzuleben. Ich glaubte fest daran, daß er in mein Leben gekommen war, um mir diese Dinge beizubringen, und als meinen Tribut an ihn, so dachte ich, würde ich versuchen, sie zu einem Teil meiner Persönlichkeit zu machen. Ich war mir auch sicher, daß mich das Baby noch mehr über ihn lehren und mich täglich an Johns Lachen, seinen Frohsinn erinnern würde ...

3. Januar 1979

Liebe Lizzie,

Dein erster Brief nach Johns Tod war so unglaublich verständnisvoll in bezug auf das, was John und ich mitgemacht haben, daß man den Eindruck gewinnen könnte, Du wärst hier und nicht in London. John und ich haben bis zuletzt alles darangesetzt, füreinander genauso dazusein, wie wir es während unserer ganzen Ehe waren. Das volle Ausmaß der gewaltigen Anstrengungen Johns in dieser Beziehung wurde mir erst letzte Woche klar, als ich den Autopsiebericht las: Der Tumor war durch das Zwerchfell bis in die rechte Lunge gewachsen; es gab praktisch kein Organ mehr, das nicht in Mitleidenschaft gezogen war. Die Schmerzen, die er gehabt haben muß, die er sich aber nie anmerken ließ, und sein fester Vorsatz, sein „Kleines" vor der hinterhältigen Qual zu bewahren, die er erlitt, all das war ganz typisch für John. Er hat niemals dagegen aufbegehrt oder sich beklagt.

Nach seinem Tod dachte ich zuerst, ich hätte ihm nicht sehr viel Verständnis oder Trost entgegengebracht. Aber ich erkenne heute, daß er gerade das schätzte, daß ich ich selbst war, ihn noch immer liebevoll hänselte – ich war der einzige Mensch, der über das Körperliche hinausblicken und einen John sehen konnte, der sich trotz seiner Krankheit überhaupt nicht geändert hatte. Deshalb war ich so gerührt über Deine Worte, ich hätte ihn ohne Schuldgefühle sterben lassen. Du bist die einzige, die das erkannt hat.

Dein Brief von Heiligabend, den ich heute erhalten habe, zeigt erneut, wie gut Du mein Gefühlsbarometer lesen kannst. Leider hast du damit recht, daß mein Zustand mit der Zeit immer schlimmer wird, nicht besser. Das Bild des kranken John verblaßt, und ich fange an, an den ungestümen, gesunden John zu denken, der, so scheint es mir, jeden Moment den Schlüssel im Schloß herumdrehen und zur Tür hereingestürzt kommen könnte. Dann muß ich mir in Erinnerung rufen, welche Qualen er erlitten hat, denn wenn ich das nicht mache, kann ich überhaupt nicht begreifen, warum er nicht mehr da ist. Manchmal denke ich, so etwas ist noch nie jemandem widerfahren, aber das stimmt natürlich nicht.

Was mich unter anderem davon abhält, völlig durchzudrehen, ist die Gruppentherapie für Angehörige Krebskranker, an der ich nach wie vor teilnehme. Als John starb, wußte ich zunächst nicht, ob ich damit weitermachen sollte. Da ich die erste in der Gruppe war, deren Ehemann starb, hatte ich Bedenken, die anderen eventuell mutlos zu machen. Aber dank der aufmunternden Worte des Arztes und des Therapeuten, die die Gruppe leiten, bin ich weiter jede Woche hingegangen, wenngleich es bisweilen sehr weh tut, sich dort über seine Nöte auszusprechen. Ich weiß, wenn ich aufhöre, verpasse ich meine Chance, wieder auf die Beine zu kommen und im Leben Freude und Glück zu finden. Ich bin fest entschlossen, einen völlig neuen Anfang zu machen und alte Befürchtungen und Hemmungen hinter mir zu lassen. Eines der ersten echten Zeichen dafür ist, daß ich den Führerschein mache und mir einen Wagen kaufe.

Außerdem habe ich mich dazu durchgerungen, die Einladung zu einer Silvesterparty anzunehmen, und ich habe dieser Tage Freunde zum Essen hier gehabt, ohne daß mich das zu sehr geplagt hätte. Du hast auch da recht, niemand will etwas anderes als die fröhliche, optimistische Nancy sehen, denn sie wissen nicht, wie sie sich verhalten sollen, wenn ich traurig bin. Es ist mir sehr schwer gefallen, mit Leuten auszukommen, die wie selbstverständlich erklären: „Das verstehe ich" und doch ganz offensichtlich niemals dazu in der Lage sind.

Auch wenn ich jeden Abend in mein Tagebuch schreibe, sind diese endlosen Briefe an Dich doch eine gute Therapie für mich. Es erscheint vielleicht als unbillig, Euch mit meinem Kummer zu belästigen, doch ich wünsche mir auch so sehr, daß Du erkennst, daß Dein Leben mit Woody kostbarer und wichtiger als alles andere ist, selbst die Aussicht auf eine Schwangerschaft. Fühle Dich nicht von der Menschheit ausgeschlossen, wie ich es in dieser Situation getan habe, als Monat um Monat ohne Empfängnis verging, denn ein Ehemann ist sehr viel wichtiger. Es kann keinen Ersatz für ein glückliches Eheleben geben.

Ich hoffe, ich kann Dir in meinem nächsten Brief Neues über das Baby berichten.

Alles Liebe
Nancy

MEINE Depression nahm immer schlimmere Formen an. Ich weinte ohne Unterlaß. Zu alledem eröffnete mir Dr. Uscher, daß das Baby sich um zwei Wochen verspäten werde. In dieser Zeit hatte ich einen furchtbaren Streit mit meiner Mutter, woraufhin sie wieder in ihre Wohnung zog. Ich brauchte meine Wohnung – Johns und meine Wohnung – wieder für mich; ich mußte mich allein damit abfinden, ohne John zurechtzukommen. Was für ein qualvoller Weg. Ich hatte noch immer das Gefühl, nur in einem Alptraum erlebt zu haben, daß der kranke John gestorben sei; der gesunde, lebendige John aber käme eines Tages wieder in mein Leben zurück. Ich mußte dieses Gefühl überwinden, es brachte mir nichts. Das Vorwort zum Jahr 1932 aus Anne Morrow Lindberghs Tagebüchern war mir eine Hilfe. Es ist eine Betrachtung über die verschiedenen Formen des Trauerns: Benommenheit, falsche Forschheit und Gleichgültigkeit, Gewissensbisse und Selbstmitleid und dann eine Empfänglichkeit, die schließlich zu einer Art Neugeburt führt.

Eines Tages war ein Brief von Johns Mutter gekommen. Sie

gehörte zu denen, die verstehen konnten, was für mich der Verlust Johns bedeutete. Ich antwortete ihr umgehend. Ich glaube, ich verstand ihre Trauer wegen Johns Tod jetzt auch besser. Ihr Traum von der Zukunft hatte auf John geruht, ihrem Erstgeborenen. Jetzt endlich waren wir Freundinnen geworden. Und in den vor uns liegenden Jahren, als andere an unseren Erinnerungen kein Interesse mehr hatten, sollten wir entdecken, daß wir noch immer miteinander über John reden konnten. Weder ihr noch mir wurde es zuviel, an John zu denken.

Fünf Wochen nach Johns Tod bekam ich erstmals krampfartige Schmerzen. Als sie nach drei Stunden aufhörten, kam ich zu dem Schluß, daß es keine Wehen gewesen sein konnten, doch nach dem Essen begannen sie von neuem. Es war nichts Regelmäßiges, aber das Baby bewegte sich doch sehr. Noch wollte ich niemanden damit belästigen.

Natürlich mußte ich an John denken und merkte wieder, wie sehr ich ihn vermißte, selbst in unserer Wohnung verblaßte die Erinnerung an den Alltag mit ihm mehr und mehr. Dieser Vorgang vollzog sich so schnell, daß es mir im allgemeinen schwerfiel, mir vorzustellen, wie es eigentlich war, als er hier lebte. Doch heute war die Erinnerung furchtbar deutlich, ich hörte ihn sagen: „Leg dich hin, Nini, schlaf ein bißchen, gute Nacht, gute Nacht, Nini." Später träumte ich tatsächlich zum ersten Mal von ihm; er fragte mich, wo sein Frühstück bleibe.

Um drei Uhr nachts wachte ich auf, weil offensichtlich doch die Wehen eingesetzt hatten. Ich nahm einen der Blöcke aus Johns Schreibtisch und notierte bis fünf Uhr die Abstände zwischen den Wehen, die zuletzt vier Minuten betrugen. Dann ging ich ins Eßzimmer und blickte aus dem Fenster. Es regnete – im Licht der Straßenlampen waren heftige Regenböen zu erkennen, die über die Madison Avenue peitschten. Ich stellte das Radio an. Es war inzwischen halb sechs, und ich hielt es für an der Zeit, Dr. Uscher anzurufen. Aber das Telefon funktionierte nicht, die Leitung blieb stumm. Ich konnte nur eins machen, meinen Koffer packen, mich anziehen und durch den Regen zur Wohnung meiner Mutter laufen. Ich muß ein komisches Bild abgegeben haben: Gerade einsfünfzig groß, hochschwanger, mit einem Regenschirm, einem Koffer und einer Handtasche bepackt, lief ich vor dem Morgengrauen durch die Stadt.

Der Hausmeister im Haus meiner Mutter läutete in ihre Wohnung hoch. Niemand meldete sich. Ich sagte ihm, sie habe vielleicht den Luftbefeuchter laufen und könne das Haustelefon nicht hören, und er ließ mich hinaufgehen. Ich klingelte Sturm an ihrer Wohnungstür und klopfte wie wild, aber auch das hörte sie nicht, und so mußte ich wieder nach unten laufen und von der Wohnung des Hausmeisters über die Amtsleitung anrufen. Als das Telefon in ihrem Schlafzimmer läutete, meldete sie sich. Ich erklärte ihr, daß mein Telefon kaputt sei, und fragte sie, ob ich Dr. Uscher von ihrer Wohnung aus anrufen könnte. Es war mir überhaupt nicht in den Sinn gekommen, ihn von einer Telefonzelle aus anzurufen. Für jemanden, der entschlossen war, sein Kind ganz allein zu bekommen, war ich doch noch ziemlich abhängig von meiner Mutter, wie sich herausstellte.

Nachdem ich Dr. Uscher also endlich erreicht hatte, sagte er, er werde ins Krankenhaus kommen. Obwohl er eigentlich keinen Dienst hatte, wollte er bei der Geburt gerade dieses Kindes dabeisein, niemand sonst, wie er mir versichert hatte. Als nächstes telefonierte ich nach einem Taxi. Es regnete noch immer in Strömen. Gegen sechs Uhr rief der Hausmeister hoch, daß ein Taxi da sei. Meine Mutter und ich gingen nach unten und stiegen ein, und einige Zeit später waren wir im Krankenhaus.

Auf der Entbindungsstation hatte sich seit 1975, als ich das letzte Mal dort gewesen war, nicht viel verändert. Ich wurde an einen Monitor zur Überwachung des Fetus angeschlossen und beobachtete vom Bett aus gleichgültig den Bildschirm. Meine Mutter saß auf einem Stuhl neben mir. Die Kontraktionen fingen an weh zu tun, aber ich würde nun endlich bald das Kind sehen können. Ich versuchte, nicht an John zu denken. Dr. Uscher traf ein, man rollte mich in das Untersuchungszimmer, wo er bestätigt fand, was er angenommen hatte, daß nämlich der Kopf des Kindes zu groß für mein „Jungmädchenbecken" war. Wir begaben uns wieder nach oben, ich, um für den Kaiserschnitt vorbereitet zu werden, er, um seine grüne Operationskluft anzuziehen.

Im Kreißsaal breiteten die Assistenten das mir vertraute grüne Laken an einem Metallständer so über meine Brust, daß es wie ein Vorhang wirkte. Dr. Uscher kam herein und stimmte den beiden Narkoseärzten zu, keine Vollnarkose, sondern eine Lumbalanästhesie vorzunehmen, da ich eine Halsentzündung und eine Erkältung hatte. Behutsam wurde die Spritze angesetzt und eingeführt. Die Narkoseärzte erklärten mir, daß ich von der Hüfte abwärts gefühllos sein würde. Spürte ich noch etwas? „Ja."

Sie pikten mich an mehreren Stellen, ich fühlte nichts mehr. Es war eigenartig.

„Also gut", sagte Dr. Uscher, „wir können anfangen."

MITTEN IM LEBEN 273

Ich merkte nichts, als er sich an die Arbeit machte. Aber er erklärte mir, daß ich gleich einen Ruck verspüren würde, wenn er das Kind herauszöge. Im Kreißsaal war es ganz ruhig. Ich bemerkte den Ruck, und im nächsten Augenblick hielt er das Baby unter den Achseln hoch, damit ich es sehen konnte. Seine Stimme schwankte, sie alle wußten, daß der Ehemann nicht da war und warum, und er schrie beinahe: „Mrs. Rossi, es ist ein Junge! Es ist ein Junge!"

„Oh", seufzte ich, „wirklich?" Da war das Baby, direkt vor mir, und sein Gesicht verzog sich, als es seinen ersten gewaltigen Schrei ausstieß. Alle im Saal murmelten: „Wie schön, sie hat einen Jungen." Dr. Uscher hielt mir das Kind dicht vor das Gesicht, so daß ich ihm einen Kuß geben konnte, und für einen Augenblick legte er die Wange des Babys an meine. Dann klemmte ein Assistenzarzt die Nabelschnur ab und trennte sie durch. Danach wurde das Kind gewogen.

„Es ist ein Junge, es ist ein Junge", sagte ich leise vor mich hin. Ich hatte nicht damit gerechnet, einen Jungen zu bekommen; ich hatte nicht gewagt, darauf zu hoffen. Ich war sicher gewesen, daß es ein Mädchen würde, absolut sicher. Aber nun war er doch da, John Francis Rossi III. Und ich war von Leuten umgeben, die verstanden, was mir dies alles bedeutete, ich sah, daß alle um mich herum ebenso bewegt waren wie ich selbst.

Gegen Mittag lag ich auf der Station und hatte das Kind für mich. Meine Mutter hatte meinen Vater angerufen, und beide waren sie außerhalb der Besuchszeit in das Zimmer gekommen, weil ich ganz allein dort war, und die Schwester war so nett, das Baby noch einmal hereinzubringen und neben mich ins Bett zu legen. Ich wandte den Kopf, um das eingepackte Bündel zu betrachten, das man mir in den Arm gelegt hatte. Ich sah seine großen dunkelblauen Augen und die dunklen Haare und flüsterte: „Hallo, John, ich bin deine Mama." 3260 Gramm – genausoviel, wie sein Vater bei der Geburt gewogen hatte.

Als ich am nächsten Morgen im Krankenhaus aufwachte, dachte ich nicht an Johns Tod, ich fühlte mich nicht deprimiert, sondern ich dachte: Was ist los, warum bin ich so glücklich? Oh, ich habe ein Baby! Es war herrlich, wieder glücklich zu sein.

Ich erlebte einen himmlischen Tag mit dem neuen John. Er fing wirklich gut an zu trinken an dem Morgen und hatte dabei einen lieben, zufriedenen Gesichtsausdruck. Und wenn er zu schreien begann, konnte ich ihn schnell beruhigen. Er schien zu wissen, daß ich seine Mutter war und ihn über alles liebte. Es kam mir alles wie ein Wunder vor, und ich war dem Himmel dankbar, daß er mir die Sorge für dieses neue Leben anvertraut hatte.

Dr. Lazarus, der Kinderarzt, kam zu mir und versicherte mir, daß ich ein vollkommen gesundes Baby hätte. Er fragte mich, ob ich bedrückt sei, und ich antwortete: "Nein, eigentlich nicht." Dann sagte er mir, ich sei ziemlich "in die Mangel genommen" worden, doch jetzt sei für mich die Zeit gekommen, glücklich zu sein und mich wieder an allem zu freuen.

Die Rossis und Tante Helen besuchten mich, obwohl sie nach Johns Tod geschworen hatten, nie mehr nach New York zu kommen. Vincent und Tante Helen waren guter Dinge und optimistisch. Johns Mutter fing sich so langsam wieder und freute sich, daß ich sie schon so bald nach der Entbindung hatte anrufen können. Aber als die anderen das Zimmer verließen, weinten wir beide über die Ungerechtigkeit, daß John seinen Sohn nicht mehr hatte sehen können.

Als ich entlassen werden sollte, hatte ich Angst, daß ich es nicht durchstehen würde, nur mit meinen Eltern und ohne Ehemann im Wagen nach Hause zu fahren, doch es war gar nicht so schlimm. Die freundliche Miß Robinson, eine Krankenschwester, die die Rossis für

MITTEN IM LEBEN

zwei Wochen angestellt hatten, wartete in der Wohnung schon auf uns. Sie war ein Engel, und ihr sanfter westindischer Dialekt erfüllte das Apartment mit Frieden. Sie wußte über Johns Schicksal Bescheid, stellte aber keine Fragen.

Die Tage nach Johns Geburt am 21. Januar waren kalt und winterlich, und ich mußte ihn in der Wohnung lassen. Dr. Lazarus hatte gesagt, ich könnte ihn nicht im Kinderwagen nach draußen nehmen, wenn es nicht wenigstens fünf Grad wären. Und dann kam der 31. Januar, mein dreißigster Geburtstag. Vor Jahren, zur Zeit, als aus der Clique in East Hampton einer nach dem anderen dreißig geworden war – jedesmal Anlaß zu schäumenden Partys –, hatte man mir gesagt, daß mein Geburtstag ganz groß gefeiert würde, weil ich die letzte in der Gruppe war, die dreißig wurde. Ich hätte mir damals nie träumen lassen, daß ich diesen Geburtstag als Mutter und Witwe begehen würde, doch Rodd und Janet kamen nach dem Essen mit einem Kuchen, und auch mein Bruder Sandy tauchte auf, so daß es doch noch eine richtige Party wurde. Zwar keine East-Hampton-Party, aber doch eine sehr lustige. Ich schrieb Lizzie an jenem Abend: „So war mein dreißigster Geburtstag, und noch vor einem Monat hätte ich nie geglaubt, daß ich heute glücklich sein würde."

Ich lernte die Wahrheit dessen kennen, was viele Freunde und Bekannte mir prophezeit hatten: daß ich schon damit fertig werden würde. Und je öfter sie mir bestätigten, wie gut ich mich hielt, desto besser machte ich es. Aber wenn andere mir vor Augen führten, welch beschwerlicher Weg noch vor mir lag („Du mußt gleichzeitig Mutter und Vater sein"), verfiel ich wieder in Niedergeschlagenheit.

Ich gewöhnte mich an die körperliche Abwesenheit Johns, aber natürlich vermißte ich ihn neben mir im Bett oder auf seinem Stuhl am Eßtisch. Ab und zu hatte ich plötzlich das Bedürfnis, mit ihm zu sprechen, ihm von dem kleinen John zu erzählen und wieviel Freude er mir machte, daß ich mich bemühte, eine gute Mutter zu sein, daß ich wußte, wie schwer das sein würde.

Immer öfter sah ich mir Fotos an, auf denen er zu sehen war, und jedesmal kam mir die gleiche verwirrende Erkenntnis, daß er nicht wiederkommen würde. Wenn ich glaubte, ich würde gleich anfangen zu weinen, befahl ich mir, auf der Stelle damit aufzuhören. Ich mußte stark für das Baby sein.

Ende Februar wurde es endlich wärmer, und ich konnte das Kind mit nach draußen nehmen. Ich schob den Kinderwagen in den Central Park hinter das Metropolitan-Museum, wo John von seinem Krankenzimmer aus einmal beobachtet hatte, wie einige Jungen Fußball spielten. Ich lächelte jeden an, der mir entgegenkam. Bei der letzten Untersuchung des kleinen John hatte Dr. Lazarus gestaunt, wie prächtig er gedieh. „Er ist glücklich und ausgeruht, das merkt man schon, wenn man ihn nur ansieht." Und ich war voller Stolz.

Eine Woche darauf brachte meine Mutter uns übers Wochenende nach Bridgehampton. Seit vergangenen Oktober war ich nicht mehr dort gewesen. Vor fünf Monaten hatte ich also zum erstenmal eine Nacht ohne John in diesem Bett verbracht. Aber diesmal war wenigstens John III da, der in seinem Wagen am Fußende meines Bettes lag. Damals im Oktober hatte ich Johns Sachen in seiner Kommode und im Schrank durchgeschaut und hatte gehofft und gebetet, daß er sie wieder tragen könnte, es aber doch bezweifelt. Als ich sie jetzt durchsah, war es Gewißheit. Seine Jeans, die Seidenkrawatte, die ich ihm ganz zu Beginn unserer Bekanntschaft geschenkt hatte, die gelben Bermudashorts aus Leinen, die weißen Turnschuhe, die rote Trainingshose mit dem Riß an der Seite, den ich wieder und wieder genäht hatte, die Tennishosen und -hemden und all die Socken und Stirn- und Schweißbänder. Ich weinte, als ich alles zusammenpackte. Mama brachte die Sachen zu einer Kleidersammelstelle.

Mit meiner Mutter fuhren wir am nächsten Tag hinunter zum Strand. Ich mußte mich daran gewöhnen, John nie wieder mit Stühlen, Sonnenschirm und Kühltasche und dem Hut auf dem Kopf die Treppe hinuntergehen zu sehen. Es war zu kalt und windig, einen Spaziergang mit dem Baby zu machen, und so blieb Mama mit ihm im Wagen, während ich zum Wasser lief. Das Meer war rauh; große graue Wellen überschlugen sich am Strand. „Ich hasse euch! Warum habt ihr ihn mir genommen?" schrie ich hinauf zum Himmel, über das Meer und den Sand. Ich versuchte, einen Stein zu werfen, doch er flog nur ein paar Meter weit. John hatte sehr weit werfen können. Es fuchste mich, daß ich nicht werfen konnte. Ich versuchte es ein ums andere Mal, das Ergebnis war kläglich, und ich fragte mich, wer John III beibringen sollte, einen Ball zu werfen. Wie konnte ich Mutter und Vater zugleich sein? Doch dann blieb ich aufrecht und ruhig stehen und sagte mir, daß ich nicht noch einmal etwas durchmachen müßte, das mir erneut allen Mut rauben würde.

Drei Monate nachdem John gestorben war, hatte ich einen schlimmen Traum. Mir war, als sei John wiedergekommen, lebendig und gesund. In meinem Traum war er richtig gegenwärtig; ich begrüßte ihn sogar in der Wohnung, und er sah seinen Sohn. Einen seligen Moment lang glaubte ich wirklich, was ich geträumt hatte. Dann hörte ich, wie das Baby quäkte, und ich erwachte vollends. Und langsam, undeutlich und traurig merkte ich, daß es nur ein Traum gewesen, daß John nicht zurückgekommen, daß er tatsächlich tot und ich am Morgen tatsächlich allein und ohne ihn war.

Eine Woche darauf beschloß ich jedoch, mutig zu sein und fünf Freunde aus der East-Hampton-Zeit zum Abendessen einzuladen. Und obwohl John tot war, sorgte er für das größte Gelächter an dem Abend, als ich die alte Geschichte erzählte, wie John einmal von einem Kommilitonen dazu überredet wurde, sich an einer Geldsammelaktion für einen guten Zweck zu beteiligen. John erklärte sich dazu bereit, aber nur unter der Voraussetzung, daß dieser Kommilitone ihm als erste gute Tat fünfundzwanzig Dollar bis zum nächsten Freitag lieh. Wir alle sprachen von John. Mir war klar, daß es nie wieder einen solchen Abend geben würde. Schon bald würde es die Leute langweilen, über ihn zu sprechen, oder es würde ihnen komisch vorkommen.

Freunde aus der Roosevelt-Schule stellten mir inzwischen Fragen wie: „Wie geht es dir wirklich?" Ich war mir nicht sicher, ob ich mich freuen sollte, daß ich im April wieder anfangen würde, dort zu arbeiten. Doch von allen kam der gleiche Rat, nämlich wieder zu arbeiten, da ich sonst Gefahr liefe, über der Sorge für mein Kind mich selbst zu vergessen. Dabei wußte ich, ohne daß man mir das sagen mußte, daß ich auch an mein eigenes Leben denken mußte, an meine Freunde, meine Arbeit und meine Interessen.

KAPITEL 9

ES HATTE den Anschein, als verbrächte ich die meiste Zeit dieses Frühjahrs damit, alles in Erinnerung zu rufen und niederzuschreiben, was John geliebt hatte, damit sein Sohn einmal etwas hätte, wo er nachschlagen konnte. Ich hatte Angst zu vergessen, daß Johns Lieblingsoper „Boris Godunow" und sein Lieblingsschauspieler Joel Grey gewesen war, daß seine bevorzugten Schriftsteller ausnahmslos Russen waren, von Tolstoi bis Solschenizyn, und daß er am liebsten einen Topf selbstgemachte Gemüsesuppe aß. Pausenlos versuchte ich, mich an alle seine Eigenheiten zu erinnern, als bedeutete das Vergessen einer Einzelheit, daß ich auch ihn vergessen hätte.

Nur widerwillig sah ich, wie die Bäume im Central Park blaßgrüne Blätter trieben. Ich erzählte Johns Mutter am Telefon, daß ich geglaubt hatte, der Frühling würde es mir leichter machen, aber statt dessen war ich trauriger denn je. „Ja", sagte sie, „der Frühling ist die

Wiederkehr des Lebens, die Blumen blühen, und all das macht nur noch deutlicher, daß John nicht mehr da ist."

Etwa um die gleiche Zeit hatte mein Schwiegervater damit begonnen, die notwendigen juristischen Schritte für eine Entschädigungsklage vorzubereiten, die darauf beruhte, daß John mit Asbest in Berührung gekommen war. Ein alter Studienfreund drängte ihn, sich mit der Anwaltskanzlei eines gewissen Terry Richardson in Barnwell im Bundesstaat South Carolina in Verbindung zu setzen. Sein Freund war der Meinung, daß man Johns-Manville, den Hersteller von Asbestplatten, bei dem John gearbeitet hatte, verklagen müsse. Mein Schwiegervater und einige der Soziusse von Kelley Drye kamen daraufhin mit Terry Richardson zusammen. Sie waren sehr beeindruckt von ihm, und es wurde beschlossen, ich sollte die Dienste der Kanzlei in Anspruch nehmen, die sich auf diese Art von Schadensersatzprozessen spezialisiert hatte und Asbestopfer und deren Familien vertrat.

Im Frühjahr schloß ich zugunsten des kleinen John Lebensversicherungen ab – drei verschiedene Policen –, und einer der Versicherungsagenten fragte mich nach dem Namen meines Arztes. Ich dachte, daß es wohl besser wäre, Dr. Uscher anzurufen und ihm Bescheid zu geben, daß er demnächst vielleicht einige Anrufe von Versicherungsleuten bekommen würde.

Dr. Uscher nahm selbst den Hörer ab und sagte, er habe gerade an mich gedacht. Ich erzählte ihm von den Versicherungen, und er fragte mich, wie es John ginge. Ich antwortete, gut, und dann erkundigte er sich nach meinem Befinden. Ich erzählte ihm, daß es mir ebenfalls gutginge, daß ich gerade meinen Führerschein mache und wieder halbtags arbeite. „Das ist die beste Medizin für Sie", meinte er. „Sie sind eine phantastische Frau." Sein Lob bedeutete mir sehr viel.

Die Rückkehr an meinen Arbeitsplatz in der Schule war nicht so schlimm gewesen, wie ich befürchtet hatte. An den ersten Tagen waren die Unbeholfenheit und das Mitleid in den Augen aller fast nicht zu ertragen gewesen. Aber dann lief bald alles seinen normalen Gang, und das so sehr, daß das sichere, beschützende Klima dort mich gegen die Wirklichkeit draußen und gegen meine eigenen Gefühlsaufwallungen abschottete. Rückblickend wird mir heute klar, daß es die alltägliche Routine war, die ich damals am dringendsten brauchte. Sie gab mir das Gefühl, daß das Leben weiterging. Das und die Sorge für John halfen mir wieder auf die Beine. Der Kleine nahm zu und gedieh prächtig.

1. Mai 1979

Liebe Lizzie,

mein Leben nimmt langsam wieder normale Formen an: Bis ein Uhr bin ich in der Schule, gehe dann nach Hause und spiele am Nachmittag mit John. Bisher läuft es ganz gut. Ich kann zwar nicht behaupten, daß ich einer glänzenden Karriere entgegensehe, aber ich glaube, ich tue eine nützliche Arbeit. Im Herbst wird es noch bessergehen, wenn ich mit den Neuzugängen in der Schule zu tun habe. Auf jeden Fall ist es gut, wieder dort zu arbeiten.

John macht sich prima, und ich habe soviel Freude an ihm. Es klingt vielleicht komisch, das von seinem eigenen Kind zu sagen, aber ich freue mich, so jemanden wie ihn zu kennen. Schon mit dreieinhalb Monaten ist er er selbst – nicht wie sein Vater und auch nicht wie ich, sondern er hat eine eigene Persönlichkeit. Ich weiß nicht, wie ich ohne ihn die Zukunft meistern sollte. Natürlich tut es manchmal weh zu merken, daß John nicht mehr da ist, um die Fortschritte seines Sohnes mitzuerleben oder sich von mir fragen zu lassen, auf welcher Seite John seinen Scheitel haben sollte. Aber wenn ich diesen kleinen Jungen nicht hätte, wären meine Einsamkeit und mein Gram soviel schlimmer. Es wäre ein leichtes, John zu meinem einzigen Lebensinhalt, zu meinem einzigen Begleiter zu machen, aber dann besteht die Gefahr, daß er zu abhängig von mir wird. Wir wandeln auf einem sehr schmalen Grat, und ich hoffe nur, daß ich das Richtige tue und ihm eine gute Mutter bin. Ich wünsche mir wirklich, er käme mehr mit Männern zusammen. Er lebt in einer überwiegend weiblichen Umgebung; während der Woche mit mir und der Babysitterin und an den Wochenenden mit meiner Mutter und mir auf Long Island. Wir haben allerdings auch einen Jungen als Babysitter, der prima ist. John liebt ihn und lacht und strampelt, wenn er da ist.

Alles Gute für Woody. Ich wünschte, Ihr wäret nicht so weit weg. Ihr fehlt mir sehr.

Alles Liebe
Nancy

Hatte ich den Frühling gehaßt, so fürchtete ich den Sommer. Ich konnte mir nicht vorstellen, den ganzen Sommer mit dem Kind und meinen Eltern in Bridgehampton zu verbringen. Im Frühjahr war es schön bequem gewesen, alles meiner Mutter zu überlassen, aber das mißfiel mir mehr und mehr. Ihre Bestimmtheit, daß sie wußte, was für mich und das Baby das beste war, wirkte lähmend auf mich, auch wenn ihre Fürsorge verständlich war. Sie und mein Vater nahmen an, ich würde es nicht ohne sie schaffen. Ich biß die Zähne zusammen und fuhr mit ihnen nach Bridgehampton zu meinem ersten Memorial-Day-Wochenende ohne John, obwohl es mich große Überwindung kostete.

Das Wochenende war erfüllt von hektischem Einkaufen. Noch nie zuvor hatte ich mich so in den Einkaufstrubel gestürzt. Tomatenpflanzen für den Garten gekauft, ein Fahrrad für mich und auch ein Ölbild, das in einer Galerie ausgestellt war und mir auf Anhieb gefiel – „Lobelien" von Nancy Wissemann. Die Blumen sahen so aus wie damals die an der Brüstung der vorderen Veranda in East Hampton.

Aber das folgende Wochenende war schlimm. Ich war stolz auf mich, das Memorial-Day-Wochenende ohne zuviel Trübsinn durchgestanden zu haben, aber danach hielt ich es im Haus nicht länger aus, und am nächsten Samstag fühlte ich mich hundeelend. Mit dem Fahrrad fuhr ich hinüber nach East Hampton in der Hoffnung, daß es mich aufheitern würde, wenn ich das Haus, das wir einst mit den Freunden geteilt hatten, wiedersähe. Ich fuhr die Auffahrt hoch. Keine Wagen. Ich klopfte an die Tür. Keine Antwort. Vorsichtig drehte ich den Türgriff, und die Tür ging auf. Der vertraute Geruch von Moder strömte mir entgegen, denn nach dem Winter war es erst seit einigen Wochen wieder bewohnt. Ich rief mehrmals: „Hallo!" Niemand war da, weder Alvin von der neuen Generation der Anwälte bei Kelley Drye, die das Haus jetzt gemietet hatten, noch sonstjemand. Ich ging zuerst in die Küche. Noch immer der gleiche Küchentisch, der gleiche Teekessel. Auch in der Vorratskammer hatte sich nichts verändert, selbst die eigenartige Zusammenstellung der Marmeladengläser und der Weinflaschen war noch die gleiche, und auch das Geschirr war noch dasselbe. Dieselben Bücher in den Regalen im Wohnzimmer und unverändert der Standort der Pflanzen auf der Glasveranda. Und dann die Treppe hinauf mit der lustigen, ägyptisch aussehenden Stofftapete und der Fensterbank am oberen Treppenabsatz. Und dort links war unser Zimmer. Oben in der Mansarde die alten Kleiderhaken an einer Wand, wo ich vor so langer Zeit Kräuter zum Trocknen aufgehängt hatte.

Wie im Traum ging ich wieder nach unten und durch die vordere Tür nach draußen. Ich schloß die Tür hinter mir und lief über den Rasen zum Ufer des Georgicasees. Zumindest hatte ich noch den Trost, im gleichen Sand zu sitzen, in dem John und ich so oft zusammen gesessen und an Sommerabenden hinauf zum Mond geblickt hatten. Ich starrte auf den kleinen See und wußte, daß John tot war, für immer. Das Haus gehörte jetzt anderen. Und das bedeutete, daß ich Long Island in diesem Sommer den Rücken kehren mußte. Sofort fing ich an zu planen, im Juli, meinem Ferienmonat, mit dem Baby nach Maine oder Vermont zu fahren.

An den darauffolgenden Tagen wurde mir klar, daß ich nicht nur Long Island verlassen mußte. Ich mußte mit meinem Kind irgend-

wohin, wo ich noch nie gewesen war, vor allem aber, wo John auch
nie gewesen war. Ich mußte selbst etwas unternehmen, etwas so
Ausgefallenes, daß der bloße Mut, den dieses Vorhaben verlangte, mir
Ruhe und Selbstvertrauen geben würde.

Ich hatte etwas Geld, das ich für ein Abenteuer, für eine Reise
ausgeben konnte, die mir die Kraft gab weiterzumachen. Aber es gab
so viele Ängste, die ich auf einer solchen Reise besiegen mußte –
Fliegen zum Beispiel, was ich haßte; ganz allein an einem fremden Ort
für meinen kleinen Jungen verantwortlich zu sein; mit fremden
Menschen zusammenzukommen, ohne die Sicherheit, John neben mir
zu haben. Und im übrigen hatte ich keine Ahnung, wohin ich fahren
sollte. Ich wußte, daß nur ein Land mit erstklassiger ärztlicher
Versorgung in Frage kam, für den Fall, daß das Baby krank wurde,
und dessen Sprache ich beherrschte. Aber noch bevor ich einen
exotischen Ort ins Auge faßte, bekam ich mit der Post einen an Mr.
und Mrs. Rossi adressierten Prospekt, der für eine Ferienanlage, die
Jenny-Lake-Lodge in Wyoming, warb. Sie stand unter der gleichen
Leitung wie diejenige, in der John und ich einmal auf den Jungfern-
inseln gewesen waren. Wyoming. Schon der Name klang magisch
für mich. Obwohl ich in Boulder in Colorado zur Schule gegangen
war, hatte ich es nie bis in den Nachbarstaat Wyoming geschafft.

Ein Anruf in dem Feriendorf brachte Klarheit; ja, man hatte noch
Platz für mich und meinen fünf Monate alten Sohn, und selbstverständlich, Kinder waren nicht nur erlaubt, sie waren sogar äußerst
gern gesehen. Dann rief ich eine Fluggesellschaft an. Ja, eine so
kurzfristige Reservierung war möglich. Die Vorbereitungen waren so
einfach, daß John und ich schon eine Woche später nach Wyoming
flogen. In die Berge.

Um halb acht standen wir auf, und um zehn fuhren wir hinaus zum
Kennedy-Flughafen. Jetzt gab es kein Zurück mehr, wir waren
unterwegs nach Wyoming. Der Flug war gut, die Landung in Denver
ging glatt, sogar der Weiterflug mit einer alten Propellermaschine,
einer Convair 580, nach Jackson in Wyoming verlief problemlos. Als
wir in Jackson landeten und die Berge des Grand Teton wie
Kirchtürme in den Himmel ragen sahen, wußte ich, daß ich die
richtige Wahl getroffen hatte.

Das Hauptgebäude der Ferienanlage hatte eine kleine Empfangshalle mit dem einzigen Telefon des Hotels, einen Aufenthaltsraum
und den Speisesaal. Ich füllte die Anmeldung aus, und der Empfangs-
chef erklärte mir, daß man uns schon erwarte und er eine schöne
Überraschung für uns habe. Er hatte für mich und John einen

Bungalow mit Schlaf- und Wohnzimmer zum Preis eines Einzelzimmers reserviert. Ich erzählte ihm, daß ich seit kurzem verwitwet sei, und er wünschte mir hier eine schöne Zeit. Mit Freude stellte ich fest, daß das Personal aus netten Studenten bestand. Ein Junge transportierte unser Gepäck in einem Schubkarren, er ging uns auf einem schmalen Waldweg voraus. Riesige Kiefern standen rundum, und dann waren wir da. Ob ich schon gegessen hätte, erkundigte er sich. Nein? Er würde uns etwas bringen und auch ein Kinderbett für John.

Nach dem Essen zog ich John den Schlafanzug an, und er schlief sofort ein. Dann trat ich vor die Tür. Es war kalt geworden, die Sterne funkelten, und der Mond schien. Ich blickte zum Himmel und sagte zu mir: Ich habe es geschafft, Bunky, ich habe es tatsächlich geschafft.

Am nächsten Morgen nach dem Frühstück packte ich John in den Kinderwagen, und wir machten einen langen Spaziergang zum nahe gelegenen See. John hielt sein morgendliches Nickerchen auf einer Bergwiese. Noch nie hatte ich so viele Blumen gesehen: scharlachrote Enziane, Glockenblumen, Akelei, Rittersporn, wilde Rosen, Schneelilien, Lupinen und Kornblumen. Ein Farbenmeer aus roten, gelben, purpurnen und blauen Tönen und dazu ein Teppich aus duftendem Beifuß. Wir ruhten uns aus und nickten zwischendurch ein, und am Abend erschienen wir glücklich und hungrig zum Essen.

Am nächsten Tag ging es wieder zum See. Unterwegs trafen wir einen jungen Mann mit einem Fotoapparat. Ich fragte ihn, ob er mir einen Gefallen tun und mich und John mit meinem Apparat fotografieren könne. Ich hatte so wenige Bilder von uns beiden. Selbstverständlich erklärte er sich bereit. Wir standen in der Sonne, den See und die Berge hinter uns, und er machte eine Aufnahme und scherzte dann, die Rechnung werde er uns schicken. Mir gefiel seine freundliche, für den Westen typische Art; das war etwas, das ich versuchen konnte, mit zurück nach New York zu nehmen.

Ich schwamm im See. Es war herrlich. Das Wasser war so klar, daß man den Grund erkennen konnte. Ich schwamm ein Stück hinaus, während John unter der Aufsicht eines kleinen Mädchens auf seiner Decke am Ufer lag. Und dann sah ich einen Mann ins Wasser springen, und Kinder lachten laut und kreischten: „Papi, Papi!" Aber anstatt traurig zu sein, dachte ich ganz spontan, daß ich irgendwann wieder hiersein würde, mit einem Mann, den John Papi rufen würde.

Nach dem Abendessen, als John in seinem Bettchen schlief, machte ich mit dem Rad noch eine kleine Tour zu einem „Bellevue" genannten Aussichtspunkt an der Hauptstraße. Als ich dort ankam,

MITTEN IM LEBEN 283

schaute ich nach links und war schon im Begriff, abzusteigen und die Aussicht zu genießen, als ich in der Abenddämmerung in etwa fünfzehn Meter Entfernung einen Elch erblickte. Er graste, und ich drehte ganz langsam das Rad um, damit ich wieder zurückfahren konnte. Er hob den Kopf, und ich machte wahrscheinlich genau das Verkehrte – ich trat in die Pedale und fuhr, so schnell ich konnte, zurück zu unserem Bungalow.

An einem Nachmittag paßte die Studentin, die die Zimmer saubermachte, auf John auf, während ich eine zweistündige Radtour unternahm. Zuerst fühlte ich mich bei dem Gedanken, John alleine zu lassen, nicht wohl, doch die wunderschöne Landschaft und die Neugier auf großartige Ausblicke trieben mich immer weiter, bis hin zum Jennysee. Ich stellte das Fahrrad ab, lief auf den Wegen herum und hinunter zum Seeufer, wo ich ein paar Aufnahmen machte.

Am nächsten Morgen schob ich John im Kinderwagen zu diesem See. Fünf Kilometer! Ich setzte mich am Ufer auf einen Stein, nahm John auf meinen Schoß, und wir blickten auf den in der strahlenden Sonne liegenden See. Über uns wölbte sich ein leuchtendblauer Himmel, und ich konnte verstehen, warum man diesen See das blaue Juwel der Tetonberge nennt. Ich kam mit einem Ehepaar, das in der Nähe des Seeufers in einem Wohnmobil kampierte, ins Gespräch. Sie erzählten, sie hätten einen Enkel, der etwa so alt sei wie mein Baby; er war am 24. Januar geboren. „Der Opa starb am 19. Januar", erzählten sie weiter, „so daß wir ein Leben verloren, aber ein anderes neu hinzubekamen." Ich sagte ihnen, daß es mir ebenso ergangen sei, nur daß es bei mir der Mann war. Sie machten ein betroffenes Gesicht. Daß ich nach allem, was ich mitgemacht hatte, noch darüber sprechen konnte. Aber eines Tages werde ich vielleicht kein einziges Wort mehr darüber sagen können.

Den anderen Gästen gegenüber war ich zurückhaltend. Mir machte es mehr Spaß, mit den Studenten zu reden, die uns bedienten. Ich fragte sie, was sie studierten und wie sie es fertiggebracht hätten, einen so tollen Sommerjob zu bekommen. Ich schlief hier besser, und auch meine Träume waren weniger angsterregend als in New York; die Bergluft war für mich die beste Medizin.

Die Zeit in Wyoming neigte sich dem Ende zu. Am letzten Abend saß ich in einem Schaukelstuhl draußen vor dem Bungalow. Mein Leben entwickelte sich wirklich sehr vielversprechend. Völlig selbständig hatte ich eine Reise unternommen. Ich hatte festgestellt, daß neue Erlebnisse Freude brachten, nicht Angst. Wir würden im nächsten Jahr wiederkommen. Diese Berge waren meine Kirche. Ich war mir nicht sicher, ob ich dort Antworten gefunden hatte, irgendein Wie oder Warum über Johns Tod, aber ich würde mein Leben weiterleben, das wußte ich jetzt.

Es WAR wieder September in New York, und ich lief Gefahr, meine in Wyoming erworbene Zuversicht zu verlieren. Der letzte Geburtstag meines Mannes lag ein Jahr zurück, unser letzter Hochzeitstag lag ein Jahr zurück, und seine Operation lag ein Jahr zurück. Ich konnte nichts dagegen tun – ich erlebte all die Tage noch einmal.

Das aufregendste Erlebnis dieses Monats hatte ich während meiner Untersuchung bei Dr. Uscher, der mir erklärte, durch die Schwangerschaft habe sich mein Sterilitätsproblem von allein gelöst. Ich sah ihn verständnislos und wie betäubt an. Das war der Gipfel aller Ungerechtigkeit, daß John nicht mehr da war, um sich über diese gute Nachricht zu freuen.

Liebe Lizzie,

Montag, 8. Oktober 1979

die Reise zu den Tetonbergen in Wyoming war ein ganz außergewöhnlicher Erfolg. Ich habe das Gefühl, als hätte ich einen verschwiegenen Ort entdeckt, an den mein kleiner John und ich in den folgenden Sommern zurückkehren werden. Ich glaube, die Erinnerung daran wird mir über die langen Wintertage hinweghelfen. Endlich habe ich auch meinen Führerschein und fahre jetzt selbst zwischen New York und Bridgehampton hin und her – John ist in seinem Kindersitz festgeschnallt. Wie schön, daß ich jetzt mit John zu unserem Haus fahren und Blumenzwiebeln setzen und am Strand spazierengehen kann.

Die Arbeit in der Schule ist im wesentlichen die gleiche, ich arbeite immer noch halbtags. Mittwochs leiste ich mir den ganzen Tag einen Babysitter und gehe nachmittags ins Kino! Anschließend mache ich einen langen Spaziergang.

Etwas, dem ich mit einer Mischung aus Freude und Abneigung entgegensehe, ist der Beginn des Opernabonnements, zu dem ich mich durchgerungen habe. Bei der ersten Vorstellung wird es am schlimmsten sein, denn ich bin seit Johns Tod nicht mehr in der Oper gewesen. Aber die erste Aufführung ist wenigstens lustig – „Der Barbier von Sevilla" –, und es müßte eigentlich gutgehen. Du weißt, wie gerne ich in die Oper gegangen bin, und so zwinge ich mich, nicht zu verzagen.

Der Kinderarzt und auch Dr. Uscher sind der Meinung, ich sollte raus aus dem Haus und ausgehen! Aber mit wem? Dieses ganze Trara mit dem Verabreden vermisse ich überhaupt nicht. Aber einfach nur mit jemandem essen gehen und reden würde ich schon gerne – was ich vermisse, ist, mich einfach mit einem Mann zu unterhalten.

Ich versuche mein Möglichstes, um nicht ganz in der Sorge um den kleinen John aufzugehen, aber es ist nicht einfach. Er ist der Grund, warum ich existieren kann, und seine Einfälle und seine Neugier erfüllen mein Leben mit Lachen. Er fängt jetzt an zu sprechen und sagt ständig Dada (!), was mich anfangs genervt hat, aber das ist offenbar der erste Laut, den Babys von sich geben, und vor ein paar Wochen hat er dann endlich angefangen, Mama zu sagen. Ich war natürlich ganz aus dem Häuschen. Obwohl also mein Leben so ganz anders ist, als ich erwartet habe, und auch ganz anders als das der meisten übrigen Menschen, ist es doch ein Leben, an das ich mich langsam gewöhne.

Alles Liebe
Nancy

Trotz des zuversichtlichen Tons in meinem Brief empfand ich in diesen Herbsttagen Bitterkeit gegenüber gesunden jungen Männern mit schönen Anzügen, Hemden und Krawatten, mit vollem, kräftigem Haar, lächelnden Gesichtern und einem unternehmungslustigen, forschen Gang. Ich mußte die Augen schließen, wenn ich durch Straßen lief, auf denen es von ihnen wimmelte.

Noch immer hatte ich traurige Träume von John. Ich erinnerte mich noch genau, wie er vor einem Jahr ausgesehen hatte, mit den geschwollenen Beinen und Füßen und den mageren Armen. Dieser geschundene Körper. Wenn ich wach war, überfielen mich auch jetzt noch lebhafte Erinnerungen an John und die vergangene glückliche Zeit. In solchen Augenblicken schnürte sich mir die Kehle zu, die Augen verengten sich vor Qual, und die Lippen preßten sich zusammen, als hätte ich etwas Saures gegessen. Meine Schultern verkrampften sich, und der Nacken wurde steif, aber alles andere an mir war wie weiches Wachs; nur von den Schultern an aufwärts war ich wie gelähmt. Und dann war alles wieder vorbei.

Die Wochen vergingen, und ich fing an, den ersten Jahrestag von Johns Tod zu fürchten. Ich hörte plötzlich ernste Musik. Wagner hatte ich nie gemocht, aber jetzt erkannte ich, daß er, daß seine Musik die Regungen des Lebens sehr genau verstand. Wieder und wieder hörte ich Birgit Nilsson mit dem „Liebestod".

Eines Tages überkam mich in der Küche eine so maßlose Wut, daß ich auf und ab sprang. Ein unterdrücktes Stöhnen entfuhr mir. Ich war wie ein Tier, ein primitives, einsames Geschöpf, das den Verlust des Geliebten wütend hinausschrie. Der Verlust, den ich erlitten hatte, der Schmerz, den mein Sohn eines Tages würde ertragen müssen, wenn er vom Tod seines Vaters erfuhr, die Tapferkeit meines Mannes für mich, all das stürzte auf mich ein. Ich konnte es nicht länger unterdrücken.

MITTEN IM LEBEN

Schließlich fand ich den Mut, Dr. Uscher anzurufen und zu fragen, ob er jemanden kenne, mit dem ich reden könnte; was ich mitgemacht hatte, war zu einmalig, als daß ich Freunde hätte um Rat fragen können. Er sagte, daß er mich verstehe, und versprach, sich umzuhören. Ihm war klar, wie er mir sagte, daß die kommenden Monate ebenso hart sein würden wie die ersten. Ein paar Tage später gab er mir die Adresse von Dr. Ivan Goldberg, der sich auf Gesprächstherapie spezialisiert hatte. Ich machte einen Termin mit ihm aus.

Dr. Goldberg war ein Bär von einem Mann, etwa einsfünfundachtzig groß, mit einem Bart und einem feinen Lächeln. Ich verbrachte eine unglaublich aufschlußreiche Stunde bei ihm. Der Kummer nehme zu, erklärte er mir, wenn die Einjahresmarke näher rücke. Ich sei ganz und gar nicht übergeschnappt. Das sei völlig normal. „Führen Sie Ihr Tagebuch weiter", riet er, als ich ihm erzählte, daß es manchmal zu sehr schmerzte, über meine Gefühle zu schreiben. Bei einer späteren Sitzung sagte er, vielleicht könne das Tagebuch anderen Familien und Patienten helfen, oder ein Verlag sei möglicherweise daran interessiert. Ob ich jemanden aus der Verlagsbranche kennen würde, der es sich einmal ansehen könnte. „Ja", antwortete ich, „ein Mädchen, mit dem ich groß geworden bin." – „Sehr gut", meinte er. „Zeigen Sie es ihr."

Ich ging nach Hause und las meine Tagebucheintragungen aus dem letzten Jahr noch einmal durch. Jeder Tag war in allen Einzelheiten beschrieben. Aber ich war sicher, daß sich niemand vorstellen konnte, was ich durchgemacht hatte.

Ich fing an, regelmäßiger in mein Tagebuch zu schreiben. Damals merkte ich es noch nicht, doch wenn ich heute auf diese Eintragungen zurückblicke, erkenne ich, daß trotz des heranrückenden Todestages von John ein Licht anfing, für mich zu leuchten, und ich langsam aus dem Schattendasein, das ich damals führte, heraustrat. Ganz allmählich und zuerst zögernd kehrte das Leben zum Jetzt, zur Normalität zurück.

Freitag, 30. November 1979

Am Vorabend von Johns Taufe bitte ich Bunky, mir in den vor mir liegenden Jahren zu helfen, unseren Sohn zu einem selbstbewußten und liebenswerten Menschen zu erziehen, zu einem Menschen, wie er es war. Ich möchte, daß mein Sohn in seinem Leben von allen Männern und Frauen geachtet und geliebt wird. Ich möchte, daß er Aufrichtigkeit, Freundlichkeit und Großzügigkeit als die Stärken lobt, die nur den Besten gegeben sind. Ich weiß, daß der Geist seines Vaters ihm helfen wird, den bedeutenden Aufgaben und Anforderungen zu genügen, die das Leben stellen wird.

Donnerstag, 6. Dezember 1979

Bald ist es ein Jahr her. Außer den Erinnerungen an Bunky existiert nichts in meinen Gedanken. Es ist grausam, jede Nacht ist er in meinen Träumen. Wie werde ich mit der furchtbaren Wirklichkeit des 17. Dezember fertig? Unser erstes Jahr der Trennung.

Samstag, 15. Dezember 1979

Genau wie im letzten Jahr, unglaublich: „Aida" wird an diesem Samstag aus der Metropolitan-Oper übertragen. Wenigstens schreibe ich in diesem Jahr Weihnachtskarten und lege Fotos von meinem Jungen bei. Ich habe heute Kerzen für den Weihnachtsbaum gekauft. Ich weiß, daß ich die nächsten Tage irgendwie hinter mich bringen werde. Es fällt mir schwer, mich damit abzufinden, daß der Jahrestag von Johns Tod immer genau eine Woche vor dem Heiligen Abend sein wird. Ich weiß, ich werde jeden Augenblick noch einmal erleben, vom Anruf mit der Nachricht von Johns Tod über den Trauergottesdienst bis zur Geburt unseres Sohnes. Es ist so schrecklich. Wie kann er ein Jahr tot sein? Werde ich jemals aufhören, um ihn zu weinen? Und doch spüre ich irgendwie Bunkys Arm um meine Schultern heute abend, und ich erinnere mich, wie er vor einem Jahr sagte: „Paß auf dich auf, Nini."

Sonntag, 16. Dezember 1979

Ich komme mir wie gerädert vor. Wie soll ich den morgigen Tag überstehen? Den schlimmsten Tag meines Lebens? Gott segne dich, Bunky. Paß auf dich auf. Und gib mir Kraft, daß ich morgen nicht zusammenklappe. Ich kann nicht glauben, daß du schon ein Jahr tot bist.

Montag, 17. Dezember 1979

Heute morgen habe ich unseren kleinen Jungen gebadet und ihm Haferschleim mit Apfelmus und etwas Orangensaft gegeben. Ich habe heute nicht geweint.

Heiliger Abend, 24. Dezember 1979

Ich hätte vor einem Jahr nie gedacht, daß ich in einem Jahr neben einem Spielzeugauto für meinen Sohn sitzen würde, nachdem ich ihm bereits die Weihnachtsgeschichte vorgelesen habe. Ich kann nicht behaupten, daß ich rundum glücklich wäre – ich vermisse Bunky schmerzlich –, aber zumindest lächle ich, wenn ich meinen kleinen

Liebling mit seinen neuen Sachen spielen sehe. Ich bin glücklich, daß ich ihn habe.

1. Weihnachtstag, 25. Dezember 1979

Um zwanzig nach sieben gehe ich in Johns Zimmer, wo er seine sanften morgendlichen Plapperlaute von sich gibt. Ich mache das Licht an, er sieht mich und lacht und freut sich. Ich nehme ihn auf den Arm, und wir gehen ins Eßzimmer, um die anderen Geschenke auszupakken. Die Spieldose gefällt ihm sehr, die die Oma für ihn entdeckt hat und bei der man an einer Schnur ziehen muß, und auch der Baseballschläger von Opa und die quietschenden Badetiere. John ist so begeistert von den Spielsachen, dem Seidenpapier und dem roten Band, daß er alles, was er greifen kann, an sich zieht und aufgeregt mit den Beinen strampelt. Die reine Freude. Lachen und Jubeln. Noch ein langer Tag liegt vor uns, aber es wird uns gutgehen.

Nachwort

MEIN Sohn und ich fuhren im Sommer darauf nicht nach Wyoming, sondern verbrachten sehr viel Zeit in New York. Denn seit jenem Sommer mußte ich immer mehr Energie für den Prozeß opfern, den ich auf Drängen von Johns Vater und meinen Freunden gegen den Asbestplattenproduzenten Johns-Manville angestrengt hatte. Telefonate, Dokumente, die unterschrieben werden mußten, Namen und Orte und Ärzte, an die ich mich erinnern sollte, alte Krankenhausrechnungen und zwei Einkaufstüten voll mit Beileidsbriefen, die durchzulesen waren, und lange Gespräche mit den Prozeßanwälten, vor allem mit Terry Richardson. Es konnte zum Beispiel passieren, daß ich gerade mit John aus dem Central Park zurückkam und das Telefon klingelte. Richardson war am Apparat. Er sei gerade in New York. Ob er kurz vorbeikommen und ein paar Fragen stellen könne. Zum Beispiel wollte er dann wissen, wann genau John vom Columbia-Krankenhaus ins Mount-Sinai-Krankenhaus verlegt worden war. Durch solch einen Anruf änderte sich der ganze Tag. Ein Tag, der bisher nicht schwerfällig und trostlos gewesen war, wurde zu einem Tag, an dem die Einzelheiten von Johns Tod mit trostloser Nüchternheit abgehandelt wurden.

Richardson pflegte mit Aktentasche, Regenmantel und einer Tüte Schokoladenplätzchen für meinen Sohn in meine Wohnung zu stürmen und Akten und Papiere auszubreiten, kaum daß wir uns auf die Couch gesetzt hatten. Manchmal dachte ich bei mir, ich bin gar nicht ich. Diese durch und durch realistische Frau ist jemand anders; sie kann nicht die gleiche Person sein, die ihr Leben entschwinden sah, als sie am Krankenbett ihres Mannes saß und seinen knochigen Rücken betrachtete. Es ist alles so unwirklich, dachte ich.

Dann wurden wochenlang Termine anberaumt für die Zeugenaussagen im vorgerichtlichen Anhörungsverfahren; Aussagen der Ärzte Johns und der Männer, mit denen er vor so langer Zeit in dem Lager gearbeitet hatte. Es wurde vorgeschlagen, daß ich anwesend sein solle, wenn Dr. Chahinian seine Aussage machte. Ich schreckte vor dem Gedanken zurück. Nicht daß ich diesen wagemutigen Streiter aus der Krebsstation nicht wiedersehen wollte, aber wie konnte ich mich dieser extremen Situation aussetzen, ohne daß die Erinnerungen mich überwältigten?

Ein paar Tage trug ich mich mit dem Gedanken, vom Prozeß zurückzutreten. Ganz sicher konnte kein Rechtsstreit den jetzt leeren Platz in meinem Leben ausfüllen, den John einmal eingenommen hatte.

Aber natürlich mußten wir den Prozeß durchführen. Er war wichtig. Es ging um ein grundlegendes Rechtsproblem, und das Urteil konnte den allgemeinen Glauben an rigorose Geschäftsmethoden und ungehindertes Profitstreben in Frage stellen. John und viele andere tauchten wie beschwörende Geister in den Geschäftsberichten von Johns-Manville auf. Sie zwangen uns, die Anwälte, die Witwen, die Familien, die Probleme der Gefährdungshaftung und der Entschädigungen vor ein Gericht zu bringen. Nicht nur Arbeiter in der Bauwirtschaft oder der Asbestherstellung, die jahrelang dort tätig sind, sterben infolge der Aufnahme von Asbeststaub. Viele Experten glauben inzwischen, daß selbst ein kurzer Kontakt mit jenen unsichtbaren Partikeln die Weichen in Richtung auf Krankheit und Tod stellen kann. Bei John waren es nur zwei Wochen gewesen, in denen er mit den Asbestplatten zu tun gehabt hatte.

Meine lebhafteste Erinnerung an diesen Rechtsstreit geht zurück auf den Tag, an dem ich selbst meine Aussage im Vorverfahren machte. Es war im August 1981. Die Rossis reisten von Utica an, da auch sie aussagen mußten, und wir trafen uns mit Terry Richardson im Plaza-Hotel. Außerdem war noch ein Anwalt aus New Hampshire anwesend, wo der Fall am Firmensitz von Johns-Manville verhandelt werden sollte. Dieser Anwalt hieß Mike Thornton; er sollte die Rossis kurz über das Vorgehen am nächsten Tag unterrichten, bei mir würde das Terry Richardson übernehmen. Richardson erklärte mir, daß meine Aussage zuerst aufgenommen würde, um neun Uhr früh, und daß der Anwalt von Johns-Manville eine eigene Protokollantin mitbringen würde. Ich könnte während der Befragung jederzeit um eine Unterbrechung bitten. Es wäre am besten, die Fragen direkt zu beantworten, mit einem Ja, einem Nein oder „ich weiß es nicht".

Wir beendeten unsere Unterredung und begaben uns wieder zu den Rossis und Mike Thornton, der uns auch zum Essen ins „Gaylord" begleitete. Ich hatte Mühe, die Fassung zu bewahren. Gaylord war eines der indischen Lieblingsrestaurants von John gewesen. Meine Schwiegereltern sahen reizend aus an dem Abend, sie mit den blondgrauen Haaren, und er so lebhaft, wie ich ihn seit Johns Tod nicht mehr erlebt hatte. Wir spielten den nächsten Tag durch und besprachen Einzelheiten. „Wie ist denn der Anwalt von Johns-Manville?" wollte ich wissen. Ein harter Bursche, erfuhr ich.

Am nächsten Morgen gingen Terry Richardson, Mike Thornton und ich in das Büro, wo die Aussagen aufgenommen werden sollten. In der Mitte des Raums stand ein langer Klapptisch mit Stühlen, darauf ein Tablett mit Kaffee, Orangensaft und etwas Gebäck. Die Protokollantin stellte ihre Stenographiermaschine auf, und Terry Richardson machte mich mit ihr bekannt. Robert Smith, der Anwalt von Johns-Manville, war noch nicht eingetroffen. Ich geriet ein wenig in Panik und ging in eine Toilette, schloß die Tür und trank etwas Wasser. Es würde schon nicht so schlimm werden, beruhigte ich mich. Ich putzte mir die Nase und bürstete mir noch einmal durchs Haar.

MITTEN IM LEBEN

Als ich zurückkam, sah ich einen großen, sonnengebräunten Mann mit grauen Haaren, der einen gutsitzenden Anzug und ein rot-weiß gestreiftes Hemd trug. Er ärgerte sich über irgend etwas. „Ich dachte, wir würden um zehn anfangen, nicht um neun", sagte er. Terry Richardson erwiderte ganz ruhig: „Nein, um neun." Der Mann, es war Mr. Smith, warf sein Jackett auf einen Stuhl und begann, wutschnaubend und theatralisch mit Händen und Armen gestikulierend, auf und ab zu gehen. Er erklärte, daß er seine Sekretärin rausschmeißen werde, sobald er in sein Büro zurückkäme, weil sie den Termin falsch notiert habe. Um Gottes willen. Ich zitterte, doch dann kam mir der Verdacht, daß er sich nur so verhielt, um uns zu entnerven. Ich war sicher, daß dieser Mann nicht zum erstenmal die Aufnahme einer Zeugenaussage auf diese Weise eingeleitet hatte. Er wandte sich an die Gerichtsstenographin und fragte sie, wie es ihr gehe. Es war der erste Hinweis für mich, daß sie sich schon kannten, und Terry Richardson erklärte mir, daß die Protokollantin immer mit Smith zusammenarbeitete.

Smith beruhigte sich langsam wieder, und Terry Richardson stellte mich ihm endlich vor. Wir gaben uns die Hand und setzten uns dann, Smith an das eine Ende des Tisches, ich an das andere.

Es ging ganz nüchtern zu. Er fragte mich nach meinem Namen, meinem Mädchennamen und der Anschrift. Dann nach allen Schulen, auf die ich gegangen war. Wann John und ich geheiratet hatten. Nach den Adressen von Johns Ärzten und meinen bisherigen Beschäftigungen. Ein wenig spöttisch bemerkte er, daß ich ein hervorragendes Adressengedächtnis hätte, aber als er dann erfuhr, daß ich meinen Abschluß auf der Eleanor-Roosevelt-Schule gemacht hatte und auch dort arbeitete, machte er eine kleine Pause. „Kennen Sie Emily Frosch?" fragte er. Ja, sie hatte im letzten Jahr ihren Abschluß gemacht. „Ein tolles Mädchen", sagte er. „Sie ist zusammen mit meiner Tochter am College. Ihre Eltern sind meine besten Freunde."

Von da an änderte sich sein Ton, seine Stimme verlor ihre spöttische Schärfe. Er stellte Fragen, die John betrafen, ob er sich jährlich habe untersuchen lassen, ob er dabei geröntgt worden sei. Ich wußte es nicht. Eingehend erkundigte er sich auch nach Johns Leben, bevor ich ihn kennengelernt hatte. Einige dieser Fragen konnte ich beantworten, andere nicht. Dann fragte er nach Johns Arbeit bei Kelley Drye, und ich erklärte, wie angesehen er dort gewesen war.

Als er dann nach über einer Stunde pausenloser Fragerei wissen wollte, ob John Sozius in seiner Kanzlei gewesen sei, war diese eine Frage zuviel für mich. Ich fing an zu weinen. Ja, die Position eines

Sozius sei ihm im Herbst 1978 zuerkannt worden, und sie sollte am
1. Januar 1979 wirksam werden, und – mir versagte beinahe die
Stimme – da habe er schon nicht mehr gelebt. Er hatte so darauf hin-
gearbeitet, berichtete ich schluchzend, bis spät in die Abende hinein
und an Wochenenden, an denen wir zusammen in sein Büro gegangen
waren und ich Aktennotizen für ihn getippt hatte. Am liebsten hätte
ich es diesem Mann ins Gesicht geschrien – ja, man hat ihn zum Sozius
gemacht, nur damit ihm dann alles genommen werden konnte. Aber
ich weiß noch, wie ich sagte: „Etwas möchte ich noch erwähnen, das
muß einmal gesagt werden." Und dann erzählte ich Smith von dem
Treuhänderfonds, der von Kelley Drye für meinen Sohn eingerichtet
worden war, von den Zuwendungen der Firma und dem John-F.-
Rossi-Gedächtnispokal. Dieser Mann sollte hier nicht herauskom-
men, ohne das gehört zu haben.

Eine Pause wurde anberaumt. Ich ging wieder in den Toilettenraum
und wischte mir mit einem Papiertaschentuch das Gesicht ab. „O
Bunky", flüsterte ich vor mich hin, „hilf mir." Ich haßte alle, die da
drinnen waren. Als ich mit einer Handvoll frischer Taschentücher
wieder das Büro betrat, kam Mike Thornton auf mich zu und legte
seinen Arm um mich. Ob alles in Ordnung sei? Ja, es gehe schon
wieder. Ich schlüge mich gut, sagte er. Wir gingen zurück an den
Tisch.

Smith stellte jetzt Fragen zu meiner Krankengeschichte, zur
Schwangerschaft. Ob es meine erste Schwangerschaft gewesen sei,
wollte er wissen. Ich verneinte und erzählte ihm von der Eileiterschwangerschaft. Die Jahre der Sterilität kamen als nächstes an die
Reihe: die Tests, die Operation, schließlich der Erfolg. Wer war der
behandelnde Arzt? Dr. Richard Uscher. Eine weitere Stunde verging,
und seine Fragen wanderten zwischen Tod und Geburt hin und her.
Wir waren inzwischen an dem Punkt angelangt, wo die Ärzte mir
erklärt hatten, daß es ihr Ziel sei, John so lange am Leben zu erhalten,
daß er das Baby noch sehen konnte. Plötzlich nahm die Protokollantin
ihre Hände von der Maschine. Ich entschuldigte mich, weil ich dachte,
ich hätte zu schnell gesprochen. Sie griff sich mit einer fahrigen
Bewegung ans Gesicht, und ich sagte, ich würde langsamer sprechen.
„Das ist es nicht", bemerkte sie. „Das, das ist mir noch nie passiert..." Sie konnte nicht weitersprechen, bedeckte das Gesicht mit
den Händen und ging weinend hinaus.

Smith saß mit offenem Mund da. Wir alle waren wie erstarrt.
Inzwischen hatte ich mich, es war Sommer 1981, so an die Tatsachen
gewöhnt, daß ich völlig vergessen hatte, wie ein solcher Satz auf

MITTEN IM LEBEN

andere wirken konnte: Tatsachen wie, daß man im sechsten Monat meiner Schwangerschaft bei John ein Mesotheliom diagnostiziert hatte und daß er nicht so lange lebte, um das Kind doch noch zu sehen. Wir unterbrachen erneut.

Als die Stenographin sich erholt hatte, setzten wir die Aufnahme der Aussage fort. „Nur noch ein paar Fragen, Mrs. Rossi." Und eine Viertelstunde später war alles vorbei. Mike Thornton blieb da, um auf meinen Schwiegervater zu warten, der als nächster an der Reihe war. Terry Richardson und ich brachen auf. Smith kam an die Tür und ergriff meine Hand. „Ich wünschte, wir hätten uns unter anderen Umständen kennengelernt", sagte er. Ich bat ihn, Emily von mir zu grüßen, wenn er sie sähe. Ich blickte ihm direkt in die Augen und fragte mich, wie er einen Hersteller von Asbesterzeugnissen verteidigen konnte.

EIN paar Wochen später erfuhr ich von den Anwälten, daß der Prozeß für den Dezember 1981 festgesetzt worden war. Oje, dachte ich, wenn er nun auf Johns Todestag fällt ... Im Dezember wurde er auf März verschoben. „So etwas kommt vor", erklärten mir die Anwälte. Was sie mir verschwiegen, war, wie oft. Denn es gab eine weitere Verschiebung auf April, dann auf Juni und schließlich auf den 13. September 1982, den endgültig letzten Termin.

An einem Abend im August, wenige Wochen bevor der Prozeß beginnen sollte, hörte ich in den Nachrichten mit Entsetzen von neuen Asbestzwischenfällen in Schulhäusern und im Gebäude eines Gesundheitsamtes, die geräumt und geschlossen werden mußten. Und in der gleichen Woche bekam ich einen Anruf: Nach über dreieinhalb Jahren hatten die Pathologen am Mount-Sinai-Krankenhaus jetzt nachweisen können, daß das Gewebe, das man John bei der Autopsie entnommen hatte, voller Fasern der sogenannten „Flexboard"-Platte von Johns-Manville war, einem Produkt aus Asbest und Zement. Die Ironie des Schicksals wollte es, daß das Elektronenmikroskop im Krankenhaus, mit dem man dies hatte nachweisen können, zu einem Teil von einer Spende der Firma Johns-Manville angeschafft worden war.

Geld kann den Verlust eines Lebens nicht aufwiegen. Aber wenn schon Geld und Profit in der Wirtschaft den Kurs bestimmen, dann war der Entzug eines Teils dieses Profits von Johns-Manville eine Entschädigung, die mir zustand. Und ich hatte in jenem Sommer 1982 das Gefühl, daß ich jetzt bereit und in der Lage war, gegen Johns-Manville in diesem Prozeß anzutreten; darüber hinaus mußten andere, die möglicherweise gefährdet waren, geschützt werden. Ich richtete es daher so ein, daß ich mit John am Samstag, dem 11. September, nach New Hampshire fahren, ein Hotelzimmer nehmen und mich auf die am Montag beginnende Verhandlung vorbereiten konnte.

Aber das Management von Johns-Manville durchkreuzte sämtliche Pläne und verkündete am 26. August 1982, man werde nach Kapitel XI des Bundeskonkursgesetzes Antrag auf Konkurseröffnung stellen. Die Firma war keineswegs zahlungsunfähig, erklärte aber, daß sie bis zum Jahr 2000 bankrott wäre, wenn weiterhin in größerer Anzahl Prozesse gegen sie angestrengt würden. Man stellte Antrag auf Konkurseröffnung aufgrund der zukünftigen finanziellen Lage des Unternehmens. Das war ein ungewöhnlicher Präzedenzfall.

Unsere Anwälte baten mich, der ersten gerichtlichen Anhörung über den Konkursantrag beizuwohnen und dort Fragen der Presse zu beantworten. Wie benommen ging ich hin und sah mich später in den Abendnachrichten im Fernsehen. Man forderte mich auf, als Sprecherin der Asbestopfer und ihrer Familien im Fernsehen zu fungieren. Ich tat es. Die Fernsehgesellschaft ABC wollte mich für die Aktualisierung einer Dokumentarsendung über Asbest filmen, die bereits vor vier Jahren entstanden war. Ich sagte zu.

Ein britisches Fernsehteam, das mich für eine Dokumentarreihe über Asbest schon ein paar Wochen vorher interviewt hatte, hatte mir die Frage gestellt, was ich dem Chef von Johns-Manville sagen würde, wenn ich ihn jetzt träfe. Ich saß in meinem Sessel im Wohnzimmer mit Mikrofonkabeln, die mir durch Rock und Bluse liefen, angestrahlt von heißen Scheinwerfern, die Kamera auf mich gerichtet, und dachte fieberhaft nach. Meine Lippen fingen an sich zu bewegen, ich hob den Kopf, blickte direkt in die Kamera und antwortete, daß ich ihn fragen würde, ob er mir nicht einen Rat geben könnte, wie man allein einen dreijährigen Sohn großzieht.

Ich weiß nicht, wie lange ich es durchhalte, immer aufs neue vor Mikrofonen und Fernsehkameras die Tatsachen von Johns Krankheit und Tod zu wiederholen. Doch ich werde jeder Bitte, öffentlich die Forderung nach Gerechtigkeit für die Asbestopfer zu unterstützen, soweit es in meinen Kräften steht, nachkommen.

Aber jetzt atme ich erst einmal tief durch und betrachte die Fotos meines Mannes auf meinem Nachttisch. „John", sage ich, „du würdest es nicht glauben, du würdest niemals darauf kommen, was sich tut. Aber weißt du was, Bunky, weißt du was? Man wird dich nicht vergessen."

Nancy Rossi

Über Nancy Rossis Klage gegen Johns-Manville, den größten Asbestverarbeiter der Welt, wird immer noch vor Gericht gestritten. Mit Mrs. Rossi hoffen 16 500 weitere Asbestopfer und deren Familien auf Entschädigung. Der Streitwert hat die 10-Millionen-Dollar-Grenze überschritten. Aber bevor weiterverhandelt werden kann, müssen amerikanische Bundesgerichte erst über die Vorfrage entscheiden, ob die Bankrotterklärung von Johns-Manville rechtsgültig war. Denn es wäre schon ein starkes Stück, wenn die Firma sich mit diesem Trick aus der Affäre ziehen könnte.

Als Sprecherin Tausender von Asbestgeschädigten hat Nancy Rossi natürlich alle Hände voll zu tun und deshalb die Arbeit in der Schule aufgegeben. Und schließlich muß sie sich auch um ihren Sohn John kümmern. „John ist jetzt fast sechs Jahre alt und kaum zu bändigen. Zweifellos ist diese Vitalität ein Erbteil seines Vaters. Als ich glaubte, mein Sohn sei verständig genug, um zu begreifen, was mit seinem Vater geschehen war, setzte ich mich hin und erklärte ihm alles. Ich erzählte John, was für ein Mensch sein Vater war, wie es kam, daß er krank wurde, und warum er schließlich sterben mußte. Ich hatte den Eindruck, daß John wußte, worum es ging. Aber dann fing er eines Tages an, jeden Mann in Reichweite ‚Daddy' zu nennen. Einmal saßen wir beide beispielsweise vor dem Fernseher, und der Nachrichtensprecher sagte: ‚Guten Abend.' Darauf antwortete John prompt: ‚Guten Abend, Daddy.' Ich fand das damals sehr schlimm, aber diese Phase ist Gott sei Dank vorbei."

Was sie selbst anbetrifft, so ist Nancy Rossi jetzt sicher, gut mit dem Leben zurechtzukommen. „Zunächst war ich völlig in Selbstmitleid versunken", erinnert sie sich. „Dann hatte ich das Gefühl, eine Menge verpaßt zu haben – nach dem, was ich durchgemacht habe. Aber mittlerweile sehe ich wohl alles ziemlich realistisch und bin recht zuversichtlich im Hinblick auf meine und Johns Zukunft."

Während der Ferien in Wyoming hatte sie zum ersten Mal Vertrauen in ihr neues Leben ohne ihren Mann gefaßt. Diese gebirgige Gegend hat eine magische Anziehungskraft auf Nancy Rossi; inzwischen hat sie an einem der Bergseen ein Grundstück erworben. „Vielleicht werde ich eines Tages dort ein Haus bauen."

Ein Sommer

Eine Kurzfassung
des Buches vo[n]
FARLEY MOWA[T]

Nach d[er]
Übersetzung vo[n]
Hans-Georg Noa[ck]

Mit Filmfot[os]

mit
Wölfen

Von alters her gilt der Wolf als gefährlicher Feind des Menschen, als tückischer Räuber und hemmungsloser Mörder, der seine Beute oft aus reiner Blutgier reißt. Folglich glaubt man auch im Norden Kanadas den Schuldigen schnell gefunden zu haben, als die einstmals so zahlreichen Rentierherden der Tundra in verheerendem Ausmaß dahinschwinden.

Das zuständige Ministerium nimmt sich der Sache an und beauftragt den Biologen Farley Mowat, ins subarktische Land vorzustoßen, um zwingende Beweise für das heillose Treiben der verhaßten Raubtiere herbeizuschaffen.

Ein klappriges Flugzeug bringt den jungen Mann nach Norden und läßt ihn samt Ausrüstung auf einem zugefrorenen See inmitten der endlosen Tundra zurück.

Während die Dunkelheit hereinbricht, hört Mowat vom Ufer her Laute, die ihn bis ins Mark erschüttern: das Heulen eines Wolfsrudels, das sich langsam, aber sicher nähert! Der wackere Naturforscher, dessen Hauptinteresse den Ernährungsgewohnheiten der Wölfe gilt, muß befürchten, schneller, als ihm lieb sein kann, Aufschluß über sein Spezialgebiet zu erhalten. Also zieht er sich fürs erste unter sein Kanu zurück und sieht mit reichlich gemischten Gefühlen einem der aufregenden Abenteuer entgegen, von denen sein mit viel Humor gewürzter Bericht ebenso erzählt wie von einer Reihe eindrucksvoller wissenschaftlicher Entdeckungen.

1

VOM Badezimmer im Haus meiner Großmutter im Süden Ontarios bis in die Tiefen einer Wolfshöhle inmitten der kahlen Ebenen des Distrikts Keewatin im nordwestlichen Kanada führt ein sehr weiter Weg, und ich habe nicht die Absicht, ihn in allen Einzelheiten zu schildern. Freilich braucht jede Erzählung einen Anfang, und die Geschichte meines Lebens unter Wölfen beginnt tatsächlich im Badezimmer meiner Großmutter.

Dieses Badezimmer betrat ich im Alter von fünf Jahren zum ersten Mal, als meine Eltern einmal ungestört Urlaub machen wollten und mich deshalb für einige Zeit der Obhut meiner Großeltern in Oakville überließen.

Leider war deren Haus außergewöhnlich vornehm, und ich fühlte mich nicht recht heimisch darin. Zudem weigerte sich mein Vetter, der dort wohnte, mit mir zu spielen, nachdem ich mich bei einer Schlacht mit seinen Zinnsoldaten in der Rolle Napoleons allzu täppisch angestellt hatte.

Großmutter, eine adlige Dame walisischer Herkunft, die ihrem Manne niemals verzieh, daß er es nur bis zum Eisenwarenhändler gebracht hatte, duldete mich zwar, doch auf eine angsteinflößende Weise. Überhaupt hatte fast jeder Angst vor ihr, der Großvater nicht ausgenommen, der schon seit langem Zuflucht in einer vorgetäuschten Taubheit suchte. Er pflegte seine Tage ruhig und unbewegt wie ein Buddha in einem mächtigen Lehnstuhl sitzend zu verbringen und schien die Stürme gar nicht wahrzunehmen, die durch die Flure seines Hauses tobten.

Weil es also wirkliche Freunde für mich in diesem Hause nicht gab, machte ich mich daran, die nähere Umgebung zu erkunden.

Eines Tages schlenderte ich ziellos an einem Bach entlang und gelangte an einen kleinen abgestandenen Tümpel. Auf seinem Grund lagen drei Katzenwelse und japsten ihr Leben aus. Sie interessierten mich. Mit einem Stock zog ich sie ans Ufer. Schnell suchte ich nach einem Behälter und fand auch eine alte Blechbüchse, in die ich etwas Wasser und Schlamm füllte. Dann legte ich die Fische hinein und eilte mit ihnen nach Hause.

Ich hatte die tapferen Kerle bereits sehr ins Herz geschlossen und wollte sie besser kennenlernen. Allerdings sah ich mich vor die schwierige Frage gestellt, wo ich sie aufbewahren sollte. Waschschüsseln waren im Hause meiner Großmutter unbekannt. Zwar gab es eine Badewanne, doch der Stöpsel paßte nicht richtig, und folglich lief sie alle paar Minuten wieder leer. Zur Schlafenszeit hatte ich das Problem noch immer nicht gelöst, und weil ich überzeugt war, daß selbst diese zähen Fische nicht eine ganze Nacht in einer Blechbüchse überleben konnten, kam ich auf die nicht eben glückliche Idee, meine Schützlinge im Becken von Großmutters altmodischer Toilette übernachten zu lassen.

Damals war ich noch zu jung, um die besonderen Probleme zu begreifen, die das Alter mit sich bringt. Eines dieser Probleme führte dann jedoch weit nach Mitternacht zu der ebenso unerwarteten wie dramatischen Begegnung meiner Großmutter mit den Katzenwelsen.

Es war für die Großmutter, für mich und vermutlich auch für die Fische ein traumatisches Erlebnis. Für den Rest ihres Lebens weigerte sich die Großmutter, noch irgendwelchen Fisch zu essen, und auf ihren nächtlichen Wanderungen trug sie nun immer eine starke Taschenlampe mit sich. Über die Wirkung auf die Katzenwelse kann ich nichts Genaues berichten, denn nachdem die Aufregung ein wenig abgeebbt war, zog mein ruchloser Vetter die Spülung. Auch auf mich ging von diesem Erlebnis eine nachhaltige Wirkung aus: Von diesem Tag an schlug mein Herz für die minderen Geschöpfe des Tierreichs. Mit einem Wort: Die Sache mit den Katzenwelsen bedeutete den Anfang meiner Laufbahn als Naturfreund und Biologe. Ich hatte meinen Weg in die Wolfshöhle angetreten.

MEINE Jugendjahre als Naturforscher waren reich an Abenteuern und Entdeckungslust, doch als ich in ein reiferes Alter kam und beschloß, meine Passion auch zum Beruf zu machen, stieß ich schnell an enge Grenzen. Wenn ich als Berufsbiologe Erfolg haben wollte, blieb mir nichts anderes übrig, als mich auf einen eingeschränkten Bereich zu spezialisieren. Ebendies wollte mir aber nicht so recht gelingen.

Mein eigentliches Interesse galt dem Studium lebender Tiere in ihrer natürlichen Umgebung. Da ich es mit Worten genau nehme, nahm ich auch die Bezeichnung Biologie, die doch Lehre vom Leben bedeutet, sehr wörtlich. Mich überraschte schmerzlich der Widerspruch, daß viele meiner Studienkollegen dazu neigten, sich von allem Lebendigen so weit wie möglich entfernt zu halten. Wer auf der Höhe der Zeit sein wollte, verkroch sich in die saubere Atmosphäre der Laboratorien, wo er totes – und oft schon sehr totes – Tiermaterial zum Gegenstand seiner Untersuchungen machen konnte. Der moderne Biologe konzentrierte sich auf statistische und analytische Forschungen, bei denen das Rohmaterial des Lebens zum bloßen Futter für Rechenautomaten wurde.

Meine Unfähigkeit, mich diesem Trend anzupassen, erwies sich als ausgesprochen hinderlich für mein berufliches Fortkommen. Als die Zeit des Staatsexamens näher rückte, mußte ich feststellen, daß meine Jahrgangskollegen fast ausnahmslos gute Forschungsaufträge in Aussicht hatten, während ich auf dem biologischen Markt offenbar als Ladenhüter gehandelt wurde. Daher war es unvermeidlich, daß ich schließlich bei einer staatlichen Behörde landete.

Die Würfel waren gefallen, als ich eines Wintertags ein Schreiben vom „Amt für Wildpflege" erhielt, das mich darüber informierte, daß ich mit dem fürstlichen Gehalt von einhundertundzwanzig Dollar im Monat eingestellt sei und mich sofort in Ottawa zu melden habe.

Zwei Tage später kam ich in der winddurchfegten Hauptstadt Kanadas an und erfragte meinen Weg durch das schäbige, verwinkelte Gebäude der Wildpflegebehörde zum Büro des Personalleiters. In den nächsten Tagen wurde ich einer „Einführung" unterzogen, die meines Erachtens nur dazu dienen sollte, mich in den Zustand hoffnungsloser Niedergeschlagenheit zu versetzen. Jedenfalls war das Heer von Bürokraten, die ich in ihren düsteren, nach Desinfektionsmitteln riechenden Höhlen aufsuchte, wo sie endlose Stunden damit verbrachten, langweilige Daten zu sammeln oder geschwätzige Denkschriften zu verfassen, nicht dazu angetan, mich für meine neue Beschäftigung zu begeistern.

Militärische Titel standen in der Behörde hoch im Kurs. Alle auf unterer Ebene verfaßten Denkschriften waren zumindest von Kapitänen oder Leutnants unterzeichnet, und jene, die von oben auf uns herabschwebten, trugen gar den kühnen Namenszug von Obersten oder Generälen. Diejenigen Mitarbeiter, die keinerlei Gelegenheit gehabt hatten, irgendeinen militärischen Status zu erreichen, waren darauf angewiesen, geeignete Ränge zu erfinden.

Entsprechend bedeutungsschwer wurden in diesen nüchternen Büros die Amtsgeschäfte gehandhabt. Spätestens anläßlich einer Konferenz über meinen ersten Auftrag, die Erforschung des Wolfsproblems in Kanada, wurde mir dies deutlich.

Eine vorläufige Auflistung der für den Einsatz benötigten Ausrüstungsgegenstände und finanziellen Mittel zierte den Konferenztisch, der von zahlreichen ernsten Gesichtern umgeben war. Die Liste schien von gewaltigem Umfang und trug die beeindruckende Überschrift: ERFORDERNISSE PROJEKT LUPUS.

Punkt für Punkt der Aufstellung wurde mit zermürbender Ernsthaftigkeit und Langatmigkeit durchgesprochen. Von dieser Prozedur bereits entnervt, verlor ich vollends die Fassung, als die Versammlung sich der Beratung des zwölften Punktes zuwandte: PAPIER, *Toiletten-, Regierungsqualität, 12 Rollen.*

Der trockene Hinweis des Vertreters der Finanzabteilung, im Interesse der Sparsamkeit könne die angegebene Menge vielleicht verringert werden, falls der Außenmitarbeiter (das war ich) sich die gebührende Zurückhaltung auferlege, weckte in mir eine verzweifelte Heiterkeit, die sich nicht unterdrücken ließ. Ich prustete und kicherte drauflos und handelte mir prompt strafende Blicke ein. Zwar fing ich mich fast augenblicklich wieder, doch es war zu spät. Die beiden ältesten Herren, beides „Majore", standen auf, verbeugten sich kühl und verließen wortlos den Raum.

Die Leidenszeit in Ottawa näherte sich ihrem Ende. An einem Frühlingsmorgen wurde ich in das Büro meines direkten Vorgesetzten gerufen. Vor meiner Abreise in den Außendienst sollte ein letztes Gespräch stattfinden.

Mein Chef empfing mich hinter einem schweren Schreibtisch, dessen verstaubte Oberfläche mit den vergilbenden Schädeln von Waldmurmeltieren übersät war. Nachdem er einige Zeit, in tiefes Schweigen versunken, mit seinen Schädeln gespielt hatte, begann mein Vorgesetzter seine Belehrung.

„Ihnen ist sicher bekannt, Mowat", verkündete er salbungsvoll, „daß heute das Problem des *Canis lupus* zu einem Problem von nationaler Wichtigkeit geworden ist. In den vergangenen Jahren hat allein unsere Abteilung nicht weniger als siebenunddreißig Denkschriften von Parlamentsmitgliedern erhalten, die alle die tiefe Besorgnis zum Ausdruck brachten, ob wir uns auch ernsthaft genug mit diesem Problem beschäftigten. Die Klagen laufen nämlich darauf hinaus, daß die Wölfe alles Wild reißen, und immer mehr unserer Mitbürger kommen von immer mehr Jagdzügen mit immer weniger Beute zurück. Wie Sie vielleicht gehört haben, hat mein Vorgänger dem zuständigen Minister eine Erklärung unterbreitet, in der er darlegte, der Rückgang des Wildes sei möglicherweise darauf zurückzuführen, daß die Zahl der Jäger so sehr zugenommen habe, daß inzwischen auf jedes Exemplar jagdbares Wild fünf Jäger kämen. Der Minister hat dieses peinliche Dokument in gutem Glauben vor dem Parlament verlesen und wurde prompt von den Abgeordneten niedergeschrien, die ihn als Lügner und Wolfsfreund beschimpften. Drei Tage später zog mein Vorgänger sich ins Privatleben zurück, und der Minister veröffentlichte folgende Presseerklärung: ,Das Ministerium ist fest entschlossen, alles in seiner Macht Stehende zu tun, um die von Wolfsrudeln unter dem Wild angerichteten Verheerungen einzudämmen. Eine gründliche Untersuchung dieses wichtigen Problems wird unter Einsatz aller verfügbaren Mittel unverzüglich eingeleitet.'"

An dieser Stelle ergriff mein Chef einen besonders kräftigen Waldmurmeltierschädel und klappte dessen Kiefer auf und zu, als wollte er damit seine abschließenden Worte unterstreichen: „Sie, Mowat, sind für diese große Aufgabe ausersehen! Es bleibt Ihnen nun nur noch, hinauszugehen und Ihre Arbeit in einer Weise anzupacken, die der großen Tradition unserer Abteilung würdig ist. Der Wolf, Mowat, ist hinfort Ihr Problem!"

Noch am selben Abend verließ ich Ottawa an Bord einer Transportmaschine der Luftwaffe. Mein erstes Ziel war Churchill an der westlichen Küste der Hudsonbai. Aber irgendwo jenseits von Churchill, irgendwo in den trostlosen Weiten des subarktischen Landes, erwartete mich mein eigentliches Ziel: der Wolf.

DIE Transportmaschine war ein zweimotoriges Flugzeug, das dreißig Passagiere aufnehmen konnte, doch als meine gesamte Ausrüstung verladen war, blieb für die Besatzung und mich kaum noch genug Platz. Der Pilot beobachtete das Verladen mit offenkundigem Staunen. Von mir wußte er nur, daß ich im Auftrag der Regierung reiste und einen Sonderauftrag in der Arktis zu erfüllen hatte. Sein Gesichtsausdruck wurde immer fragender, als wir ein Bündel klappernder Wolfsfallen in die Maschine hoben und gleich anschließend das Mittelstück eines Kanus, das wie eine Badewanne ohne Stirnwände aussah. Getreu den Gepflogenheiten der Behörde waren Bug- und Heckteil des Kanus an einen anderen Biologen versandt worden, der in der Wüste von Saskatchewan dem Studium von Klapperschlangen nachging.

Sodann wurden meine Waffen verladen. Dazu gehörten zwei Büchsen, ein Revolver mit Halfter und Patronengürtel, zwei Schrotflinten und eine Kiste Tränengasgranaten, mit denen ich widerspenstige Wölfe dazu überreden sollte, ihren Bau zu verlassen, damit ich sie erschießen konnte. Auch zwei Raucherzeuger mit der Aufschrift ACHTUNG! EXPLOSIV! waren dabei, mit denen ich Rauchzeichen für

Flugzeuge aussenden konnte, falls ich mich verirrte oder von Wölfen angegriffen wurde. Eine Kiste enthielt sogenannte Wolfstöter – das waren recht garstige Geräte, die jedem Tier, das sich dazu hinreißen ließ, an ihnen herumzuschnuppern, eine Ladung Zyankali in den Rachen sprühten. Dann war meine wissenschaftliche Ausrüstung an der Reihe. Zu ihr gehörten auch zwei Zwanzigliterkanister, deren Anblick die Augenbrauen des Piloten bis unter seine Mütze emporschnellen ließ, da sie folgende Aufschrift trugen: *Alkohol, 100%, zur Konservierung des Magens.*

Zelte, Kocher, Schlafsäcke und sieben zu einem Bündel verschnürte Äxte folgten. Ich weiß bis heute nicht, warum es sieben Äxte sein mußten, da ich doch in ein fast baumloses Land flog, in dem bereits eine Axt schon überflüssig gewesen wäre. Weiter ging es mit Skiern, Schneeschuhen, Hundegeschirren, einem Funkgerät und zahllosen Kisten und Ballen, deren Inhalt für mich ebenso rätselhaft war wie für den Piloten.

Als alles verladen und sorgsam festgezurrt war, kletterten der Pilot, der Kopilot und ich über die Berge von Gepäck hinweg und zwängten uns in das Cockpit. Obwohl die Maschine erstaunlich ratterte und stöhnte, gelang es ihr, vom Boden abzuheben. Sobald wir in Churchill gelandet waren, konnte der Pilot seine Neugier nicht länger bezähmen. „Ich weiß, es geht mich nichts an", meinte er, während wir auf einen der Hangars zugingen, „aber sagen Sie mir doch, was haben Sie eigentlich vor?"

„Ach, wissen Sie", antwortete ich gutgelaunt, „ich soll so ein, zwei Jahre mit einem Wolfsrudel verbringen. Das ist alles."

Der Pilot verzog das Gesicht wie ein kleiner Junge, der getadelt wird, weil er zu vorlaut gewesen war. „Entschuldigen Sie", murmelte er gekränkt, „ich hätte nicht fragen sollen."

Dieser Pilot war nicht der einzige, der Fragen stellte. Als ich in Churchill versuchte, ein privates Flugzeug zu chartern, das mich ins Landesinnere bringen sollte, erntete meine unschuldige Erklärung in Verbindung mit meinem ehrlichen Geständnis, daß ich keine Ahnung hätte, wo ich in dieser fast unerforschten Wildnis abgesetzt werden wollte, entweder feindselig abwägende Blicke oder aber verständnisvolles Augenzwinkern. Dabei versuchte ich nur, dem Arbeitsplan zu folgen, den man in Ottawa für mich aufgestellt hatte:

§ III, Absatz C, Abschnitt 3

Sie werden sich unmittelbar nach Ihrer Landung in Churchill mittels einer gecharterten Transportmaschine in eine passende Richtung und geeignete

Entfernung fliegen lassen und sodann ein Basislager an einem Punkt errichten, an dem eine angemessene Wolfsbevölkerung angenommen werden kann . . .

Die meisten Leute, mit denen ich sprach, waren aber nicht bereit, mir weiterzuhelfen. Nach einiger Verzögerung entdeckte ich dann einen Piloten, der eine alte und sehr klapprige Maschine besaß und seinen Lebensunterhalt damit verdiente, daß er Trapper zu ihren entlegenen Hütten flog.

Als ich ihm meinen Fall darlegte, geriet er in Rage. „Hör zu, Bursche!" schrie er mich an. „Nur ein Schwachkopf mietet ein Flugzeug, wenn er nicht weiß, wohin er eigentlich will. Und nur ein Schwachkopf kann glauben, daß ihm jemand die Geschichte abkauft, er wolle bei einem Wolfsrudel zur Untermiete wohnen. Also such dir lieber ein anderes Flugzeug, du Spaßvogel! Ich hab keine Zeit für dumme Witze."

Nun gab es allerdings damals keine weiteren Piloten in Churchill. Es blieb mir also nichts anderes übrig, als im einzigen Hotel des Ortes, einem windschiefen Schuppen, in dem der Schnee durch die Ritzen der Bretterwände drang, auf eine günstige Gelegenheit zu warten.

Gleichwohl war ich nicht müßig. Churchill wimmelte damals von Missionaren, Prostituierten, Rumschmugglern, Trappern, Pelzschmugglern, gewöhnlichen Pelzhändlern und anderen interessanten Figuren, die sich samt und sonders als Wolfsexperten erwiesen. Aus diesen Quellen schöpfte ich faszinierende Informationen. Ich erfuhr zum Beispiel, daß die Wölfe zwar Jahr für Jahr mehrere hundert Menschen im arktischen Gebiet verschlingen, jedoch niemals eine schwangere Eskimofrau angreifen. Ich hörte, daß Wölfe im Abstand von vier Jahren von einem seltsamen Leiden befallen würden, bei dem sie ihr gesamtes Fell einbüßten; und in der Zeit, in der sie praktisch nackt herumliefen, seien sie so schreckhaft, daß sie sich zu kleinen Bällen zusammenrollten, wenn man in ihre Nähe kam. Die Trapper, mit denen ich sprach, erklärten mir, die Wölfe rotteten die Karibuherden aus; jeder Wolf töte jährlich Tausende dieser Rentiere aus reiner Blutgier, während kein Jäger auf den Gedanken käme, ein Karibu zu töten, wenn er nicht von ihm angegriffen würde.

Ziemlich zu Beginn meiner Erkundigungen fragte mich ein alter Trapper, ob ich vielleicht ein bißchen Wolfssaft haben wollte. Alles, was mit Wölfen zu tun hatte, fiel bei mir auf fruchtbaren Boden. So wollte ich den Saft wenigstens einmal versuchen. Daraufhin führte mich der alte Mann in die einzige Bierkneipe von Churchill und machte mich mit dem geheimnisvollen Wolfssaft bekannt. Dieser entpuppte sich als eine Art Tundrabier, dem man nach Belieben frostsicheren Alkohol beimengte, der von den Soldaten des Luftwaffenstützpunktes verscherbelt wurde.

Kurz nach meiner Wolfstaufe schickte ich meinen ersten Zwischenbericht los. Er war handschriftlich verfaßt und erwies sich (vielleicht zum Glück für meine weitere Anstellung) als völlig unleserlich. Kein Mensch in Ottawa konnte auch nur ein Wort davon entziffern, und daraus schloß man, daß der Bericht ausnehmend interessant sein müsse. Ich glaube, er liegt heute noch bei den Akten der Regierungsbehörde und wird von Leutnants und Majoren eingesehen, die zuverlässige und fachmännische Angaben über Wölfe benötigen.

Während meines Zwangsaufenthaltes in Churchill förderte ich nicht nur zahllose packende Informationen über Wölfe zutage, sondern machte darüber hinaus auch eine Entdeckung, die für mich vielleicht von noch größerer Bedeutung war. Ich fand nämlich heraus, daß der Laboralkohol, den man mir mitgegeben hatte, ein wahres Göttergetränk ergab, wenn man ihn mit ein wenig Bier mischte. Mit dem Weitblick des Wissenschaftlers ergänzte ich daraufhin meine Ausrüstung um fünfzehn Kästen Bier. Ich kaufte auch mehrere Liter Formaldehyd, das ja bekanntlich für die Konservierung von Tiergewebe mindestens ebensogut taugt wie reiner Alkohol.

2

MEIN erzwungener Aufenthalt in Churchill endete in der letzten Maiwoche. Drei Tage lang hatte ein Blizzard gewütet, und am letzten Tag, als der Schneesturm die Sicht auf Null gemindert hatte, huschte ein Flugzeug eine Handbreit über das Hotel hinweg und landete auf dem Eis eines nahen Teiches. Der Wind hätte die kleine Maschine beinahe wieder fortgeweht, wenn nicht einige von uns aus der Bierkneipe gestürzt wären und sich an seine Tragflächen gehängt hätten.

Das reichlich altertümliche Flugzeug sah aus, als würde es jeden Moment in seine Einzelteile zerfallen. Vor Jahren schon war es von der Armee ausgemustert worden, aber ein Pilot der Royal Air Force, der sich in den Kopf gesetzt hatte, eine eigene Luftlinie im Norden Kanadas zu gründen, hatte es sofort wieder in Dienst gestellt. Dieser Pilot, ein schlaksiger, hohläugiger Bursche, entstieg jetzt seiner Maschine, die wir mit aller Kraft festhielten, und begrüßte uns. Er komme, wie er sagte, aus dem elfhundert Kilometer nordwestlich gelegenen Yellowknife, und sein Ziel sei The Pas. Ob das hier

EIN SOMMER MIT WÖLFEN 307

vielleicht The Pas sei? Behutsam belehrten wir ihn, The Pas läge etwa siebenhundert Kilometer südwestlich, doch das schien ihn nicht weiter aufzuregen. „Im Sturm ist jeder Hafen recht", meinte er unbekümmert, und nachdem auch noch sein Bordmechaniker zu ihm gestoßen war und die beiden das Flugzeug verankert hatten, ging er mit uns in die Kneipe.

Etwas später schilderte ich ihm meine Schwierigkeiten.

„Das ist gar kein Problem", erklärte er, nachdem er mich angehört hatte. „Morgen tanke ich die alte Mühle auf, und dann bringe ich Sie irgendwohin. Am besten fliegen wir nach Nordwesten. Bei einem anderen Kurs kann ich mich nicht auf den Kompaß verlassen. Und wir fliegen hübsch niedrig. Dann finden wir jede Menge Wölfe, und ich setze Sie ab und wünsche einen angenehmen Aufenthalt."

Er hielt Wort. Die nächsten drei Tage waren zwar für einen Flug nicht recht geeignet, doch am Morgen des vierten Tages bereiteten wir uns auf den Abflug vor. Da das Flugzeug nicht mit zuviel Gewicht belastet werden durfte, hatte ich mich von einem Teil meiner Ausrüstung trennen müssen, unter anderem auch von der nutzlosen Kanurumpfbadewanne. Allerdings konnte ich im Tausch gegen einen Kanister Alkohol ein fünf Meter langes, leinwandbespanntes Kanu in recht gutem Zustand erstehen, und der Pilot versicherte mir, wir könnten es bequem unter den Flugzeugrumpf binden.

Das brachte mich auf eine Idee, die ich aber wohlweislich für mich behielt. Mein Biervorrat war unter den überflüssigen Teil der Ausrüstung eingereiht worden; doch eines Abends, als es dunkel geworden war, schlich ich hinaus und verstaute alle fünfzehn Kästen im Kanu. Nachdem ich dieses dann schön fest an den Flugzeugrumpf gebunden hatte, konnte niemand ahnen, welch lebenswichtige Fracht es enthielt.

Wir starteten an einem windstillen Tag, und es fiel kein Schnee, als wir durch dichten Nebel aufstiegen und Kurs nach Nordwesten nahmen.

Ungefähr drei Stunden dröhnten wir dahin, und in dieser Zeit hätten wir ebensogut in einem Riesenkübel Milchsuppe herumkurven können. Irgendwo unter uns mußte die Erde sein, doch ganz sicher war ich mir da nicht. Dann endlich senkte der Pilot die Nase seiner Maschine und rief mir zu: „Wir landen jetzt. Gerade noch genug Sprit für den Rückflug. Aber hier ist überall gutes Wolfsgebiet. Wölfe von bester Qualität!"

In einer Höhe von ungefähr zehn Metern über dem Boden durchstießen wir die dichte Nebelbank und stellten fest, daß wir uns über einem gefrorenen See befanden. Felsige Berge säumten zu beiden Seiten das breite Tal. Ohne einen Augenblick zu zögern, setzte der Pilot die Maschine aufs Eis. Den Motor stellte er erst gar nicht ab.

„So, das wär's, Kumpel", sagte er herzlich, „raus mit Ihnen! Es muß schnell gehen, sonst wird es dunkel, ehe ich wieder in Churchill bin."

Der träge Bordmechaniker erwachte aus seiner Lethargie, und wenige Augenblicke später lag meine gesamte Ausrüstung auf dem Eis, darunter auch das Kanu.

Nachdem er den Inhalt des Kanus gesehen hatte, warf mir der Pilot einen kummervollen Blick zu. „Nicht sehr sportlich, wie?" fragte er. „Aber wahrscheinlich haben Sie das Zeug hier nötig. Hebt die Stimmung. Irgendwann im Herbst komme ich wieder und hol Sie ab, falls die alte Mühle bis dahin durchhält. Aber Sie brauchen sich keine Sorgen zu machen. Gibt sicher eine Menge Eskimo hier. Die bringen Sie jederzeit nach Churchill zurück."

„Danke schön", murmelte ich betreten. „Aber können Sie mir vielleicht sagen, wo ich hier bin? Für meinen Bericht, meine ich."

„Tut mir leid, das weiß ich selbst nicht genau. Sagen wir, ungefähr fünfhundert Kilometer nordwestlich von Churchill. Von der Gegend hier gibt es sowieso keine Karten. Also, machen Sie's gut!"

Die Kabinentür schlug zu, das Flugzeug holperte über Eisrinnen, hob ab und verschwand in der Wolke. Ich hatte meinen Arbeitsplatz sicher erreicht.

WÄHREND ich die kahlen, wolkenverhangenen Berge, das weite, vom Druck wellig gewordene Eis und die trostlose Unendlichkeit der Tundra jenseits des Tales auf mich wirken ließ, zweifelte ich nicht daran, daß hier ausgezeichnetes Wolfsgelände sein mußte.

Trotzdem kam mir meine Lage nicht sehr geheuer vor. Sicher, ich war offenbar mitten ins Herz der Tundra von Keewatin vorgedrungen, und ich hatte auch eine Art Stützpunkt errichtet, obgleich dessen Standort – auf dem Eis eines Sees und weit vom Land entfernt – sehr zu wünschen übrigließ. Bis hierher hatte ich mich also streng an meine Anweisung gehalten. Aber der nächste Paragraph in meinen Arbeitsrichtlinien erwies sich als Stolperstein:

§ III, Abs. C, Abschnitt 4

Unmittelbar nach Errichtung eines ständigen Lagers werden Sie mit Hilfe des Kanus und unter Benutzung von Wasserwegen eine Überprüfung der Umgebung vornehmen, deren Gründlichkeit und Methodik eine statistische Auswertung ermöglichen. Dabei ist die Wohndichte des Canis lupus zu ermitteln und alles so vorzubereiten, daß alsbald Kontakt mit dem Studienobjekt aufgenommen werden kann . . .

Ich war ja gerne bereit, den Anweisungen Folge zu leisten, doch das Eis unter meinen Füßen wirkte so solide, daß ich den Eindruck hatte, Kanufahrten müßten wohl doch noch für einige Wochen aufgeschoben werden. Da mir obendrein kein anderes Beförderungsmittel zur Verfügung stand, fragte ich mich, wie ich mein Gebirge an Ausstattungsgegenständen auf festes Land transportieren sollte. Und die Aufnahme von Kontakten zum Forschungsobjekt schien gegenwärtig überhaupt nicht in Betracht zu kommen, falls die Wölfe sich nicht entschlossen, selbst die Initiative zu ergreifen. Unter diesen Umständen konnte ich nur eines tun: neue Anweisungen von Ottawa einholen.

Sogleich ging ich an die Arbeit. Ich packte das tragbare Funkgerät aus und stellte es auf einen Kistenstapel. Bisher hatte ich keine Gelegenheit gefunden, mir die Bedienungsanleitung anzusehen. So war ich jetzt ein wenig überrascht, als ich feststellte, daß das Gerät eigentlich für Waldarbeiter bestimmt war. Man konnte normalerweise nicht erwarten, damit außerhalb eines Umkreises von fünfzehn Kilometern gehört zu werden. Trotzdem baute ich die Batterien ein, richtete die Antenne auf, drehte an Schaltern und drückte auf Knöpfe, wie die Bedienungsanleitung es vorschrieb, und ging auf Sendung.

Aus Gründen, die sich dem Verständnis eines Normalsterblichen entziehen, hatte das Postministerium meinem Gerät das Rufzeichen „Gänseblümchen" zugeteilt. In den nächsten Stunden schrie das Gänseblümchen klagend zum subarktischen Himmel empor, empfing jedoch nicht das leiseste Flüstern als Antwort. Fast war ich schon bereit, der pessimistischen Angabe in der Bedienungsanleitung Glauben zu schenken, als ich im Kopfhörer über das Knistern und Rauschen hinweg eine menschliche Stimme vernahm. Hastig stimmte ich das Gerät so ein, daß ich einen Wortschwall in einer fremden Sprache erfassen konnte, den ich nach einiger Zeit als Spanisch identifizierte.

Da mir durchaus bewußt ist, daß mein Bericht die Gutgläubigkeit meiner Leser über Gebühr strapazieren könnte, da ich weiterhin über keinerlei funktechnische Kenntnisse verfüge, kann ich hier nur eine Erklärung einfügen, die mir später ein Fachmann lieferte. Offenbar gibt es im Funkverkehr eine geheimnisvolle, „Wellensprung" genannte Erscheinung, bei der durch das Zusammentreffen verschiedener atmosphärischer Bedingungen manchmal (und ganz besonders im hohen Norden) Sender von geringer Stärke beträchtliche Entfernungen überbrücken können. Mein Gerät übertraf sich selbst. Der Empfänger, den ich angesprochen hatte, gehörte einem Funkamateur in Peru.

Sein Englisch war ebenso dürftig wie mein Spanisch, so daß es einige Zeit dauerte, bis wir uns gegenseitig verständlich machten, und selbst dann hielt mein Gesprächspartner hartnäckig an der Überzeugung fest, ich befände mich irgendwo auf Feuerland. So mußte ich schließlich darauf verzichten, eine Botschaft durchzugeben. Wie sich später herausstellte, war meine Batterie ohnehin nur für eine sechsstündige Lebensdauer bestimmt. Die einzige Station, die ich vor ihrem Dahinscheiden noch erreichen konnte, war der Moskauer Rundfunk mit Unterhaltungsmusik.

Aber ich will zu meinem Bericht zurückkehren. Als ich mein Geplauder mit Peru mit einem schwungvollen „Adios" beendet hatte, war es schon recht dunkel geworden, und die Berge schienen näher zu rücken. Bisher hatte ich zwar noch kein Lebenszeichen von Wölfen wahrgenommen, aber sie beschäftigten mich selbstverständlich sehr, zumal ich jetzt in der Nähe des Talausgangs eine Bewegung zu sehen meinte.

Unter äußerster Anspannung meines Gehörs vernahm ich schwache, aber geradezu elektrisierende Laute, die ich sofort erkannte.

EIN SOMMER MIT WÖLFEN

Wenn ich sie auch noch niemals in der Natur gehört hatte, so waren sie mir doch aus Abenteuerfilmen bestens bekannt. Was von dort drüben an mein Ohr drang, war ganz unmißverständlich das wilde Geheul eines Wolfsrudels, und ebenso unmißverständlich bewegte sich dieses Rudel genau auf mich zu. Wenigstens eines meiner Probleme sollte also offenbar schon bald gelöst werden. Ich war im Begriff, Kontakt mit dem Studienobjekt aufzunehmen.

Die Lösung dieses Problems ließ mich sogleich einige neue entdecken, darunter auch den beklagenswerten Umstand, daß ich nur sechs Patronen in meinem Revolver hatte und mich nicht erinnern konnte, wo die Reservemunition verstaut war.

Da die Wölfe immer näher kamen, mir aber die Zeit davonlief, beschloß ich, mich unter das umgestürzte Kanu zurückzuziehen, selbstverständlich nur, um die Bestien in ihrem natürlichen, von Menschen unbeeinflußten Verhalten beobachten zu können. Die Ehrlichkeit zwingt mich freilich zu dem Geständnis, daß es mir unter den gegebenen Umständen schwerfiel, mich mit der wünschenswerten Sachlichkeit auf meine Aufgabe zu konzentrieren. Besonders um mein Kanu machte ich mir Sorgen.

Da es nur mit dünner Zeltleinwand bespannt war, konnte es, wie ich befürchtete, bei rauher Behandlung leicht beschädigt werden, und in diesem Falle würde ich künftig reichlich ortsgebunden sein. Das zweite, was mich bewegte, war so ungewöhnlich, daß ich es besonders betonen muß. Ein unbändiges Verlangen, das mich zuvor noch nie bedrängt hatte, ergriff Besitz von mir: Plötzlich wünschte ich mir von ganzem Herzen, eine schwangere Eskimofrau zu sein.

Da ich nun nicht mehr sehen konnte, was sich abspielte, mußte ich mich auf meine übrigen Sinne verlassen. Meine Ohren belehrten mich, daß das Rudel heranstürmte, meine Ausrüstungsstapel umkreiste und dann auf das Kanu zustürzte.

Ein schrecklicher, bellender, jaulender, winselnder Chor ließ mich fast taub werden und jagte mir solchen Schrecken ein, daß ich Halluzinationen zum Opfer fiel. Ich bildete mir nämlich ein, über den Lärm hinweg das kehlige Brüllen einer fast menschlichen Stimme zu hören, und dieses Gebrüll klang ungefähr wie: „Wolltihrwohldieschnauzehalteniihrblödenhunde!"

Daraufhin entstand ein wildes Trappeln, dann folgte ein schmerzliches Aufjaulen und schließlich – so unfaßbar dies scheinen mochte – völlige Stille.

ICH war jahrelang darin geschult worden, aus Naturerscheinungen logische Schlüsse zu ziehen, doch das hier ging über meinen Verstand. Ich brauchte mehr Hinweise. Ganz vorsichtig näherte ich ein Auge dem schmalen Spalt zwischen dem Kanurand und dem Eis. Erst sah ich nichts als Wolfspfoten – aber dann entdeckte ich andere Füße, und zwar ein einzelnes Paar, das ganz bestimmt nicht zu einem Wolf gehörte. Plötzlich stellte sich meine Fähigkeit, logische Schlüsse zu ziehen, wieder ein. Ich hob eine Seite des Kanus an, steckte den Kopf hinaus und sah in das erschrockene und ziemlich miß- trauische Gesicht eines ganz in Rentierfell gekleideten jungen Mannes.

Rund um ihn lagen die vierzehn großen, herrlichen Schlittenhunde, die zu seinem Gespann gehörten.

3

NATÜRLICH war ich enttäuscht, daß meine erste Begegnung mit Wölfen sich als eine Begegnung mit Nichtwölfen erwies, doch ich sollte entschädigt werden.

Der junge Mann, dem die Hunde gehörten, war, wie sich bald herausstellte, ein Trapper, halb Eskimo und halb Weißer, der einige Kilometer entfernt eine Hütte besaß. Sie lag ganz ausgezeichnet, um mir als Ausgangslager für meine Arbeit zu dienen. Abgesehen von einer kleinen Gruppe von Eskimo, rund hundert Kilometer weiter nordwärts, zu der auch die Sippe der Mutter des jungen Mannes gehörte, war dieser Bursche namens Mike der einzige menschliche Bewohner eines Gebietes von über zehntausend Quadratkilome- tern.

Zunächst neigte Mike dazu, mich mit einer gehörigen Portion Mißtrauen zu behandeln, da ihm schien, als wäre ich geradewegs vom Himmel gefallen. In den achtzehn Jahren seines Lebens hatte er nie erlebt, daß ein Flugzeug in dieser Gegend gelandet war, hatte überhaupt erst zwei oder drei dieser Maschinen gesehen, und diese waren hoch über ihn hinweggeflogen.

Dennoch führte mich Mike zu seiner Hütte, wahrscheinlich aber tat er dies nur, weil er nicht wußte, was er sonst mit mir anfangen sollte. Ein Palast war diese Hütte, die aus vier mit Rentierfellen bespannten Pfählen und ein paar Brettern bestand, nun nicht gerade. Ich sah jedoch sofort, daß sie für meine Zwecke sehr geeignet war.

Da meine Behörde mich bevollmächtigt hatte, Hilfskräfte unter den

Bewohnern des Landes auszusuchen und einzustellen, solange die daraus entstehenden Unkosten den Betrag von drei Dollar im Monat nicht überstiegen, schloß ich sofort einen Vertrag mit Mike, indem ich ihm einen Schuldschein über den Betrag von zehn Dollar für einen dreimonatigen Aufenthalt in seiner Hütte sowie seine Dienste als Führer und Gehilfe aushändigte.

Nach dem, wie sich die Dinge anschließend entwickelten, vermute ich allerdings, daß mein Abkommen mit Mike ziemlich einseitig war und daß er möglicherweise seinen Sinn nicht völlig begriffen hatte. Immerhin jedoch half er mir mit seinem Hundegespann, meine Ausrüstung vom Eis zu holen.

In den nächsten Tagen machte ich mich daran, meine Gerätschaften auszupacken und ein Laboratorium einzurichten. Dabei mußte ich den größten Teil der Hütte mit Beschlag belegen. Für Mike hatte ich nicht viel Zeit übrig, er schien aber auch von Natur aus sehr schweigsam zu sein – abgesehen vom Umgang mit seinen Hunden. Trotzdem versuchte ich hin und wieder, ihn ein wenig aufzuheitern, indem ich ihm den einen oder anderen Gegenstand aus meiner wissenschaftlichen Ausrüstung vorführte.

Diese Vorführungen schienen den verschlossenen jungen Mann zu faszinieren, obgleich sie nichts dazu beitrugen, ihn aus der Reserve zu locken. Vielmehr wurde er immer unzugänglicher. Kurz nachdem ich ihm die „Wolfstöter" gezeigt und dabei erklärt hatte, sie wirkten absolut tödlich und seien außerdem kaum zu entdecken, wurde sein Verhalten geradezu unvernünftig. Er trug jetzt immer einen Knüppel bei sich und stocherte mit einem Stock in seinen Stiefeln herum, ehe er sie am Morgen anzog.

Bei einer anderen Gelegenheit zeigte ich ihm die mir mitgegebenen Mausefallen; Hunderte von Mausefallen, mit denen ich allerhand kleine Säugetiere fangen sollte, um durch anschließenden Vergleich die Speisereste in den Mägen der Wölfe leichter bestimmen zu können. Daraufhin verließ Mike wortlos die Hütte und weigerte sich hinfort, die Mahlzeiten mit mir einzunehmen.

Dieses Verhalten beunruhigte mich weiter nicht, da mir meine psychologischen Kenntnisse sagten, daß es sich hier um eine unreife Persönlichkeit handeln mußte. Trotzdem versuchte ich, Mike für meine Arbeit zu interessieren. Eines Abends lockte ich ihn in die Ecke, in der ich mein Labor eingerichtet hatte, und zeigte ihm stolz meine blitzenden Skalpelle, Knochenscheren, Hirnlöffel und andere Instrumente, die ich bei der Autopsie von Wölfen, Karibus und anderem Viehzeug verwenden wollte. Es fiel mir nicht ganz leicht, Mike verständlich zu machen, was unter einer Autopsie zu verstehen war, und so schlug ich ein Lehrbuch der Pathologie auf und zeigte ihm die prächtige Farbabbildung des aufgeschnittenen Bauches eines Menschen. Während ich ihm, unterstützt durch lebhafte Gesten, den Vorgang möglichst anschaulich darzulegen suchte, begann er langsam vor mir zurückzuweichen, die schwarzen Augen in wachsendem Entsetzen auf mich gerichtet. Ich wollte ihm gut zureden, doch bei meiner ersten Bewegung machte er einen gewaltigen Satz zur Tür hin und war im nächsten Augenblick verschwunden.

Ich sah ihn erst am folgenden Nachmittag wieder. Als ich von einem Rundgang zurückkam, bei dem ich eine Reihe von Mausefallen aufgestellt hatte, überraschte ich ihn in der Hütte dabei, wie er hastig seine Sachen zusammenpackte.

So leise und schnell, daß ich ihn kaum verstehen konnte, erklärte er mir, er müsse schleunigst seine kranke Mutter im Eskimolager besuchen und werde voraussichtlich einige Zeit ausbleiben. Daraufhin lief er hinaus, wo die Hunde bereits angeschirrt warteten, und jagte ohne ein weiteres Wort davon.

Ich bedauerte seinen Aufbruch. Wenn auch die Tatsache, daß ich nun mit den Wölfen der Umgebung ganz allein war, vom wissenschaftlichen Standpunkt aus zu begrüßen sein mochte, so schien sie doch zugleich die gespenstische Atmosphäre in diesem trostlosen, windgepeitschten Land zu verstärken. Sicher, eine kranke Mutter ging vor, wenn mir auch bis heute nicht recht klar ist, woher Mike eigentlich etwas von der Krankheit seiner Mutter wußte.

Da ich ein Neuling in diesem Lande war, schien es mir ratsam, bei der Erforschung meiner Umgebung Vorsicht walten zu lassen. Deshalb achtete ich bei meinem ersten Rundgang darauf, mich nicht weiter als etwa dreihundert Meter von der Hütte zu entfernen. Diese Expedition förderte wenig Neues zutage, wenn man einmal davon absieht, daß ich auf etwa vier- bis fünfhundert Rentierskelette stieß. Da ich durch meine Befragungen in Churchill wußte, daß Trapper niemals Karibus schießen, konnte ich nur annehmen, daß alle diese Tiere das Opfer von Wölfen sein mußten. Das gab mir zu denken, denn wenn ich die Ergebnisse meiner ersten Expedition hochrechnete, mußten die Wölfe jährlich allein im Distrikt Keewatin ungefähr 20 Millionen Karibus töten.

Nach dieser Wanderung über ein Knochenfeld dauerte es drei Tage, ehe ich Zeit für einen erneuten Ausflug fand. Diesmal hatte ich Büchse und Revolver mitgenommen und entfernte mich etwas weiter von der Hütte, sah jedoch keine Wölfe. Hingegen stellte ich zu meiner Überraschung fest, daß die Anzahl der gefundenen Karibuskelette mit zunehmender Entfernung von der Hütte abnahm. Höchst verwundert darüber, daß die Wölfe ihre Schlachtfeste offenbar in nächster Nähe einer menschlichen Behausung zu halten pflegten, beschloß ich, Mike bei seiner Rückkehr zu fragen, was er von der Sache hielt.

INZWISCHEN hatte der Frühling mit unwiderstehlicher Kraft in die Tundra Einzug gehalten. Der Schnee schmolz so schnell, daß die gefrorenen Flüsse das Schmelzwasser nicht fassen konnten, das über die verbleibende Eisschicht hinwegströmte. Endlich gab das Eis unter ohrenbetäubendem Krachen nach, und bald darauf durchspülte der Fluß, in dessen Nähe ich wohnte, meine Hütte und brachte alle Exkremente mit, die vierzehn Schlittenhunde im Laufe des Winters draußen hinterlassen hatten. Schließlich ging das Wasser zwar wieder zurück, doch die Hütte hatte viel von ihrem Reiz verloren, da ein neuer, zwanzig Zentimeter dicker Belag ihren Boden zierte, der mir nicht so recht gefallen wollte. Ich beschloß, mein Zelt am Kieshang oberhalb der Hütte aufzuschlagen, und dort hatte ich mich am Abend eben zum Schlafen gelegt, als mir ungewohnte Geräusche auffielen. Sie drangen von jenseits des Flusses aus nördlicher Richtung herüber –

ein wirres Potpourri aus winselnden, wimmernden und heulenden Lauten. Langsam lockerte ich meinen Griff um den Gewehrkolben. Wenn Wissenschaftler sich überhaupt auf etwas verstehen, dann darauf, aus vorhergehenden Erfahrungen zu lernen. Ein zweites Mal ließ ich mich nicht zum Narren halten.

Diese Laute stammten offenbar von einem jungen Schlittenhund. Vermutlich handelte es sich um eines von Mikes Tieren. Er besaß drei Welpen, die noch nicht an das Geschirr gewöhnt waren und hinter der Meute herliefen. Der Kleine hatte sich wohl verlaufen, dann in die Nähe der Hütte zurückgefunden und bettelte nun darum, daß jemand käme und sich um ihn kümmerte. Ich freute mich. Endlich wurde ich gebraucht. Eilig schlüpfte ich in meine Kleider, rannte zum Fluß hinunter, sprang in mein Kanu und paddelte munter zum anderen Ufer.

Nach den Geräuschen hatte ich vermutet, das Tier könne nur ein paar Meter vom anderen Ufer entfernt sein, doch als ich im Halbdunkel über Felsbrocken und Kies hinweg vorwärts stolperte, schien ich dem Welpen nicht näher zu kommen. Vielleicht war er scheu und zog sich zurück. Da ich ihn unter keinen Umständen verjagen wollte, verhielt ich mich noch immer still, selbst als das Klagen plötzlich aufhörte und ich nicht mehr recht wußte, welche Richtung ich einschlagen sollte. Zum Glück entdeckte ich im Gelände vor mir einen steilen Hügel. Von seiner Kuppe aus hoffte ich, im Licht des Mondes das verirrte Tier sehen zu können. Als ich mich dem Kamm der Anhöhe näherte, legte ich mich flach auf den Boden und kroch auf dem Bauch weiter. Vorsichtig schob ich mich die letzten Zentimeter voran.

Behutsam hob ich den Kopf – und da lag der Kleine. Offenbar ruhte er sich von seinem klagenden Singsang aus. Er lag ebenso flach auf der Erde wie ich, und seine Nase war höchstens zwei Meter von meiner entfernt. Schweigend starrten wir einander an. Ich weiß nicht, was in seinem kräftigen Schädel vorging, doch in meinem Kopf jagten sich die verwirrendsten Gedanken: Ich starrte geradewegs in die bernsteinfarbenen Augen eines ausgewachsenen Polarwolfes, der wahrscheinlich mehr wog als ich und vermutlich im Nahkampf viel erfahrener war, als ich es jemals sein würde.

Einige Sekunden lang rührte sich keiner von uns beiden. Wie hypnotisiert sahen wir uns in die Augen. Der Wolf erwachte als erster aus dieser Erstarrung. Mit einem Sprung, der einem Kasatschoktänzer alle Ehre gemacht hätte, schnellte er ungefähr einen Meter senkrecht in die Luft, startete durch und raste davon, sobald er wieder Boden unter

EIN SOMMER MIT WÖLFEN 317

den Füßen hatte. Den Lehrbüchern zufolge kann ein Wolf eine Geschwindigkeit von rund vierzig Stundenkilometern erreichen, doch dieser hier schien geradewegs zu fliegen. Sekunden später war er aus meinem Blickfeld verschwunden.

Meine Flucht muß dagegen ziemlich plump gewirkt haben, wenngleich ich mit Sicherheit einen neuen persönlichen Rekord im Querfeldeinlauf aufstellte. Den Fluß überquerte ich so eilig, daß ich das Kanu fast in ganzer Länge das andere Ufer hinauffuhr. Dann zog ich mich schleunigst in die Hütte zurück, verriegelte die Tür und atmete erleichtert auf. Die nächtliche Exkursion hatte zwar einen recht aufregenden Verlauf genommen, doch ich konnte mich immerhin dazu beglückwünschen, daß ich, wenn auch nur für kurze Zeit, den Kontakt mit meinem Forschungsobjekt hergestellt hatte.

Ich konnte keine Ruhe finden. Schließlich gab ich den Gedanken an Schlaf endgültig auf, zündete Mikes Öllampe an und beschloß, die Morgendämmerung abzuwarten.

Meine Gedanken kehrten immer wieder zu der nächtlichen Begegnung zurück. Je mehr ich darüber nachdachte, desto klarer wurde mir, daß ich dabei keine sehr gute Figur abgegeben hatte. Mein Rückzug vom Schauplatz der Ereignisse war überhastet und würdelos gewesen. Dann aber kam mir der tröstliche Gedanke, daß der Wolf (oder die Wölfin) auch nicht gerade auf einen ordentlichen Rückzug geachtet hatte, und ich fühlte mich wieder ein wenig besser. Zudem tauchte soeben die aufgehende Sonne die düstere Welt vor meinem Fenster ins graue Licht eines neuen Frühlingsmorgens. Vom Tagesanbruch ermutigt, dachte ich nun gar voller Bedauern, ich hätte möglicherweise eine einmalige Gelegenheit verpaßt. Warum war ich dem Wolf nicht einfach hinterhergelaufen und hatte mich bemüht, sein Vertrauen zu erwerben? Zumindest aber hätte ich ihm doch zeigen können, daß ich nichts Böses gegen ihn im Schilde führte.

Die Häher, die sich allmorgendlich die Abfälle vor der Tür abholten, meldeten jetzt lautstark ihre Ankunft. Ich zündete den Kocher an und bereitete mein Frühstück. Dann packte ich voll Tatendrang etwas Proviant in den Rucksack, holte Büchse und Revolver hervor, hängte mir das Fernglas um den Hals und brach auf, um mein Versagen von der vergangenen Nacht wettzumachen. Mein Plan war einfach. Ich wollte den Fluß überqueren und zu dem Hügel zurückkehren, wo ich dem Wolf begegnet war, seine Fährte aufnehmen und ihr folgen, bis ich ihn gefunden hatte.

Der Weg zum Hügel war recht uneben und steinig, doch endlich erklomm ich die gesuchte Anhöhe. Vor mir lag eine weite, morastige Fläche, für die Spurensuche ein ideales Gelände. Und in der Tat fand ich fast auf Anhieb einige Pfotenabdrücke, die über den Morast führten.

Ich hätte überglücklich sein müssen, doch dem war leider nicht so. Vielmehr weckte der erste Anblick einer Wolfsspur Gefühle in mir, auf die ich nicht vorbereitet war. Wohl hatte ich in Lehrbüchern gelesen, daß die Spur eines Polarwolfes gut fünfzehn Zentimeter im Durchmesser aufweisen kann, aber nun, da ich diese Spur in ihren beeindruckenden Ausmaßen vor mir sah, wurde mir doch recht mulmig zumute. Die Größe der Abdrücke und die Tatsache, daß die einzelnen Fußtapfen knapp einen Meter auseinander lagen, ließ vermuten, daß der Wolf, den ich verfolgte, ungefähr die Ausmaße eines Grizzlybären haben mußte. Ich betrachtete die Fährte sehr lange, bis mir einfiel, daß ich meinen Kompaß vergessen hatte. Da es unsinnig gewesen wäre, ohne ihn weiter vorzustoßen, beschloß ich, zur Hütte zurückzukehren.

Als ich wieder dort ankam, war der Kompaß nicht da, wo er sein sollte. Oder genauer gesagt: Ich wußte nicht, wo ich ihn eigentlich suchen sollte oder ob ich ihn überhaupt nach meinem Aufbruch aus Ottawa noch gesehen hatte. Es war mehr als bedauerlich. Um aber keine Zeit zu verschwenden, setzte ich mich und nahm mir eines der Standardwerke über den Wolf vor, mit dem meine Dienststelle mich ausgerüstet hatte.

Polarwölfe, so belehrte mich der Autor, waren die größte unter den vielen Unterarten des *Canis lupus*. Er berichtete von Exemplaren, die bis zu fünfundsiebzig Kilo gewogen hatten und bei einer Schulterhöhe von knapp einem Meter von den Fängen bis zur Schwanzspitze eine Länge von zweieinhalb Metern aufwiesen. Ein ausgewachsenes Tier diesen Kalibers konnte dreizehn Kilo rohes Fleisch auf einmal verzehren (und tat es wahrscheinlich auch, wenn sich eine günstige Gelegenheit bot). Sein kräftiges Gebiß sei „zum Beißen und Reißen gleichermaßen geeignet", und mit seinen Raubtierzähnen könne der Wolf „selbst das stärkste Säugetier zerlegen und auch starke Knochen mühelos zermalmen".

Die Ausführungen endeten mit der lapidaren Bemerkung: „Der Wolf ist ein wilder, mächtiger Mörder. Er ist eines der gefürchtetsten und meistgehaßten Tiere, und das aus gutem Grund." Dieser Grund wurde zwar nicht genannt, doch das wäre wohl auch überflüssig gewesen.

Für den Rest des Tages war ich sehr nachdenklich, und zuweilen

EIN SOMMER MIT WÖLFEN 319

fragte ich mich, ob meine Hoffnung, ich könnte das Vertrauen der Wölfe gewinnen, nicht doch allzu optimistisch gewesen war.

Am nächsten Morgen ging ich daran, die Hütte von dem durch das Schmelzwasser angespülten Unrat zu befreien, und dabei stieß ich auf meinen Kompaß. Ich beschloß, einen weiteren Versuch zu unternehmen, den Kontakt zu den Wölfen wiederherzustellen.

Bei dieser zweiten Safari kam ich noch langsamer voran, denn diesmal schleppte ich eine Büchse, den Revolver, eine Schrotflinte, den Patronengürtel, eine kleine Axt, mein Jagdmesser, Proviant und eine Flasche Wolfssaft mit mir, letztere für den Fall, daß ich in einen der eisigen Wasserläufe fallen sollte.

Es war ein heißer Tag, und Frühlingstage können in der subarktischen Gegend fast so heiß sein wie in den Tropen. Die ersten Mücken verkündeten bereits das Herannahen der Myriaden von Plagegeistern, die jeden Ausflug in die Tundra bald zu einem Weg durch die Hölle machen würden. Ich entdeckte die Wolfsspur und folgte ihr entschlossen.

Eine Zeitlang führte sie schnurstracks über morastigen Untergrund, doch während der Wolf nur ein paar Zentimeter eingesunken war, sank ich so tief ein, daß ich erst auf der Eisschicht in ungefähr einem Viertelmeter Tiefe wieder Halt fand. Unendlich erleichtert stieg ich endlich einen Kieshang hinauf und verlor prompt jede Spur der Wolfsfährte.

Alle Versuche, sie wiederzufinden, blieben vergeblich. Während ich über die morastige, von frostzerfressenen Steinen übersäte Tundra hinblickte, die sich bis zu einem Horizont erstreckte, den man allenfalls erahnen konnte, fühlte ich mich einsamer, als ich mich je in meinem Leben gefühlt hatte. Nur das Pfeifen eines unsichtbaren Regenpfeifers deutete darauf hin, daß diese Mondlandschaft, in der fast kein Baum wuchs, nicht allein Tod und Verderben barg.

Auf der Anhöhe, die ich erklommen hatte, fand ich eine Nische zwischen flechtenbewachsenen Felsen, ließ mich darin nieder und nahm mein Mittagsmahl zu mir. Dann holte ich das Fernglas aus dem Rucksack und suchte die öde Landschaft nach Spuren von Leben ab. Unmittelbar vor mir lag die vereiste Bucht eines Sees, und auf dem anderen Ufer dieses Sees war ein gelber Sandhügel, der bis zu einer Höhe von fünfzehn Metern aufragte und sich weit in die Ferne erstreckte.

Die Sandhügel dieser Gegend stammen von längst verschwundenen Flüssen, die einst die Gletscher durchströmten, die vor Zehntausenden von Jahren den Bereich von Keewatin mehrere hundert Meter hoch

bedeckten. Als das Eis schmolz, sank das Bett dieser Flüsse auf das darunterliegende Land ab, und heute bieten die verbliebenen, vielfach gewundenen Sandhügel dem Auge des Betrachters die einzige Abwechslung in der erdrückenden Eintönigkeit der Tundra.

Als ich mein Fernglas ein wenig seitwärts schwenkte, nahm ich endlich eine Bewegung wahr. Die Entfernung war zwar sehr groß, doch hatte ich den Eindruck, daß drüben, gerade auf dem höchsten Punkt des Hügels, jemand die Arme über den Kopf hob und winkte. Aufgeregt sprang ich auf und lief auf dem Grat der Anhöhe bis zum Ufer der eisbedeckten Bucht. Als ich nur noch rund dreihundert Meter von dem gegenüberliegenden Sandhügel entfernt war, schöpfte ich Atem und schaute abermals durch mein Fernglas.

Der Gegenstand, den ich erblickt hatte, sah jetzt aus wie eine weiße Federboa, die von einer unsichtbaren Person heftig geschüttelt wurde. Während ich sie noch verblüfft anstarrte, kam eine zweite Boa hinzu, die ebenfalls heftig hin und her schwang, und beide gemeinsam bewegten sich parallel zum Hügelkamm weiter.

Mir war die Sache wenig geheuer. Schon wollte ich mich vorsichtshalber von dem verwirrenden Schauspiel zurückziehen, als sich beide Boas mir unvermittelt zuwandten, höher und höher wuchsen

EIN SOMMER MIT WÖLFEN 321

und sich schließlich als zwei Wolfsschwänze entpuppten, die über den Kamm des Hügels hinwegragten.

Da der Hügel höher lag als mein gegenwärtiger Standpunkt, konnten die Wölfe mich nicht übersehen. Ich schlängelte mich in mein Felsenversteck zurück und kauerte mich so klein wie möglich zusammen. Aber solcher Mühe hätte es gar nicht bedurft. Die Wölfe scherten sich nicht die Bohne um mich. Möglicherweise hatten sie mich überhaupt nicht gesehen, denn sie waren viel zu sehr mit ihren eigenen Angelegenheiten beschäftigt. Nach einiger Zeit stellte ich verblüfft fest, daß sie offenbar Haschen spielten.

Die beiden tollten herum wie junge Welpen. Der kleinere Wolf (eine Wölfin) ging zum Angriff über. Sie drückte die Schnauze auf die Pfoten und hob das Hinterteil auf höchst ungebührliche Weise, dann sprang sie plötzlich auf den größeren Wolf zu, den ich jetzt als meine Bekanntschaft von vor zwei Tagen erkannte. Beim Versuch, der Attacke auszuweichen, stolperte er und überschlug sich. Sofort war sie über ihm und kniff ihm leicht ins Hinterteil, bevor sie ihn voll Übermut umkreiste. Der Wolf rappelte sich wieder hoch und jagte ihr nach, doch er mußte sich mächtig abmühen, ehe er ihr endlich ebenfalls ins Hinterteil beißen konnte. Sodann wurden die Rollen wieder vertauscht, und in wilder Jagd ging es hügelauf und hügelab, bis beide Tiere schließlich an dem steilen Hang den Halt verloren und ineinander verschlungen abwärts kullerten.

Nach der rasanten Rutschpartie lösten sie sich voneinander, schüttelten den Sand aus dem Fell und standen sich keuchend fast Nase an Nase gegenüber. Die Wölfin erhob sich auf die Hinterbeine und umarmte ihr Gegenüber mit beiden Vorderpfoten, wobei sie ihn mit langer Zunge stürmisch ableckte.

Der Wolf ließ diesen Gefühlsausbruch in stoischer Ruhe über sich ergehen, bis die Wölfin der Sache endlich müde wurde. Sie wandte sich von ihm ab, lief halb den Sandhügel hinauf und – verschwand.

Sie schien buchstäblich vom Erdboden verschluckt worden zu sein. Erst als ich mein Fernglas auf einen dunkleren Punkt des Sandhügels richtete, begriff ich. Der dunkle Punkt war der Eingang einer Höhle, und sehr wahrscheinlich war die Wölfin jetzt in ihrer Behausung verschwunden.

Durch einen glücklichen Zufall hatte ich also nicht nur ein Wolfspaar, sondern zugleich auch noch die dazugehörige Höhle gefunden! Ich war so erfreut darüber, daß ich alle Vorsicht vergaß und ein Stück weiter zu einer kleinen Erhebung lief, um einen besseren Blick auf die Höhle werfen zu können.

Der Wolf, der sich noch immer am Fuß des Hügels herumtrieb, sah mich sofort. In gewaltigen, kraftvollen Sätzen erreichte er die Kuppe des Hügels, drehte sich mir zu und beobachtete mich angespannt. Jetzt sah er keineswegs mehr wie ein verspielter Welpe aus. Augenblicklich hatte er sich in eine herrliche Zerstörungsmaschine verwandelt, bei deren Anblick mir plötzlich einfiel, daß es Zeit war, mich auf den Heimweg zu machen.

Ich hielt es ohnehin für besser, die Wolfsfamilie an diesem Tag nicht mehr zu stören. Vielleicht verängstigte ich sie dann nur und veranlaßte sie, ihre bisherige Höhle aufzugeben.

Also zog ich mich zurück.

Als ich die Stelle erreichte, von der aus ich die Wölfe zuerst gesehen hatte, sah ich noch einmal schnell durch das Fernglas. Die Wölfin war noch immer unsichtbar, und der Wolf lag jetzt friedlich auf der Kuppe des Sandhügels. Offenbar hatte er die Absicht, sich ein Schläfchen zu gönnen.

Ich war sehr erleichtert, daß er sich nicht mehr für mich interessierte.

AM NÄCHSTEN Morgen schon machte ich mich wieder auf den Weg zum Sandhügel. Diesmal nahm ich allerdings ein sehr starkes Teleskop und das dazugehörige Stativ mit.

Es war ein schöner, sonniger Morgen, und der Wind wehte stark genug, um die Mückenschwärme fernzuhalten. Als ich die Bucht mit dem Sandhügel erreichte, wählte ich eine etwas erhöhte Felsgruppe ungefähr vierhundert Meter von der Höhle entfernt als Standort. Hier konnte ich mein Beobachtungsgerät so aufstellen, daß zwar das Objektiv über die Steine hinausragte, ich selbst aber unsichtbar blieb. Da der Wind gegen mich stand, war ich ganz sicher, daß die Wölfe keinerlei Verdacht schöpfen würden.

Als ich alles aufgebaut hatte, stellte ich das Teleskop scharf ein, doch zu meinem Leidwesen konnte ich keine Wölfe entdecken. Obwohl ich jeden Zentimeter in einem Kilometer Entfernung beiderseits der Höhle absuchte, fand ich nicht den geringsten Hinweis darauf, daß Wölfe in der Nähe waren.

Gegen Mittag schmerzten mir die Augen, und ich war schon fast überzeugt, ich hätte mich tags zuvor getäuscht und die vermeintliche Wolfshöhle wäre vielleicht nur eine bedeutungslose Vertiefung im Sand.

Das war entmutigend. Wenn dies hier keine Wolfshöhle war, dann brauchte ich in dieser einförmigen Landschaft erst gar nicht weiterzusuchen. Ebensogut hätte ich hoffen können, eine Diamantenmine zu entdecken.

Mißgelaunt wandte ich mich wieder dem Teleskop zu. Am Sandhügel rührte sich nichts. Gegen zwei Uhr hatte ich alle Hoffnung aufgegeben. Ich erhob mich ächzend und schickte mich an, mich ein wenig zu erleichtern. Als eingefleischter Zivilisationsmensch blickte ich dabei argwöhnisch um mich, ob ich auch alleine sei. Ich war es nicht! Unmittelbar hinter mir, kaum zwanzig Meter entfernt, saßen die so lange vermißten Wölfe.

Sie schienen völlig gelassen und guter Dinge zu sein, so, als hätten sie schon stundenlang dort hinter meinem Rücken gesessen. Der große Rüde wirkte ein wenig gelangweilt, doch der Blick der Wölfin war mit taktloser Neugier auf mich gerichtet.

Der Mensch ist wahrhaftig ein seltsames Wesen. Ich fühlte mich so an der Nase herumgeführt, daß ich glaubte, vor Empörung platzen zu müssen. Wütend kehrte ich den Wölfen den Rücken und knöpfte mit vor Ärger zitternden Fingern meine Hose wieder zu. Sobald der Anstand, wenn vielleicht auch nicht gerade die Würde, wiederhergestellt war, wandte ich mich den Wölfen mit einer Heftigkeit zu, die ich bis dahin nicht an mir gekannt hatte.

„Was glaubt ihr eigentlich, wer ihr seid, ihr schamloses Pack!" schrie ich sie an. „Macht bloß, daß ihr wegkommt!"

Die Wölfe sprangen verdutzt auf, sahen einander fragend an und trotteten in Richtung Sandhügel davon. Sie sahen sich kein einziges Mal um.

Nachdem sie verschwunden waren, überkam mich ein ganz anderes Gefühl. Der Gedanke, daß die Wölfe wer weiß wie lange fast auf Sprungentfernung hinter meinem ungeschützten Rücken gesessen hatten, stürzte mich in solche Aufregung, daß ich schleunigst meine Ausrüstung zusammenpackte und der Hütte zustrebte.

An diesem Abend fragte ich mich, wer hier eigentlich wen beobachtete. Um meine Vorherrschaft ein für allemal wiederherzustellen, beschloß ich, am nächsten Morgen geradewegs zur Wolfshöhle vorzustoßen und sie genau zu untersuchen. Ich wollte das Kanu benützen, denn die Flußläufe waren jetzt eisfrei, und die letzten Schollen auf dem See trieben, von einem starken Nordwind geschoben, fernen Ufern zu.

Die Fahrt zur „Wolfshöhlenbucht" war ein Erlebnis. Der alljährliche Frühlingszug der Karibus aus den Wäldern Manitobas in die Tundra des Nordens hatte begonnen, und von meinem Kanu aus konnte ich beobachten, wie zahllose Karibus die Moore und Ebenen durchstreiften. Als ich in der Bucht unterhalb des Sandhügels anlangte, war kein Wolf in Sicht. Ich nahm an, die Tiere seien unterwegs, um sich ein Karibu zum Mittagessen zu besorgen.

Also zog ich das Kanu auf den Strand und kletterte dann, mit Kameras, Gewehren, Ferngläsern und anderen Ausrüstungsgegenständen schwer beladen, den Sandhügel hinauf auf die dunkle Stelle zu, an der ich die Wölfin hatte verschwinden sehen.

Die Wolfshöhle lag in einem kleinen Einschnitt im Hügel und war so gut getarnt, daß ich oben am Hang daran vorbeigelaufen wäre, wenn nicht fiepende Laute meine Aufmerksamkeit geweckt hätten. Ich blieb stehen und sah mich um, und kaum fünf Meter von mir entfernt waren vier kleine, graue Wollknäuel in einen munteren Ringkampf verwickelt.

Zuerst erkannte ich die Tiere gar nicht als das, was sie wirklich waren; die Fuchsgesichter mit den spitzen Ohren, die Bäuche, kugelrund wie kleine Kürbisse, die kurzen, krummen Beine und die aufgerichteten und eifrig mitspielenden Schwänzchen waren so weit von meiner Vorstellung von einem Wolf entfernt, daß mein Hirn sich weigerte, eine logische Verbindung herzustellen.

Plötzlich witterte mich einer der Welpen. Er hielt inne und wandte mir die graublauen Augen zu. Was er sah, weckte offenbar sein Interesse. Er kam eifrig auf mich zugewackelt, doch dann biß ihn unversehens ein Floh, ehe er noch weit gekommen war, und er mußte sich erst einmal setzen, um sich zu kratzen.

In diesem Augenblick ließ ein erwachsener Wolf ein lautes Heulen hören, aus dem deutlich Besorgnis und Warnung klangen, und dieser heulende Wolf war keine fünfzig Meter von mir entfernt.

Das Heulen wirkte, als hätte eine Bombe am Sandhügel eingeschlagen. Die Wolfswelpen verwandelten sich in graue Striche, die blitzschnell im dunklen Höhleneingang verschwanden. Ich selbst fuhr herum, um dem ausgewachsenen Wolf nicht den Rücken zu bieten, verlor bei der heftigen Bewegung den Halt und kullerte den Hang hinunter auf die Höhle zu.

Im Fallen tastete ich aufgeregt nach meinem Revolver, doch ich war so sehr in Kamera- und Tragriemen eingeschnürt, daß ich die Waffe nicht ziehen konnte, während ich, von einer Sandlawine umhüllt, an der Höhle vorbeiglitt und in zunehmendem Tempo dem Fuß des Hügels entgegensauste. Mit einem dumpfen Aufprall kam ich dort an.

Als ich mich wieder aufrappelte, taten mir sämtliche Knochen weh, obwohl meine Rutschpartie einer gewissen Eleganz nicht entbehrt

EIN SOMMER MIT WÖLFEN 325

hatte. Andere Anwesende hatten sich dadurch jedenfalls glänzend unterhalten gefühlt. Über mir am Hügel standen nämlich drei erwachsene Wölfe Schulter an Schulter wie Zuschauer in der Königsloge und schauten mit höhnischem Entzücken auf mich herunter.

Das gab mir den Rest. Zwar sollte ein Wissenschaftler bekanntlich kühl über den Dingen stehen, aber meine verletzte Eitelkeit schrie nach Vergeltung. Schäumend vor Wut hob ich die Büchse, doch zum Glück war der Lauf derart voll Sand, daß nichts geschah, als ich abdrückte. Nicht einmal ein „Klack" war zu hören.

Die Wölfe nahmen mein sonderbares Benehmen ungerührt zur Kenntnis, bis ich in ohnmächtigem Zorn einen wahren Kriegstanz aufführte, die nutzlose Büchse hin und her schwang und fürchterliche Beschimpfungen zu ihnen hinaufbrüllte. Daraufhin wechselten sie erstaunte Blicke und zogen sich gemächlich aus meinem Blickfeld zurück.

Auch ich trat den Rückzug an. In meinem erbärmlichen Zustand konnte ich ohnehin nichts Sinnvolleres tun, als schnurstracks zu Mikes Hütte zurückzukehren und dort in einer Flasche Wolfssaft Trost zu suchen.

An jenem Abend hielt ich eine sehr lange und heilsame Sitzung mit diesem Zeug, und nachdem meine seelischen Wunden unter der wohltuenden Wirkung des Getränkes zu verheilen begannen, überdachte ich noch einmal, was sich in den letzten Tagen abgespielt hatte. Dabei drängte sich meinem von Vorurteilen belasteten Geist die Erkenntnis auf, daß die gängige Vorstellung vom Charakter der Wölfe nachweislich eine Lüge war.

Innerhalb von nicht mal einer Woche war ich dreimal der Gnade dieser „schrecklichen Mörder" ausgeliefert gewesen, doch sie hatten sich keineswegs auf mich gestürzt, um mir die Glieder vom Leib zu reißen, sondern hatten vielmehr eine an Verachtung grenzende Zurückhaltung bewiesen.

Noch weigerte ich mich, meine mitgebrachte Vorstellung einfach aufzugeben. Als ich jedoch am Morgen nach der langen Sitzung mit dem Wolfssaft aufstand, fühlte ich mich zwar körperlich ein wenig mitgenommen, dafür aber seelisch bereichert und gereinigt. Mein Entschluß war gefaßt: Von diesen Tagen an wollte ich offenen Sinnes in die Welt der Wölfe eindringen, und ich wollte endlich lernen, die Wölfe so zu sehen, wie sie tatsächlich waren.

4

IN DEN nächsten Wochen setzte ich meinen Beschluß mit jener Gründlichkeit in die Tat um, die man mir schon immer nachgerühmt hat. Ich siedelte zu den Wölfen über.

Mikes Hütte gab ich leichten Herzens auf, denn mit zunehmender Wärme verstärkte sich auch ihr spezielles Aroma. Ich schlug ein kleines Zelt am Ufer der Bucht genau gegenüber dem Hang mit der Wolfshöhle auf. Meine Campingausrüstung beschränkte ich auf das Unerläßliche: einen kleinen Kocher, dazu Kochtopf, Teekessel und einen Schlafsack. Waffen nahm ich nicht mit. Das große Teleskop stellte ich so im Zelteingang auf, daß ich die Wolfshöhle Tag und Nacht beobachten konnte, ohne auch nur meinen Schlafsack verlassen zu müssen.

In den ersten Tagen meiner Nachbarschaft mit den Wölfen blieb ich fast immer im Zelt, damit den Tieren Zeit blieb, sich an die Veränderung zu gewöhnen.

Meine taktvolle Zurückhaltung erwies sich als völlig überflüssig. Die Wölfe übersahen meine Anwesenheit mit einer Selbstverständlichkeit, die ich als wenig schmeichelhaft empfand.

Zufällig hatte ich mein Zelt nur zehn Meter von einem Pfad aufgeschlagen, den die Wölfe meistens benutzten, wenn sie zu ihren im Westen gelegenen Jagdgründen aufbrachen oder von dorther zurückkehrten.

Nur wenige Stunden nachdem ich mein neues Zuhause errichtet hatte, kam ein Wolf von einem Ausflug zurück und entdeckte mich und mein Zelt. Er hatte schwere Nachtarbeit hinter sich und war ganz offenbar darauf bedacht, möglichst schnell nach Hause und ins Bett zu kommen. Ich sah ihn, als er mit gesenktem Kopf hinter einer nahe gelegenen Anhöhe auftauchte. Tief in Gedanken versunken, trottete er den Pfad entlang auf mein Zelt zu und hätte dieses wohl gar nicht bemerkt, wäre ich nicht versehentlich mit dem Ellbogen gegen den Teekessel gestoßen. Ein heftiges Scheppern war die Folge. Der Wolf hob den Kopf und riß die Augen auf, doch er blieb nicht stehen. Er verschwendete lediglich einen herablassenden Seitenblick an mich, während er vorüberzockelte.

Nun wollte ich ja möglichst wenig Aufsehen erregen, doch andererseits war ich ein wenig beleidigt, weil ich so völlig mißachtet wurde. Gleichwohl zogen in den folgenden Wochen fast jede

EIN SOMMER MIT WÖLFEN

Nacht die Wölfe an meinem Zelt vorbei, ohne es auch nur eines Blickes zu würdigen, mit Ausnahme eines einzigen Males.

Als dies geschah, hatte ich schon sehr viel mehr über meine wölfischen Nachbarn erfahren, darunter auch die Tatsache, daß sie durchaus keine herumstreunenden Räuber waren, wie immer behauptet wurde, sondern sehr seßhafte Tiere mit einem weiträumigen Besitz, der eindeutig umgrenzt war.

Das Revier, das meiner Wolfsfamilie gehörte, umfaßte rund 250 Quadratkilometer. Auf der einen Seite wurde es vom Fluß begrenzt, doch nach allen anderen Richtungen ging es ohne geographische Schranken in die Weiten der Tundra über. Trotzdem gab es sehr deutliche Grenzen, die eben auf Wolfsart gekennzeichnet waren.

Wer jemals einen Hund beobachtet hat, der seine Runde durch die Nachbarschaft macht und sein persönliches Kennzeichen an jeder geeigneten Stelle zurückläßt, wird bereits ahnen, wie die Wölfe ihre Grenzen markierten. Ungefähr einmal in der Woche umkreiste die gesamte Familie das Besitztum und erneuerte die Grenzzeichen. Diese Beobachtung verhalf mir zu einer Idee, wie ich die Wölfe dazu bringen konnte, endlich von meiner Anwesenheit Notiz zu nehmen. Eines Abends, nachdem meine vierbeinigen Nachbarn zu ihrer gewohnten Nachtjagd aufgebrochen waren, grenzte ich ein eigenes Besitztum von ungefähr drei Morgen Größe ab. In der Mitte stand mein Zelt, und quer durch das von mir eingegrenzte Gebiet führten etwa hundert Meter des ausgetretenen Wolfspfads.

Die Kennzeichnung meiner Grenzen erwies sich als viel schwieriger, als ich erwartet hatte. Um sicherzugehen, daß man meinen Besitzanspruch nicht übersah, hielt ich es für notwendig, auf Steinen, Moosklumpen und Pflanzen im Abstand von nicht mehr als zehn Metern rings um mein Gebiet meine Zeichen zu hinterlassen. Das hielt mich die ganze Nacht auf Trab, und ich mußte immer wieder in das Zelt zurückkehren und unglaubliche Mengen Tee zu mir nehmen. Doch ehe der Morgen heraufdämmerte, war die Arbeit getan, und ich zog mich erschöpft zurück, um den weiteren Gang der Dinge zu beobachten.

Ich brauchte nicht lange zu warten. Meinem Wolfstagebuch zufolge tauchte der Leitwolf um 8 Uhr 15 auf dem Hügel hinter meinem Zelt auf und trottete mit dem üblichen gedankenverlorenen Gesichtsausdruck heimwärts. Wie immer ließ er sich nicht dazu herab, mein Zelt auch nur eines Blickes zu würdigen. Als er jedoch die Stelle erreicht hatte, an der meine frisch gelegte Besitztumsgrenze den Wolfspfad kreuzte, blieb er so plötzlich stehen, als wäre er gegen eine unsichtbare

Mauer gelaufen. Er war nur fünfzig Meter entfernt, und durch das Fernglas konnte ich sein Mienenspiel sehr deutlich verfolgen.

Die Müdigkeit in seinem Gesicht wich ungläubigem Staunen. Vorsichtig reckte er den Hals und schnüffelte an einem der von mir gekennzeichneten Büsche. Nach einer Minute völliger Ratlosigkeit zog er sich ein paar Meter zurück und setzte sich. Und dann endlich betrachtete er aufmerksam mich und mein Zelt. Es war ein sehr langer, gleichsam abwägender Blick.

Während der auf mich gerichtete Blick immer nachdenklicher wurde, packte mich eine gewisse Unruhe. Noch nie hatte ich das zermürbende Spiel leiden mögen, bei dem zwei einander in die Augen starren und derjenige Verlierer ist, der den Blick zuerst abwendet.

Die Spannung wurde unerträglich. Um sie zu brechen, räusperte ich mich laut und wandte dem Wolf den Rücken zu, wenn auch nur für eine Zehntelsekunde. Damit wollte ich ihm so deutlich wie möglich zu verstehen geben, daß ich sein unentwegtes Starren als unhöflich, wenn nicht gar als beleidigend empfand.

Er schien es zu begreifen. Jedenfalls stand er auf, schnüffelte nochmals an meiner Markierung und ging dann schnell und entschlossen daran, das ganze Gebiet zu umkreisen, das ich für mich gefordert hatte. An jeder meiner Markierungen schnüffelte er ein- oder zweimal, bevor er seine eigene Markierung an der Außenseite des Steins oder des Grasbüschels hinterließ. Beim Zusehen merkte ich, was ich in meiner Unerfahrenheit falsch gemacht hatte. Sein rationelles Vorgehen erlaubte ihm, die ganze Runde zu bewältigen, ohne ein einziges Mal nachtanken zu müssen.

Nach getaner Pflicht – ihn hatte das Ganze lächerliche fünfzehn Minuten gekostet – kehrte er auf den Wolfspfad zurück und trottete heimwärts.

NACHDEM meine kleine Enklave im Wolfsgebiet deutlich abgegrenzt und von den Vierbeinern selbst bestätigt war, wurde sie von ihnen streng geachtet. Niemals mehr betrat ein Wolf mein Gebiet. Alle Zweifel, die ich bisher vielleicht noch hinsichtlich meiner persönlichen Sicherheit gehegt haben mochte, schwanden dahin, und ich konnte nun meine ungeteilte Aufmerksamkeit der Beobachtung der Tiere zuwenden.

Schnell merkte ich, daß sie ein sehr geregeltes Leben führten. Am frühen Abend gingen die Rüden an die Arbeit. Dabei legten sie große Strecken zurück, blieben jedoch, soweit ich es feststellen konnte, innerhalb der Grenzen ihres Familienbesitzes. Ich schätzte, daß sie

EIN SOMMER MIT WÖLFEN

während einer normalen Jagd vierzig bis sechzig Kilometer zurücklegten. Während der Tagesstunden schliefen sie, wenn auch auf ihre eigene Wolfsart. Die bestand darin, daß sie sich zu kurzen Nickerchen von jeweils fünf oder zehn Minuten Dauer zusammenkringelten. Nach dieser Zeitspanne sahen sie sich gründlich um, drehten sich zwei- oder dreimal um die eigene Achse und schliefen wieder ein.

Die Wolfsmutter und ihre Welpen waren mehr auf den Tag als auf die Nacht eingestellt. Sobald die Rüden am Abend verschwunden waren, zog sich die Wölfin zumeist sofort in ihre Höhle zurück, wo sie die Nacht verbrachte. Nur gelegentlich tauchte sie nochmals auf, um ein wenig Luft zu schnappen oder um sich einen Leckerbissen aus dem Fleischlager zu holen.

Dieses Fleischlager verdient besondere Erwähnung. Niemals wurde Nahrung in unmittelbarer Nähe der Höhle aufbewahrt oder zurückgelassen, und es wurde immer nur soviel herbeigeschafft, wie für den sofortigen Verbrauch benötigt wurde. Jeder Überschuß von einer Jagd wurde zum Fleischlager getragen, das zwischen einigen Felsblöcken in etwa einem Kilometer Entfernung von der Höhle lag.

Dieser Vorrat diente vor allem der säugenden Wölfin, die verständlicherweise die Rüden nicht auf langen Jagdausflügen begleiten konnte.

Tagsüber, während die Rüden es sich bequem machten, schien die Wölfin allerlei Haushaltspflichten nachzukommen. Immer wieder schlüpfte sie in ihren Bau, um bald darauf geschäftig wieder aufzutauchen, und auch die Welpen waren ständig in Bewegung. So gab es eigentlich zu jeder Tageszeit etwas zu beobachten, und mein Ehrgeiz, bloß ja nichts Wichtiges zu versäumen, fesselte mich fast ununterbrochen ans Teleskop.

NACH zwei Tagen und Nächten hatte ich die Grenzen meiner Belastbarkeit erreicht. Ich wagte nicht zu schlafen, weil ich nach wie vor fürchtete, ich könnte etwas Wesentliches verpassen. Andererseits wurde ich so müde, daß ich bisweilen doppelt, wenn nicht gar dreifach sah.

Das konnte freilich auch auf die beachtlichen Mengen an Wolfssaft zurückzuführen sein, die ich trank, während ich mich abmühte, wach zu bleiben.

Mir war klar, daß etwas Drastisches getan werden mußte, wenn nicht mein ganzes Studienprogramm ins Wanken geraten sollte. Mir fiel nur nichts Geeignetes ein, bis ich endlich, als ich einem Wolf beim friedlichen Schlaf neben seiner Höhle zusah, die Lösung für mein Problem fand. Ich brauchte nur zu lernen, genau wie ein Wolf zu schlafen.

Es dauerte einige Zeit, bis ich den Dreh heraushatte. Zunächst nahm ich mir vor dem Einschlafen fest vor, bereits fünf Minuten später wieder aufzuwachen, doch das funktionierte nicht. Von den ersten zwei „kurzen Nickerchen" wachte ich erst wieder auf, nachdem mehrere Stunden vergangen waren.

Allmählich fand ich heraus, daß es für den Erfolg äußerst wichtig war, daß ich mich zusammenkringelte und nach jedem Nickerchen ein wenig kreiselte. Warum das so ist, weiß ich nicht. Vielleicht regt die Veränderung der Körperlage den Blutkreislauf an. Eines weiß ich aber bestimmt: Eine Serie von kurzen Wolfsnickerchen ist weit erfrischender als das sieben- oder achtstündige Koma, mit dem die Menschheit gemeinhin ihr Ruhebedürfnis zu befriedigen sucht.

Unglücklicherweise läßt sich das Wolfsnickerchen nicht gerade reibungslos in unsere menschliche Gesellschaft einführen. Das merkte ich sehr deutlich, als eine junge Dame, in die ich damals verliebt war, schon bald nach meiner Rückkehr in die Zivilisation jede Gemeinschaft mit mir aufkündigte. Lieber wollte sie, wie sie aufgebracht erklärte, ihr künftiges Leben an der Seite einer Heuschrecke mit Schluckauf zubringen, als auch nur noch eine einzige Nacht mit mir in einem Bett zu schlafen.

Je mehr ich mich auf das wölfische Familienleben einstellte, desto schwerer fiel es mir, mich dem Eindruck der ganz verschiedenartigen Persönlichkeiten der Wölfe zu entziehen. Weil er mich in seiner vornehmen Art sehr an meinen ehemaligen Religionslehrer erinnerte, nannte ich den Vater der Wolfsfamilie „George", obwohl er in meinen Aufzeichnungen ganz nüchtern als „Wolf A" vermerkt steht.

George war ein schweres, prächtiges Tier mit silberweißem Fell. Er war ungefähr ein Drittel größer als seine Gefährtin, hätte aber dieser körperlichen Überlegenheit gar nicht bedurft, um seine Stellung als Familienoberhaupt zu unterstreichen. Georges Würde war unantastbar, doch er wirkte durchaus nicht hochmütig. Mit seinem ausgeprägten Sinn für Gerechtigkeit, seinem rücksichtsvollen Wesen und seiner wohldosierten Zärtlichkeit war er genau der Vater, den jeder Sohn sich wünscht.

Auch seine Gattin war kaum weniger beeindruckend; eine schlanke, fast weiße Wölfin mit einer dichten Halskrause und weit auseinander-

EIN SOMMER MIT WÖLFEN

stehenden, leicht geschlitzten Augen. Sie war wunderschön, äußerst temperamentvoll, eine Dame von Format, und doch hätte man nirgends eine bessere Mutter finden können. Ich nannte sie „Angeline".

Angeline und George schienen ein glückliches Paar zu sein, in dessen Eheleben Zärtlichkeit und Rücksichtnahme an erster Stelle standen. Dennoch blieben die Seiten, die ich in meinem Tagebuch für Eintragungen über das Sexualleben der Wölfe vorgesehen hatte, völlig leer.

Damit bestätigte sich die Vermutung, daß körperliche Liebe bei einem Wolfspaar nur in einem Zeitraum von zwei oder drei Wochen zu Ende des Winters eine Rolle spielt, für gewöhnlich im März. Im zweiten Lebensjahr finden die Wölfinnen einen Gefährten, doch anders als Hunde, die viele Gewohnheiten von ihren zweibeinigen Gefährten übernommen haben, schließen sich Wölfinnen nur mit einem einzigen Rüden zusammen, und diese Bindung gilt dann für das ganze Leben.

Über George und Angeline erfuhr ich später von Mike, daß sie schon seit mindestens fünf Jahren zusammenlebten. Gemessen an der mittleren Lebensdauer eines Wolfs entsprach dies dreißig Menschenjahren.

EINE Besonderheit am Familienleben meiner Nachbarn wunderte mich zunächst sehr. Nach meiner denkwürdigen Rutschpartie am Sandhügel hatte ich drei erwachsene Wölfe gesehen. Wer immer dieser dritte Wolf auch sein mochte, er war jedenfalls kleiner als George, nicht so geschmeidig und stark, und sein Fell wies eine graue Färbung auf. Nachdem ich ihn zum erstenmal mit den Welpen gesehen hatte, wurde er für mich „Onkel Albert".

Mein sechster Beobachtungsmorgen war sehr klar und sonnig, und Angeline und die Kleinen nützten das gute Wetter. Kaum war die Sonne um drei Uhr morgens aufgegangen, kamen sie zusammen aus der Höhle gekrabbelt und liefen zur Kuppe des Sandhügels hinauf. Hier fielen dann die Welpen mit einer Begeisterung über ihre Mutter her, die jede menschliche Mutter bestimmt zur Verzweiflung gebracht hätte. Sie waren hungrig, doch sie steckten auch bis über beide Ohren voller Teufeleien. Zwei von ihnen bemühten sich nach Kräften, Angelines Schwanz anzuknabbern, wodurch die Wölfin gezwungen war, sich wie ein Kreisel auf der Stelle zu drehen. Gleichzeitig schienen sich die anderen beiden geschworen zu haben, ihrer Mutter die Ohren abzureißen.

Angeline ertrug die Attacken lange Zeit in edler Sanftmut. Nach ungefähr einer Stunde sah sie sehr mitgenommen aus und versuchte sich zu schützen, indem sie sich auf ihren Schwanz setzte und den Kopf zwischen den Beinen versteckte. Es war ein fruchtloses Bemühen. Die Welpen griffen jetzt ihre Pfoten an. Jeder beschlagnahmte eine davon für sich, und ich beobachtete mit einigem Vergnügen Angelines vergebliche Versuche, gleichzeitig die Ohren, den Schwanz und alle vier Pfoten zu verstecken.

Schließlich kapitulierte sie. Völlig entnervt, floh sie vor ihrer Brut in Richtung Höhle. Die vier Welpen nahmen fröhlich die Verfolgung auf, doch ehe sie ihre Mutter noch erreichten, stieß diese einen hohen, klagenden Ruf aus.

Sekunden später schon nahte der Retter.

Es war der dritte Wolf. Er hatte in einer flachen Sandmulde am Hang zur Bucht hin geschlafen. Ich hatte nicht gewußt, daß er sich dort aufhielt, bis ich ihn kommen sah. Er schnitt den Welpen den Weg ab, ehe sie noch ihre Mutter erreichen konnten.

Ich sah gespannt zu, wie er durch einen kräftigen Schubs mit der Schulter den ersten Welpen umwarf, so daß dieser hangabwärts rollte. Nachdem er damit den Angriffsschwung gebrochen hatte, kniff er das

EIN SOMMER MIT WÖLFEN

zweite Jungtier zart ins Hinterteil und trieb dann den ganzen Verein zurück auf das Gelände, das ich später als Spielplatz erkannte. Nur zögernd lege ich Wölfen menschliche Worte in den Mund, doch Onkel Alberts Verhalten war ganz eindeutig. „Wenn ihr Bengel euch einmal richtig austoben wollt", könnte er gesagt haben, „dann seid ihr bei mir an der richtigen Adresse."

Und er hielt Wort. Während der folgenden Stunde tollte er so eifrig mit den Welpen herum, als wäre er selbst einer von ihnen. Kreuz und quer jagte er über das Spielgelände, sprang hoch in die Luft und schlug plötzliche Haken, bis die kleine Rasselbande erschöpft von ihm abließ. Nach einer kurzen Ruhepause warf sich Albert mitten unter den Welpen auf den Rücken und forderte sie zu einem Ringkampf heraus. Sie ließen sich nicht lange bitten.

Einer von ihnen drehte Onkel Albert den Rücken zu und schleuderte ihm mit den Hinterläufen eine Fuhre Sand ins Gesicht. Die anderen sprangen so hoch in die Luft, wie ihre krummen Beine es erlaubten, und landeten dann mit dumpfem Aufprall auf Onkel Alberts empfindlichem Bauch. Ich fragte mich besorgt, wie lange Onkel Albert das Treiben der kleinen Wandalen wohl noch auszuhalten vermochte. Allem Anschein nach konnte er aber sehr viel vertragen, denn erst als die Welpen todmüde zu Boden sanken, befreite er sich aus dem Knäuel.

Abgekämpft zog er sich an den Rand des Spielplatzes zurück und machte ein Nickerchen.

Noch immer wußte ich nicht genau, in welcher Beziehung er zu Georges Familie stand. Für mich aber war er der „gute Onkel Albert" geworden und sollte es von nun an bleiben.

5

NACH einigen Wochen genauen Beobachtens schien ich noch so weit wie eh und je von der Beantwortung der entscheidenden Frage entfernt, wovon die Wölfe eigentlich lebten.

Karibus sind die einzigen großen Pflanzenfresser, die man in der Tundra in nennenswerter Zahl antrifft. Ihr Bestand hatte sich in den letzten drei oder vier Jahrzehnten vor meiner Expedition in geradezu katastrophaler Weise verringert. Die Informationen, die den zuständigen Stellen von Jägern, Trappern und Händlern zugetragen wurden, schienen zu beweisen, daß der verheerende Rückgang der Karibus vor allem auf die Mordlust der Wölfe zurückzuführen sei. Deshalb hatten meine Auftraggeber aus Politik und Wissenschaft wohl als sicher vorausgesetzt, daß ich weitere Belege herbeischaffen würde, auf deren Grundlage der seit langem geforderte Ausrottungsfeldzug gegen den Wolf in die Wege geleitet werden konnte.

Obwohl ich fleißig nach Beweisen gesucht hatte, die meinen Auftraggebern gefallen konnten, hatte ich bisher keine gefunden. Gegen Ende Juni war die letzte der wandernden Karibuherden an der Wolfshöhlenbucht vorübergezogen. Drei- bis vierhundert Kilometer entfernt, im hohen Norden der Tundra, verbrachten diese Tiere dann den Sommer.

Was immer meine Wölfe während dieser Zeit auch fraßen, Karibufleisch war es jedenfalls nicht, denn die Karibus waren fort. Was aber konnte es dann sein?

Zwar gab es Polarhasen, doch sie waren selten und außerdem so flink, daß ein Wolf schon sehr großes Glück haben mußte, wenn er einen von ihnen erwischen wollte.

Vögel gab es genug, doch sie konnten fliegen, und die Wölfe konnten es nicht.

Blieben noch die Fische in den Seen und Flüssen, doch Wölfe sind eben keine Otter.

Die Tage gingen dahin, und die Sache wurde immer rätselhafter. Die Wölfe machten einen durchaus wohlgenährten Eindruck, und ich konnte mir dies ebensowenig erklären wie die Tatsache, daß die beiden Rüden Nacht für Nacht auf Jagd gingen, aber nie etwas heimzubringen schienen. Soweit ich es beurteilen konnte, mußte die ganze Familie wohl von Luft und Wasser leben.

Etwa um diese Zeit begann mein Ärger mit den Mäusen. Anfang Juli kamen überall kleine Nager zum Vorschein, bis die ganze Gegend förmlich davon wimmelte. Die häufigste Art waren die Lemming-mäuse, deren Gattung für ihre seltsame Selbstmordneigung bekannt ist, die man aber eigentlich eher wegen ihrer geradezu unglaublichen Fortpflanzungsfähigkeit besingen sollte. Sie und die gewöhnlichen Feldmäuse drangen in solchen Scharen in mein Zelt ein, daß mir eine Hungersnot drohte, falls es mir nicht gelang, ihren Appetit auf meine Vorräte zu zügeln. Und als ich eines Morgens beim Aufwachen feststellte, daß eine Feldmaus während der Nacht im Kopfteil meines Schlafsacks elf kleinen nackten Nachkömmlingen das Leben ge-schenkt hatte, begann ich zu verstehen, wie der Pharao sich gefühlt haben mußte, nachdem er sich den Zorn des Gottes der Israeliten zugezogen hatte.

Doch die Nager waren die Antwort auf meine Frage nach der Nahrung der Wölfe – eine Antwort, die ich wohl deshalb so lange nicht gefunden hatte, weil sie allen Vorstellungen vom mörderischen Wolf so gänzlich widersprach. Angeline führte mich schließlich auf die richtige Spur.

Eines Spätnachmittags, während die beiden Rüden sich noch ausruhten, kam sie aus der Höhle und stupste Onkel Albert, bis er gähnte, sich streckte und sich mühsam erhob. Dann lief sie zum See hinab und überließ es Onkel Albert, sich um die Welpen zu kümmern.

Ich richtete mein Teleskop auf sie, um sie im Auge zu behalten.

Sie watete in den See, bis ihr das eiskalte Wasser bis zu den Schultern reichte, und stillte ihren Durst. Während sie trank, flogen ein paar Enten in die Bucht ein und ließen sich etwa hundert Meter von der Wölfin entfernt aufs Wasser nieder. Sie hob den Kopf, beobachtete sie für ein paar Augenblicke und watete dann zum Strand zurück, wo sie plötzlich verrückt spielte.

Sie fiepte wie ein Welpe, haschte nach ihrem eigenen Schwanz, legte sich auf den Rücken und wedelte mit allen vier Pfoten durch die Luft. Es war ein erschreckender Anblick, doch die Enten schienen vor Neugier wie hypnotisiert. Sie näherten sich dem Ufer, um das Schauspiel besser verfolgen zu können. Mit gereckten Hälsen schwammen sie unter ungläubigem Geschnatter immer näher heran, und je näher sie kamen, desto grotesker gebärdete sich Angeline.

Als die vorderste Ente nur noch fünf Meter vom Ufer entfernt war, sprang die Wölfin mit einem gewaltigen Satz auf sie zu. Es entstand ein wildes Geplätscher und Flügelschlagen, und alle Enten waren auf und davon.

Angeline schaute sehnsüchtig dem Mittagessen hinterher, das sie um Haaresbreite verpaßt hatte.

Dieser Vorgang öffnete mir die Augen, denn er deutete auf so viel Phantasie bei der Nahrungsbeschaffung hin, wie ich sie kaum einem Menschen zugetraut hätte, geschweige denn einem Wolf.

Angeline zeigte jedoch bald, daß das Überlisten von Enten lediglich eine Nebenbeschäftigung war.

Nachdem sie sich das Wasser aus dem Fell geschüttelt hatte, kam sie über das grasbewachsene Land zurück. Jetzt aber bewegte sie sich ganz anders als zuvor auf dem Weg zur Bucht.

Sie streckte sich so, daß es aussah, als ginge sie buchstäblich auf Zehenspitzen, und da sie zugleich ihren Hals wie ein Kamel reckte, schien sie um mehrere Zentimeter gewachsen zu sein. Unendlich langsam bewegte sie sich gegen den Wind voran.

Plötzlich sprang sie: Erst hob sie sich auf die Hinterbeine wie ein Pferd, das seinen Reiter abwerfen will, dann fuhr sie mit großer Kraft wieder abwärts, beide Vorderpfoten steif ausgestreckt. Blitzschnell senkte sie den Kopf, biß zu, schluckte und setzte gleich darauf ihren seltsamen Stelzgang fort. Sechsmal in zehn Minuten wiederholte sie den steifbeinigen Sprung, und sechsmal schluckte sie. Ich hatte nicht sehen können, was sie fraß. Beim siebenten Mal verfehlte sie ihr Ziel, fuhr herum und biß ruckartig in ein Grasbüschel. Als sie diesmal den Kopf hob, sah ich ganz unverkennbar Schwanz und Hinterteil einer Maus zwischen ihren Fängen. Ein kurzes Schlucken, und das Opfer war verschwunden.

Obwohl es mir sehr kurzweilig vorkam, einem der gefürchtetsten Fleischfresser der Welt bei der Mäusejagd zuzuschauen, nahm ich das Ganze nicht sehr ernst. Ich meinte, Angeline mache sich nur einen Spaß und verschaffe sich einen kleinen Zusatzimbiß. Als sie aber dreiundzwanzig Mäuse verzehrt hatte, fing ich an, mich zu wundern. Mäuse sind zwar klein, doch dreiundzwanzig von ihnen ergeben selbst für einen Wolf eine recht ausgiebige Mahlzeit.

Erst später, als ich mein Mäuseexperiment auswertete, konnte ich mich selbst dazu bringen, das Offensichtliche als Tatsache anzuerkennen. Die Wölfe der Wolfshöhlenbucht und somit wahrscheinlich alle ihre Artgenossen, die außerhalb des Sommergebiets der Karibus eine Familie ernährten, lebten weitgehend, wenn nicht fast ausschließlich, von Mäusen.

Nur ein Punkt blieb noch unklar. Wie brachten die Wölfe die Beute einer Nachtjagd, die doch eine erhebliche Zahl der kleinen Nager umfassen mußte, in die Höhle zurück, um ihre Jungen damit zu füttern? Dieses Problem konnte ich erst lösen, als ich einen von Mikes Verwandten kennenlernte, einen erfahrenen Eskimo namens Ootek, der mein bester Freund werden sollte. Er verriet mir das Geheimnis.

Da es den Wölfen natürlich nicht möglich war, all die Mäuse in ihren Fängen heimzutragen, taten sie das Zweitbeste und trugen sie in ihren Bäuchen heimwärts.

Ich hatte bereits bemerkt, daß Onkel Albert oder George nach jeder Heimkehr von der Jagd sofort in der Höhle verschwanden. Dort gaben sie – was ich damals noch nicht ahnte – die bereits teilweise verdaute Tagesbeute wieder von sich.

Die Entdeckung, daß Mäuse das Hauptgericht auf der Wolfsspeisekarte darstellten, lenkte mein Interesse natürlich auf die Mäuse. Sofort begann ich mit einer eingehenden Untersuchung dieser Tiere, indem ich zunächst im nahen Moor etwa 150 Mausefallen aufstellte, damit ich einen repräsentativen Querschnitt der Mäusebevölkerung bekam. Am zweiten Tag nachdem ich meine Fallen aufgestellt hatte, tauchte George in meinem Fanggebiet auf.

Ich sah zu meinem Entsetzen, daß er genau auf eine Gruppe von Fallen zusteuerte, die ich um die Schlupflöcher einer Kolonie von Lemmingmäusen aufgebaut hatte.

Mir war klar, was gleich geschehen mußte, und ohne einen Augenblick zu zögern, sprang ich aus meiner Deckung und brüllte aus Leibeskräften: „George! Um Gottes willen! Bleib stehen!"

Es war zu spät. Mein Rufen erschreckte ihn nur und versetzte ihn in eine schnellere Gangart. Noch ungefähr zehn Schritte lief er ungestört weiter, dann begann er plötzlich eine unsichtbare Leiter himmelwärts zu erklettern.

Als ich wenig später den Unglücksort betrachtete, stellte ich fest, daß George von den zehn dort aufgestellten Fallen immerhin sechs erwischt hatte. Sie hatten ihm natürlich keinen wirklichen Schaden zufügen können, doch der Schreck und der Schmerz, als ihn ein unsichtbarer Gegner gleichzeitig in verschiedene Pfoten biß, müssen beträchtlich gewesen sein.

Zum ersten und einzigen Mal in der gesamten Zeit unserer Bekanntschaft verlor George seine Würde. Er jaulte wie ein Hund, der sich den Schwanz in der Tür eingeklemmt hat, und hetzte seinem heimatlichen Sandhügel entgegen, wobei er Mausefallen wie Konfetti um sich verstreute.

Dieser Zwischenfall bedrückte mich sehr; er hätte leicht zu einem ernsthaften Bruch unserer Beziehungen führen können. Daß es nicht dazu kam, kann ich nur Georges Sinn für Humor zuschreiben, der ihn vermutlich das Ganze als einen derben Scherz betrachten ließ, wie man ihn von einem Menschen nicht anders erwarten konnte.

Ich wußte, daß meine Erkenntnisse über die Rolle der Mäuse im Speiseplan der Wölfe für die Wissenschaft eine Revolution bedeuteten. Man würde meinen Forschungsergebnissen also mit Mißtrauen, ja sogar mit Spott begegnen, wenn ich sie nicht lückenlos belegen konnte. Bis jetzt standen zwei Tatsachen unumstößlich fest:

1. Wölfe fingen und fraßen Mäuse.
2. Die kleinen Nager waren in ausreichender Anzahl vorhanden, um das Überleben des Wolfsbestandes zu gewährleisten.

Es fehlte allerdings noch ein dritter und sehr wichtiger Punkt zum Beweis meiner Behauptung: Wie stand es mit dem Nährwert von

Mäusen? Ich mußte nachweisen, daß ein großer Fleischfresser in guter Verfassung blieb, wenn er sich ausschließlich von den kleinen Nagetieren ernährte.

Mehrere Tage dachte ich über dieses Problem nach. Eines Morgens, als ich gerade einige Lemming- und Feldmäuse als Muster präparierte, kam mir die Erleuchtung. Warum sollte ich den Test nicht einfach an mir selbst vornehmen?

Wenn ich die Mäusediät unbeschadet überstand, konnte das als deutlicher Hinweis darauf gelten, daß diese Ernährungsweise auch Wölfen zuträglich war.

Ich beschloß, sofort mit meinem Experiment zu beginnen. Frohen Mutes häutete ich eine stattliche Anzahl der von mir erbeuteten Mäuse, nahm sie aus, legte sie in einen Topf und hängte diesen über meinen Campingkocher. Als das Wasser kochte, strömte der Topf einen sehr angenehmen und reizvollen Duft aus, und als das Mahl endlich fertig war, hatte ich bereits großen Appetit.

Zunächst war es etwas schwierig, die kleinen Nager zu essen, weil sie so unendlich viele winzige Knochen aufwiesen. Bald stellte ich jedoch fest, daß man die Knochen ohne große Schwierigkeiten zerkauen und schlucken konnte. Das Gericht war durchaus bekömmlich, wenn auch ein wenig fade. In der ersten Woche meiner Mäusediät stellte ich fest, daß meine Kraft ungeschmälert blieb und sich keinerlei unangenehme Nebenwirkungen einstellten. Allerdings plagte mich mehr und mehr ein Verlangen nach fetthaltigen Speisen. Dadurch wurde ich gezwungen, endlich konsequenter vorzugehen. Schließlich fraßen die Wölfe die ganze Maus und kamen so in den Genuß von Fettvorräten, die insbesondere in der Bauchhöhle der Nager abgelagert waren. Also mußte auch ich damit aufhören, wählerisch zu sein. Von diesem Tag an bis zum Ende des Experiments aß ich die ganze Maus (abgesehen vom Fell, versteht sich) und konnte erleichtert feststellen, daß mein Verlangen nach Fett beträchtlich nachließ.

GEGEN Ende meiner Mäusediätzeit kehrte Mike zu seiner Hütte zurück. Er brachte seinen Onkel mit, einen älteren, weißhaarigen Eskimo namens Ootek, der sich für meine Wolfsforschungen als unschätzbar große Hilfe erweisen sollte.

Ich war zur Hütte gegangen, um neue Vorräte zu holen, und als ich Rauch aus dem Schornstein aufsteigen sah, freute ich mich sehr, denn ich muß gestehen, daß ich mich hin und wieder nach menschlicher Gesellschaft gesehnt hatte.

EIN SOMMER MIT WÖLFEN

Wenn es mir auch nie gelang, Mike die Bedeutung meiner wissenschaftlichen Arbeit begreiflich zu machen, gab es solche Schwierigkeiten mit Ootek nicht. Mag sein, daß auch ihm vieles daran unverständlich blieb, doch war er vom ersten Tag an felsenfest davon überzeugt, daß meine Arbeit wichtig sei.

Später fand ich heraus, daß Ootek unter den Eskimo auch als Zauberpriester fungierte. Und vermutlich hatte er aus Mikes Erzählungen über mich geschlossen, daß ich ebenfalls eine Art Schamane sein mußte, wenn auch in einer etwas ungewöhnlichen Ausführung.

Jedenfalls beschloß Ootek, sich mir anzuschließen. Schon am nächsten Tag erschien er mit seinem Nachtgewand unterm Arm am Beobachtungszelt und hatte sich offenbar auf einen längeren Besuch eingerichtet. Er hatte von Mike ein paar Worte Englisch gelernt und war zudem von so schneller Auffassungsgabe, daß wir schon bald einfache Gespräche führen konnten. Ootek war durchaus nicht überrascht, als er merkte, daß ich meine Zeit auf das Studium der Wölfe verwandte.

Vielmehr erklärte er mir, daß er sich ebenfalls sehr für Wölfe interessiere, vor allem auch, weil sein persönlicher Schutzgeist Amarok, das Wolfswesen, war.

Ootek konnte zu meinen Kenntnissen über die Ernährungsgewohnheiten der Wölfe viel beitragen. Nachdem er bestätigt hatte, was ich bereits wußte, daß nämlich die Mäuse in diesem Zusammenhang eine sehr wichtige Rolle spielten, erzählte er mir, daß Wölfe auch häufig Erdhörnchen verspeisen und sie bisweilen sogar dem Karibufleisch vorzuziehen scheinen. Schließlich treten die Hörnchen sommers in genügend großer Zahl auf, und die Jagd nach ihnen bedarf weit weniger Anstrengung als die Erbeutung eines Karibus.

Ich hatte vermutet, daß Fische im Speiseplan des Wolfes kaum eine große Rolle spielen könnten, doch Ootek versicherte mir, er habe mehrfach Wölfe beim Fischen beobachtet. Zur Laichzeit im Frühling tummeln sich insbesondere Hechte, die bis zu zwanzig Kilo wiegen können, in den schmalen Wasserläufen, die das moorige Marschland am Rande der Seen durchziehen.

Wenn ein Wolf sich zur Fischjagd entschließt, springt er in einen der breiteren Kanäle und watet gegen die Strömung. Dabei planscht er mächtig und treibt den Hecht vor sich her in immer engere und flachere Seitenarme. Endlich begreift der Fisch, in welcher Gefahr er schwebt. Er wendet und versucht, in offenes Wasser zu entkommen. Der Wolf versperrt ihm jedoch den Weg, und ein kräftiges Zuschnappen der mächtigen Fänge genügt, um auch dem stärksten Hecht das Rückgrat zu brechen. Ootek berichtete, er habe einmal einen Wolf gesehen, der in weniger als einer Stunde sieben starke Hechte gefangen habe.

Die Wölfe fingen auch Sauger, große karpfenähnliche Fische, wenn diese ihren Laichzug durch die Flüsse der Tundra antraten. In diesem Falle kauerte der Wolf sich auf einen Felsen an einer möglichst flachen Stelle des Flusses und packte zu, sobald die erhoffte Beute vorüberschwamm.

All diese Hinweise auf die Lebensweise des Wolfes waren sehr aufschlußreich, doch erst als wir auf die Rolle zu sprechen kamen, die das Karibu im Leben der Wölfe spielt, öffnete mir Ootek wirklich die Augen.

Wolf und Karibu gehörten so eng zusammen, sagte er mir, daß sie fast eine Einheit darstellten. Was er damit meinte, erklärte er mir mit einer Geschichte, die ein Bestandteil der Eskimoüberlieferung war:

„Am Anfang gab es eine Frau und einen Mann, und nichts anderes ging, schwamm oder flog auf der Welt, bis die Frau eines Tages ein Loch grub und zu fischen anfing. Ein Tier nach dem anderen zog sie aus dem Erdloch hervor. Und das letzte Tier, das sie hervorholte, war das Karibu. Dann sagte Kaila, der Gott des Himmels, der Frau, das Karibu sei die größte Gabe vor allen anderen, denn das Karibu werde dem Menschen das Leben erhalten.

Die Frau ließ das Karibu frei und befahl ihm, sich im ganzen Lande zu vermehren, und das Karibu tat, was die Frau ihm gesagt hatte. Bald war das ganze Land voller Karibus, und die Söhne der Frau jagten gut, und sie aßen und kleideten sich und hatten gute Zelte aus Fell, in denen sie leben konnten, und alles kam vom Karibu.

Die Söhne der Frau jagten nur das gute, fette Karibu, denn das schwache, das kleine und kranke wollten sie nicht töten; sein Fleisch schmeckte nicht gut, und auch sein Fell war nicht viel wert. Aber nach einiger Zeit merkten die Söhne, daß es plötzlich mehr kranke und schwache Tiere gab als gesunde und starke. Als die Söhne das sahen, waren sie enttäuscht und klagten der Frau ihr Leid.

Die Frau verwandte einen großen Zauber und sprach mit Kaila und sagte: ‚Dein Werk ist nicht gut, denn das Karibu wird schwach und krank, und wenn wir es essen, dann werden auch wir schwach und krank.'

Kaila hörte es und antwortete: ‚Mein Werk ist gut. Ich werde Amorak, dem Geist des Wolfes, Bescheid geben, und er wird es seinen Kindern weitersagen, und sie werden die schwachen, die kleinen und

EIN SOMMER MIT WÖLFEN 341

die kranken Karibus fressen, so daß im Lande nur die guten und fetten Tiere übrigbleiben.'

So geschah es, und deshalb sind der Wolf und das Karibu eins; denn das Karibu nährt den Wolf, aber der Wolf hält das Karibu gesund und stark . . . "

Die Geschichte verblüffte mich, denn ich konnte mir kaum vorstellen, daß der kräftige und intelligente Wolf seine Karibujagd auf schwache und kranke Tiere beschränkte, wenn er doch die fettesten und saftigsten Bissen der Herde auswählen konnte. Außerdem glaubte ich, etwas zu wissen, was Ooteks Darstellung klar widerlegen würde.

„Frag deinen Onkel doch einmal", bat ich Mike, der oft als Dolmetscher fungierte, „wieso rund um die Hütte so viele Skelette von großen und offenbar gesunden Karibus liegen, und das nicht nur hier, sondern kilometerweit nach Norden."

„Danach brauche ich ihn gar nicht erst zu fragen", erklärte Mike ohne das geringste Anzeichen von Verlegenheit. „Das sind Tiere, die ich getötet habe. Ich habe vierzehn Hunde zu versorgen, und damit sie satt werden, brauche ich jede Woche zwei, drei Karibus. Außerdem muß ich selbst auch essen. Für mich hat es keinen Zweck, daß ich die kranken Karibus schieße. Ich brauche die starken und fetten."

Ich war entsetzt. „Wie viele schießt du ungefähr im Jahr?" fragte ich.

Mike zeigte ein stolzes Grinsen. „Ich schieße sehr gut. Vielleicht zwei-, dreihundert, vielleicht auch mehr."

Nachdem ich mich von dieser Mitteilung einigermaßen erholt hatte, fragte ich, ob die anderen Trapper sich ebenso verhielten.

„Jeder Trapper jagt Karibus", versicherte Mike. „Indianer, Weiße, bis weit in den Süden, wo die Karibus den Winter verbringen, sie alle müssen viele davon schießen. Brauchen Fleisch für ihre Fallen und ihre Hunde. Allerdings haben sie nicht immer Glück. Manchmal erwischen sie nicht genug Karibus. Dann müssen sie die Hunde eben mit Fischen füttern. Aber nach Fischmahlzeiten arbeiten die Hunde nicht gut. Sie werden schwach und krank und können keine schweren Lasten ziehen. Karibufleisch ist besser."

Aus den Akten in Ottawa wußte ich, daß in jenen Gebieten Saskatchewans, Manitobas und des südlichen Keewatins, wo die Karibuherden überwinterten, ungefähr 1800 Trapper lebten.

Ich wußte auch, daß diese Trapper durch die Bank behaupteten, daß sie niemals mehr als zwei oder drei Karibus im Jahr erlegten. Und ebenso einhellig verkündeten sie, die Wölfe rissen Tausende dieser Rentiere.

Obgleich Mathematik noch nie meine starke Seite gewesen war,

versuchte ich mich an einer kleinen Hochrechnung und kam bei der
mehr als vorsichtigen Annahme von 900 Trappern und 125 Abschüs-
sen auf die geradezu schwindelerregende Zahl von 112500 Tieren, die
in diesem Gebiet jährlich von Trappern getötet wurden.

Mir war klar, daß ich diese Zahl nicht in meinen Berichten
verwenden konnte, falls ich nicht für die nächsten zehn Jahre auf die
Galapagos-Inseln versetzt werden wollte, um dort eine Untersuchung
über den Zeckenbefall von Schildkröten durchzuführen.

Zudem waren Ooteks und Mikes Aussagen nicht mit vorzeigbaren
Beweisen belegt, und meine Aufgabe bestand nicht darin, allerhand
Geschichten zu sammeln.

Entschlossen verdrängte ich die verblüffenden Enthüllungen aus
meinen Gedanken und ging wieder daran, die Wahrheit auf umständ-
lichere Weise zu erforschen.

6

OOTEK verfügte über mancherlei naturkundliche Begabungen, und
die erstaunlichste darunter war, daß er die Sprache der Wölfe zu
verstehen schien.

Schon vor meiner Bekanntschaft mit ihm hatte ich folgende
weitgespannte Skala der stimmlichen Ausdrucksmöglichkeiten des
Wolfes erstellt: Heulen, Wimmern, Winseln, Fiepen, Brummen,
Knurren und Bellen. Bei jeder dieser Lautäußerungen hatte ich zudem
eine Unzahl von Variationen vermerkt.

Meine eigentliche Ausbildung in der wölfischen Sprachwissen-
schaft begann aber wenige Tage nach Ooteks Ankunft. Wir hatten
mehrere Stunden nahe der Wolfshöhle auf Beobachtungsposten
gelegen, ohne etwas Bemerkenswertes zu Gesicht zu bekommen. Es
war ein völlig windstiller Tag, so daß die Stechmücken zu einer
wahren Plage wurden.

Angeline und die Welpen hatten sich in die Höhle zurückgezogen,
während die beiden Rüden nach einer anstrengenden Jagd, die bis in
den Vormittag hinein gedauert hatte, dösend in der Sonne lagen. Ich
war selbst schon recht schläfrig, als Ootek plötzlich die Hand ans Ohr
legte und gespannt lauschte.

Ich hörte nichts und konnte somit nicht ahnen, was seine
Aufmerksamkeit erregt hatte, bis er sagte: „Hörst du? Die Wölfe
sprechen!" Zugleich deutete er auf eine etwa sieben Kilometer
nordwärts von uns gelegene Hügelkette.

EIN SOMMER MIT WÖLFEN 343

Ich lauschte, vernahm aber nur das Summen der Mücken. George jedoch, der auf der Kuppe des Sandhügels geschlafen hatte, richtete sich plötzlich auf, spitzte die Ohren und wandte die Nase nach Norden.

Nach zwei, drei Minuten warf er den Kopf zurück und heulte. Es war ein langes, vibrierendes Heulen, das mit dem tiefsten Ton begann und beim höchsten Ton, den mein Ohr noch wahrnehmen konnte, endete.

Ootek packte meinen Arm und grinste übers ganze Gesicht. „Wolf sagt, Karibus kommen!" rief er begeistert.

Ich verstand das alles nicht recht, bis wir zur Hütte zurückkehrten und Mike uns als Dolmetscher dienen konnte.

Nach Ooteks Meinung hatte der Wolf, der das im Norden angrenzende Nachbarrevier bewohnte, unsere Wölfe nicht nur darüber unterrichtet, daß die langersehnten Karibuherden sich auf ihren Weg nach Süden gemacht hatten, sondern er hatte sogar mitgeteilt, wo diese Herden sich augenblicklich befanden. Die Geschichte wurde dadurch noch unglaubwürdiger, daß dieser Wolf angeblich die Karibus nicht selbst gesehen hatte, sondern lediglich die Meldung weitergab, die er von einem noch entfernter lebenden Wolf empfangen hatte.

George hatte die gute Nachricht gehört und verstanden und sie dann seinerseits weitergeleitet.

Ich verbarg nicht, daß mich Ooteks Versuch, mit seinen Kenntnissen Eindruck zu schinden, belustigte. Mike jedoch schien jedes Wort zu glauben. Er machte sich augenblicklich daran, alles für einen Jagdausflug vorzubereiten.

Mich überraschte nicht, daß er darauf brannte, Karibus zu erlegen. Inzwischen war mir klar, daß er, genau wie alle anderen Menschen dieser Gegend, hauptsächlich von Karibufleisch lebte. Mich wunderte nur, daß er Ooteks unwahrscheinliche Geschichte für ausreichend hielt, um daraufhin einen zwei- oder dreitägigen Fußmarsch durch die Tundra anzutreten. Ich sagte ihm das auch, doch er sah mich nur schweigend an und brach ohne ein weiteres Wort auf.

Als ich ihn drei Tage später in der Hütte wiedersah, hielt er mir einen Topf voller Karibuzungen unter die Nase. Er berichtete, daß er auf die Herde in genau dem Gebiet gestoßen war, das Ootek ihm genannt hatte, nämlich am Ostufer des Sees Kooiak, rund sechzig Kilometer nordöstlich unserer Hütte.

Ich wußte natürlich, daß es sich nur um einen Zufall handeln konnte. Da ich aber neugierig war, wie weit Mike noch gehen würde, um mich zum Narren zu halten, heuchelte ich Bekehrung und bat ihn, mir noch mehr über Ooteks unglaubliche Fähigkeiten zu erzählen.

Mike war gern dazu bereit. Er erzählte, daß die Wölfe sich nicht nur über große Entfernungen hinweg verständigen, sondern sich auch fast ebenso geläufig miteinander unterhalten könnten wie wir. Er selbst könne zwar weder all ihre Laute hören, noch könne er viele davon verstehen, einige Eskimos aber, und ganz besonders Ootek, hörten und verstünden sie so gut, daß sie mit Wölfen richtiggehende Gespräche führen könnten.

Nachdem ich eine Zeitlang über diese kurios klingende Behauptung nachgegrübelt hatte, beschloß ich, alles, was dieses Gespann mir künftig erzählen würde, mit kräftigen Fragezeichen zu versehen.

Ich blieb noch zwei Tage skeptisch. Aber dann stand George wieder nach Norden gewandt auf der Anhöhe und spitzte die Ohren. Was er hörte, falls er überhaupt etwas hörte, schien ihn diesmal nicht sehr zu interessieren, denn er kehrte stumm zur Höhle zurück und beschnüffelte Angeline.

Ootek dagegen ergriff sichtlich aufgeregt meinen Arm und redete auf mich ein, doch ich verstand nur wenige Worte, darunter immer wieder die Ausdrücke *Innuit* (Eskimo) und *kiyai* (kommen). Als ich noch immer nicht begriff, warf Ootek mir einen verzweifelten Blick zu und rannte ohne ein Abschiedswort nach Nordwesten über die Tundra davon.

Ich ärgerte mich ein wenig darüber, daß er mich einfach so stehenließ, vergaß den Vorfall jedoch schnell, denn es war bereits später Nachmittag, und das Verhalten der Wölfe ließ erkennen, daß die Rüden schon bald zu ihrer Jagd aufbrechen würden.

Ihre Vorbereitungen dazu verliefen nach festen Regeln. Zumeist eröffnete George die Aufbruchszeremonien mit einem Besuch in der Höhle.

Waren Angeline und die Welpen darin, so trieb sein Besuch sie ins Freie. Waren sie aber bereits draußen, so zeigte sich ein jäher Wandel in Angelines Benehmen. Während sie zuvor noch häuslich gelangweilt gewirkt hatte, sprang sie jetzt sichtlich aufgeregt vor George auf und ab, schubste ihn mit der Schulter und umarmte ihn mit beiden Vorderbeinen.

Von den Geräuschen angelockt, tauchte dann auch Onkel Albert auf und gesellte sich dazu.

Nun tollten die Wölfe ausgiebig miteinander herum, wobei die Welpen allen unter die Pfoten kamen und in jeden erreichbaren

EIN SOMMER MIT WÖLFEN 345

Schwanz bissen. Nach spätestens einer Stunde dann kletterten die drei ausgewachsenen Wölfe zu einem Vorsprung über der Höhle hinauf, wobei Angeline zumeist voranging. Dort bildeten sie einen Kreis, hoben den Kopf und „sangen" ein paar Minuten lang.

Das war einer der Höhepunkte ihres Tages, und für meinen Tag bedeutete es den Höhepunkt schlechthin. Als ich diesen Wolfsgesang zum erstenmal hörte, jagte mir eine tiefverwurzelte Angst kalte Schauer über den Rücken. Nach einiger Zeit jedoch freute ich mich auf das Geheul der Wölfe und erwartete es täglich voller Ungeduld. Und doch fällt es mir schwer, das Heulen zu beschreiben. Ich kann nur sagen, daß ihr Gesang aus tiefster Kehle mich anrührte wie in seltenen Augenblicken das erhabene Orgelspiel eines großen Künstlers.

Nach drei oder vier Minuten endete das leidenschaftliche Lied, und der Kreis löste sich auf. Dann ging Angeline widerstrebend auf die Höhle zu, während George und Onkel Albert sich auf einem der Jagdpfade davonmachten.

An diesem Abend nun schlugen die Wölfe eine andere Richtung als gewohnt ein. Statt einem der Pfade nach Norden oder Nordwesten zu folgen, liefen sie nach Osten davon, in die meinem Standpunkt und der Hütte entgegengesetzte Richtung.

Ich dachte nicht weiter über diese Abweichung vom üblichen Verhalten nach, bis einige Zeit später der Ruf eines Menschen mich herumfahren ließ. Ootek war wieder da – und hatte drei Freunde mitgebracht. Sie waren schüchtern, lächelten aber breit, als sie den Fremden begrüßten, der sich für die Wölfe interessierte.

Ich ging mit den vier Eskimo zur Hütte. Mike war daheim und begrüßte die Ankömmlinge als alte Freunde. Endlich fand ich Gelegenheit, ihm ein paar Fragen zu stellen.

Ja, bestätigte er, Ootek habe tatsächlich gewußt, daß diese Männer unterwegs gewesen seien und bald eintreffen mußten.

Und woher er es gewußt habe?

Eine närrische Frage! Er hatte es gewußt, weil am Nachmittag der Wolf des Nachbarreviers den Durchzug von Eskimo durch sein Gebiet gemeldet hatte. Ootek hatte es mir erklären wollen, und als ich ihn nicht verstand, war er aufgebrochen, um seine Freunde zu begrüßen.

So war das also.

IN DER dritten Juniwoche zeigte Angeline immer deutlichere Anzeichen von Unruhe. Sie erweckte den Eindruck, daß ihr allzu häusliches Leben sie entsetzlich langweilte. Wenn George und Onkel

Albert jetzt abends zur Jagd aufbrachen, begleitete sie die beiden Rüden noch ein Stück weit. Erst entfernte sie sich dabei nur hundert Meter von der Höhle, aber einmal legte sie auch einen halben Kilometer zurück, ehe sie zögernd umkehrte.

Der Wunsch, eine Nacht auf der Tundra gemeinsam zu verbringen, wurde ganz offenbar von George erwidert, doch für Angeline stand das Wohlergehen der Welpen an erster Stelle, obwohl diese doch schon recht groß waren und den Anschein erweckten, als bräuchten sie so viel Aufmerksamkeit gar nicht mehr.

Am Abend des 23. Juni war ich allein im Zelt. Die Wölfe versammelten sich zu ihrem üblichen Abschiedsgesang. Bei dieser Gelegenheit übertraf Angeline sich selbst, und ihre Stimme klang so sehnsüchtig, daß ich wünschte, ich könnte ihr meine Dienste als Babysitter anbieten. Aber solche Gedanken hätte ich mir gar nicht zu machen brauchen, denn Onkel Albert hatte ebenfalls begriffen. Als nämlich der Gesang beendet war, liefen Angeline und George schleunigst davon, während Onkel Albert mürrisch zur Höhle zurückschlich und sich darauf vorbereitete, die ganze Nacht die Kleinen zu hüten.

Wenige Stunden später setzte heftiger Regen ein, und ich mußte meine Beobachtung aufgeben.

Als früh am nächsten Morgen der Regen aufhörte, waren keine Wölfe zu sehen.

Erst kurz vor neun Uhr tauchten George und Onkel Albert auf dem Hügel auf.

Beide schienen unruhig zu sein. Nachdem sie eine ganze Zeit hin und her gewandert waren und zwischendurch immer wieder wie erstarrt gestanden und die Landschaft überschaut hatten, trennten sie sich. George erklomm den höchsten Punkt des Hügels, wo er sich weithin sichtbar niedersetzte und das Land nach Osten und Süden hin abspähte. Onkel Albert ging nordwärts, legte sich auf einen erhöhten Felsen und überblickte die Ebene im Westen.

Von Angeline war noch immer nichts zu sehen, und diese Tatsache, im Verein mit dem ungewöhnlichen Verhalten der beiden Rüden, ließ auch mich unruhig werden. Der Gedanke, Angeline könnte etwas zugestoßen sein, löste ungeahnte Angst bei mir aus.

Schon wollte ich mein Zelt verlassen, den Hügel ersteigen und selbst nach ihr Ausschau halten, als ich sie aus der Höhle hervortreten sah. Sie trug etwas zwischen den Fängen. Zuerst konnte ich nicht erkennen, was sie trug, doch dann sah ich überrascht, daß es einer der Welpen war.

EIN SOMMER MIT WÖLFEN

Trotz dieser Last – der Welpe mußte immerhin fünf bis acht Kilo wiegen – lief Angeline leichtfüßig am Sandhang entlang und verschwand zwischen einer Gruppe von Büschen.

Fünfzehn Minuten später war sie wieder an der Höhle und holte einen weiteren Welpen, und gegen zehn Uhr hatte sie auch den letzten fortgeschafft.

Nachdem sie den letzten Welpen geholt hatte, gaben George und Onkel Albert ihre Wachposten auf. Offensichtlich hatten sie den Umzug absichern wollen. Jetzt folgten sie Angeline, und ich starrte betrübt auf den verlassenen Sandhügel. Ich war wie vor den Kopf geschlagen. Hatte ich die Wölfe so sehr gestört, daß sie jetzt ihre Höhle aufgaben? Schnell lief ich zur Hütte, um Ootek zu befragen.

Der Eskimo beruhigte mich sogleich. Er erklärte mir, der Umzug mit den Welpen sei bei jeder Wolfsfamilie um diese Jahreszeit ein ganz normaler Vorgang. Die Welpen seien jetzt entwöhnt, und da es in der unmittelbaren Nähe der bisherigen Höhle kein Wasser gebe, müsse man sie eben an einen Ort bringen, an dem sie ihren Durst stillen konnten.

„Außerdem sind sie schon zu alt, um in einer Höhle unter der Erde zu leben, aber noch zu klein, um ihren Eltern überallhin zu folgen", übersetzte Mike Ooteks Erklärungen. „Darum bringen die Eltern sie an eine geschützte Stelle, an der sie genug Platz haben, herumzutoben und etwas vom Alltag draußen mitzubekommen."

Zufällig kannten Ootek und Mike die „Sommerhöhle" genau, und am nächsten Tag verlegten wir das Beobachtungszelt an eine Stelle, von der aus wir sie zum Teil überblicken konnten.

Das neue Zuhause der Welpen war knapp einen Kilometer von der alten Höhle entfernt. Es war eine in einen Felshang eingekerbte Schlucht, in der große Gesteinsbrocken lagen, die der Frost von den Felswänden abgesprengt hatte. Ein kleiner Bach durchlief das Gelände, und auch ein Stück grasbewachsenes Land, auf dem es von Mäusen nur so wimmelte, gehörte dazu. Hier konnten die Kleinen ausgezeichnet in die ersten Jagdgeheimnisse eingeführt werden. Wenn die Wölfe die Schlucht verlassen oder aufsuchen wollten, hatten sie eine sehr steile Stelle zu überwinden, die für die Welpen noch zu schwierig war. Deshalb konnte man die Rasselbande beruhigt allein zurücklassen und sicher sein, daß sie nicht umherstreunte. Und da die Welpen groß genug waren, um sich gegen die einzigen eventuell bedrohlichen Fleischfresser der Gegend, gegen Füchse und Falken, zu behaupten, hatten sie nichts zu befürchten.

DIE Lage der neuen Sommerwohnung mochte für die Wölfe sehr günstig sein; für mich war sie es nicht, weil die zahllosen Felsbrocken die Sicht auf das versperrten, was dort vor sich ging. Außerdem trafen die Karibus aus dem Norden allmählich in unserem Gebiet ein, und die drei ausgewachsenen Wölfe verwandten nun ihre ganze Energie auf die Jagd. Zwar verbrachten sie noch immer den größten Teil des Tages in der Nähe ihrer Sommerwohnung, aber sie waren von ihren nächtlichen Ausflügen zumeist so ermüdet, daß sie fast nur schliefen.

Allmählich wurde mir die Zeit lang, doch dann erlöste mich Onkel Albert aus meiner Langeweile, indem er sich verliebte.

Damals, als Mike zu Beginn des Frühjahrs reichlich überstürzt zu seiner „kranken" Mutter aufgebrochen war, hatte er alle seine Schlittenhunde mitgenommen, denn ohne Karibus konnte er die Ernährung der Hunde nicht sicherstellen. Den Juni über war sein Gespann bei den Eskimo geblieben. Jetzt aber, da die Karibus wieder südwärts zogen, brachten die Eskimo die Hunde, die sie in Pflege genommen hatten, wieder zurück.

Mikes Hunde waren herrliche Tiere. Schlittenhunde sind kleiner und wesentlich kräftiger gebaut als Wölfe. Sie haben eine breite Brust, einen kürzeren Hals und einen reich behaarten Schwanz, der sich wie ein Federbusch über ihren Rücken biegt.

Auch in anderer Hinsicht unterscheiden sie sich von den Wölfen. Schlittenhündinnen werden jederzeit und ohne alle Rücksicht auf die Jahreszeiten läufig.

Als Mikes Gespann zur Hütte zurückkehrte, begann eine der Hündinnen gerade läufig zu werden. In ihrem Heißhunger nach Liebe hatte sie den Rest der Meute bald so in Aufruhr versetzt, daß Mike sie kaum noch zu bändigen vermochte. Eines Abends, als er sich darüber beklagte, kam mir eine Idee.

Wegen der keuschen Gewohnheiten der Wölfe hatte meine Studie bisher nichts über deren Sexualleben erbracht, und ich konnte kaum hoffen, diese Lücke in meinen Kenntnissen zu schließen, es sei denn, ich versuchte, den Wölfen auf den Fersen zu bleiben, wenn sie während ihrer kurzen Paarungszeit im März den Karibuherden folgten.

Nun wußte ich aber aus Mikes und Ooteks Erzählungen, daß sich Wölfe gelegentlich auch mit Hunden paaren. Zwar geschieht dies nicht oft, weil die Schlittenhunde immer angebunden sind, wenn sie nicht arbeiten, aber immerhin – es kommt vor.

Ich machte Mike meinen Vorschlag, und zu meiner Freude stimmte er zu. Er schien sogar recht froh darüber zu sein, denn er hatte schon

EIN SOMMER MIT WÖLFEN

längst einmal herausfinden wollen, was für ein Schlittenhund wohl bei einer Kreuzung von Wolf und Hund herauskäme.

Ich beschloß, das Experiment in Etappen voranzutreiben. Der erste Schritt bestand darin, daß ich die läufige Hündin, die Koa hieß, auf einen Spaziergang in die Nähe meines neuen Beobachtungsgebietes mitnahm. Auf diese Weise konnten die Wölfe ihre Anwesenheit registrieren und erfahren, in welchem Zustand sie sich befand.

Koa nahm das Experiment mit größter Begeisterung auf. Als wir die erste Wolfsspur kreuzten, konnte ich sie kaum noch halten. Nur mit Mühe gelang es mir, sie zur Hütte zurückzuschleifen, und nachdem sie sicher angepflockt war, heulte sie die ganze Nacht hindurch – vor Enttäuschung, wie ich meinte.

Vielleicht aber kamen in ihrem Gesang ganz andere Gefühle zum Ausdruck, denn als ich am nächsten Morgen aufstand, sagte mir Ootek, daß wir einen Besucher gehabt hätten. Tatsächlich war im feuchten Sand des Flußufers, hundert Meter von den Hunden entfernt, deutlich die Spur eines großen Wolfes zu erkennen. Wahrscheinlich hatten nur die eifersüchtigen Schlittenhunde dafür gesorgt, daß nicht schon in dieser Nacht ein intimes Rendezvous der beiden Auserwählten stattgefunden hatte.

Jetzt mußte ich schnell die zweite Stufe meines Planes ausführen. Hundert Meter vom Beobachtungszelt, in Richtung der Sommerwohnung der Wölfe, spannten Ootek und ich zwischen zwei Felsen ein langes Drahtkabel.

Am nächsten Morgen führten wir Koa dorthin oder ließen uns vielmehr von ihr dorthin ziehen. Trotz ihrer heftigen Gegenwehr gelang es uns dort, ihre Leine an dem Kabel zu befestigen.

Zu meiner Überraschung legte sie sich sofort nieder und schlief fast den ganzen Nachmittag. In der Nähe der Sommerwohnung waren keine erwachsenen Wölfe zu sehen, aber gegen halb neun stimmten die Wölfe plötzlich ihren Jagdgesang an, wobei sie jedoch hinter den Felsen verborgen blieben.

Kaum hatten die ersten Laute mich erreicht, als Koa auch schon aufsprang und in den Chor einstimmte. Und wie sie heulte!

Daß die Wölfe den Inhalt ihrer Klage sehr wohl begriffen, blieb nicht lange zweifelhaft. Ihr Gesang brach ab, und gleich darauf tauchten alle drei aus der Schlucht auf. Sie sahen Koa jetzt deutlich, obwohl die Hündin einen halben Kilometer von ihnen entfernt war. Nach nur kurzem Zögern setzten sich sowohl George als auch Onkel Albert in Trab, um zu ihr hinzulaufen.

George kam nicht sehr weit. Ehe er noch fünfzig Meter zurückgelegt hatte, wurde er von Angeline eingeholt, und wenn ich es auch nicht beschwören kann, so hatte ich doch den Eindruck, daß sie ihm ein Bein stellte. Jedenfalls überschlug er sich, und als er sich wieder aufgerappelt hatte, schien ihm jedes Interesse an Koa vergangen zu sein. Gehorsam trottete er mit Angeline zum Eingang der Schlucht zurück, wo sich die beiden niederließen, um das weitere Geschehen zu beobachten.

Ich weiß nicht genau, wie lange Albert schon unbeweibt war, aber ganz offenbar war er es schon zu lange. Er lief so schnell auf Koa zu, daß er glatt an ihr vorbeischoß. Im ersten Augenblick fürchtete ich, er hielte Ootek und mich für Rivalen und wollte geradewegs zu unserem Zelt laufen, um sich uns vorzuknöpfen. Doch zum Glück bremste er rechtzeitig ab, kehrte um und ging langsam auf Koa zu. Als er dann nur noch drei Meter von der Hündin entfernt war, die ihn aufgeregt erwartete, ging plötzlich eine seltsame Wandlung mit ihm vor. Er blieb starr stehen, senkte den Kopf und wurde zum Hanswurst.

Es war ein peinlicher Anblick. Er legte die Ohren zurück, bis sie flach an seinem breiten Schädel lagen, und schwänzelte hektisch wie ein Welpe, während er zugleich die Zähne zu einer fürchterlichen Grimasse entblößte, die möglicherweise Leidenschaft ausdrücken sollte, ihn aber reichlich verblödet wirken ließ. Zu allem Überfluß begann er dann auch noch in so jämmerlich hoher Tonlage zu winseln, daß es selbst bei einem Pekinesen lächerlich geklungen hätte.

Koa schien durch sein Verhalten äußerst irritiert zu sein. Mit einem leisen Knurren zog sie sich so weit von Albert zurück, wie ihre Leine dies erlaubte. Ihr Rückzug versetzte Albert in einen Zustand verzweifelter Erniedrigung. Flach auf der Erde liegend, kroch er auf sie zu, während seine Grimasse den Ausdruck völligen Schwachsinns annahm.

Ich fürchtete, der Wolf habe den Verstand verloren, und griff schon zum Gewehr, um Koa notfalls zu beschützen, doch Ootek hielt mich zurück. Er grinste, und es gelang ihm, mir begreiflich zu machen, daß sich vom wölfischen Standpunkt aus alles ganz normal entwickelte.

In diesem Augenblick veränderte Albert mit verblüffender Schnelligkeit sein Gebaren. Er sprang auf und wurde plötzlich zum Herrn und Gebieter. Sein Nackenfell sträubte sich, bis es seinen Kopf wie ein Silberkranz umgab. Sein Körper straffte sich, bis er wie aus Stahl gehauen wirkte. Sein Schwanz hob sich in die Höhe und war endlich fast so geschwungen wie der eines Schlittenhundes. Dann verringerte er Schritt um Schritt den Abstand.

EIN SOMMER MIT WÖLFEN 351

Koa wußte nun wieder, was hier gespielt wurde. Dieses Verhalten verstand sie. Fast schüchtern drehte sie ihm das Hinterteil zu, und als er es in einer ersten zärtlichen Regung beschnupperte, fuhr sie herum und biß ihm spielerisch in die Schulter.

Meine Notizen über den weiteren Vorgang sind zwar sehr ausführlich, doch ich fürchte, sie sind zu technisch und zu sehr mit wissenschaftlichen Ausdrücken gespickt, als daß sie eine Aufnahme in dieses Buch verdienten. Deshalb will ich alles Folgende nur mit der Bemerkung zusammenfassen, daß Albert sich in dem, was er nun zu tun hatte, offensichtlich gut auskannte.

MEINE wissenschaftliche Neugier war zwar gestillt, nicht aber Onkel Alberts Leidenschaft. Daraus entwickelte sich jetzt eine äußerst problematische Situation. Obwohl wir zwei Stunden ausharrten, deutete nichts darauf hin, daß Albert seine Eroberung in absehbarer Zeit zu verlassen gedachte. Ootek und ich wollten gern mit Koa zur Hütte zurück, wir konnten nicht ewig warten. Verzweifelt unternahmen wir schließlich einen Vorstoß in Richtung auf das verliebte Paar.

Doch Albert gab keinen Zentimeter Boden preis – oder besser gesagt: Er ignorierte uns völlig. Der Bann wurde erst gebrochen, als ich, nachdem ich keinen anderen Ausweg mehr sah, einen Schuß dicht vor Albert in den Boden feuerte.

Der Schuß holte ihn in die Wirklichkeit zurück. Mit einem Riesensatz jagte er davon, blieb aber schon nach einem Dutzend Metern wieder stehen. Wir lösten Koas Leine, und während Ootek die widerstrebende Hündin mit sich zerrte, deckte ich den Rückzug mit dem Gewehr.

Albert folgte uns im Abstand von fünfzehn bis zwanzig Metern. Bei der Hütte versuchten wir nochmals, ihn zur Räson zu bringen, indem wir einen Schuß in die Luft feuerten, doch wieder zog er sich nur wenige Meter zurück. Es blieb uns also nichts anderes übrig, als Koa über Nacht mit in die Hütte zu nehmen.

Es wurde eine furchtbare Nacht. Sobald die Tür sich schloß, stimmte Albert ein Klagelied an. Pausenlos wimmerte und heulte er, Stunde um Stunde. Die anderen Schlittenhunde antworteten mit unsäglichem Radau. Über den Lärm ihrer schrillen Beschimpfungen hinweg schrie Koa ihrem Geliebten Schwüre unsterblicher Liebe zu. Es war unerträglich. Gegen Morgen drohte Mike, er würde gleich von seinem Gewehr Gebrauch machen, und er meinte es völlig ernst.

Ootek rettete die Lage und damit vermutlich zugleich Onkel Alberts Leben. Er überzeugte Mike, daß alles in Ordnung käme, wenn wir Koa freiließen. Sie würde bestimmt nicht fortlaufen, versicherte er, sondern mit dem Wolf in der Nähe des Lagers bleiben. Und wenn ihre Läufigkeit vorüber sei, würde sie heimkehren, und der Wolf würde wieder zu seinem Rudel zurückkehren.

Wie immer hatte er recht. In der nächsten Woche sahen wir die beiden Liebenden bisweilen Schulter an Schulter auf einem der fernen Höhenzüge dahinwandern. Die Umgebung der Wolfsschlucht und unserer Hütte mieden sie die ganze Zeit über.

Eines Morgens dann war Koa an ihren alten Platz unter den Hunden zurückgekehrt. Sie sah erschöpft, aber zufrieden aus.

OBWOHL ich auch noch die beiden ersten Juliwochen hindurch auf meinem Beobachtungsposten nahe der Wolfsschlucht ausharrte, konnte ich meine Kenntnisse nicht mehr wesentlich erweitern. Da die Welpen schnell wuchsen und immer größere Nahrungsmengen benötigten, mußten George, Angeline und Onkel Albert den weitaus größten Teil ihrer Energie auf ausgedehnte Jagdzüge verwenden. Wenn sie für kurze Zeit bei ihrer Höhle waren, schliefen sie zumeist.

Lediglich Angelines Verhalten gab mir viel zu denken. Obgleich sie jetzt häufig mit den Rüden jagte, blieb sie in manchen Nächten zu Hause; und in diesen Nächten empfing sie Besucher.

Mitternacht war längst vorüber, und ich schlief in meinem Zelt, als das Geheul eines Wolfes mich weckte. Es war ein seltsamer Laut, fast ein wenig gedämpft und ohne jedes Beben in der Stimme. Verschlafen griff ich zum Fernglas und versuchte, die Quelle dieses Geheuls zu erkunden. Endlich sah ich zwei Wölfe. Beide waren Fremde, und sie saßen etwa zweihundert Meter vom Eingang zur Wolfsschlucht entfernt.

Diese Entdeckung ließ mich hellwach werden, denn bisher hatte ich angenommen, das Gebiet einer Wolfsfamilie sei für alle Artgenossen unter allen Umständen tabu. Ich war sehr neugierig, wie Angeline auf die Eindringlinge reagieren würde.

Als ich mein Fernglas auf den Eingang der Schlucht richtete, war sie bereits aufgetaucht und blickte dorthin, wo die Fremden standen. Sie wirkte sehr wachsam, hielt den Kopf vorgestreckt, die Ohren gespitzt und den Schwanz ausgestreckt wie ein Setter.

Mehrere Minuten verharrten alle Beteiligten stumm und regungslos. Dann gab einer der Fremden wieder sein gedämpftes, fast schüchternes Heulen von sich, wie ich es zuvor schon gehört hatte. Angeline reagierte sofort. Sie wedelte langsam mit dem Schwanz, tat einige Schritte und bellte kurz.

EIN SOMMER MIT WÖLFEN

Nun ist mir zwar bewußt, daß allen Büchern zufolge Wölfe niemals bellen. Aber Angeline bellte und nichts anderes. Und sobald sie es gehört hatten, standen die beiden Wölfe auf und liefen ihr entgegen. Angeline blieb stocksteif stehen und erwartete die Ankunft der Fremden. Diese kamen bis auf fünf Meter heran und verharrten dann ebenfalls. Daraufhin trat Angeline vor und beschnüffelte sie.

Wer diese Fremden auch sein mochten, offenbar waren sie willkommen. Nach ausgiebigem Schnüffeln und Schwanzwedeln strebten die drei Wölfe gemeinsam der Sommerwohnung zu. Am Rande der Wolfsschlucht fing einer der Besucher an, mit Angeline zu raufen, während der zweite Fremde inzwischen in die Tiefen der Schlucht hinunterstieg, wo die vier Welpen sein mußten.

Leider konnte ich nicht sehen, was dort geschah, doch ganz bestimmt war es nichts, was Angeline beunruhigte, denn nachdem sie das Spiel mit ihrem Freund beendet hatte, trat sie an den Eingang zur Schlucht, blickte hinunter und wedelte stärker als zuvor. Unten nach dem Rechten zu sehen, befand sie wohl für unnötig.

Die Fremden blieben nicht lange. Nach zwanzig Minuten kam der eine Besucher aus der Schlucht zurück. Wieder stupsten alle drei Wölfe die Nasen aneinander, dann wandten die Fremden sich ab und liefen den Weg zurück, den sie gekommen waren.

Als ich Ootek erzählte, was ich gesehen hatte, war er durchaus nicht überrascht, sondern wunderte sich nur über mein Erstaunen. „Wir Menschen besuchen ja auch andere Menschen, warum sollen Wölfe denn einander nicht auch besuchen?" meinte er trocken.

Dagegen wußte ich nichts zu sagen. Mike nickte zustimmend. „Die werden wohl zum Rudel im Tal dort drüben gehören. Es liegt vier oder fünf Kilometer südlich von hier", sagte er. „Die habe ich schon oft gesehen. Zwei Wölfinnen, ein Rüde und ein paar Welpen. Ich glaube, eine von den Wölfinnen ist die Mutter von deiner Angeline, die andere ist vielleicht Angelines Schwester. Jedenfalls treffen sich alle im Herbst mit deinem Rudel, und dann ziehen sie zusammen in den Süden."

Ein paar Minuten dachte ich über seine Worte nach, dann fragte ich: „Wenn nur eine von diesen beiden Wölfinnen einen Gefährten hat, muß die andere doch ledig sein. Welche von den beiden ist es deiner Meinung nach?"

Er sah mich lange und nachdenklich an. „Hör zu", sagte er dann. „Wann willst du eigentlich hier verschwinden und wieder nach Hause gehen, wie? Dir fehlt wohl der weibliche Umgang. Ich glaube, du bist schon viel zu lange hier!"

MITTE Juli fand ich es an der Zeit, meine Rolle als unbeweglicher Beobachter aufzugeben und mich ernsthaft dem Studium der Jagdgewohnheiten der Wölfe zu widmen.

Diese Entscheidung wurde mir dadurch erleichtert, daß ich zufällig meinen so lange vernachlässigten Arbeitsplan wiederfand, der seit einigen Wochen unter einem Haufen schmutziger Socken gelegen hatte. Ich hatte nicht nur meine Anweisungen, sondern auch ganz Ottawa schon beinahe vergessen.

Mein Arbeitsplan verlangte aber klar und deutlich, zunächst einen Überblick über die Anzahl der in meinem Gebiet vorhandenen Wölfe zu gewinnen und danach besonders eingehend die „Raubtier-Beute-Beziehung" zwischen Wölfen und Karibus zu untersuchen. So brach ich eines Morgens mein Zelt ab, packte mein Teleskop ein und gab meinen Beobachtungsposten auf. Am nächsten Tag verstauten Ootek und ich eine Campingausrüstung an Bord des Kanus, und dann brachen wir zu einem langen Streifzug durch die Tundraebenen im Norden auf.

In den folgenden Wochen legten wir Hunderte von Kilometern zurück und sammelten zahlreiche Informationen über den Wolfsbestand und seine Beziehungen zum Karibu. Wir gewannen manche Einsicht, die zwar meiner Behörde nicht genehm sein mochte, aber doch nicht völlig unberücksichtigt bleiben konnte.

Eine halbamtliche Schätzung, die sich auf die Angaben von Trappern und Pelzhändlern stützte, hatte eine Kopfzahl von 30 000 Wölfen in Keewatin ergeben. Selbst meine dürftigen mathematischen Kenntnisse erlaubten mir die Rechnung, daß demnach jedem Wolf eben noch ein Gebiet von fünf Quadratkilometern verblieb. Eine ziemlich dichte Besiedlung, wie ich fand. Hätte diese Angabe der Wahrheit entsprochen, wären Ootek und ich wohl nicht so gut vorangekommen, weil wir fast auf Schritt und Tritt über Wölfe gestolpert wären.

In Wirklichkeit aber stellten wir fest, daß die Wölfe sehr weit verstreut lebten, und zwar immer in Familiengruppen, von denen jede in der Regel ein Gebiet von 250 bis 700 Quadratkilometern beherrschte, wenn auch diese Wohndichte durchaus nicht überall gleich war. Einmal entdeckten wir eine Stelle, an der zwei Wolfsfamilien nur einen Kilometer voneinander entfernt hausten, und Ootek

erzählte mir, er habe einmal drei Wölfinnen, von denen jede einen Wurf Welpen zu versorgen hatte, in drei nur wenige Meter auseinanderliegenden Höhlen gesehen. Andererseits fuhren wir einmal drei Tage lang durch ein scheinbar hervorragendes Wolfsgebiet und sahen niemals auch nur eine Spur oder ein Haar von einem Wolf. Widerstrebend und im vollen Bewußtsein der Tatsache, daß ich mich dadurch bei meinen Auftraggebern bestimmt nicht beliebt machte, mußte ich die geschätzte Zahl der Wölfe auf 3000 reduzieren, und selbst damit machte ich mich wahrscheinlich noch einer erheblichen Übertreibung schuldig.

Die Rudel, denen wir begegneten, waren in ihrem Umfang keineswegs einheitlich. Von einem Wolfspaar mit drei Welpen bis hin zu sieben ausgewachsenen und zehn jungen Wölfen gab es die unterschiedlichsten Konstellationen. Da mit einer einzigen Ausnahme in jedem Falle überzählige ausgewachsene Tiere vorkamen, über deren jeweilige Stellung in der Familie ich nichts erfahren konnte, mußte ich wiederum Ootek um Aufklärung ersuchen.

Er sagte, die weiblichen Tiere erreichten erst im Alter von zwei Jahren die Geschlechtsreife, die männlichen sogar noch ein Jahr später. Bis dahin bleiben die meisten Jungtiere bei ihren Eltern. Aber selbst wenn sie das Alter erreicht haben, in dem sie eine eigene Familie gründen könnten, werden sie oft durch den Umstand davon abgehalten, daß zuwenig geeignete Wohngebiete vorhanden sind. Es gibt einfach nicht so viele Jagdgründe, daß jede Wölfin einen Wurf aufziehen könnte. So sind sie gezwungen, Geburtenkontrolle durch Enthaltung zu üben, und manche erwachsenen Wölfe müssen jahrelang ledig bleiben, bis ein Jagdgebiet frei wird. Da aber die Zeit dringender sexueller Wünsche nur ungefähr drei Wochen im Jahr umfaßt, macht die Entbehrung diesen Junggesellen und alten Jungfern vermutlich nicht allzusehr zu schaffen. Außerdem wird ihr Wunsch nach Häuslichkeit und Gemeinschaft durch ihr Untermieterdasein mit Familienanschluß durchaus erfüllt. Ootek war überzeugt, daß manche Wölfe die Rolle als „Onkel" oder „Tante" sogar bevorzugten, da sie auf diese Weise die Freuden der Kindererziehung erlebten, ohne die volle Verantwortung der Elternschaft auf sich nehmen zu müssen.

Abgesehen von der Tatsache, daß nur eine begrenzte Zahl von Wohngebieten für Wölfe vorhanden war, wurde ein übermäßiges Wachstum ihres Bestandes vermutlich auch durch eine Art „eingebaute Geburtenkontrolle" verhindert. So läßt sich beobachten, daß in den Jahren, in denen es reichlich Beutetiere gibt, die Wölfinnen große Würfe zur Welt bringen, die manchmal bis zu acht Tiere umfassen. Sind die Wölfe zu zahlreich geworden oder ist die Verpflegung knapp, sinkt die Zahl der Jungtiere in einem Wurf auf zwei oder gar ein einziges.

Epidemien sorgen zusätzlich dafür, daß die Wölfe nicht überhandnehmen. Wenn in seltenen Fällen das biologische Gleichgewicht einmal gestört ist und die Wölfe zu zahlreich werden, zehrt der Nahrungsmangel an ihren Kräften. Dann fällt eine große Anzahl der geschwächten Wölfe unweigerlich Krankheiten zum Opfer, die den Bestand schnell so weit reduzieren, daß die überlebenden Tiere genügend Nahrung finden.

Im Jahr 1946 herrschte im hohen Norden eine Hungersnot, unter der Mensch und Tier gleichermaßen litten. Unter den darbenden Füchsen brach Tollwut aus, und kurz darauf wurden auch die Wölfe von der Seuche befallen. Nun werden tollwütige Tiere keineswegs „toll" in dem Sinne, daß sie in schierem Wahn alles anfallen, was sich bewegt. Ihr angegriffenes Nervensystem macht sie allerdings unruhig und unberechenbar, und sie verlieren zugleich den Schutz, den ihnen sonst das Gefühl der Angst gewährt. Tollwütige Wölfe laufen bisweilen blindlings in heranbrausende Autos und Züge hinein. Sie

EIN SOMMER MIT WÖLFEN   357

sind schon mitten in ganze Schlittenhundmeuten hineingewankt und
gnadenlos zerrissen worden. Nicht selten sind sie auch in Dörfern
aufgetaucht und sogar in Zelte und Häuser eingedrungen. Solche
todkranken Wölfe sind bemitleidenswerte Geschöpfe, doch die
Menschen reagieren zumeist mit heilloser Furcht – und zwar nicht
vor der Krankheit, denn sie wird nur selten als Tollwut erkannt, sondern vor den Wölfen selbst. So kommt es zu grotesken Zwischen-
fällen, die wiederum dazu beitragen, das Märchen vom heimtücki-
schen und gefährlichen Wolf am Leben zu erhalten.

Während der Tollwutepidemie des Jahres 1946 tauchte ein solcher
kranker Wolf auch in Churchill auf. Er kreuzte den Weg eines
Korporals der Armee, der gerade nach einer langen Sitzung in der
Kneipe zur Kaserne zurückwankte. Der Korporal erzählte später, ein
riesiger Wolf habe ihn in mörderischer Absicht angesprungen, und
nur weil er die zwei Kilometer zur Kaserne um sein Leben gerannt sei,
habe er seine Haut retten können. Zwar zeugte nicht der geringste
Kratzer von dem angeblichen Kampf mit der Bestie, dennoch
versetzte der Bericht des Korporals die gesamte Belegschaft der
Kaserne in helle Aufregung. Amerikanische und kanadische Einheiten
wurden aufgeboten, und bald durchkämmten zahllose Männer, mit
Gewehren, Revolvern und Scheinwerfern bewaffnet, die ganze
Umgebung.

Im darauffolgenden Durcheinander kamen elf Schlittenhunde, ein
amerikanischer Gefreiter und ein Indianer, der sich noch spätabends
auf dem Heimweg befand, ums Leben – nicht etwa Opfer des Wolfes,
sondern der Rächer.

Zwei Tage lang traute sich kaum noch jemand vor die Tür. Frauen
und Kinder blieben in den Häusern; keine Fußpatrouillen verließen
mehr die Kasernen, und wer dringende Besorgungen zu machen
hatte, tat es nur mit dem Jeep, wobei er dann immer bis an die Zähne
bewaffnet war.

Die Besatzung eines Armeeflugzeugs, das sich an der Jagd
beteiligte, sichtete am zweiten Tag einen Wolf, und sofort brach eine
Abteilung berittener Polizei auf, um dem Ungeheuer endlich den
Garaus zu machen. Der Wolf erwies sich allerdings als ein Cocker-
spaniel, der dem Leiter der Niederlassung der Hudson's Bay
Company gehörte.

Erst am dritten Tag legte sich die allgemeine Hysterie. Am späten
Nachmittag sah der Fahrer eines Lastwagens, der vom Flughafen zu
den Kasernen zurückkehrte, plötzlich ein Fellbündel auf der Straße
liegen. Er trat auf die Bremse, konnte den Lastwagen jedoch nicht

mehr rechtzeitig zum Stehen bringen, und der Wolf, der inzwischen so krank war, daß er sich nicht mehr bewegen konnte, fand einen schnellen Tod.

Das Nachspiel scheint mir besonders aufschlußreich. Bis zum heutigen Tag gibt es Bewohner von Churchill und zweifellos viele ehemals dort stationierte Soldaten, denen man nur das Stichwort „Wolf" zu nennen braucht, um sofort in lebhaftesten Farben den Überfall Churchills durch Wolfsrudel im Jahre 1946 geschildert zu bekommen. In ihren Berichten wimmelt es von verzweifelten Nahkampfgefechten, von zerfetzten Frauen und Kindern, von in Stücke gerissenen Hundegespannen und von den Nöten einer ganzen Stadt im Zustand der Belagerung.

DIE Wochen, während deren Ootek und ich die Tundra durchstreiften, waren eine idyllische Zeit. Im allgemeinen war das Wetter gut, und unser Vagabundenleben in dem weiten, fast menschenleeren Land bescherte mir ein Gefühl grenzenloser Freiheit.

Dieses Land gehörte den Rentieren, den Wölfen, den Vögeln und all den kleineren Lebewesen. Wir zwei Menschen waren nur zufällige und bedeutungslose Eindringlinge. Der Mensch hatte zu keiner Zeit dieses Tundragebiet beherrscht. Selbst die Inlandeskimo, deren Heimat es einst gewesen war, waren jetzt fast völlig verschwunden.

Nur ein einziges Mal begegneten wir anderen Menschen. Eines Morgens, als wir im Kanu um eine Flußbiegung paddelten, stieß Ootek plötzlich einen Schrei aus.

Am Ufer dicht vor uns entdeckte ich jetzt ein niedriges Zelt aus Tierhäuten. Auf Ooteks Ruf hin kamen zwei Männer, eine Frau und drei halbwüchsige Jungen aus dem Zelt, liefen zum Ufer und sahen uns entgegen.

Wir legten an, und Ootek machte mich mit einer Familie seines Stammes bekannt. Den ganzen Tag über saßen wir beisammen, tranken Tee, schwatzten, lachten und sangen, und dabei verzehrten wir wahre Berge von Karibufleisch. Ootek erzählte mir, die Familie habe ihr Zelt hier am Fluß aufgeschlagen, um den Karibus auflauern zu können, die an einer einige Kilometer flußabwärts gelegenen schmalen Stelle das Wasser durchquerten. In kleinen Einmannkajaks hofften die Männer dort mit ihren kurzen Speeren so viele fette Karibus erlegen zu können, daß ihnen das Fleisch den Winter hindurch reichen würde. Ootek wollte sehr gern an dieser Jagd teilnehmen, und er fragte mich, ob ich etwas dagegen hätte, daß er einige Tage als Helfer bei seinen Freunden blieb. Ich verneinte, und am nächsten Morgen

brachen die drei Eskimo auf, und ich blieb zurück und genoß einen herrlichen Augusttag.

Die Zeit der Stechmückenschwärme war vorbei. Da es heiß und windstill war, beschloß ich, das gute Wetter zu nutzen, um ein wenig zu schwimmen und mir die Sonne auf die bleiche Haut brennen zu lassen. Also entfernte ich mich ein paar hundert Meter vom Lager der Eskimos – denn die Schamhaftigkeit ist die Errungenschaft der Zivilisation, die der Mensch in der Wildnis zuletzt ablegt –, zog mich aus, schwamm eine Weile und legte mich dann zum Sonnenbaden ans Ufer.

Wie ein Wolf hob ich hin und wieder den Kopf und blickte mich nach allen Seiten um, und gegen Mittag sah ich, daß ein Wolfsrudel eine Anhöhe im Norden überquerte.

Es waren drei Wölfe. Einer davon war weiß, doch die anderen beiden wiesen die seltene Schwarzfärbung auf, die sofort meine Neugier weckte.

Ich befand mich in einer mißlichen Lage. Meine Kleider lagen ein Stück entfernt, und ich hatte nur meine Gummistiefel und mein Fernglas bei mir. Ging ich jetzt erst zu meinen Kleidern zurück, riskierte ich, den Anschluß an die Wölfe zu verlieren. Aber wer brauchte an einem solchen Tag Kleider? Die Wölfe waren jetzt hinter der nächsten Anhöhe verschwunden, also griff ich schnell nach meinem Fernglas und nahm die Verfolgung auf.

Die Landschaft bot einen beständigen Wechsel niedriger Hügel und enger Täler, in denen Karibus friedlich grasend langsam nach Süden zogen.

Vor Aufregung und Anstrengung schwitzend, erklomm ich den nächstgelegenen Hügel in der Erwartung, Zeuge einer wilden Massenflucht zu werden, wenn die drei Wölfe plötzlich zwischen den Karibus auftauchten. Doch zu meiner Verwirrung bot sich mir ein völlig friedliches Bild. Ungefähr fünfzig Rentiere, in kleinen Gruppen von drei bis zehn Tieren, grasten in aller Seelenruhe, während die Wölfe so gleichgültig das Tal durchquerten, als wären die Karibus gar nicht vorhanden.

Die Welt schien auf den Kopf gestellt. Ungläubig sah ich zu, wie die drei Wölfe in kaum fünfzig Meter Entfernung an zwei jungen Karibus vorbeizogen, die gemächlich wiederkäuend am Boden lagen. Die Karibus wandten den Kopf und betrachteten die vorüberziehenden Wölfe, blieben jedoch ruhig liegen und erachteten es nicht für nötig, im Kauen innezuhalten.

Die Wölfe erklommen einen Hang und verschwanden hinter der nächsten Anhöhe. Ich lief los, um ihnen zu folgen, und die beiden Rentiere, die von den Wölfen kaum Notiz genommen hatten, sprangen auf die Beine und starrten mich beunruhigt an.

Als ich an ihnen vorbeirannte, schnaubten sie ungläubig, machten kehrt und jagten davon, als würden sie von Furien gehetzt. Welch eine Ungerechtigkeit, daß sie vor mir so erschraken, während sie die Wölfe nur mit herablassenden Blicken bedacht hatten. Ich tröstete mich mit dem Gedanken, daß sie vermutlich nicht mit dem Anblick eines Weißen vertraut waren, der, nur mit Gummistiefeln bekleidet, wie wild durch die Gegend rannte.

Innerhalb einer Stunde hatten die Wölfe und ich rund fünf Kilometer zurückgelegt. Wir waren dabei sehr dicht an ungefähr vierhundert Karibus vorbeigekommen. Stets war die Reaktion der Rentiere gleich gewesen. Sie zeigten keinerlei Interesse, solange die Wölfe in einiger Entfernung blieben, beiläufiges Interesse, wenn die Wölfe sehr nahe kamen, und sie wandten eine Ausweichtaktik an, wenn ein Zusammenstoß drohte. Es hatte keine Flucht und keine Panik gegeben.

Bis zu diesem Zeitpunkt waren die meisten Tiere, denen wir begegnet waren, männliche Karibus gewesen, jetzt aber begegneten

EIN SOMMER MIT WÖLFEN

wir auch vielen Muttertieren mit ihren Jungen, und nun änderte sich das Verhalten der Wölfe.

Einer von ihnen scheuchte ein Jungtier aus seinem Versteck in einem Weidengestrüpp. Das Karibukalb tauchte kaum zwanzig Meter vor dem Wolf auf und ergriff die Flucht. Der Wolf blieb einen Augenblick stehen und beobachtete es, dann nahm er die Verfolgung auf.

Mein Herz klopfte stürmisch, denn ich glaubte, ich würde nun endlich einmal sehen, wie ein Wolf ein Karibu erbeutete.

Aber es sollte nicht sein. Der Wolf lief ungefähr fünfzig Meter weit mit aller Kraft, ohne den Abstand zu dem Kalb nennenswert verringern zu können. Dann brach er die Verfolgung plötzlich ab und kehrte zu seinen Gefährten zurück.

Ich traute meinen Augen kaum. Das Jungtier hätte verloren sein müssen, wenn auch nur der zehnte Teil des Rufes gerechtfertigt war, der dem Wolf vorauseilte. Aber im Laufe der nächsten Stunden wurden mindestens ein Dutzend solcher Angriffe von einzelnen Wölfen gegen Jungtiere unternommen, und in jedem Falle wurde die Jagd wieder abgebrochen, als sie noch kaum begonnen hatte.

Ich war der Verzweiflung nahe. Schließlich war ich nicht zehn Kilometer durchs Gelände gehetzt, nur um zu sehen, wie ein paar Wölfe hier herumalberten.

Ich stürmte über die nächste Anhöhe – und stand mitten unter den Wölfen.

Vermutlich waren sie stehengeblieben, weil sie ein wenig Atem schöpfen wollten, und jetzt platzte ich zwischen sie wie eine Bombe. Mit angelegten Ohren und langgestreckten Schwänzen jagten sie in alle Himmelsrichtungen davon.

Sie liefen voller Angst, und jetzt, da sie quer durch die Karibuherde Reißaus nahmen, geriet auch diese in Bewegung, und die wilde Flucht einer großen Herde, die ich den ganzen Nachmittag erwartet hatte, ereignete sich endlich. Nur – und das stimmte mich etwas bitter –, nicht die Wölfe waren für die Massenpanik verantwortlich, sondern ich allein hatte sie ausgelöst.

Ich gab auf und machte mich auf den Heimweg. Als ich noch ein paar Kilometer vom Eskimolager entfernt war, sah ich ein paar Gestalten gelaufen kommen. Es waren die Eskimofrau und ihre drei Söhne. Sie alle vier schrien aus voller Kehle, und die Frau schwang ein ellenlanges Messer, während ihre Sprößlinge mit kurzen Speeren herumfuchtelten.

Ich blieb verwirrt stehen. Zum ersten Mal wurde mir mein Zustand

peinlich bewußt. Ich war nicht nur unbewaffnet, sondern auch splitternackt. Einen Angriff, der unmittelbar bevorzustehen schien, konnte ich nicht abwehren. Ausweichen schien die beste Lösung zu sein, und so legte ich trotz meiner Müdigkeit einen gewaltigen Spurt ein, um an den Eskimo vorbeizulaufen. Es gelang mir, doch die Eskimo nahmen die Verfolgung auf und jagten mich bis zum Lager vor sich her, wo ich hastig in meine Hosen schlüpfte, das Gewehr ergriff und mich darauf vorbereitete, mein Leben so teuer wie möglich zu verkaufen.

Zum Glück kehrten Ootek und die anderen Männer gerade in dem Augenblick ins Lager zurück, als auch die Eskimofrau mit ihren Söhnen herangebraust kam, und so konnten Kampfhandlungen vermieden werden.

Etwas später, als sich alles wieder beruhigt hatte, erklärte Ootek die Lage. Einer der Jungen hatte beim Beerenpflücken gesehen, daß ich nackt über die Hügel hinweg den Wölfen hinterherrannte. Aufs äußerste beunruhigt, war er zu seiner Mutter gelaufen und hatte ihr den Spuk berichtet. Daraufhin hatte die gute Seele sich gesagt, ich müsse wohl den Verstand verloren haben – wie Eskimo überhaupt annehmen, die meisten Weißen hätten dabei nicht viel zu verlieren –

EIN SOMMER MIT WÖLFEN 363

und ich hätte mir in den Kopf gesetzt, mit bloßen Händen ein Wolfsrudel anzugreifen.

Sie hatte ihre Söhne zusammengerufen, sie mit allen Waffen ausgerüstet, die gerade greifbar waren, und war dann in aller Eile aufgebrochen, um mich zu retten.

Für die verbleibende Dauer unseres Aufenthalts behandelte die wackere Frau mich mit einer Mischung aus Mitleid und Mißtrauen, und ich war froh, als ich mich endlich von ihr verabschieden konnte. Ich fand auch die Bemerkung gar nicht sehr lustig, die Ootek machte, als wir wieder auf dem Fluß dahinglitten.

„Zu schade", sagte er ganz ernst, „daß du deine Hose ausgezogen hast. Ich glaube, sie mag dich lieber, wenn du sie anbehältst."

Ich schilderte Ootek das scheinbar unerklärliche Verhalten der Wölfe, die ich vom Eskimolager aus verfolgt hatte, und in seiner geduldigen und freundlichen, aber etwas umständlichen Art klärte er mich auf.

Zunächst einmal könne ein gesundes ausgewachsenes Karibu einem Wolf mühelos davonlaufen, und selbst ein drei Wochen altes Jungtier sei nur von äußerst flinken Wölfen zu erlegen. Den Wölfen sei diese Sachlage vollkommen bewußt, und als intelligente Tiere versuchten sie deshalb selten, ein gesundes Karibu zu verfolgen.

Nach Ooteks Meinung erprobten die Wölfe statt dessen die körperliche Verfassung der Karibus, um herauszufinden, welches Tier ihnen nicht entkommen würde. Gab es viele Karibus, so ging dieser Test so vonstatten, daß die ganze Herde zur Flucht getrieben wurde, bis sich herausstellte, ob ein krankes oder geschwächtes Tier dazugehörte.

Gab es nur wenige Karibus, so wurden verschiedene Techniken angewendet. Mehrere Wölfe trieben dann eine kleine Gruppe Karibus in enger Zusammenarbeit in einen Hinterhalt, wo andere Wölfe auf der Lauer lagen. Waren die Karibus sehr selten, wurde bisweilen auch eine Art Staffelsystem angewandt. Dabei hetzte ein Wolf ein Karibu eine Weile vor sich her und wurde dann von einem anderen Rudelmitglied, das in einiger Entfernung wartete, bei der Verfolgung abgelöst. Solche Jagdtechniken machten die läuferische Überlegenheit der Karibus natürlich teilweise wett, dennoch aber war es meistens das schwächste oder zumindest das untüchtigste Tier, das den Wölfen schließlich zum Opfer fiel.

„Es ist genauso, wie ich es dir bereits gesagt habe", erklärte Ootek. „Das Karibu nährt den Wolf, aber der Wolf hält die Karibus stark und gesund. Wenn es den Wolf nicht gäbe, dann gäbe es auch bald keine Karibus mehr, denn sie würden aussterben, wenn Schwäche und Krankheiten sich unter ihnen ausbreiteten."

Ootek betonte auch, daß die Wölfe, sobald sie ein Tier gerissen hätten, nicht mehr weiterjagten. Erst wenn ihr Vorrat völlig erschöpft war, trieb sie der Hunger erneut zur Jagd. Keine Spur also von der angeblichen Gier des Wolfes und den ihm nachgesagten Morden im Blutrausch!

Von den Jagden, die ich später noch beobachten konnte, folgten fast alle genau dem Muster der ersten, die ich gesehen hatte. Die Einteilung der Kräfte schien das oberste Gebot dabei, und sicher war dies sehr vernünftig, denn oft mußten die Wölfe über Stunden hinweg immer wieder ein Karibu versuchsweise jagen, ehe sie ein Tier fanden, das sich als Beute anbot.

War ein solches Tier gefunden, so legte der Wolf all seine Kraft in den Lauf und schloß, sofern das Glück auf seiner Seite war, ganz dicht zu seinem Opfer auf. Entgegen einem weiteren Mythos sah ich niemals einen Wolf, der versuchte, ein Rentier von hinten anzuspringen, um ihm die Beinsehnen durchzubeißen. Immer drängte er erst unter Aufbietung aller Kräfte neben das Karibu und sprang dann nach dessen Schulter.

Für gewöhnlich war der Anprall so stark, daß das gehetzte Wild zu Boden stürzte, und ehe es sich noch aufrappeln konnte, schlug der Wolf die Fänge in den Nacken des Karibus und zwang es nieder, wobei er sorglich die schlagenden Hufe mied.

Niemals tötet der Wolf zu seinem Vergnügen, und das unterscheidet ihn vielleicht am meisten vom Menschen. Für ihn bedeutet es eine enorme Anstrengung, ein großes Wild zur Strecke zu bringen. Vielleicht muß er die ganze Nacht jagen und dabei sechzig bis siebzig Kilometer zurücklegen, ehe ihm Erfolg beschieden ist, falls er überhaupt welchen hat. Die Jagd ist also zuerst und vor allem schwere Arbeit für ihn. Wenn er dann genug Fleisch für sich und seine Familie hat, ruht er sich lieber aus, spielt und genießt das Beisammensein mit seinesgleichen.

Im Gegensatz zu einer weiteren weitverbreiteten Meinung habe ich niemals erlebt, daß ein Wolf mehr tötet, als er braucht.

Immer wieder kehrt er zu seiner Beute zurück, bis alles Fleisch verzehrt ist.

Von den siebenundsechzig Karibukadavern, die ich untersuchte, nachdem die Wölfe mit ihnen fertig waren, hatten nur sehr wenige noch mehr zu bieten als Knochen, Sehnen und Fell.

EIN SOMMER MIT WÖLFEN 365

Weiterhin ist interessant, daß die Überreste der Karibus fast immer Zeugnis von Krankheit oder Mißbildung ablegten. Häufig stellte ich Knochenverbildungen fest, und die abgenutzten Zähne in vielen Schädeln bewiesen, daß es sich um sehr alte Tiere gehandelt hatte.

ALS der Sommer sich dem Ende zuneigte, wurde immer klarer, daß Ootek recht gehabt hatte. Für mich stand eindeutig fest, daß der Wolf eher zur Erhaltung als zur Ausrottung der Karibus beiträgt, aber ich bezweifelte, daß meine Auftraggeber bereit sein würden, diese Auffassung hinzunehmen. Ich brauchte zwingende Beweise, wenn ich sie überzeugen wollte, und deshalb legte ich unter anderem auch eine Sammlung der Parasiten an, die ich in großer Zahl in den von Wölfen getöteten Karibus gefunden hatte. Die Vielzahl der kleinen Lebewesen unterstrich ein weiteres Mal, daß die Wölfe sich vor allem an kranke Tiere hielten.

Mitte September leuchteten die Tundraebenen in gedämpftem Glanz von Rostrot- und Brauntönen, wo sich der erste Frost auf Pflanzen und Buschwerk gelegt hatte.

Die Moorflächen um die Wolfshöhlenbucht wurden von frischen Pfaden durchzogen, die die Karibuherden auf ihrem Weg in den Süden hinterließen, und wieder trat im Leben der Wölfe eine Veränderung ein.

Die Welpen hatten nun die Sommerwohnung verlassen und fingen an, ihre Welt zu erkunden.

Diese Herbstmonate gehörten sicher zu den glücklichsten ihres Lebens.

Als Ootek und ich nach unserer Reise durch die nördlichen Tundraebenen zur Wolfsschlucht zurückkehrten, stellten wir fest, daß unsere Wolfsfamilie in ihrem gesamten Revier umherzog und die Tage dort verbrachte, wohin die nächtliche Jagd gerade geführt hatte.

Ich versuchte, dieses Wanderleben mitzumachen, und auch ich hatte sehr viel Freude daran. Wenn es auch nachts bisweilen Frost gab, so sandte tagsüber doch die Sonne ihre wärmenden Strahlen von einem wolkenlosen Firmament.

An einem solchen hellen Sonnentag ging ich auf dem Kamm einer Hügelkette entlang, von der aus man ein weites Tal überblicken konnte, das üppig bewachsen war und von den nach Süden ziehenden Karibus durchwandert wurde.

Über dem Tal war der Himmel stellenweise verdunkelt: Rabenschwärme, die den Karibuherden folgten. Aus Sträuchern und Buschwerk drang das Geschnatter von Schneehühnern, und auf den

Teichen der Tundra fanden sich Enten ein, um gemeinsam nach wärmeren Gefilden aufzubrechen.

Unter mir im Tal zog ein Strom Karibus dahin, Herde um Herde, die langsam grasend nach Süden strebten, von einem Wissen getrieben, das älter war als alle menschliche Erkenntnis.

Auf einem Felsvorsprung fand ich ein angenehmes Plätzchen, von dem aus ich weit über das Tal hin blicken konnte. Hier ließ ich mich nieder, das Fernglas auf den Strom von Karibuleibern unter mir gerichtet.

Ich hoffte die Wölfe zu sehen und wurde nicht enttäuscht. Kurz vor Mittag tauchten zwei von ihnen auf einem gegenüberliegenden Höhenzug im Norden des Tales auf. Wenige Augenblicke später erschienen zwei weitere ausgewachsene Tiere und vier Welpen.

Angeline und George konnte ich deutlich erkennen. Einer der beiden anderen Wölfe sah wie Onkel Albert aus, doch das vierte, sehr schlanke und dunkelgraue Tier war mir völlig fremd.

Ich erfuhr niemals, wer es war oder woher es kam, doch während der ganzen Zeit, die ich noch in dieser Gegend verbrachte, gehörte es zum Rudel.

Von allen Wölfen schien nur George sich nach ein wenig Bewegung zu sehnen. Während die anderen sich genießerisch in der Sonne ausstreckten, begann George, auf der Anhöhe ruhelos hin und her zu wandern. Ein- oder zweimal blieb er vor Angeline stehen, doch sie beachtete ihn kaum und wedelte nur ein paarmal träge mit dem Schwanz.

Die Zeit verging, die Karibus zogen friedlich grasend dahin, und ich nahm an, die Wölfe hätten sich bereits satt gefressen und hielten jetzt ihre übliche Mittagsruhe. Aber ich irrte mich, denn George hatte noch etwas vor.

Wieder ging er zu Angeline, die jetzt ausgestreckt auf der Seite lag, und diesmal ließ er sich nicht einfach wieder wegschicken. Ich weiß zwar nicht, was er ihr mitteilte, aber es muß gewirkt haben, denn sie stand auf, schüttelte sich und sprang ihm fröhlich nach, als er daranging, den schlafenden Onkel Albert und den Fremden wachzurütteln. Auch sie verstanden, was er wollte, und erhoben sich. Die Welpen, die sich nie lange bitten ließen, wenn eine Abwechslung zu erwarten war, sprangen ebenfalls auf und gesellten sich zu ihren Eltern.

Das ganze Rudel stand jetzt fast in einem Kreis, und alle hoben den Kopf und stimmten jenes Heulen an, das am Sandhügel immer dem Aufbruch zur Jagd vorausgegangen war.

Ich war erstaunt, daß sie schon so früh am Tage zur Jagd aufbrechen wollten, aber noch überraschter stellte ich fest, daß dieses Geheul die Karibus nicht weiter berührte. Kaum ein Tier in Hörweite hob auch nur den Kopf. Es blieb mir keine Zeit, über das alles nachzudenken, denn Angeline, Onkel Albert und der Fremde brachen jetzt auf, während die Welpen betrübt in Georges Obhut auf der Anhöhe zurückblieben. Als einer der Kleinen einen Versuch unternahm, den drei ausgewachsenen Wölfen zu folgen, fuhr George auf ihn los, und der Welpe kehrte eilig zu seinen Geschwistern zurück.

Es wehte eine leichte Brise von Süden her, und die drei Wölfe bewegten sich Seite an Seite gegen den Wind voran. Als sie die Ebene erreicht hatten, fielen sie in einen lockeren Trab und liefen nun in einer Reihe hintereinander, bis sie fast unter dem Felsvorsprung angelangt waren, auf dem ich saß. Hier hielt Angeline inne, und die beiden anderen trotteten zu ihr. Nachdem man sich mit lebhaftem Schnüffeln begrüßt hatte, wandte Angeline ihren Blick der Anhöhe zu, auf der noch immer George und die Welpen saßen.

Zwischen den beiden Wolfsgruppen befanden sich mindestens zweihundert Karibus, und weitere drängten in einem nicht abreißenden Strom in das Tal.

Angeline schien sie alle mit ihren Blicken zu umfassen, ehe sie und ihre Gefährten sich wieder in Bewegung setzten. Jetzt schwärmten sie seitlich aus, so daß sie eine Kette bildeten, und drangen in dieser Formation nach Norden vor.

Sie liefen noch immer nicht schnell, doch ihre Bewegungen verrieten nun eine Zielstrebigkeit, die den Karibus aufzufallen schien. Jedenfalls wandte eine Herde nach der anderen sich jetzt ebenfalls nordwärts, bis die meisten Karibus im Tal den Weg zurückgetrieben wurden, den sie gekommen waren.

Freilich konnten drei Wölfe nicht die ganze Breite des Tales wirksam abriegeln. Die Karibus merkten bald, daß sie die Flügel umgehen und dann den Weg nach Süden fortsetzen konnten. Doch immerhin trieben die Wölfe, als sie sich der gegenüberliegenden Anhöhe näherten, mindestens hundert Karibus vor sich her.

Jetzt zeigten die Rentiere zum erstenmal deutliche Anzeichen von Nervosität. Die Herde löste sich wieder in kleine Gruppen auf, und jede suchte nun auf eigenem Kurs zu entkommen. Gruppe auf Gruppe wich zur Seite hin aus, und die Wölfe bemühten sich nicht, sie daran zu hindern.

Allmählich begriff ich, was die Wölfe vorhatten. Sie richteten jetzt alle Aufmerksamkeit auf eine Gruppe von einem Dutzend weiblicher Tiere mit sieben Kälbern, und jeder Versuch dieser kleinen Herde, nach rechts oder links auszubrechen, wurde prompt vereitelt. Nach einiger Zeit erkannten die Karibus die Nutzlosigkeit ihrer Ausweichmanöver und waren nur noch darauf bedacht, ihren Angreifern in geradliniger Flucht davonzulaufen.

Das hätten sie auch sicher geschafft, doch als sie am Fuß der Anhöhe entlanggaloppierten, brach eine wahre Flut von Wölfen aus einem Weidengestrüpp hervor und ging zum Flankenangriff über.

Wegen der Entfernung konnte ich die Ereignisse nicht so gut

beobachten, wie ich es mir gewünscht hätte, doch ich sah, daß George auf ein Muttertier mit zwei Jungen zustürzte. Als er es erreicht hatte, schwenkte er jedoch plötzlich ab. Zwei Welpen schossen wie graue Kugeln an ihm vorüber auf die Jungtiere zu, die blitzschnell auswichen. Einer der Welpen versuchte einen scharfen Haken zu schlagen, verlor das Gleichgewicht und überschlug sich, war aber sofort wieder auf den Beinen und setzte die Verfolgung fort.

Auch die anderen drei Welpen beteiligten sich eifrig an der Jagd. Als die Herde jedoch im vollen Galopp davonstürmte, verloren die jungen Wölfe sichtlich an Boden. Trotzdem hetzten sie in langen Sätzen hinterher, obwohl sie bereits keine Chance mehr hatten, die Karibus einzuholen.

Und was taten die ausgewachsenen Wölfe inzwischen? Als ich mein Fernglas zurückschwenkte, um nach ihnen zu sehen, stellte ich fest, daß George noch genau an der Stelle stand, an der ich ihn zuletzt gesehen hatte. Langsam mit dem Schwanz wedelnd, verfolgte er aufmerksam den Verlauf der Jagd.

Die drei anderen Wölfe waren inzwischen auf die Anhöhe zurückgekehrt. Albert und der Fremde hatten sich niedergelegt und ruhten sich aus, Angeline aber sah den schnell verschwindenden Karibus nach.

Erst nach einer halben Stunde kamen die Welpen zurück. Sie waren so müde, daß sie kaum noch den Anstieg auf den Hügel bewältigen konnten, auf dem die übrigen Rudelmitglieder genüßlich in der Sonne lagen. Oben angelangt, ließen sich die Welpen keuchend zu Boden fallen, doch keiner der anderen beachtete sie sonderlich.

Für heute war die Schule aus.

8

DER September verging, und obwohl die Frostnächte der ersten Oktobertage Moore und Seen gefrieren ließen, wäre ich froh gewesen, mein ungebundenes Leben draußen in der Natur weiterführen zu können. Leider war ich nicht so frei wie die Wölfe. In der Hütte erwartete mich ein erdrückender Berg wissenschaftlicher Routinearbeit. Entsprechend meiner Auffassung, daß mein Auftrag darin bestünde, das Leben der Wölfe in freier Wildbahn so genau wie möglich zu beobachten, hatte ich viele von den Nebenaufgaben vernachlässigt, die man mir in Ottawa auf den Studienplan geschrieben hatte. Jetzt, da mir nicht mehr viel Zeit blieb, hatte ich das

Gefühl, ich müßte meinen Vorgesetzten wenigstens meinen guten Willen beweisen.

Unter anderem war mir das Studium der Pflanzenwelt der Tundra aufgetragen worden. Dazu sollte ich mich eines Raunkiaerschen Rings bedienen. Auf den ersten Blick wirkte dieses Gerät harmlos und unschuldig, denn es bestand eigentlich nur aus einem Eisenring. Benutzte man es aber, so wurde es zu einem Teufelsmechanismus, der einen gesunden Menschen um den Verstand bringen konnte. Man stellte sich damit an einen beliebigen Ort in der Tundra, schloß die Augen, drehte sich mehrmals wie ein Kreisel und schleuderte den Ring dabei so weit wie möglich fort. Durch dieses komplizierte Verfahren sollte sichergestellt werden, daß der Wurf wirklich ganz und gar zufällig ausfiel. In der Praxis führte es allerdings vor allem dazu, daß ich den Ring jeweils aus den Augen verlor und eine Ewigkeit danach suchen mußte.

War der Ring dann endlich wiedergefunden, fing das Elend erst richtig an. Jetzt wurde von mir erwartet, daß ich jede, auch die allerwinzigste Pflanze pflückte, die im Zauberkreis dieses Ringes lag. Ich mußte sie identifizieren und genau zählen, wie viele Exemplare davon der Ring umschloß.

Das klingt ganz einfach? Das ist es aber nicht. Die Pflanzen der Tundra sind verhältnismäßig klein, und viele von ihnen sind fast nur mit der Lupe zu erkennen. Mein erster Versuch mit dem Ring zog sich fast einen ganzen Tag hin, und am Ende tränten meine Augen, und ich konnte nicht mehr aufrecht gehen, weil ich viele Stunden wie ein verrücktes Kaninchen über dem Ring gehockt und mit einer Pinzette Pflanzen gepflückt hatte.

Ich hatte Ootek geraten, mich bei dieser Arbeit nicht zu begleiten, weil ich mich außerstande fühlte, ihm begreiflich zu machen, welchen Sinn das alles haben sollte. Am dritten Tage meiner Qualen tauchte er allerdings doch auf und kam freundlich lächelnd auf mich zu. Meine Begrüßung war ein wenig mürrisch, denn ich war inzwischen nicht mehr allzugut auf die Menschheit zu sprechen. Mit schmerzendem Rücken richtete ich mich auf, nahm den Ring und führte den nächsten Wurf aus, während er mich interessiert beobachtete.

Der Ring flog nicht sehr weit, denn ich war müde und schon ein wenig mutlos.

„Ziemlich schwach", kommentierte Ootek spöttisch.

„Versuch doch, ob du es besser kannst!" gab ich hitzig zurück.

Ich vermute, daß mir mein Schutzengel diesen Satz eingeflüstert hatte. Ootek grinste voller Zuversicht, lief zu dem Ring, nahm ihn

EIN SOMMER MIT WÖLFEN 371

auf, schwang den Arm zurück wie ein Diskuswerfer, drehte sich und ließ los. Der Ring erhob sich wie ein Vogel in die Luft, glitzerte im Sonnenschein, als er den höchsten Punkt seiner Bahn erreichte, senkte sich über einem nahen Tundrateich, fiel ins Wasser und verschwand.

Ootek war sehr verlegen. Mit betretener Miene erwartete er meinen Zornausbruch. Vermutlich hat er niemals begriffen, warum ich ihn umarmte und eine Art Indianertanz mit ihm aufführte, bevor ich mit ihm zur Hütte zurückging und die letzte Flasche des kostbaren Wolfssaftes mit ihm teilte. Die ganze Episode bestärkte ihn zweifellos in seiner Überzeugung, daß die Weißen eben unerklärliche Wesen seien.

Nachdem mein Pflanzenstudium auf diese Weise beendet war, stand ich vor einer anderen unangenehmen Aufgabe: Ich mußte die skatologischen Forschungen beenden. Da man in Ottawa diesem Wissenschaftszweig, der sich der Untersuchung von Ausscheidungen verschrieben hat, besondere Aufmerksamkeit schenkte, hatte man mir anbefohlen, einen Teil meiner Zeit auch dem Sammeln von Wolfskot zu widmen. Das war keine Arbeit, die mich begeistern konnte, doch auf meinen Streifzügen durch die Tundra hatte ich dennoch immer die Augen offengehalten. Mit einer langen Zange hatte ich mein Forschungsmaterial aufgelesen und es in kleinen Säckchen nach Hause getragen. Anfangs hatte ich diese Beutel unter meinem Lager aufbewahrt, aber bis Ende September waren so viele hinzugekommen, daß sie fast den ganzen Fußboden einnahmen und überall im Wege waren.

Den Inhalt der Beutel hatte ich geheimgehalten, und wenn Mike und Ootek auch sehr neugierig waren, was wohl darin versteckt sein mochte, waren sie doch zu höflich, um mich direkt danach zu fragen. Um unsere zwischenmenschlichen Beziehungen nicht unnötig zu belasten, verschob ich die Arbeit am Inhalt der Beutel immer wieder, bis die beiden eines Oktobermorgens zu einem Jagdausflug aufbrachen und mich allein in der Hütte zurückließen.

Durch die Witterung und die lange Aufbewahrungszeit war der Kot steinhart geworden und mußte aufgeweicht werden, ehe ich mich ans Werk machen konnte. Deshalb trug ich ihn zum Fluß und hängte ihn in zwei Eimern in das Wasser. Während des Aufweichens bereitete ich mein Werkzeug vor, legte Notizbuch und sonstiges Gerät auf einen flachen Felsen, der von der Sonne bestrahlt und von leichtem Wind umfächelt wurde.

Der nächste Schritt bestand darin, daß ich meine Gasmaske überprüfte. Man denke nun nicht, daß dies ein Witz sei. Meine

Behörde hatte mich in eiserner Konsequenz mit einer Gasmaske ausgerüstet und mir zugleich Dutzende von Tränengaspatronen mitgegeben. Damit sollte ich Wölfe aus ihren Höhlen treiben, damit ich sie als Muster erlegen konnte. Selbstverständlich wäre ich auch zu jener Zeit, als mir die Wölfe noch reichlich fremd waren, niemals so tief gesunken, tatsächlich Gebrauch davon zu machen. Die Tränengasmunition hatte ich längst im nächsten Teich versenkt, die Maske aber hatte ich behalten, weil ich für sie persönlich haftete.

Nachdem ich mich vergewissert hatte, daß eine größere Portion Kot hinlänglich weich geworden war, legte ich die Gasmaske an und ging daran, den ersten Brocken auf einem weißen Emailleteller, den ich aus der Hütte entliehen hatte, zu zerlegen. Während ich die Bestandteile unter der Lupe identifizierte, vermerkte ich sie zugleich in meinem Notizbuch.

Es war eine mühevolle, aber nicht uninteressante Beschäftigung. Bald war ich so sehr in meine Arbeit vertieft, daß ich nicht mehr auf meine Umgebung achtete.

Als ich zwei Stunden später aufstand, mich reckte und mich der Hütte zuwandte, war ich daher sehr überrascht, daß ich mich einem Halbkreis mir unbekannter Eskimo gegenübersah, die mich mit einer Mischung aus Unglauben und Abscheu betrachteten.

Es war ein verwirrender Anblick. Ich war so erschrocken, daß ich nicht mehr an die Gasmaske mit ihrem Elefantenrüssel und ihren Glotzaugen dachte. Und als ich versuchte, die Fremden zu begrüßen, hatte meine Stimme, durch fünf Zentimeter Holzkohle und dreißig Zentimeter Gummischlauch gedämpft, den Klang des Windes, der durch hohle Grüfte heult, was die Eskimo sichtlich zusammenzucken ließ. Im Bemühen, mich schnell wieder menschenähnlicher werden zu lassen, nahm ich die Gasmaske ab und trat schwungvoll auf die Fremden zu, worauf die Eskimo um einige Schritte zurückwichen und mich in wildem Entsetzen anstarrten.

Ich wollte unbedingt meine freundliche Gesinnung beweisen und lächelte, so breit ich konnte. Dabei entblößte ich meine Zähne zu einem Grinsen, das offenbar eher feindselig wirkte. Meine Besucher zogen sich noch ein paar Meter zurück, und einige von ihnen schielten unbehaglich auf das Skalpell in meiner Hand.

Sie schienen gleich davonrennen zu wollen, doch ich rettete die Lage, indem ich einige Worte ihrer Sprache hervorkramte und so etwas wie eine Begrüßung zustande brachte. Nach einer langen Pause wagte einer der Eskimo eine schüchterne Erwiderung, und allmählich entspannten sie sich ein wenig.

EIN SOMMER MIT WÖLFEN

Das folgende Gespräch ergab, daß die Eskimo zu Ooteks Gruppe gehörten. Sie hatten den Sommer weiter im Osten verbracht und waren gerade erst in ihr heimatliches Lager zurückgekehrt. Dort hatte man ihnen erzählt, daß in Mikes Hütte ein sehr merkwürdiger weißer Mann hauste.

Dieses Wundertier hatten sie sich selbst einmal ansehen wollen, doch nichts von dem, was sie vorher gehört hatten, hatte sie auf das Schauspiel vorbereitet, das sich ihnen hier geboten hatte.

Da ich in Mikes Abwesenheit der Gastgeber war und die Gastfreundschaft im hohen Norden zu den edelsten Tugenden zählt, lud ich die Eskimo für den Abend zu einem Essen in der Hütte ein.

Sie schienen mein Angebot zu verstehen und anzunehmen und zogen sich einstweilen zurück, damit ich meine Arbeit an den „Wolfssouvenirs" in Ruhe vollenden konnte. Auf einer nahen Anhöhe schlugen sie ihr Durchgangslager auf.

Die Ergebnisse meiner skatologischen Analyse waren höchst interessant. Ungefähr achtundvierzig Prozent der Kotproben enthielten Reste von Nagetieren, vor allem Fellteile und Zähne. Zu den noch erkennbaren Speiseüberresten zählten Karibuknochen, Karibufell, ein paar Vogelfedern und überraschenderweise ein Messingknopf, der zwar von den Verdauungssäften ziemlich angegriffen war, jedoch noch deutlich genug Anker und Kabel erkennen ließ, wie sie auf den Uniformknöpfen der Handelsmarine üblich sind. Ich konnte mir nicht erklären, wie der Knopf zu einem solchen Ende gelangt sein mochte, doch sollte man ihn keinesfalls als Hinweis darauf werten, daß die Wölfe einen wandernden Seemann verspeist hätten. Überhaupt gibt es keinerlei zuverlässige Nachricht darüber, daß Wölfe jemals im kanadischen Norden einen Menschen getötet hätten. Wohl kann ich mir aber denken, daß die Versuchung für sie manchmal sehr stark gewesen sein muß.

Unter den Blicken von zwei sehr ernsthaften Eskimoknaben wusch ich meine Eimer aus und füllte sie mit frischem Wasser, da mir klar war, daß heute abend eine ganze Menge Tee gebraucht würde. Als ich zur Hütte ging, sah ich, daß die Eskimojungen eilig den Hang hinaufliefen, als hätten sie ihren Eltern dringende Nachrichten zu überbringen, und ich lächelte über ihren Eifer.

Meine fröhliche Stimmung währte jedoch nicht lange. Drei Stunden später war das Abendessen fertig. Es bestand aus Fischfrikadellen auf polynesische Art, in einer süßsauren Soße, die ich selbst erfunden hatte. Aber von meinen Gästen war weit und breit nichts zu sehen. Ich bekam sie auch nie wieder zu Gesicht. Sie hatten ihren

Lagerplatz geräumt und waren spurlos verschwunden, als hätte die Tundra sie verschlungen.

Ich war ebenso verwundert wie gekränkt. Als Ootek am nächsten Tag wiederkam, erzählte ich ihm die Geschichte und erbat eine Erklärung. Er stellte mir einige belanglose Fragen über Eimer, Wolfskot und dergleichen mehr, doch letzten Endes ließ er mich zum ersten Mal, seit wir uns kannten, im Stich. Er sagte, er könne mir beim besten Willen nicht erklären, warum man meine Einladung auf so unhöfliche Weise ausgeschlagen habe, und das blieb sein letztes Wort.

ALLMÄHLICH rückte die Zeit heran, in der ich die Wolfshöhlenbucht verlassen mußte, und zwar nicht, weil ich dies so wollte, sondern weil die Wölfe bald ihre Winterquartiere aufsuchen würden.

Ende Oktober kehrten die Karibus der Tundra den Rücken und zogen in die ihnen fremde, aber doch geschützte Welt der Wälder. Und wohin die Karibus gehen, müssen auch die Wölfe ziehen, denn auf den froststarren Ebenen bleibt nichts zurück, wovon sie sich ernähren könnten.

Von Anfang November bis zum April ziehen Karibus und Wölfe durch die Taiga, den schmalen Streifen mit niederem Buschwerk und kleineren Bäumen am Rand jener Zone, in der die Wälder gedeihen. In den Jahren, in denen es genug Schneehasen gibt, nehmen die Wölfe dieses Nahrungsangebot gerne in Anspruch. Immer aber bleiben sie in der Nähe der Karibuherden, denn in Zeiten der Hungersnot sind die Rentiere die einzig mögliche Beute.

Jede Wolfsfamilie wandert für sich, doch ist es auch nicht ungewöhnlich, daß zwei oder drei Familien sich zu einem Rudel vereinigen. Die Winterjagd verlangt die Zusammenarbeit mehrerer Wölfe, wenn sie erfolgreich sein soll. Gibt es aber zu viele Wölfe in einem Rudel, so wird keiner satt. Ein Rudel von fünf bis zehn Tieren ist wohl die ideale Größe.

Im Winter scheinen die Wölfe keine festumgrenzten Gebiete für sich in Anspruch zu nehmen. Jedes Rudel jagt, wo es ihm gefällt, und man hat beobachtet, daß zwei Rudel, die sich begegnen, einander begrüßen und dann ihrer Wege gehen.

Für die Wölfe der Tundra ist der Winter die Zeit des Todes. Sobald sie in Waldgebiete kommen, sind sie den konzentrierten, geschickten und erbarmungslosen Angriffen der Menschen ausgesetzt. Trapper können Wölfe nicht ausstehen, denn sie sind nicht nur Konkurrenten bei der Karibujagd, sondern sie können auch die leichten Fußfallen der Pelzjäger zuschnappen lassen, ohne selbst gefangen zu werden.

Außerdem fürchten die meisten weißen Trapper sich vor den Wölfen, und nichts treibt den Menschen so leicht in die Zerstörungswut wie die Angst.

Der Krieg gegen die Wölfe wird von staatlicher Seite zusätzlich geschürt, denn für jeden erlegten Wolf werden Abschußprämien zwischen zehn und dreißig Dollar geboten. Besonders wenn Fuchspelze und andere Felle nicht hoch im Kurs stehen, sind diese Prämien für Trapper und Händler ein reizvoller Nebenverdienst.

Während viel über die von Wölfen gerissenen Rentiere gesagt und geschrieben wird, hört man fast nichts über Wölfe, die von Menschen erlegt werden. Fallen und Gift sind die gebräuchlichsten Wolfstöter, doch auch andere Methoden sind weit verbreitet. Eine davon ist die Jagd aus dem Flugzeug, die vorwiegend von jenen „dem Allgemeinwohl verpflichteten" Sportsleuten betrieben wird, die der Gesellschaft „unschätzbare Dienste" erweisen, indem sie „Zeit und Geld opfern, um räuberische Bestien zu vernichten". Dabei hält die Besatzung eines Flugzeuges nach den Wölfen Ausschau, und zwar am liebsten auf der Eisfläche eines Sees. Wird ein Wolf gesichtet, so fliegt die Maschine möglichst tief über ihm und verfolgt ihn so erbarmungslos, daß das gehetzte Tier endlich vor Erschöpfung zusammenbricht und manchmal schon tot ist, ehe es von Schrotkugeln durchsiebt wird.

Als ich die Wolfshöhlenbucht verließ und nach Brochet im Norden Manitobas kam, von wo aus ich meine Winterstudien betreiben wollte, war dort niemand gut auf Wölfe zu sprechen. Der Jagdaufseher des Ortes beschrieb mir die Lage folgendermaßen: Bis vor zwei Jahrzehnten hatten die Menschen dieser Gegend noch jährlich fünfzigtausend Karibus erlegen können, jetzt konnten sie schon froh sein, wenn es ein paar Tausend waren. Die Karibus wurden immer seltener, und man machte die Wölfe dafür verantwortlich. Mit meinem bescheidenen Hinweis darauf, daß Wölfe schließlich schon ihre Beute aus Karibuherden gerissen hatten, ohne diese Herden zu dezimieren, ehe es überhaupt Menschen in dieser Gegend gegeben hatte, stieß ich bei ihm auf taube Ohren und zog mir den Zorn anderer Gesprächspartner zu.

Eines Morgens platzte ein sehr erregter Pelzhändler in meine Hütte. „Hören Sie zu", sagte er herausfordernd, „Sie wollen doch Beweise dafür haben, daß die Wölfe die Karibuherden abschlachten. Also los, spannen Sie Ihre Hunde an, und fahren Sie zum Fishduck Lake! Da werden Sie Ihre Beweise kriegen! Einer meiner Trapper ist vor einer Stunde hier angekommen, er hat fünfzig tote Rentiere auf dem Eis des

Sees gesehen! Alle sind von Wölfen gerissen worden, und das Fleisch ist kaum angerührt!"

Mit einem Indianer als Begleiter brach ich sofort auf, und am Nachmittag erreichten wir den zugefrorenen See. Dort erwartete uns ein grausiges Bild. Über das Eis verstreut lagen die Kadaver von dreiundzwanzig Karibus, und es war so viel Blut geflossen, daß die Eisfläche sich rot verfärbt hatte.

Der Trapper hatte richtig berichtet, daß das Fleisch der Karibus fast unangetastet geblieben war. Alle Tiere bis auf drei waren unberührt. Zwei von diesen dreien waren männliche Tiere – ihnen fehlten die Köpfe, während das dritte Tier, eine trächtige Renkuh, keine Hinterkeulen mehr hatte.

Der „Beweis" war allerdings alles andere als schlüssig, denn keines dieser Tiere konnte von Wölfen angegriffen worden sein. Auf dem ganzen See war keine Wolfsspur zu finden. Dafür gab es aber andere Spuren, nämlich die Schleifspuren von zwei Flugzeugkufen, die über den ganzen See führten und das Eis in weiten Bögen durchfurchten.

Diese Karibus waren nicht von Wölfen zur Strecke gebracht worden, sondern man hatte sie erschossen. Einige Tiere wiesen mehrere Einschüsse auf. Eines war nach einem Bauchschuß mit nachschleifenden Eingeweiden noch hundert Meter weitergelaufen. Mehreren anderen hatten die Kugeln die Läufe gebrochen.

Was tatsächlich geschehen war, klärte sich schnell auf. Zwei Jahre zuvor war der Touristendienst der zuständigen Provinzialregierung auf den Gedanken gekommen, daß die Rentiere der Tundra Trophäenjäger aus den Vereinigten Staaten anlocken könnten. Folglich wurden regelrechte „Safaris" organisiert, bei denen Gruppen von Hobbyjägern in diese Gegend flogen. Für diesen edlen Zweck wurden oftmals sogar regierungseigene Flugzeuge eingesetzt. Gegen einen Betrag von tausend Dollar erhielt jeder Teilnehmer die Garantie, ein erstklassiges Karibugeweih mit nach Hause nehmen zu können.

Im Winter verbrachten die Karibus die Abend- und Nachtstunden im Wald, tagsüber aber hielten sie sich mit Vorliebe auf den zugefrorenen Seen auf. Der Pilot des Safariflugzeugs brauchte also nur einen See auszuwählen, auf dem viele Karibus lagerten. Wenn er dann eine Weile niedrig über den Tieren kreiste, konnte er sie alle sehr nahe zusammentreiben. War das gelungen, so landete das Flugzeug auf dem Eis, zog jedoch auf seinen Kufen weite Kreise um die zu Tode geängstigte Herde und verhinderte so eine Flucht der aneinandergedrängten Tiere. Durch die offenen Türen und Fenster konnten die „Jäger" ununterbrochen schießen, bis sie so viele Tiere niedergestreckt hatten, daß bestimmt eine ausreichende Anzahl guter Geweihe zu finden war.

War die Schießerei beendet, so wurden die toten Tiere besichtigt, und jeder Jäger nahm nur den besten Kopf mit, den er finden konnte, da sein Erlaubnisschein ihm ja „lediglich ein Karibu" zusicherte. Wünschten sich die Jäger auch einen Braten, so wurden schnell ein paar Hinterkeulen abgehackt und mit in die Maschine genommen, die dann wieder nach Süden entschwand. Zwei Tage später schon hielten die erfolgreichen Sportsleute wieder zu Hause Einzug.

Der Indianer, der mich begleitete, hatte dieses Gemetzel im vergangenen Winter selbst beobachtet, während er als Führer gearbeitet hatte. Das Verfahren behagte ihm zwar nicht, doch er wußte genug über die Stellung der Indianer in der Welt des weißen Mannes, um zu wissen, daß er seine Empörung besser für sich behielt.

Ich war wesentlich naiver. Am nächsten Tag gab ich eine Funkmeldung zu diesem Thema an die zuständigen Behörden weiter. Ich erhielt keine Antwort, wenn man einmal davon absieht, daß die Provinzregierung die Kopfprämie für Wölfe wenige Wochen später auf zwanzig Dollar erhöhte. Vielleicht war das als Antwort gedacht.

Doch bin ich in meinem Bericht der Zeit vorausgeeilt. Einstweilen war ich nämlich noch immer inmitten der Tundra Keewatins und fragte mich, wie ich je nach Brochet gelangen sollte.

Eines Morgens jedoch kam Ootek in meine Hütte gelaufen und verkündete, er habe ein Flugzeug gesehen. Tatsächlich kreiste in nur geringer Entfernung ein Flugzeug über der Tundra.

Dieser Anblick versetzte mich in fieberhafte Erregung. Ich erinnerte mich an die Raucherzeuger, die zu meiner Ausrüstung gehörten, und schaffte sie schnell herbei. Zu meiner Überraschung funktionierten sie tatsächlich. Eine mächtige schwarze Rauchsäule stieg kerzengerade zum Himmel auf und rief die Maschine, die sich bereits westwärts entfernt hatte, wieder zurück.

Sie wasserte auf dem See, und ich fuhr mit dem Kahn hinaus, um den Piloten zu begrüßen, einen kaugummikauenden Mann mit schmalem Gesicht, der mir viel zu erzählen hatte.

Da Monate ohne eine Nachricht von mir vergangen waren, war meine Dienststelle immer besorgter geworden. Daß keine Berichte über die Wölfe eintrafen, wäre ja noch zu verschmerzen gewesen, doch mit mir waren auch Ausrüstungsgegenstände im Werte von gut und gerne viertausend Dollar in den Weiten der Tundra verschwunden. Das war eine sehr ernste Angelegenheit, denn schließlich konnte jederzeit ein mißgünstiges Mitglied der Opposition Wind von der Sache bekommen und sie im Parlament zur Sprache bringen. Die Aussicht aber, des verschwenderischen Umgangs mit öffentlichen Mitteln beschuldigt zu werden, stürzt jede kanadische Behörde in Angst und Schrecken.

Aus diesem Grunde wurde eine Elitetruppe der berittenen Polizei beauftragt, nach mir zu suchen, doch die Hinweise, die man ihr geben konnte, waren kärglich. Der Pilot, der mich seinerzeit in die Tundra geflogen hatte, war inzwischen auf einem anderen Flug abhanden gekommen, und da die Polizei nicht einmal ihn auftreiben konnte, wußte auch niemand, was er mit mir angestellt hatte. Endlich aber erfuhr die Polizei von einem in Churchill umlaufenden Gerücht, ich sei ein Agent des Geheimdienstes und damit beauftragt, russische Stützpunkte in Polnähe auszuspionieren. Sogleich ging eine Meldung nach Ottawa mit der Anmerkung, die berittene Polizei schätze es nicht, wenn man sie zum Narren halte, und wenn das Amt wieder einmal ihre Dienste in Anspruch nehmen wolle, solle es besser gleich sagen, in welch heikler Mission ich unterwegs war.

Der Pilot, der auf mein Rauchsignal hin gelandet war, flog im Auftrag einer Firma, die auf der Suche nach Bodenschätzen war. Immerhin erklärte er sich bereit, eine Nachricht mit nach Hause zu nehmen und meiner Dienststelle mitzuteilen, wo sich ihr Regierungseigentum zur Zeit befand. Weiter wollte er vorschlagen, mir ein Flugzeug zu schicken, ehe strenger Frost einsetzte.

Mit Mikes Hilfe nutzte der Pilot seine Zwischenlandung, um seine Tanks aus Reservekanistern, die unter dem Rumpf angebracht waren, nachzufüllen. Inzwischen brach ich auf, um noch eine unerledigte Aufgabe am Wolfshügel in Angriff zu nehmen.

Um meine Untersuchung des Familienlebens der Wölfe abzurunden, mußte ich noch wissen, wie es in der Höhle aussah. Aus Gründen, die nicht näher erklärt zu werden brauchen, hatte ich die Höhle nicht erforschen können, solange sie besetzt gewesen war, und seitdem hatte ich so viel anderes zu tun gehabt, daß ich nicht dazu gekommen war. Jetzt aber wurde die Zeit knapp, und ich hatte es eilig.

Ich ging quer über das Gelände auf die Höhle zu und war nur noch hundert Meter davon entfernt, als hinter mir ein ohrenbetäubendes Dröhnen erklang. Ich warf mich unwillkürlich der Länge nach zu Boden, als das Flugzeug in einer Höhe von vielleicht fünfzehn Metern über mich hinwegdonnerte, mir mit einem Wackeln der Tragflächen einen freundlichen Gruß zuwinkte und dicht über den Wolfshügel fegte, wobei sein Propellerwirbel einen wahren Sandsturm auslöste.

EIN SOMMER MIT WÖLFEN

Ich beruhigte mein klopfendes Herz und bedachte den seltsamen Humor des am Horizont entschwindenden Piloten mit einigen kräftigen Verwünschungen.

Der Platz vor der Höhle war – genau wie ich es erwartet hatte und wie das Flugzeug es auf jeden Fall bewirkt hätte – wolfslos. Als ich den Eingang erreicht hatte, zog ich die dicke Hose aus, legte Jacke und Pullover ab, nahm eine Taschenlampe und ein Bandmaß aus der Jackentasche und ging an die mühsame Arbeit, mich durch den Höhleneingang zu zwängen.

Die Batterien der Lampe waren so schwach, daß sie nur noch einen orangefarbenen Schimmer verbreitete, der mir kaum noch erlaubte, die Zahlen auf dem Bandmaß zu entziffern. Ich schlängelte mich in einem Winkel von fünfundvierzig Grad ungefähr zwei und einen halben Meter abwärts. Augen und Mund waren bald voller Sand, und ich bekam allmählich Platzangst, denn der Gang war so eng, daß ich ihn vollkommen ausfüllte.

Nach drei Metern beschrieb der Tunnel eine scharfe Biegung aufwärts und wandte sich zugleich nach links. Gespannt richtete ich die Lampe in die neue Richtung.

Vier grüne Lichter spiegelten in der Finsternis vor mir den spärlichen Schein der Lampe wider.

Ich erstarrte, während mein Hirn sich krampfhaft abmühte, die Erkenntnis zu verarbeiten, daß sich mindestens zwei Wölfe vor mir in der Höhle befanden.

Obwohl ich mit der Wolfsfamilie recht vertraut war, war diese Lage dazu geeignet, alle überkommenen Vorurteile wachzurufen und über Vernunft und Erfahrung siegen zu lassen. Jedenfalls war ich so erschrocken, daß ich mich wie gelähmt fühlte. Ich hatte keine Waffe bei mir, und in meiner Lage hätte ich kaum eine Hand rühren können, um einen Angriff abzuwehren. Es schien mir aber völlig unausweichlich zu sein, daß die Wölfe mich angriffen, denn schließlich verteidigt sogar ein Erdhörnchen seinen Bau erbittert gegen jeden Eindringling.

Aber die Wölfe knurrten nicht einmal! Wären nicht die beiden glühenden Augenpaare gewesen, hätte ich ihre Gegenwart gar nicht bemerkt.

Meine Erstarrung löste sich, und ich fühlte, wie mir am ganzen Körper der Schweiß ausbrach. In einem Anfall verzweifelten Mutes schob ich die Taschenlampe vorwärts, so weit mein Arm reichte. Sie gab gerade noch so viel Licht, daß ich Angeline und einen der Welpen erkennen konnte. Sie hatten sich gegen die Rückwand der Höhle gedrängt und waren wie versteinert.

Allmählich schwand der Schreck, und der Selbsterhaltungstrieb gewann wieder die Oberhand. So schnell ich konnte, zwängte ich mich rückwärts durch den Tunnel, die ganze Zeit über in dem schrecklichen Gefühl, daß die beiden Wölfe jeden Augenblick angreifen mußten. Als ich schließlich den Eingang wieder erreicht und mich aus dem Tunnel befreit hatte, vernahm ich von Angeline und dem Welpen noch immer nichts.

Ich schlüpfte in meine Kleider, setzte mich auf einen Stein und zündete mir mit zitternden Fingern eine Zigarette an, und dabei merkte ich, daß ich mich jetzt nicht mehr fürchtete. Statt dessen war ich von einer unvernünftigen Wut besessen. Hätte ich mein Gewehr bei mir gehabt, so hätte ich in meiner Wut vielleicht versucht, beide Wölfe zu töten.

Als ich die Zigarette aufgeraucht hatte, war mein Ärger vergangen. Danach fühlte ich mich schlapp und ausgepumpt. Ich hatte in mir den Haß gespürt, der aus der Furcht entsteht, den Haß gegen Tiere, die mich für ein paar Augenblicke mit nacktem Entsetzen erfüllt und damit meinen Stolz verletzt hatten.

Ich schämte mich bei der Erkenntnis, wie schnell ich vergessen hatte, was mein Sommer mit den Wölfen mich über diese Tiere – und über mich selbst – gelehrt hatte. Ich dachte an Angeline und ihren Welpen, wie sie dort unten kauerten, weil sie Schutz vor dem herandonnernden Flugzeug gesucht hatten. Und ich schämte mich.

IRGENDWO im Osten heulte ein Wolf. Es klang rufend und fragend. Ich kannte diese Stimme, denn ich hatte sie oft genug gehört. Es war George, der eine Antwort von den ausgebliebenen Mitgliedern seiner Familie erhoffte. Für mich aber war es eine Stimme, die von einer verlorenen Welt kündete, einer Welt, die einmal die unsere gewesen war, ehe wir uns entschieden hatten, uns selbst aus ihr auszuschließen; die Stimme einer Welt, in die ich einen Blick hatte tun dürfen.

Farley Mowat

Die Reise- und Abenteuerlust wurde Farley Mowat vermutlich schon in die Wiege gelegt, denn diese stand sinnigerweise in einem Wohnwagen. Mit der ihm eigenen Schnoddrigkeit erzählt der erfolgreiche Romanschriftsteller und Biologe, er habe seine Kindheit und Jugend damit verbracht, „im Wohnwagen kreuz und quer durch Kanada kutschiert zu werden". Den Reisen der Kindheit sollten viele weitere folgen, darunter zwei ausgedehnte Fahrten durch Sibirien – „auf freiwilliger Basis, wohlgemerkt!"

„Nichts", so bekundet der heute Dreiundsechzigjährige, „könnte mich dazu bewegen, fern der Natur in einer Großstadt ein seßhaftes Leben zu führen." Städte nehmen auf der Liste der Dinge, die er am wenigsten ausstehen kann, neben „Politikern, Trophäenjägern und Kritikern, die nur am Schreibtisch hocken", ohnehin einen Spitzenplatz ein.

Seine Liebe hingegen gilt der Tier- und Pflanzenwelt des hohen Nordens, die er bereits als Vierzehnjähriger kennenlernte, als er seinen Onkel auf einer Polarreise begleiten durfte. Der damals gefaßte Entschluß, später einmal Biologie zu studieren, schien vier Jahre darauf zum Scheitern verurteilt, als der junge Kanadier sich nach Ausbruch des Zweiten Weltkrieges zum Dienst in den englischen Regimentern meldete.

Im Verlauf der nächsten Jahre sollte Mowat dann viermal zum Hauptmann befördert werden, und viermal wurde die Beförderung wieder gestoppt. „Wahrscheinlich lag das daran, daß ich meinen Mund nicht halten konnte", erzählt er mit einem Grinsen.

Überhaupt lautet einer von Mowats Grundsätzen, kein Unrecht schweigend hinzunehmen. „Alles, was der Natur vermeidbaren Schaden zufügt, erbittert mich, und fast alles, was unsere moderne Gesellschaft tut, kränkt die Natur", sagt der Mann, der mit seinem Erlebnisbericht *Ein Sommer mit Wölfen* einen Klassiker schuf.

Wie aktuell dieses millionenfach verbreitete Buch auch heute, fast dreißig Jahre nach der Erstveröffentlichung, noch ist, beweist die Tatsache, daß es erst kürzlich verfilmt und unter dem Titel *Wenn die Wölfe heulen* in Amerika und Deutschland zum Kassenschlager wurde.

Natürlich ließ Mowat es sich nicht nehmen, bei den Dreharbeiten in der subarktischen Tundra mit dabeizusein. Neben ihm und einigen prominenten Darstellern gehörten auch viele vierbeinige Schauspieltalente zum Filmteam – darunter zehn ausgewachsene Wölfe und sechs Wolfswelpen, die wochenlang trainiert worden waren. Einen Wolf namens Kolchak schloß Mowat besonders ins Herz. „Es war ein ausgesprochen intelligentes Tier, das unter anderem lernen mußte, auf Kommando sein Bein zu heben, um sein Revier abzustecken. An einem Tag hob Kolchak siebenundfünfzigmal hintereinander für die Kamera das Bein – eine Leistung, mit der er sich als würdiger Nachfolger des guten alten George erwies."

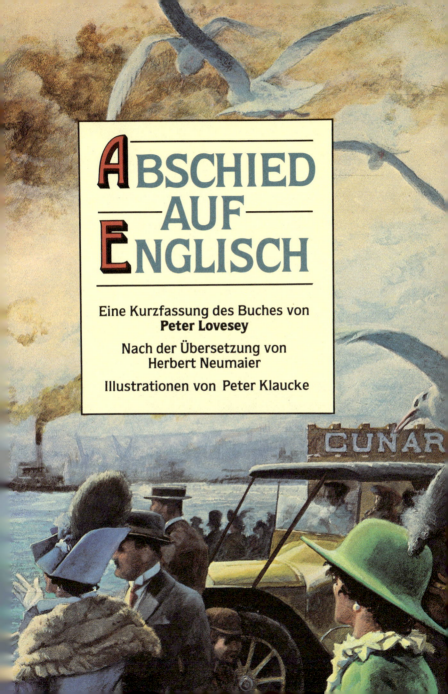

Abschied auf Englisch

Eine Kurzfassung des Buches von
Peter Lovesey

Nach der Übersetzung von
Herbert Neumaier

Illustrationen von Peter Klaucke

Lydia Baranov hat es satt. Ihre Karriere als Schauspielerin befindet sich zu Anfang der „goldenen" zwanziger Jahre auf dem Tiefpunkt: Seit Ewigkeiten wurde ihr keine ernst zu nehmende Rolle mehr auf einer Londoner Bühne angeboten. Jetzt will sie in Amerika ihre Talente beim Film zur Geltung bringen, und Charlie Chaplin, den sie flüchtig kennt, soll ihr den Start erleichtern. Sie bucht eine Schiffspassage auf der Mauretania und verkauft zur Finanzierung ihrer Pläne die Zahnarztpraxis ihres Mannes.

Walter Baranov, ihr Mann, war bis dahin ein zufriedener Mensch. Die Praxis ging gut, sein Beruf machte ihm Spaß. Aber er hatte sich die Existenz als Zahnarzt nur mit Lydias Geld aufbauen können. Als seine Frau die Praxis kaltherzig verkauft, steht er beruflich vor dem Nichts.

Alma, eine kleine Blumenverkäuferin, ist glücklich. Sie glaubt, in Walter die große Liebe gefunden zu haben. Und Walter ist nicht abgeneigt.

Beide kommen zu dem Schluß: Lydia muß während der Überfahrt auf der Mauretania verschwinden. Mit Lydias Geld wäre der Weg in eine gemeinsame Zukunft für Walter und Alma frei.

1. Kapitel

SS MAURETANIA, 9. SEPTEMBER 1921
MELDEN VERDÄCHTIGEN TODESFALL AN BORD STOP HABEN CHEF-
INSPEKTOR DEW VON SCOTLAND YARD GEBETEN FALL ZU ÜBERNEH-
MEN STOP
KAPITÄN ROSTRON

CHEFINSPEKTOR DEW! Der Polizeichef von Scotland Yard erinnerte sich an Dew. Dieser Mann hatte damals Dr. Crippen überführt. Und der Polizeichef war sicher, daß Dew noch im selben Jahr den Dienst quittiert hatte.

Er nahm einen Bleistift und schrieb unter den Funkspruch: *Was soll der Unsinn? Für Komödianten sind Sie zuständig.* Dann adressierte er die Notiz an seinen Stellvertreter.

Der stellvertretende Polizeichef war an diesem Tag mit Charlie Chaplin am Waterloo-Bahnhof. Zweihundert Polizisten standen, die Arme untergehakt, zur Absperrung bereit. Nach elf Jahren war Charlie Chaplin aus Amerika zurückgekehrt. Einst war er mit einer Varietétruppe dorthin gegangen, als einer der berühmtesten Zeitgenossen kehrte er nach London zurück. Tausende erwarteten ihn am Bahnhof.

Sobald der Zug eingefahren war, eilten der stellvertretende Polizeichef und sein dienstältester Beamter zu dem für Chaplin reservierten Abteil. Sie ergriffen ihn wie einen Gefangenen und schleppten ihn den Bahnsteig entlang. Die Kette der Blauuniformierten stemmte sich gegen die wartende Menge, und Chaplin wurde in eine bereitstehende Limousine verfrachtet.

Im Einsatzwagen fuhr der stellvertretende Polizeichef voraus zum Hotel Ritz, wo Chaplin die Fürstensuite reserviert hatte. Durchs offene Fenster warf er Nelken, die er aus einer Vase nahm, zu der Menge hinunter. Erst nach Stunden konnten die Polizisten abgezogen werden.

An diesem Abend kam der stellvertretende Polizeichef spät nach Scotland Yard zurück. Schnell überflog er die Korrespondenz und las auch den Funkspruch mit dem Kommentar seines Chefs.

Er erinnerte sich noch lebhaft an Walter Dew, der seiner Meinung nach trotz des gewaltigen Ansehens, das er genoß, kein wirklich großer Meister des Fachs war. Zeugenaussagen hatte er zuwenig beachtet, außerdem war er viel zu weichherzig gewesen. Für den Mörder Crippen hatte er eine Menge Sympathie offenbart. Es war nichts als Glück gewesen, daß er ihn überführte. Noch an dem Tag, an dem die Revision verworfen wurde, hatte Walter Dew, obwohl er erst Mitte Vierzig war, den Dienst quittiert. Er war an die Küste, nach Worthing gezogen, und es war höchst unwahrscheinlich, daß er auf einem Ozeanriesen auftauchte und anbot, einen „Fall" zu übernehmen.

Aber was konnte Scotland Yard anderes tun, als den Vorfall zur Kenntnis nehmen? Der stellvertretende Polizeichef zeichnete den Funkspruch ab und warf ihn in den Ablagekasten. Am nächsten Tag verstaute ihn ein Beamter in den Akten.

JENER Mann, welcher der falsche Chefinspektor Dew werden sollte, hieß Baranov. Sein Leben war bis zum 7. Mai 1915 völlig gewöhnlich verlaufen.

An diesem Tag jedoch wurde er in eines der aufsehenerregendsten Ereignisse des Ersten Weltkriegs verwickelt.

Das Meer vor der Südküste Irlands war spiegelglatt. Das Sonnenlicht brach sich schimmernd am riesigen Rumpf der *Lusitania*, eines Überseedampfers der Cunard-Schiffahrtsgesellschaft, der mit fast zweitausend Passagieren, Besatzung und einer geheimen Fracht, bestehend aus zweihundertzwanzig Tonnen Munition und sechsundsechzig Tonnen hochexplosiver Nitrozellulose, den Hafen von Queenstown (Cobh in der heutigen Republik Irland) ansteuerte. Queenstown sollte angelaufen werden, weil Berichten zufolge ein deutsches U-Boot im Ärmelkanal kreuzte.

Zehn Minuten nach zwei Uhr nachmittags sah der Wachhabende im Ausguck, wie eine saubere weiße Linie auf der Steuerbordseite das Wasser zerteilte und auf das Schiff zustrebte. Der Geschwindigkeit und dem Aussehen nach konnte es sich nur um die Spur der Preßluftblasen handeln, die der Antrieb eines Torpedos hinterließ. Und das Schiff war das Ziel. Der Wachhabende gab Alarm.

Auf der Brücke nahm Kapitän William Turner um diese Zeit wie gewöhnlich sein Mittagessen ein. Am Vortag hatte man Turner im Rauchsalon einem regelrechten Verhör unterzogen. Der Sprecher der Passagiere war Baranov, ein alter Varietékünstler, der mit seinem Sohn Walter nach England zurückreiste. Baranov senior hatte das

ABSCHIED AUF ENGLISCH

Bein in Gips. Er wollte wissen, weshalb der Kabinensteward die Bullaugen verdunkelt habe und weshalb die Rettungsboote an ihren Kränen nach außenbords geschwungen worden seien. Kapitän Turner hatte erklärt, dies seien Routinevorsichtsmaßregeln beim Durchqueren einer Kriegszone.

Der Torpedo schlug unmittelbar vor der Brücke in die *Lusitania* ein. Ein Wall aus Wasser, Rauch und Trümmern versperrte dem Kapitän die Sicht. Er befahl dem Steuermann, alle noch offenen wasserdichten Türen schließen zu lassen, und kontrollierte selbst die Instrumente, ob Feuer ausgebrochen oder Wasser eingedrungen sei. Das Schiff hatte eine Schlagseite von fünfzehn Grad.

Eine zweite, heftigere Explosion erschütterte die *Lusitania*. Sie rührte von der Geheimfracht unter Deck her. Kapitän Turner befahl, die Rettungsboote zu Wasser zu lassen.

Viele Passagiere der ersten Klasse waren noch im weiß-goldenen Louis-seize-Salon, als der Torpedo einschlug. Walter Baranov saß mit seinem behinderten Vater an einem Tisch nahe dem Treppenaufgang. Schnell war er auf Deck, um nachzuschauen, was sich ereignet hatte. Das Vorderdeck war bereits unter Wasser, und es war offensichtlich, daß das Schiff sank. Mühsam fand er wieder zu seinem Vater zurück. Baranov senior war Akrobat. Während der Tournee durch Amerika war er vom Hochseil gestürzt, wobei er sich einen komplizierten Beinbruch zugezogen hatte. Sein Sohn war Stabszahnarzt und hatte Sonderurlaub bekommen, um seinem Vater bei der Rückkehr behilflich zu sein. Weil der Vater auf Krücken gehen mußte, gehörten sie zu den letzten, die den Speisesaal verließen.

Auf dem Oberdeck spielten sich inzwischen Szenen ab, welche den Überlebenden hinfort nächtliche Alpträume bereiteten. Wegen der Schlagseite des Schiffes fielen die Rettungsboote backbords aus, alles eilte daher zu denen an Steuerbord. Als Andersson, der verantwortliche Offizier, seine Leute auf den Posten rief, drängten sich in jedem der elf Rettungsboote und der dreizehn Faltboote bereits bis zu achtzig furchterfüllte Passagiere. Damit die Boote nicht nach innen schwingen konnten, hingen sie an einer Kette. Der Dritte Offizier bat die Passagiere um Mithilfe, das erste Rettungsboot nach außenbords zu schwingen. Es wog leer fast fünf Tonnen; die menschliche Fracht wog ungefähr das gleiche.

Als die Freiwilligen zu drücken begannen, hängte jemand die Kette aus. Das Boot schlingerte nach binnenbords, zermalmte die hilflosen Freiwilligen und prallte auf die Menschen in den Faltbooten. Die Trümmer zweier Boote und hundert schreiende Verletzte wurden wegen der Schräglage des Schiffes gegen die Decksaufbauten der Brücke geschleudert.

Sekunden danach richtete das zweite Rettungsboot das gleiche Blutbad an. Obwohl die Offiziere die Passagiere brüllend aufforderten auszusteigen, schlugen noch drei Rettungsboote auf Deck und vergrößerten den blutigen Haufen aus zersplittertem Holz und menschlichen Körpern.

Die Kabinenstewardeß Catherine Barton kontrollierte unten im B-Deck, ob alle Passagiere erster Klasse gewarnt waren. Viele Kabinentüren standen offen. Der reichste Passagier an Bord, Alfred Vanderbilt, hatte Nummer acht schon verlassen. Stewardeß Barton hörte Geräusche aus Nummer zwölf, der Einzelkabine von Delia Hawkman. Miß Barton sah eine Person am Toilettentisch. Mrs. Hawkman war das nicht. Ein untersetzter Mann in dunklem Anzug verstaute gerade den Inhalt einer Schmuckkassette in seinen Taschen. Stewardeß Barton wollte ihn gerade zur Rede stellen, da drehte der Plünderer sich um und warf ihr die Kassette an den Kopf.

Am anderen Ende desselben Gangs kontrollierte der Steward Hamilton die Kabinen. Er hörte, daß eine Tür zugeschlagen wurde, und ein Mann, den er nicht kannte, rannte zum Niedergang. Hamilton ging den Flur zurück und stellte fest, daß nur noch die Tür zu Nummer zwölf geschlossen war. Er stieß sie auf. Drinnen lag Catherine Barton bewußtlos auf dem Boden, aus Nase und Mund tropfte Blut.

Hamilton und Miß Barton waren später unter den Überlebenden.

Fünfzehn Minuten nach der ersten Explosion berührte der Bug der *Lusitania* den felsigen Meeresgrund. Das Heck ragte mit laufenden Schrauben über die Wasseroberfläche hinaus. Noch immer befanden sich Hunderte von Menschen an Bord. Manche bemühten sich verzweifelt, weitere Rettungsboote freizubekommen. Andere warteten ruhig, bis sich das Heck senkte, um sich den Fluten anzuvertrauen. Walter Baranov und sein Vater gehörten zu ihnen. Sie hielten sich über Wasser, bis man ihnen in ein Rettungsboot half.

Ein Dampfkessel explodierte, einer der großen Schornsteine kippte in einer Wolke aus Rauch und Funken ins Wasser. Sekunden später war das Schiff verschwunden.

Insgesamt überlebten 764 Menschen den Untergang der *Lusitania*. Viele von ihnen waren ins Wasser gestürzt oder gesprungen und später in eines jener sechs Rettungsboote geklettert, die von Steuerbord freigekommen waren. Andere trieben, an Wrackteile geklammert, auf offener See. 1198 Tote waren zu beklagen. Noch Tage danach wurden Leichen an die Küste Irlands gespült.

ABSCHIED AUF ENGLISCH

DIE nächste Etappe im Werdegang des falschen Inspektors Dew begann sechs Jahre später, im Frühjahr 1921.

Alma Webster saß auf dem Behandlungsstuhl und starrte Walter Baranovs rechte Hand an. Das Instrument in dieser sah sie gar nicht. Sie studierte ein Büschel blonder, feiner Haare auf den Fingern. Alma war wahnsinnig verliebt in Mr. Baranov.

Es war der dritte Termin, und die Behandlung sollte insgesamt sechs Wochen dauern. „Dabei brauchen Sie sich um Ihre Zähne wirklich keine Sorgen zu machen", hatte Baranov gesagt. „Für eine junge Dame – von . . . na, ich schätze neunundzwanzig – sind Ihre Zähne in Ordnung. Hier und da ein kleines Loch, sonst nichts."

Almas Abneigung gegenüber Zahnbehandlungen hatte sich in Luft aufgelöst, als sie zum erstenmal in der Praxis am Eaton Square gewesen war. Mr. Baranov hatte gerade an seinem Schreibtisch aus Ebenholz gesessen, war aber sofort aufgestanden, um sie lächelnd und mit einer leichten Verbeugung zu begrüßen. Als sich ihre Blicke begegneten, fühlte Alma ein Prickeln auf der Haut. Was ihr Alter anging, verbesserte sie Mr. Baranov nicht. Sie war achtundzwanzig.

Mit fünfzehn war sie auf das Genre der empfindsamen Romane aus dem 19. Jahrhundert gestoßen. Sie war entzückt, als sie entdeckte, wie viel sie mit deren Heldinnen gemeinsam hatte. Hegte nicht auch sie eine Leidenschaft für Bücher und Landschaften? War nicht auch sie sich ihrer Schönheit kaum bewußt? Hatte nicht auch sie eine schwache Mutter, der ihre Tochter recht fremd war?

Das war vor dem Weltkrieg gewesen. Seit dem Ausbruch des Kriegs hatte sich alles geändert. Sie hatte aufgehört, Romane zu lesen, und trug nun einen Bubikopf. Sie nahm in einem Blumengeschäft für drei Tage in der Woche eine Beschäftigung an. Hier hatte sie Gelegenheit, die Hinterbliebenen zu trösten, wenn sie Kränze und Gebinde bestellten.

Ihre Chefin, Mrs. Maxwell, hatte ihr Baranov empfohlen, als sie einmal über Zahnschmerzen klagte. Von Anfang an hatte Baranov auf Alma großen Eindruck gemacht. Er war völlig anders als die jungen Männer, die stets ihre Träume bevölkert hatten. Er war gar kein junger Mann mehr, sondern mindestens fünfundvierzig. Seine Haare waren wie der Schnurrbart grau meliert. Die Widerwärtigkeiten und Freuden des Lebens hatten in den feinen Linien um Augen und Mundwinkel ihre Spuren hinterlassen. Die hellblauen Augen strahlten heitere Gemütsruhe aus.

Bei ihrer ersten Begegnung hatte er mit wenigen höflichen Fragen Almas zahnmedizinische Vorgeschichte erkundet. Dann hatte er

390   ABSCHIED AUF ENGLISCH

Alma mit einer Handbewegung und einem aufmunternden Lächeln
gebeten, auf dem Behandlungsstuhl Platz zu nehmen. Er kam näher
und schaute ihr interessiert ins Gesicht. Sie erwiderte seinen Blick,
ohne zu erröten. Verlegen war sie nicht. Sie wußte über das Sexuelle
Bescheid. Auch darüber hatte sie Romane gelesen.

Als er mit der Sonde in ihrem Mund hantierte, leuchtete an seiner
Hand etwas im elektrischen Licht auf. Es war ein goldener Ehering.
Das gab Alma einen Stich. Doch sie blieb ruhig. Vielleicht war seine
Frau tot, von den Bolschewiki erschossen. Oder ihr labiler Gesund-
heitszustand war nach der Revolution der langen Reise ins Exil nicht
gewachsen gewesen. Die Arme! Und der arme Mr. Baranov, allein
mit seinem Kummer in diesem fremden Land.

Für einen Russen beherrschte Baranov die englische Sprache
erstaunlich gut. Man erkannte nicht, daß er ein Fremder war. Alma
vermutete, daß seine Erziehung die eines Aristokraten war, eines
russischen Aristokraten mit englischem Hauslehrer.

„Hier in London gibt es einen Zahnarzt", sagte Baranov, „einen
Amerikaner. Seine Spezialität sind Kronen, Spangen und Brücken. Er
inseriert jede Woche in *The Stage*, dem Fachorgan für Theaterleute.
Seine Anzeigen sind dick mit ‚amerikanisches schmerzloses Verfahren' überschrieben. Als wären die Amerikaner das einzige Volk, bei
dem Patienten so behandelt werden, daß sie keine Schmerzen spüren.
Ich werde Ihnen das Geheimnis dieses ‚amerikanischen schmerzlosen
Verfahrens' verraten: Dahinter steckt das gute altmodische Chloroform, Miß Webster. Ich für meinen Teil benutze es nur als letzten
Ausweg. Wenn man aufpaßt, kann man seine Patienten behandeln,
ohne daß sie Schmerzen ertragen müssen."

Sie glaubte es ihm; er war gar nicht fähig, ihr weh zu tun. Früher
oder später mußte sie einen Weg finden, ihm anzudeuten, daß er der
bewunderungswürdigste Mann war, den sie je getroffen hatte.

„Gewisse Dinge, die im Namen der Zahnheilkunde verbrochen
werden, sind nicht zu entschuldigen. Ich entsinne mich, vor dem
Krieg über diesen Dr. Crippen gelesen zu haben, der seine Frau umgebracht hat. Es war eine Mordssensation. Als nämlich die Polizei zu
Dr. Crippen kam, waren er und seine – verzeihen Sie den Ausdruck –
Mätresse bereits gewarnt und auf der Überfahrt nach Kanada. Die
junge Dame, sie hieß Ethel oder so ähnlich, war als Junge verkleidet.
Dr. Crippen trug keine Brille mehr, hatte seinen Schnauzbart abrasiert
und gab sich als ihr Vater aus. Die ganze Maskerade konnte nicht sehr
überzeugend gewesen sein, denn der Kapitän des Linienschiffes erriet
schon am ersten Tag auf See, wer die beiden waren. Er telegrafierte

ABSCHIED AUF ENGLISCH   391

nach London, und Scotland Yard schickte einen Beamten auf einem
schnelleren Schiff, der sie gleich bei der Ankunft festnahm: Inspektor
Dew. Spülen Sie bitte! Wahrscheinlich wundern Sie sich, was Dr.
Crippen mit der Zahnheilkunde zu tun haben soll. Vor dem Mord war
er der Kompagnon eines amerikanischen Kollegen. Sie nannten sich
die ‚Yale-Zahnspezialisten'. Ethel war die Sprechstundenhilfe. Ethel
litt an Kopfschmerzen. Neuralgie. Dr. Crippen und sein Kompagnon
diagnostizierten, daß die Zähne schuld an den Schmerzen seien. Also
zogen sie ihr die Zähne. Einundzwanzig auf einmal! Kriminell! Mir
fällt der Familienname des Mädchens nicht ein. Er klang irgendwie
ausgefallen."

Alma erinnerte sich an den Fall Crippen. Wochenlang waren alle
Zeitungen voll mit Berichten darüber gewesen, damals 1910, als sie
siebzehn war und ihre ersten empfindsamen Romane las. Sie hatte sich
die Sache sehr zu Herzen genommen und nur Mitleid für die beiden
Flüchtigen empfunden, die in ihrer rührenden Verkleidung zehn Tage
lang über das Deck eines schäbigen, kleinen Dampfers spazierten,
während dank eines aufmerksamen Kapitäns und der Segnungen der
drahtlosen Telegrafie Hinz und Kunz wußte, daß in Toronto
Inspektor Dew mit den Handschellen bereitstand. Als die Festnahme
gemeldet wurde, weinte sie für die beiden. Liebe, nichts anderes als
Liebe mußte den beiden besondere Kraft verliehen haben.

„So." Baranov zog das Instrument aus ihrem Mund. „Versuchen
Sie, heute abend auf dieser Seite nicht zu kauen. Meine Sprechstundenhilfe wird Ihnen den nächsten Termin geben."

„Die Frau hieß Ethel Le Neve."

„Tatsächlich. Sie haben ein ausgezeichnetes Gedächtnis."

„Hier in England konnte man es in allen Zeitungen lesen."

„Stimmt. Ich erinnere mich jetzt daran."

„Sie waren 1910 schon in England?"

„Ich bin hier geboren."

„Aber . . ."

„Sie hielten mich für einen Russen, nicht wahr? Das liegt nahe, aber
mein Vater hieß eigentlich Henry Brown. Er arbeitete als Seiltänzer in
Varietés."

„Wegen des Varietés nannte sich Ihr Vater Baranov?"

„Und ich übernahm den Namen für mein Zahnarztschild. In diesem
Metier schadet ein ausländisch klingender Name nicht. Die Engländer
glauben, daß einer, der Walter Brown heißt, kein guter Zahnarzt sein
kann."

Alma war sprachlos.

„Das ist legal. Für meinen Vater war es zunächst der Künstlername, ich nahm ihn dann amtlich an. Ich wollte damals heiraten, und meiner Zukünftigen gefiel er sehr gut, da sie selbst auf der Bühne stand. Lydia Baranov: kein schlechter Name für eine Schauspielerin, oder? Vielleicht kennen Sie sie. Sie ist eine recht bekannte Bühnendarstellerin."

Seine Frau lebte also. Alma schwankte leicht. Sie wandte sich ab und durchquerte den Raum. Tränen verschleierten ihr den Blick. Die Sprechstundenhilfe hielt die Tür auf und drückte Alma ein Kärtchen mit dem nächsten Termin in die Hand. Unten auf der Straße riß sie es entzwei. Die beiden Hälften warf sie in den Rinnstein.

2. KAPITEL

POPPY DUKES Arbeitsplatz war der Markt in der Petticoat Lane. Sie zählte achtzehn Lenze, hatte strahlende Augen und ein herausforderndes Lächeln. Ihr Haar umrahmte das Gesicht in dichten, goldschimmernden Locken. Poppy war eine perfekte Diebin. Mit ihren schmalen Händen und den langen Fingern angelte sie Brieftaschen aus dem Jackett von Vorübergehenden, während sie sie anrempelte und „Oh, verzeihen Sie" hauchte. Sie konnte auch eine Handtasche und die Börse darin öffnen und das Papiergeld daraus verschwinden lassen, ohne daß es die Eigentümerin bemerkte.

Kaum hatte Poppy an diesem Samstagmorgen ihr Tagewerk begonnen, entdeckte sie auch schon das ideale Opfer: einen jungen Mann im modischen Anzug, der einen weichen Filzhut trug und über die Schultern einen Trenchcoat wie ein Cape hängen hatte. Er stand vor einem Marktstand und kaufte Tee. Er erregte Aufsehen, weil er mit einer Pfundnote zahlen wollte und vorgab, kein Kleingeld zu besitzen. Er hielt noch seine Brieftasche in der Hand und stopfte sie in die Außentasche des Trenchcoats, damit er den Tee in Empfang nehmen konnte.

Poppy trat in Aktion. Ihre Linke glitt unter die Klappe der Manteltasche und tastete vorsichtig nach der Brieftasche. Zu ihrem Entsetzen umklammerte in der Tasche eine Hand die ihre. Der junge Mann wandte sich um und lachte sie an. In seiner rechten Hand hielt er noch immer den Tee. Es mußte seine Linke sein, die quer über den Bauch und durch eine Öffnung im Mantelfutter gestreckt die ihre festhielt. „Aber Poppy", sagte er.

„Ich kriege meine Hand nicht mehr frei", jammerte sie.

ABSCHIED AUF ENGLISCH

„Wenn Sie keine Scherereien wollen, lassen Sie sie, wo sie ist! Bleiben Sie an meiner Seite, und kommen Sie mit. Vorne an der Straße wartet ein Taxi."

Poppy gehorchte. Als sie vor dem Taxi standen, ließ er ihre Hand los. Sie dachte, er würde ihr nun Handschellen anlegen, aber er schob sie ins Taxi und setzte sich neben sie. „Poppy", sagte er und grinste sie an, „Sie haben Geburtstag."

„Was, zum Teufel, wollen Sie eigentlich? Wohin kutschieren Sie mich?"

„Wir schauen uns jetzt ein schönes Geschenk an, Herzchen."

Durch die City und durch Holborn fuhren sie Richtung Oxford Street. Poppy fixierte ihren Begleiter, um herauszubringen, wer das sein könnte. Er war wie ein Gentleman angezogen, war aber offensichtlich keiner.

Das Taxi bog nach links in die Bond Street ein und hielt.

„Was sollen wir denn hier?" fragte Poppy.

„Steigen Sie aus, und ich zeige es Ihnen." Er führte Poppy an den teuren Bekleidungsgeschäften entlang, von denen sie bisher nur in Magazinen gelesen hatte. „Suchen Sie sich eins davon aus", sagte er zu ihr.

„Moment mal – was wollen Sie nun im Ernst?"

„Ich werde es Ihnen sagen, Poppy", erklärte er, als sie zusammen ein Schaufenster musterten. „Man hat mir gesagt, daß Sie der beste Langfinger von ganz London sind, und ich möchte Ihre Dienste kurzzeitig in Anspruch nehmen. Da es sich um eine Party handelt, brauchen Sie etwas Passendes zum Anziehen. Sie müssen sich nicht sofort entscheiden. Wir kommen noch mal her."

In ihrem großen Haus in Putney telefonierte Lydia Baranov. Sie telefonierte, seit sie von ihrem Vorsprechtermin zurück war. Sie sagte jedem, der am anderen Ende der Leitung war, er sei inkompetent.

In der Eingangshalle ging die Tür auf, und Walter trat ein. Das Hausmädchen Sylvia wartete wie gewöhnlich, um ihm Hut, Mantel und Schirm abzunehmen.

Die Tiraden am Telefon nahmen kein Ende. Walter ging in den Salon, goß sich einen Whisky ein und leerte das Glas in einem Zug.

Als er die Treppe hinaufstieg, erklärte Lydia gerade, daß ihre Zeit zu wertvoll sei, als daß sie sie mit idiotischen Angestellten vergeuden wolle, und legte auf.

„Und wie war der Tag für *dich*?" fragte sie in einem Ton, der eine Antwort schon überflüssig machte, ehe er dazu ansetzte.

„Ausgesprochen unangenehm", sagte er mit Nachdruck. „Zwei geplatzte Termine ohne ein Wort der Entschuldigung. Man kann doch erwarten, daß die Leute in der Praxis Bescheid geben. Von Lady Burke wollen wir einmal absehen, aber die andere Patientin, Miß Webster, sollte wissen, was sich gehört. Seit drei Wochen ist sie jedesmal am selben Tag zur selben Zeit bestellt, und weh getan habe ich ihr auch noch nicht."

„Wenn du endlich fertig bist", sagte Lydia, „interessiert dich vielleicht auch, was *mir* widerfahren ist." Dank ihrer Bühnenerfahrung wußte sie, wie man andere in den Hintergrund drängt. An diesem Vormittag war sie beim Vorsprechen gewesen. Es ging um eine kleinere Rolle am Richmond-Theater. Sie war jetzt vierunddreißig. Seit 1914 hatte sie auf keiner Bühne des Londoner Westends mehr gestanden.

„Es war wohl enttäuschend", sagte Walter.

„Enttäuschend? Es war lächerlich! Ein Witz." Die Schmach verwandelte Lydia. Ihre sonst blasse Haut war wie von Fieber gerötet. Ihre dunklen Locken hüpften bei jeder hektischen Bewegung des Kopfes. Ihre Nasenflügel bebten. „Der Regisseur ist ein Idiot. Mit dem könnte ich überhaupt nicht arbeiten. Der Mensch hat gar keine Ahnung, worum es geht."

„Wer hat die Rolle gekriegt?"

„Irgendeine kleine Hüpfdohle, die sechs Wochen in einer Revue getingelt hat. Sie meinten, meine Erfahrung würde in diesem Fall nichts helfen. Ich pflichtete ihnen bei und sagte, es sei ja nun kristallklar, daß man sich jene Erfahrung, die sie suchten, als Revuegirl aneignen müsse, und ich sei glücklich, behaupten zu können, daß ich nie so tief gesunken sei."

„Völlig richtig."

„Und damit verließ ich das Theater. Ich war so erbost, daß ich mein Notizbuch dort ließ. Holst du es mir?"

„Ich hab morgen keine Zeit; der ganze Tag ist voll mit Terminen."

„Geh eben heute abend!"

Einen Augenblick herrschte Stille.

„Du brauchst höchstens eine Stunde", sagte Lydia. „Ich werde der Köchin sagen, daß sie dein Essen warm hält." Sie küßte ihn flüchtig. „Du weißt, wie schlimm es wäre, wenn mein Notizbuch verlorenginge."

Er ließ sich vom Hausmädchen Hut und Mantel reichen. Vom Fenster aus beobachtete ihn Lydia, wie er die Straße hinunterging, um sich am Bahnhof ein Taxi zu suchen. Seine Patienten mochten in

ABSCHIED AUF ENGLISCH

Ehrfurcht vor ihm erstarren, aber zu Hause tat er nur, was sie verlangte. Es geschah aus Dankbarkeit. Ohne ihr Geld und ihren Weitblick würde er noch immer mit seiner lächerlichen Nummer als Gedankenleser durch schäbige Varietés in der Provinz ziehen. Sie war es gewesen, die ihn davon überzeugt hatte, daß er für die Bühne ungeeignet sei. Sie hatte seine Ausbildung zum Zahntechniker finanziert und dann die sechs Semester an der Zahnklinik in Newcastle-upon-Tyne. Walter hatte seine Berufung gefunden. Lydia war seine Frau geworden, aber sie sahen sich nur selten. Die Schauspielerei beanspruchte sie voll.

Ihre Ehe war eine Art Teilzeitverhältnis gewesen, bis Walter 1914 sein Abschlußexamen machte. Das Land war mit Deutschland im Krieg. Unverheiratete Männer unter dreißig wurden aufgefordert, sich als Freiwillige zu melden. Walter war verheiratet und neununddreißig. Er zog in Nordschottland zwei Jahre lang für das britische Weltreich und den König die Zähne von Soldaten. Für Lydia war der Krieg noch weniger angenehm, denn es gab nur selten gute Produktionen, für die sie sich bewerben konnte.

Vor dem Bahnhof stieg Walter in ein Taxi. Kaum zwanzig Minuten später bezahlte er den Chauffeur vor dem Richmond-Theater. Es war kurz nach sieben Uhr. Alles war noch ruhig, da die Abendvorstellung erst um halb neun begann.

Walter sagte dem Mädchen hinter dem Kartenschalter, was er wollte, und sie schickte ihn zur Bar im ersten Stock. Dort herrschte Betrieb. In der Luft hing Zigarettenrauch. Walter bestellte einen trockenen Sherry und blieb neben der größten Gruppe Diskutierender stehen. Den Gesprächen entnahm er, daß der Mann, den alle Jasper nannten, der Regisseur war.

Walter wartete auf eine Unterbrechung des Geschnatters und stellte sich vor.

„Ein guter Name, Verehrtester", sagte Jasper, „aber ich glaube, ich kenne Sie nicht."

„Lydia, meine Frau, war heute nachmittag bei Ihnen zum Vorsprechen. Sie hat ihr Notizbuch hier liegenlassen."

„Ach so. Mein Gott, wo das wieder sein wird."

Ein Mädchen mit rückenfreiem Kleid sagte: „Es liegt dort drüben, Liebling."

Jasper nahm Walter am Arm und führte ihn quer durch den Raum zu einem Tisch, auf dem Lydias Notizbuch lag. „Ihre Frau war gut beim Vorsprechen. Sie ist begabt, Mr. Baranov. Wenn es nur an mir gelegen hätte . . ."

Walter unterbrach ihn: „Ich bin vom Fach und habe seit meinem dritten Lebensjahr solche Scheinheiligkeiten mitangehört. Sagen Sie mir die Wahrheit."

Der Regisseur schwieg. Dann meinte er: „Wenn Sie es wirklich wissen wollen: Sie ist für die Jungmädchenrollen zu alt und fürs Mütterfach nicht geeignet." Zur Abmilderung fügte er hinzu: „Noch nicht!"

Walter antwortete nicht. Er nahm das Notizbuch.

„Am besten wäre es", fuhr Jasper fort, „wenn man sie dazu überreden könnte, auf andere Weise bei der Produktion mitzuwirken. Bei ihrer Erfahrung kennt sie sich sicher in der Maskenbildnerei aus . . ."

Walter schaute ihn ungläubig an. „Wo bekomme ich hier ein Taxi?"

„Am Taxistand. Gleich wenn Sie rausgehen rechts und dann noch einmal rechts."

Walter fand den Taxistand und stieg in einen Wagen. Als sie losfuhren, sah er am Straßenrand etwas und tippte dem Fahrer auf die Schulter. „Würden Sie bitte dort bei dem Blumenladen kurz anhalten. Ich möchte meiner Frau einen Strauß mitbringen."

„Beeilen Sie sich aber, ich blockiere hier die Fahrspur."

Im Blumenladen musterte Walter die verschiedenen Gebinde. Aus dem Hintergrund näherte sich die Verkäuferin.

„Guten Abend, Sir. Kann ich Ihnen . . . Ach!" Sie hielt inne und starrte ihn an.

„Ja, bitte, ich, äh . . . Miß Webster, stimmt's?"

„Ja", antwortete Alma flüsternd.

„Wissen Sie, daß Sie heute Ihren Termin versäumt haben?"

Sie war so verlegen, daß sie rot anlief. Sie sagte kein Wort.

Aber auch er war verlegen. „Entschuldigen Sie, es sieht so aus, als würde ich Sie kontrollieren. Dabei bin ich selbst überrascht, Sie hier so unerwartet zu treffen."

„Ach."

„Wissen Sie, meine Frau war heute im Richmond-Theater zum Vorsprechen. Sie ist Schauspielerin." Er deutete auf Lydias Notizbuch. „Sie hat es liegengelassen. Ihre ganzen Aufzeichnungen und Adressen. Enorm wichtig. Ich habe es geholt."

Draußen hupte der Taxifahrer.

„Ich möchte ein Dutzend Rosen", sagte Walter.

„Aber gewiß. Wollen Sie eine bestimmte Farbe? Das Dutzend kostet jeweils drei Shilling."

Er legte das Notizbuch auf den Ladentisch und suchte nach Geld.

„Die Farbe ist nicht so wichtig."

„Soll ich vielleicht einen gemischten Strauß machen?" Wieder ertönte die Hupe. „Wollen Sie sie aussuchen?"

Er wählte unter den verschiedenen Farben zwölf Rosen aus. Sie band sie zusammen und schlug sie in Papier ein.

Er gab ihr das Geld. „Danke schön! Ich muß mich leider beeilen. Draußen wartet mein Taxi! Ich hoffe, wir sehen uns wieder, Miß Webster."

Er war mit dem Taxi schon weg, als Alma auf dem Ladentisch das Notizbuch entdeckte.

Wo IMMER sich Marjorie Cordell aufhielt, am Freitagabend brauchte sie ihr heißes Bad, möglichst ein türkisches, und anschließend eine Ganzmassage. Zur Regenerierung war dies besser als starker Kaffee, Tabletten, Cocktails und Spaziergänge im Park. Das hatte sie alles schon ausprobiert. Sie war stolz auf ihren Ruf, äußerst lebhaft zu sein. Auf Partys galt sie als anregendes Element, und sie wurde entsprechend oft eingeladen. Ihr Alter war ein Geheimnis, doch wußte man, daß sie zum dritten Mal verheiratet und ihre Tochter Barbara zweiundzwanzig war. Das schönste an ihrer Freitagsmassage war, daß sie sich dabei so herrlich gehenlassen konnte. In New York, wo sie lebte, vertraute sie sich seit Jahren den sagenhaft sanften Händen ihres kleinen Masseurs aus der Bronx an.

Heute abend lag sie auf der Massagebank im Pariser Carlton-Hotel, wo sie mit Livy, ihrem dritten Gatten, abgestiegen war. Sie verbrachten die Ferien in diesem Jahr in Europa, weil Barbara gerade ein Seminar in Kunstgeschichte an der Sorbonne absolviert hatte und sie mit ihr nach New York zurückreisen wollten. Dies alles erklärte sie dem jungen Algerier, der gerade eine Verspannung in ihren Schultern lockerte.

„Würden Sie jetzt bitte meine Knöchel massieren", sagte sie. „Ich bin dem lieben Gott wirklich dankbar, daß er mich mit so schönen Fesseln ausgestattet hat. Würden Sie es für möglich halten, daß jeder meiner drei Ehemänner als erstes von meinen Fesseln fasziniert war? Dank regelmäßiger Massage bleiben sie schlank – meine Fesseln natürlich. Vor vier Jahren war ich im Hotel Biltmore in New York mit sieben Männern, die ich nicht kannte, im Lift eingesperrt. Wir steckten fast eine Stunde lang zwischen der zweiten und dritten Etage. So lernte ich Livy kennen. Er sah im zweiten Stock zu, wie der Monteur endlich die Schiebetür aufbekam. Der Aufzugboden war ja über seinem Kopf, so daß er von mir nur die Fesseln sehen konnte.

Und er konnte die Augen nicht mehr von ihnen wenden. Ist das nicht romantisch?"

„Charmant, Madame."

„Wir heirateten noch im gleichen Jahr, und ich erwische ihn noch heute dabei, daß er meine Fesseln anhimmelt, wenn er glaubt, ich sehe es nicht. Wir sind ein Herz und eine Seele. Wenn nur meine Tochter Barbara auch soviel Glück hätte wie ich! Sie ist hübsch, wirklich hübsch. Sie hat meine weiße Haut, meine klassischen Proportionen und herrliches, kastanienbraunes Haar, und doch stößt sie alle Männer vor den Kopf. Sie ist so ernst. Sie hat Mathematik im Hauptfach studiert und nur noch von Koeffizienten und solchen Dingen geredet. Wir haben sie nach Europa geschickt und dachten: Die Pariser werden ihr schon andere Sachen beibringen. Der Erfolg: Sie ist jetzt ganz verrückt nach Griechen."

„Nach Griechen, Madame?"

„Aus dem fünften Jahrhundert vor Christus. Heute nachmittag schleppte sie Livy und mich in den Louvre. Na gut, wenigstens keine Logarithmen mehr, dachten wir und gingen mit. Ein bißchen hoffte ich, daß vielleicht ein junger Professor die eigentliche Attraktion im Museum sein könnte. Weit gefehlt! Nur antike Objekte interessierten sie. Meine Tochter Barbara wollte uns griechische Vasen zeigen. Vasen! Ich war so niedergeschlagen, daß ich beinahe zusammengebrochen wäre."

„Gar nicht so schlecht, Madame."

„Wie meinen Sie das?"

„Auf den Vasen, Madame, da sind viele kleine Männer. Ohne Kleider, Vielleicht fängt Barbara mit kleinen Männern an."

„Oh! Kleine Männer?" Mrs. Cordell lachte. „Wie groß er ist, ist mir egal, aber reich muß er sein, der Mann meiner Tochter."

Als Walter wieder nach Hause kam, war sein Essen kalt geworden. Die Köchin tröstete ihn, sie werde ihm einen Salat machen.

„Du hast dir aber Zeit gelassen", sagte Lydia, als er den Salon betrat.

„Ich dachte, sie gefallen dir vielleicht." Er übergab ihr die Rosen.

Lydia war angenehm überrascht. Während er unterwegs war, hatte sie darüber nachgedacht, wie es wäre, wenn sie ihn für immer verließe. „Sylvia soll eine Vase bringen. Hast du mein Buch?"

„Ja."

Aber es klemmte nicht unter seinem Arm, und als sie ihn danach fragte, erstarrte seine freie Hand.

„Wen hast du getroffen?"

„Den Regisseur. Er war noch an der Bar. Er sagte, du seist sehr gut gewesen, meine Liebe. Du seist wirklich ein Profi."

„Davon versteht er herzlich wenig."

„Das war nicht alles, was er gesagt hat."

„Was noch?"

„Ich sage nur schnell Sylvia Bescheid." Er war schon auf dem Weg zur Küche und rief: „Magst du auch ein Glas Burgunder? Ich glaube, es paßt gut zu meinem Salat."

Sie seufzte gereizt. Walter wußte, welche Rolle das Theater in ihrem Leben spielte. Sie brauchte es wie eine Droge ... Seit sie denken konnte, hatte alles, was ihr etwas bedeutete, mit der Bühne zu tun. Doch kannte sie auch die Gefahren, die ein ganz dem Theater geweihtes Leben mit sich brachte. Für ihren Charakter und ihre Kunst war es von entscheidender Bedeutung, den Kontakt zum Leben draußen nicht zu verlieren. Walter war ihr Schutzwall gegen den Realitätsverlust. Was war nüchterner als ein Ehemann, der Zähne zog?

Mit dem Salat und zwei vollen Weingläsern auf seinem Tablett kam er in den Salon zurück. Ein Glas bot er ihr feierlich an. Dann setzte er sich ihr gegenüber in den großen Armsessel.

„Meine Liebe", eröffnete Walter das Gespräch, „ich muß dir etwas Wichtiges mitteilen."

DAS Schild an der Tür des Blumenladens verkündete: GESCHLOSSEN. Die Rollos waren heruntergelassen, die Kasse war abgerechnet und das Geld im Tresor verstaut. Alma entledigte sich der letzten Aufgabe dieses Tages: Sie arrangierte ein Bukett, das eine glückliche Braut am nächsten Morgen zur Kirche tragen sollte.

Sie war eher erregt als nervös. Walters Erscheinen hatte sie völlig überrascht. Sie hatte nichts von ihrer Arbeit in einem Blumengeschäft erzählt. Walter – im Geiste nannte sie ihn bereits beim Vornamen – hatte die Adresse ausfindig gemacht, weil er sie sehen wollte – und das, nachdem sie nur einmal nicht zu ihrem Termin in der Praxis erschienen war! Klarer hätte er nicht ausdrücken können, daß er sie begehrte. Ein verheirateter Mann, aber was machte das schon? Er mochte sie lieber als seine Frau. Sie fühlte sich geschmeichelt und verunsichert. Eine Erregung hatte von ihr Besitz ergriffen, die den Frauen in ihren Romanen so oft zum Glück oder zum Verderben gereichte. Sie hatte sich schon immer fest vorgenommen, sich in einer Situation wie dieser ihrem Schicksal zu überlassen. Sie wollte beherzt sein, energisch, begeistert und überschwenglich, wie es sich einer strahlenden Heldin geziemte.

ABSCHIED AUF ENGLISCH   401

Zum Auftakt hatte sie allerdings nicht gerade brilliert. Als er in den Laden gekommen war, hatte es ihr die Sprache verschlagen. Inzwischen war sie fest davon überzeugt, daß sie in Walters Leben die beherrschende Rolle spielte. Sie widerstand der wilden Eingebung, ihm noch am selben Abend mit dem Notizbuch, das er so verschwörerisch hatte liegenlassen, einen Besuch abzustatten. Sie würde sich bis morgen bezähmen und es in die Praxis bringen. Also nahm sie es mit nach Hause, um darin zu blättern.

LYDIA nippte an ihrem Burgunder und überließ Walter das Reden. Es war zwar kaum zu erwarten, daß ein Mann, der den ganzen Tag in offenen Mündern herumstocherte, etwas erfuhr und mitzuteilen hatte, das für sie von Interesse sein könnte. Aber an diesem Abend hörte sie ausnahmsweise genau zu.

„Wir beide wissen natürlich, wie es um das moderne Theater bestellt ist", begann er. „Uns braucht kein provinzieller Regisseur zu erklären, daß heutzutage Talent nicht gefragt ist. Manchmal denke ich mir, ob es nicht klüger wäre, wenn du dir für deine vorzüglichen Erfahrungen ein anderes Betätigungsfeld suchen würdest – zumindest, bis die Zustände beim Theater wieder normal sind."

Sie lächelte. „Liebling, ich bin selbst zu dieser Einsicht gelangt. So kann es nicht weitergehen. Ich werde auf das Vorsprechen an den Theatern hier verzichten und nach Amerika gehen."

Walter blieb die Luft weg. „Amerika? Ist das dein Ernst, Schatz?"

„Natürlich. Ich werde mein Talent der Filmbranche zur Verfügung stellen."

„Mein Gott!"

„Aber du hast doch selbst gesagt, daß ich mir ein anderes Betätigungsfeld suchen soll!" Walters Reaktion belustigte sie. Er war kreidebleich.

„So habe ich es nicht gemeint."

„Überleg mal! Die einzigen einigermaßen guten Filme kommen aus Amerika. Und du wirst doch nicht leugnen wollen, daß das Kino Schauspielerinnen wie mich dringend benötigt. Mein Entschluß steht fest, Walter. Das Haus wird verkauft. Ich habe mich bereits wegen der Schiffspassage erkundigt. Ich möchte lieber heute als morgen abreisen."

Mit einem Ruck schob er das Tablett zur Seite. „Und ich? Und meine Praxis?"

„Ich möchte, daß du mitkommst. Wir verkaufen die Praxis, und du fängst in Hollywood neu an."

Er stand auf, ging zum Fenster und schaute hinaus. Ganz offensichtlich war er schockiert. Walter hatte in den letzten Jahren ein ruhiges Leben geführt. Den meisten Leuten mochte das Dasein eines Zahnarztes langweilig erscheinen. Walter aber gefiel es. Und er war erfolgreich. Zwar war sein Einkommen noch nicht so hoch, daß sich die teure Praxis am Eaton Square rentierte, aber es sah so aus, als würde er in etwa einem Jahr Gewinn erwirtschaften können.

Er erinnerte Lydia an die Anstrengungen, die es gekostet hatte, seine Praxis aufzubauen. Er sagte, es wäre Wahnsinn, die guten Patienten und die schöne Praxis aufzugeben.

Lydia antwortete, daß er doch, wenn ihm das so viel bedeute, hierbleiben solle. Dann müsse er allerdings ohne ihr Geld auskommen.

Er erklärte, er habe die Pflicht, sie darauf aufmerksam zu machen, daß ihr Ruf auf der Bühne Englands zwar nicht zur Debatte stehe, daß er aber kaum bis in die Vereinigten Staaten gedrungen sein dürfte.

Lydia lächelte. „Mein Lieber", sagte sie leise, „ich fürchte, du bist falsch informiert. Es wird Zeit, daß ich zugebe, dir nicht alles anvertraut zu haben. Zufällig habe ich nämlich einen Kollegen in Hollywood. Sein Name ist in der Filmwelt nicht unbekannt: Charlie Chaplin."

„Chaplin? Du kennst Charlie Chaplin?"

„Seit Vorkriegstagen, als er noch bei der Karno-Truppe war. Unsere Namen standen auf demselben Theaterprogramm. Damals gehörte das ‚Streatham Empire' meinem Papa, und ich kannte Charlie sehr gut. Es gibt da einen Zeitungsausschnitt in meinem Notizbuch. Hol es, ich werde ihn dir zeigen."

Walter griff nach der Weinflasche. „Willst du noch einen Schluck?"

„Zuerst möchte ich dir den Ausschnitt in meinem Notizbuch zeigen."

„Du weißt doch", sagte er, „mein Vater war in Amerika. Damals, als er seinen Unfall hatte. Ob er wohl Charlie getroffen hat?"

„Walter, was ist mit meinem Notizbuch passiert?"

Er räusperte sich. „Ich weiß es nicht genau. Im Theater hab ich es mitgenommen, aber als ich hier war, hatte ich es nicht mehr."

„Hast du es verloren?"

„Irgendwo liegengelassen. Im Taxi wahrscheinlich. Liebling, es tut mir furchtbar leid."

Sie sprang auf. Ganz ruhig sagte sie: „Dieses Notizbuch war mein wertvollster Besitz. Es ist unersetzbar."

Sie rannte aus dem Zimmer. In der Eingangshalle riß sie die Rosen

ABSCHIED AUF ENGLISCH 403

aus der Vase und schleuderte sie auf den Boden. Sie hastete die Treppe hinauf und schloß sich in ihr Zimmer ein. Dort warf sie sich aufs Bett und weinte.

Später rauchte sie eine Zigarette. Von der Tür her drangen leises Klopfen und Walters Stimme: „Lydia?"

„Verschwinde!" sagte sie matt.

„Mir fiel gerade ein, wo ich dein Notizbuch gelassen habe. Als ich die Rosen sah, kam ich drauf. Es muß in dem Blumengeschäft liegen, wo ich sie gekauft habe. Als ich sie aussuchte, legte ich das Notizbuch auf den Ladentisch. Draußen hupte nämlich das Taxi, das auf mich wartete. In der Eile hab ich das Buch vergessen. Morgen hole ich es dir. Der Laden ist in der Nähe des Richmond-Theaters."

„Auf dich verlasse ich mich nicht mehr. Ich hole es mir selber. Wer weiß, wo es sonst noch landet."

3. KAPITEL

POPPY schlief zusammen mit ihrer Schwester Rose auf einer Matratze aus Wollresten im oberen Zimmer der Familie über einem Milchgeschäft in der Chicksand Street. Es war Montag morgen, und Poppy registrierte ärgerlich, daß Rose an der Decke zerrte. Es war kurz nach neun.

„Pop, wach auf! Unten hat ein Mann nach dir gefragt."

„Was für ein Mann?" Fluchend stand sie auf, schlurfte zur Treppe und starrte hinunter. „Ach der!" Sie prallte zurück.

„Was will er denn?" fragte Rose interessiert.

„Sag ihm, ich komm gleich!" Poppy suchte ihre Kleider zusammen. Sie hatte das Abenteuer vom Vortag fast vergessen. Der Fremde, der ihr auf dem Markt auf die Schliche gekommen war, hatte sie gewarnt, etwas von ihrem gemeinsamen „Geschäft" auszuplaudern. Um gar nicht mehr daran zu denken, hatte sie sich so mit Starkbier vollaufen lassen, daß sie sich jetzt halb tot fühlte. Dieser Kerl war ihrer Meinung nach irgendwie seltsam. Und jetzt stand er vor der Tür, um sie, wie verabredet, zu diesem noblen Laden zu begleiten.

Als sie hinunterkam, saß er in Vaters Sessel. Er sah gut aus: große blaue Augen und glattfrisierte honigfarbene Haare. Als sie das Haus verließen, war Poppy enttäuscht, weil kein Taxi da stand. Es wartete um die Ecke in der nächsten Straße.

Während der Fahrt im Taxi sagte er nur: „Ich heiße Jack."

In einem der eleganten Geschäfte in der Bond Street saß Poppy erst

404 ABSCHIED AUF ENGLISCH

auf einem Goldstühlchen und bekam Ballen für Ballen der kostbarsten Stoffe vor sich ausgebreitet. Dann führte man sie zum Maßnehmen. Der Schneider bat sie, am Mittwoch nachmittag zur Anprobe zu kommen.

Am Freitag war das Kleid fertig. „So", sagte Jack, als sie das Geschäft mit dem schwarz-silbernen Karton verließen, in dem das Kleid in weißes Seidenpapier eingeschlagen lag, „jetzt suchen wir noch passende Strümpfe und Schuhe aus, dann fahren wir in meine Wohnung."

Jack wohnte in einer Straße mit georgianischen Bauten. Von seiner Wohnung hatte man einen herrlichen Blick auf den Hydepark. Die Wände waren weiß-silber tapeziert. Überall standen chinesische Lackschränkchen, und der Boden war mit Perserteppichen ausgelegt. Am Kamin lehnte eine Frau mit einem Zwergpinscher auf dem Arm. Sie trug ein plissiertes Seidenkleid.

Eine elegante Dame.

„Poppy, das ist Cathy", sagte Jack.

„Dann sind Sie unser Langfinger", bemerkte Cathy.

„Wollen Sie mir jetzt nicht endlich sagen, wozu Sie mich brauchen?"

„Ich werde es Ihnen zeigen", erwiderte Jack. Wie aus dem Nichts entfaltete sich in seiner Rechten ein Spiel Karten zu einem vollendeten Fächer. „Nehmen Sie eine!"

Poppy nahm eine Karte. „Soll ich Ihnen sagen, was es ist?"

Er nickte.

„Herzsieben."

Er schob die Karten zu einem Block zusammen und hob ab. „Stecken Sie sie zurück!"

Sie beobachtete, wie er ihre Karte mit einem Teil des Blocks zudeckte. Wieder hob er einige Male ab. „Können Sie jetzt Ihre Karte herausfinden?"

„Ist es die oberste?"

Er schüttelte den Kopf.

„Er hat Sie hereingelegt", sagte Cathy. „Sie ist nicht mehr da."

Poppy nahm das Päckchen und suchte die Herzsieben. Sie war nicht dabei.

„Ein herrlicher Trick! Sind Sie etwa ein Zauberkünstler?"

„Nein. Ich beherrsche zwar einige Tricks, aber ich verwende sie nicht, um andere zu unterhalten. Ich lebe vom Kartenspielen, Cathy auch. Wenn man mit Karten umgehen kann, ist im Handumdrehen Geld zu verdienen."

ABSCHIED AUF ENGLISCH 405

„Haben Sie mir das Kleid gekauft, damit ich Ihnen dabei helfen soll?"

„Freilich."

„Jack, Sie haben sich die Falsche ausgesucht. Ich kann nicht Karten spielen."

Im Blumenladen beim Richmond-Theater trug sich am Morgen ein Zwischenfall zu. Kaum war das Geschäft aufgesperrt, trat eine Dame mit jadegrünem Samthut und einem mit Biberpelz verbrämten schwarzen Mantel schwungvoll ein.

Alma stellte gerade Blumen für das Schaufenster zusammen. Sie kannte Lydia Baranov von den Fotografien her. Alma hatte nachts im Bett das Notizbuch durchgeblättert. Es war ein Trugschluß gewesen zu hoffen, daß sie vielleicht ein Foto von Walter als jungem Mann finden könne. Das Buch dokumentierte ausschließlich Lydias Karriere. Alma hatte es an diesem Morgen in einem Einkaufsnetz zurückgebracht, das jetzt hinter ihr an einem Gitter hing. Sie hatte sich vorgenommen, das Notizbuch während der Mittagszeit in der Zahnarztpraxis abzugeben.

Als Lydia hereingestürzt kam und ihr Buch verlangte, zögerte Alma deshalb.

„Welches Buch meinen Sie denn, Madam?"

„Mein Mann, Mr. Baranov, hat es gestern abend hier liegenlassen."

Alma war klar, daß sie das Buch herausrücken mußte. Sie wollte es holen. Daß sie nun darüber Rechenschaft ablegen mußte, weshalb es in ihrem Einkaufsnetz lag, war ihr peinlich. Gerade wollte sie sagen, daß sie es heute morgen dorthin gesteckt hatte, um es in der Praxis von Mr. Baranov abzugeben, da packte Lydia ihren Arm.

„Was um alles in der Welt tut mein Buch in diesem Netz?" Ohne auf eine Antwort zu warten, riß sie das Netz von dem Gitter, zog ihr Notizbuch heraus und schleuderte das Netz in den Blumenladen. Sie traf dabei eine schmale, hohe Vase mit einer langstieligen Rose im Fenster, die umkippte. Das Wasser ergoß sich auf den Boden. Lydia packte Alma, als diese hinter der Theke hervorkam, um die Vase wieder aufzustellen, und drückte sie gegen den Ladentisch.

„Sie haben meine Aufzeichnungen gestern abend mit nach Hause genommen, um sie anzuschauen. So etwas ist gemein und geschmacklos." Sie verpaßte Alma eine schallende Ohrfeige.

Als Mrs. Maxwell, die Ladenbesitzerin, kurz nach zehn Uhr kam, stand die Vase schon wieder auf dem Podest im Schaufenster, und der Boden war frisch gewischt. Alma wollte die Begegnung mit Lydia

Baranov auf keinen Fall erwähnen. Nachdem Lydia sie geohrfeigt hatte und, das Notizbuch ans Herz gedrückt, aus dem Laden gerauscht war, war Alma zu dem Schluß gelangt, daß Lydia eine verzweifelte Frau war, welche die Liebe ihres Mannes verloren hatte.

Gegen Mittag steckte Alma im hinteren Raum gerade Stechpalmenzweige in einen Kranz, der für eine Beerdigung bestimmt war, als sie eine bekannte Stimme hörte.

Mrs. Maxwell kam nach hinten und erklärte, daß ein Gentleman Alma in einer persönlichen Angelegenheit zu sprechen wünsche. Ihre Stimme klang mißbilligend. Dann fügte sie hinzu, Alma dürfe ausnahmsweise etwas früher Mittagspause machen.

Alma konnte es kaum fassen, als sie wenige Minuten später mit Walter durch die sonnenbeschienenen Anlagen des Richmond-Parks bummelte. Walters Stimme zeugte von großer Betroffenheit.

„Ich bin so früh gekommen, wie ich konnte", sagte er. „Lydia – meine Frau – hat mich in der Praxis angerufen. Sie erwähnte, daß sie Sie geschlagen habe. Stimmt das?"

„Ich glaube, sie war sehr aufgebracht. Sie hat ihr Buch in meinem Einkaufsnetz gesehen. Sie wird der Meinung gewesen sein, daß ich es mit nach Hause genommen habe, um es durchzulesen."

„Trotzdem – sie hätte Sie doch auf keinen Fall ins Gesicht schlagen dürfen." Er wandte sich ihr besorgt zu und berührte mit der linken Hand beinahe ihren Arm. „Fühlen Sie sich wieder wohl?"

„Völlig. Ich war eher schockiert als verletzt – vor allem verwirrt. Ich habe es niemandem erzählt."

„Das ist gütiger, als wir es verdient haben. Miß Webster, ich weiß wirklich nicht, wie ich Ihnen danken soll."

Mit der plötzlichen Verwegenheit, an der man eine Frau von Geist erkennt, sagte sie: „Sie könnten mich Alma nennen."

Er schaute sie an, und einen Augenblick lang trafen sich ihre Blicke. Er wirkte verunsichert, aus seiner wohlvorbereiteten Distanzhaltung aufgeschreckt. „Alma ..., ich möchte Ihnen erklären, wie es zu diesem garstigen Vorfall gekommen ist ..."

„Das ist doch nicht nötig."

„Ich bestehe darauf. Sie müssen mir die Ehre erweisen, mit mir zu dinieren. Wäre der morgige Abend angenehm? Ich glaube, hier auf der Anhöhe ist ein gutes französisches Restaurant. Wir könnten uns dort in Ruhe unterhalten."

Ihr Herz klopfte wie wild, doch es gelang ihr, die Einladung würdevoll anzunehmen. Sie nannte ihm ihre Adresse, und er versprach, sie abzuholen. Seine Augen glänzten jetzt. Er lüftete den

ABSCHIED AUF ENGLISCH

Hut und machte sich in Richtung des Taxistandplatzes auf den Weg. Alma schlenderte weiter durch die Anlagen und überließ sich der bebenden Erregung, diesem unaussprechlichen Vergnügen, das sie bis dahin nur in den gedruckten Wörtern auf einer Buchseite kennengelernt hatte. Welch wunderbare Entschädigung für eine Ohrfeige! Sie hatte eine Einladung zum Abendessen mit dem Mann, den sie liebte. Der Umstand, daß er verheiratet war, steigerte ihr Triumphgefühl. Dabei hatte sie nichts Unerlaubtes getan. Die möglichen Folgen waren der Preis für Lydia Baranovs Verstoß gegen die guten Sitten.

Leise vor sich hin summend, ging sie beim Friseur in der Duke Street vorbei, um sich anzumelden.

Walter stand am folgenden Abend um halb acht Uhr vor dem Haus. Er hatte im „La Grappe d'Or", nur wenige Schritte von Almas Wohnung entfernt, einen Tisch reservieren lassen. Man wies ihnen eine Nische zu. Sie erhielten die Speisekarten, und obwohl Alma Französisch konnte, ließ sie sich von Walter die einzelnen Gerichte der Reihe nach erklären. „Alma, ich danke Ihnen für Ihren Takt und Ihre Rücksicht", sagte Walter.

Sie runzelte die Stirn. „Ich verstehe Sie nicht ganz."

„Sie werden doch nicht leugnen wollen, junge Dame, daß Sie die Speisekarte leicht selber hätten lesen können."

Alma errötete. „Wie haben Sie das erraten?"

„Ich habe es nicht erraten. Ich habe Ihre Augen beobachtet. Vor dem Krieg verdiente ich mein kümmerliches Brot als Gedankenleser in Varietés. Neun Zehntel dabei war Gaunerei, aber man kann sich darin üben, bestimmte Dinge durch Beobachtung herauszukriegen."

Sie lachte. „Ich werde vorsichtiger sein müssen. Wie kamen Sie dazu, Gedankenleser zu werden?"

„Weil ich kein Gleichgewichtsgefühl hatte. Ich konnte nicht wie mein Vater auf dem Drahtseil balancieren. Aber schon mit acht Jahren arbeitete ich als Hilfskraft bei einem Zauberer. Dabei mußte ich mich als Zuschauer ausgeben. Für einen kleinen Jungen ist es gar nicht so leicht, mit einem Kaninchen und zwei Tauben unter dem Jackett still sitzen zu bleiben. Ich habe es jahrelang ausgehalten, bis ich alt genug war, für einen Gedankenleser zu arbeiten. Mit siebzehn bin ich zum ersten Mal selbst aufgetreten. Aber ich muß Ihnen gestehen, Alma, daß ich auf der Bühne nie sehr gut war. Daß man mir nicht kündigte, verdankte ich nur der Tatsache, daß die Varietégeschäftsführer meinen Vater so sehr schätzten. Einer meiner Chefs war Lydias Vater, und so lernte ich sie kennen. Lydia pausierte gerade zwischen zwei

Theaterengagements, und um sich die Zeit zu vertreiben, machte sie bei meiner Nummer als Assistentin mit. Sie mischte sich unters Publikum und tat so, als glaube sie nicht an meine übernatürlichen Kräfte. Sie rief dazwischen, daß ich ein Schwindler sei. Sie hätten die Leute brüllen hören sollen, wenn sie ihren Platz verließ und die Treppe zur Bühne hinaufstieg, um meine Tricks aufzudecken. Lydia agierte wunderbar. Während ihr vor Unglauben fast die Augen herauskullerten, fuhr ich mit meiner Nummer fort und vollendete sie souverän. Am Schluß feierten mich alle begeistert."

„Und dann haben Sie Lydia geheiratet."

Er kippte aus seinem Traum. „Ja. Als Lydias Vater starb, hinterließ er ihr eine ansehnliche Geldsumme: vier Schauspielhäuser und zwei Varietés. Mich stellte sie im Canterbury-Theater ein." Er lachte. „Ich muß schrecklich gewesen sein. Schließlich hat sie mich dazu überredet, die Nummer aufzugeben und sie zu heiraten. Dann finanzierte sie meine Zahnarztausbildung."

„Entschuldigen Sie, daß ich das so direkt ausspreche, aber Sie reden von Ihrer Eheschließung wie von einem Geschäft."

Er streute Pfeffer auf sein Kalbsfilet. „Ja, das war es auch."

Beide schwiegen. Schließlich sagte er: „Vielleicht glauben Sie nun, daß ich Lydia wegen ihres Geldes geheiratet habe."

„Auf keinen Fall! Ich bin überzeugt, daß Sie einander sehr lieben."

„Lieben? Ich frage mich oft, was das ist: Liebe . . ."

„Ich bin sicher, daß es unverkennbar ist, wenn sie einem begegnet."

„Dann war ich wohl nie in Lydia verliebt."

„Sie ist eine schöne Frau", sagte Alma, „und sehr lebhaft."

„Sie sind zu gütig, wenn man bedenkt, was sie Ihnen angetan hat. Lydias Nerven sind schon seit langer Zeit sehr angespannt. Seit 1914 hat sie keine Hauptrolle mehr bekommen. Während es mit ihrer Karriere bergab geht, geht es mit der meinen ständig aufwärts." Walter blickte sie an. „Ich habe Ihnen noch immer nicht genau erklärt, weshalb sie sich im Laden so unmöglich benommen hat. Wir hatten am Abend zuvor eine Auseinandersetzung. Gewöhnlich stört mich das wenig, aber an diesem Abend tischte sie etwas auf, was mir zu schaffen machte. Sie sagte, sie habe vom Theaterspielen in England endgültig genug und gehe deshalb nach Amerika, um Filmschauspielerin zu werden."

Alma bekam Herzklopfen. „Meint sie das ernst?"

„Wort für Wort, fürchte ich. Sie hat sich schon wegen der Schiffspassage erkundigt. Früher hat sie einmal mit Charlie Chaplin gearbeitet. Er ist nun in Amerika Miteigentümer einer Filmgesell-

ABSCHIED AUF ENGLISCH

schaft. Lydia vertraut darauf, daß er sich an sie erinnert und ihr zu einer Filmkarriere verhilft."

„Und Sie? Was sollen Sie tun?"

Er zuckte die Achseln. „Das interessiert sie nur am Rande. Sie geht davon aus, daß ich mitkomme."

„Aber Sie haben doch die Praxis!"

„Sie meint, ich könne sie verkaufen und in Amerika neu anfangen."

„Amerikanisches schmerzloses Verfahren."

Er blickte sie überrascht an. „Habe ich Ihnen davon erzählt? Ja, mich schaudert bei dem bloßen Gedanken."

„Haben Sie ihr das gesagt?"

„Versucht hab ich es. Es scheint ihr gleichgültig zu sein, ob ich mitkomme oder hierbleibe. Wir waren auch früher schon getrennt, während meiner Ausbildung und wegen ihres Berufs. Konventionell war unsere Ehe noch nie. Aber ich verdanke Lydia eben alles. Dafür war ich auch stets bemüht, ihr eine Stütze zu sein. Aber diesmal konnte ich nur verwundert zuhören, und was schlimmer war, ich hatte ihr Notizbuch liegenlassen. Als mir endlich einfiel, wo es war, hatte sich Lydia wütend zurückgezogen. Ich fürchte, am nächsten Morgen entlud sich dies alles über Ihrem Haupt."

Alma lächelte. „Dann muß ich also Ihnen Vorwürfe machen?"

„Ja, wirklich."

Sie wechselten das Thema und sprachen von Blumenläden, Gärten und Lieblingsspaziergängen. Der Ober räumte ab. Walter beglich die Rechnung und gab ein großzügiges Trinkgeld. Er begleitete sie die kurze Wegstrecke bis zu ihrem Haus.

Am Eingang dankte sie ihm und sagte, sie hoffe, er werde nicht so bald nach Amerika aufbrechen. Als er wissen wollte, warum, antwortete sie leichthin, daß ihre Zahnbehandlung ja noch nicht abgeschlossen sei. Er lächelte und meinte, wegen Amerika habe er sich noch nicht entschieden.

Während Walter das sagte, sah ihn Alma ruhig an. Der Abend hatte ihr eine Menge über ihn offenbart. Seine Ruhe nach außen täuschte: Er war sehr beunruhigt. In seiner Ehe fehlte die Liebe, aber er ertrug es wegen seines Berufes. Nun wollte seine enttäuschte und verbitterte Frau seine Existenzgrundlage, seinen Seelenfrieden und seine Selbstachtung zerstören. Da war Hilfe dringend nötig.

Alma liebte ihn inniger denn je. Schon längst wollte sie es ihn wissen lassen, aber die Zeit war noch nicht reif.

Zunächst genügte es ihr, daß er sie um ein Wiedersehen bat.

„Den Spaziergang, den Sie erwähnten", sagte er, „zum Reihergehege im Richmond-Park würde ich eigentlich gern am Sonntag einmal ausprobieren."

„Wenn Sie wollen, komme ich gerne mit."

Im CARLTON-HOTEL in Paris wurde während der Sommermonate bei schönem Wetter das Frühstück auf der Terrasse serviert. Die warme Sonne, die sanfte Luftbewegung und der Duft des Kaffees stimmten Marjorie Cordell allein schon romantisch, aber an diesem Morgen kam noch etwas dazu.

„Livy, Liebling", begrüßte sie ihren Gatten, der bereits an einem der weißen Metalltische saß, „gerade habe ich etwas wirklich Sensationelles erfahren."

Livy Cordell kam in Paris mit dem Frühstück nicht zurecht. Wenn er seinen Appetit mit frischen Croissants stillte, reagierte sein Magen ausgesprochen verstimmt, wenn er aber eine Grapefruit und Schinken mit Ei oder Ähnliches bestellte, dauerte es so lange, daß er mittags noch satt war. „Da du noch stehst", brummte er, „könntest du diesen blöden Kellner mal fragen, wo meine Nieren bleiben. Ich hab sie vor zwanzig Minuten bestellt."

Mrs. Cordell winkte dem Ober und deutete lebhaft auf ihren Mann. Livy war nicht der Typ, den französische Kellner zuvorkommend bedienten. Er schaute in seinem Sessel zu nichtssagend aus. Von Statur nicht allzu groß, aber übergewichtig, trug er ein billiges Leinenjackett, das er vor Jahren in Chicago gekauft hatte. Seine Haare waren grau meliert, was ihn allerdings nur noch durchschnittlicher erscheinen ließ.

Französischen Kellnern und der übrigen Menschheit – Marjorie Cordell ausgenommen – blieb jedoch verborgen, daß jene Partien seines Körpers, die man gemeinhin nicht sah, mit den gewagtesten Tätowierungen geschmückt waren.

„Weißt du schon das Neueste, Livy? Hör zu! Ich war gerade an der Rezeption, da sah ich, wie die Pagen Gepäck hereinkarrten. Vier oder fünf riesige Koffer und Handgepäck. Ich konnte einfach nicht umhin, nach den Anhängern zu schielen. Du wirst es nicht glauben, das Gepäck gehört Paul Westerfield junior."

„Den Kerl kenn ich nicht."

„Er ist zufällig einer der begehrtesten Junggesellen New Yorks. Sein Vater ist ein Stararchitekt." Mrs. Cordell seufzte. „Das ist doch ein Wink des Schicksals, wenn der junge Paul ausgerechnet jetzt hier auftaucht, wo unsere Barbara Semesterferien hat und ihm Paris zeigen kann. Wenn du vierundzwanzig Jahre alt wärst und das erste Mal nach

ABSCHIED AUF ENGLISCH   411

Paris kämst, wärst du nicht glücklich, wenn dir ein nettes amerikanisches Mädchen die Stadt zeigen würde?"

„Barbara scheint schon ganze Arbeit geleistet zu haben", bemerkte
Livy.

„Was sagst du? Mein Gott!" flüsterte Mrs. Cordell. Barbara kam
über die Terrasse auf den Tisch ihrer Eltern zu, Hand in Hand mit
einem sehr großen, sehr schlanken und sehr intelligent wirkenden
jungen Mann. Er trug einen cremefarbenen Anzug mit Weste. Neben
ihm sah Barbara in ihrem braunen Wickelrock ausgesprochen
ungepflegt aus, aber ihre Augen leuchteten.

„Mami und Livy", sagte sie, „darf ich euch meinen Studienkollegen
Paul Westerfield vorstellen. Ich traf ihn gerade in der Hotelhalle. Wir
waren am College im selben Mathematikseminar. Ist das nicht ein
Zufall?"

„Du kennst Mr. Westerfield bereits?" Mrs. Cordell rang nach
Atem.

„Mach dir nichts draus, was meine Mutter sagt!" warnte Barbara
den jungen Mann. „Sie glaubt, jeder Kerl unter fünfzig, der sich mir
im Umkreis von einer halben Meile nähert, sei ein Heiratskandidat.
Sie weiß nicht, daß ich lieber tot umfalle, als mit einem von euch
Ungeheuern aus dem Seminar ein Verhältnis anzufangen. – Das ist
Livy, mein Stiefvater, augenblicklich der zweite."

„Was tun Sie denn in Paris, Paul?" erkundigte sich Livy.

„Ich wollte nur die Stadt ein bißchen kennenlernen", antwortete
Paul. „Und einige Mathematikprofessoren an der Sorbonne besuchen."

„Barbara kann Sie mit einer Menge Professoren bekannt machen",
warf Mrs. Cordell ein.

„Mami, ich habe hier Kunstgeschichte studiert. Paul braucht meine
Beziehungen nicht. Laß dich nicht aufhalten, Paul. Das war wirklich
eine nette Überraschung, dir so zufällig über den Weg zu laufen."

„Es hat mich sehr gefreut", erwiderte Paul Westerfield. „Also dann,
auf Wiedersehen!"

4. KAPITEL

ALMA war überzeugt, daß sie Walter dazu überreden könne, nicht mit
Lydia nach Amerika zu gehen. Sie vertraute darauf, daß er sich nun in
sie verlieben würde. Aus ihren Romanen wußte sie, daß wahre Liebe
jedes Hindernis überwindet. Daß Walter verheiratet war, bereitete ihr

keine Gewissensbisse; er hatte Lydia ja nicht aus Liebe geehelicht. Wenn sie ihn jetzt verließ, um nach Amerika zu gehen, war es sein gutes Recht, die Liebe einer anderen zu empfangen. Er würde bei Alma ein nie gekanntes Glück kennenlernen. Zwei Seelen im Einklang. Wenn er sie küßte, würde sie Sphärenklänge vernehmen.

Sie gestand sich ein, daß es wohl zu früh sei, diese Sphärenklänge schon am Sonntag zu erwarten, bei dem Spaziergang zum Reihergehege im Richmond-Park, aber wenn sie erst einmal die stillen Wege entlangwandelten, würden sie einander schon näherkommen.

Doch der Spaziergang verlief enttäuschend. Walter ging einer vertraulichen Unterhaltung aus dem Wege. Er sprach über Zahnpflege. Er beschrieb Alma die Struktur eines Zahnes, als sei es ihr innigster Wunsch zu erfahren, worin sich Schneide- und Eckzähne unterscheiden.

Es gelang Alma nicht, das Gesprächsthema auf persönliche Dinge zu lenken. Aber gegen Ende des Spaziergangs, als sie sich dem Ausgang näherten, sagte er im gleichen unverbindlichen Ton, in dem er schon den ganzen Nachmittag gesprochen hatte: „Ich war sicher ein langweiliger Begleiter. Wußten Sie, daß es über die Gartenterrasse einen direkten Weg zur Themse hinunter gibt? Wir könnten für eine Stunde ein Boot ausleihen, und ich verspreche Ihnen, nichts mehr von Zähnen zu erzählen."

Als sie den steilen Hang hinuntergingen, hakte sie sich bei ihm ein. Da es am Wasser kühler war, zog er sein Jackett aus, um es ihr um die Schultern zu hängen.

Ein großartiger Ruderer war er nicht. Er spritzte sie wiederholt an und entschuldigte sich dann wortreich. „Es muß sechs Jahre her sein, daß ich zum letztenmal in einem Boot saß", sagte er. „Damals wollten siebzig andere auch rudern, und ich hab deshalb wenig gelernt."

„Siebzig in einem Ruderboot?" fragte Alma. „Was, um Gottes willen, haben Sie denn da gemacht?"

„Versucht, nicht zu ertrinken. Wir waren Überlebende von der *Lusitania*."

„War das das Schiff, das von einem Torpedo getroffen wurde? Und da waren Sie drauf?"

„Mit meinem Vater", sagte Walter. „Wir trieben über eine Stunde lang im Meer. Gottlob fischte uns ein Rettungsschiff auf."

Ein paar Minuten lang schwiegen beide. Walter ruderte langsam in Richtung Twickenham, bis sie eine Stelle im Fluß erreichten, wo eine Insel die Strömung teilte.

„Gerade recht für eine Verschnaufpause", sagte Walter und lenkte

ABSCHIED AUF ENGLISCH

den Kahn zu einem am Inselufer befestigten Eisenring. Er band das Boot fest und zog die Riemen ein. „Auf der Sitzbank ist doch sicher Platz für zwei."

Vor Aufregung flatterte ihr Herz. Als sie ihm Platz machte, meinte sie, er solle lieber wieder sein Jackett nehmen. „Sie werden bald frieren." Walter turnte das Boot entlang und setzte sich neben sie.

„Mir ist warm. Fassen Sie meine Hand an!"

Sie umschloß mit beiden Händen seine Finger und fühlte, wie kräftig sie waren. „Die Leute damals im Rettungsboot", sagte sie, „müssen glücklich gewesen sein, daß Sie bei ihnen waren."

„Wieso?"

„Sie wußten, daß sie in Ihnen eine Stütze hatten, auf die sie sich verlassen konnten. Sie strahlen eine solche Ruhe aus, ganz gleich, was in Ihnen vorgeht. Das gibt den anderen Kraft."

„Auch Ihnen?" fragte er leicht erstaunt.

Sie schaute ihm fest in die Augen. „Und wie! Ich bin von Sekunde zu Sekunde mehr davon überzeugt."

„Überzeugt wovon?"

Sie zögerte. In ihren Tagträumen war sie nie auf den Gedanken gekommen, daß sie in einer solchen Situation mit Worten andeuten müsse, geküßt werden zu wollen. „Überzeugt, daß ich nicht enttäuscht werde, wenn ich die Augen schließe."

Kaum ausgesprochen, schloß sie die Augen tatsächlich, aber mehr aus Verlegenheit über ihre Kühnheit als aus irgendwelchen anderen Gründen. Walter näherte sein Gesicht dem ihren, und beider Lippen berührten sich sekundenlang ganz leicht. Es war das erste Mal, daß Alma von einem Mann auf den Mund geküßt wurde. In ihrem Kopf brausten keine Sphärenklänge, und kein Meteor blitzte vor ihren Augen auf, aber sie war ausgesprochen zufrieden.

„Und nun", meinte Walter, „rudere ich uns lieber wieder zurück."

Ehe sie sich verabschiedeten, sagte Alma, daß sie als Dank für seine Einladung in La Grappe d'Or gern für ihn ein Abendessen kochen würde. Er versprach, am nächsten Dienstag zu kommen.

Am Dienstag wurde nicht geküßt, sondern ernsthafte Unterhaltung betrieben. Walter erzählte Alma, daß Lydia noch immer entschlossen sei, nach Amerika zu gehen. „Sie trifft schon alle möglichen Vorbereitungen", sagte er. „Sie hat Chaplin geschrieben, um ihm ihr Kommen anzukündigen. Sie zeigt Kaufinteressenten das Haus. An Nachbarn und Freunde verschenkt sie Einrichtungsgegenstände, die sie nicht mitnehmen will. Und für die Überfahrt schafft sie sich eine Kollektion von neuen Kleidern an."

„Hat sie die Reise schon gebucht?"

„Das will sie tun, sobald sie einen Käufer für das Haus findet. Soviel ich weiß, hat sie zwei Angebote von einem Makler." Er machte eine Pause. „Am schlimmsten ist für mich allerdings, daß sie darauf besteht, daß ich die Praxis verkaufe."

Alma, die auf der Anrichte gerade das Essen auf die Teller verteilte, wandte sich zu ihm um. „Glaubt sie denn immer noch, daß du alles aufgibst, was du dir erarbeitet hast?"

„Und ob", antwortete Walter. „Aber ich fürchte, mir bleibt nichts anderes übrig, als ihr nach Amerika zu folgen. Ohne Lydias Geld kann ich die Praxis nicht halten. Was ich verdiene, reicht nicht für die Miete und meinen Lebensunterhalt. In einem Jahr vielleicht, aber jetzt noch nicht."

„Kannst du keine weniger aufwendige Praxis kaufen?"

„Das geht nicht. Ich habe kein eigenes Kapital."

Sie war entsetzt. Er würde sie verlassen. Sie mußte mit den Tränen kämpfen. „Kannst du ihr denn nicht klarmachen, daß es wirtschaftlich klüger wäre, wenn du die Praxis hier weiterführst, damit sie zurückkehren kann, falls sich ihre Hoffnungen in Amerika nicht erfüllen?"

„Meine Liebe, Lydia weigert sich, die Möglichkeit eines Scheiterns überhaupt in Betracht zu ziehen."

So leicht wollte Alma nicht aufgeben. Sie unterhielten sich so intensiv, daß das Entenragout verspeist und das Geschirr bereits abgeräumt war, als Walter endlich ihre Kochkünste lobte. Er bezweifelte zwar noch immer, Lydia beeinflussen zu können, doch er wollte ihr nun vorschlagen, daß er in England bleiben werde, bis sie in Hollywood festen Fuß gefaßt habe.

Er versprach, Alma am Freitag während der Mittagszeit im Park zu treffen, um sie wissen zu lassen, wie Lydia reagiert habe. Nachdem er gegangen war, fand sie einen Zigarettenstummel von ihm im Aschenbecher. Sie zündete ihn im Schlafzimmer noch einmal an und wiegte sich in der Illusion, Walter verbringe die Nacht bei ihr.

Irgendwann in den frühen Morgenstunden beschlich sie ein Gedanke, der eine Lösung in Aussicht stellte. Er war ausgefallen und gefährlich, ein letzter Ausweg. Bei Tageslicht besehen, würde er gewiß abscheulich erscheinen.

Doch während sie ihn Schritt für Schritt erwog, wurde er immer einleuchtender.

Was ihr Walter dann am Freitag berichtete, war schlimmer, als sie befürchtet hatte. Das Haus war so gut wie verkauft, und Lydia hatte

ABSCHIED AUF ENGLISCH   415

die Schiffspassage erster Klasse für zwei Personen auf der *Mauretania* gebucht, die in fünfzehn Tagen von Southampton auslief.

„Für zwei Personen?" fragte Alma. „Gehst du mit? Wirklich?"

Er nickte. „Ich habe keine andere Wahl. Ihre Anwälte kümmern sich um alles, auch um den Verkauf meiner Praxis. Als wir die Praxis damals einrichteten, habe ich Dokumente unterschrieben. Sie hat mich völlig in der Hand."

„Nein!" Sie begrub ihr Gesicht an seiner Schulter und schluchzte krampfhaft.

Am Nachmittag kehrte Alma nicht in den Blumenladen zurück, und Walter rief die Sprechstundenhilfe an, damit sie seine Termine absagte. Sie wanderten auf dem alten Treidelpfad in Richtung Twickenham und sprachen ausführlich miteinander. Walter mußte zugeben, daß die Amerikareise so gut wie sicher in einem Fiasko enden würde.

„Aber auf vernünftige Gründe hört Lydia nicht", sagte er. „Was ich auch sage, faßt sie als einen Angriff auf ihr Künstlertum auf."

„Du wirfst dein Leben weg, wenn du nach Amerika gehst", hielt ihm Alma vor.

„Liebling, ohne Arbeit, ohne ein Zuhause kann ich hier nicht leben."

„Du kannst mit *mir* leben. Walter, ich liebe dich."

Sein Griff um ihr Handgelenk wurde fester, und er schloß die Augen. „Das habe ich befürchtet."

„Befürchtet?"

„Liebling, ich war egoistisch. Du hast mir geholfen, meinen Problemen ins Auge zu sehen. Aber jetzt muß es ein Ende haben. Du würdest dabei zugrunde gerichtet, Alma. Ich bin ein verheirateter Mann, fast zwanzig Jahre älter als du und ohne eigenes Vermögen. Male dir nur den Skandal aus, den das geben würde!"

„Den habe ich mir bereits ausgemalt", erwiderte Alma heftig, „und er ist mir vollkommen egal."

Sie kehrten um. Auf dem ganzen Rückweg versuchte Alma, ihn umzustimmen. Walter lehnte es höflich, aber unnachgiebig ab, sich überreden zu lassen.

Vor ihrer Haustür sagte er sanft: „Wir müssen nun Abschied nehmen – mit Würde."

„Darf ich dich nicht wiedersehen?"

Er schüttelte den Kopf. Dann küßte er sie.

Sie preßte die Lippen auf die seinen und versuchte, den Kuß für immer festzuhalten. Er umfaßte ihr Gesicht mit den Händen und drückte es sanft weg. Alma stöhnte: „Ich glaube, ich könnte diese Frau umbringen."

Walter runzelte leicht die Stirn, schüttelte wieder den Kopf und sagte: „Ich werde dich nie vergessen."

LIVY CORDELL kam mit seiner Familie am Samstag im Londoner Savoy-Hotel an. Marjorie überredete Livy, mit ihr in den Silver Slipper Club in der Regent Street zu gehen, wo sie bis drei Uhr früh auf dem Glasparkett Onestep tanzte. Die Folge war, daß Livy am Sonntag morgen sein typisch englisches Frühstück verschlief. Um ihn zu besänftigen, kaufte Marjorie Karten für die neueste Theatervorstellung in der Stadt: „The Co-optimists".

„Ich habe für nächsten Freitag abend drei Plätze in der ersten Reihe", verkündete sie zu Mittag stolz.

„Mami, ich möchte nicht undankbar erscheinen, aber ich würde lieber nicht mitgehen." Barbara strich das Tischtuch glatt.

„So? Livy, was sagst du dazu?"

Livy schaute nicht von seiner *Daily Mail* hoch. „Wenn du so weitermachst, meine junge Dame, dann wird das Leben an dir vorübergehen. Darf ich fragen, ob du am Freitag etwas Besseres vorhast?"

„Zufällig ja", erwiderte Barbara.

„Und zwar?"

„Eine Philosophievorlesung bei Bertrand Russell."

„Du lieber Himmel! Studierst du jetzt auch noch Philosophie?"

„Nein, aber Paul Westerfield. Er hat mich eingeladen mitzukommen."

LYDIA nahm sich eine Scheibe Toast und strich Butter darauf. Ohne aufzusehen, sagte sie: „Übrigens, wenn du heute in die Praxis gehst, kündige der Sprechstundenhilfe für nächste Woche. Ich habe die Praxis verkauft." Sie hatte diese Neuigkeit für den Montagmorgen aufgehoben, um sich am Wochenende Zank zu ersparen. Walter klebte so unausstehlich an seiner Zähnezieherei.

„Was hast du?"

„Die Praxis verkauft, Liebling. Wir haben doch darüber gesprochen. Ein Mr. Edwards hat sie erworben, ein reizender, gutaussehender Mann, der zufällig der Schwager meiner Freundin Maggie ist."

Walter stieß seinen Teller zur Seite. Sein Gesicht war purpurrot. „Ich kenne den Mann überhaupt nicht. Er hat die Praxis noch nicht einmal gesehen!"

„Doch, Walter. Er hat sie besichtigt. Ich war mit ihm am Freitag

ABSCHIED AUF ENGLISCH

nachmittag dort. Du warst nicht da. Hast du dich nicht wohl gefühlt, oder was? Jedenfalls war Simon begeistert, und er kann die Praxis schon nächste Woche übernehmen."

„Du scheinst mich nicht zu verstehen, Lydia. Ich kann doch meine Patienten nicht einem Menschen anvertrauen, den ich gar nicht kenne."

„Liebling, er ist ausgesprochen seriös. Er wurde an einer der berühmten Zahnkliniken ausgebildet, die wir uns nicht leisten konnten. Du wirst ihn sehr bald kennenlernen, er möchte nämlich am Mittwoch mit dir die Kartei durchgehen. Er übernimmt die Praxis komplett: die Möbel, alle Apparate, sogar deine Zangen – alles."

„Er kann doch meine Instrumente nicht haben! Die brauch ich in Amerika!"

Lydia machte sich an einem ihrer lackierten Fingernägel zu schaffen. Gelassen sagte sie: „Ich glaube, du solltest jetzt erfahren, daß ich meine Meinung darüber, was du in Amerika tun sollst, geändert habe. Ich brauche einen Agenten, der meine Verträge mit den Filmgesellschaften aushandelt. Ich werde doch meine Zukunft als Filmstar nicht irgendeinem unbekannten Amerikaner anvertrauen. Das ist *die* Aufgabe für dich."

Sprachlos schüttelte er den Kopf.

„Komm", drängelte Lydia, „das ist sehr wichtig für mich. Du hast jetzt jahrelang deinen Spaß gehabt, wenn du in fremder Leute Zähnen Löcher finden konntest. Jetzt wird das eben anders."

„Ich habe nicht vor, daß es anders wird", erwiderte Walter leise.

Lydia war nicht gewohnt, daß man sich ihr widersetzte. „Du hast keine Wahl, Walter. Ohne Geld kannst du dich in Amerika als Zahnarzt nicht etablieren."

„Ich werde den Erlös für die Praxis haben. Was zahlt uns Edwards?"

„Dieses Geld gehört mir."

„Ich habe die Praxis aufgebaut. Ich habe ein Anrecht auf einen Anteil."

„Meine Anwälte denken da anders, Liebling. Sei vernünftig, Walter! Wir sollten doch beide an meiner Zukunft interessiert sein."

Er stand auf und schrie: „Was für eine Zukunft?" Außer sich stürzte er aus dem Zimmer. Die Haustür fiel krachend ins Schloß.

Einen Augenblick lang kamen Lydia Zweifel, ob Walter wirklich als Agent geeignet sei. Dann aber fiel ihr ein, daß dies nebensächlich war, weil sie ihn nur zu Dekorationszwecken brauchte. In Hollywood hatte man einfach einen Agenten. Walter konnte getrost herumtelefonieren; welche Angebote akzeptabel waren, würde sie selbst entscheiden.

Sie ging in den ersten Stock, um sich zu schminken. Während sie ihr Haar hochsteckte, läutete unten das Telefon. Sie wartete, bis Sylvia abnahm, war aber sofort an der Schlafzimmertür.

„Für Sie, Madam. Eine Dame. Sie nannte keinen Namen."

Lydia stieg die Treppe hinunter und griff nach dem Hörer: „Hier spricht Lydia Baranov."

Nach kurzem Zögern am anderen Ende der Leitung vernahm sie: „Ich möchte mit Ihnen über Ihren Mann sprechen."

„Wer sind Sie denn?" fragte Lydia.

„Jemand, der sich darum sorgt, was aus ihm wird. Mrs. Baranov, ich möchte Ihnen von Frau zu Frau raten, ihn anständig zu behandeln. Er will nicht mit Ihnen nach Amerika gehen. Er fühlt sich hier wohl. Sie waren bisher ihm gegenüber so großzügig. Ich würde das nicht betonen, wenn Sie einander wirklich liebten. Aber Sie wissen, daß das nicht der Fall ist. Bitte, bleiben Sie großzügig, und lassen Sie ihn mit der Frau, die ihn liebt, in England bleiben!"

„Wie bitte? Ich weiß zwar nicht, wer Sie sind, aber verrückt sind Sie bestimmt! Walter hat Sie noch nie erwähnt. Wollen Sie sagen, daß Sie seine Geliebte sind?"

„Wie Sie wollen. Willigen Sie in die Scheidung ein?"

Lydia mußte lachen. „Meine Teuerste, Sie gehen etwas zu weit. Ich kenne meinen Mann. Er weiß gar nicht, was eine Geliebte ist, geschweige denn, was er mit ihr anfangen sollte. Sagen Sie mir, mit wem ich spreche, und wir beide betrachten alles als einen Scherz."

„Es ist kein Scherz. Mein Name, selbst wenn ich ihn nennen würde, ist Ihnen unbekannt. Fragen Sie Walter. Er soll entscheiden, wieviel er Ihnen erzählen will. Aber unterschätzen Sie ihn nicht, Mrs. Baranov! Und glauben Sie nicht, Sie hören jetzt nichts mehr von mir."

Am anderen Ende der Leitung wurde aufgelegt.

ALMA wünschte Mrs. Maxwell einen schönen Feierabend und spannte den Regenschirm auf. Der Wolkenbruch würde zwar sicher nur wenige Minuten dauern, aber sie wollte möglichst schnell nach Hause kommen, um festzustellen, ob auf der Fußmatte eine Nachricht für sie lag oder ob das Telefon klingelte, wenn sie die Tür öffnete. Aber dazu kam es nicht.

Schon nach zwei Schritten faßte sie jemand am Arm und entriß ihr den Schirm. Ohne ein Wort zu verlieren, zerrte Walter sie übers Pflaster in ein Taxi und setzte sich neben sie. Seine Kleidung war

ABSCHIED AUF ENGLISCH 419

klatschnaß. Alma schmiegte sich an ihn und küßte ihn auf die Wange.

„Ich dachte, wir sehen uns nie mehr", sagte sie.

„Du wirst naß." Er zog den Regenmantel aus und nahm den Hut ab. Dann drückte er sie wieder an sich. Diesmal küßte er sie auf den Mund. „Ich werde dir einen Verweis erteilen, weil du meine Frau angerufen hast."

„Ich mußte mir doch etwas einfallen lassen. Bist du mir böse?"

„Eigentlich sollte ich es sein. Du weißt doch, daß es nichts hilft. Sie würde nie in eine Scheidung einwilligen." Er lachte leise. „Aber es war ein gräßlicher Schock für Lydia zu erfahren, daß ich eine Geliebte habe."

Alma schmiegte sich noch enger an ihn. „Bin ich wirklich deine Geliebte?"

„In der Nähe deines Hauses ist eine Teestube. Gehen wir da hin, ja?"

Als sie aus dem Taxi stiegen, hatte der Regen bereits nachgelassen. Sie fanden einen ruhigen Tisch hinter einem Garderobenständer. Walter erzählte Alma, daß er als Lydias Agent mitkommen sollte. „Und die Praxis hat sie auch schon verkauft, ohne daß ich einen lumpigen Penny davon sehe."

Alma erwiderte nichts. Ihr Gefühl sagte ihr, daß Walter gleich etwas Entscheidendes äußern werde.

Er hielt noch immer ihre Hände umfaßt und sagte: „Ich habe mich entschieden, nicht nach Amerika zu gehen."

„Walter, Liebling!"

„Das ist natürlich Selbstmord – aber irgendwie werde ich es schon schaffen."

„Wir werden es zusammen schaffen."

„Nein! Ich danke dir. Aber das kann ich nicht machen. Ich würde es mir nie verzeihen, dich in diesen Klatsch und Skandal mit hineinzu-ziehen."

„Ich mache mir aber nichts aus meinem Ruf! Ich liebe dich doch!"

Er schaute finster in seinen Tee.

Da beschloß Alma, daß dies der rechte Augenblick sei, ihm ihren Plan anzuvertrauen, den sie, als sie während der frühen Morgenstun-den schlaflos im Bett lag, ausgeheckt hatte. Sie dämpfte ihre Stimme und sagte: „Da gäbe es noch einen anderen Weg."

„Hm", brummte er, ohne aufzusehen.

„Du hast mir einmal von jemand anderem erzählt, der von seiner Ehefrau unaussprechlich schlecht behandelt wurde und der sich in eine andere Frau verliebte, die ihn leidenschaftlich verehrte: Dr. Crippen."

„Oh!"

„Man hat sie erwischt, weil sie sich verkleidet hatten. Sie wollten auf einem kleinen Dampfer über den Ozean entkommen, aber der Kapitän schöpfte Verdacht."

„Dr. Crippen war ein Mörder."

Alma wischte den Einwand beiseite. „Du hast mir erzählt, daß Lydia bereits eure Tickets für die *Mauretania* besorgt hat."

„Ja, aber ich fahre nicht mit."

„Versetz dich mal kurz in die Lage, daß du dennoch fährst, nicht mit Lydia, sondern mit mir. Ich würde dann als Mrs. Baranov reisen. In sechs Tagen wären wir in Amerika und könnten für immer als Mann und Frau leben."

„Und was ist mit Lydia?"

„Chloroform."

„Ich glaube, ich brauche eine Zigarre." Er steckte eine zwischen die Lippen und brach zwei Streichhölzer ab, als er versuchte, sie anzuzünden. „Ist das dein Ernst?"

„Mein voller Ernst. Ich habe tagelang darüber nachgedacht. Siehst du denn nicht, daß uns Lydia, indem sie die Überfahrt gebucht hat, die Chance gibt, den Fehler von Dr. Crippen und Ethel zu vermeiden?"

Eine Stimme fragte: „Soll ich den Herrschaften noch heißes Wasser bringen?"

Sie starrten beide der Bedienung ins Gesicht.

„Nein, danke", antwortete Walter. Er bezahlte, und sie verließen die Teestube. Draußen schien zaghaft die Sonne.

„Sie wurden verhaftet, weil Inspektor Dew unter dem Kellerboden die Überreste von Mrs. Crippen fand", sagte Walter.

Alma überging seine Bemerkung. „Wenn ich Lydias Stelle einnehme, kann ich ihre Unterschrift nachmachen. Ich könnte dir einen Scheck für den Verkauf der Praxis ausstellen. Ich könnte so viele Schecks unterschreiben, wie ich will. Unser Lebensstil wäre gesichert, und du könntest der erfolgreichste Zahnarzt Amerikas werden."

„Mit Lydias Geld?"

„Es wäre ein Verbrechen, es nicht zu benützen, Liebling. Ich werde ihren Paß verwenden müssen, aber das dürfte kein Problem sein. Wir haben ungefähr dieselbe Größe und beide braune Augen. Ihre Haare sind etwas dunkler als meine, aber wer sieht das schon auf einem Foto."

„Die Sache muß doch einen Haken haben."

„Hat sie aber nicht, Liebling. Wenn wir Lydia das Chloroform in der Nacht geben, bevor wir in See stechen, wird niemand aus ihrem Bekanntenkreis sie vermissen. Sie hat dann bereits die Sachen für den

ABSCHIED AUF ENGLISCH

Rechtsanwalt unterzeichnet, und die Bank überweist das Geld gleich nach Amerika. Wir brauchen nur an Bord des Dampfers zu gehen, um gemeinsam unser neues Leben zu beginnen."

Walter wirkte wie betäubt. Die Kühnheit dieses Plans hatte ihn offensichtlich verblüfft. Nachdem er ihn zunächst verwerfen wollte und dann nach eventuellen Fehlern abklopfte, erwog er ihn nun ernsthaft. Alma konnte es von seinen Augen ablesen. Er hatte sich mit der Notwendigkeit, Lydia Chloroform geben zu müssen, abgefunden. Er fand noch diesen und jenen Einwand, erkundigte sich, was Alma zu Mrs. Maxwell im Blumenladen sagen wolle. Er fragte nach ihren Familienangehörigen und Freunden.

Die Art seiner Fragen und wie er sie stellte, zeigte klar, daß er nur darauf wartete, überzeugt zu werden. Alma sagte, sie würde ihren engsten Freunden erzählen, daß sie den Winter auf dem Kontinent verbrächte. Nahe Verwandte hatte sie nicht. In einer Woche könnte sie reisefertig sein.

Walter hörte ihr aufmerksam zu. Dann schwieg er eine Zeitlang. Endlich sagte er: „Wir müssen darüber nachdenken, was wir dann mit ihr machen."

5. KAPITEL

Der Plan, Lydia zu beseitigen und mit Walter auszuwandern, erschien Alma romantischer als alles, was sie in ihren Büchern gelesen hatte. Das Vorhaben war verrucht und gewagt. Ihr gemeinsames Geheimnis würde sie und Walter auf ewig zusammenschmieden. Walter würde sicher bald der vornehmste Zahnarzt von New York sein.

Im Geiste bereiste sie schon die Vereinigten Staaten, als Walter sie erinnerte: „Wir müssen wirklich langsam entscheiden, was wir dann mit ihr machen. Ich meine hinterher. Wo sollen wir sie hintun?"

„Oh!"

Sie saßen auf einer Bank im Richmond-Park. Es war ein klarer Septemberabend. Den Himmel überzogen feine Federwolken.

„Dr. Crippen hat seine Frau im Keller vergraben", stellte Alma fest. „Und Inspektor Dew kam dann mit seinem Spaten."

„Kannst du sie nicht in die Wanne stecken und einen Badeunfall vortäuschen?"

„Der Trick ist zu bekannt."

„Wenn wir ein Auto hätten", sagte Alma, „könnten wir sie irgendwohin schaffen."

422 ABSCHIED AUF ENGLISCH

„Man würde sie sicher bald finden. Eine Leiche zurückzulassen können wir uns nicht leisten."

Alma erschrak über das Wort Leiche. Um ihr Unbehagen zu überspielen, sagte sie etwas schnippisch: „Wir können es uns aber auch nicht leisten, sie mitzunehmen."

Er schaute sie an. „Doch, das können wir! Das ist die Lösung, Alma. Wir werfen sie ins Meer. Wenn es dunkel ist, zwängen wir sie durchs Bullauge. Kein Mensch wird sie finden."

„Aber wie bekommen wir sie aufs Schiff?"

Er lachte. „Sie wird selbst an Bord gehen. Hör zu: Ich werde Lydia erzählen, daß ich mich weigere, mit nach Amerika zu gehen. Sie wird wütend werden und mich zum Teufel schicken. Das Haus, die Praxis, meine Instrumente, alles wird verkauft sein, wenn sie sich Samstag in einer Woche auf der *Mauretania* einschifft. Sie wird allerdings nicht wissen, daß du und ich auch an Bord sind. Ich werde unter irgendeinem Namen eine Passage zweiter Klasse buchen."

„Für uns beide?"

„Nein, du verbirgst dich als blinder Passagier in meiner Kabine. Am Tag der Abreise drängeln sich unzählige Freunde und Verwandte auf dem Schiff, um den Passagieren Lebewohl zu sagen. Da herrschen chaotische Zustände. Eine halbe Stunde bevor das Schiff ablegt, kommen dann Schiffsjungen mit Gongs und fordern die Besucher auf, an Land zu gehen. Aber einige bleiben immer an Bord, weil sie wissen, daß sie mit dem Lotsenboot oder in Cherbourg auch noch das Schiff verlassen können. Liebling, es ist ganz einfach, während dieser ersten Stunde den blinden Passagier zu spielen. Und länger brauchen wir nicht. Dann hast du nämlich deine eigene Einzelkabine erster Klasse - als Mrs. Lydia Baranov."

„Soll das heißen, du . . ." Alma verschlug es die Sprache.

Walter nickte. „Ich werde mit einem Fläschchen hochkonzentrierte Chloroformlösung in der Tasche in ihre Kabine gehen. Sie wird sehr überrascht sein, aber sie wird mich hereinlassen. Ich werde sie sofort mit dem Chloroform betäuben. Wenn ich ganz sicher bin, daß sie tot ist, werde ich ihre Leiche irgendwo verstecken."

„In ihrem Schiffskoffer", sagte Alma aufgeregt.

„Gute Idee. Ich warte dann in der Kabine, bis es dunkel genug ist, sie durchs Bullauge ins Meer zu werfen. Die *Mauretania* fährt um zwölf Uhr ab, gegen eins wird das Mittagessen serviert. Du wirst um diese Zeit im Speisesaal erster Klasse sein und dem Steward sagen, daß du Mrs. Baranov bist und einen Einzeltisch wünschst."

„Und was machst du?"

ABSCHIED AUF ENGLISCH

„Ich sitze inzwischen in Lydias Kabine und hänge das Schild BITTE NICHT STÖREN vor die Tür. Wichtig ist, was *du* tust. Bei der Mannschaft und bei den anderen Passagieren mußt du dich überzeugend als Lydia Baranov einführen. Mach einen Bummel über das Promenadendeck, und bitte den Decksteward, dir einen Liegestuhl auf der Sonnenseite zu reservieren. Achte darauf, daß man deinen Namen deutlich versteht. Glaubst du, daß du das schaffst?"

„Ja, bestimmt."

„Gut. Am Nachmittag kannst du in Lydias Kabine kommen. Ich lass' dich ein."

„Liebling, das funktioniert gewiß." Sie küßte ihn. „Es ist so wunderbar einfach."

„Ich gebe dir dann den Schlüssel. Aber wir müssen getrennt bleiben. Du wirst zu Abend essen und spät zu Bett gehen. Bis dahin ist die Leiche längst verschwunden. Ich beziehe meine Zweiter-Klasse-Kabine, und fünf Tage später treffen wir uns in New York. Ich glaube, so klappt alles."

„Da bin ich ganz sicher, mein Schatz. Weißt du schon, wie du dich auf der *Mauretania* nennen willst?"

„Ein einfacher Name ist sicher am besten. Wenn ich recht überlege, wäre Brown, mein ursprünglicher Name, gerade richtig. Ich glaube, ich weiß auch, woher ich einen Paß kriege. Ich kenne da einen guten Freund meines Vaters. Ich werde ihn vorher besuchen."

„Brown klingt aber nicht ganz echt", sagte Alma. „Der Name müßte kurz und einfach sein, aber nicht so geläufig."

„Dew", sagte Walter. „Walter Dew von Scotland Yard." Er mußte grinsen. „Wer mißtraut schon jemandem, der Walter Dew heißt?"

Jetzt lachte er laut, und Alma fiel ein. Ihr Gelächter erfüllte die laue Abendluft. Der herrliche Sonnenuntergang tauchte alles in romantisches, tiefes Rot.

WÄHREND der letzten Woche ihres Aufenthalts in London legte Barbara mit einem Male ihre nachlässige Natürlichkeit ab und verwandelte sich in eine schicke junge Dame. Beim Coiffeur ließ sie sich ihre schönen kastanienbraunen Haare zu einem Bubikopf schneiden und seitlich mit einer Dauerwelle auflockern. Sie puderte sich das Gesicht kalkweiß und malte die Lippen knallrot an. In einer Modeboutique erwarb sie eine Maulwurfstola und fünf Abendkleider. Am Freitag kaufte sie zwei neue, weil sie die andern bereits je einmal getragen hatte.

Den Wendepunkt hatte die Philosophievorlesung von Bertrand

Russell gebracht. Gleich am nächsten Tag war Barbara zum Friseur gegangen. Ihre Mutter wunderte sich sehr, fand aber, daß Barbaras Veränderung das Beste an der ganzen Europareise war.

„Wenn sie es auf Paul abgesehen hat", sagte sie zu Livy, „dann spielt sie ein riskantes Spiel. Heute nachmittag ist sie nämlich mit einem jungen Mann namens Forbes verabredet."

Forbes führte Barbara zum Tanztee ins Café de Paris. Hier lernte sie Arnold kennen, der ein Monokel trug und viel unterhaltsamer war als Forbes. Arnold lud sie zu Kuchen und Eiskaffee in die Grafton Galleries ein.

Zweimal traf Barbara in dieser Woche Paul Westerfield in der Halle des Savoy-Hotels. Beim erstenmal war sie in Begleitung von Forbes, und beim zweitenmal hatte sie Arnold dabei. Diese zufälligen Begegnungen hatten eine positive Auswirkung auf Paul. Am Freitag vormittag fing er sie an der Treppe zum Speisesaal ab. Er sagte, ihr Haarschnitt sei eine Wucht, und fragte, ob sie für den Abend schon verabredet sei.

Barbara erwiderte, ein Freund habe zwar irgend etwas vom Café Royal erzählt. Darauf sei sie aber nicht unbedingt neugierig. Es sei immerhin ihre letzte Nacht in London, und die wolle sie genießen.

„Du reist morgen ab?" fragte Paul. „Vielleicht mit der *Mauretania?* Ich auch! Wie findest du das? Da müssen wir heute noch unbedingt gemeinsam London unsicher machen."

„Was schlägst du denn vor?" fragte Barbara.

„Im Berkeley findet eine Party statt. Sollen ganz verrückte Leute drünter sein. Ich bin eingeladen. Würdest du mitkommen?"

Sie lächelte und nickte. Barbara hatte erreicht, was sie wollte. Sie fühlte sich zu Paul Westerfield hingezogen trotz ihrer Angewohnheit, jeden Mann abzuweisen, den ihre Mutter für sie auserkor. Sie mochte die Art, wie er seine Augenbrauen hochzog, wenn ihn etwas interessierte. Und sie mochte seinen ungezwungenen Gang, wenn er einen Raum durchquerte.

Die Party war so verrückt, wie Paul versprochen hatte. Der Champagner floß in Strömen. Als das Restaurant schloß, setzten sie die Party vor dem Kaffeestand am Hyde Park Corner fort. Die Taxifahrer ließen sie mit ihren Kaffeetassen der Reihe nach in die Droschken steigen und lange darin sitzen.

Barbara mußte Paul mit einer jungen Engländerin namens Poppy teilen. Er hatte seine Arme um beide geschlungen und unterhielt sie mit lustigen Geschichten. Poppy lachte viel. Sie hatte dichte goldene Locken und strahlende Augen.

ABSCHIED AUF ENGLISCH 425

Gegen drei Uhr früh kamen alle aus den Taxis und tanzten um eine Straßenlaterne Ringelreihen. Nachdem sie mit vielen Küssen Abschied genommen hatten, riefen sie die Taxis herbei, um sich heimfahren zu lassen. Paul fragte Poppy, wo sie wohne. Die beiden saßen bereits mit Barbara in einem Taxi.

„In der Chickensand Street", antwortete Poppy. „Draußen im East End."

„Gut", sagte Paul. „Das Savoy liegt, soviel ich weiß, am Weg. Wir können dich dort absetzen, Barbara."

Barbara wollte nicht einsehen, weshalb sie nicht Poppy zuerst absetzen konnten, um dann gemeinsam zum Savoy zu fahren. Aber sie verkniff sich den Einwand.

Paul wies den Chauffeur an, zuerst zum Savoy und dann in die Chickensand Street zu fahren. Zu Barbara gewandt, sagte er: „Es wäre schade, wenn du den ganzen Weg mitfahren müßtest, zumal es schon so spät ist. Morgen geht es früh los."

„O ja", pflichtete ihm Barbara bei. Sie versuchte, angesichts der vor ihr liegenden Tage auf der *Mauretania* großherzig zu sein. Kurz vor dem Hotel küßte Paul sie sanft auf die Lippen.

„Danke schön, Paul!" verabschiedete sich Barbara. „London war toll! Es hat mir sehr gefallen."

„Wir sehen uns dann auf dem Schiff", antwortete Paul.

Als das Taxi wegfuhr, sah Barbara Poppys winkende Hand durch das kleine Rückfenster.

„LYDIA, das Taxi ist da."

„Schon? Dann muß es eben warten."

„Es ist acht Uhr", sagte Walter.

„Bis zum Bahnhof braucht man doch keine Stunde! Der Zug nach Southampton geht erst um neun. Hast du es denn so eilig, mich loszuwerden?" Aber das sagte sie eigentlich ohne Bosheit. Er hatte die volle Wucht ihres Zorns schon zwei Tage zuvor zu spüren gekriegt, als er ihr kühl eröffnete, er habe beschlossen, nicht mit nach Amerika zu fahren. Sie hatte eine Terrine mit Linsensuppe nach ihm geworfen und das Senfglas folgen lassen. Nach gebührendem Überlegen begann sie jedoch, die Angelegenheit in einem anderen Licht zu sehen. Walter wäre in Amerika ein Klotz am Bein gewesen. Für Hollywood war er viel zu schwerfällig. Sie würde statt seiner einen tüchtigen jungen Amerikaner engagieren. Und Walter, dieser egoistische und undankbare Mensch, würde schon bald merken, was es bedeutete, nicht mehr von einer großzügigen, liebenden Frau verwöhnt zu werden.

Walter stand an der Treppe, als sie herunterkam. „Hast du auch wirklich dein Ticket und deinen Paß?"

„Natürlich. Sobald du eine ständige Anschrift hast, laß sie mich wissen – via Bank of California. Aber laß dir bloß nicht einfallen, mich um Geld anzubetteln! Du wolltest unabhängig sein, also laß mich aus dem Spiel. Was aber noch lange nicht heißt, daß ich in eine Scheidung einwillige. Leb wohl, Walter!"

„Leb wohl!"

„Wünschst du mir nicht einmal eine gute Reise?"

„Daran hab ich nicht gedacht. Es tut mir leid."

Sie ging zum Taxi. So würde sich Walter in ihr Gedächtnis einprägen, wie er sich ständig entschuldigte. Der gutaussehende, elegante Zahnarzt, den seine Patienten als absolut vertrauenerwekkend vergötterten, war zu Hause eine ängstliche Maus.

LIVY CORDELL mochte die Docks von Southampton gern. Er freute sich auf den Augenblick, in dem der Zug in die Halle neben dem Schiff einlief, und auf den ersten Schwall salziger Luft, der mit dem Kohlengeruch der Dampfloks vermischt war.

Ein Träger nahm ihnen die Koffer ab und hievte sie auf seinen Karren. Pässe und Tickets waren bereits im Zug kontrolliert worden. Aus allen Richtungen drangen amerikanische Laute an sein Ohr; hier war für viele der Europaurlaub zu Ende. Das Orchester der *Mauretania* auf dem Bahnsteig versuchte sein Bestes, die Stimmung mit Militärmärschen zu heben.

Livy entdeckte in einiger Entfernung ein bekanntes Gesicht: „Ist das nicht der junge Westerfield?"

„Paul?" fragte Barbara, ohne ihre Aufregung zu verbergen. „Wo?"

„Da vorne. Er hat eine Kreissäge auf."

Paul Westerfield wurde von einem ausgesprochen hübschen Mädchen in goldfarbenem Crêpe-de-Chine-Kleid begleitet. Ihre weißbehandschuhte Hand schmiegte sich an seinen Arm. An Pauls Miene erkannte man, daß er die Cordells gesehen hatte. Nach kurzem Zögern kam er näher. Er sagte etwas zu Poppy, worauf sie sich von ihm abwandte und Barbara anschaute. „Was für eine Überraschung! Hallo, Barbara!"

„Wie geht es euch beiden?" antwortete Barbara leise. An ihre Eltern gewandt, sagte sie: „Das ist Poppy. Wir haben uns gestern abend kennengelernt. Paul kennt ihr ja."

„Gewiß", sagte Livy. „Nett, Sie hier zu treffen, Poppy." Er schüttelte ihr die Hand. Marjorie nickte nur.

ABSCHIED AUF ENGLISCH

„Poppy ist mitgekommen, um mich zu verabschieden", erklärte Paul. „Gerade haben wir gehört, daß Besucher eine extra Gangway benützen müssen."

„Ja, da hinten", bestätigte Livy.

„Danke. Na, denn . . ." Paul entfernte sich einen Schritt. „Wir sehen uns bestimmt später."

„Tschau!" trällerte Poppy.

Kaum waren sie weg, schmiegte sich ihre Hand wieder in Pauls Arm.

Weiter vorne in der Schlange schritt Lydia Baranov über die Gangway, um die *Mauretania* mit ihrer Anwesenheit zu beehren. Ein Träger folgte mit ihrem Handkoffer. Der Zahlmeister verglich ihr Ticket mit der Passagierliste.

„Reisen Sie allein, Mrs. Baranov?"

„Ja, mein Mann mußte seine Buchung stornieren."

„Das ist bedauerlich, Madam. Ich hoffe, Sie haben dennoch eine angenehme Überfahrt." Sein Assistent wandte sich an die bereitstehenden Pagen in blauer Uniform: „Kabine neunundachtzig für Mrs. Baranov."

Der nächststehende Junge nahm den Schlüssel und durchquerte mit Lydia und dem Träger im Schlepptau den überfüllten Empfangsraum. Er führte Lydia durch einen kirschholzgetäfelten Korridor. Überall standen Gruppen von Passagieren und Besuchern. Lydia kaufte sich eine *Daily Mail* und hätte dabei fast ihren Pagen aus den Augen verloren.

Kabine 89 lag eine Treppenflucht tiefer am Ende eines Korridors. Der Page schloß die Tür auf, und Lydia suchte in ihrer Börse nach Geld, um den Träger zu entlohnen. Der Page zog die Vorhänge beiseite.

„Gleich zwei Bullaugen", sagte Lydia. „Das ist schön. Auf welcher Seite des Schiffes sind wir?"

„Backbord, Madam. Dies ist das D-Deck oder Oberdeck. Der Speisesaal erster Klasse ist geradeaus durch die Tür am Anfang des Korridors. Soll ich ein Bullauge aufmachen?"

„Ja, bitte. Wie spät ist es?"

„Halb zwölf, Madam. Das Mittagessen wird um ein Uhr serviert."

„Damit halte ich mich nicht auf. Ich werde in Ruhe auspacken und die Zeitung lesen." Sie fischte nach einem Shilling und gab ihn dem Jungen.

Als sie allein war, sah sie, daß ihr Schiffskoffer bereits in der Kabine neben dem Kleiderschrank abgestellt war. Sie inspizierte das Bad. Es lag an der Schmalseite und erstrahlte in weißem Marmor. In der Kabine selbst hatte sie außer dem Schrank einen Lehnstuhl, einen Frisiertisch, eine Schreibplatte und einen runden Couchtisch, auf dem eine Vase mit frischen Rosen stand. Sie sperrte den Schiffskoffer auf und begann, all die hübschen neuen Sachen auszupacken, die sie für die Reise gekauft hatte.

„Stell dir vor, Poppy, das wäre in New York nicht erlaubt", erklärte Paul, als sie zusammen im Rauchsalon saßen und Sherry tranken. Er hielt das Sherryglas hoch. „Prohibition. Auf der Herfahrt durften wir innerhalb der Zwölfmeilenzone keinen Tropfen Alkohol anrühren." Plötzlich wurde Pauls Aufmerksamkeit von jemandem an einem anderen Tisch gefangengenommen. „Da ist schon wieder Barbara mit ihren Eltern."

Das hörte Poppy nicht gern. Sie mußte, ehe sie das Schiff verließ, ihren Auftrag ausführen. „Schau nicht hin! Sie haben uns nicht gesehen. Ich hab Kopfweh. Hier unten ist es so rauchig. Komm, gehen wir hinauf an Deck!"

„Wie du willst. Ich werde Barbara fragen, ob sie mitkommt."

Poppy fluchte im stillen, als er zu den Cordells hinüberging. Bis jetzt hatte ihr Plan so gut geklappt. Sie brauchte den Kerl nur ein paar Minuten. Dann konnte Barbara ihn von ihr aus zum Mittagessen verspeisen.

Sie hörte Barbaras Mutter sagen: „Geh nur, Kind. Du brauchst nicht bei uns zu bleiben. Junge Leute gehören zusammen."

Barbara stand auf, schaute aber nicht sehr glücklich drein. Zu dritt zogen sie los.

„Gehen wir ins Veranda-Café hinauf", schlug Poppy vor.

„Ich dachte, du fühlst dich nicht wohl", sagte Paul.

„Das wird gleich vorüber sein. Da oben wird getanzt."

„Woher weißt du das?" fragte Barbara.

Poppy hatte es von Jack erfahren. Jack wußte alles, was man über die *Mauretania* wissen konnte. Poppy antwortete: „Irgend so ein alter Knochen hat es erzählt."

Das Veranda-Café war dank seiner großen Fenster und des Glasdaches der einzige Raum auf dem Schiff, der ohne künstliches Licht auskam. Große Palmenkübel standen zwischen den Rohrstühlen und den kleinen Tischen. Auf der quadratischen Tanzfläche bewegten sich einige Paare träge zu den Klängen eines Akkordeons.

„Was ist, Paul", fragte Poppy, „willst du nicht mit einer von uns tanzen?"

ABSCHIED AUF ENGLISCH

Paul schaute betreten drein, aber Barbara sagte: „Los, ihr zwei! Ihr habt nicht mehr viel Zeit. Ich werde euch zusehen."

Poppy tanzte mit Paul langsam das Geviert ab. Als sie in einer Ecke eine Wendung machten, fiel ihr Blick auf glatt zurückgekämmtes, honigfarbenes Haar. Wie verabredet, hatte sich Jack zur Übergabe eingefunden. Poppy fühlte sich jetzt tatsächlich krank, weil Barbara jeden Tanzschritt, den sie machten, genau beobachtete. Es wäre idiotisch gewesen zuzugreifen, solange sie dasaß. Poppy mußte sich etwas einfallen lassen.

In die Klänge des Akkordeons mischte sich ein anderer Laut.

„Zu schade", sagte Paul. „Das ist bestimmt der Besuchergong."

Poppy preßte ihre Hüfte gegen die seine und wackelte gefühlvoll. „Ich könnte mich ja verstecken", meinte sie.

„In meiner Kabine?" Er lachte.

„Warum nicht? Ich würde nicht viel Platz brauchen."

„Blinde Passagiere finden sie immer."

„Was würde denn passieren, wenn sie mich finden? Müßte ich dann das Deck schrubben?"

Die Musik hörte auf zu spielen, als ein Page durch das Café ging, einen Gong schlug und rief: „Alles an Land, was an Land bleiben will!"

Poppy fühlte sich in einen Alptraum versetzt. Als sie zum Tisch zurückgingen, schaute sie sich kurz nach Jack um. Sein Gesicht glich einer Maske. Sie schürzte die Lippen, um ihre mißliche Lage anzudeuten. Jack ließ sich nicht eine Spur von Mitgefühl anmerken.

„Ich verabschiede mich gleich hier", sagte Barbara zu Poppy. „Paul wird dich begleiten wollen, und ich möchte noch vor dem Essen auspacken. Auf Wiedersehen, Poppy."

Poppy war so dankbar, daß sie Barbara am liebsten geküßt hätte. Sie wartete, bis die Amerikanerin gegangen war, und flüsterte dann Paul zu: „Liebling, wir haben höchstens noch zehn Minuten. Laß uns irgendwo allein sein und Abschied nehmen."

In der Zweiter-Klasse-Kabine 377 hörte Alma den Gong. Ein Schauder durchlief sie.

„Es besteht wirklich kein Grund, nervös zu sein", sagte Walter. „Niemand hat Verdacht geschöpft, als ich im Zug meinen Paß vorzeigte. Ich bin Walter Dew, und niemand kommt auf die Idee, du könntest jemand anders sein als Lydia Baranov."

Seit sie damals im Park über den Plan, Lydia verschwinden zu lassen, gesprochen hatten, konnte Alma eine Veränderung an Walter feststellen. Er war nicht mehr so schüchtern. Sein Benehmen wurde selbstsicherer und zielgerichteter. Die Aussicht, Lydia loszuwerden, hatte einen anderen Mann aus ihm gemacht.

„Ich verstehe nicht, daß ich so nervös bin, wo du doch so ruhig bleibst."

„Das ist alles Übung und Selbstkontrolle. Ich weiß genau, was ich zu tun habe. Laß dich bloß von den Stewards nicht einschüchtern! Denk daran: Sie sind da, um dich zu bedienen, nicht um dich auszuspionieren."

Ein ohrenbetäubendes Dröhnen erschütterte die Kabine.

„Die Schiffssirene", erklärte Walter.

„Legen wir ab?"

„Wir sind gerade dabei."

Alma stand auf und streckte die Arme nach ihm aus. Er hielt sie eng umschlungen. „Bleib noch da!" flüsterte sie.

„Ich kann noch etwas warten", erwiderte er. „Ich möchte zu ihr gehen, wenn alle beim Essen sind. Sie hatte Angst, seekrank zu werden, deshalb riet ich ihr, auf das Mittagessen zu verzichten."

Die Besucher standen jetzt zu Hunderten am Kai und winkten oder riefen den Passagieren zu, die sich an die Relings der Decks drängten. Die letzten Beamten von der Hafenbehörde verließen das Schiff. Die Sirene ertönte, und die diensthabenden Offiziere nahmen ihre Posten ein. Auf der Brücke erschien der Kapitän.

Kapitän Arthur H. Rostron war von eher schmächtiger Statur, gepflegt, grauhaarig. Hätten die Jahre auf hoher See nicht seine Haut gegerbt, hätte man ihn für einen Kaufmann halten können. Seit 1915 hatte er das Kommando auf der *Mauretania*.

Der Kapitän spähte zur Gangway hinunter, an welcher der Zweite Offizier stand und sich den Hals verrenkte, um das Signal von der Brücke nicht zu übersehen. Rostron hob die Hand und ließ sie wieder sinken. Es war genau zwölf Uhr mittags. Die letzte Gangway war entfernt worden. Die Schleppdampfer zogen das Schiff ins tiefere Fahrwasser. Auf der Kommandobrücke hatte der für das Auslaufen zuständige Lotse das Steuer übernommen. Die Schlepper begannen, den Ozeanriesen herumzudrehen, so daß er innerhalb von knapp fünf Minuten in seiner Fahrtrichtung lag.

„Signal!" befahl Kapitän Rostron.

Die *Mauretania* nahm mit voller Fahrt Kurs auf Cherbourg, wo noch Passagiere zusteigen sollten. Von dort aus ging es nach New York.

Unter dem Befehl des Polizeioffiziers begann man sofort, nach

ABSCHIED AUF ENGLISCH

blinden Passagieren zu suchen, und zwar an den üblichen Orten: in den Rettungsbooten, den Vorrats- und Maschinenräumen, den Wäschereien und Küchen. Es handelte sich um eine reine Formsache. Jedermann wußte, daß ein blinder Passagier, soweit er nur einen Funken Verstand besaß, sich während dieser Zeit nur unter die Passagiere zu mischen brauchte. Selbstverständlich blieben Alma in Walters Kabine und Poppy in Pauls Armen unentdeckt.

6. KAPITEL

POPPY hatte einen Auftrag auszuführen, und sie tat dies, so gut sie konnte. Sie war nicht dafür bezahlt worden, Paul sexuell zu Diensten zu sein. Als er in der Nacht zuvor mit ihr in die Chickensand Street gekommen war, hatte sie ihm eine Tasse Tee und einen Kuß angeboten und ihn auf dem kleinen Roßhaarsofa im Wohnzimmer einquartiert. Den Rest der Nacht hatte sie bei ihrer Schwester Rose im ersten Stock verbracht. Morgens hatte sie ein Frühstück mit Ei und Schinken zubereitet. Gegen acht waren sie im Savoy gewesen, um Pauls Gepäck abzuholen, und eine Stunde später hatten sie bereits im Zug nach Southampton gesessen.

Falls sich Paul schummerige Szenen in seiner Einzelkabine ausgemalt hatte, so blieben ihm diese versagt. Poppys Hände suchten zwar etwas – aber nur die Brieftasche in seinem Blazer. Es war abgemacht, daß sie diese klauen und Jack aushändigen sollte. Eine Chance hatte sie verpaßt, die zweite durfte sie nicht ungenützt lassen.

Sie ließ sich küssen und umarmen, damit kein Verdacht aufkommen konnte. Nach einigen Minuten löste seine Hand den ersten Haken am Rückenverschluß ihres Kleides.

Mit vor Schreck zitternder Stimme sagte sie: „Mein Gott, ich glaub, es rührt sich."

„Was?"

„Das blöde Schiff. Ich fühl's. Herrje, ich sitz in der Falle! Das mit dem blinden Passagier war doch nicht ernst gemeint."

„Beruhige dich! Ich komme für alles auf."

„Wofür willst du aufkommen?" fragte Poppy. „Ich will nicht nach Amerika."

„Du kannst in Cherbourg an Land gehen. Wir legen dort an, weil noch Passagiere an Bord kommen. Du kannst da übernachten, und morgen bist du wieder zu Hause. Ich gebe dir zweihundert Dollar."

„Paul, ich hab Angst."

„Aber nicht doch! Ich erledige alles für dich."

„Kann ich ins Bad?"

„Warum nicht? Bitte."

Das Bad war ein Traum. Alles makellos weiß und chromglänzend. Das war schon etwas anderes als die Zinkwanne im Wohnzimmer. Poppy verriegelte die Tür, drehte die Wasserhähne auf, zog sich aus und stieg in die Wanne. Zu ihrem Entzücken stellte sie fest, daß sie darin bis zum Kinn im Wasser liegen und dabei die Füße wie im Bett ausstrecken konnte.

Als sie die Badezimmertür aufmachte, war sie wieder vollständig angezogen. „Ich hab das Wasser für dich in der Wanne gelassen", sagte sie zu Paul. „Es ist noch ganz sauber und warm."

„Für mich?"

„Du wirst doch nicht nach Eisenbahn riechen wollen. Diese Waggons sind zwar bequem, aber hinterher hast du deine Duftnote weg – ohne dich beleidigen zu wollen, Liebling."

„Wirklich?"

Sie hatte ihn verwirrt. Nun mußte sie ans Werk gehen. Sie stand vor ihm und schlang ihren Arm unter dem Blazer um seine Taille. Mit dem Zeigefingernagel kratzte sie ihn etwas am Rücken. „Du ahnst gar nicht, was man sich in diesen Waggons alles holen kann!" Mit der linken Hand zog sie behutsam die Brieftasche aus der Innentasche seines Blazers und deponierte sie hinter ihm auf dem Bett. Er hatte nichts bemerkt und ließ sich ins Badezimmer drängen. „Laß dir nicht zuviel Zeit!" sagte sie, während sie hinter ihm die Tür schloß.

Sie versteckte die Brieftasche unter dem Bettuch und wartete. Jetzt hörte man, wie er das Wasser auslaufen und neues einlaufen ließ und dann in die Wanne stieg. Poppy nahm die Brieftasche, ging mit ihr zur Kabinentür und schaute hinaus. Am Ende des Korridors stand zigarettenrauchend Jack. Er kam wie zufällig den Gang entlang und nahm im Vorbeigehen die Brieftasche an sich. Kein Wort fiel. Poppy schloß leise die Tür. Gleich darauf ertönte der Gong, der das Mittagessen ankündigte.

„Ihren Namen bitte, Madam?" fragte der Chefsteward.

„Lydia Baranov."

Mit dem Finger fuhr der Chefsteward die Liste der Passagiere erster Klasse entlang. „Aha, hier. Einen Tisch für eine Person, Mrs. Baranov?"

„Ja, bitte", sagte Alma.

Der Chefsteward schnippte mit den Fingern, worauf einer der

ABSCHIED AUF ENGLISCH

Pikkolos erschien. „Nummer einundvierzig für Mrs. Baranov. Guten Appetit, Madam."

Alma nickte würdevoll und folgte dem Pikkolo die Treppe hinunter und über die breiten Läufer bis ans andere Ende des riesengroßen Speisesaals. Ein Steward reichte ihr die Speisekarte. Diese war mehrsprachig, und jedes Gericht darauf war reichhaltiger, als ihr lieb war. Ruhig sagte sie: „Ich möchte nur einen einfachen Salat."

„Aber gewiß, Madam."

Der Getränkekellner kam an ihren Tisch. Sie lehnte mit einer Handbewegung dankend ab. Heute nachmittag brauchte sie einen klaren Kopf.

Nachdem der Salat serviert war, begann sie zu essen. Als sie sich Wasser ins Glas goß, zitterte sie so, daß sie etwas verschüttete. Sie beobachtete, wie das weiße Tischtuch einen dunklen Fleck bekam, als das Gewebe die Flüssigkeit aufsog. Da stellte sich lebhaft die Vorstellung eines Verbandstofftupfers mit Chloroform bei ihr ein. Sie schob den Wasserkrug auf den dunklen Fleck und zwang sich, etwas Kopfsalat zu essen. Sie schaute auf die Uhr über dem Tisch des Chefstewards. Ein Viertel nach eins. Alma war überzeugt, daß Lydia bereits tot war.

Während der Stunden nach dem Mittagessen verhielt sich Alma streng nach Plan. In der offenen, großen Halle unter dem unendlichen Blau des Himmels trank sie ihren Kaffee. Dort unterhielt sie sich mit einem Ehepaar aus Boston, das in Europa gewesen war, um alte Stilmöbel zu kaufen. Sie erwähnte, daß sie Lydia Baranov heiße, achtete darauf, besonders artikuliert zu sprechen, und erzählte, daß sie Schauspielerin sei.

Auf Deck ging sie mit einer Dame spazieren, deren Mann es vorgezogen hatte, im Rauchsalon zu bleiben. Um drei Uhr nahm sie an einer Rettungsbootübung teil. Sie suchte den Decksteward auf und reservierte einen Liegestuhl auf der Backbordseite. Gegen halb vier Uhr resümierte sie, daß sie nun schon mit acht Personen gesprochen und fünf davon ihren neuen Namen genannt hatte.

Während des Essens war es ihr noch ungeheuer schwer gefallen, sich zu beherrschen und nicht vom Restaurant schnurstracks zu Lydias Kabine zu rennen, um bei Walter zu sein – ganz gleich, was dort inzwischen passiert sein mochte. Der allein verbrachte Nachmittag hatte ihr weitergeholfen. Sie hatte versucht, Walter und die Vorgänge in der Kabine aus ihren Gedanken zu verbannen. Das Bemühen, mit anderen Leuten in Berührung zu kommen, hatte sie von Walter getrennt. Sie schreckte nun davor zurück, an jene Tür zu klopfen.

Kabine 89 auf dem D-Deck. Sie wußte genau, wo die Kabine lag. Sie fand den richtigen Aufgang. Ihr Puls hämmerte in den Schläfen, und ihre Hände waren eiskalt. Langsam ging sie den Korridor hinunter, ihren Blick starr auf die Nummern an den Türen geheftet. 89. BITTE NICHT STÖREN.

Sie blieb stehen und schaute sich um. Es war niemand zu sehen. Ihr Mund war trocken. Sie schloß die Augen und klopfte an.

Die Tür ging auf, und Walter schaute heraus. Er war völlig verändert. Aus seinem Gesicht war jede Farbe gewichen. Auf der Stirn und an den Mundwinkeln zeichneten sich Falten der Anspannung ab. Seine Augen schienen tiefer in die Höhlen gesunken zu sein. Er sagte nichts, öffnete nur die Tür weiter und ließ Alma ein.

Ihr Blick suchte in rasender Eile das Zimmer ab. Sie konnte jedoch nichts entdecken, was auf etwas Gräßliches oder Ungewöhnliches hätte schließen lassen. Hier und da einige Dinge von Lydia: Haarbürste und Kamm, Parfümflaschen und Schminkkästchen auf dem Frisiertisch. Rosa Pantöffelchen vor dem Bett. Der große Schiffskoffer stand neben dem Kleiderschrank an der Wand. Er war verschlossen.

Alma schaute Walter an und fragte: „Ist es passiert? Hast du . . .?"

Er nickte kaum wahrnehmbar mit dem Kopf.

Eigentlich hatte sie vorgehabt, in diesem Moment ihre Arme um seinen Hals zu legen und ihr Gesicht an seines zu drücken. Es war doch der Wendepunkt in ihrer Beziehung, der Augenblick der Befreiung. Aber etwas in ihr oder in Walter ließ sie zaudern. Sie konnte sich nicht überwinden, ihn zu berühren. Sie sagte sich, daß er doch alles für sie getan habe, daß dies seine Liebe zu ihr vertieft habe, wie dies nur eine schwere Prüfung könne, die ein Mann einer Frau zuliebe auf sich nahm. Aber er war ein Mörder. War es möglich, einen Mann zu lieben und sich doch von ihm abgestoßen zu fühlen?

Auch er machte keinen Schritt in ihre Richtung. Er fragte: „Warst du beim Essen? Hast du den Leuten gesagt, daß du Lydia bist?"

„Natürlich." Sie suchte in einem weitschweifigen Bericht über ihre Erlebnisse am Nachmittag Zuflucht. Das Reden brachte ihr Erleichterung.

„Ich danke dir", sagte er. „Das hast du wunderbar gemacht. Wie spät ist es jetzt?"

„Gleich vier. In einer Stunde sind wir in Cherbourg. Dann liegt nur noch der Ozean zwischen uns und Amerika."

„Ich glaube, wir beide sollten hier drinnen lieber nicht zusammenbleiben."

ABSCHIED AUF ENGLISCH

Panik bemächtigte sich ihrer wieder. „Ich habe das Gefühl, ich halte es hier nicht alleine aus. So mutig wie du bin ich nicht, Walter." Sie spähte nach dem Schiffskoffer.

„Du kannst ruhig gehen. Ich bleibe hier und suche ihre Personalpapiere."

„Du hast so schrecklich ausgesehen, als ich kam. War es schlimmer, als du erwartet hattest?"

Er schüttelte den Kopf. „Nicht so, wie du meinst, nicht, was das Physische angeht. Laß mir Zeit, ich werde darüber hinwegkommen."

„Ja", sagte sie leise, „wir müssen mit dem, was wir getan haben, fertig werden. Ich brauche wohl auch Zeit dazu."

„Zeit haben wir ja, Liebling. Warum gehst du nicht an Deck, um zuzusehen, wie wir in Cherbourg einlaufen? Je öfter man dich sieht, desto besser. Gegen sechs werden wir die Fahrt fortsetzen, und du wirst dich für das Abendessen umziehen wollen."

Der Hafen von Cherbourg war für Überseedampfer nicht geeignet. Die *Mauretania* machte daher innerhalb der Wellenbrecher der Grande Rade fest, die eine Art Vorhafen bildete. Zwei Tender brachten neue Passagiere und ihr Gepäck zum Schiff.

Paul Westerfield traf die Cordells an der Reling, wo sie das Treiben auf dem Bootsdeck beobachteten. Barbara sah ihn als erste: „Paul! Wie schön, dich wieder zu treffen. Komm, bleib ein bißchen bei uns!"

Sie lächelte so herzlich, daß es ihm fast peinlich war. „Das würde ich gern tun, aber ich habe ein Problem."

„Was ist es denn?"

Barbara folgte Pauls Blicken, bis sie Poppy sah, die einige Meter entfernt von ihnen stand. „Ich dachte, Poppy sei in Southampton von Bord gegangen?"

Paul nickte verlegen. „Wollte sie auch. Aber sie hat sich etwas verspätet. Sie kann hier an Land gehen, aber da ist ebendieses Problem, von dem ich sprach. Meine Brieftasche ist verschwunden. Ich muß sie irgendwo verloren haben."

„Hast du denn die Stewards im Café schon gefragt?"

„Ja, und meinen Kabinensteward und das Personal auf dem Deck auch. Leider ohne Ergebnis."

„Das ist aber Pech", sagte Marjorie teilnehmend. „Sie haben sicher eine Menge Geld darin gehabt."

„Das wäre nicht weiter schlimm, wenn Poppy nicht nach England zurückfahren müßte. Es ist meine Schuld, daß sie so lange an Bord blieb."

„Brauchen Sie Geld?" fragte Marjorie geradeheraus. „Wieviel wollen Sie? Livy, zück deine Brieftasche und gib Mr. Westerfield, soviel er braucht."

„Natürlich", sagte Livy und fingerte einige Zehndollarnoten heraus.

„Gib ihm zehn Zehner und zwei Hunderter", forderte ihn Marjorie auf. „Das wird einstweilen reichen."

„Ich bin Ihnen wirklich sehr dankbar", sagte Paul. „Ich hätte nicht gewußt, an wen ich mich sonst hätte wenden können."

„An den Zahlmeister, mein Junge", meinte Livy. „Der ist zuständig, wenn Leute Geld brauchen."

Marjorie strafte ihren Mann mit einem wütenden Blick und sagte: „Es ist allerdings wesentlich angenehmer, sich an Freunde wenden zu können, wenn man in einer Verlegenheit steckt. Nicht wahr, Paul?"

„Unbedingt. Danke schön, Mr. Cordell! Ich werde zusehen, daß Sie es bald zurückbekommen."

„Vergessen Sie es", antwortete Marjorie großzügig. „Gehen Sie jetzt lieber, und sorgen Sie dafür, daß dieses reizende englische Mädchen nach Hause kommt." Und als Paul weg war, raunte sie Barbara zu: „Denn wir wollen es, zum Teufel, nicht noch einmal sehen."

Sie schauten wieder zu, wie weit unten die Passagiere des einen Tenders an Bord kamen. Vom zweiten Tender wurde das Gepäck umgeladen. Bald darauf überquerte eine Gruppe von fünf Personen die Gangway zum Tender. Vier davon im Blau der Uniform der Cunard-Schiffahrtsgesellschaft, die fünfte in goldfarbenem Crêpe-de-Chine. Poppy drehte sich um und winkte. Die Gangway wurde eingeholt. Nachdem die Taue losgemacht waren, ertönte ein gellendes Signal.

Die *Mauretania* antwortete dumpf mit ihren Sirenen. Die Tender tuckerten in einem Bogen zum eigentlichen Hafen. Poppy winkte noch immer.

„In ihrer Haut möchte ich jetzt nicht stecken", sagte Barbara.

„Du wirst doch nicht Mitleid mit ihr haben", meinte ihre Mutter. „Sie ist die einzige Frau auf diesem Boot, und wenn mich nicht alles täuscht, fühlt sie sich dabei sehr wohl. Im übrigen würde es mich gar nicht überraschen, wenn sie Pauls Brieftasche hätte."

DAS Schiff war schon wieder fast eine Stunde unterwegs, bis Paul Westerfield Gelegenheit hatte, den Zahlmeister zu sprechen. Die Passagiere aus Cherbourg waren alle eingetragen, den Kokosläufer vor dem Anmeldeschalter hatte man wieder aufgerollt. Paul stellte

ABSCHIED AUF ENGLISCH 437

sich mit anderen Passagieren an, die ebenfalls Rat suchten. Als er an der Reihe war, meldete er den Verlust seiner Brieftasche.

„Darf ich fragen, was alles drin war?" erkundigte sich der Zahlmeister.

„Etwas über tausend Dollar und mein Scheckbuch. Ein paar Fotografien, Clubausweise und meine Visitenkarten. Die Brieftasche ist aus schwarzem Leder, und vorn sind meine Initialen drauf: P. W."

„Einen Moment, Sir." Der Zahlmeister zog einen Schlüssel aus der Tasche, ging zu einem kleinen Wandsafe und nahm Pauls Brieftasche heraus. „Sie wurde vor ungefähr einer Stunde abgegeben, Sir. Ich bat einen meiner Assistenten, sie aus Sicherheitsgründen hier zu verwahren. An Ihrer Stelle würde ich den Inhalt überprüfen, Sir."

„Richtig." Paul öffnete die Brieftasche und zählte das Geld. „Was sagen Sie dazu? Alles noch da, bis auf den letzten Schein. Auch das Scheckbuch. Wer hat sie denn abgegeben? Ich würde dem ehrlichen Finder gern persönlich danken."

„Ein Mr. Gordon, Sir. Ein Engländer. Einzelkabine auf dem A-Deck. Nummer sechsundzwanzig."

„Da gehe ich gleich hin. Dem muß ich ein paar Drinks spendieren. Schön zu wissen, daß es noch ehrliche Leute gibt."

In der Kabine 26 beschäftigte sich Jack Hamilton alias Jack Gordon gerade mit einem Päckchen Spielkarten. Jack war jener Mann, der Poppy angeworben hatte. Er war ein professioneller Falschspieler, dessen Arbeitsfeld die Überseedampfer waren. Es klopfte. Jack legte die Spielkarten in eine Schublade und öffnete.

Vor der Tür stand sein Opfer. „Mr. Gordon, wir kennen uns nicht. Mein Name ist Westerfield. Entschuldigen Sie bitte, daß ich störe. Ich wollte Ihnen nur meinen Dank dafür aussprechen, daß Sie meine Brieftasche abgegeben haben."

„Aha! Dann war das die Ihre! Ich hoffe, es hat nichts gefehlt."

„Kein Cent. Es wäre sehr nett von Ihnen, wenn Sie mir Gelegenheit geben würden, mich mit ein paar Drinks zu revanchieren."

„Das ist wirklich nicht notwendig, Mr. Westerfield."

„Bitte! Ich bestehe darauf."

„Ich bin nicht für Alkohol, um ehrlich zu sein. Auf Barhockern bekomme ich höchstens Rückenschmerzen."

„Dann einen Kaffee nach dem Abendessen und ein Glas Brandy dazu. Wir können uns in der Halle treffen."

„Dazu lass' ich mich verführen."

„Schön. Wir sehen uns also später. Übrigens, ich heiße Paul."

„Und ich Jack. Bis bald, Paul."

IM KLEIDERSCHRANK hingen sieben Abendkleider, alle neu. Sie dufteten so frisch, wie nur Stoffe riechen, die noch nie mit der Haut in Berührung gekommen sind. Seide, Satin und Crêpe Georgette waren die vorherrschenden Materialien. Die Kleider schienen äußerst gut geschnitten und verarbeitet zu sein. In einem Textilgeschäft hätte Alma sie bewundert, in Lydias Kabine mußte sie sich überwinden, sie anzufassen. Schließlich wählte sie ein schwarzes Georgettekleid, das mit einem Seerosenmotiv bestickt war. „Ich nehme das", sagte sie zu Walter. „Kann ich es im Bad anprobieren?"

„Na sicher. Das ist doch jetzt deine Kabine!"

Im Badezimmer schob Alma leise den Riegel vor die Tür. Sie war Walter gegenüber noch immer verschüchtert. In seinem Beisein konnte sie sich nicht umziehen.

Es war ein lose geschnittenes Kleid, das ihr gut stand, ohne Ärmel, mit einem tiefen Rückendekolleté. Dergleichen hätte sie sich nie ausgesucht, aber als sie das Kleid nun im Spiegel sah, konnte sie nicht leugnen, daß es elegant war. Der schwarze Georgette ließ sie sehr blaß erscheinen. Aus Lydias Schminktäschchen, das sie mit ins Bad genommen hatte, holte sie etwas Wangenrouge. Als sie auch noch einige Tupfer Parfüm, das nach Veilchen duftete, genommen hatte, fühlte sie sich weniger hinfällig. Sie beschloß, sich die Lippen zu schminken.

„Wie findest du mich?"

Walter las im Sessel die Zeitung. „Warum hast du dir die Lippen so stark geschminkt?"

„Man hält mich doch für Lydia, eine Schauspielerin. Ach, wenn du nur mit mir zu Abend essen könntest!"

„Ich muß noch etwas erledigen."

„Brauchst du Hilfe?" fragte sie und fürchtete, er könne ja sagen.

„Die größte Hilfe wird sein, daß du so lange wie möglich wegbleibst. Was ich zu tun habe, läßt sich erst verrichten, wenn alle schlafen."

„Ich warte, bis Mitternacht vorüber ist."

„Das reicht. Hier hast du den Schlüssel. Bis du wieder zurückkommst, bin ich verschwunden, natürlich auch ..." Er schaute den Schiffskoffer vielsagend an.

„Laß doch bitte den Deckel offen, dann weiß ich, daß der Koffer leer ist."

„Das versprech ich dir."

„Sehe ich dich morgen früh?"

Er schüttelte den Kopf. „Es ist sicherer, wenn wir uns bis New

ABSCHIED AUF ENGLISCH

York nicht mehr begegnen. Man sieht Passagiere der zweiten Klasse nicht gern hier oben."

Ein Gong rief zum Abendessen. Walter stand auf und nahm aus einer der Schubladen eine Stola. „Es kann frisch werden, später." Er legte sie vorsichtig über Almas Schultern.

Sie dankte ihm und sagte: „Ich werde an dich denken." Sie wäre gern so stark gewesen, ihn nun zu küssen.

Alma schloß sich dem allgemeinen Aufbruch in Richtung Speisesaal an. Zwischen den Palmenkübeln spielte das Schiffsorchester. Alle hatten sich zum Abendessen umgezogen. Die Herren trugen dunkle Anzüge, und die Damen ließen ihre Juwelen blitzen.

„Verzeihen Sie."

Alma blickte auf. Vor ihrem Tisch stand ein großer schlanker Mann. Sein Gesicht war vom Wetter oder vom Whisky so gezeichnet, daß sie es sofort wiedererkannt hätte, wenn sie es schon einmal gesehen hätte. Die Falten und Fältchen formten sich zu einem entwaffnenden Lächeln. Er war schätzungsweise Ende Vierzig. „Sie sind doch Lydia Baranov, die Schauspielerin?"

Alma erstarrte. Erschreckt blickte sie in das auf liebenswürdige Art neugierige Gesicht.

„Es tut mir leid", sagte der Mann. „Anscheinend habe ich einen Fehler gemacht. Ich las den Namen in der Passagierliste. Ich bin mir sicher, daß es eine ungeheuer attraktive Schauspielerin dieses Namens gegeben hat, die vor dem Krieg in Stücken von Sir Arthur Pinero auftrat. Entschuldigen Sie bitte!"

„Aber nein!" Mit einer ungeheuren Willensanstrengung erlangte sie Gewalt über ihre Stimme. „Sie irren sich nicht. Ich habe nur nicht damit gerechnet, daß man mich heute noch erkennt."

„Wirklich? Spielen Sie denn nicht mehr?"

„Schon länger nicht mehr, Mr. . . ."

„Oh, Finch, John Finch. Einer aus der anonymen Masse, der gern ins Theater geht. Meine Freunde nennen mich Johnny, Bühnenein-gang-Johnny. Ich mag ja furchtbar langweilig sein, aber ich kann keine Dame allein in einem Restaurant sitzen sehen, vor allem, wenn ich weiß, daß es sich um eine der reizendsten Schauspielerinnen handelt, deren sich das englische Theater rühmen darf."

„Ich habe gern einen Tisch für mich allein", sagte Alma.

Die Falten und Fältchen verzogen sich zu einem Ausdruck der tiefsten Verzweiflung. „O Gott! Ich habe alles falsch gemacht. Dabei bin ich von Natur aus zurückhaltend. Sie können sich gar nicht vorstellen, welche Anstrengung es mich gekostet hat, meine Schüchternheit zu überwinden und Sie anzusprechen. Wollen Sie nicht wenigstens für diese eine Mahlzeit an meinem Tisch Platz nehmen? Ich glaube, außer mir sitzen dort noch Amerikaner. Sie würden sich gewiß freuen, Ihre Bekanntschaft zu machen."

Alma hatte den begründeten Verdacht, daß dieser Johnny Finch nicht abzuwimmeln sei. Nach dem ersten Schock merkte sie jedoch schnell, daß er über Lydia sehr wenig wußte. Mit dem konnte sie fertig werden.

„Ich komme an Ihren Tisch, Mr. Finch", sagte sie, „aber nur unter einer Bedingung: Über das Theater wird nicht gesprochen. Es ist ein abgeschlossenes Kapitel in meinem Leben, noch dazu ein schmerzliches."

Seine Miene hellte sich auf. „Mrs. Baranov, es wird mir eine große Ehre sein, mit Ihnen zu speisen, ganz gleich, worüber wir sprechen. Mein Tisch ist dort drüben an der Wand."

Am anderen Ende des Speisesaals erzählte Paul Westerfield den Cordells, daß seine Brieftasche gefunden wurde.

„Ich wußte doch, daß sie wiederauftauchen würde", sagte Marjorie. „Wer erster Klasse reist, achtet fremdes Eigentum. Nun können Sie die Überfahrt unbelastet genießen. Bleiben Sie auch hier, wenn später getanzt wird?"

„Ich bin in der Halle mit dem Herrn verabredet, der meine Brieftasche abgegeben hat. Ich habe ihn zu Kaffee und Brandy eingeladen", sagte Paul. „Ihr Geld hab ich nicht vergessen, Mr. Cordell."

„Ich auch nicht, junger Mann", antwortete Livy.

Gegen Ende der Mahlzeit stand einer der Offiziere auf und kündete an, daß es Brauch sei, am ersten Abend auf hoher See aus der Mitte der Passagiere drei Vorsitzende zu wählen. Da die meisten der Anwesenden auf der Rückfahrt und viele schon erfahrene Ozeanreisende waren, ging die Wahl schnell vonstatten. Der Präsident einer New Yorker Bank wurde Vorsitzender des Spielausschusses, den Wimbledonsieger Bill Tilden gewann man als Vorsitzenden des Sportkomitees, und einen italienischen Tenor, der zur neuen Saison an der Metropolitan Opera nach New York reiste, machte man zum Vorsitzenden des Musikbeirats.

„Wie soll er den Musikbeirat leiten, wenn er kein Wort Englisch spricht?" fragte Johnny Finch. „Wenn ich jemanden vorschlagen dürfte ..."

„Dürfen Sie aber nicht", sagte Alma. „Sie haben mir Ihr Wort gegeben."

ABSCHIED AUF ENGLISCH   441

Johnny hielt sich an die Abmachung. Er verdiente seinen Lebensunterhalt mit dem Verkauf von Automobilen. Im Laderaum der
Mauretania stand sein Lanchester 40, auf den er sehr stolz war. Der
Lanchester 40 hatte den Rolls-Royce Silver Ghost absatzmäßig
überrundet, seit Finch den Handel betrieb. Nun war er gerade dabei,
sein Glück auf dem amerikanischen Markt zu versuchen.

Alma verstand nichts von Autos, aber sie hörte gerne zu und lachte
über Johnnys Geschichten. Während er den ganzen Tisch unterhielt,
konnte sie sich entspannen. Ihr gefiel, wie sein zerknittertes Gesicht
beim Sprechen jede Regung verdeutlichte, und ihr gefiel, wie er
lachte. Während des Essens gab es Augenblicke, in denen sie sogar die
Leiche in ihrer Kabine vergaß.

7. KAPITEL

DER Steward servierte die von Paul bestellten Brandys. Jack Gordon
hob das Glas. „Auf eine ruhige See bis zu unserer Ankunft."

„Ich war, seit ich an Bord bin, so beschäftigt, daß ich auf den
Seegang noch keinen Gedanken verschwendet habe", sagte Paul.
Nach dem Motto, daß vertrauliche Bekenntnisse die Kameradschaft
fördern, erzählte er Jack die Geschichte mit Poppy von A bis Z.

„Ein Mann wie Sie bleibt nicht lange ohne weibliche Begleitung",
sagte Jack. „Und für flüchtige Romanzen gibt es nichts Besseres als
eine Ozeanreise."

Paul lachte. „Denken Sie an jemand Bestimmten?"

„Was halten Sie von dieser attraktiven jungen Dame, mit der ich Sie
vor dem Abendessen gesehen habe? Sie haben sich mit ihren Eltern im
Speisesaal unterhalten. Ein reizendes Ding mit kurzgeschnittenem
braunem Haar und großen dunklen Augen."

„Ach, das war Barbara, ein nettes Mädchen, das ich vom College
her kenne." Paul verstummte. Er konnte an Jacks Augen ablesen, daß
jemand hinter ihm stand. Er schaute sich um und fühlte, daß weicher
Stoff über sein Gesicht strich. Die Frau trug ein pfauenblaues Kleid mit
durchsichtigen Ärmeln. Ihr herrliches schwarzes Haar war zu einem
Knoten gebunden. Sie war wohl zehn Jahre älter als Paul, aber ihr
Gesicht hatte dank hoher Backenknochen und einer schmalen Stirn
seine jugendliche Schönheit bewahrt.

Mit englischem Akzent sagte sie: „Meine Herren, ich hoffe, Sie
verzeihen mir, daß ich Ihre Unterhaltung störe. Mein Name ist
Catherine Masters, und ich bin gerade dabei, alle Passagiere wegen

des Musikabends anzusprechen. Sie wissen ja, daß Signor Martinelli zum Vorsitzenden des Musikbeirats gewählt wurde. Er ist ein entzückender Mensch, und er singt herrlich. Aber seine Englischkenntnisse sind der Aufgabe, für Dienstag abend Freiwillige zu finden, kaum gewachsen. An seiner Stelle bin ich nun auf Talentsuche."

Jack hatte bereits den Kopf geschüttelt. Er lächelte. „Zu denen gehöre ich aber bestimmt nicht. Es tut mir leid, Miß Masters."

„Das gleiche gilt für mich", sagte Paul. „Ich bin völlig unmusikalisch."

Catherine Masters ließ sich nicht so leicht entmutigen. „Es muß ja nichts mit Musik sein. Eigentlich suche ich aufgeweckte junge Herren, die bereit wären, bei einem Sketch mitzuspielen."

„Dazu eigne ich mich leider auch nicht", antwortete Paul.

„Das einzige, was ich spielen kann, ist eine Partie Bridge", sagte Jack, „und nicht einmal das sehr gut."

„Bridge?" sagte Miß Masters. „Ich liebe Bridge! Darf ich Ihnen einen Vorschlag machen? Ich belästige Sie nicht mehr wegen des Musikabends, und Sie organisieren für mich eine Runde Bridge."

„Heute abend?" fragte Jack.

„Warum nicht? Ich bin mit meinem Bittgang gleich fertig."

„Paul, spielen Sie Bridge?"

„Gelegentlich."

„Wenn Sie die Wahl haben zwischen einigen Partien Bridge und einem Auftritt beim bunten Abend am Dienstag – wofür entscheiden Sie sich?"

Paul lachte. „Das ist Erpressung."

„Aber Sie nehmen das Angebot an?"

„Ich glaub schon."

„Wunderbar!" rief Miß Masters. „Jetzt fehlt uns nur noch ein Vierter."

„Paul", sagte Jack. „Sie unterhielten sich doch vorhin mit dieser jungen Dame, die Sie vom College her kennen. Die könnte man doch fragen, oder?"

„Fragen schon", antwortete Paul, „aber ich weiß nicht, ob sie mitmacht."

„Schön", sagte Miß Masters. „Ist es in einer halben Stunde recht?"

„Wir treffen uns am besten im Rauchsalon", meinte Jack. „Ich glaube, dort gibt es Spielkarten." Als Miß Masters gegangen war, sagte er zu Paul: „Hoffentlich haben Sie nicht das Gefühl, daß ich Sie da mit hineingezogen habe."

„Aber nein! Ich spiele gern einmal Karten. Am besten rede ich gleich einmal mit Barbara."

ABSCHIED AUF ENGLISCH

Sie saß allein am Tisch ihrer Eltern im Speisesaal und schaute Livy und ihrer Mutter beim Tanzen zu. Als sie zu Paul hochblickte, hellte sich ihre Miene auf. Er nahm sie bei der Hand und führte sie zur Tanzfläche.

„Ich wollte dich fragen, ob du beim Kartenspielen mitmachen willst", sagte Paul. „Spielst du Bridge?"

„Mit wem?"

„Mit dem Mann, der meine Brieftasche gefunden hat, und dieser Frau im blauen Kleid, die sich um den Musikabend kümmert. Wir beide könnten zusammenspielen und ein paar Gratisdrinks gewinnen. Alle eventuellen Verluste nehme ich gern auf meine Kappe. Was hältst du davon, Barbara?"

„Ich werde meiner Mutter sagen müssen, wo ich bin."

In zwei der nußbaumgetäfelten Nischen des Rauchsalons wurde bereits Karten gespielt. Jack hatte einen Tisch reservieren lassen und beim Steward zwei Spiele Karten erstanden. Paul machte Barbara mit Jack bekannt.

Sekunden später war auch Catherine da. Nachdem auch sie Barbara vorgestellt worden war, erzählte sie, daß sie Geld aus ihrer Kabine geholt habe.

„Spielen wir denn um Geld?" fragte Barbara.

„Natürlich, meine Liebe. Sonst ist es langweilig", belehrte sie Catherine.

„Ich dachte, hier darf man gar nicht um Geld spielen", gab Barbara zu bedenken.

„Wirklich?" Catherine war enttäuscht. „Die gönnen einem aber auch nicht den geringsten Spaß."

„Wir können ja alles aufschreiben und später abrechnen", schlug Paul vor.

„Eine gute Idee."

„Jeder Robber ein englisches Pfund?" fragte Jack.

Niemand hatte etwas dagegen. Paul zog die niedrigste Karte und mußte geben. Kreuz war Trumpf. Er hatte sich selbst schlechte Karten gegeben. Jack und Catherine gewannen den ersten Robber und den zweiten. Sie spielten drei weitere Robber, und Barbara und Paul gewannen wenigstens einen davon.

„Wir sind keine vollwertigen Gegner für Sie", bemerkte Paul.

„Lassen Sie uns ein paar Minuten Pause machen und etwas trinken", schlug Jack vor. „Wie wär's mit einer Flasche Champagner? Auf meine Rechnung. Außerdem sollten wir uns beim Vornamen nennen."

„Einverstanden", sagte Catherine. „Sie sind ein toller Mann: spielen gut Karten und geben auch noch etwas Ordentliches aus. Ich geh nur mal schnell in meine Kabine, um mich zu erfrischen. Bis gleich!" Sie winkte Barbara kurz zu und entschwand.

Während Jack an der Bar den Champagner bestellte, sagte Paul zu Barbara: „Nette Leute."

„Ja, ich mag sie. Wenn wir bloß beim Spielen aufholen können!"

Er lächelte. „Das ist doch nicht wichtig. Die Hauptsache ist, wir haben Spaß daran."

„Ist Catherine noch nicht zurück?" fragte Jack, als er mit einem Steward im Schlepptau ankam, und er erklärte dem Steward: „Wir machen die Flasche selbst auf, wenn die Dame wieder da ist."

Lange brauchten sie nicht zu warten. „Tut mir leid, wenn es etwas gedauert hat", entschuldigte sich Catherine. „Stellen Sie sich vor: Ich kam von meiner Kabine im D-Deck, als sich die Tür einer anderen Kabine öffnete. Ein Mann trat heraus, starrte mich an und wich blitzschnell wieder zurück. Er guckte, als habe er ein Gespenst gesehen."

„Denken Sie sich nichts dabei", sagte Jack. „Das war vermutlich bloß jemand, der dachte, Sie forderten ihn zur Mitwirkung beim Musikabend auf." Er entkorkte den Champagner.

Barbara und Paul machten gleich im ersten Spiel gemeinsam elf Tricks. Sie gewannen zwei Partien hintereinander und somit einen Robber.

„Was ist denn mit Ihnen beiden los?" erkundigte sich Jack. „Spielen Sie auf einmal besser, oder haben wir schon zuviel Champagner intus?"

„Einer von uns bestimmt", sagte Catherine etwas spitz zu Jack. „Sie haben im letzten Spiel meine lange Farbe nicht wiedergebracht. Wir hätten sonst zwei Tricks mehr gemacht."

„Ich werde versuchen, mich zu bessern, verehrte Partnerin", antwortete Jack.

Sie gewannen eine Partie, verloren aber später den Robber. Die Spannung zwischen Jack und Catherine konnte man beinahe mit Händen greifen. Jack begann zu rauchen, und Catherine verzog den Mund, was sie um Jahre älter erscheinen ließ.

„Es ist unfaßbar, wie beim Kartenspiel das Glück wechseln kann", sagte Paul, als er und Barbara wieder einen Robber gewonnen und damit aufgeholt hatten.

„Man braucht eben mehr als Glück", befand Catherine und schaute dabei Jack an.

ABSCHIED AUF ENGLISCH 445

„Hören wir nach dem nächsten Robber auf?" schlug Paul vor.

„Wie Sie wollen", meinte Jack.

Paul und Barbara gewannen auch den letzten Robber mit zwei Partien gegen eine.

„Damit hätten wir es", sagte Jack. „Ich gratuliere! Jeder von uns schuldet Ihnen jetzt ein Pfund."

Catherine wollte Barbara eine Pfundnote in die Hand drücken. „Barbara, hier ist Ihr Gewinn."

Mit unerwarteter Schärfe fuhr Jack sie an: „Sind Sie verrückt? Hier können Sie doch kein Geld über den Tisch schieben."

Barbara zögerte. Paul nahm den Schein und sagte: „Ich bestelle eine Runde auf Ihre Kosten, Catherine. Wir danken für die Einladung."

„Für mich nicht mehr", erwiderte Jack verärgert. „Mir reicht's für heute – in jeder Hinsicht." Er wünschte flüchtig einen guten Abend und ging.

Tränen standen in Catherines Augen. Barbara griff nach ihrer Hand. Mit einem Blick gab sie Paul zu verstehen, daß sie sich um Catherine kümmern wolle. Sie sagte: „Vielleicht wäre Kaffee besser als etwas Alkoholisches, Paul."

Er ging, um für Kaffee zu sorgen, konnte sich aber Jacks Entgleisung immer noch nicht erklären. Sicher entsprach es nicht den Vorschriften, wenn um Geld gespielt wurde, aber jedermann wußte, daß dies trotzdem vorkam.

Nachdem Paul den Kaffee bestellt hatte, kehrte er nicht sofort zum Tisch zurück, weil er vermutete, daß Barbara besser allein mit Catherine zu Rande kommen würde. Er wollte gerade an der Bar einen Scotch trinken, als er Livy am Eingang zum Rauchsalon sah. Er erinnerte sich an die dreihundert Dollar, die er ihm schuldete.

„Mr. Cordell!"

„Für Sie heiße ich Livy, mein Junge."

„Kann ich jetzt meine Schulden bezahlen?" fragte Paul. Er zog die Brieftasche heraus und gab Livy das Geld. Dies geschah so selbstverständlich, daß die Szene mit Jack um so unverständlicher erschien.

„Danke", sagte Livy. „Mögen Sie einen Scotch?"

„Gern."

Mit ihren Whiskys standen sie an der Bartheke. „Wo ist eigentlich Barbara?" wollte Livy wissen. „War sie nicht mit Ihnen zusammen?"

„Sie sitzt dort drüben in der Nische. Wir spielen Karten."

„Wo? Ich seh sie nicht."

„Sie sitzt mit dem Rücken zu uns, dort, bei der Dame im blauen Kleid."

ABSCHIED AUF ENGLISCH   447

„Bei *der?* Was will sie von der?" Livy sprach in verändertem Ton.
„Sie müssen etwas miteinander besprechen. Mich haben sie um
Kaffee geschickt."
Livy legte eine Hand auf Pauls Arm. „Gehen Sie wieder hin zu den
beiden, und beenden Sie die Diskussion, mein Sohn! Wenn sich die
Frauen zusammentun, sind Sie verloren."
Paul schaute nach Barbara. „Okay", sagte er.
Aber Livy war schon weg.

NACH dem Abendessen unterhielt Johnny Finch Alma und die
übrigen Tischgenossen mit Geschichten vom Autosport. Sie waren
sehr lustig und mit Namen von Prominenten gespickt. Gegen
Mitternacht war er immer noch am Erzählen. Alma wartete die
nächste Pointe ab, erhob sich dann und wünschte eine gute Nacht.
„Sie verlassen uns schon?" fragte Johnny.
„Es ist nach zwölf."
„Wirklich? Heiliger Georg! Und ich wollte Ihnen doch meinen
Lanchester vorführen."
Alma und die anderen lachten. „Vielleicht morgen oder übermor-
gen", sagte Alma.
Sie machte sich auf den Weg zum D-Deck, leicht schwankend, weil
sie mehr Wein als gewöhnlich getrunken hatte. Mit jedem Glas hatte
sie etwas von ihrer Furcht weggespült. Sie hätte sonst kaum den
Gedanken an eine Nacht in Kabine 89 ertragen können.
In den Korridoren war es still. Alma folgte den Schildern zu den mit
der Ziffer acht beginnenden Kabinen und zählte dann bis 89.
Das Schild BITTE NICHT STÖREN war entfernt worden. Sie öffnete
ihre Tasche, kramte nach dem Schlüssel und schloß die Tür auf.
Drinnen brannte Licht, die Vorhänge waren vor die Bullaugen
gezogen. Der Schiffskoffer stand offen da.
Alma holte tief Luft, trat näher und schaute hinein. Der Koffer war
leer.
Laut sagte sie: „Gott sei Dank!" Dann schloß sie die Kabinentür.
Sie inspizierte das Bad, öffnete Schubladen und Schränke. Ehe sie
nicht genau wußte, was sich alles im Raum befand, war nicht an Schlaf
zu denken. Sie sah Lydias ordentlich zusammengefaltete Wäsche.
Alles wirkte sauber und neu. Alma zog das Georgetteabendkleid aus.
Im Badezimmer schminkte sie sich ab. Sie beschloß, noch ein Bad zu
nehmen. Als sie im Wasser lag, hatte sie das Gefühl, das Schiff würde
den Kurs ändern. Das Dröhnen der Maschinen klang anders. Eine
Zeitlang dachte sie, die *Mauretania* würde anhalten. Dann ging ein

Ruck durch das Schiff. Sie verspürte einen Druck in der Magengegend und wünschte, sie hätte weniger getrunken.

Die Maschinen stampften wieder im gewohnten Rhythmus. Alma zog ihr Unterkleid über und schlüpfte ins Bett. Das Licht ließ sie brennen. Das Schlimmste hatte sie nun hinter sich. Mit dem Gesicht zur Wand schlief sie bald ein.

Geräusche im Korridor weckten sie. Es war ein Steward, der Tee servierte. An der Kabinendecke spiegelte sich Sonnenlicht. Alma schaute auf Lydias Wecker. Es war fast acht Uhr. Sonntag morgen. Sie hatte mindestens sieben Stunden geschlafen. Während sie sich streckte, dachte sie an Walter in seiner Kabine. Ob er auch so gut geschlafen hatte?

Nachdem sie sich gewaschen und angekleidet hatte, ging sie zum Frühstück. Im Restaurant war großer Andrang. Die Leute trugen nun leichtere Kleidung, und die Schiffsoffiziere waren in Weiß.

Alma setzte sich an ihren Tisch. Wenn Johnny Finch wieder kommen sollte, würde sie ablehnen, ihm zu seinem Tisch zu folgen. Ungestört genoß sie ihr Frühstück.

Danach ging sie aufs Bootsdeck. Es war ein herrlicher Morgen, der zum Bummeln verführte. Nach wenigen Schritten vernahm sie eine bekannte Stimme.

„Man geht schon spazieren, um zu beweisen, daß man gestern früh zu Bett ging." Er lag in einem Liegestuhl. Zur weißen Flanellhose trug er eine blaue Wolljacke.

Alma blieb stehen und begrüßte ihn.

„Haben Sie wirklich gut geschlafen?" fragte Johnny Finch.

„Ja, danke. Glänzend."

„Sie Glückspilz! Ich war die halbe Nacht auf. Bald nachdem Sie zu Bett gegangen waren, gab es eine Mordsaufregung. Der Kahn änderte seinen Kurs."

„Ach! Mir war doch so . . ."

„Wir gingen aufs Deck, um nachzusehen. Niemand wußte Bescheid. Aber ich wette, daß wir kehrtmachten und Richtung England fuhren. Dann wendeten wir wieder. Das Schiff hatte eine Runde gedreht."

„Und wozu?" fragte Alma.

„Mann über Bord."

Alma erschrak. „Was haben Sie gesagt?"

„Ein armes Wesen war ins Meer gestürzt. Auf dem Bootsdeck hatte ein Liebespaar den Mond betrachtet und jemand ins Wasser fallen sehen. Die beiden benachrichtigten den Kapitän, der wenden und das

Wasser absuchen ließ. Soviel ich weiß, ist das Vorschrift, auch wenn es
aussichtslos ist. Sie schalteten die Suchscheinwerfer ein. Die waren
vielleicht hell! Wir lehnten uns alle über die Reling. Sie werden es nicht
glauben, Verehrteste, aber wir haben sie gesehen."

„Sie?"

„Ja. Es war eine Frau. Sie ließen ein Boot hinunter und fischten sie
aus dem Wasser. Aber sie lebte nicht mehr. Kein schöner Tod."

8. Kapitel

Nach dem Frühstück war die große Halle Schauplatz geschäftigen
Treibens. Eine ganze Kolonne von Stewards trat zur Arbeit an. Sie
stellten Sessel und Sofas in Reihen auf. Pagen schleppten Stühle an.
Zwei Jungen gingen durch die Sitzreihen und legten auf jeden Platz ein
Gebetbuch.

Um Viertel vor elf hatten sich fast alle Passagiere der ersten Klasse
eingefunden, die an der Andacht teilnehmen wollten. Jeder Sessel war
belegt, Zuspätkommende mußten mit den Stühlen aus dem Restaurant vorliebnehmen. Wer keinen Stuhl mehr ergatterte, blieb mit den
Mitgliedern der Mannschaft im Hintergrund stehen. Unter diesen
Passagieren befand sich ruhig und gelassen Walter.

Alma, die einige Reihen vor ihm saß, hatte sich nur einmal
umgewandt, um ihn anzusehen. Sie versuchte, beherrscht zu bleiben.
Daß man Lydias Leiche entdeckt hatte, war äußerst unangenehm, aber
wer würde schon vermuten, daß es Lydia war? Es handelte sich
schlicht um eine unbekannte Frau, die ins Meer gestürzt oder über
Bord gesprungen war. Nachprüfungen würden ergeben, daß niemand vermißt wurde. Die Angelegenheit würde für immer ein
Geheimnis bleiben.

Kapitän Rostron betrat mit den ranghöchsten Offizieren den Raum.
Die Andacht begann mit einem Kirchenlied. Dann las der Zahlmeister
aus der Heiligen Schrift. Als der Kapitän ein Gebet sprach, stand die
Versammlung auf. Es folgte eine zweite Lesung und noch ein Lied.

Danach bat Kapitän Rostron die Anwesenden, sich zu setzen.
„Meine Damen und Herren", begann er, „unsere Andacht ist beendet.
Normalerweise benütze ich diese Gelegenheit nicht zu einer Ansprache, aber in der vergangenen Nacht ist etwas vorgefallen, worüber ich
unbedingt sprechen möchte. Wie einige von Ihnen bereits wissen, hat
jemand bemerkt, daß eine Mitreisende über Bord gefallen war. Als ich
davon erfuhr, gab ich sofort den Befehl, zu wenden und nach der

Verunglückten zu suchen. Sie wurde entdeckt, aber es war zu spät. Wir wissen noch nicht, um wen es sich handelt und wie dieser tragische Unfall ablief. Der Polizeioffizier, Mr. Saxon", – er deutete auf einen der Offiziere, welcher sich erhob – „ist mit den Ermittlungen beauftragt. Wenn jemand von Ihnen bei der Identifizierung behilflich sein kann oder sonst etwas weiß, das Licht in diese Angelegenheit bringen könnte, wäre ich sehr dankbar, wenn er mit Mr. Saxon Verbindung aufnehmen würde. Sein Büro befindet sich neben dem des Zahlmeisters. Hinzufügen möchte ich, daß sich solche tragischen Vorfälle auf Linienschiffen, die mit mehr als zweitausend Passagieren und achthundert Mannschaftsangehörigen die Weltmeere durchpflügen, nicht immer verhindern lassen. Ich hoffe, daß Ihr Aufenthalt auf der *Mauretania* dadurch nicht getrübt wird."

Kapitän Rostron griff nach seinem Gebetbuch und verließ die Halle. Alma drehte sich auf ihrem Stuhl um und schaute Walter an. Ihre Blicke trafen sich. Walter wirkte nicht verunsichert. Ganz langsam bewegte er den Kopf hin und her. Dann schloß er sich den anderen Passagieren an, die zur Tür strebten. Alma verstand die Geste: Es bestand kein Grund zur Aufregung. Sie stand auf und schlenderte die Reihen entlang zur anderen Tür.

Marjorie Cordell hatte sich für die Andacht einen Sessel in der zweiten Reihe gesichert. Der fromme Gesang hatte ihr gefallen, nicht aber die kurze Ansprache des Kapitäns. „Der sagt das so leicht: Wir sollen nicht beunruhigt sein, weil sie bei fast jeder Reise Leichen aus dem Wasser fischen. Mich tröstet das nicht. Wenn man die arme Dame nun ins Wasser *gestoßen* hat? Wer soll herausbekommen, was wirklich geschah? Doch nicht dieser mickrige Kerl mit dem rötlichen Schnurrbart, der aufstand, als der Kapitän seinen Namen nannte? Von dem ist wohl nicht viel zu erwarten."

„Da sagen Sie etwas sehr Richtiges", pflichtete ihr die Dame bei, die ihr zur Rechten saß.

„Marjie, wir sind auf See", sagte Livy. „Genau für diesen Zweck ist der Polizeioffizier ausgebildet. Er kümmert sich um blinde Passagiere, Schmuggler, Betrunkene ..."

„Ein blinder Passagier ist eine Sache, Mord ist etwas anderes", unterbrach ihn Marjorie heftig.

„Wer spricht denn von Mord?"

„Ich dachte eher an Selbstmord", sagte die Dame zur Rechten.

„Mord, Selbstmord, Unfall – glauben Sie wirklich, daß dieser Schnauzbart das auseinanderhält?"

„Er heißt Saxon, Liebling", erwiderte Livy.

ABSCHIED AUF ENGLISCH

„Ich sag dir nur eines, Livy: Wenn man mich oder meine Tochter aus dem Wasser gefischt hätte, wärst du mit einem solchen Polizeioffizier kaum glücklich. Wo ist eigentlich Barbara? Ich hab sie noch gar nicht gesehen."

„Ich auch nicht. Wahrscheinlich hat sie die Andacht geschwänzt."

„Sie war schon beim Frühstück nicht da. Mein Gott, Livy! Wo ist sie? Wir müssen sie sofort suchen."

Als Kapitän Rostron auf die Kommandobrücke zurückkehrte, wartete bereits der Schiffsarzt auf ihn.

„Wenn Sie ein paar Minuten Zeit hätten, Kapitän, könnten Sie bitte die Tote im Leichenraum . . ."

„Ich hab sie schon heute nacht gesehen, Doktor. Ich kenne sie nicht."

„Darum geht es mir nicht. Da ist nämlich etwas, was heute nacht niemand bemerkt hat. Ich glaube, Sie sollten sich mit eigenen Augen überzeugen, Kapitän."

In dem engen Laderaum, der gelegentlich als Leichenkammer dienen mußte, beobachtete der Kapitän, wie der Schiffsarzt das Leintuch zurückzog, um den Grund seiner Beunruhigung vorzuführen.

„Aha." Der Kapitän seufzte tief. „Schlimm, Doktor! Haben Sie das Mr. Saxon schon gezeigt?"

„Noch nicht, Kapitän."

„Das sollten Sie aber schleunigst nachholen. Unter uns: Ich hoffe, er ist dieser Aufgabe gewachsen."

Livy Cordell fand Barbara kurz vor dem Mittagessen. Sie saß mit Paul an einem Tisch im Rauchsalon. Vor ihnen lagen aufgedeckte Spielkarten, und sie schienen sich über Bridge zu unterhalten.

„Mein Gott, hier bist du ja!" sagte Livy.

„Hallo, Livy", bemerkte Barbara leichthin. „Du kommst gerade recht. Kannst du Kontraktbridge spielen? Paul will es mir gerade zeigen."

„Wir haben dich den ganzen Vormittag gesucht, deine Mutter ist vor Sorge um dich außer sich. Vergangene Nacht ist eine Frau ins Meer gefallen, und als sie sie herausfischten, war sie tot. Kein Mensch kennt sie. Da wir dich nirgends fanden, hat sich Marjie Sorgen um dich gemacht."

Barbara stand auf. „Dann geh ich am besten gleich zu ihr. Wo ist sie denn?"

„Sie wollte in deiner Kabine nachsehen." Als Barbara gegangen war, sagte Livy zu Paul: „Holen wir uns ein Bier?"

452 ABSCHIED AUF ENGLISCH

Sie kehrten mit ihren Gläsern an den Tisch zurück, und Livy fragte: „Sie wollten Barbara also zeigen, wie man Kontraktbridge spielt?"

Paul nickte. „Kein schlechtes Spiel. Wir haben gestern abend mit zwei Leuten Auktionsbridge gespielt und waren am Ende sogar recht gut. Die anderen meinten, Kontraktbridge sei noch besser, und ich wollte Barbara deshalb erklären, wie das Bieten geht."

Im Speisesaal zweiter Klasse gab es keine Einzeltische. Man saß zu viert oder zu sechst. Walter suchte sich einen Tisch, der für vier gedeckt war. Drei Personen saßen bereits: ein Mann und eine Frau mit einem Kind, einem kleinen Mädchen. Walter fragte, ob er sich dazusetzen dürfe.

„Aber bitte", antwortete der Mann mit mittelenglischem Akzent. „Wir freuen uns über Gesellschaft. Ich heiße Wilf Dutton, das ist meine Frau Jean und das unsere Sally. Wir kommen aus Leicester."

„Angenehm, Dew, Walter Dew." Walter griff nach der Speisekarte.

„Ihr Gesicht kommt mir bekannt vor, Mr. Dew. Waren Sie je in Leicester?"

„Wilf", mahnte Jean, „frag doch nichts so Persönliches."

„Was ist denn da Persönliches daran?" verteidigte sich ihr Mann.

„Vielleicht war ich als Kind mal dort", antwortete Walter, „aber in letzter Zeit bestimmt nicht."

„Was machen Sie beruflich, Mr. Dew?"

„Wilf!" stöhnte Jean mit einer Leidensmiene.

„Ich bin pensioniert. Haben Sie die Karte schon gehabt, Mrs. Dutton?"

„Also, wenn es nicht Ihr Gesicht ist, dann ist es Ihr Name, der mir bekannt vorkommt. Walter Dew ... Sind Sie vielleicht zufällig jemand Berühmtes?"

„Es ist ein sehr gängiger Name."

„Wenn ich das Thema wechseln darf", schaltete sich Jean ein, „haben Sie schon von der armen Frau gehört, die über Bord gefallen ist, Mr. Dew?"

Das selbe Thema wurde an den runden, weißgedeckten Tischen der ersten Klasse diskutiert und an den aufgereihten Klapptischen der dritten. Den Nachmittag über entwickelten die Passagiere die verschiedensten Theorien. Ein nicht abreißender Strom von Zeugen, die etwas gesehen oder gehört haben wollten, sprach beim Polizeioffizier vor.

Die Anhörung der Passagiere dauerte den ganzen Nachmittag. Sie

ABSCHIED AUF ENGLISCH

war zwar notwendig, aber Mr. Saxon wurde unruhig. Es mußte noch soviel erledigt werden. Jemand mußte zum Beispiel kontrollieren, ob auf dem Schiff alle Kabinen belegt waren. Auf die Kabinenstewards wollte er sich nicht verlassen. Jedermann kannte ihre mangelnde Zurückhaltung alleinreisenden Frauen gegenüber. Eine neutrale Person hätte die Kabinen überprüfen sollen. Ihm selbst fehlte die Zeit, und er genoß nur unzureichende Unterstützung.

Als es Zeit war, den Tee einzunehmen, machte das Gerücht die Runde, daß die Frau ermordet worden sei. Im Teesalon der ersten Klasse schwirrten über den Lachsbrötchen und silbernen Teekannen entsetzliche Mordtheorien durch den Raum. In den Gesprächen schlichen Lüstlinge mit Dolchen, betrunkene irische Heizer und diebische Emigranten durch die Laderäume und warteten, bis es Nacht wurde. Niemand war sicher. In sämtlichen Gesellschaftsräumen konnte man verfolgen, wie dem allgemeinen Unbehagen auf die verschiedenste Weise Luft gemacht wurde: „Vielleicht rennt ein Verrückter frei herum. Was unternimmt man denn dagegen?"

„Meine Liebe, unternommen wird nichts, sie untersuchen den Fall immer noch."

„Der Kapitän ist verpflichtet, für unsere Sicherheit zu sorgen."

Auf dem Hauptdeck promenierten Wilf und Jean Dutton Arm in Arm. Hinter ihnen hüpfte Sally mit dem Springseil.

„Du, ist das nicht der Kerl, der mit uns zu Mittag gegessen hat?"

Jean musterte die gebeugte Gestalt, die aufs Meer hinausstarrte. „Ja, das ist er. Laß ihn, Wilf! Der meint, er ist was Besseres."

„Ist er aber nicht. Wir wissen's doch: Mr. Walter Dew, im Ruhestand. Ich wüßte gern, was er früher gemacht hat. Der war was Geschniegeltes. Vielleicht so ein Gigolo. Stell dir vor, du tanzt Foxtrott mit ihm."

„Sei nicht albern!"

„Gut, dann war er eben was anderes. Aber was? Bestimmt irgendwas Zwielichtiges. Ich hab's. Er ist der Mörder. Darum war er so schweigsam. Dr. Crippen persönlich."

„Der wurde doch schon vor dem Krieg gehängt."

„Weiß schon. Sollte doch nur ein Witz sein! Der arme alte Dr. Crippen an Bord und . . ." Wilf hielt inne. „Mein Gott! Jetzt weiß ich, wer das ist."

ZWISCHEN sieben und acht Uhr abends trafen sich die Passagiere in der Halle zum Cocktail. Zu dieser Stunde führten die Damen ihre Abendkleider vor. Bei diesem gesellschaftlichen Höhepunkt des

Tages wirkten selbst die überladenen Mahagonischnitzereien der Halle angemessen. Barbara erschien in einem smaragdgrünen Taftkleid, das sie in London gekauft hatte. Dazu trug sie ein Paar passende Smaragdohrringe und einen schwarzen Fächer. Sie hatte am Vorabend im Rauchsalon den Zigarrenqualm als sehr unangenehm empfunden, wollte sich aber dadurch nicht abhalten lassen, weiterhin Karten zu spielen.

„Abwarten, ob Jack mitmacht", meinte Paul zu ihr, als sie ihren Sherry tranken.

„Catherine spielt gewiß mit", meinte Barbara. „Sie hat mir gestern abend erzählt, daß Kontraktbridge viel interessanter sei."

„Vielleicht wollen er und Catherine nach dem Krach wegen des Geldes nicht mehr zusammen spielen."

„Das war doch kindisch", sagte Barbara. „Ich vermute, daß ihnen jede Gelegenheit, die Sache ungeschehen zu machen, willkommen ist." Ihr Blick war auf den Durchgang zum Rauchsalon gerichtet. „Dort ist Jack. Er ist gerade gekommen."

Jack wirkte geistesabwesend, auch nachdem Paul ihn begrüßt hatte. „Jack, gerade haben wir Sie gesucht. Spielen wir nach dem Essen wieder? Barbara möchte Kontraktbridge lernen."

„Catherine meinte, es würde mir besser gefallen als Auktionsbridge", erklärte Barbara.

„Catherine . . . Haben Sie mit Catherine gesprochen?"

„Gestern abend, nachdem Sie gegangen waren."

„Verbleiben wir so", schlug Paul vor, „wenn wir Catherine sehen, und sie mitmacht, treffen wir uns dann wie gestern abend im Rauchsalon?"

Jack schien die Frage nicht gehört zu haben und erkundigte sich bei Barbara: „Was hat sie Ihnen gestern abend noch gesagt?"

„Nichts von Bedeutung. Wir plauderten über Dinge, die sich Frauen eben so erzählen."

„Was meinen Sie damit?"

Barbara wurde rot. „Gott, ich erzählte ihr, wie ich Paul kennengelernt habe."

„War das alles?"

„So ziemlich. Sie ging dann bald zu Bett. Ich glaube nicht, daß sie aus einem unbedeutenden Vorfall beim Kartenspielen eine Affäre macht."

„Kaum", antwortete Jack kurz angebunden. „Wenn Sie mich jetzt bitte entschuldigen . . ." Er verschwand in der Menge, die zum Speisesaal drängte.

ABSCHIED AUF ENGLISCH

„Da sind Sie ja!" rief Johnny Finch. „Seit Stunden hab ich Sie nicht mehr gesehen."

„Ich habe den ganzen Tag meine Kabine nicht verlassen", erklärte Alma.

„Das ist vielleicht im Augenblick auch besser so", erwiderte Johnny. Er stand vor Almas Tisch im Speisesaal. Vertraulich beugte er sich zu ihr hinab. „Hören Sie, ich würde gern etwas Bestimmtes mit Ihnen besprechen. Es hat nichts mit Ihnen zu tun, sondern mit dem armen Geschöpf, das man in der vergangenen Nacht aus dem Wasser gefischt hat."

Almas Herzschlag beschleunigte sich. „Hat das bis nach dem Essen Zeit?"

Er lächelte. „Ich werde in der Halle einen Tisch reservieren."

„Wissen Sie", sagte er eine Stunde später zu ihr, als ihnen an einem hinter einer Kübelpalme versteckten Tisch der Kaffee serviert wurde, „angesichts der Art, wie dieser unglückselige Vorfall aufgeklärt wird, herrschen unter den Passagieren gewisse Bedenken. Man hat das Gefühl, daß der Polizeioffizier die Sache nicht in optimaler Weise angeht. Soviel man hört, vergräbt er sich in einem Wust von Befragungen, aber er unternimmt nichts, um festzustellen, wer diese Frau war und wie sie ums Leben kam. Beunruhigende Gerüchte sagen, daß sie ermordet worden sei."

„Das habe ich auch schon gehört", entgegnete Alma. „Aber ich vermute, das ist nur dummes Gerede."

„Hoffentlich haben Sie recht", meinte Johnny. „Aber die Leute haben Angst. Ich wollte Sie eigentlich fragen, ob Sie sich der Abordnung anschließen wollen."

„Welcher Abordnung?"

„Der Abordnung unzufriedener Passagiere. Wir sind schon mindestens zwanzig, fast nur Männer. Wir brauchen aber noch mindestens eine Frau, um die weiblichen Belange zu betonen. Da dachte ich an Sie."

„Nein", sagte Alma entschieden. „Ich nicht."

„Warum denn nicht? Der Kapitän wird uns schon nicht fressen."

„Was wollen Sie denn damit erreichen?"

„Das wollte ich Ihnen gerade erklären", antwortete Johnny. „Ich weiß nicht, ob ich schon erwähnt habe, daß sich die Unzufriedenheit beileibe nicht nur in der ersten Klasse breit macht. In unserer Abordnung sind auch Leute aus der zweiten Klasse und vom Zwischendeck, die über das Vorgehen des Polizeioffiziers beunruhigt sind. Von ihnen haben wir auch gehört, daß in der zweiten Klasse rein

456   ABSCHIED AUF ENGLISCH

zufällig ein Passagier mitfährt, der wesentlich besser geeignet ist, einen mysteriösen Todesfall aufzuklären, als Mr. Saxon. Sie haben bestimmt schon einmal von ihm gehört: Inspektor Dew von Scotland Yard."

KAPITÄN ROSTRON legte Mr. Saxon die Hand auf die Schulter. „Es ist bestimmt kein Mißtrauen", versicherte er seinem Polizeioffizier. „All Ihre Befragungen waren gewiß unentbehrlich. Aber bei Inspektor Dew – wenn er es wirklich ist – handelt es sich eben um einen Spezialisten für die Aufklärung von Mordfällen. Er war mindestens zwanzig Jahre bei Scotland Yard. Haben Sie . . . äh . . . viele Mordfälle gehabt, als Sie noch bei der Hafenpolizei waren?"

Mr. Saxon schüttelte den Kopf. „Wir hatten vor allem mit Zollvergehen zu tun. Aber ich bin überzeugt, daß ich mit diesem Fall auch zu Rande komme."

„Sicher", antwortete Kapitän Rostron. „Doch es geht ja nicht nur darum, einen Mörder zu entlarven. Fast ebenso wichtig ist es, den Passagieren zu demonstrieren, daß wir peinlichst um ihr Wohlergehen besorgt sind. Der Vorschlag, Dew einzuschalten, kommt von den Passagieren. Ich kann ihn doch nicht ignorieren, nicht wahr?"

„Wir wissen ja gar nicht, ob es sich wirklich um den ehemaligen Scotland-Yard-Beamten handelt", wandte Mr. Saxon ein.

„Das ist das erste, was wir klären sollten. Und dann müssen wir ihn fragen, ob er uns helfen will. Unser Vorschlag wird ihn nicht gerade entzücken. Er ist schon vor dem Krieg in Pension gegangen. Darf ich mich – was immer bei der Sache auch herauskommt – auf Ihre Unterstützung verlassen?"

„Jawohl, Sir", antwortete Mr. Saxon.

Der Kapitän griff nach seiner Jacke und zog sie an. „Er wartet draußen mit dem Dritten Offizier. Bitten Sie ihn doch hereinzukommen."

Der Mann, der eintrat, hätte seiner Größe nach gut ein Polizist sein können, und dem Alter nach war es leicht möglich, daß er schon in Pension war. Er hatte einen buschigen schwarzen Schnurrbart, der von den Zeitungsfotos her bekannt war, auf denen Inspektor Dew Dr. Crippen und Ethel Le Neve vom Schiff führte, um sie der Justiz zu überantworten.

Heute glich er aber mehr der Beute als dem Jäger. Sein Blick schweifte unruhig durch die Kajüte, als suche er eine Möglichkeit zu entfliehen.

Kapitän Rostron war aufgestanden und streckte ihm die Hand

ABSCHIED AUF ENGLISCH

entgegen. „Sehr freundlich von Ihnen, uns hier aufzusuchen, Mr. Dew. Sie wissen sicher, wer wir sind, und wir glauben zu wissen, wer Sie sind." Der Kapitän lächelte.

Walter starrte ihn wortlos an.

„Setzen wir uns doch!" fuhr der Kapitän fort, bot seinem Gast einen Stuhl an und setzte sich zwanglos auf die Kante des großen Mahagonischreibtisches. Saxon nahm auf einem Stuhl neben der Tür Platz. „Ich möchte nicht lange um die Sache herumreden, Mr. Dew. Wie Sie wissen, haben wir in der vergangenen Nacht eine Frau aus dem Meer gefischt. Die Ärmste ist tot. Das wußten Sie doch?"

„Ja", antwortete Walter fast flüsternd.

„Mr. Saxon übernahm den Fall. Er ist der Polizeioffizier. Seine Spezialität sind Schmuggler und blinde Passagiere, aber ein mysteriöser Todesfall ist was anderes."

Walter nickte.

„Mir ist etwas zu Ohren gekommen", fuhr Kapitän Rostron fort, „etwas über Sie. Wenn ich richtig informiert bin, dann sind Sie der einzige Mensch auf der *Mauretania*, der mir bei der Ermittlung helfen kann."

Walter senkte den Blick und schaute seine Hände an, die zitterten.

„Sie sind doch der frühere Chefinspektor Dew von Scotland Yard?" fragte der Kapitän. „Wir brauchen die Hilfe eines Fachmanns, Mr. Dew. Sind Sie nicht der Mann, der Dr. Crippen festgenommen hat?"

Walter nestelte an seiner Krawatte. „Na schön. Ja."

Kapitän Rostron schaute zu seinem Polizeioffizier hinüber. „Da bin ich aber froh. Ich will ganz offen mit Ihnen reden, Inspektor. Wir glauben, die Dame war bereits tot, als man sie ins Wasser warf. Wir glauben, daß sie ermordet wurde."

„Warum?" fragte Walter und runzelte die Stirn.

„Ich denke, Sie sollten sich selbst Ihr Urteil bilden, Inspektor."

„Wie meinen Sie das?"

„Wir hoffen, Sie übernehmen die Verantwortung für diesen Fall."

Walter schüttelte den Kopf. „Nein, das kann ich nicht. Ich ... äh ... ich bin nicht mehr im Dienst."

„Das ist uns bekannt", meinte der Kapitän. „Aber Sie sind meines Erachtens jünger als ich. Und Sie wollen mir doch nicht weismachen, daß Sie nicht noch genauso auf Draht sind wie damals, als Sie Dr. Crippen schnappten."

„Aber mir fehlt jede Berechtigung. Ich reise als Privatperson."

Der Kapitän machte eine wegwerfende Handbewegung. „Kein Problem. Ich werde Sie dazu ermächtigen, das reicht."

458   ABSCHIED AUF ENGLISCH

„Ich habe nichts, was ein Inspektor für eine Untersuchung braucht. "

„Zum Beispiel?"

Walter rutschte verlegen auf dem Stuhl hin und her. „Ein Notizbuch etwa. "

„Das sollen Sie kriegen", versicherte ihm der Kapitän. „Dazu Handschellen, eine Lupe, einen Bleistift, ein Bandmaß, was immer Sie benötigen. "

„Ohne Polizeiberichte geht es kaum. "

„Ich kann Scotland Yard telegrafieren", erwiderte Kapitän Rostron. „Gerade Sie sollten das wissen, Inspektor. "

„Oh, ja. "

„Haben wir Sie jetzt überzeugt?"

„Ja", meinte Walter zögernd, „ich glaube, Sie haben mich überzeugt. "

„Na, endlich! Wir sind Ihnen sehr dankbar, nicht wahr, Mr. Saxon?"

„Sehr dankbar", kam das Echo von Mr. Saxon.

Der Kapitän stand auf und ging zur Tür. „Ich vermute, Sie wollen die Leiche sehen. "

9. Kapitel

Um neun Uhr abends waren in der Halle der ersten Klasse alle Sitzplätze belegt, weil jedermann bei der Soiree dabeisein wollte. Es waren Klavier- und Violinsolovorträge angekündigt, die Hauptattraktion sollte jedoch zweifelsohne Signor Martinelli darstellen, der sich bereit erklärt hatte, während des zweiten Teils beliebte Arien zu singen. Alma saß auf einem Eckplatz neben einer Dame in schwarzem Paillettenkleid.

Der Geiger spielte gerade sein zweites Stück, da sah Alma den Kapitän in der Tür und neben ihm Walter, der totenbleich war. Die beiden warteten noch den Applaus ab. Dann gingen sie zu der Stelle, wo der Geiger gestanden hatte.

In der Halle wurde es mäuschenstill. „Meine Damen und Herren", sagte der Kapitän, „ich werde Ihr Vergnügen nicht lange stören. Diejenigen unter Ihnen, die heute in der Morgenandacht waren, werden sich erinnern, daß ich ein trauriges Ereignis erwähnte, den Tod einer Mitreisenden. Einige Herrschaften waren inzwischen so freundlich, dem Polizeioffizier ihre Beobachtungen mitzuteilen, die im Zusam-

ABSCHIED AUF ENGLISCH

menhang mit dem Vorfall stehen könnten. Ich weiß, Sie legen Wert darauf, daß die Angelegenheit rasch geklärt wird, und ich freue mich deshalb, Ihnen mitteilen zu können, daß der Herr zu meiner Linken mir seine Hilfe angeboten hat. Er ist ein ehemaliger Chefinspektor von Scotland Yard, der Ihnen nicht unbekannt sein dürfte. In der Tat wüßte ich keinen bekannteren Polizeibeamten als den, der Dr. Crippen entlarvt hat: Chefinspektor Dew."

Hier wurde spontan Beifall geklatscht. Die Zuhörer reckten die Hälse, um den Mann zu sehen, der Dr. Crippen verhaftet hatte.

Der Kapitän fuhr fort: „Unter diesen Umständen habe ich den Chefinspektor gebeten, Mr. Saxon, für den es an Bord natürlich noch eine Menge anderer Dinge zu erledigen gibt, die Ermittlung abzunehmen. Ich weiß nicht, Sir, ob Sie in der gegenwärtigen Phase etwas sagen wollen . . ."

„Nein", erwiderte Walter mit fester Stimme.

„Dann möchte ich nur noch hinzufügen, daß ich überzeugt bin, die Passagiere und die Mannschaft werden Sie voll unterstützen, damit Ihre Ermittlung bald und zufriedenstellend abgeschlossen werden kann."

Wieder wurde geklatscht.

„Nun noch eine erfreuliche Mitteilung: Signor Martinelli wird jetzt für Sie singen." Kapitän Rostron wandte sich an Walter, sagte etwas zu ihm und verließ mit ihm die Halle.

Als die Gesangsdarbietung zu Ende war und das Publikum ausgiebig applaudiert hatte, schlug Alma Johnnys Einladung zu einem Gutenachttrunk aus. Sie ging durch die Empfangshalle zum Gesellschaftszimmer. Alma hielt sich lieber im Gesellschaftszimmer auf als in ihrer Einzelkabine. Bald wurde sie von einer Dame aus Baltimore in ein Gespräch verwickelt.

Kurz vor Mitternacht kam ein Page ins Gesellschaftszimmer, um Mrs. Baranov auszurufen. Er wiederholte den Namen zweimal, ehe Alma darauf reagierte. Er hatte eine Nachricht für sie. Auf dem Zettel stand: *Rettungsboot 3, Bootsdeck, baldmöglichst, W.*

Walter! Er brauchte sie. Der Ärmste, was für einen Schock mußte er hinter sich haben! Man hatte Walter gebeten, den Mord aufzuklären, den er begangen hatte. Der ganze Plan hatte sich nun gegen ihn gekehrt. Er war bestimmt außer sich.

Alma verabschiedete sich von ihrer Gesprächspartnerin.

„Seien Sie vorsichtig", warnte sie die Dame. In der Unterhaltung der beiden war dies die erste Anspielung auf das Thema, das so viele beschäftigte.

Alma ging zuerst in ihre Kabine, um Lydias schwarzes Samtcape umzuhängen. Draußen war es gewiß kalt. Ehe sie an Deck ging, zog sie die Kapuze über den Kopf.

Die Nachtbrise fing sich im Cape, das zu flattern begann. Sie zog es enger um sich. Das Bootsdeck lag verlassen da. Sie wußte nicht, wie die Rettungsboote numeriert waren, aber sie hoffte, daß sich Nummer drei auf ihrer Seite befand.

Dann fühlte sie, daß jemand sie an der Schulter ergriff. Finger gruben sich in ihr Fleisch. Sie wurde herumgerissen, und die Kapuze rutschte ihr vom Kopf.

Sie schrie auf und sah Walter vor sich.

„Alma!" rief er, als sei er überrascht. „Mein Gott, hast du mich erschreckt. Ich dachte . . ." Er zog sie an sich und umarmte sie. „Alma, verzeih! Ich glaube, ich sehe Gespenster. In diesem Cape hielt ich dich für Lydia."

„Sie ist doch tot!" sagte Alma und zitterte vor Angst. „Lydia ist tot."

„Ich bin ganz durcheinander."

„Das ist auch verständlich, wenn man bedenkt, was du durchmachen mußtest", tröstete ihn Alma.

Er schüttelte den Kopf. „Ich hätte dich nicht erschrecken dürfen. Habe ich dir weh getan?"

„Nur ein bißchen."

Eine Haarsträhne hing ihr ins Gesicht. Er schob sie ihr aus der Stirn. Sie dachte, daß er sie jetzt küssen würde, aber er tat es nicht.

Walter sagte: „Hier ist niemand auf Deck. Ich habe schon nachgesehen. Laß uns ein wenig auf und ab gehen."

„Was für ein Schrecken muß dir in die Glieder gefahren sein, als du vor den Kapitän zitiert wurdest."

„Ja, ich überlegte, warum er gerade *mich* sprechen wollte, dabei hätte ich es mir denken können."

„Daran bin bloß *ich* schuld", jammerte Alma. „Es war mein Einfall, dich Walter Dew zu nennen."

„Wir haben es uns beide ausgedacht."

„Schatz, was hast du alles ausgestanden! Als dich der Kapitän den Passagieren vorstellte, warst du kreidebleich. Aber du hast dich herrlich gehalten. Richtig überzeugend."

„Daß ich so blaß war", erklärte Walter, „hatte noch einen anderen Grund. Ich kam gerade von der Leichenbeschau."

Mit beiden Händen umklammerte Alma seinen Arm. „Wie schrecklich, Walter. Davon hatte ich keine Ahnung."

ABSCHIED AUF ENGLISCH

„Es war ziemlich verwirrend, weißt du. Die Tote ist gar nicht Lydia."

„Was?" Alma erstarrte zur Salzsäule. „Nicht Lydia, bist du ganz sicher? Tot schauen manche Leute ganz anders aus als zuvor."

„Alma, ich habe mich nicht getäuscht. Es war eine andere Frau."

Alma kam der erschreckende Gedanke, Walter könne den Verstand verloren haben. Bei dieser Belastung wäre das kein Wunder gewesen. So ruhig und vernünftig sie konnte, fragte sie: „Wie ist das möglich, Walter?"

Er zuckte mit den Achseln. „Keine Ahnung. Zumindest bedeutet es aber, daß uns nichts passieren kann, da es sich bei der Leiche nicht um Lydia handelt."

„Aber *ein* Problem bleibt noch. Alle glauben jetzt, daß du Inspektor Dew bist. Sie erwarten ein Ergebnis deiner Untersuchungen."

„Ich werde mein Bestes tun, eines vorlegen zu können."

„Wie willst du das anstellen, Walter? Du bist doch gar kein Kriminalbeamter."

„Jedermann an Bord – außer dir – hält mich für Dew, und darauf kommt es an. Der Kapitän ist überzeugt von meinen Fähigkeiten. Seine Vollmachten stärken mir den Rücken."

„Ja, Liebling. Aber du bist trotzdem kein Polizist. Du hast doch gar keine Ahnung, was du unternehmen sollst. Wir sind noch vier Tage auf hoher See, und du weißt nur, daß eine tote Frau an Bord ist und daß es sich nicht um Lydia handelt. Viel ist das nicht."

„Eine *ermordete* Frau ist an Bord."

„Wie kannst du das wissen, wenn es nicht Lydia ist?"

„Wegen der blauen Flecken an ihrem Hals. Die Frau ist erwürgt worden, Alma. Folglich ist ein Mörder auf dem Schiff, und ich habe den Passagieren und der Mannschaft gegenüber wirklich die Pflicht, ihn aufzustöbern. Als erstes muß das Opfer identifiziert werden. Ich werde die Stewards ausfragen. Ein Kriminalbeamter braucht bloß genau hinzusehen und Fragen zu stellen. Übrigens hab ich jetzt eine Erster-Klasse-Einzelkabine, Nummer fünfundsiebzig." Er legte den Arm um sie.

Sie zog ihr Cape fester um sich und sagte: „Es wäre nicht gut, wenn man uns hier zusammen sieht."

„Natürlich."

„Dabei würde ich dir gern helfen, wenn ich nur wüßte, wie."

Sie setzten ihren Spaziergang über das Bootsdeck fort. Das Meer breitete sich schwarz und unheilschwanger vor dem Schiff aus. Alma blickte zu den Sternen empor. Die Antennenmasten des Dampfers

ABSCHIED AUF ENGLISCH

durchschnitten den weißen Vollmond. Alma verabschiedete sich: „Ich glaube, ich geh jetzt zu Bett."

„Gut", sagte Walter. „Ich werde noch eine Runde machen."

Er küßte sie nicht, und sie war erleichtert.

JOHNNY FINCH war zwar Paul Westerfield noch nicht vorgestellt worden, aber strenge Konventionen kümmerten ihn wenig. „Kein schlechter Morgen", sagte er am Montag nach dem Frühstück zu Paul, als er ihn auf dem Promenadendeck traf. Paul blickte sinnend aufs Meer hinaus.

„Wenn der Nebel weg ist", fuhr Johnny fort, „haben wir einen Prachttag. Die Gelegenheit, Bordtennis zu spielen, mein Verehrtester. Sie sehen ganz danach aus, als würden Sie's mit jedem Wimbledonsieger aufnehmen. Oder spielen Sie lieber Deckgolf?"

„Sind Sie vom Veranstaltungskomitee?" fragte Paul.

Johnny schüttelte sich vor Lachen. „Nein, nein ... Johnny Finch kriegen Sie in kein Komitee. Auch beim Sport mach ich hier auf dem Schiff nicht mit. Ich spekuliere nur ein bißchen mit, wenn Wetten abgeschlossen werden. Da hab ich Spaß dran."

„Ich wette und spiele nie", entgegnete Paul.

„Wirklich?" Der Zweifel in Johnnys Stimme war nicht zu überhören. „Ich hätte schwören können, daß ich Sie gestern abend im Rauchsalon Karten spielen gesehen habe."

„Das war ein Spiel unter Freunden", meinte Paul.

„Selbstverständlich", sagte Johnny und zwinkerte. „Aber wenn Sie's doch mal probieren wollen – ich hab gehört, daß der Schiffsbarbier eine Wettliste aufgelegt hat, wie lange Inspektor Dew braucht, um den Schuldigen zu schnappen. Ich werde einen Fünfer setzen. Er zahlt das Vierfache aus, wenn Dew morgen jemanden verhaftet."

„Mich interessiert das Ganze nicht sehr."

„Das sollte es aber, mein Wertester. Haben Sie noch nicht gehört, daß Dew schon seinen ersten Erfolg melden konnte? Er hat die ermordete Frau identifiziert. Heute früh kontrollierte er mit den Stewards von der ersten Klasse alle Einzelkabinen, um herauszufinden, in welcher niemand geschlafen hat. Zwei oder drei Betten waren unberührt, aber am Schluß blieb nur eines übrig, und Dew nahm den zuständigen Steward mit, um ihm die Leiche zu zeigen."

„Und der hat sie identifiziert?"

„Sofort. Ohne zu zögern."

„Wer war die Frau?"

„Das wird Sie sehr interessieren, mein Wertester: Es war eine Bekannte von Ihnen, aus Ihrer Kartenrunde. Sie hieß Catherine Masters."

DER Schiffsarzt schaute von seinen Notizen auf, um seinen nächsten Patienten zu begrüßen. „Inspektor Dew, kommen Sie doch herein! Ich dachte, es sei ein Patient. Fehlt Ihnen etwas?"

Walter zögerte. „Eigentlich wollte ich Sie etwas fragen, Doktor."

„Gern. Ist es wegen der Leichenbeschau?"

„Nein, wegen meines Daumens. Ich hab mich anscheinend verletzt."

„Wirklich? Zeigen Sie! Wie ist es passiert?"

„Heute vormittag nach dem Frühstück habe ich mich in der Kabine der Toten umgesehen."

„Aha", sagte der Arzt. „Ich weiß schon. Sie wollten sehen, ob die Leiche durchs Bullauge gezwängt wurde, und versuchten, es aufzumachen. Jetzt haben Sie einen ‚Bullaugendaumen', Inspektor. Gleich nach der Seekrankheit das verbreitetste Übel an Bord. Sie hätten das einen Steward machen lassen sollen! Die haben nämlich Fensterschlüssel. Tut's weh?"

„Ein bißchen."

„Können Sie den Daumen strecken?"

„Ich glaub schon."

„Sehr gut. Dann ist es nur eine Verstauchung. Sie glauben also, der Mörder hat die Frau durchs Bullauge gezwängt. Vielleicht sollten Sie nach einem Mann fahnden, der einen ‚Bullaugendaumen' hat."

„Nein", sagte Walter. „So einfach ist es nicht. Einige Bullaugen waren bereits geöffnet, als wir an Bord gingen."

„Haben Sie etwas in der Kabine gefunden, was von Bedeutung sein könnte?"

„Sehr wenig. Eine Menge Kleider und Wäsche."

„Keinen Schmuck?"

„Nein", sagte Walter. „Schmuck nicht." Mit der unverletzten Hand strich er über seinen Schnurrbart.

„Wenn ihr Schmuck gestohlen wurde, hätten Sie da nicht ein Tatmotiv?"

„Schon möglich."

„Ich bin auf den Schmuck gekommen, als mich der Kapitän bat, die Leiche zu untersuchen. Dabei entdeckte ich am Ringfinger der linken Hand den Abdruck eines Ringes", berichtete der Schiffsarzt.

„Sie war nicht verheiratet", antwortete Walter. „Ich habe ihren Paß

ABSCHIED AUF ENGLISCH 465

gesehen: Miß Catherine Masters. Vielleicht war es der Abdruck eines Verlobungsrings."

„Möglich", räumte der Arzt ein. „Im übrigen bin ich zu dem Ergebnis gekommen, daß Miß Masters nicht sexuell mißbraucht worden ist. Aber die Untersuchung ließ auf geregelten Verkehr schließen. Da ist allerdings noch etwas, Inspektor, worauf ich Sie aufmerksam machen möchte. Es mag unbedeutend sein, aber ich glaube, Sie sollten es wissen. Wie Ihnen ja bekannt ist, haben wir Miß Masters' Leichnam in einem zur Leichenkammer umfunktionierten Lagerraum auf einem der unteren Decks deponiert."

„Ja."

„Der Raum ist verschlossen, und wir bewahren den Schlüssel hier oben bei den übrigen Schlüsseln für die Behandlungszimmer und die Medikamentenschränke auf. Ein Krankenpfleger ist für sie verantwortlich. Am Sonntag war hier der übliche Hochbetrieb: Seekrankheit und ‚Bullaugendaumen'. Zwei Krankenschwestern und der Pfleger halfen mir beim Dienst. Gegen Abend kam ein Passagier ins Wartezimmer und erzählte dem Pfleger, er brauche den Schlüssel zur Leichenkammer. Man habe ihn gebeten, bei der Identifizierung behilflich zu sein."

„Bekam er den Schlüssel?"

„Ja. Mein Pfleger ist ein junger Mann, der seine erste Überfahrt macht. Er gab diesem Herrn den Schlüssel, kann sich aber nicht mehr erinnern, wie er ausgesehen hat. Bei Dienstschluß habe ich bemerkt, daß der Schlüssel nicht am gewohnten Platz hing. Der Pfleger ging hinunter und fand den Schlüssel im Schloß stecken."

„Der Passagier hat ihn also, nachdem er ihn ausgeliehen hat, nicht wieder zurückgebracht", sagte Walter.

„Vor allem ist er hinuntergegangen, ohne von jemand ermächtigt worden zu sein. Weder der Kapitän noch der Polizeioffizier waren informiert. Warum tut ein Passagier so etwas?"

„Gerade wollte ich das gleiche fragen", entgegnete Walter.

„Wenn Sie es wünschen, können Sie mit dem Pfleger sprechen. Aber Sie werden kaum mehr von ihm erfahren."

„Dann kann ich es mir sparen", antwortete Walter. „Aber trotzdem vielen Dank, daß Sie es erwähnt haben."

„Fragen Sie mich gar nicht nach den blauen Flecken?"

Walter schaute seinen verletzten Daumen an und versuchte, ihn zu bewegen.

„Die blauen Flecken am Hals der Frau", bemerkte der Arzt etwas gereizt. „Ich habe sie als erster entdeckt."

„Gratuliere!"

„Die Stellen lassen eindeutig auf Erwürgen mit den Händen schließen, Inspektor."

„Ein höchst unangenehmer Tod", erwiderte Walter, „und ziemlich roh. Daß Mörder immer so brutal sein müssen! Nun, es ist gleich Essenszeit. Vielen Dank für Ihre Diagnose, Doktor."

Als der Arzt wieder allein war, grübelte er über das Erfolgsrezept Inspektor Dews nach. Der schien die Gabe zu besitzen, jemandem Auskünfte zu entlocken, ohne nach ihnen zu fragen. Seine Art zu ermitteln war so indirekt, daß man vergessen konnte, es mit einem Mann von der Polizei zu tun zu haben. Immerhin hatte er sich schon vor dem Krieg pensionieren lassen. Entweder war er außer Übung oder verteufelt gerissen.

Im Sonnenschein auf dem Promenadendeck schämte sich Alma ihrer nervösen Anwandlungen während der vergangenen Nacht. Sie war eben überreizt und brauchte dringend Entspannung. Die Belastung, die der Mord für sie beide nach sich zog, hatte sie unterschätzt. Es wurde Zeit, daß sie sich wie ein normaler Passagier benahm. Als deshalb ein Steward ankündigte, daß die *Carmania* in Sicht komme, ging sie mit den anderen auf die Steuerbordseite, um zu beobachten, wie die beiden Ozeanriesen aneinander vorbeifuhren.

Als der große Dampfer auf die *Mauretania* zu steuerte, säumten winkende Menschen die weißen Aufbauten der *Carmania*. Die beiden Überseeschiffe unterbrachen die Fahrt und lagen sich in etwa hundert Meter Entfernung gegenüber. Ein Tender wurde zu Wasser gelassen, um Post auszutauschen. Als die Turbinen wieder auf Volldampf liefen und die Schiffssirenen ertönten, wurde noch mehr gewunken. Alma schaute der *Carmania* nach, bis nur noch der Rauch aus den drei Schornsteinen zu sehen war. Dabei hatte sie Johnny nicht bemerkt, der längst neben ihr stand. Sie stellte fest, daß es sie nicht störte.

Nachdem er einiges Wissenswerte über die großen Überseeschiffe der Cunard-Schiffahrtsgesellschaft erzählt hatte, wechselte Johnny plötzlich das Thema. „Was ich Sie noch fragen wollte – welche Verkleidung soll ich morgen beim Maskenball tragen? Sie kommen doch sicher auch?"

„Daran hab ich überhaupt noch nicht gedacht."

„Einige Passagiere haben komplette Kostüme dabei. Aber so was mag ich nicht. Ich finde, da muß man improvisieren."

„Ja ... Ich habe kein Kostüm dabei. Als was wollen Sie denn kommen?"

ABSCHIED AUF ENGLISCH 467

„Ich hab schon einen Einfall, aber dazu brauchte ich jemanden, der mir hilft. Verzeihen Sie die indiskrete Frage, können Sie gut mit Nadel und Faden umgehen?"

„Das hängt davon ab, was Sie sich ausgedacht haben."

„Nichts Kompliziertes. Nur hier und da ein paar Stiche." Johnny lächelte. „Aber jetzt müssen wir uns etwas für Sie ausdenken."

Nach dem Mittagessen suchte Jack Gordon nach Inspektor Dew. Er fand ihn in der großen Halle, wo er zwischen dem Flügel und einem Palmenkübel in einem Armsessel saß. Dew schien zu schlafen. Jack sprach ihn mit seinem Namen an, erhielt aber keine Antwort. Er berührte die Hand des Inspektors.

Walter zog mit einem Ruck die Hand weg und öffnete die Augen.

„Es tut mir leid, Sie stören zu müssen, Inspektor Dew", sagte Jack. „Was gibt's denn?"

„Mein Name ist Gordon, Jack Gordon. Ist es Ihnen recht, wenn wir über den Fall sprechen, in dem Sie ermitteln?"

„O ja. Was wollen Sie mir sagen, Mr. Collins?"

„Gordon. Ich wollte mit Ihnen sprechen, bevor Sie vielleicht zu mir kommen. Ich war mit Miß Masters an dem Abend, an dem sie getötet wurde, beisammen. Ich spielte im Rauchsalon mit ihr Karten. Ich war ihr Bridgepartner."

„Das ist sehr aufmerksam von Ihnen, daß Sie sich freiwillig melden, Mr. Gordon. Erzählen Sie mir etwas über diese Bridgepartie. Wer waren Ihre Gegner?"

„Ein junges amerikanisches Paar. Er heißt Westerfield."

Walter zückte einen Bleistift und ein Notizbuch. „Das schreibe ich mir lieber auf. Was Namen betrifft, bin ich ein hoffnungsloser Fall. Das ist sonst Sache meiner Sprechstundenhilfe."

Jack lachte gezwungen. „Ja, ja."

„Und wie war der Name des Partners von Mr. Westerfield?"

„Es war eine Dame, sie hieß Barbara. Den Familiennamen weiß ich nicht."

„Das finde ich schon heraus. Sie waren mit Miß Masters befreundet?"

„Nein. Bis Samstag abend kannten wir uns nicht. Das Kartenspiel kam erst nach dem Abendessen zustande. Paul und Barbara gewannen den entscheidenden Robber. Miß Masters kritisierte mein Spiel, was mich ärgerte. Als wir fertig waren, zog sie einen Geldschein heraus, um die Sieger auszubezahlen. In einem Gesellschaftsraum legt man kein Geld auf den Tisch. Ich fuhr sie ziemlich heftig an. Dann verließ ich den Tisch, weil sie nahe am Heulen war und ich das nicht ausstehen kann."

Gordon hob die Schultern. „Das war's. Ich hoffe, Sie verstehen, wie mir nun nachträglich zumute ist."

„Sie sollten sich das nicht zu sehr zu Herzen nehmen", riet ihm Walter. „Sie hat ja nicht Selbstmord begangen. Im Vertrauen gesagt, sie wurde erwürgt."

„Das Gerücht habe ich schon vernommen", sagte Jack. Seine Lippen waren mit einem Male blaß. „Sie müssen diesen Teufel finden, der das getan hat, Inspektor. Er soll es mit dem Strick büßen. Es war ohne jeden Sinn. Das muß ein Verrückter gewesen sein."

„Haben Sie einen Verdacht?" fragte Walter.

Jack kniff die Augen zusammen. „Nein, ich möchte nur, daß Sie ihn erwischen."

„Sie haben doch beim Kartenspielen Miß Masters gegenübergesessen", sagte Walter. „Da müssen Sie ihr direkt auf die Hände gesehen haben. Erinnern Sie sich, ob sie am Ringfinger der linken Hand einen Ehering getragen hat?"

Jack schüttelte den Kopf. „Sie trug keinen Ring. Soviel ich weiß, war sie unverheiratet."

Walter schrieb etwas in sein Notizbuch. „Ich danke Ihnen", sagte er dann.

Er wartete, bis Jack die Halle verlassen hatte.

Dann stand Walter auf und bat einen Steward, ihm Paul Westerfield zu zeigen.

Paul war auf dem Bootsdeck. Er nahm gerade an der ersten Runde des Bordtennisturniers teil. Das Spiel bestand darin, einen Gummiring über ein Badmintonnetz zu schleudern. Das Spielfeld war mit Kreide auf dem Deck markiert. Pauls Gegner war ein Engländer. Paul verlor das Spiel. Nachdem er dem Sieger die Hand geschüttelt hatte, reichte ihm eine junge Frau seinen Pullover.

Walter sprach ihn an: „Mr. Westerfield, wenn Sie nicht zu abgekämpft sind . . ."

„Nein, Sir", antwortete Paul. „Das Ganze war eher eine taktische Angelegenheit als ein Konditionstest. Meinen Namen kennen Sie offensichtlich. Dies ist Barbara Cordell, die wohl auch auf Ihrer Liste steht. Wollen Sie mit uns beiden zusammen sprechen?"

„Ja", sagte Walter. „So sparen wir Zeit."

„Gehen wir ins Veranda-Café. Ich hab einen Mordsdurst und brauche dringend einen Schluck."

Sie wählten einen Tisch neben einem Blumengitter.

ABSCHIED AUF ENGLISCH

„Was können Sie mir über die Dame erzählen, die Sonntag nacht getötet wurde?" begann Walter.

„Nicht viel, Herr Inspektor. Wir haben Catherine erst gestern abend kennengelernt. Nach dem Abendessen trank ich in der Halle mit einem Engländer, der Jack Gordon heißt, einen Kaffee und einen Brandy. Miß Masters kam an unseren Tisch und fragte, ob wir beim bunten Abend mitwirken könnten. Sie suchte Leute, die einen Sketch spielen sollten. Jack sagte, daß er, wenn's um Spielen gehe, nur Bridge spielen könne. Catherine nahm ihn beim Wort, und so kam unsere Verabredung zustande."

„Ich war noch mit meinen Eltern im Speisesaal", ergänzte Barbara. „Paul kam herein und bat mich mitzuspielen."

„Wir kennen uns vom College her", fügte Paul hinzu.

„Und zufällig wohnten wir in Paris und London im selben Hotel", ergänzte Barbara.

Walter zückte sein Notizbuch. „Das halte ich lieber schriftlich fest. Was wollen Sie trinken? Da kommt der Ober."

„Was trinken Sie denn?"

„Tee ohne Zucker, bitte. Der macht die Zähne kaputt. Miß Cordell, wie schreibt man Ihren Namen?"

„Cordell ist gar nicht mein eigentlicher Familienname", antwortete Barbara. „Ich heiße Barlinski. Livy Cordell ist mein Stiefvater."

„Wollen Sie nun etwas über unsere Bridgepartie hören?" fragte Paul.

„Eigentlich nicht. Darüber berichtete mir schon Mr. ... äh ..." Walter schaute ins Notizbuch. „Mr. Gordon. Was wissen Sie von ihm?"

„Ein netter Mann", sagte Barbara. „Er fand Pauls Brieftasche und gab sie beim Zahlmeister ab."

„Ich habe nämlich meine Brieftasche verloren", erklärte Paul, „kurz nachdem wir an Bord kamen. Da war eine Menge Geld drin."

„Er mußte sich bei meinem Stiefvater etwas leihen", sagte Barbara.

„Ist doch egal", meinte Paul. „Wichtig ist, daß Jack Gordon die Brieftasche gefunden und abgeliefert hat. Er half mir damit aus der Patsche."

„*Er?*" fragte Barbara erstaunt. „Vergiß mal Livy nicht! Wer weiß, wo Poppy jetzt ohne seine Hilfe wäre."

„Poppy?" erkundigte sich Walter mit einem Unterton von Verzweiflung.

„Eine Freundin von uns", antwortete Paul.

„Von *uns?*" fragte Barbara sarkastisch.

„Ein englisches Mädchen, das wir in London kennengelernt haben."

„Sie kam mit nach Southampton, um Paul zu verabschieden", erklärte Barbara. „Aus mir unbekannten Gründen ging sie nicht von Bord, nachdem der Gong geschlagen worden war. So fuhr sie bis Frankreich mit. Und in der Aufregung hat Paul seine Brieftasche verloren. Livy lieh ihm so viel, daß er Poppys Rückreise nach England zahlen konnte."

„Poppy können Sie vergessen", sagte Paul zu Walter. „Die hat mit Ihren Ermittlungen nichts zu tun. Sie haben mich nach Jack gefragt. Der ist in Ordnung."

„Auch Catherine war sehr sympathisch", ergänzte Barbara. „Nachdem Jack gegangen war und Paul uns Kaffee besorgte, habe ich mich ziemlich lange mit Catherine unterhalten. Sie war nicht böse auf Jack, im Gegenteil, sie ärgerte sich über sich selbst, weil sie ihn provoziert hatte. Wir verabredeten, die beiden Männer dazu zu überreden, am nächsten Abend wieder mit uns Karten zu spielen."

„Das hast du mir gar nicht erzählt", sagte Paul.

„Warum auch", meinte Barbara, „das haben doch nur Catherine und ich besprochen. Ich hab dir aber gesagt, daß sie sich erboten hat, mir Kontraktbridge beizubringen."

„Und dann?" fragte Walter.

„Dann kam Paul mit dem Kaffee, und kurz darauf zog sich Catherine in ihre Kabine zurück. Das muß gegen zwölf Uhr gewesen sein."

„Wir haben noch getanzt und einige Runden langsamen Walzer gedreht. Dann gingen wir auch zu Bett", sagte Paul. „Erst am Sonntag vormittag vor dem Essen hörten wir, daß jemand umgebracht worden ist."

„Ich kann es immer noch nicht verstehen." Barbara schüttelte den Kopf. „Eine alleinstehende Frau, die niemanden auf dem Schiff kannte. Übrigens – wir unterbrachen einmal das Spiel, um etwas zu trinken. Catherine ging zu ihrer Kabine, um sich zu erfrischen. Als sie zurückkam, erzählte sie uns, daß vor ihr ein Mann auf dem Gang gestanden habe und, nachdem er sie gesehen hatte, zurückgewichen sei, als wäre er einem Gespenst begegnet."

„Jack meinte, es müsse sich um jemanden gehandelt haben, der panisch erschrak, weil er befürchtete, daß er um seine Mitwirkung beim bunten Abend gebeten wurde", sagte Paul. „Warum sonst hätte er sich so eigenartig benehmen sollen?"

Walter hustete nervös. „Ja, das weiß ich auch nicht."

10. Kapitel

Die Spannung zwischen Paul und Barbara, die während des Gesprächs mit Walter aufgetreten war, hielt auch am Abend an. Im Speisesaal wurde nach dem Essen getanzt, und Paul kam an den Tisch der Cordells. Er nahm Barbara gegenüber Platz und hätte sich näher zu ihr setzen können, als Livy Marjorie zum Tango aufforderte. Er unterließ es jedoch. Als der Tango zu Ende war und die Cordells zurückkamen, sagte Marjorie: „Tanzt ihr jungen Leute denn heute abend nicht?"

„Paul hat eine äußerst anstrengende Partie Bordtennis hinter sich, Mutter", spottete Barbara.

Paul überging diese Bemerkung und forderte Barbara zu einem Walzer auf. Als er vorbei war, sagte er: „Ich glaube, ich geh früh zu Bett. Heute gebe ich keinen guten Gesellschafter ab."

„Wenn meine Eltern mit am Tisch sitzen", erklärte Barbara, „ist das auch nicht leicht."

„Sie sind doch recht angenehm."

„Wir könnten einen Spaziergang auf dem Deck machen."

„Dort ist es zu kühl. Inzwischen geht ein frischer Wind."

„O Gott", stöhnte Barbara. „Es wäre ja schrecklich, wenn du dir meinetwegen eine Erkältung holen würdest." Diese Worte klangen verletzender, als sie beabsichtigt hatte. Aber sie drückten ihre Enttäuschung über die Verstimmung aus, die sich zwischen ihnen eingenistet hatte.

„Verzeih", sagte sie leise. „Geh bitte noch nicht."

Paul erwiderte ruhig: „Barbara, laß uns einen Strich unter den heutigen Tag ziehen, ja? Vielleicht sind wir beide morgen in einer besseren Verfassung. Gute Nacht!"

Sie ging allein zum Tisch zurück und erklärte ihren Eltern Pauls Fehlen damit, daß er sich nicht wohl gefühlt habe. Livy holte ihnen etwas zu trinken und kam mit der Nachricht, Paul an der Bar des Rauchsalons gesehen zu haben. „Wahrscheinlich braucht er ein paar Whiskys, um einen klaren Kopf zu bekommen. Komm, Barbara, du hast noch gar nicht mit mir getanzt."

„Ärgere dich nicht über ihn", sagte er beim Tanzen. „Im Umgang mit Frauen muß er noch viel lernen. Laß ihm Zeit!"

Barbara küßte Livy zärtlich auf die Wange und flüsterte: „Du bist sehr lieb."

Sie beschloß, noch bei ein paar Tänzen zuzuschauen und dann ins

472   ABSCHIED AUF ENGLISCH

Bett zu gehen. Livy führte Marjorie zu einem Foxtrott aufs Parkett.

„So ganz allein?" fragte eine Stimme hinter Barbara. Sie blickte über ihre Schulter und sah Jack Gordon hinter sich stehen.

„Nicht ganz", antwortete Barbara. „Meine Eltern tanzen gerade."

„Und Sie nicht? Darf ich bitten?"

Sie stand auf, nahm Jacks Arm und ging neben ihm zur Tanzfläche. Schnell merkte sie, wie souverän er tanzte.

„Ich wußte gar nicht, daß Sie gern tanzen", sagte sie zu ihm.

Er lächelte. „Ich wäre doch ein Narr, wenn ich es nicht gern täte, bietet es mir doch die Gelegenheit, den Arm um ein hübsches Mädchen zu legen."

Sie hatte selten von einem Mann eine so draufgängerische Bemerkung gehört. Sie versuchte, dem Gespräch eine weniger persönliche Wendung zu geben. „Ich glaube, für morgen ist schlechtes Wetter angesagt."

„Was morgen ist, kümmert mich wenig."

„Das täte es aber, wenn Sie das gleiche erwarten würde wie mich."

„Ich kenne ein sehr gutes Mittel gegen Seekrankheit. Alle zwei Stunden ein Glas Brandy. Wollen Sie eins, um gleich eine Grundlage zu haben?"

„Sehr freundlich von Ihnen, aber ich trinke lieber nichts."

„Wieso?"

„Da ist jemand in der Bar, dem ich lieber nicht begegnen möchte."

„Lassen Sie mich den Brandy besorgen und hierherbringen."

„Ich sitze aber bei meinen Eltern."

„Sie können sich doch woanders hinsetzen."

Seine Hartnäckigkeit begann ihr unangenehm zu werden. „Jack, lassen wir den Brandy, ich danke Ihnen. Das Tanzen macht doch auch Spaß."

„Also gut. Aber bei der nächsten Pause werden wir uns verdrücken."

„Nein, ich möchte hierbleiben."

„Wovor haben Sie Angst? Ich tu Ihnen doch nichts."

Die Musik war zu Ende. Barbara wünschte eine gute Nacht und schloß sich geschickt Livy und ihrer Mutter an, die gerade die Tanzfläche verließen.

„Wer war denn das?" fragte Marjorie. „Sah ganz nach Charmeur aus."

„Hilf mir nur, ihn abzuhängen!" murmelte Barbara. Aber Jack war schon verschwunden.

Nach dem letzten Walzer gingen die drei Cordells zu ihren Kabinen

ABSCHIED AUF ENGLISCH 473

auf dem D-Deck. Barbara gab ihren Eltern einen Gutenachtkuß, ging drei Türen weiter, holte ihren Schlüssel aus der Tasche und steckte ihn ins Schloß. Als sie ihn umdrehte, merkte sie, daß jemand so nah hinter ihr stand, daß sie seinen Atem auf ihrem Nacken spürte.

Hinter ihr stand Jack. Leise sagte er: „Sie haben mich dazu gezwungen. Es hätte nicht so kommen müssen." Als er noch näher trat, holte sie Luft, um zu schreien.

„FALSCHSPIELER?" wiederholte Kapitän Rostron.

„Das ist eine Annahme, die naheliegt", meinte Walter. „Paul Westerfield hatte seine Brieftasche verloren, und Gordon fand sie und gab sie beim Zahlmeister ab. Westerfield bedankte sich natürlich bei ihm. Er hatte sozusagen einen Vertrauensbeweis. Als sie gemeinsam etwas tranken, kam Catherine Masters dazu. Angeblich suchte sie Mitwirkende für den bunten Abend. Das Ergebnis war, daß sie sich zum Kartenspielen verabredeten. Auf den ersten Blick eine völlig spontane Wendung."

„Aber Sie haben den Verdacht, daß sie mit Gordon unter einer Decke steckte?"

„Es wäre ein raffinierter Trick gewesen, Vertrauen herzustellen. Die Brieftasche könnte Paul Westerfield gestohlen und irgendwo deponiert worden sein, damit Gordon sie ‚finden' konnte."

„Wer hätte das tun können?"

„Ein Mädchen namens Poppy, das mit Westerfield an Bord kam."

Sie saßen in der Kajüte des Kapitäns. Der Privatsteward hatte ihnen eine Karaffe Whisky, einen Sodasiphon und zwei Kristallgläser gebracht. Walter rauchte eine Zigarre.

„Ich möchte nicht behaupten, daß Sie sich da irren, Inspektor", sagte der Kapitän. „Zugegeben, vor dem Krieg nahm das Falschspielen überhand, aber heute haben wir das Problem im Griff. Mr. Saxon ist zwar kaum ein Sherlock Holmes, wenn es um einen Mordfall geht, aber seine Falschspieler kennt er."

„Daran zweifle ich nicht", antwortete Walter.

„Unser Zahlmeister hat ein unheimlich gutes Personengedächtnis. Er informiert mich unverzüglich, wenn Berufsspieler an Bord sind. Sie sind alle bekannt, fast alle. Ihr Leben lang fahren sie auf dem Ozean hin und her – genau wie ich."

„Dann glauben Sie also, daß Mr. Gordon und Miß Masters mit so etwas nichts zu tun haben?"

„Das möchte ich nicht ganz ausschließen. Ich bin nur so gut wie sicher, daß sie bisher noch nicht auf der *Mauretania* gespielt haben.

474 ABSCHIED AUF ENGLISCH

Aber – wenn es sich bei den beiden wirklich um Falschspieler handelt, warum mußte dann einer mit dem Leben dafür bezahlen?"

Walter zog an seiner Zigarre und sagte mit Nachdruck: „Das ist die Frage."

„Ich könnte mir vorstellen", fuhr der Kapitän fort, „daß eines ihrer früheren Opfer sie wiedererkannt und beschlossen hat, es ihnen heimzuzahlen. Aber Mord ist wohl eine sehr extreme Art, sich zu rächen."

„Sehr extrem", pflichtete ihm Walter bei.

„Wer das tut, muß schon sehr verzweifelt sein oder völlig gefühllos."

„Genau", sagte Walter.

Beide schwiegen einen Augenblick. Kapitän Rostron war schon lange keinem so wortkargen Menschen mehr begegnet wie Inspektor Dew. Diesem Mann ging offensichtlich wesentlich mehr durch den Kopf, als er mitteilen wollte. Da kam man nur mit direkten Fragen weiter.

„Gut, Inspektor, haben Sie herausgefunden, weshalb Miß Masters ermordet wurde?"

„Nein."

„Haben Sie irgendeinen Verdacht?"

Walter nahm einen Schluck Whisky. „Nein."

„Ich habe Sie in der Hoffnung herbestellt, daß Sie etwas über den Mord herausgebracht haben, aber wir haben uns bis jetzt nur darüber unterhalten, ob das Mordopfer eine Falschspielerin war oder nicht. Nehmen wir einmal an, sie war eine. Zu welchem Schluß führt Sie das?"

„Daß ich zu Bett gehen und die ganze Sache überschlafen muß", antwortete Walter.

Der Kapitän seufzte. „Ich wünsche Ihnen eine angenehme Nachtruhe, soweit das möglich ist. Es soll nämlich stürmisch werden."

MR. SAXON, der Polizeioffizier, führte Walter eine Eisentreppe hinunter und einen Gang entlang, den nur nackte Glühbirnen erhellten. Anders als in den teppichbelegten Fluren der oberen Decks klapperten hier ihre Tritte unangenehm laut. Doch Mr. Saxon schritt mit einem Selbstbewußtsein voran, das an einen Millionär gemahnte, der die elegantesten Räume der ersten Klasse durchquert. An diesem Morgen fühlte sich Mr. Saxon auch wie ein Millionär: Er hatte den Würger festgenommen.

„Ich wollte Ihre Nachtruhe nicht stören", erklärte er Walter. „Wozu

ABSCHIED AUF ENGLISCH

hätte ich Sie belästigen sollen, wenn wir den Kerl für die Nacht schon hinter Schloß und Riegel gebracht hatten? Dem Kapitän hab ich es natürlich gemeldet. Ich glaube, es hat ihm gefallen, daß letzten Endes doch seine Leute den Fall gelöst haben. Jedenfalls war er damit einverstanden, daß wir Sie erst in der Frühe holten."

Walter antwortete darauf nicht. Er kannte bereits Barbaras Schilderungen des nächtlichen Vorfalls. Zweifellos war die junge Dame davon überzeugt, dem Würger begegnet zu sein. Jack Gordon war gewaltsam in ihre Kabine eingedrungen. Glücklicherweise hatte ein anderer Passagier ihren Schrei gehört und sofort beim Polizeioffizier angerufen. Fest stand auch, daß Gordon Barbara von hinten umklammert und eine Hand um ihren Hals gelegt hatte, als sich Saxon und sein Assistent Zugang zur Kabine verschafft hatten. Walter hatte die Druckstellen an Barbaras Hals untersucht.

Vor der Kabinentür stand ein Wachhabender. Saxon forderte ihn auf, die Tür zu öffnen und hinter ihnen wieder zu schließen.

Jack Gordon trug noch das Frackhemd und die schwarze Hose. Seine Krawatte und seine Schuhe hatte man ihm abgenommen. Er hatte rot unterlaufene Augen, und das sonst glatt nach hinten gebürstete Haar fiel ihm in die Stirn.

„Sie kennen Chefinspektor Dew?" fragte Saxon.

Gordon nickte.

„Setzen Sie sich bitte", sagte Walter in dem Ton, der ihm von der Zahnarztpraxis her geläufig war. Mr. Saxon stellte für seinen Gefangenen einen Holzstuhl in die Mitte des Raumes und pflanzte sich dahinter auf. Walter setzte sich auf eine Tischkante.

„Ich habe gerade mit Miß Barbara Barlinski gesprochen", sagte er, „und an ihrem Hals die Würgemale von Ihrem Griff gesehen."

Jack schüttelte den Kopf. „Hab ich sie so fest gehalten?"

Saxon mischte sich ein: „Tun Sie doch nicht so unschuldig, Mr. Gordon! Ich habe Sie doch in dem Moment festgenommen, als Sie sie würgten."

Jack drehte sich abrupt um: „Das ist gelogen! Ich versuchte nur, sie am Schreien zu hindern. Ich hab sie nicht gewürgt."

„Aber die andere, he?"

„Sie wissen nicht, was Sie da sagen."

„Mr. Gordon", fragte Walter, „leugnen Sie, Miß Masters erwürgt zu haben?"

„Ich habe weder jemand gewürgt noch jemand umgebracht. Gott ist mein Zeuge."

Mr. Saxon sagte leise: „Da sind zwei Frauen. Die eine ist tot und trägt an ihrem Hals die Würgemale des Mörders. Die andere ist glücklicherweise lebendig, aber an ihrem Hals sind Ihre Fingerabdrücke zu sehen."

„Lassen Sie mich doch etwas sagen!" rief Jack verzweifelt. „Die Fingerabdrücke sind nicht dieselben."

Mr. Saxon lächelte und sagte: „Sie wissen es besser, Mr. Gordon, schließlich haben Sie die Leiche gesehen."

„Ja", antwortete Jack. Er begann zu schluchzen.

„So sind sie alle", klärte Mr. Saxon Walter auf. „Voller Selbstmitleid, wenn es ihnen selbst an den Kragen geht. Aber mit ihren Opfern haben sie kein Erbarmen." Mit einem Taschentuch tupfte er seine Stirn. „Da er geständig ist, sollten wir jetzt ein Protokoll aufnehmen."

„Schön, aber dazu brauchen Sie mich nicht", sagte Walter.

Jack Gordon hob plötzlich den Kopf und rief: „Ich bin nicht der Mörder! Bitte bleiben Sie, und hören Sie mich an! Ich habe Catherine nicht erwürgt. Sie war meine Frau."

Walter schaute Saxon an. Die Miene des Polizeioffiziers verriet, daß er es nicht glaubte.

„Inspektor Dew", fuhr Jack fort, „glauben Sie, ein Mann bringt seine eigene Frau um und wirft sie ins Meer?"

Walter erstarrte unwillkürlich. „Na schön", sagte er, „lassen Sie mich hören, was Sie vorzubringen haben."

Mr. Saxon machte seiner Erbitterung in einem tiefen Seufzer Luft.

„Ich bin einer von denen", begann Jack, der nun wieder mehr Gewalt über sich hatte, „die ihren Lebensunterhalt auf dem Ozean mit Kartenspielen verdienen. Cathy war meine Frau und meine Mitarbeiterin und ..."

„Er lügt", unterbrach ihn Mr. Saxon. „Er lügt, um sein Leben zu retten."

„An ihrem Ringfinger war der Abdruck eines Eherings erkennbar", gab Walter zu bedenken. „Der Arzt glaubt, daß sie verheiratet war."

„Ja, den Ring ließ sie immer zu Hause", erklärte Jack. „Ich kann Ihnen sagen, wo Sie ihn in unserer Wohnung in London finden. Wir schifften uns hier getrennt ein. Auf ein festes Paar fällt kaum noch jemand herein. Über Falschspieler sind zu viele Geschichten im Umlauf."

„Erzählen Sie mir nichts von Falschspielern", sagte Mr. Saxon gereizt. „Ich kenne sie alle, und Sie gehören bestimmt nicht zu ihnen."

Ruhig erwiderte Jack: „Sie kennen nur die weniger Erfolgreichen", und zu Walter gewandt fuhr er fort: „Wir hatten einen jungen Amerikaner im Visier, Paul Westerfield. Sein Vater ist vielfacher

ABSCHIED AUF ENGLISCH 477

Millionär. Ich engagierte ein Mädchen, um seine Brieftasche klauen zu lassen . . . "

„Poppy?" fragte Walter.

Jack machte große Augen. „Jawohl."

„Wie kommen Sie darauf?" fragte Mr. Saxon.

„Erzählen Sie weiter", forderte Walter Jack auf.

„Ich spielte den ehrlichen Finder, und der junge Westerfield war mir auch sehr dankbar. Er lud mich zu einem Drink ein, und während wir beisammensaßen, machte sich Cathy an uns heran. Sie gab vor, vom Musikbeirat zu sein, und es war nicht schwer, sich zu einer Partie Bridge zu verabreden. Der Amerikaner brachte seine Freundin als Partnerin mit. Cathy und ich gewannen ein paar Spiele, verloren dann aber immer mehr. Um keinen Verdacht aufkommen zu lassen, machten wir uns gegenseitig Vorwürfe, und ich ging schließlich schlafen. Cathy sollte noch eine Partie Bridge für den nächsten Abend arrangieren." Jack wandte sich an Walter: „Inspektor, ich habe Ihnen doch gestern selbst gesagt, ich möchte unbedingt, daß Sie den Mörder finden. Unaufgefordert bin ich zu Ihnen gekommen, nicht wahr? Und ich habe Ihnen alles erzählt, was Sie wissen müssen."

„Daß sie Ihre Frau war, haben Sie nicht erwähnt", brummte Walter.

„Weshalb auch? Derjenige, der sie getötet hat, brachte sie bestimmt nicht um, weil sie mit mir verheiratet war."

„Wieso sind Sie da so sicher?" fragte Mr. Saxon. „Sie haben doch im Lauf der Jahre Hunderte von leichtgläubigen Passagieren hereingelegt. Es braucht nur ein einziger von ihnen hier auf dem Schiff zu sein, und wenn er dann Sie und Ihre Frau gesehen hat . . . "

„Glauben Sie denn, ich hätte nicht die Passagierliste durchgesehen, um mich zu vergewissern, wer an Bord ist? Ich bin kein Dilettant. Die Leute, mit denen ich Karten spiele, sind sorgfältig ausgesucht."

„Wann haben Sie Ihre Frau das letzte Mal gesehen?" fragte Mr. Saxon.

„Am Samstag abend, als ich die Kartenrunde verließ. Das habe ich Ihnen doch schon gesagt."

Mr. Saxon lächelte zufrieden. „Würden Sie dann bitte Inspektor Dew erklären, wie Sie die Würgemale an ihrem Hals sehen konnten?"

Jack schaute Walter ins Gesicht. „Ich glaube, er weiß es."

Walters Miene verriet nichts. „Sie sollten es uns schon selbst sagen."

Jack zuckte mit den Achseln. „Wenn Sie unbedingt wollen. Am Sonntag vormittag hörte ich, daß man eine Frau aus dem Wasser gefischt hatte. Ich dachte keinen Augenblick an Cathy, weil ich keinen Grund hatte anzunehmen, daß ihr etwas zugestoßen sein könnte.

Aber als sie dann den ganzen Tag über nicht mehr auftauchte, nicht einmal bei den Mahlzeiten, wurde ich doch unruhig. In ihrer Kabine war sie auch nicht. Gewißheit konnte ich also nur erlangen, indem ich einen Blick auf die tote Frau warf. In der Krankenabteilung gab ich vor, ich solle den Schlüssel zur Leichenkammer holen, weil ich bei der Identifizierung behilflich sein könne. Ein junger Pfleger gab mir den Schlüssel." Jack senkte den Kopf. "Was ich dann durchgemacht habe, möchte ich nicht noch einmal erleben. Schrecklich, wie sie aussah. Ich stolperte aus dem Raum und all die Treppen hinauf, bis ich in meiner Kabine war, wo ich mich, vor Wut und Verzweiflung zitternd, aufs Bett warf."

"Und der Schlüssel?" fragte Walter.

"Den muß ich steckengelassen haben."

Walter wandte sich an den Polizeioffizier: "Das hat der Schiffsarzt bestätigt."

Aber Mr. Saxon gab sich damit nicht zufrieden. "Was Sie da von Ihrer Verzweiflung erzählen, würde mich besser überzeugen, wenn ich Sie nicht erwischt hätte, als Sie ein unschuldiges Mädchen anfielen. Benimmt sich so ein Mann, dessen Frau kurz zuvor umgebracht wurde? Ihre Verzweiflung hielt wohl nicht sehr lange an, wie?"

Mit erhobenen Fäusten sprang Jack auf, aber Mr. Saxon war schneller. Er erwischte ihn am Handgelenk und schleuderte ihn brutal gegen die Eisenwand.

Mr. Saxon holte gerade aus, um Jack einen Fußtritt zu versetzen, da schritt Walter ein.

"Das reicht!"

"Sie haben doch gesehen", japste Mr. Saxon, "wie er auf mich losging!" Er packte Jack und drückte ihn auf den Stuhl.

Walter wandte sich wieder an Jack: "Wollen Sie uns jetzt sagen, warum Sie das Mädchen angefallen haben?"

"Ich habe meine Frau sehr geliebt, Inspektor. Als ich Gewißheit hatte, daß sie tot war, bekam ich einen ungeheuren Zorn auf dieses Schwein, das zu so etwas fähig war. Als ich in der Nacht, in der Cathy ermordet wurde, den Rauchsalon verließ, war Westerfield gerade weggegangen, um Kaffee zu bestellen. Cathy war mit Barbara allein am Tisch. Vielleicht vertraute sie Barbara etwas an, das bei der Suche nach dem Mörder wertvolle Dienste leisten konnte. Ich wollte wissen, ob mir Barbara etwas sagen konnte, das zur Aufklärung beitrug, und nahm deshalb gestern abend die Gelegenheit wahr, sie zum Tanzen aufzufordern. Natürlich konnte ich sie nicht frisch von der Leber weg fragen."

ABSCHIED AUF ENGLISCH

„Nach Barbaras Aussage waren Sie ziemlich aufdringlich."
Jack schüttelte den Kopf. „Ich versuchte nur zu flirten."
„Sieh an!" sagte Mr. Saxon.
„Nach einem Tanz ging sie wieder an den Tisch ihrer Eltern. Ich mußte sie unbedingt allein sprechen, um ihr die entscheidenden Fragen stellen zu können. Aber ich habe die Situation verkannt, als ich glaubte, sie würde bei einem kleinen Flirt mitmachen. Als alle aufbrachen, folgte ich ihr bis zu ihrer Kabine und hielt sie vor der Tür auf. Aber sie bekam Angst und schrie. Erschreckt drängte ich sie in die Kabine und warf die Tür hinter uns ins Schloß. Sie glaubte wohl, ich wolle ihr etwas antun, dabei wollte ich sie nur beschwichtigen, um mit ihr sprechen zu können. Als ich ihr die Hand auf den Mund legte, damit sie nicht mehr schrie, erschrak sie noch mehr. Wir waren in einer Art Handgemenge, als Mr. Saxon hereinkam."
„Sie können allerdings Mr. Saxon keinen Vorwurf machen, daß er Sie eingesperrt hat. Wie ein Kavalier haben Sie sich nicht gerade benommen."
„Sie glauben mir also, Inspektor?"
„Ja. Ihre Aussagen scheinen mir das zu bestätigen, was mir schon andere Leute berichtet haben."
„Dann lassen Sie mich frei?"
„Es ist wohl klüger, wenn ich zuerst mit dem Kapitän und mit Barbara und ihren Eltern rede. Es könnte eine unangenehme Reaktion geben, wenn man Sie plötzlich auf freiem Fuß sieht."
„Ich möchte mich bei Barbara entschuldigen."
„Nur nichts überstürzen, Mr. Gordon."
„Werden Sie sie fragen, was Cathy nach dem Bridgespiel zu ihr gesagt hat?"
„Das hat sie mir bereits erzählt."
„Hat sie jemanden beim Namen genannt, der ihr an Bord aufgefallen war?"
„Nur Sie."
Jack seufzte. „Dann war es also eine Illusion zu glauben, daß Cathy ihren Mörder gekannt haben könnte. Und das alles war umsonst."
„Ich persönlich sehe die Sache in einem anderen Licht", erwiderte Walter. „Die Meldung, daß wir jemanden festgenommen haben, hat die Stimmung der Passagiere und der Mannschaft enorm verbessert."
„Aber ich bin nicht der Mörder! Ich will hier raus!"
„Das kann ich verstehen", sagte Walter. „Aber Ihre Lage ist nicht so, daß Sie etwas verlangen könnten. Ich werde Ihre Aussage überprüfen."

MARJORIE hatte darauf bestanden, daß Barbara den Vormittag über in ihrer Kabine blieb, um sich zu erholen. Da der Himmel grau war und der Wind merklich kühler, machte dies Barbara wenig aus, zumal sie ein Besuch von Kapitän Rostron entschädigte, der sein tiefes Bedauern über den Vorfall ausdrückte. Auch der Schiffsarzt und Inspektor Dew besuchten sie. Die Druckstellen an ihrem Hals, tröstete man sie, würden verschwunden sein, noch ehe New York in Sicht komme.

Gegen Mittag erschien der Besucher, über den sie sich am meisten freute, mit einer riesigen Pralinenschachtel.

Es war Paul.

Ihre Mutter führte ihn in die Kabine – und blieb anstandshalber da.

„Ich kann dir gar nicht sagen, wie mich das alles deprimiert", begann er. „Wenn ich nicht blöderweise so früh gegangen wäre, hätte er nicht so zudringlich werden können. Bist du wirklich unverletzt, von den Druckstellen abgesehen?"

„Ja. So schlimm war es nicht."

„Wer hätte gedacht, daß ausgerechnet Jack Gordon der Würger ist! Ich hielt ihn für einen echten englischen Gentleman. – Barbara, nach allem, was passiert ist, hast du sicher vergessen, daß heute abend Kostümball ist. Falls du dich wohl genug fühlst mitzukommen, wäre ich sehr glücklich, wenn ich dich begleiten dürfte."

„Den Kostümball habe ich tatsächlich vergessen", antwortete Barbara. „Eine Ablenkung wird mir sicher guttun. In deiner Begleitung geh ich gern hin."

11. KAPITEL

NACH dem Mittagessen wurde die See immer rauher. Das Schiff stampfte und rollte spürbar stärker, und an Stellen, die nicht mit einem Geländer gesichert waren, spannten Matrosen Seile.

Den Kostümball am Abend beeinträchtigte dies nicht. Nur wenige Passagiere hatten sich in ihre Kabinen zurückgezogen, weil sie an Essen und Trinken nicht einmal denken durften. Im Speisesaal hingen bunte Lampions. Ihr Schwanken schien den fröhlichen Anlaß noch zu unterstreichen.

Livy und Marjorie kamen als Antonius und Kleopatra, weil dieses Kostüm es Marjorie ermöglichte, ihre schönen Fesseln zur Wirkung zu bringen. Livy war in ein Bettlaken gehüllt, unter dem Tennisschuhe hervorlugten. Er hatte lediglich seine Hosenbeine bis über

ABSCHIED AUF ENGLISCH

die Knie hochgekrempelt, um möglichst bald ins 20. Jahrhundert zurückkehren zu können.

Kaum saßen sie an ihrem Tisch neben der Tanzfläche, gesellten sich Paul und Barbara als Pilger zu ihnen. In seinem falschen Bart aus einem aufgezwirbelten Taustück erklärte Paul, sie hofften, daß die Preisrichter die Anspielung auf die Überfahrt der Pilgerväter mit der *Mayflower* verstehen würden.

Barbara war noch immer recht blaß. Das lange braune Hemd und die weiße Schürze, die hochgeknöpfte Jacke und der weiße Kragen sowie das schlichte Tuch, das den Bubikopf verbarg, ließen sie in ihrer Rolle recht glaubwürdig erscheinen.

„Geht's dir etwas besser, Liebling?" erkundigte sich Marjorie.

„Viel besser, Mutter."

„Inspektor Dew hat mit Barbara gesprochen", fügte Paul hinzu. „Das Ganze scheint ein Mißverständnis gewesen zu sein. Jack Gordon wollte ihr nichts tun."

„Er wollte nur mit mir reden", erklärte Barbara. „Der Inspektor hat ihn freigelassen."

„Das ist ja ein Skandal! An deinem Hals sieht man noch die Würgemale."

„Mutter, er ist nicht der Mörder. Er wollte mit mir über Catherine sprechen, die umgebracht wurde. Sie war seine Frau." Barbara wurde ungeduldig.

„Ich hab's gehört. Falschspieler! Gordon dürfte nicht frei herumlaufen."

„Er und seine Frau hatten sich noch nichts zuschulden kommen lassen", sagte Paul. „Vielleicht hält es Inspektor Dew für Zeitverschwendung, Jack Gordon einzusperren."

„Sie können ihn gleich selbst fragen", sagte Livy. „Er kommt gerade auf uns zu."

Walter trug kein Kostüm, sondern den gewohnten dunklen Anzug und eine gestreifte Krawatte. Er wirkte dabei fremdartiger als all die Leute in ihrem exotischen Aufzug. Als er an den Tisch der Cordells trat, machte er eine Art Verbeugung. Er fragte, ob er ihnen ein paar Minuten Gesellschaft leisten dürfe.

„Aber sicher, Inspektor", sagte Livy. „Ich hab erwartet, daß Sie als Sherlock Holmes mit Pfeife und Mütze kommen würden. Aber das ist Ihnen wohl zu auffällig."

„Ich bin nur hergekommen", sagte Walter, „um Sie noch etwas zu fragen, Miß Barlinski. Als Sie Samstag nacht den Kaffee getrunken hatten, ging da Catherine gleich zu Bett?"

„Sie sagte wenigstens, daß sie zu Bett gehen wolle", antwortete Barbara.

„Aber Sie haben nicht zufällig den gleichen Weg gehabt wie sie?"

„Nein, wir gingen wieder in den Speisesaal und tanzten, bis die Kapelle zu spielen aufhörte", mischte sich Paul ein.

„Mein Gott", rief Marjorie dazwischen, „was ist denn das?"

Alle drehten den Kopf, um zu sehen, was ihre Aufmerksamkeit so gefangennahm.

Es war eine Gestalt unter einem weißen Laken, die gerade die Mitteltreppe herunterstieg.

„Wenn das ein Geist sein soll, dann zeugt das von schlechtem Geschmack – nach allem, was auf diesem Schiff geschehen ist!" entrüstete sich Marjorie.

„Ich glaub nicht, daß das ein Geist sein soll", sagte Barbara. „Schau genau hin! Das Ganze ist doch oben spitz, und auf der Seite ragen Kanten heraus, die von Schuhkartons herzurühren scheinen." Sie

lachte. „Der Ärmste kann kaum auf den Füßen stehen, weil das Schiff
so schlingert."

„Was es auch darstellen soll, es fällt zumindest auf", sagte Paul. „Es
ist ja auch fast zweieinhalb Meter hoch. Warum ist es untenherum
blau bemalt?"

„Das ist das Meer", erklärte Livy. „Und das Ganze soll ein Eisberg
sein."

„Großer Gott!" rief Marjorie schockiert. „Das ist ja der Gipfel an
Taktlosigkeit! Und das in einer stürmischen Nacht wie dieser!"

„Mutter, es ist doch nur als Spaß gedacht", besänftigte sie Barbara.

„Spaß nennst du das? Wie glaubst du, ist Livy zumute, wenn er so
etwas sieht? Jemand, der den Untergang der *Titanic* überlebt hat,
findet das gar nicht komisch. Stimmt's, Liebling?"

Livy schaute sie verwundert an und sagte: „Auf der *Titanic* war ich
nie, Marjie. Du meinst die *Lusitania*."

„Das ist doch das gleiche", meinte Marjorie.

„Nicht ganz", widersprach ihr Livy. „Die *Titanic* lief auf einen
Eisberg. Wir wurden von einem Torpedo getroffen."

„Und die See war völlig ruhig", fügte Walter zur allgemeinen
Überraschung hinzu.

„Wie? Waren Sie etwa auch auf der *Lusitania?*" fragte Livy.

„Ja, mit meinem . . .", Walter verstummte, als wäre er kurz
geistesabwesend, gleichzeitig wurde er blaß, „. . . meinem Vater."

„Komisch", sagte Paul. „In dem Bericht, den ich vergangenes Jahr
über Sie gelesen habe, war davon nicht die Rede."

„Das drang auch nie an die Öffentlichkeit. Ich reiste damals unter
einem anderen Namen."

Am anderen Ende des Speisesaals bugsierte Alma Johnny Finch zu
einem leeren Tisch. Unter dem Leintuch und wegen der Schachteln,
die auf seinem Kopf und an seinem Körper befestigt waren, konnte er
sich nur mühsam bewegen. „Na, falle ich wenigstens auf?" fragte er,
als er sich vorsichtig auf einen Stuhl niederließ.

„Und ob! Alle schauen her. Hoffentlich können Sie bei der Parade
richtig mitmarschieren. Das Schiff schlingert immer verrückter."

„Ich werde wie ein Fels in der Brandung dastehen."

Aber als ein Trommelwirbel zur Parade für die Kostümprämierung
aufforderte, sah es so aus, als würde kein Mensch längere Zeit aufrecht
stehen können. Das Schiff hob und senkte sich in gleichmäßigen
Abständen, langsam, aber von Mal zu Mal steiler. Die Feiernden
stöhnten lauthals im Chor, wenn ihnen ihr Magen signalisierte, daß
das Schiff auf ihrer Seite den Höhepunkt erreicht hatte und gleich

ABSCHIED AUF ENGLISCH

wieder absacken würde. Trotzdem versammelte man sich zur Parade, die mit einem zackigen Militärmarsch anfing. Der Zug schlängelte sich zwischen den Tischen hindurch, so daß man sich im Notfall festhalten konnte. Fast hundert unerschrockene Kostümierte bewarben sich um den ersten Preis: Piraten mit Ballerinas am Arm, Kavaliere mit Hexen, zwei Zirkuspferde und ein Vogel Strauß. Lachend stützten sie einander, wenn sie strauchelten, und die Zurückhaltenderen, welche das Publikum bildeten, applaudierten ihnen. Alma ging in ihrer Schwesterntracht hinter Johnny, dem sie sicherheitshalber eine Hand auf den Rücken legte, der aber, selbstsicher, wie er war, kein einziges Mal stolperte. Weiter vorne in der Reihe ging Marjorie. Mit einer Hand hielt sie sich an Livys Arm fest, mit der anderen raffte sie ihr ägyptisches Gewand, damit ihre Fesseln zu sehen waren. Paul und Barbara folgten dahinter Hand in Hand.

Als die Musik aussetzte, zerstreuten sich die Kostümierten, um an ihren Tischen das Ergebnis der Prämierung abzuwarten.

Die Gewinnerin unter den weiblichen Teilnehmern war eine auffallend hübsche junge Dame, die als Mademoiselle Langlen, die berühmte Tennisspielerin, auftrat. Daß sie dem weiblichen Tennisidol überhaupt nicht ähnlich sah, machte wenig aus. Bei den Herren gewann einer im Kostüm Charlie Chaplins den ersten Preis. Er war vor allem deshalb aufgefallen, weil er beim Auf und Ab der Wellen immer wieder aus der Reihe stolperte und dabei ziemlich geschickt die Bewegungen des berühmten Tramps nachahmte. Den Preis für das originellste Kostüm erhielt der Strauß zugesprochen.

„Wenn das originell sein soll", maulte Johnny unter seinem Leintuch, während er sich von den Kartons befreite, die dem Eisberg Kanten verliehen hatten. „Von einem Kostümverleih ausgeborgt und ohne irgendeinen Bezug zur Atlantiküberquerung! Das nächste Mal komm ich als verletzter Albatros. Ach, wir müssen noch den Schampus trinken, den ich Ihnen versprochen habe. Macht es Ihnen etwas aus, kurz zu warten, bis ich etwas angezogen habe, worin man auch tanzen kann?"

„Überhaupt nicht." Alma schaute verstohlen nach dem Tisch, an dem Walter vor der Parade gesessen hatte. Sicher hatte er sie in Johnnys Begleitung gesehen, und sie wußte nicht, wie er reagieren würde. Erleichtert stellte sie fest, daß Walter gegangen war.

Er hatte sich Ölzeug ausgeliehen und war auf Bitte des Polizeioffiziers hin zum Bootsdeck gegangen. Von der Schiffsbesatzung hatte jemand gemeldet, er habe Jack Gordon auf der Steuerbordseite nahe Rettungsboot Nummer fünf gesehen. Dabei hatte Gordon, als man

486   ABSCHIED AUF ENGLISCH

ihn freiließ, versprochen, die ganze Zeit in seiner Kabine zu bleiben.

Walter erinnerte sich an Mr. Saxons Rat, sich an der Reling festzuhalten. Er klammerte sich an sie und arbeitete sich voran. Vor dem Schiff türmten sich Berge über Berge aus schäumenden Wogen bis zum Horizont auf. Der Nordwestwind fegte den Nachthimmel zunehmend blank. Wolkenfetzen verdunkelten zwar immer wieder den Mond, aber bald erkannte Walter jemand im Ölzeug, der sich an der Reling unter einem der Rettungsboote festhielt. Das Schauspiel der gewaltigen Wogen schien Jack Gordon völlig gefangenzunehmen. Er nahm Walter erst wahr, als dieser seinen Arm berührte.

Gegen den brüllenden Sturm schrie Walter: „Sie sagten doch, daß Sie unten bleiben würden! Sie haben mir Ihr Wort gegeben!"

Jack hob die Schultern. „Regen Sie sich nicht auf. Hier ist doch kein Mensch."

„Aber das geht nicht! Sie kommen mit mir, ich bring Sie in Ihre Kabine."

„Nein."

„Warum sind Sie denn hier heraufgekommen?" schrie Walter.

„In der Nähe eines Rettungsbootes fühle ich mich sicherer."

„Gerade für Sie dürfte doch ein Sturm nichts Neues sein!"

„Ich hab mich dabei nie sicher gefühlt!" schrie Jack zurück. „Bitte lassen Sie mich allein!" Es war klar, daß Jack auch nicht mit Gewalt unter Deck zu bringen war. Er hatte einfach Angst.

Mit einer Hand an der Reling wollte Walter gerade den Rückweg antreten, da wurde er plötzlich zurückgestoßen, als habe ihm jemand hart vor die Brust geschlagen. Hilflos krachte er vor Jacks Füße und riß ihn beinahe mit.

„Was ist denn los?" rief Jack.

Walter stöhnte. „Meine Schulter." Mit der rechten Hand faßte er sich an die Schulter.

Jack kauerte sich neben ihn. „Zeigen Sie! Bei dem Sturz haben Sie sich sicher die Schulter verletzt. Warten Sie, ich helfe Ihnen auf. Halten Sie sich an mir fest!"

Walter hob zaghaft den Arm, und Jack gelang es, ihn in eine sitzende Haltung zu bringen.

„Ich glaube, ich werde bewußtlos." Walter stöhnte wieder.

„Soll das ein Trick sein?"

Es war keiner. Walters Körper wurde in Jacks Armen plötzlich völlig kraftlos.

„Verflucht", murmelte Jack.

Er rappelte sich auf, um Hilfe zu holen. An der Tür zur Treppe, die

ABSCHIED AUF ENGLISCH 487

zur Empfangshalle und zum Büro des Zahlmeisters führte, brannte ein Licht. Als Jack die Hand ausstreckte, um die Türklinke niederzudrükken, sah er, daß seine Finger voll Blut waren.

ALMA machte die Augen auf. Auf dem Plafond tanzten Sonnenstrahlen, die leuchtend durchs Bullauge drangen. Almas Kopf schmerzte. Als sie sich auf die andere Seite drehte, sah sie die leere Champagnerflasche und die zwei Gläser auf dem Nachttischchen neben dem Bett. Schnell schloß sie die Augen, legte sich auf den Bauch und vergrub das Gesicht im Kopfkissen. Aber sie wußte, wenn sie die Augen wieder öffnete, wäre die Flasche mit den zwei Gläsern immer noch da; dazu, über den Boden verstreut, die traurigen Reste jener Stunde nach Mitternacht, die Überreste des Kostüms: der Samtvorhang, die weiße Kopfbedeckung aus einem Geschirrtuch, die weiße Bluse mit dem aufgehefteten roten Papierkreuz auf der Brust, der graue Rock, die schwarzen Seidenstrümpfe und die Schnürschuhe. Sie mußte sich eingestehen, daß sie genau das getan hatte, was sich selbst die leidenschaftlichsten Heldinnen ihrer Romane versagt hatten, bis Kirche und Standesamt ihren Segen dazu gaben. Sie hatte einem Mann weder den Zutritt zu ihrem Zimmer noch zu ihrem Bett verwehrt. Sie war all ihren Romanvorbildern untreu geworden – und Walter.

Walter! Was sie da angerichtet hatte, war unverzeihlich. Ihm hatte sie sich versprochen – Johnny hatte sie sich nun hingegeben.

Schlimmer noch – sie wußte jetzt: Sie liebte Johnny. Mit Walter hatte es sich nur um – wie hieß es so schön in ihren Romanen? – um Verblendung gehandelt. Alles, was sie Walter gegenüber empfunden hatte, war vergessen.

Dafür erfüllte sie nun die Liebe zu Johnny, diesem Mann, der sie in die Arme genommen hatte, um ihr zu sagen, sie sei das liebenswürdigste Geschöpf auf der Welt. So etwas hatte Walter nie zu ihr gesagt. Auch hatte er ihr nie ins Ohr geflüstert, daß sie ihn mit ihren Blicken in Raserei versetzte und daß ihre Haut reiner und weißer sei als Porzellan.

Aber deswegen war sie noch lange nicht aus ihrer Verpflichtung Walter gegenüber entlassen. Ihr zuliebe hatte er alles riskiert und Lydia umgebracht. Ohne ihr Zureden hätte er das nie getan. Walter hatte Anspruch auf ihre Treue, auch wenn ihre Liebe Johnny galt. Sie weinte in das Kopfkissen.

An der Tür klopfte es. Der Steward brachte den Tee. „Einen recht schönen guten Morgen, Madam! Sie haben eine Karte bekommen." Er stellte das Tablett auf das Nachttischchen neben dem Bett. Ein rechteckiger Umschlag lehnte am Milchkännchen. „Haben Sie etwa trotzdem geschlafen?"

„Wie bitte?" fragte Alma.

„Trotz des Sturms, Madam. Manche Passagiere konnten überhaupt nicht schlafen. Da werden nicht viele zum Frühstück kommen."

„Wahrscheinlich."

„Na ja, wenn es nur am Wetter liegen würde, daß niemand kommt, das ginge ja noch."

„Was wollen Sie damit sagen?"

„Heute nacht hat's den nächsten Passagier erwischt, diesen Inspektor Dew von Scotland Yard."

„Nein! Was ist passiert?"

„Ein Schuß hat ihn getroffen, Madam. Er war oben auf Deck, da hat jemand auf ihn gezielt."

„Mein Gott, ist er . . .?"

„Keine Ahnung, wir sollten eigentlich den Mund halten. Sonst noch einen Wunsch?"

„Nein, danke." Alma bebte. Sie sank in die Kissen zurück. Walter erschossen? Tot? Sie konnte es nicht fassen.

Über eine Minute lang war sie wie gelähmt. Wer konnte Walter umbringen wollen – und warum? Sie bekam große Angst, aber sie mußte aufstehen, um herauszubekommen, was wirklich geschehen war. Fast automatisch nahm sie den Umschlag vom Tablett und öffnete ihn. Eine selbstgezeichnete Karte kam zum Vorschein, auf der zwei von einem Pfeil durchbohrte Herzen zu sehen waren. Sie klappte die Karte auf und las innen zwei Zeilen eines alten Liedes:

Gott hat dich mein werden lassen,
und ich bin dein.

J.

Laut sagte Alma: „O Johnny, Johnny, Johnny!"

Den Tee trank sie nicht.

Sie nahm auch kein Bad. Sie zog sich sofort an und ging direkt zu Walters Kabine, wo sie anklopfte. Eine Krankenschwester öffnete die Tür. „Bitte?"

„Ich habe gehört, daß auf den Inspektor geschossen wurde. Sagen Sie mir bitte, ist er schwer verletzt?"

„Das darf ich Ihnen nicht sagen."

„Bitte! Besteht Lebensgefahr?"

„In Lebensgefahr schwebt er nicht", sagte die Krankenschwester.

ABSCHIED AUF ENGLISCH 489

Im Zimmer fragte eine Stimme, die nicht Walter gehörte: „Wer ist es, Schwester?"

Diese gab die Frage an Alma weiter: „Wie heißen Sie?"

Alma zögerte. Da sie Walters Bewußtseinszustand nicht abschätzen konnte, getraute sie sich nicht zu sagen, sie sei Lydia.

„Wenn Sie Ihren Namen nicht nennen wollen, wie soll ich dann einen Gruß ausrichten?"

„Sie brauchen überhaupt nichts auszurichten", sagte Alma, drehte sich um und eilte im Laufschritt zur Tür am Ende des Korridors.

Die Krankenschwester schloß die Kabinentür und setzte sich neben den Polizeioffizier an Walters Bett. Mr. Saxon war bester Laune.

„Jetzt erholen Sie sich mal ordentlich", sagte er zu Walter. „Sie haben nun keine Pflichten mehr, Inspektor. Sie haben ein bißchen Entspannung wirklich verdient."

„Wie meinen Sie das?" fragte Walter angriffslustig.

„So, wie ich es sage. Wenn Sie Ihre Aussage vor mir gemacht haben, gibt's für Sie nichts mehr zu tun. Gordon ist verhaftet. Er hat noch kein Geständnis unterschrieben, aber das wird nicht mehr lange auf sich warten lassen."

„Jack Gordon hat nicht auf mich geschossen", erklärte Walter.

Mr. Saxon wandte sich an die Krankenschwester: „Hat der Patient vielleicht Medikamente bekommen, die das Bewußtsein trüben?"

„Ich hatte ihm den Rücken zugekehrt, als mich die Kugel von vorne traf", sagte Walter, ohne sich um Saxons Bemerkung zu kümmern. „Auf mich hat jemand anders geschossen."

„Das bezweifle ich aber sehr."

„Was ist passiert, nachdem ich getroffen wurde?"

„Gordon schleppte Sie bis zur Treppe und rief nach Hilfe. Er ist nicht dumm, Inspektor."

„Haben Sie eine Waffe bei ihm gefunden?"

„Vermutlich hat er sie über Bord geworfen."

„Der Mann ist unschuldig", sagte Walter. Mit Hilfe seines unverletzten Armes stützte er sich auf. „Wo ist er? Ich möchte mit ihm sprechen."

„Tut mir leid, aber das geht nicht", schaltete sich die Krankenschwester ein. „Sie müssen heute im Bett bleiben."

„Der Arzt hat mir gesagt, daß es nur eine Fleischwunde ist."

„Er hat Ihnen ein schmerzstillendes Mittel gegeben. Sie sind sicher noch schwach auf den Beinen."

„Dann soll Gordon herkommen."

ALMA brauchte lange, bis sie Johnny fand. Sie entdeckte ihn weder im Liegestuhl noch bei seinem üblichen Bummel übers Promenadendeck, noch war er im Rauchsalon, wo er gewöhnlich einen doppelten Scotch trank. Schließlich erblickte sie ihn am Heck auf dem hintersten Teil des Schiffsdecks.

Er lehnte an der Reling und schaute versunken ins schäumende Kielwasser. Er drehte sich um und nahm ihre Hand.

„Morgen sind wir in New York", sagte er. „Was hast du in Amerika vor? Theaterengagements?"

„Nein. Das ist vorbei."

„Vermutlich wirst du von jemandem erwartet", sagte er.

„Ja und nein. Nicht so, wie du meinst."

„Es gibt einen anderen, nicht wahr?" fragte Johnny.

Alma starrte in das von den Schiffsschrauben aufgewühlte Wasser. „Frag mich jetzt bitte nicht."

„Du kannst mich allerdings nicht daran hindern, dich zu bitten, einen – wie sagt man so schön – ordentlichen Menschen aus mir zu machen. Ich bin nicht ganz so alt, wie ich aussehe."

Alma fühlte, wie die Röte in ihre Wangen stieg. „Ich glaube nicht, daß du alt bist."

„Das kommt von meinem Lebenswandel", fuhr Johnny fort. „Ich hab nie auf mich achtgegeben. Als Autohändler kann ich nicht mit einem Beamten oder Börsenmakler konkurrieren. Aber es ist ein Beruf mit Zukunft."

Alma lächelte. „Soll das ein Heiratsantrag sein?"

Johnny küßte sie zärtlich auf die Wange. „Ja, Lydia, das soll es sein."

Als sie den Namen hörte, schloß sie die Augen. Wie sollte sie Johnnys Frau werden, wenn er nicht einmal ihren tatsächlichen Namen kannte?

„Was hast du denn?" fragte Johnny.

„Ich kann nicht ... nicht ja sagen, noch nicht. Ich muß erst mit jemandem sprechen. Ach, Johnny!" Sie legte den Kopf an seine Schulter und fing an zu weinen.

WALTER saß aufrecht im Bett, als Mr. Saxon mit Jack Gordon zurückkam. Die Krankenschwester war gegangen. „Mr. Gordon, ich möchte mich für das, was Sie heute nacht für mich getan haben, bedanken", sagte Walter. „Soviel ich gehört habe, hat man sich Ihnen gegenüber nicht gerade dankbar gezeigt. Ich brauche dringend Unterstützung, und es sieht so aus, als seien Sie der Mann, der mir am besten weiterhelfen kann."

ABSCHIED AUF ENGLISCH

Jack schien davon wenig überzeugt. „Ich habe Ihnen gesagt, was es zu sagen gab."

„Wonach ich gefragt habe", verbesserte ihn Walter. „Aber Fragen und Antworten führen nicht immer zum gewünschten Ergebnis. Sie und ich, wir beide wollen den Mörder Ihrer Frau finden. Die Zeit drängt. Sobald wir morgen anlegen, ist die Chance, ihn zu erwischen, praktisch gleich Null. Lassen Sie uns mit den Tatsachen, die wir herausgefunden haben, anfangen: Sie und Ihre Frau buchten die Überfahrt auf der *Mauretania,* um beim Kartenspielen mit Paul Westerfield den großen Coup zu landen. Mich interessiert nun, warum Sie ausgerechnet auf diese Schiffspassage und diesen Fahrgast gekommen sind. Ich frage mich, ob es vielleicht etwas mit dem Geheimnis, dem wir auf der Spur sind, zu tun hat."

„Das glaube ich kaum", antwortete Jack. „Wir entschieden uns für die *Mauretania,* weil wir noch nie auf ihr ‚gearbeitet' hatten. Weder der Kapitän noch der Zahlmeister kannten uns. Und Westerfield ist der Sohn eines Millionärs. Wahrscheinlich werden Sie jetzt fragen", fuhr Jack fort, „ob ich mir einen anderen Zusammenhang vorstellen kann, in dem jemand etwas gegen uns im Schilde führte."

„Es lag mir auf der Zunge", sagte Walter.

„Herr Inspektor, seit Sonntag durchforste ich das Schiff, ob ich nicht ein bekanntes Gesicht finde. Ich bin mir jetzt sicher, daß kein Mensch an Bord ist, der je mit mir Karten gespielt hat. Wenn Sie meine Meinung hören wollen: Cathy wurde von einem Wahnsinnigen umgebracht, der ebensogut jede andere Frau hätte töten können."

„Von demselben Wahnsinnigen, der auf mich geschossen hat?"

Der Polizeioffizier holte tief und vielsagend Luft.

„Derjenige, der heute nacht schoß, hat sein Opfer genau ausgesucht, oder? Die Frage lautet nur: Warum hat er es getan?"

„Darüber habe ich nachgedacht", sagte Walter. „Der Grund liegt sicher darin, daß ich der Wahrheit zu nahe gekommen bin."

Jacks Gesicht verriet Skepsis. „Ich widerspreche Ihnen nur ungern, aber ich glaube, daß Sie nicht das Ziel waren. Der Kerl hatte es auf mich abgesehen."

„Auf Sie?" Walter riß erstaunt die Augen auf.

Jack nickte. „Als Sie sich von mir abwandten, traf Sie der Schuß in die Schulter. Wenn Sie nicht weggegangen wären, hätte der Schuß mich getroffen. Sie sind rückwärts auf mich gestürzt."

„Richtig!"

„Das ergibt auch mehr Sinn", erklärte Jack. „Zuerst Cathy, dann ich. Irgend jemand will mich töten."

Walter dachte nach. „Wenn das wirklich der Fall ist, hat Ihnen Mr. Saxon vielleicht das Leben gerettet, als er Sie einsperrte."

Die finstern Blicke des Polizeioffiziers verrieten, daß er Jack diesen Dienst höchst unfreiwillig erwiesen hatte.

„Es muß jemand sein, der Cathy und mir etwas heimzahlen möchte, aber wer ist es?"

„Ja, wer?"

Jack schnippte mit den Fingern. „Paul Westerfield. Ich habe ihn falsch eingeschätzt. Wäre es möglich, daß er gemerkt hat, was wir mit ihm vorhatten?"

„Das können Sie selbst am besten beurteilen", sagte Walter.

„Inspektor, ich glaube, Sie sollten herausfinden, wo Paul Westerfield war, als der Schuß fiel."

„Sehen Sie", sagte Walter, „ich wußte doch, daß Sie mir weiterhelfen würden."

„Kann ich jetzt gehen?"

„Niemand wird Sie aufhalten. Was sagen Sie, Mr. Saxon?"

Das Brummen des Polizeioffiziers hätte vielerlei bedeuten können, nur wohlwollend klang es nicht.

Es WAR der glücklichste Tag im Leben von Marjorie Cordell, seit sie Livy geheiratet hatte: Nach dem Frühstück hatte ihr Barbara erzählt, daß Paul um ihre Hand angehalten habe. Während der schlimme Sturm in der Nacht zuvor seinem Höhepunkt entgegentobte, hatten die beiden jungen Menschen einen stillen Winkel auf dem Schiff gefunden, wo sie übereingekommen waren, den weiteren Lebensweg gemeinsam zu gehen. Paul hatte zu Barbara gesagt, daß er bei ihren Eltern das Einverständnis einholen werde, doch war er sich nicht ganz klar, wen von den beiden er ansprechen sollte, da Livy nicht der leibliche Vater Barbaras war. Marjorie meinte, Livy könne getrost für sie beide seine Zustimmung geben. Man vereinbarte, daß sich Livy mittags im Rauchsalon aufhalten und Paul sich dazugesellen würde.

Als Marjorie jedoch mit Livy sprach, war er alles andere als begeistert. „Wenn es dir nichts ausmacht, würde ich das lieber dir überlassen", meinte er. „Mir liegen solche Zeremonien nicht."

Marjorie war verblüfft. „Livy, Barbara ist unsere Tochter. An dem Tag, an dem du mich geheiratet hast, hast du mir versprochen, sie wie dein eigenes Kind zu behandeln. Nun hat sie die wichtigste Entscheidung ihres Lebens getroffen, und du willst so tun, als ginge dich das nichts an. Komm, zieh Anzug, Hemd und Krawatte an! In diesem Fall gehen die zwei jungen Leute vor."

ABSCHIED AUF ENGLISCH 493

Livy klappte sein Buch zu und begann sich umzuziehen, um eine längere Diskussion zu vermeiden. Er schlüpfte gerade in die dunkle Anzugsjacke, als es klopfte.

Marjorie öffnete die Tür. „Ach, mit Ihnen habe ich nicht gerechnet. Livy, Inspektor Dew ist da."

„Womit können wir dienen?" erkundigte sich Livy förmlich.

„Ich hoffe, Sie können mir weiterhelfen. Es handelt sich um den jungen Herrn, der gestern an Ihrem Tisch saß. Seit wann kennen Sie Mr. Westerfield?"

„Wir haben ihn vor vierzehn Tagen in Paris getroffen", erzählte Livy. „Barbara kennt ihn schon lange, sie war zusammen mit ihm auf dem College."

„Ist Ihnen an seinem Benehmen etwas aufgefallen? War er eigenartig, seltsam, nervös?"

„Wollen Sie wissen, ob er nicht ganz normal ist?"

„Großer Gott", rief Marjorie, „er will meine Tochter heiraten!"

„So?" sagte Walter. „Dann handelt es sich um einen Irrtum. Entschuldigen Sie bitte!" Er griff nach der Türklinke.

„Moment mal!" sagte Livy schnell. „Was liegt denn vor gegen den jungen Mann?"

„Nichts Bestimmtes, wirklich nicht. Wahrscheinlich war es Zufall, daß er mit dieser Dame in der Nacht, in der sie ermordet wurde, Karten spielte."

„Meine Tochter war auch dabei", warf Marjorie ein, die nahe daran war zu weinen. „Sie glauben doch nicht, daß sie etwas damit zu tun hat!"

„Reg dich nicht auf, Marjie", beruhigte sie Livy. „Geben Sie acht, Inspektor: Ich war am Samstag abend im Rauchsalon und habe dort mit Paul gesprochen. Er holte gerade Kaffee für die Dame, und Barbara sprach am Tisch begütigend auf Miß Masters ein. Sind das Mordvorbereitungen?"

Marjories Gesicht zeigte, wie aufgeregt sie war. „Wie kommen Sie darauf, daß Paul seltsam sein könnte?"

„Vergiß es, Marjie!" sagte Livy leise.

„Wie soll ich es vergessen, wenn du schon fast auf dem Weg bist, deinen Segen dazu zu geben, daß meine Tochter einen Verrückten heiratet?" Marjorie schluchzte.

„Liegt es nun auf einmal an mir?" rief Livy.

„Dir ist es egal, was mit Barbara geschieht", erklärte Marjorie, deren Besorgnis sich in Beschimpfungen Luft machte. „Dir ist ja auch gleich, was mit mir geschieht. Du kennst nur dich, dich und wieder dich, Livy Cordell! Ständig quatschst du von deiner Vergangenheit und machst auf meine Kosten blöde Witze. Mir reicht's langsam!"

„Glaubst du etwa, mir nicht?" bellte Livy zurück.

„Ich muß jetzt gehen", kündigte Walter vorsichtig an.

„Nein!" protestierte Marjorie und packte ihn am Arm. „Ich möchte von Ihnen die Wahrheit erfahren, Inspektor. Ich habe vier Jahre meines Lebens als Ehefrau eines Schwindlers zugebracht und möchte nicht, daß meiner Tochter etwas Ähnliches widerfährt."

„Hast du mich einen Schwindler genannt?" fragte Livy.

„Soll ich dich lieber einen Gelegenheitsdieb nennen, der seine Gaunereien aufgab, um eine unwissende Frau hereinzulegen und als ihr Ehemann von ihrem Vermögen zu leben?"

„Wenn du unsere Ehe so siehst, dann kannst du sie vergessen."

„Worauf du dich verlassen kannst", antwortete Marjorie. Sie wandte sich an Walter. „Und von Ihnen möchte ich jetzt die Wahrheit erfahren, Inspektor: Was spricht dafür, daß Paul Westerfield verrückt ist?"

„Eigentlich nichts." Walter griff nach der Klinke. „Es war nur eine Hypothese. Ich wollte sie bei jemandem, der den jungen Mann kennt, zur Diskussion stellen."

„An Ihrer Stelle würde ich jetzt gehen", warnte Livy, machte die Tür auf und drängte Walter hinaus.

Als die Kabinentür ins Schloß fiel, fand Marjorie die Sprache wieder, die es ihr einen Augenblick lang verschlagen hatte. „Hast du das gehört? Es war eine Hypothese! Mit Paul ist alles in Ordnung. Warum hat er das nicht gleich gesagt? Was glaubt der eigentlich, wer wir sind?"

„Nach dem, was du von dir gegeben hast, braucht er nichts zu glauben, da weiß er Bescheid", sagte Livy bitter.

„Liebling, so hab ich es doch nicht gemeint", erwiderte Marjorie. Tränen stiegen ihr in die Augen. „Ich verstehe nicht, was in mich gefahren ist. Wie konnte ich nur so etwas Verletzendes sagen?" Sie breitete die Arme aus, um Livy an sich zu drücken, aber er rührte sich nicht vom Fleck.

„Wasch dir das Gesicht!" sagte er. „Es ist völlig verschmiert."

„Bist du jetzt böse? Ich wollte dich nicht bloßstellen, Livy."

„Ich geh jetzt, um den Burschen zu treffen."

„Mein Gott, freilich! Er wartet längst im Rauchsalon. Aber du erzählst ihm doch nichts, oder?"

„Im Gegensatz zu gewissen anderen Leuten kann ich den Mund halten."

ABSCHIED AUF ENGLISCH

Marjorie schluchzte. „Livy, bitte gib mir einen Kuß, und sei mir wieder gut, ehe wir die zwei treffen."

Livy schüttelte den Kopf. „Machen wir uns nichts vor, Marjie. Mit uns beiden ist es aus. Ich tu das alles nur noch Barbara zuliebe, nicht deinetwegen. Wir sehen uns beim Essen."

Und damit verließ er die Kabine. Marjorie schloß die Augen und überließ sich laut jammernd ihrem Kummer.

12. KAPITEL

DAS abschließende gesellschaftliche Ereignis auf der *Mauretania* war traditionsgemäß ein Konzert. Es fand in der großen Halle statt, und die Passagiere erster Klasse besuchten es fast vollzählig.

Die gelöste Stimmung war gewiß nicht zuletzt auf die Erleichterung zurückzuführen, daß dies der letzte Abend auf hoher See und niemand mehr erwürgt worden war. Zwar herrschte eine gelinde Enttäuschung darüber, daß Inspektor Dew den Täter nicht festgenommen hatte, aber man war sich allgemein einig, daß es dank seiner Anwesenheit an Bord zu keiner weiteren Katastrophe gekommen war.

Kapitän Rostron hielt eine kurze Ansprache. Er verlieh dem Wunsch Ausdruck, daß alle, trotz des unglücklichen Vorfalls am Beginn, die Reise angenehm verbracht hätten. Er würdigte Inspektor Dews selbstlosen Einsatz bei der Aufklärung des Verbrechens sowie beim Schutz der Passagiere und der Mannschaft. Als daraufhin applaudiert wurde, machte Walter, der im Hintergrund stand, eine leichte Verbeugung.

Der Rauchsalon füllte sich rasch mit Gästen. Man nahm mit Reisebekanntschaften einen Abschiedstrunk. Die Gespräche kreisten um New York, die Ankunft, die Zollformalitäten und ähnliches.

Jack Gordon gegenüber verhielten sich die anderen Passagiere immer noch reserviert. Er suchte deshalb Walters Nähe. „Haben Sie inzwischen mit den Cordells gesprochen?" fragte er ihn, als er ihm einen Whisky-Soda reichte.

„Ja", erwiderte Walter. „Es traf sich sehr unglücklich." Er erzählte Jack von Barbaras Verlobung. „Da kam ihnen natürlich unsere Theorie, daß mit Paul vielleicht etwas nicht in Ordnung sei, höchst ungelegen. Nachträglich tut es mir leid, darüber gesprochen zu haben. Ich glaube, der junge Westerfield ist unschuldig."

„Davon bin ich überzeugt", bekannte Jack.

Walter zog die Augenbrauen hoch.

„Während Sie bei den Eltern waren", erklärte ihm Jack, „habe ich mit Paul und Barbara gesprochen. Ich fragte sie, wo sie sich aufgehalten hatten, als der Schuß fiel, der Sie traf. Er hat ihr im Schreibzimmer einen Heiratsantrag gemacht. Ein Steward, der das Licht anknipste, sah, wie sie sich küßten. Sie trugen noch das Pilgerkostüm. Der Steward löschte das Licht wieder und ließ sie allein. Die beiden haben ein Alibi."

„Wenn ich das nur gewußt hätte, ehe ich zu den Eltern ging!"

„Ein Mann in Ihrem Beruf kann auf die Gefühle seiner Mitmenschen keine Rücksicht nehmen, Inspektor. Mich haben Sie auch nicht geschont, als Sie mich verdächtigten."

„Ich wußte nicht, daß Sie der Gatte des Opfers waren, und Sie haben sich verdächtig benommen."

„Weil ich in die Leichenkammer gegangen bin."

„Ja. Aber eigentlich habe ich Respekt vor Ihnen."

„Wieso?"

„Weil Sie die Kammer überhaupt gefunden haben. Ich war auch da unten. Dort ist es ja wie in einem Labyrinth. Auf dem Rückweg von der Arrestzelle habe ich mich verlaufen. Sie haben doch erzählt, daß Sie das erste Mal mit der *Mauretania* reisen."

„Das war kein Kunststück", erwiderte Jack leichthin. „Die *Mauretania* hatte ein Schwesterschiff."

„Meinen Sie die *Lusitania?*"

„Ja. Es waren im Grund die gleichen Modelle."

„Und auf der *Lusitania* sind Sie schon gefahren?"

„Ich habe dort unter dem Namen Jack Hamilton als Kabinensteward gearbeitet. Daher kannte ich mich in den unteren Decks aus." Jack lächelte. „Ich habe stets die Passagiere der ersten Klasse bewundert, wenn sie auf ihren Liegestühlen dahindösten, und mir den Kopf zerbrochen, was ich anstellen könnte, damit ich eines Tages zu ihnen gehörte. Bis mir eines Tages ein anderer Steward von den Falschspielern im Rauchsalon erzählte, die davon lebten, daß sie Millionäre schröpften. Ich beobachtete sie eine Zeitlang bei ihrer Arbeit und dachte: Das ist was für dich." Er zuckte mit den Achseln. „Jetzt kennen Sie meine Lebensgeschichte."

„Sie hatten wohl schon aufgehört, als Steward zu arbeiten, als die *Lusitania* während des Kriegs von einem Torpedo getroffen wurde?"

„Nein", antwortete Jack. „Ich war damals an Bord, Cathy übrigens auch. Sie war Stewardeß und hieß Catherine Barton. Wir gehörten zu den glücklichen Überlebenden, nachdem wir fast als letzte das Schiff verlassen hatten. Eine Stunde trieben wir im Wasser."

ABSCHIED AUF ENGLISCH 497

„Eine Menge Menschen kam bei dem Gedränge um die Rettungsboote ums Leben."

Jack starrte Walter an. „Waren Sie damals auf der *Lusitania?*"

„Ja, mit meinem Vater, in der ersten Klasse. Mein Vater hatte ein
Bein in Gips. Wir verließen als letzte den Speisesaal, und ich glaube
noch heute, daß uns dieser Umstand das Leben gerettet hat. Die
meisten Rettungsboote gingen in Trümmer. Wir warteten auf Deck,
bis wir im Wasser standen, und ließen uns dann von den Wellen
forttragen."

„Cathy und ich wären beinahe mit dem Schiff untergegangen",
erzählte Jack. „Nachdem der Torpedo eingeschlagen hatte, überraschte Cathy einen Dieb, der gerade eine Schmuckkassette aus-
räumte. Der Kerl warf ihr das Ding an den Kopf, und sie verlor das
Bewußtsein. Er machte hinter sich die Kabinentür zu und überließ
Cathy dem sicheren Tod. Auf dem Korridor rannte er an mir vorbei,
ohne ein Wort zu sagen. Ich ging zurück, um nachzusehen, warum
Cathy nicht kam. Schließlich fand ich sie, blutend und bewußtlos.
Irgendwie schaffte ich es, sie an Deck zu schleppen."

„Haben Sie je erfahren, was aus dem Dieb geworden ist?"

„Nein. Ich weiß nicht, ob er den Untergang überlebt hat. Wenn ich
ihn wieder träfe, ich würde ihn nicht einmal erkennen. Ich habe sein
Gesicht kaum gesehen. Es war ein untersetzter, athletischer Mann im
dunklen Anzug."

„Aber Ihre Frau hatte ihn genauer gesehen?"

„Natürlich, Inspektor. Sie hat immer gesagt, sie würde den Schuft
mit Sicherheit erkennen, wenn er ihr über den Weg laufen sollte."

„Das hat sie gesagt? Interessant."

„Warum?"

„Wenn er an Bord dieses Schiffes ist, hatte er einen Grund, sie
umzubringen."

„Mein Gott, ganz richtig! Er ging in Southampton an Bord und
erlebte den größten Schreck seines Lebens, als er Cathy sah.
Vermutlich dachte er, sie sei mit der *Lusitania* untergegangen! Er
konnte davon ausgehen, daß sie ihn während der fünf Tage auf hoher
See wiedererkennen würde, und so beschloß er, sie umzubringen. Er
brach in ihre Kabine ein, erwürgte sie und beförderte die Leiche durchs
Bullauge ins Meer. Doch dann kam es anders, als er erwartet hatte."

„Die Leiche wurde aus dem Wasser geborgen", fuhr Walter fort.

„Das war das erste", sagte Jack. „Das zweite war die Tatsache, daß
ein bekannter Detektiv von Scotland Yard an Bord war. Und das
dritte war ich, der Ehemann von Cathy. Der Mörder wußte ja nicht,

daß sie verheiratet war, bis es sich herumsprach und er mich mit Ihnen reden sah. Vielleicht erinnerte er sich an mein Gesicht. Auf alle Fälle sagte er sich, daß ich Ihnen erzählen könnte, was auf der *Lusitania* passiert war. Was werden Sie nun tun, Inspektor?"

Walter schaute angestrengt in sein Glas. „Ich vermute, er wird jetzt nichts mehr anstellen. Und weg kann er nicht. Morgen früh hab ich ihn."

„Sie wissen, wer es ist?"

„Zumindest glaube ich es zu wissen", antwortete Walter und lächelte bescheiden.

ALMA betrachtete sich im Spiegel und griff nach dem Rouge. Ihr Gesicht war gespenstisch blaß. Sie hatte vor dem, was nun geschehen sollte, schreckliche Angst. Sie wartete auf Walter, nachdem sie ihm unter der Kabinentür einen Zettel durchgeschoben hatte, auf dem sie ihn bat, zu ihr zu kommen. Sie wollte ihm sagen, daß sie sich geirrt hatte. Ihre Gefühle für ihn waren nicht der Liebe entsprungen, sondern einer Verblendung. Schon wünschte sie, wieder im Besitz dieses Zettels zu sein, ehe er ihn finden konnte. Sie fürchtete sich vor Walter. Und gerade hier in der Kabine, in der Lydia sterben mußte, hätte sie es ihm nicht mitteilen sollen. Einzig ihre Liebe zu Johnny gab ihr die Kraft, nicht wegzulaufen. Lieber wollte sie sterben, als auf die Aussicht einer Ehe mit Johnny zu verzichten.

Und doch plagten sie Schuldgefühle. Wieder und wieder hatte sie in Gedanken alle Ereignisse an sich vorüberziehen lassen, die ihr Leben und das von Walter miteinander verknüpften. Doch jedesmal war sie zu dem Schluß gekommen, daß Walter, wenn er ihr nicht begegnet wäre, niemals daran gedacht hätte, seine Frau zu töten. Er wäre vielmehr noch irgendwo in England und würde versuchen, sich als Zahnarzt durchzuschlagen. Er war nie jene attraktive und außergewöhnliche Erscheinung gewesen, zu der sie ihn in ihrer Phantasie gemacht hatte, und er würde das auch nie werden. Er war freundlich, zuverlässig – und durch und durch langweilig, ohne eine Spur von Temperament. Alma wurde klar, daß sie nicht von Walter, sondern von einer Idee verzaubert gewesen war. Sie hatte sich verliebt, mit dem Plan vor Augen, einem Mann zu folgen, der seine Frau ermordet und alles verlassen hatte – Beruf, Haus und Heimat –, und dies nur aus dem einen Grund: um den Rest seines Lebens an ihrer Seite zu verbringen. Und nun wollte sie ihn nicht mehr. Durch den Mord war Walter nicht attraktiver geworden. Die Tat hatte ihn nur in einer Hinsicht verändert: Jetzt war er gefährlich.

ABSCHIED AUF ENGLISCH

Es klopfte, und sie erschrak. Sie holte tief Luft und ging zur Tür. Draußen stand Walter mit ihrem Zettel in der Hand, die Augenbrauen fragend hochgezogen. Alma versuchte zu lächeln und trat beiseite, um ihn einzulassen. Dann schloß sie die Kabinentür. „Walter", begann sie, „ich weiß, daß wir verabredet haben, uns nicht mehr zu treffen, es sei denn aus einem ganz wichtigen Grund."

„Und du hast einen wichtigen Grund?"

Sie nickte. „Bitte, setz dich! Ich muß mit dir sprechen, ehe wir in New York ankommen. Nur weiß ich nicht, wie ich anfangen soll. Ich mache mir Vorwürfe. Ich habe mehr Zeit gehabt als du, über alles nachzudenken."

„Vorwürfe? Weshalb?"

„Wegen Lydias Tod. Wenn du mich nicht kennengelernt hättest, wärst du nie auf diese Idee gekommen. Du hättest nie dieses Schiff betreten, nie in dieser verfluchten Kabine getan, was du getan hast, wärst nie in die Verlegenheit gekommen, dich als Kriminalbeamten ausgeben zu müssen."

Walter blinzelte. „Letzteres war halb so schlimm. Es macht mir sogar Riesenspaß."

„Riesenspaß?"

„Man hat mich noch nie so zuvorkommend behandelt. Zuerst dachte ich, daß eine polizeiliche Untersuchung schwierig sei, aber das stimmt nicht. Ein Kriminaler muß eigentlich bloß andere Leute zum Sprechen bringen. Wenn du die Leute reden läßt, erzählen sie dir alles, und du hast die beste Gelegenheit, die Wahrheit herauszufinden. Ich habe das Rätsel gelöst. Ich weiß, wer den Mord begangen hat, und ich weiß, weshalb."

Sie starrte ihn an und fragte sich, ob er verrückt geworden war. Er schien sich ganz in die Gestalt des Chefinspektors Dew hineingesteigert zu haben. Als dieser meinte er wohl, das Verbrechen aufgeklärt zu haben.

„Walter, hör mir zu, bitte! Ich habe eigentlich kein Recht, dir das jetzt zu sagen. Es beschämt mich tief, aber du mußt es wissen." Sie ergriff seine Hand und schaute ihm ernst ins Gesicht. „Ich bin nicht mehr die, die ich war. Als ich damals zu dir in die Praxis kam, verehrte ich dich abgöttisch. Ich hatte mich noch nie so vertraulich, so ernsthaft und harmonisch mit einem Mann unterhalten. Du mußt berücksichtigen, daß ich völlig unerfahren war. Die einzigen Männer, die ich, von meiner Familie abgesehen, kennengelernt hatte, waren die Helden in Romanen. Ich glaubte, dich zu lieben, und nichts, nicht einmal deine rechtmäßige Ehefrau, dürfe uns im Wege stehen. Ich war wie besessen. Meine gesamten Mädchenträume und Wunschvorstellungen richteten sich einzig und allein auf dich. Walter, ich bin achtundzwanzig, schon fast eine alte Jungfer, und ich benahm mich wie ein kleines Schulmädchen."

„Aber deshalb brauchst du dich doch nicht zu schämen", versuchte Walter, sie zu besänftigen.

„Doch, weil ich dabei mir selbst und dir etwas vorgemacht habe. Diese wenigen Tage auf hoher See haben mich zur Vernunft gebracht. Wie soll ich es dir erklären, ohne dir weh zu tun?"

„Du liebst mich nicht?" fragte Walter leise.

Alma senkte den Blick.

„Du willst nicht mit mir in Amerika leben?"

Sie schüttelte langsam den Kopf.

„Ist da ein anderer?"

„Ja." Alma begann zu schluchzen.

Er strich ihr übers Haar und sagte: „Ich danke dir dafür, daß du es mir gesagt hast. Wenn ich ehrlich sein soll, empfinde ich so etwas wie Erleichterung. Weißt du, ich fühlte mich dir gegenüber schuldig, daß ich deine Gefühle für mich ausgenutzt habe. Allein hätte ich nie den Mut aufgebracht, das auszuführen, was ich getan habe. Nur dank deiner Unterstützung hatte ich die Kraft dazu. Wie du bin auch ich durch dieses Erlebnis klüger geworden. Jetzt erst bin ich selbständig."

Sie beugte sich vor und küßte ihn zärtlich auf die Wange. Dann sagte sie: „Was in diesem Raum geschah, bleibt unser Geheimnis. Ich werde es mit ins Grab nehmen."

Walter erhob sich. „Würdest du Lydias Koffer bitte an der Gepäckaufbewahrung abholen, wenn wir in Amerika ankommen? Wenn das Gepäck stehenbleibt, könnte das zu Nachforschungen führen."

„Selbstverständlich hole ich die Koffer ab", erklärte Alma. Als er schon an der Tür stand, fügte sie hinzu: „Es war ein perfekter Mord."

„Fast", antwortete Walter. „Viel Glück mit Mr. Finch."

13. Kapitel

Am Mittwoch früh – die *Mauretania* sollte noch an diesem Vormittag in den New Yorker Hafen einlaufen – fand bei Tagesanbruch in der Kajüte des Kapitäns eine Unterhaltung statt. Walter war vom Kabinensteward herbeigeholt worden. Er sah sich einer aufgeregten Versammlung gegenüber: Außer dem Kapitän warteten der Polizei-

ABSCHIED AUF ENGLISCH

offizier auf ihn, Paul Westerfield, seine Braut Barbara und mit tränenüberströmtem Gesicht Marjorie Cordell. Der Kapitän deutete auf einen Stuhl, und Walter nahm Platz.

„Inspektor, ich mache es kurz", fing Kapitän Rostron an. „Wieder ist ein Passagier verschwunden. Der Gatte dieser Dame, Mr. Cordell, ist seit gestern nachmittag nicht mehr gesehen worden. Mrs. Cordell hat um drei Uhr früh Vermißtenanzeige erstattet, und der Polizeioffizier und seine Leute haben das Schiff durchsucht, aber selbst nach dreistündiger Suche fanden sie kein Lebenszeichen von Mr. Cordell. Aus erklärlichen Gründen beschloß ich, daß man nun Sie einschalten soll."

Walter nickte.

„Er ist tot", schluchzte Marjorie. „Livy ist tot. Ich weiß es."

Paul räusperte sich. „Ich glaube, wir sollten Inspektor Dew ausführlich ins Bild setzen." Er wandte sich an Walter: „Gestern habe ich bei Livy um Barbaras Hand angehalten. Er schien etwas geistesabwesend zu sein, aber er gab sein Einverständnis. Wir speisten vergnügt zu viert zu Mittag und tranken zur Feier des Tages Champagner."

„Hat er viel getrunken?" erkundigte sich Mr. Saxon.

„Bestimmt nicht, vielleicht eineinhalb Gläser. Er war recht still, aber das ist er eigentlich immer. Aber ich muß zugeben, daß er etwas anders als sonst war."

„Er schaute ständig im Restaurant herum, als würde ihn etwas beunruhigen", erzählte Barbara.

Mit tränenerstickter Stimme gestand Marjorie: „Vor dem Mittagessen – gleich nachdem Sie unsere Kabine verlassen hatten, Inspektor – hatten Livy und ich die erste Auseinandersetzung seit unserer Heirat."

„Worüber habt ihr euch denn gestritten?" fragte Barbara.

„Das ist nicht so wichtig, Liebes. Frag mich jetzt nicht danach."

„Sie haben Mr. und Mrs. Cordell gestern in ihrer Kabine aufgesucht, Inspektor", fuhr Kapitän Rostron fort. „Darf ich annehmen, daß Ihr Besuch mit Ihren Ermittlungen im Mordfall Catherine Masters zusammenhängt?"

„Das zu sagen, würde etwas zu weit gehen."

„Aber Sie mußten doch einen Grund für Ihren Besuch gehabt haben, Inspektor."

„Der Schuß", platzte Mr. Saxon heraus. „Sie besuchten sie wegen dieses Schusses."

„Das war der Grund", sagte Walter schnell. „Ich suchte die Waffe."

„Ja, es war wegen Livys Pistole."

„Ihr Gatte besitzt eine Pistole?" fragte Kapitän Rostron erstaunt.

„Mutter, was sagst du da?" Barbaras Stimme verriet, wie überrascht sie war.

„Mein Gott, hilf mir!" murmelte Marjorie.

„Und Sie haben das herausbekommen, Inspektor?" wollte der Kapitän wissen.

„Mehr oder weniger", erwiderte Walter unerschütterlich.

„Aber Sie haben die Pistole nicht beschlagnahmt?"

„Er hatte sie nicht mehr", sagte Walter.

„Ich nehme an, er hat sie ins Meer geworfen", schaltete sich Marjorie ein. „Mein armer Livy hat so hartnäckig versucht, seine Vergangenheit auszulöschen, und gerade ich mußte ihn vor dem Inspektor bloßstellen." Sie schlug die Hände vors Gesicht.

„Uns haben Sie nichts davon gesagt, daß Sie ihn verdächtigen", wandte sich Mr. Saxon in vorwurfsvollem Ton an Walter.

„Mr. Saxon", warf der Kapitän ein. „Zweifellos wird der Inspektor gewußt haben, warum er sich so verhielt, wie er es getan hat."

„Ich hatte meine Gründe", sagte Walter.

„Würden Sie sie uns freundlicherweise mitteilen?" fragte Paul.

Walter schüttelte den Kopf. „Ich möchte die Damen nicht beunruhigen."

„Es ist besser, wenn es ausgesprochen ist", ergriff Marjorie das Wort. „Du hast ein Recht darauf, alles zu erfahren, Paul. Gestern kam der Inspektor zu Livy und mir in die Kabine. Er brachte uns äußerst geschickt außer Fassung. Da warfen wir uns Dinge an den Kopf, von denen wir niemals sprechen wollten. Ich nannte Livy einen Gelegenheitsdieb. Dieses Wort hätte ich nie in den Mund nehmen dürfen ..."

Barbara unterbrach sie: „Mutter, willst du uns weismachen, daß Livy ein Gauner ist?"

„Liebling, er war ein Dieb, ehe wir heirateten. Er konnte verschlossene Türen aufbrechen. Er verbrachte die Zeit damit, auf dem Ozean hin und her zu kreuzen, und holte sich das Geld, das die Leute in ihren Kabinen ließen. – Inspektor Dew, würden Sie bitte den anderen von der *Lusitania* erzählen?"

„Wie Sie meinen", erwiderte Walter. Er wiederholte die Geschichte, die er von Jack Gordon gehört hatte, aber diesmal war Livy jener Dieb, der Catherine die Kassette an den Kopf geworfen und sie bewußtlos in der Kabine zurückgelassen hatte, obwohl das Schiff sank.

„Davon wußte ich bis gestern nach dem Mittagessen noch gar nichts", fuhr Marjorie fort. „Dann erzählte er mir die ganze

ABSCHIED AUF ENGLISCH 503

Geschichte und wie entsetzt er war, als er die ehemalige Stewardeß am ersten Abend hier an Bord sah. Er trat gerade aus unserer Kabine, als sie vorbeiging. Er hatte immer angenommen, daß sie mit der *Lusitania* untergegangen war. Und nun stand sie auf einmal da wie ein Gespenst, das Rache nehmen wollte. Er wich in die Kabine zurück und warf die Tür zu."

„Er hat sie mit uns Karten spielen sehen, nicht wahr?" fragte Barbara.

Marjorie nickte. „Er berichtete, ihr hättet schon aufgehört, und sie sei mit dir am Tisch gesessen, offensichtlich in ein ernsthaftes Gespräch verwickelt."

„Er muß geglaubt haben, daß sie Barbara etwas über ihn erzählte", sagte Paul. „Er schickte mich an den Tisch, um der Sache ein Ende zu bereiten."

„Dann ging er zu ihrer Kabine, verschaffte sich Zugang und wartete auf sie", berichtete Marjorie.

„Sie müssen das nicht weiter schildern, Mrs. Cordell", sagte Kapitän Rostron begütigend.

Es war klar, daß der Kapitän allen Anwesenden aus der Seele sprach. In diesem Augenblick stand jedem ohnedies das Bild vor Augen, wie sich Livys Hände um Catherines Hals schlossen. Barbara schrie plötzlich auf: „Nein, Livy! Nein, nein!"

Paul trat zu ihr und nahm sie in die Arme. „Brauchen Sie uns noch?" fragte er den Kapitän. „Ich würde die Damen gern in ihre Kabinen bringen."

„Das kann ich gut verstehen, aber wir wissen immer noch nicht, was Mr. Cordell zugestoßen ist. Inspektor Dew will sicher noch von Mrs. Cordell selbst hören, was ihr Gatte zuletzt sagte, bevor er verschwand."

„Es war eher etwas Persönliches", flüsterte Marjorie. „Nachdem er mir geschildert hatte, daß er auf den Inspektor gezielt und die Pistole über Bord geworfen habe, sagte er, es tue ihm leid wegen mir, Barbara und Paul. Er meinte, er hätte mir früher gestehen sollen, was auf der *Lusitania* geschehen war, aber er habe stets angenommen, daß er das mit sich allein ausmachen müsse. Anschließend gab er mir einen Kuß, ging zur Tür und sagte, er hoffe, es sei wahr, daß die Vergangenheit noch einmal an einem vorbeiziehe. Er wolle nämlich jene schlanken Fesseln im Aufzug des Biltmore-Hotels wiedersehen. Dann hat er mich verlassen."

„Das klingt ziemlich endgültig", sagte der Kapitän. „Ich danke Ihnen, Madam. Sie waren äußerst tapfer."

504 ABSCHIED AUF ENGLISCH

Er nickte Paul zu, der aufstand und Marjorie in Begleitung von Barbara wegbrachte.

Als die drei gegangen waren, sagte Mr. Saxon: „Es sieht ganz so aus, als sei er über Bord gesprungen, Sir. Sollen wir Alarm geben und umkehren!"

Kapitän Rostron blickte Walter fragend an.

„Wurden die Kabinen bereits durchsucht?" fragte der.

Der Polizeioffizier antwortete angriffslustig: „Selbstverständlich nicht. Die Passagiere schliefen ja noch. Man kann sie doch nicht mitten in der Nacht stören!"

„Aber am Morgen schon", sagte der Kapitän. „Der Inspektor hat recht. Wir müssen zuerst das Schiff noch einmal nach ihm absuchen. Können Sie sich darum kümmern, Mr. Saxon?" Kaum fiel die Tür hinter dem Polizeioffizier ins Schloß, fügte er hinzu: „Ein pflichtbewußter Mitarbeiter, aber er wird nie einen guten Detektiv abgeben. Inspektor, ich muß jetzt auf die Brücke. Ich würde Sie gern sprechen, nachdem wir angelegt haben."

„Aber gewiß", erwiderte Walter.

Als er das Deck betrat, standen dort schon jede Menge Schiffskoffer. Walter bahnte sich den Weg durch die Gepäckstücke und sah Amerika: ein verschwommenes blaues Band am Horizont.

Das Schiff wurde gestoppt, damit das Lotsenboot längsseits gehen konnte. Die Sirenen dröhnten, als der Dampfer wieder Fahrt aufnahm. An der Quarantänestation von Staten Island hielt die *Mauretania* noch einmal an. Nun kamen Beamte der Einwanderungsbehörde an Bord und mit ihnen Presseleute.

Ein Assistent des Zahlmeisters fragte Walter, ob er die Reporter empfangen wolle. Walter lehnte strikt ab. Aber gerade als er sich aus dem Staub machen wollte, blitzte es vor ihm: Die Fotoagentur Keystone hatte ein Bild von Inspektor Dew.

Die Wolkenkratzer von Manhattan ragten jenseits des Wassers in den Himmel, und die Sirenen der *Mauretania* machten lautstark auf ihre Ankunft aufmerksam. Als das Schiff langsam am Pier 88 anlegte, dröhnten die Schiffssirenen ein letztes Mal.

Alma kuschelte sich an Johnnys Arm, als er ihr die Details des Ausschiffens erklärte. Das Gepäck würde von Hafenarbeitern an Land gebracht und an mit dem jeweiligen Buchstaben gekennzeichneten Stellen entlang des Piers deponiert. Da der Platz mit B für Baranov über fünfzig Meter von dem für F entfernt war, würden sie sich trennen müssen. „Aber keine Angst, mein Herz. Du brauchst bloß deine Gepäckstücke herauszusuchen und sie einem Zollinspektor zu

ABSCHIED AUF ENGLISCH

zeigen. Wenn du fertig bist, warte auf mich! Ich muß nachsehen, ob der Lanchester schon ausgeladen ist, aber das dauert bestimmt nicht lange. Dann, würde ich vorschlagen, ist ein gepflegtes Essen im Waldorf Astoria fällig."

In der folgenden Stunde entdeckte Alma einen ersten Fehler an Johnny: Er war überoptimistisch. Nachdem sie und Johnny die Gangway passiert und Aufstellung bei ihren Buchstaben bezogen hatten, war außer den großen Schiffskoffern noch kein Gepäck da. Auch der Lanchester war noch nicht aus dem Laderaum gehievt worden.

„Wartest du noch?"

Sie drehte sich um und sah sich Walter gegenüber.

„Ich wollte nachsehen, ob ich dir vielleicht helfen kann", sagte er.

Sie war ihm dankbar. „Es ist noch nicht alles Gepäck da", erklärte sie. „Die Koffer von Lydia fehlen noch."

„Dort stehen sie doch", sagte er.

Die Koffer standen ein paar Meter neben dem Buchstaben B, und Alma hatte sie übersehen. Walter rief einen Hafenarbeiter herbei und ließ die drei Koffer zu dem Gepäck stellen, das Alma mitgebracht hatte. Dann suchte er einen Zollbeamten, der die Sachen ansehen sollte.

Während der Zöllner seines Amtes waltete, sahen sie den Lanchester aus dem Laderaum Nummer zwei auftauchen. Er wirkte sehr zerbrechlich, als er hoch über der Pier schwebte, doch landete er ohne Panne auf dem Boden, und Johnny wartete schon, um achtzugeben, daß die funkelnde Karosserie beim Entfernen der Taue nicht beschädigt wurde.

„Komm", sagte Walter, „wir bringen die leichteren Sachen rüber."

„Und dein Gepäck?"

„Das hat Zeit." Er nahm einen Handkoffer und begleitete Alma, die an den zahllosen Gepäckstücken entlang jener Stelle zustrebte, an der die Autos aus dem Schiff entladen wurden. Johnny sah Alma und kam ihnen entgegen.

„Sehr nett von Ihnen, Inspektor."

„Aber, ich bitte Sie!" antwortete Walter. „Kommt das Gepäck in den Kofferraum?"

„Stellen Sie es nur hin. Ich muß ihn zuerst aufsperren." Johnny griff in die Tasche, um den Schlüssel zu suchen.

„Er ist bestimmt offen", sagte Walter. Er betätigte den Verschluß des Kofferraumdeckels und öffnete ihn.

Im Kofferraum, halb unter einer Decke verborgen, lag Livy

Cordell. Er setzte sich auf und blinzelte ins Sonnenlicht. „Ich hab's mir schon gedacht, daß das nur Sie sein können, Inspektor", sagte er resigniert zu Walter.

„INSPEKTOR, ich weiß gar nicht, wie ich Ihnen danken soll", sagte Kapitän Rostron. „Das war ein Triumph der Kriminalistik. Ich glaube, damit stellen Sie den Fall Crippen in den Schatten. Die New Yorker Presse wartet schon auf Sie. Man wird den reinsten Staatsempfang für Sie veranstalten, und den haben Sie auch verdient."

Walter fingerte nervös an seinem Kragen herum. „Aber ich möchte, daß man mich in Ruhe läßt, Kapitän. Können Sie das nicht irgendwie bewerkstelligen?"

„Na gut, Sie brauchen ja bloß nicht an Land zu gehen. Wenn Sie wollen, können Sie in Ihrer Kabine bleiben."

„Aber lange kann ich da nicht unterschlüpfen, sonst nehmen Sie mich wieder mit nach England."

„Darauf wollte ich gerade zu sprechen kommen. Ich fürchte, ich werde Sie bitten müssen, morgen mit uns nach England zurückzufahren. Wir müssen Cordell nach England bringen, damit er dort vor Gericht gestellt werden kann. Und da Sie nun einmal der Mann sind, der ihn überführt hat . . ."

„Aber er ist doch Amerikaner", unterbrach ihn Walter. „Wird er nicht hier vor Gericht gestellt?"

„Sie kennen doch die Rechtslage." Der Kapitän lächelte. „Er hat an Bord eines britischen Schiffes auf hoher See eine strafbare Handlung begangen. Er muß nach England gebracht werden. Selbstverständlich kann ich in Southampton die Polizei kommen lassen, damit sie ihn abholt. Dann brauchen Sie nicht in Erscheinung zu treten. Aber wir brauchen Sie dann unbedingt für das Gerichtsverfahren. Ein solches wird, wenn Sie nicht mitreisen, unmöglich."

„Aber ich habe hier in Amerika eine Menge zu erledigen!"

„Sie werden sicher großzügig entschädigt."

Walter blickte ihn stumm an.

„Lange dauert das bestimmt nicht", sagte der Kapitän. „Wir stechen schon morgen in See. Was glauben Sie, welchen phantastischen Empfang Ihnen die Polizei bereiten wird!"

AM FOLGENDEN Tag wurde die *Mauretania* gegen Mitternacht in die Fahrrinne des Hudson River geschleppt. Sie sollte von hier aus die Rückfahrt über den Ozean antreten. Auf der Fahrt nach Osten befanden sich weniger Passagiere an Bord, da die Saison der

ABSCHIED AUF ENGLISCH 507

Europareisen für 1921 praktisch zu Ende war. Die Passagierliste zeigte, daß es sich überwiegend um Geschäftsleute handelte. In der ersten Klasse tauchte der Name Walter Brown auf. Walter bekam die Mahlzeiten in seiner Kabine serviert. Bewegung verschaffte er sich nur dann, wenn er wußte, daß das Deck menschenleer war. Er war ja inzwischen berühmt.

Chefinspektor Dews Überführung des *Mauretania*-Mörders hatte in New York Schlagzeilen gemacht. Alle Tageszeitungen hatten sein Foto auf der ersten Seite gebracht.

Auf Befehl des Kapitäns waren ausgetüftelte Vorsichtsmaßnahmen ergriffen worden, um Walter vor aufdringlichen Passagieren und eventuellen Belästigungen durch Presseleute zu schützen.

Den letzten Zweifel über die Art des Empfangs in England beseitigte die Flut von Telegrammen, mit der Walter vom Funkraum eingedeckt wurde. Neben Glückwünschen und Einladungen befanden sich auch verlockende Angebote der Fleet-Street-Blätter darunter, die um Exklusivinterviews nachsuchten.

Am Samstag erzählte ihm der Arzt, der ihn täglich aufsuchte, um die verletzte Schulter frisch zu verbinden: „Haben Sie es schon gehört? Der *Daily Sketch* hat in Worthing jemanden aufgestöbert, der behauptet, Sie seien gar nicht Inspektor Dew. Der Kerl gibt vor, *er* habe Dr. Crippen festgenommen. Was die Leute nicht alles anstellen, um in die Zeitung zu kommen!"

Am Abend desselben Tages stattete der Kapitän Walter einen Besuch ab. „Irgend jemand muß sich über Ihre verzwickte Lage Gedanken gemacht haben", sagte er. „Wir haben vom Staatsanwalt dieses Telegramm bekommen."

Walter las es: BITTEN HÖFLICH, CHEFINSPEKTOR DEW ZU VERANLASSEN, IN CHERBOURG AN LAND ZU GEHEN, UM PRESSERUMMEL ZU VERMEIDEN. Dann sagte er: „Der ist ja sehr aufmerksam."

„Ich erwarte, daß wir Cherbourg am Dienstag vormittag anlaufen. Wahrscheinlich wird Sie dort jemand abholen."

Die restliche Rückreise verlief ohne weitere Ereignisse. Als Walter am späten Montag abend auf Deck Luft schnappte, sah er backbords die Südküste Englands hell aufleuchten.

Am nächsten Morgen regnete es. Vom Ankerplatz innerhalb der Wellenbrecher der Grande Rade, wo die Passagiere in einen Tender umstiegen, um in den eigentlichen Hafen zu gelangen, war Cherbourg kaum zu erkennen. Walter schlug den Mantelkragen hoch und hielt zu jedem Menschen Abstand, der nur im entferntesten nach Presse aussah. Doch als er aus dem Tender an Land stieg, kam ein Mann auf ihn zu und sagte auf englisch: „Entschuldigen Sie, Sir, gehe ich recht in der Annahme, daß Sie Walter Baranov sind?"

Walter nickte stumm.

„Gott sei Dank hab ich Sie gefunden", sagte der Mann. Seine Mütze, die hochgeschlossene Uniformjacke und die Handschuhe erinnerten an einen Chauffeur. „Würden Sie bitte hier durchgehen, um die Zollformalitäten zu erledigen? Ihr Gepäck kommt nach."

Er begleitete Walter ins Zollgebäude. Walter wurde anstandslos abgefertigt. Hinter dem Zollgebäude überquerten sie einen Hof, wo eine schwarze Limousine wartete.

„Wohin bringen Sie mich?" fragte Walter.

Der Uniformierte öffnete die hintere Wagentür. „Würden Sie so freundlich sein und einsteigen?"

Walter zog den Kopf ein, setzte einen Fuß auf das Trittbrett – und erstarrte.

Eine Frau saß im Fond der Limousine und sagte: „Walter, Liebling, oder muß ich Inspektor sagen?" Es war Lydia.

„WAR das mit dem Telegramm kein guter Einfall?" fragte sie ihn, als sie an einem Tisch im Freien vor einem Restaurant in Caen saßen. „Ich habe mir sogar die Mühe gemacht, den Namen des Staatsanwalts herauszufinden, falls jemand auf die Idee kommen sollte nachzufragen. Aber die fielen sofort darauf herein." Sie lachte.

Walter war immer noch blaß. „Wie hast du denn herausbekommen, daß ich mich für Inspektor Dew ausgegeben habe?"

„Ich hab dein Bild in der Zeitung gesehen. Na ja, dachte ich, jeder Mensch hat seinen Doppelgänger. Aber ein paar Tage später stand in den Zeitungen, daß ein anderer Mann behauptete, Walter Dew zu sein. Um Himmels willen, dachte ich, was hat mein Walter bloß angestellt? Es war klar, daß du in ziemlich große Schwierigkeiten geraten würdest, sobald das Schiff in Southampton anlegte. Die Presseleute sind wie die Geier, Liebling. Von der Polizei gar nicht zu reden. Deshalb kam ich auf die Idee mit dem kleinen Telegramm. Nun werden sie ihren geheimnisvollen Unbekannten nie finden."

„Hoffentlich. Ich danke dir, Lydia!"

Sie ließ seine Hand nicht los. „Aber Liebling, das war doch wirklich das Geringste, was ich für dich tun konnte, nachdem du so galant warst."

„Galant?"

Lydia kicherte. „Du bist ganz der alte Walter. Immer noch so bescheiden! Was glaubst du, Herzchen, ist galanter oder romantischer

ABSCHIED AUF ENGLISCH

als ein Gatte, der dir den Abschiedskuß gibt und dabei schon Vorsorge getroffen hat, dich auf dem Weg über das große Wasser zu begleiten, weil er es ohne dich nicht aushält? Ich habe es sehr bedauert, daß ich gar nicht auf dem Schiff war."

Walter staunte. „Du warst doch an Bord! Ich hab dich beim Einschiffen gesehen. Dein Gepäck war in der Kabine, und ich habe stundenlang auf dich gewartet."

Sie kniff ihn in die Wange. „Du bist unverbesserlich! Wie hätte ich wissen sollen, was du ausgeheckt hast?" Sie seufzte. „Hör zu, was passiert ist: Wie du ganz richtig gesehen hast, zog ich mich in meine Kabine zurück, um auszupacken. Das Schiff legte ab. Ich setzte mich aufs Bett und blätterte in einer Zeitung, die ich mir kurz zuvor gekauft hatte, und dachte, mich trifft der Schlag. Gleich auf der Titelseite stand die Neuigkeit, daß Charlie Chaplin in England erwartet wurde. Er war an Bord der *Olympic*, die zwei Tage später in Southampton einlaufen sollte. Und ich befand mich auf dem Weg in die entgegengesetzte Richtung, um ihn zu besuchen! Ich war halb verrückt und in Tränen aufgelöst. Ich lief hinaus aufs Deck, um nachzusehen, wie weit wir schon vom Land entfernt waren – Meilen! Was konnte ich tun? Ich mußte um jeden Preis von diesem Kahn herunter, sonst war meine Chance, im Film Fuß zu fassen, gleich Null. Wie glaubst du, daß ich es doch geschafft habe?"

Walter schüttelte den Kopf. „In Cherbourg bist du nicht von Bord gegangen."

„Nein, Liebling. Deine gescheite Lydia hat das Schiff schon zuvor verlassen. Ich stieg aufs Lotsenboot um. Es kam, während ich noch krampfhaft überlegte, wie ich zurückgelangen konnte. Es war ganz einfach. Mit ein paar Leuten, die in Southampton den Gong überhört hatten, fuhr ich auf dem Lotsenboot wieder nach England. Es blieb nicht einmal Zeit, das Gepäck zu holen."

„Das weiß ich."

Wieder ergriff Lydia seine Hand. „Mein armer Walter! Du mußt ja vor Schreck ganz außer dir gewesen sein. Hast du geglaubt, daß ich den Verstand verloren habe? Was hast du getan? Alarm geschlagen?"

Der Wahrheit gemäß sagte Walter: „Ich saß da und wartete auf dich. Ich mußte ja annehmen, daß du noch an Bord warst, weil deine Sachen in der Kabine lagen."

Lydia verdrehte die Augen. „Ich weiß, was du geglaubt hast: daß ich nicht allein war. Aber Walter! Für was für eine Frau hältst du mich eigentlich?"

Darauf gab er keine Antwort, statt dessen sagte er: „Als es

Mitternacht wurde, ging ich in meine Kabine in der zweiten Klasse."

„Hast du die als Inspektor Dew gebucht?"

„Als Mr. Dew. Daß ich der Inspektor sein könnte, hat man erst später vermutet."

Sie mußte sich vor Lachen schütteln. „Und du warst zu höflich, um es ihnen auszureden. Walter, du bist einmalig! Weshalb bist du auf den Gedanken gekommen, einen falschen Namen zu benutzen?"

„Ich wollte dich überraschen."

Sie strahlte. „Was für ein hübscher Einfall! Liebling, ich bin ganz hingerissen. Und ich habe das alles für nichts und wieder nichts verpatzt!"

„Wieso, hast du Chaplin nicht getroffen?"

„Doch. Ich ging ins Ritz, wo er abstieg, und ich wurde auch gleich vorgelassen."

„Erinnerte er sich an dich?"

„Natürlich! Als hätten wir uns am Vortag zum letztenmal gesehen."

„Hat er dir ein Filmangebot gemacht?" fragte Walter begeistert.

Lydia seufzte. „Da wurde es kritisch. Er hätte mich vom Fleck weg nach Hollywood engagiert, aber weißt du, mit meinen Augen geht das nicht."

„Mit deinen Augen? Dir fehlt doch nichts an den Augen?"

„Nur die richtige Farbe. Braune Augen wirken im Film schwarz. Sie machen alles kaputt."

„Das hab ich noch nie gehört."

„Ich auch nicht. Aber es ist so. Du glaubst doch nicht, daß das eine Ausrede war, oder?"

Walter rieb sich das Kinn, als müsse er nachdenken.

„Aber das ist jetzt nicht mehr wichtig", sagte Lydia. „Ich habe inzwischen etwas gelernt: Ich bin mit einem Mann verheiratet, der mich sehr schätzt. Ich möchte ihn nie mehr von meiner Seite lassen."

„Was sollen wir beide tun?" fragte Walter.

„Auf keinen Fall können wir nach England, solange der Rummel um dich nicht vergessen ist. Ich dachte, wir könnten nach Paris fahren – ich habe sowieso nichts mehr anzuziehen –, und anschließend fahren wir mit dem Auto durch Frankreich."

„Und dann?"

„Keine Ahnung, Liebling. Hast du eine Idee?"

Einer plötzlichen Eingebung folgend, sagte Walter: „Was hältst du von einer Seereise?"

Peter Lovesey

Als echter Engländer müßte Peter Lovesey eigentlich eine Sportskanone sein und sich zumindest in einer der traditionellen Sportarten Hockey, Kricket, Fußball, Tennis oder Reiten auszeichnen. Daß er nun ausgerechnet auf sportlichem Gebiet völlig unbegabt ist, hat den Autor schon immer geärgert. Um diese „unenglische" sportliche Unfähigkeit auszugleichen, beschäftigte sich Peter Lovesey schon früh schriftstellerisch mit Themen aus der Welt des Sports. Als 1968 sein erstes Buch über die Geschichte des Langstreckenlaufs erschien, war er im Hauptberuf Dozent für englische Literatur. Und noch heute schreibt Lovesey, inzwischen freiberuflicher Schriftsteller, verschiedentlich über Sportthemen.

Auch sein zweites Buch hatte mit dem Sport zu tun: Ein Langstreckenlauf bildete darin die Rahmenhandlung. Allerdings war das schon Loveseys erster Kriminalroman. Als der Autor damit sogleich in einem Wettbewerb für Krimi-Nachwuchsautoren den ersten Platz belegte, sah er in diesem Erfolg eine Herausforderung und widmete sich nun intensiver der Schriftstellerei.

1975 wagte der Autor den Schritt, die sichere Dozentenstelle aufzugeben und als freier Schriftsteller zu arbeiten. Schon kurze Zeit später produzierte eine englische Fernsehanstalt Krimiserien nach Loveseys Romanen, und 1982 wurde *Abschied auf englisch* mit dem begehrten Kriminalromanpreis „Gold Dagger Award" ausgezeichnet. So kann man sagen: Peter Lovesey liegt heute gut im Rennen.

Der fünfzigjährige Autor ist in einem Londoner Vorort aufgewachsen; er hat Englisch studiert und nach dem Universitätsabschluß als Lehrer und Dozent an weiterführenden Schulen unterrichtet. Er ist verheiratet und Vater zweier Kinder; die Tochter studiert Elektronik, und der Sohn ist an einer Film- und Fernsehhochschule eingeschrieben. Seine Frau Jacqueline hat ebenfalls mit dem Fernsehen und der Schriftstellerei zu tun: Sie verfaßte zusammen mit ihrem Mann die Drehbücher für die Krimiserien. Das Ehepaar Lovesey lebt heute in der südenglischen Grafschaft Wiltshire.

GESCHÄFTE IN BAKU
Deutsche Buchausgabe: „Geschäfte in Baku"
(Friedrich Nesnansky/Eduard Topol: „Schurnalist dlja Breschnewa")
Gesamtdeutsche Rechte beim Scherz Verlag, Bern und München 1983
© 1981 by Possev-Verlag, V. Gorachek KG, Frankfurt am Main

MITTEN IM LEBEN
Originalausgabe: „From This Day Forward"
erschienen bei Times Books, New York
© 1983 by Nancy Rossi

EIN SOMMER MIT WÖLFEN
Deutsche Buchausgabe: „Ein Sommer mit Wölfen" (Never Cry Wolf)
Engelbert Verlag, Balve
© 1963 by Farley Mowat
© Fotos aus dem Walt-Disney-Film „Wenn die Wölfe heulen"

ABSCHIED AUF ENGLISCH
Deutsche Buchausgabe: „Abschied auf englisch"
(The False Inspector Dew)
Droemersche Verlagsanstalt Th. Knaur Nachf.,
München/Zürich 1983
© 1981 by Peter Lovesey

Die ungekürzten Ausgaben von
„Geschäfte in Baku",
„Ein Sommer mit Wölfen" und
„Abschied auf englisch"
sind im Buchhandel erhältlich.